2022年
短篇小说年选

U0756523

闪电击中了自由女神

孟繁华————编选

山东文艺出版社

图书在版编目（CIP）数据

闪电击中了自由女神：2022年短篇小说年选 / 孟
繁华编选 . —济南：山东文艺出版社，2023.2
ISBN 978-7-5329-6774-2

Ⅰ . ①闪… Ⅱ . ①孟… Ⅲ . ①短篇小说—小说
集—中国—当代 Ⅳ . ① I247.7

中国版本图书馆 CIP 数据核字 (2022) 第 229721 号

闪电击中了自由女神：2022 年短篇小说年选

SHANDIAN JIZHONG LE ZIYOU NUSHEN: 2022 NIAN DUANPIAN
XIAOSHUO NIANXUAN

孟繁华　编选

主管单位	山东出版传媒股份有限公司	
出版发行	山东文艺出版社	
社　　址	山东省济南市英雄山路 189 号	
邮　　编	250002	
网　　址	www.sdwypress.com	
读者服务	0531-82098776（总编室）	
	0531-82098775（市场营销部）	
电子邮箱	sdwy@sd.press.com.cn	
印　　刷	山东临沂新华印刷物流集团有限责任公司	
开　　本	710 毫米 × 1000 毫米　1/16	
印　　张	25.25	
字　　数	400 千	
版　　次	2023 年 2 月第 1 版	
印　　次	2023 年 2 月第 1 次印刷	
书　　号	ISBN 978-7-5329-6774-2	
定　　价	79.00 元	

序：青年就是希望

——90后作家丁小宁

孟繁华

丁小宁是90后的文学新人。如果是这样，那么《去海口》《月光》就是她的处女作。处女作是"双胞胎"的，大概还不多见。两篇小说题材不同，处理方式亦南辕北辙。但可以肯定地说，它们都是好看的小说，是非常有意思的小说。她的小说甚至改变了我的某些陋见，比如，我认为年轻的小说家基本是在写个人经验，离开了个人经验他们几乎不会叙述。确实有这样的年轻小说家，但年轻的小说家并非都是如此。丁小宁就是个例外。

《去海口》，简单地说是一个"寻父的故事"。在一趟南下的卧铺列车上，刘圆圆和许世祥在同一节卧铺车厢。"许世祥是刘圆圆她爸，这事儿刘圆圆知道，许世祥还不知道。"小说开篇的交代像悬疑，也像谍战，因此，按叙事学的说法，这是一篇"后叙事视角"的小说：小说的线索和结局，没有人知道，讲述者不知道，当事人不知道，读者当然更不知道。情节在发展，故事在演进，但一切仿佛犹在冥冥之中，我们都不明就里。

刘圆圆寻找父亲，是为自己更是为了母亲。母亲对父亲许世祥仍然怀有未竟的情愫。他们莫名分手，分手后母亲才发现自己已经怀孕。所有的故事都源于阴差阳错的这一刻。刘圆圆一出生就成了没有父亲的人。对一个女儿来说，几乎没有比这个现实更残酷的。于是，寻父在刘圆圆这里就成了顺理成章迟早要实现的事情。在去海口的列车上，他们相遇了。这个相遇不是邂逅，不是偶遇，是刘圆圆"蓄谋已久"的策划。

与生活的和解，与父亲的和解。这一代与父辈的故事，和 20 世纪 80 年代以来所有的与父辈故事的讲述和姿态完全不一样。80 年代以来，"审父""弑父""寻父"几经辗转，父的存在成为一种巨大的"影响的焦虑"。除了传统文化中父子关系的构造和讲述外，更来自西方观念的魅惑。因此，现在想想，这些作品除了留下一些似是而非的观念外，其文学意义几乎所剩无几。丁小宁的这篇《去海口》大不一样。小说进入讲述，女儿刘圆圆和许世祥就在一节车厢里，这一交代预示了刘圆圆的寻父之旅将充满戏剧性。随着"父女"接触的深入，我们知道，刘圆圆父母分开时，母亲已经怀上了她。然后便是母亲"苦难的历程"，她一个人将刘圆圆带大，没有再嫁。母亲不允许她提起父亲，母亲五十岁就患上了中度老年痴呆，其生命境况可想而知。但女儿对父亲的想象是其他关系难以替代的，因此——

母亲并不知道她来找许世祥。也许是有神明庇佑，那天刘圆圆在清理旧家具时，书桌抽屉的夹层里掉出了几张照片和一页证书，是刘圆圆的出生证明，父亲那栏写着"许世祥"三个字。照片上是年轻时的他，背面用圆珠笔写了一行字，"一定要考上研究生"，淡蓝色的字迹已经晕开了一点。刘圆圆依靠职业优势和人脉，在几个月的寻找后，终于背着母亲找到了父亲。有些事情，总是需要尘埃落定的，就当是为了母亲，起码刘圆圆在出发前，只是为了母亲。

这些交代性的文字是为了串联起情节脉络。重要的是小说对刘圆圆和许世祥关系的处理。他们在海口下车，然后是刘圆圆提出要采访许世祥，只要跟着他大半天就可以。故事就发生在这大半天。"父女"吃了牛肉面，吃了冰激凌，看了大海，唱了卡拉OK。接触中，刘圆圆大体了解了父亲许世祥。她借流浪汉的手机给母亲回了电话——

流浪汉的号码果然很幸运，那天刘圆圆又用他的手机打了第二次电话。这次刘圆圆没有主动挂断，你好，我是许世祥的女儿。刘圆圆说。电话那边的人没有说话。我爸，刘圆圆停了一下，他一直在找你。外界的声音像是消失了，即使又有火车驶过，刘圆圆还是可以清晰地听到对方的呼吸。就到这里为止吧，你爸是个好人。她说，这些年他一直以为他的孩子真的夭折了，一开始他也质疑过，但是人如果没有一直去强求什么，也不是他的错。我们最后一次见面是陪他选墓地，他大概没有告诉你，我觉得你可以去看看。

行将就木的许世祥，为看大海，特意在海边买了墓地。刘圆圆看了父亲许世祥的墓地，并将照片发给了母亲。这是一个寻父的故事，也是一个与生活和解的故事。丁小宁化解了20世纪80年代以来关于"父亲"的巨大焦虑，父亲不再是一个文化符号，不再是一个象征。父亲就是一个普通人，他寡言少语、自尊自爱，热爱生命也从不苟且。他坦然面对死亡并且格外诗意。因此，丁小宁的"寻父"是一次不做宣告的寻父的突围，她用日常性战胜了诸多观念性。

《月光》是一篇非常具有现代感的小说。虽然主要是叙事者讲述，但并不是全知视角。小说的每一个细节都是现实的，包括柳艾的职业，她的所到之处，她的客户和有关系的人。但她和所有的人都没有实际意义的交流或交往，她生活在客观世界，但完全远离了意义世界。柳艾的讲述离奇也支离破碎，没有任何连贯的情节和故事。袁媛、姐姐等，似乎是虚拟的人物，可有可无。

小说开始写的是墓地，阴森可怖；然后写废墟，写烂尾楼，写空无一人的房间、昆虫的尸体，写两人的发呆，柳艾不以为然，她甚至喜欢；写鬼，写梦境，写对神秘事物的敏感抑或感知："她更怕活着的人""不喜欢有光""害怕人多的地方"等等。柳艾怪僻的性格显然来自她的职业，她是一个整容师，整容医院的院长。她将无数的女孩子整成同样的面容，每天见到同样的、没有区别的面孔，是内心之所以没有反应的唯一理由："她的客户大概都长一个样子。"她终于有了自己的喜爱："她喜欢一切废墟。"废墟当然只是一个意象，废墟既是与外界隔离的意象，也隐含了修整或"整容"的可能。因为她更喜欢"财源滚滚，黄金堆满"。在这个层面上，我们也可以说，柳艾的性格是一个"异化"的产物。

"一年前，墙上的镜子在柳艾面前掉了下来，镜片裂成了好多块，柳艾看向镜子中的自己，她走近了一点，脸上的血流了下来，顺着碎片渗透在了地面，每一块碎片都映着她的脸。"这里甚至没有写柳艾的感觉、神情和动作，只是说"她只好做了整容，柳艾是疤痕体质，作为院长，最好的专家为她做的手术，但离近一点看，还是可以看到几条疤痕。柳艾从此讨厌镜子"。一个连自己毁了容都无动于衷的人，当然不会对外部世界有任何关心或关注。后来我们看到了这一段对话：

身体还疼吗？袁媛说。

什么疼？

你的脸。袁媛看着柳艾。

我看到上面有几道伤疤。袁媛说。

她们站在有光亮的地方。

这段对话，没有任何实质性的意义。柳艾仿佛不在现场，讲述者更是置若罔闻。一句"她们站在有光亮的地方"，更强化了交流的无效，外部世界的光亮进一步衬托了柳艾内心的晦暗。

袁媛的姐姐是个出租车司机，她出走了。原因是她厌倦了给别人开车，"全都是别人的目的地，没有一个属于她自己。收拾东西的时候她很匆忙，只带了很少的物品，那天我注意到她剪了短发。也就是从那晚开始，我大量地掉头发，我总觉得和姐姐剪了短发有关，她的头发变少了，所以我的也变少了。也许我爱自己的头发胜过爱她本人，几天之后，我甚至都不会太想念她"。她甚至不会主动和姐姐联系，原因是"她先逃走的"。这里没有任何情感诉求，感情世界在这里空空荡荡一无所有。

但是，小说的最后，柳艾还是"想起了袁媛，然后柳艾突然就想妈妈了"。读到这里，我终于长舒一口气。柳艾终还是没有"哀莫大于心死"般不可救药。她的处境、她的心境，是现代职业造就的，是"现代病"的一种形式。因此，丁小宁以隐晦甚至晦涩的方式表达了这一病态，其本质不是萨特的存在主义，不是卡夫卡的个人主义，而是社会批判小说。我想，丁小宁真是得了先锋小说的真传，她刚刚出道，但这个出道犹如一道闪电，照亮了小说的另一种希望和可能。

目录

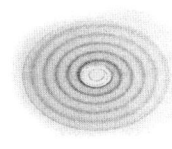

弋舟

瀑布守门人

——本文致敬老田

在丽江古城一家略显冷清——其实就是寒碜——的客栈，我见到了郭老师。客栈藏在窄巷深处，三层阁楼的楼顶上有着简陋却宽敞的露台，攀爬其上，可以远眺苍山与雪峰。郭老师说客栈的男主人来自玉门油田，算是与她有着乡谊。

"他给我打了八折。"她说。

我说旅游淡季，估计所有买卖都会打八折吧。

"不要总是怀疑别人的善意，你这样的心态要不得。"

"好吧，可你还是欠费了，人家给我打了电话。"

"这是另外一回事，和八折没关系，就算五折，也不能欠着。"

我说没错，是这个理儿。

郭老师躺在露台上的摇椅里，双手捧一只巨型的保温杯。她不断地拧开杯盖，嘬一小口，水很烫，她嘬得非常谨慎。我努力不去盯着她看，否则不免要焦躁。拧开杯盖，拧住杯盖，其间夹着一个顶多沾湿嘴皮的嘬饮，如是反复，让嘬水显得格外小题大做，也让拧动杯盖显得格外徒劳无功——如同人与世界的关系，彼此映照，都显得过分夸张。

凡事不可落差过大，否则只会让一切没了真实感。

郭老师则怡然自得，偶尔将喝进嘴里的茶叶吐回杯中。

"无论如何，人家让我省了不少，"她说，"这些天下来，是一笔不少的钱。"

我不想与她争辩，说她省下的这笔钱，不够我飞一趟丽江的单程机票。她现在看上去难得地满足与松弛。

昨天黄昏却是另一番情形。我出现在客栈门口时，她是飞奔着从三楼冲下来的。她在凭栏眺望，等待着我的到来。就在我们拥抱前的一瞬，她克制住了自己，只是好像有些不情愿似的跟我浅拥了一下。

她说："你给我带新手机了吗？"

我觉得这很了不起。我办完离婚手续的那一天，她打电话给我，让我给她网购"钟薛高"。彼时我站在民政局的办事大厅外，正想着是否要与前夫南辕北辙地走一个反方向——这会让我多绕半个城的路。郭老师的电话打进来，用那种唯吾独尊的气派说：

"罗音，你知道有款很红的雪糕吗？"

她从自己的朋友圈获得了新知，不甘落在人后。当然，后来她也找补了，说："天那么热，我觉得一款当红的雪糕才是对你最好的安慰。"

我很快搞清楚了状况。其实店主在电话里基本上已经跟我把事情说明白了。店主是位中年汉子，长发在脑后扎住，胸阔肩宽，像是下一秒就将撑破紧绷绷的衬衫，嗯，有文艺范儿，更有股玉门油田人的气势。站在客栈的回廊下，他又将电话里说过的内容重复了一遍，大意是：你母亲的手机丢了，如今举步维艰。

我问他："古城买不到手机吗？"

"当然可以。"他瓮声瓮气地说。

"其实你可以先帮她买一部的，是吧？那样，她就能用手机转账给你了。"同样的话，在电话里我已经跟他沟通过，而且还提议由我先给他转一笔钱来应急。

"我也是这么想的。"他说。

"那为什么不呢？"

"我拗不过郭老师。"他的表情很无辜。一个强壮的汉子，配上这种表情，令人颇有好感。

我去直面郭老师。她上了露台，很明智地给我留下了一个求证的步骤。

"跑这么一趟，你是不是很不情愿？"郭老师说，"他告诉你我有多倒霉了吗？"

"丢手机挺正常的，"我说，"就像我小时候周围的人总是丢自行车一样，越是必需品，越容易丢吧。"

"你是在贬低我的困境吗？"郭老师面无表情地说。

我的情绪不好。我奔波得很辛苦，从西安飞来丽江，不能算是一件轻松的事；还有，候机时接到的一个消息也令人不快——一位"卧底"的同事告诉我，我在公司一项重要的考核中落败了，上级部门的理由是：同样的荣誉我已经得过三次了。我不知道这个消息和郭老师丢了手机相比，哪一个更糟糕些，但我知道郭老师将如何表态。她会说出格言警句一般的话，譬如："胜利从来不会给胜利加分，不是吗？"听起来有些道理，如同"失败是成功之母"那般颠扑不破，而且，也符合一个母亲良善的教导。但我还是愿意她替我骂街，替我鸣不平。

眼下的状况并不让我意外。我知道自己的亲妈是怎么回事，同时我也惊讶于自己如今的随遇而安——这的确是一种能力，说是一种品格，或许也不为过。这么想想，考核的不公也算不了什么了。三十多年来，在郭老师的持续教育下，我还是有长进的。

我也用一种说出格言警句的腔调回答她："当然不，对于微弱的个体而言，没有任何一个困境是可以被贬低的。"

以格言的句式说话，证明郭老师已经平复了她的慌张，或者说，她再度寻回了对我的心理优势，尽管这次是我来驰援她。

郭老师问我看出来没有，那个玉门汉子对我的到来颇为开心，这个男人很乐于接待我这样的客人。"他知道你独身。"她不动声色地说道。她说自己待在这里快半个月了，不免要跟人聊聊自己的女儿，她并不觉得这么做是一件有失体面的事。"现在离了婚的女人可没啥丢人的。"她补充道。

我也不觉得有啥丢人的，可我还是有些不满。

"他也离了婚。好吧，我可能是为了安慰他，才顺嘴说了句你的状况。他是从玉门油田来的，多多少少吧，我会觉得有些亲切。"郭老师说。

同样，也是多多少少，一直以来，我都对郭老师的"玉门油田情结"抱着些许的同情。戈壁腹地，祁连山下，那是郭老师一生的起点——一想到这些，我对她就会生出没来由的体谅之心。我遥想她的少女时代，于旷野之中憧憬未来，眺望雪山时，迎着大风时，必定常常眼涌泪水。郭老师并不经常对我提及她的那些经历，更多的，是出于我的想象。我陪她回去过两次，有一次她带我去戈壁滩上看夜晚的繁星，明确地给我指出了北斗七星的位置。苍穹之上，七星灿然，近得让人陡生顺手摘下两颗的妄念。

郭老师从近在咫尺的繁星下出发，考学，结婚，中年离异，像所有的人一样痛苦大于欢乐，如今躺在云贵高原的露台上喝饮保温杯中的浓茶，这让我无法对她抱怨什么。微风中，她飘动的白发都像是生命一个可以任性的特权，尽管，她在满头乌发的时候似乎就得享着这份特权。从侧面看去，她的脸颊依然紧致，皮肤并无明显的松弛，可能是嘴里喝进了枸杞，她在慢慢地咀嚼，肌肉呈现出的轮廓还显得有些坚毅。

"你不会不高兴吧？"郭老师侧脸看着我，"我觉得小顾还不错，认识一下也没什么不好。丽江这么美，以后你来玩儿也能给你打个八折。泸沽湖我还没去，听说也很不错，你要和我一起去住几天吗？"

"在泸沽湖也给我介绍一个日后能打八折的吗？"我问她，并无怒气。

"怎么会？你想多了。嗯，不要认为到哪儿人家都会给你打八折，我们没那么幸运。"

"倒也是啊。"

"可不是吗。"

"泸沽湖我是没法陪你去了，你自己带好手机。我还给你买了根挂绳，你就把手机挂在脖子上吧。"我说。

一直以来，对于郭老师我还是很服气的。她从来都不高估自己，只把任性而为的特权行使在我们母女之间。我对自己的儿子提及姥姥时，不免总是强调郭老师的特立独行，乃至自知与勇敢。她在中学教语文，却对天文很感兴趣，毕生仰望星空，积累下不少的人生心得；很早的时候，除了我，她就举目无亲了；如果有足够的钱，退休后，她一定会只身去周游世界；她既不愿意高估世界的善意，也不愿意高估自己耐受恶意的能力。这些美德，都足以拿来教诲家族的后辈。

出门前，儿子要被我送到前夫那儿去，在车上我就是准备这样教导他的。前夫已经再婚，儿子要去生活几天的那个家庭，自然如同一个微型的世界了，他需要学会与之相处的方式，那么——别高估世界，也别高估自己。

"你能和安贝相处好吗？"我问儿子，同时想象了一下两个孩子在一起可能酿成的灾难。

安贝是前夫再婚后生下的女孩，七岁，对她的脾气、性格我没有把握做判断，因为我知道自己无法客观。这个女孩我见过不少次了，如果一会儿见到她，我可能会故意逗逗她，问问她寒假有没有什么伟大的计划，是不是又要新学一门乐器。她呢，会摊开手，以一种成人才有的笃定反问我："你呢？"——这就是我对这个小女孩的认知。

"我知道你在担心这个。"儿子说。

"没错，我是挺担心的，毕竟你们没在一起住过。"

"不会有事的，"儿子竟也是一副成人才有的笃定口气，"估计她妈妈现在也会问她同样的问题。"

"会吗？"

"当然会，你不问我，她妈妈也会问她。她比我小五岁呢。"

"这跟年龄没什么关系吧？"

儿子说我的这种担忧应当是针对小孩子的，言下之意是，年纪更小的那个，在睦邻友好中才承担着更多的风险。那么好吧，我只能提醒他，年纪大的一方，将承担更大的谦让义务。这种对话并不那么轻松，仿佛已经预设了一场博弈与妥协的征战。

儿子却一脸的若无其事，他对我说："没事的，该担心的是安贝的妈妈。"

这句话让我有点发愣，或许是我想多了，觉得儿子对于如今这两个家庭的局面有着独到的洞见——那个最微妙的角色，没准儿真要让安贝的妈妈来扮演。同父异母，两个小孩相处得还不错，经常会在周末见一面，对于三位家长的处境，也许他们早有过推心置腹的讨论：谁更为难一些，谁更超然一些。想当然地，我自然会以为那个最超然的人非我莫属，而前夫，活该多作难一些吧，但现在儿子提醒我也许还有另外的剧本。

我小时候也一样，比儿子现在还小的时候，就会跟亲密的女生分析彼此的父母。有一个叫若琳的女生和我最要好，因为我们境遇相仿，都是单亲，不同的只是我跟着母亲，她跟着父亲。我们一起悲叹人性，用的却是一种夸张的谐谑态度，认为成人的世界远比他们以为的要弱智得多。甚至，我跟若琳还分享着郭老师怀春的蛛丝马迹——她买新裙子了，最近总照镜子，我还偷看了她的体检报告，云云；而若琳，对我也开诚布公地道出了那位鳏夫的诸多秘密。这的确很刺激，俨然重要的启蒙。我们常常因之掩饰不住地呼吸急促，继而尖叫大笑。

前夫等在小区外迎接我们。他现在是这个人间平庸故事里的枢纽，尽管如此，他也依然无法因之就显得不平庸了。我坐在车里看着儿子向他走去，心想他会在自己的一对儿女嘴里被如何戏谑地谈论。我觉得他老了，不是一个七岁女儿和十二岁儿子的父亲，是七加十二，一个有着十九岁孩子的男人。

离婚不久，有一次郭老师对我说："别让你儿子妨碍了你的幸福。"

我忍不住窃笑，认为这是郭老师在借机声讨我妨碍了她的幸福。是啊，至少有三个男人是被我从她身边赶走的，一个女孩子对于围在自己母亲身边的男人，杀伐决断，会生发出魔鬼一般的破坏力。我永远记得自己诸般小小的邪恶，那一次次难以启齿的快慰与痛苦。但是儿子当时并没有对我构成类似的威胁，也许因为他是个男孩，对于这种事情天然鲁钝一些？这样想，却让我心里隐隐地作痛。尤其当儿子和我的新男友相处甚欢时，反而只能让我充满了无从说明的负疚之情。我见不得儿子傻乎乎地对着一个陌生的成年男人笑，见不得儿子被一个微不足道的小把戏哄得团团乱转，因此，男人们的善意倏忽都成了诡计，也倏忽，我自己不过只是诸般卑劣诡计的最终目的而已。那么，岂能让他们得逞？

这么说来，在人生崎岖的情路上，我妨碍了郭老师，儿子也委实妨碍了我。可是，我也相信郭老师会和我一样扪心自问：就算没有了妨碍，我们就真的能一马平川地奔向幸福吗？

"他可能要住一个礼拜，也许更久！"我把头伸出车窗向前夫喊。这个时间并不是理性估算出来的，我只是下意识地想要给前夫制造些心理难度。

"没问题。"前夫说。

他迎向儿子，伸手卸下儿子肩上的书包。这很自然，但看在我眼里，竟非常伤感。这两个男人，或者两个男孩——真是有些矫情，可我还是忍不住产生这样的感受——他们真是令我瞬间感到了苍老。我觉得他们的笨拙、殷勤、努力和平庸，都是那么令人怜悯与难堪。那么好了，在郭老师眼里，我会不会也是这样的呢？

目送他们走进小区，我生出了取消丽江之行的念头。但我也不想回到既有的节奏里，公司的假已经请好了，我想我应该放飞一下自己。我用微信的语音功能拨给一个新近结识的男人，响了几声后，又自己挂断了。男人五分钟后回拨了过来——听起来就是一个试图哄得小男孩欢心，以期捕获他母亲的卑劣诡计。我虚应了几句，便结束了对话。正午时分，阳光耀眼，我打开音响，驱车直奔机场。

登机前，我打电话给前夫。

"放心吧，我很好。"是儿子接听的，他补充说，"我们很好。"

"你们在干吗？"

"在玩儿。"

儿子显然很不耐烦，但我有意想跟他多说几句，逗弄一般地干扰他，对我就是一个富有安慰性质的补偿。

"玩儿什么呢？"

"游戏，游戏呗，还能玩儿啥呀！"

"我知道是游戏，我想知道是什么游戏。"

"瀑布守门人！"

"什么？什么守门人？"

"瀑布，大瀑布的瀑布！"

我还想进一步求证，儿子已经忍无可忍地挂断了电话，于是"瀑布"这个词悬置在我的耳朵里，经久不散，让我处在某种壮阔而磅礴的自然想象中。

我给前夫发微信，却是说给儿子的："明年暑假我带你去有瀑布的地方玩儿。"

"好。"飞机开始滑行时，微信有了回复，我觉得应该是前夫的手笔。

"你可能有时候会把他们父子当成同一个男人，就好像你爸会把我和你当成同一个女人。"郭老师说。这时候暮色四合，在楼顶上张望灯火渐起的古城，真是让人有种意兴阑珊之感，连带着，她的声音听起来也略略有些惆怅了。"你自己都不知道你的情绪是因为他们中的哪一个。"

我不知道她想表达什么，但我觉得这是无稽之谈，对于前夫，我自认已没什么情绪可言。

"我爸把我当成你？"我问。

"是的。"

"我爸把你当成我？"

"是的，有时候会。"

我说我去一下洗手间。在三楼自己的房间门口，我遇见了那位名叫小顾的店主，他正扛着大桶的矿泉水挨个给每个房间送。

"接到通知，可能要停半天水。"他向我解释。

"古城经常会停水吗？"我问他。

"这个倒不会，我也是第一次碰到这种事，可能是供水系统定期维护吧。"

"哦，那洗漱要麻烦了。"

"时间不会太久，但能洗还是抓紧洗一下吧。"

也许是臆想，我认为他的脸微微红了一下。

我回到露台时，郭老师用肃然的口气对我说："你会后悔的。"

"什么？"我问她，脑回路依然停留在方才的话题上，不明白我何悔之有。但我也知道，和郭老师对话，得适应她跳跃性的思维。有一次，在跟我讨论素食的好处时，她突然问我："你对男人还有需要吗？"

我跟朋友们说，我的母亲观念非常开放，但仅限于说明她对我择偶的态度，实际上，无从启齿的是，她对自己的欲望也从不避讳。她几乎没有断过异性伴侣，很早就把身体的需要与精神的需要分别看待了。差不多十年前，她惊叹地对我说："吓死我了，我以为是怀上了，原来是绝经了啊。"那语气，是坦率的自嘲，却也有些骄傲的自得——在更年期的时候依然还有热烈的异性关系，这是她要传达给我的信息。

"你会后悔的，"她又说道，"几天后就有双子座流星雨，泸沽湖边非常适合目视观测。这是今年的最后一场流星雨了，会壮观得像漫天的瀑布——你真的不和我去一趟吗？"

"瀑布？"我怔了怔，心头被莫名地触动了一下。

"是，每小时上百颗的规模，就像是夜空的瀑布。我这次来丽江，其实就有这个计划。一定让你赶过来，也是想让你一起去看看，手机丢了不过正好是个理由吧。你看，这就像天注定一样，我得丢手机，你得跑这一趟，这都是神秘的天文感应。"

"那你可以直接跟我说啊，出发时就问问我，愿不愿意跟着你去看天上的瀑布。"我说。

"出发的时候我还没打算叫你。噢，也用不着瞒你，我本来是跟人约好了的，在丽江见，结果呢，那家伙爽约了。"

"约了男人？"

"对，但别以为我会有多失望，没什么的，爽约总是比践约来得多些，你也得早点儿明白这个道理。好在星空从来都运行得守时守约，从来不会放你的鸽子。"

"就没有过不确定的天文现象吗？"我问，"比如，说好了的流星雨却没出现。"

"有，但是天文现象的不确定只是因为还有许多人类未曾掌握的规律，它们在自己的规律里一定不会胡来。"

"人的不确定性呢？是不是也有人类未曾掌握的规律？"

"噢，没准儿真是。但人的大规律和宇宙是一样的，生老病死，一天天衰败，宇宙会坍塌，人会死。"

"好玩儿，我千里迢迢跑来跟你坐在楼顶聊这些事儿。"

"也没这么可笑，"郭老师说，"我们是时候聊聊这些事儿了。"然后她令我震惊地说："有一天我走了，身后的几件事你要搞清楚。"接着她告诉了我她的银行卡密码。

"我不要你的钱。"我这么说，完全是因为被搞蒙了。我无法想象，这是那个十年前还在怀孕与绝经之间踟蹰的女人——我的母亲。我不要她的钱，只是在拒绝她突发的哀声。

郭老师摇头笑了，问我："最近和你爸有联系吗？"

"有，他迷上钓鱼了，前些天让我帮他在网上买鱼竿。"

"你给他买了吗？"

"买了。"

"这是迷上个比找女人还烧钱的事儿了。"郭老师调侃道。

对于自己的前夫，她从来都是以调侃的态度来谈论的，即便说起两人之间仇恨的旧事，也是以"捣蛋着呢""坏家伙"这样的句式来概括，如同只是在谈论一个调皮孩子的过错而已。

我也曾不断地琢磨过这两个人复合的可能性，当然，也不断地否定掉了，直到最终再也不做此想。离婚后，父亲也走马灯一般地换着女人，最小的女朋友，年龄恐怕比我还要小一些。我的父亲母亲，这两个都有着不懈激情的人，为了无可阻遏的自救的冲动，不惜挑战既有的生活秩序。

很不幸，对于他们而言，我恰恰是"生活秩序"的一个标签——我是他们的女儿，是一个人间的事实或者铁律，以此宣示了责任与义务，甚或还有人伦与道德。于是，在漫长的成长中，他们的激情，就是我不得不与之激战的敌人。但我不怨恨，至少如今不怨恨了，因为我也面对过自己的激情了，知道这激情，确乎亦是自己与自己的憔悴的激战。

郭老师忽而关心起我来，问我是不是要给儿子打个电话。

"他玩儿得顾不上跟我说话。"我问郭老师"瀑布守门人"这种游戏她听说过没有。我想，她做了一辈子老师，应该对孩子们的把戏了如指掌。

"不知道，但肯定是种湿身游戏。"

"失身？"

"就是互相泼水，弄得像落汤鸡一样吧，大差不差，望文生义就能猜个八九不离十。"

"这大冬天的……"

"别担心，小孩一般玩儿是玩儿不坏的。"

我说不是这个意思，我并不担心儿子受凉，是想不通一个"湿身"游戏在这种季节条件下，如何才能开展。

我说："穿着泳衣在沙滩上玩儿行，裹得像粽子一样，怎么玩儿？"

"我想他们可能会钻到浴室里玩儿吧。"

"可他现在洗澡时都不让我进浴室了，他觉得自己已经是个男人了。"

"嗯，但他不会拒绝在自己的女人面前光着身子。"郭老师开心地大笑起来。

"真是麻烦……"我也觉得挺好玩儿，却也有某种隐隐的忧愁。

"别担心。"

"什么？"

"生命令人苦恼，但也正是如此才显得迷人。"

我感到不安。对于郭老师的格言警句我已习惯了，但此刻我却觉得微言大义，她不是寻常的心情。天色已经完全暗下来了，古城的灯火堪称辉煌，但在楼顶仰望苍穹，高原夜空的繁星毫不逊色地碾压着人间的烟火。

"我查出了癌。"郭老师突然平静地说。

很久以前，郭老师曾经因为胃穿孔倒在了讲台上，那次算得上是到鬼门关走了一趟。我被她的同事带着去医院探视，明确地体会到自己的生命里不能没有她。那时我十四岁，心里想：她要是死了，我也要跟着一起死。

我回头看着她，她眺望着楼下的古城夜色。我很想跟她把这个话题展开，却只是顺着她的目光望向远处，什么话都说不出来。夜色不是纯然的漆黑，和灯火与繁星无关，它几乎本身就是一种透明的蓝色，就是一种光源。远方的山影是漆黑的，但也不仅仅是颜色，更是一种距离的色感。远即是黑。

郭老师幽幽地说："这样的夜色和玉门的夜色很像，油田在晚上也灯火通明，但一点都不会减弱夜晚本来的性质。"

我点头称是，然后提议下楼去吧，夜风中，露台上已经感到有些冷了。我们各自回了房间，我本来打算冲个澡再去找她，但打开淋浴才发现停水了。这让我敲响她的房门时心情更加糟糕，如同披挂着一生的积垢。

子宫癌。

第二天一早我就在古城瞎转起来。我没有惊动郭老师，想让她多睡会儿。而且，现在我有些惧怕面对她。黎明时分的古城一片阒寂，高原的晨风委实有些凛冽，红色角砾岩铺就的小径水洗一般干净。在一家开了门的小店，我逗留了很长时间。店主是个蓬头垢面的中年女人，她可能没有料到这么早会有顾客，一任我在店后挂满了东巴扎染的院子自选，顾自去忙碌晨起的家务了。我突然对那些朴素的粗布着迷极了，它们悬挂在竹竿上，随风轻舞，令人好似陷入了一个柔软的迷宫。蓝底白花，仿佛一片片垂挂的天空。我意识到自己为什么会有沉醉之感，因为如此一来我才能短暂地摆脱失措的情绪。我挑了几十米的布，把它们抱在怀里，感觉到一种软弱的沉重。我并不热衷这类民族风格的东西，压根不知道买回去做什么用。拎着两只大袋子出来，我继续在纵横交错的小巷中漫无目的地走。

我想起另一次经历。儿子两岁的时候发急疹，高烧不退，严重到伴有惊厥的症状，医生告诉我有导致脑病、肝炎、嗜血细胞综合征等等可怕后果的风险。我知道这是所有医生惯有的作风——总是把最坏的可能扔给你，除了免责需要，没准儿也借此满足了人性中对于恶意的隐秘享受。我让儿子和他父亲留在医院里，自己去逛街。那一次，我第一次透支了自己的信用卡。在一家情趣用品店，我还给自己买了件昂贵的玩具。我也记得接儿子出院时的情景，我俩坐在车子后排的座位上，他惶惑地盯着一身珠光宝气的我。他不能理解他的妈妈怎么会像换了个人一般，当我试图去抚摸他时，我感到了他有一个紧张的躲避动作——他的小肩膀缩紧了一下。然而我还是几近残忍地按住了他的肩膀，感觉着我的孩子在生命的困惑里颤抖，刹那间，泪水抑制不住地奔涌而出。这更吓到他了，我差不多能够感到他在努力地让自己变小，小下去，小下去，一直小到不用再负重。

最终儿子当然没有得脑病，没有得肝炎，没有得嗜血细胞综合征，他很健康，只是在成长的过程中，有了一次想要无限变小的生命记忆。

在一个挂着"十月文学馆"牌子的院子门口，我捡了一粒石头，把它放在了门楼边一个隐秘的角落里。没有特殊原因的话，这粒石头就将堪称永恒地藏身于此了，不会被人为地挪动，也不会任性地自己跑开。我四下望了望，巷子里除了我没有其他人。这算是我的一个秘密——经常在陌生的异地留下一些只有自己知道的小标记。我幻想，有一天把某处的小标记告诉某个男人，如果他真的能循迹将其找到，并且在七个不同的地方集齐七颗龙珠，他就将是我最后的男人。我知道这事的难度有多大，因为我不高估世界，也不高估自己。

临近中午的时候我回了客栈，还未走进门廊，便看到了奇异的一幕：大水天谴似的奔涌，瀑布一般从三层阁楼上倾泻而下。一个汉子背对着我站在门廊里，举头仰望，整个身姿都写满了深深的困惑。有一天我会专门说说这个客栈之王的，但此刻我被眼前的奇观完全俘获了。从我所在的位置看过去，他就是一个不折不扣的"瀑布守门人"。大约有一分钟的光景，这个名叫小顾的汉子才行动起来。他冲进瀑布，在我看来简直是欢天喜地地奔上了楼。祸患的源头就是三楼我的那个房间——昨夜我打开淋浴后并没有关闭，今早来水了，蓄积半日，终于酿成了水患。

我也跟着跑了上去，穿过水帘的一瞬，不由得失声尖叫，心情真的是莫名欢乐。冲进房间，水已经没过了脚踝，水面上漂浮着我的高跟鞋，还有一些可疑的小物品——应该是床下未被清扫出的垃圾——纸屑，药片，小小的塑料包装。花洒已经被关掉了，但小顾已然湿身。也许他是情急之下忘记了避水，也许他干脆就是有意地让水浇了浇自己。我们站在水里，面面相觑。片刻后，我抬脚撩起水来踢向他，他迟疑了一下，以同样的方式反击我。几脚之后，我们都控制不住地撒起欢来，他搞过来的水花都泼洒到了我的脸上。闻讯而来的人吃惊地挤在门外，看着我俩得劲地又喊又跳。

阁楼有相当大的面积是木质的，我紧随着小顾下楼去查看相应的房间。情况糟糕透了，楼下房间的天花板已经溶洞一般地滴着水了。还好，这间房没有客人入住。小顾查看床品是不是已经被淋湿的当儿，我不假思索地从身后推倒了他。一切结束得飞快，我们都自觉地在和某种紧迫的事物竞争。不，不完全是因为时间，也不完全是因为环境，是更为深层的、跌宕的情绪令我们深感时不我待。我从未像这般彻底地自由，大朵大朵扎染一般人造的白云在我脑子里争相怒放。天空倒垂，万物都是平行的了。这是一场单纯而极致的游戏，名字不妨就叫作"瀑布守门人"。

整栋客栈必然是喧闹的，人们在大惊小怪地救灾。但我却觉得万籁俱寂。这种感觉萦绕了我很久，当我走出房间时，那些奔忙的身影都是无声的，好像电视只开了画面关掉了声音。小顾张嘴对我说着什么，可我听不到，我也张嘴跟他说着什么，自己也听不到。这样也挺好，我想，一个无声的热闹世界，反而显得庄严肃穆，令人敬畏。

"造成的损失小顾会给我打八折的。"是夜，我在露台上对郭老师把握十足地说。

我的听力尚未完全复原，所以音量不由自主高了很多，像是咏叹。

郭老师说："你瞧，世界有时候是会优待你一下的，做个游戏，打个八折什么的。"

"你还需要我陪你去泸沽湖吗？"我问。

"这个要看你的意愿，不过我还是建议你一起去，在空气稀薄的环境里看一场天上的瀑布，这种机会并不多。"

我举头望向夜空，俨然已经看到了那个奇迹一般的时刻。

"宇宙的高潮，"郭老师说，"你只有看到了，才会知道有多震撼。"

"宇宙的高潮，这个说法不错。"

我感觉今天晚上的郭老师像一个诗人，或者像一个哲学家兼天文学家，就是不像一个癌症患者。她披着羊毛的披肩，抱着巨大的保温杯，岿然地坐在时光里。

"明天再做决定吧。"我说。

"好，别急着做决定——跟着鼻子走就好。"

"对，跟着鼻子走！"我说，"早点儿休息吧。"

"你下去吧，我们再坐会儿。"郭老师嗫着茶水说。

我走到露台边的木梯时，郭老师大声对我说："在你爸眼里，我们是同一个女人。"

那天下午我从被水淋湿的床上下来，站在窗子前向楼下眺望，想象着两天前郭老师也是以这样的视角张望我的。我看到巷口迟缓地走来了一个熟悉的身影。极致的余波还在我的身体里荡漾，我目睹的一切微微有些摇晃，好像没有拿稳的镜头，于是来者看上去凌空蹈虚，脚不沾地。这个践约者，坏家伙，从奔放而泥泞的生命中跋涉出来，拜衰老所赐，于长久渴求的不安和不安的渴求中解放了自己，如今，他来奔赴一场观摩宇宙高潮的邀约。现在，他是这个世界上的一个平静的人，一个忠诚的人，一个纯洁的、做完游戏后往家跑的小孩。

我很想就这样站在窗口一动不动地看下去，并且想象着自己有朝一日也能这样回家。不需要谁给我集齐七颗龙珠，一切都将是无条件的，只要你终于摆脱掉那沼泽一般蒸腾的、因为恐惧而不得不求生般挣扎的热欲。可我还是转身下楼了，去迎接我那风尘仆仆的、迟到了的父亲。我知道，在我们拥抱前的一瞬，我也会克制自己，只是好像有些不情愿似的跟他浅拥一下。

原载《收获》2022 年第 1 期

上岭恋人

外边来人的时候，她正在地里除草。油绿、肥嫩的野草遍地丛生，包裹着正抽穗的玉米，它们在和成熟中的玉米争夺水分和肥料，看上去比玉米还要繁茂和茁壮。多数的玉米打蔫枯黄，像操场上一片低头认错的少年。它们狼狈不堪、焦头烂额，像球赛少年不敌儿童，输给了野草。面对青黄分明的野草和玉米，她谁也不怪，因为她知道这是她一场大病造成的。一场旷日持久、放任自流的病，差点要走了她的命，也毁损了地里的庄稼和蔬菜。她今天来到玉米地里，看见玉米被野草包围、侵犯，甚至吞没，难过和痛苦再次袭上大病初愈的身体。她撑着月刮，还摇摇晃晃，像一株摆动着的玉米。地里疯长的野草，像疯婆子的头发，格外刺眼和讨厌，她必须把它们除掉。她终于操起了月刮，像理发匠操起剪刀或剃刀，把碍眼的东西除掉。不知是月刮生锈，还是她气力薄弱，野草总是没那么轻快、利落地刮掉，每一棵草或每一丛草，都要反复刮好几次，才能处理干净。她像蒙童写字，一笔一画，慢慢地、费劲地劳动，逐步向前。除掉的草棘铺摊在她身后，像剪落的毛发。

外边来的人，进到村子里，打听一个叫韦妹莲的人。一开始，被问的人都说不知道，因为被问的都是年轻人。后来外边来的人够聪明，终于从一个老人那里问清楚了。老人是上岭村的老村长，他脑子翻转了一下，像把箱底的东西翻到上边，认定韦妹莲就是乜得飞，乜得飞就是韦妹莲。他跟外边来的人解释，壮家的习惯，女人生完孩子后，就不称名道姓了，而是随孩子的姓名性别称呼。乜，是母亲；得，是男性；飞，是名字。乜得飞就是名叫飞的男儿的母亲。乜得飞叫惯了和叫得时间久了，别人就忘记或不知道她的真名实姓了。但是他知道乜得飞就是韦妹莲，因为他就是在韦妹莲还叫韦妹莲的时候当的村长。他进一步解释，那时候还不叫村长，叫大队长。叫村长是为了现在的人容易听懂。

外边来的人共两个，一男一女。这一男一女都是律师，从南宁过来的。他们此行的目的，是来执行委托人的遗嘱。委托人秦仁飞的遗嘱中，有一条写明，他财产的一半处分给都安县菁盛乡上岭村的韦妹莲。于是，被遗嘱人生前指定的遗嘱执行人蓝启丹律师和钟小慧律师，在遗嘱人死后，来执行遗嘱了。

上岭村现今最老旧的房屋，就是韦妹莲的。它是木质结构的干栏式建筑，屋盖是瓦片，黑色的。房屋后边是山，有一条细细的山涧。房屋两侧分别长着芭蕉和毛竹。两位律师根据老村长的提示来到这里。其实不用提示，他们也能找到，因为遗嘱人生前跟他们描述过。他们只是没料到，四十四年过去，房屋还跟遗嘱人描述的一模一样，没有变化。如果说有变化，那就是房屋的木头和瓦片老化了，有的已经朽烂或破裂。古老的房屋在新楼如雨后春笋般的村庄，冷清、独特，像一群肥羊中一只孤独清瘦的老羊。

房屋没有人，里外都没有。蓝律师和钟律师叫唤和巡视了一会儿，确定他们要找的人不在家。他们去了附近的人家询问，报的人名是乜得飞。得到的回答是应该在地里，村西头那块玉米泛黄的地就是。

泛黄的玉米地地头站着两位着装齐整、样貌陌生的人，她在直腰并直望的时候发现了他们。他们朝玉米地里探头探脑，目光向她投射过来，像交叉的网，把她捕捉住。她主动向他们走去，地里的草和玉米纵横交错，蚊虫飞舞，她怕弄脏和弄伤了他们。

她以为这两个外边来的人是想问路，没想到其中一个说："请问，你就是韦妹莲老人吧？"

　　她狠狠地吃了一惊，然后傻愣了。许多许多年，已经没有人叫唤她的真实姓名了，甚至她的真名实姓，恐怕很多人都已经忘记或压根不知道了。这两位肯定是外边来的人怎么知道她是韦妹莲？

　　刚才是来人中的男人问她，见她没回应，来人中的女人接着问："阿婆，请问你就是韦妹莲吗？"

　　她终于猛醒过来，急忙激动地点头说："是，我是。"

　　蓝律师和钟律师跟着已经确认身份的韦妹莲去往她家。韦妹莲走在他们前面，扛着月刮。她走得急，还走得稳，看不出是年近七十的老人，更想不到她还刚得过一场大病。她的状态跟她先前除草的时候明显不一样了，仿佛换了一个人。事实上她的感觉也是换了一个人，有人知道并且叫唤她韦妹莲了，她现在是韦妹莲了。

　　韦妹莲带着外边来的人来到她居住的房屋，推开虚掩的门。她热情接待她的两个客人，请他们在堂屋坐下，然后去厨房点火烧水。她烧水的时候，客人闲着也是闲着，便环顾堂屋里的陈设和物件。眼尖的女客，也就是钟律师，发现了一面墙上的相框，相框里有照片，看得模糊，她站起来，走到相框前。她看见相框里的照片全是黑白的，几乎都有掉白，毫无疑问是岁月侵蚀的缘故，但照片上的人物基本能看清。钟律师注意到有一张照片，上面是位姑娘，好漂亮的姑娘，像一朵鲜花。姑娘就站在这座房屋的门前，摸捏着摆到胸前的长辫子，朴素清纯，亭亭玉立。这想必是韦妹莲年轻时的照片。这时蓝律师也来到了相框前，他的判断与钟律师无异，说："我大致能明白秦仁飞先生为什么对她至死不忘了。"

　　韦妹莲从厨房端水出来，看见客人移动了位置，便招呼客人回来喝水。

　　女客人看着韦妹莲，又示意墙上的照片，说："阿婆，你年轻的时候好美呀！"

　　韦妹莲不回答，只是笑了笑，女客人的赞美还是让她开心了一下。她再次招呼客人过来喝水。

喝了一会儿水，男客人郑重地介绍了他和女客人的身份：两人都是南宁启丹律师事务所的律师，男的姓蓝，女的姓钟。蓝律师介绍完身份后，由钟律师说明他们此行的目的，她说：

"韦妹莲阿婆，我们受秦仁飞先生的指定和委托来找你。"

未等钟律师完全说明情况，韦妹莲已经惊愣住了。她僵硬在那儿，像受了电击，或心脏骤停。那个消失或隐藏了四十四年的人的名字，如雷轰顶，一箭穿心，让她窒息和茫然。她刚刚恢复的韦妹莲的身份，竟然与这个叫秦仁飞的男人有关。是的，必然有关。时光倒退四十四年，还要再往前五年，她就是四十九年前遇见的这个男人，在五年后的四十四年前，她和他离别，从此再也没有联系，更别提再见。如今他托人来找她，究竟是为什么？

钟律师以为韦妹莲老人等着进一步说明，继续说："秦仁飞先生有一笔财产，委托我们处分给你，但是……"

这时，蓝律师对钟律师丢了个眼色，并做了个暂停的动作，指示她先别往下说，因为他发现韦妹莲的神态异样，那神态根本不是在听，而是在恍惚，在沉湎、迷糊和幻惑，是魂不守舍。

是的，近七十岁的韦妹莲已经魂不附体，她的灵魂和神思正在长翅膀，飞向过去，回到她的十八岁——

她十八岁那年，上岭村出现了一个陌生人，是位青年男子，二十七八岁。他戴着眼镜，瘦瘦高高，白白净净，像一棵未被虫咬过的竹子。他暂时住在那时候叫大队的房子，听大队长黄吉伟说，他是个学者，研究动物什么的，因为犯了错误，直接从省城被撸到公社。是龙湾公社不是菁盛公社。他在龙湾公社三四年了，估计是憋坏了，要求到菁盛公社来，到菁盛公社后又要求到上岭大队来，因为上岭的山上有猴子。上岭的猴子与众不同，白头叶猴，世界少有。他就是来观察和研究白头叶猴的，姓秦，叫秦仁飞。

大队长在韦妹莲家里，跟当时还在世的韦妹莲的父亲和爷爷谈及秦仁飞情况的时候，韦妹莲是听见了的，但是不见她有什么反应，像是大人们讲的事情与她无关。事实上秦仁飞的到来确实跟她没有任何的关系，他来的缘由是山上的猴子。她从没想到有一天，竟然会跟这位与猴为伴以洞为家的男子产生联系，萌生感情，并为这个最终负心和背弃她的男人守候到老，忠贞不渝。

她和他遇见和认识，就在他到上岭来的那年冬天。

那年隆冬的一天早上，她上山采药。她的爷爷病了，发烧、咳嗽和咯血，一夜不停。到了天亮，瘸腿的父亲撑着竹棍，打开家门，要上山采药。父亲的竹棍、砍刀被她夺走接过，她代替父亲，上了更灵山。更灵山有她爷爷需要的穿心莲和仙鹤草，这两种草药她都认识。

长这么大，这是她第二次上更灵山。它在河流的对岸，也在家宅的前方。她第一次上更灵山是八岁的时候，因为好奇。听说更灵山上有漂亮的猴子，她想去看看，于是渡过了河，对艄公说去赶圩，却上了更灵山。上山有一条小路，弯曲得像一根被遗弃的粗糙的绳子。她沿着路走到半山腰，发现没有了路，不仅上不去山，下山的路还找不到了。她像个瞎子摸索着下山，荆棘将她的衣裳和皮肉一道接着一道地划破，等到山下的时候，她衣衫褴褛、满身血痕，像一个受人欺负折磨的叫花子。从此之后她再也没有上过更灵山。那天如果不是为了生病的爷爷，如果不是体恤残疾的父亲，她是不太可能再上这座让人羞恼的山的。

更灵山还是更灵山，没有长高，或者说还是原来那么高，而她却长高长大了。她轻松地上到半山腰，采到了穿心莲。仙鹤草半山腰没有，找了半天没找着，于是，她只能再往上。她以为往上就没有路了，踟蹰不前的时候，却发现有路。一条羊肠小道出现在眼前，有人踏过的足迹。她瞪大眼睛盯着足迹，小心翼翼地上行。越往上越陡，也越冷。山如刀削斧凿，寒风刺骨。浓浓的云雾覆盖山顶，像被。霜雪降落在树上和石头上，像盐。在高高的山顶，在她扒开的多株被霜雪掩盖的草木中，她采到了仙鹤草。完成了草药的采集，她准备下山。顾目流盼的时候，她发现附近的一个山洞在冒烟。那是人为的烟火，是什么人在山洞里面？她起初不想也不敢过去，慌忙地躲开。她钻到一棵树下，突然，树上挂着的霜雪哗哗掉落下来，撒了她一身。她抬头望，发现一群猴在树枝间飞跃跳动。它们让她忽然想起半年前大人们讲到的那个来上岭觅猴观猴的男人，山洞里的人是不是他？

她想去山洞看看是不是他。

他看到浑身霜雪的她钻进山洞的时候，想起了白毛女，以为她是被坏人或恶人逼迫逃上山来的，躲避进了洞里。同情和怜悯之心油然而生，他不由分说上前，为她拂去身上的积雪。当积雪消除，原貌显露，宛若仙女的她不再被认为是白毛女，而是成了上苍慰问他的使者。他受宠若惊而变得手足无措，忘了自己先前在做的事情。

他之前正在煮东西，支架上挂着一个饭盒，吊在火上，冒着热气。燃烧的柴火松松散散，再不集中就灭了。她走过去，把柴火集拢。火焰升高，饭盒的热气强烈起来。她能看清饭盒里煮的是红薯片，而且是冻烂了的红薯，因为散发着腐臭的味道。她扭过脸，然后转身，看见不大的山洞里铺着草垫，草垫上有一床凌乱的被子和几件皱巴巴的衣裤。石壁的凸处挂着照相机、望远镜，一个提桶接着石笋滴落的水。凭着这些，她已经知道他是谁了。蹲着的她朝站着的他仰望，说："你在这里住了多久？"

他说："不知道，不记得了。"

"我刚才看见猴子了。离这个山洞不远，香樟树上。"

"你看见的是 F 群花叶家族，共十一只。首领是只尾巴断了的大公猴，是不是？"

她惊诧，说："你刚才看见我碰到猴子了？"

"没有。"他说，"什么猴群活动和住在什么地方，我知道的。"

"你为什么和猴子在一起？"

看着她单纯、明亮的眼睛，他说："跟他们在一起，我感到快乐，时间过得很快。"

"你喜欢做野人。"

"也不是，"他说，"我是研究野生动物的，就得接近它们，和它们在一起的呀。"

"那么多动物，你为什么偏偏喜欢猴子？猴子到处都有，为什么偏偏来我们这里？"

"因为这里的猴子珍贵、稀少，是白头叶猴，中国，就只有上岭这个地方，更灵山，最多。"

"我其实也是第一次看见我们这里的猴子，它们从来不下山的。"

"它们甚至都不下树，"他说，"一辈子都在树上生活。"

"哦。"

他见她眼睛瞪大，来了兴趣，便对她讲起了猴子。他观察到的在上岭村更灵山生活的白头叶猴，一共有六个族群，他给它们分别编了号，A、B、C、D、E、F。每个族群都有首领，都由公猴担当。族群之间各有领地，互不侵犯。公猴负责保卫家族，母猴负责生育儿女。

她听他滔滔不绝头头是道地讲着，突然问："F群那只当首领的公猴，尾巴为什么是断的？"

"是在与其他公猴争夺首领的决斗中被咬断的。但是它最后胜利了，当了首领。"

她垂下眼睑，并把视线转到一边，像是见不得也听不得血腥、残暴和冷酷的事情。"我回去了。"她说。

他看着她出洞，袅娜的背影让他益发心动。他情不自禁跟了出去，站在洞口，目送她下山。她时隐时现，愈来愈远，变成一个移动的小点。他跑回洞里，拿出了望远镜。一番搜索和扫视，她出现在了望远镜里——她划着竹排，正在渡河。渡到对岸后，她上岸，去往一座两边分别长着芭蕉和毛竹的房屋。房屋前有一个男人在盼望等待，看上去很焦急。男人等来了她，她把身上的挂包摘下，交给了男人。男人进屋去了，她没有，而是回身，朝更灵山望。她是望山，还是望人？望人是望不见的，因为距离那么远。但是他却能望见她，望远镜里，她明眸皓齿，长辫轻摆，柳腰灵动，举手投足，温婉可怜，是他三四年来和到上岭以后，遇见的最楚楚动人的女子。忽然间，她在他心目中的分量，已和白头叶猴等同，而对她的喜爱和迷恋，超过了白头叶猴。

从那以后，他每天就做两样重要的事情，观猴和观人。观猴有时候不需要望远镜，但观人必须得要。那个在山对面河岸上生活的女子，隐秘遥远，他得通过望远镜观测辨识和缩短距离。谢天谢地，从冬天到春天，从去年到今年，一年又过一年，他观望到她在房屋外边的一举一动，她家庭的人口和人与人之间的关系，都看得一清二楚。她的喜悦……几乎看不到她的喜悦。她的忧患和悲伤，却是尽收眼底。在三年的日子里，他目睹她送走了两个至亲的人，爷爷和父亲。第四年，他望见了她的母亲改嫁，带走了她的两个弟弟。那么，房屋里，或者说她的家里，就剩下她一个人了。

他频繁下山，渡过那条清澈宽阔的河流，出现在炊烟袅袅的村子里，出没在她家里。

他出现的理由是洗晒照片和整理笔记。将近四年的观察和记录，他拥有了太多的资料，需要存放和梳理。事实上的确如此。他的精力放在了处理材料上，大部分时间，他要么在大队部，要么走访农家。

像走访其他农家是有理由的一样，进入她家也需要借口。他最初的借口是借用她家空置的房间做暗房和工作间，冲洗照片和写作。这个理由相当过硬和充分，因为大队部缺房且人杂，有房并且清净，只有她家具备这样的条件。并且，大队长黄吉伟力排众议，做出了决定。大队长亲自领着已逐渐放松了管制的他，来到她家，对她说："这是个大知识分子，要照看好他。"

就这样，她和他住在了一座房屋里，朝夕相见，彼此消除了思恋之苦。别以为这四年她不想他、不念他，那就错了。她朝思暮想，自家空恁添清瘦。别以为她不知道他也想她，每当她在自家房屋的外边，望着对面的更灵山，发现山顶上有镜光一闪一闪，她就懂得，那是他正在用望远镜望她。那镜片的光芒有万丈长，投射在她身上，像天神吐出的火焰，被她接纳，把她熔化。

他们水到渠成，不管不顾，拥有了彼此。

苦日难熬，欢时易过。他们的幸福时光实际有一年，却恍若隔日。他原来犯的所谓错误，已经得到解决纠正，获得平反的他要走了，回城里去，具体地说，是调到广西大学当教师。

她记得临别的那天晚上，他们通宵没睡。

他走了，从此没有音讯，更没有回来。她投出去的信，如石头丢进河里。

他一走，她便发现怀了身孕，然后不管不顾，生下了他的孩子。不知道他知不知道，但愿他知道。

　　现在，接受指定的遗嘱执行人蓝律师和钟律师，想必知道遗嘱人秦仁飞和韦妹莲有一个孩子。他们从相框和随后对韦妹莲的询问中，确认了这一点。现年将满四十四岁的儿子得飞，随母姓，已在外漂泊十五年，不知所踪。

　　话题最终得回到遗嘱上，回到秦仁飞先生。

　　其实是她主动问："他怎么样了？"

　　钟律师说："秦仁飞先生已经去世了。"

　　她不是很吃惊，像是已经料到了。她从记忆中回神的眼睛里，满是悲伤。"他比我大十岁。"她喃喃地说。

　　"秦仁飞先生生前立有遗嘱，把他财产的一半处分给你。我们折算后，你能继承的遗产是三百七十万人民币。"钟律师继续说。

　　"他有孩子吗？"

　　蓝律师说："有，两个孩子。"

　　"最大的有多大？"

　　"四十三岁。"蓝律师看了看随身携带的本本后说。

　　"比我的孩子小。"

　　"是的，秦先生是回城以后才结的婚，夫人是位名媛。"蓝律师说。他用了名媛这个词定位秦仁飞的夫人，却不解释什么是名媛。

　　韦妹莲缄默了，她的眼里痛苦代替了悲伤。

　　蓝律师给钟律师使眼色，示意她往下说。

　　"韦妹莲阿婆，"钟律师说，"秦仁飞先生的遗嘱里还有个前提条件，满足这个前提条件，才能把遗产处分给你。"

　　韦妹莲看着钟律师，显出想听的样子。

　　"这个前提条件是，你还爱着秦仁飞先生。"

　　韦妹莲不置可否。她嘴唇颤抖，像个说不出苦或甜的哑巴。

　　"韦妹莲阿婆，你还爱秦仁飞先生吗？表个态或表示一下。"

韦妹莲摇头。

钟律师和蓝律师都愣怔了。"韦妹莲阿婆，这可是三百七十万人民币的财产呀，你点个头，表示你仍然爱着他，就可以了。"钟律师不甘韦妹莲的否定和放弃，启发和引诱道。

韦妹莲再次摇头。她头上苍苍的白发，在摇晃中飘散，像风中的芦苇。

原载《人民文学》2022 年第 1 期

朱山坡

闪电击中了自由女神

从阙崇才家里出来，我立刻开着车离开竖城，很快便走在去广州的高速公路上。我内心非常激愤，把车开得飞快，恨不得一步回到报社，把我大半年的暗访成果公之于众。到了半途，我才发现自己对此路很不熟悉，路在深山野岭里延伸，周边看不到人活动的痕迹，整条路上差不多只有我一辆车在行驶。路是刚开通的沥青路，很宽敞，白色的分界线像是油漆未干，十分耀眼。路崭新得让人舍不得开车碾压，甚至想停下来用手摸摸。只是天气突然变了，乌云越来越多，越来越黑，像被打翻的墨水把整个天空占领了。而我心中的怒火和哀伤也伴随着往事像黑云一样压过来，一股巨大的孤独感和苍凉感使得路的前方充满了悲壮。我用力踩着油门，要把车开进像黑洞一样深邃的云朵里去，让自己消失得无影无踪。

此时手机铃声骤然响起，显示的是陌生号码，来历不明。我以为是骗子或推销的骚扰电话，很不耐烦，为了出口恶气，接了，发出愤怒的质问："你他妈是谁呀？"

"闪电击中了自由女神！"手机里的人不管不顾，歇斯底里地号喊，"兄弟，噢，My God（天哪）！我现在在纽约，就在自由女神像的脚下，她被闪电击中了！还真被我拍到了！"

我愣了一下。电话那头继续传来急促而极度兴奋的声音，兴奋到连喘息都像是台风扫过甘蔗林。

"我终于拍到了……满天漆黑，闪电照亮了夜空。"他喊道，"闪电击中了 Statue of Liberty（自由女神像）！ Statue of Liberty！"

我听出来了，是潘京。他沙哑的声音即使被雷电击碎我也能听得出来。

"我都等了三天三夜——不，三年了！我终于真正拍到了宇宙的灵魂！太清晰太完美了！"潘京在电话那头尖叫道，"你不知道我的等待有多么漫长，兄弟！"

突然，一道弧形的闪电划过长空，从宇宙无限深处的那一头，掠到遥不可及的这一头，将黑暗的苍穹分成两半。但它没有将黑暗点燃。我被炫目的闪电震慑了，本能地踩了一下油门。

"兄弟，闪电！妈的，又一道闪电击中了自由女神！那是灵魂与灵魂的碰撞，那是点亮黑暗的方式！"潘京激动得语无伦次。

我来不及回应潘京的话，一声响雷在我的车头上方炸开来，我吓得打了一个激灵，手机掉到了踏板上。手机里仍传来潘京嗡嗡的声音。

接着，又一道闪电划过来，试图换个地方将黑暗切开一道口子，但仍然没有成功。

接着又一阵炸雷从头顶滚过。我减速，俯身拾起手机。

潘京在手机里哭了。同时，我听到了手机里有雷声。

我问："潘京，你那边怎么啦？"

潘京呜呜地哭着回答："没什么，闪电击中了自由女神，我突然感到很难过。"

我懂得一个常识：每年自由女神像被闪电击中的次数以数百计，仿佛从她耸立在那里开始就被闪电盯上了，一百多年来不知道承受了多少刻骨铭心的爱，也不知道承受了多少次五雷轰顶之恨。然而，作为一个摄影爱好者，像追拍飓风、巨浪和流星一样，抓拍到闪电击中自由女神是何等快意和自豪的事情。

这一刻我竟然替他担心，说："你的头上没安装避雷针，得注意安全啊。"

潘京抽泣着说："放心，所有的危险和灾难她都替我们承受了。你听我说，你还好吗？我好像听到你那边雷鸣的声音。兄弟，如果你害怕闪电，先躲起来再说。我跟你不一样，现在我十分喜欢闪电，我恨不得潜入宇宙深处捕捉闪电，我需要闪电。"

"现在我也在等待闪电。"我说。

"你知道吗，我终于弄明白了，闪电有许多种，有利剑状，有鞭子状，有树枝状，有绳子状，有渔网状，还有球状。对付坏人，用利剑、用鞭子，让他们永不得超生……带走好人的是渔网闪电，它只是让好人换个地方生存。我爸就是被渔网带走的。"

我说："我想跟你谈谈……你到底还有多少秘密？"

那头不说话了。长时间静默。我不安地问："怎么没有声音了？你那头什么情况？"

好一会儿，从遥远的美国传来一个幽幽的像被闪电烧焦了的声音："我有点想黄瑛了。"

我的未婚妻叫黄瑛。

黄瑛最早让我知道潘京曾经非常害怕闪电。

那一天她坐在自己家的茶桌边喝着咖啡对我说，潘京对雷电怕得要死。说话时表情有点鄙视、嘲笑，但更多的是怜悯和无奈。她举了一个例子。有一次午后，她坐在他的车里，副驾的位置，在去横城的路上遇到了雷雨。一道闪电从乌云深处斜刺杀出，发出耀眼而火花四射的光。那光像鞭子一样劈头盖脸地朝他们打过来，潘京惊叫一声，惊慌中双手不听使唤，车失去了控制，开到了路边的一片荒坡上，熄了火。她惊魂甫定，他已经从驾驶室逃之夭夭。她跳下车追着他喊。他逃到了桥底下，双手抱头蹲在沙地上，浑身颤抖，像一只被狼撵到了墙角的兔子。又一道闪电划过，照亮了他惨白的脸。

"我害怕闪电。"潘京说。

黄瑛在桥底下一直陪着他，安慰他，直到闪电停止，他们才重新回到车上，冒雨前进。一路上车开得很小心，仿佛害怕闪电在前面某个地方设下了埋伏。

那时候的黄瑛真的很美，说话的声音很好听。说起这件事情时她表情喜悦，但对潘京充满了怜悯之意。

当时潘京没有过多地解释自己为什么害怕闪电，他只说是天生的，可能在母亲的肚皮里受到了闪电的惊吓。黄瑛说，胡扯。潘京没有辩解。那天的咖啡是卡布奇诺，它的味道像闪电一样击中了我的舌头，说不清楚的甜和香，我对它赞不绝口。黄瑛骄傲地说："是我的手艺好。"

我们谈论闪电的时候，潘京局促不安，还有点害羞。那是晚上，月朗星稀，和风拂面，在昏暗的灯光下我注意到了黄瑛的手，纤细而白嫩，我想摸一下，或被她摸一下。

后来，在一个风和日丽的下午，潘京和我躺在惠江边的草丛里，他向我解释了害怕闪电的原因。他说很小的时候在乡下亲眼看到过闪电将家对面山坳里的一棵参天银杏树拦腰劈断。有一年夏天，中午，黑云遮住了天空，他的父亲撑着一条小船摸黑过江，要赶回家给祖母煎药。潘京在岸上等他。父亲每次都从山里带山鸡给祖母补身子。潘京认出了父亲的小船，只容得一个人，他一个人撑着。江水舒缓，向来没有凶险。可是，那次船刚到江心，一道闪电划过，照亮了江面。当时，潘京被突如其来的闪电吓着了。很耀眼很锋利的闪电，把天空划开了一道口子，向江面伸出白色冰冷的爪子。因为恐惧，潘京本能地闭上了眼睛。当闪电熄灭，乌云变成了雨水，光线慢慢从天空中渗出来，他睁开眼睛，发现父亲不见了，只剩下那条小船空荡荡地在江面上漂着，暴雨将它打得胡乱逃窜。潘京朝着空荡荡的小船呼喊，但没有人回应他。雨过天晴，依然不见父亲上岸。潘京哭着，无计可施。所有人都说，闪电把他的父亲收走了，像老鹰收走一条鱼。

潘京说他的父亲是一名伐木工，每天都撑船去很远很深的山里伐树。父亲一辈子很孝顺，从没干过伤天害理的事情，相反，做过数不清的好事。虽然砍过很多的树，但树神也没责怪过他，况且，树是闪电的敌人，伐木工应该是闪电的朋友。闪电收走的应该是坏事做绝的人。潘京认为，闪电收错了人，下一次闪电会将父亲归还给他，就像语文老师没收他的课外书，发现不是有害读物而是世界名著，第二天会归还他还表扬鼓励一番。但许多年过去了，他一直没有等到。

"闪电狰狞得像魔鬼的脸孔。"潘京不敢正眼看闪电，像我们害怕锋利的刀割开我们的胸腔，将内心所有的秘密曝光于众，"也许，闪电曾经有意将父亲还给我，但我不敢迎上去接，很多次都是那样。还有一种可能，闪电早就已经将父亲还给我了，但把他放错了地方。"

这种可能性也是存在的。闪电不是计算机，记性没有那么好。

"你认为会放在哪个地方？"潘京问我。

我说："不知道。会不会放在当初收走他的那个地方？"

潘京说："不会。如果放在那个地方，说明闪电承认自己错了。闪电怎么可能认错呢？"

我说有道理。但我想不出来闪电到底会在哪个地方把父亲归还给潘京。

"那个地方，也许是美国。"潘京说。

潘京解释说，也许不是闪电的意思，而是他爸的选择。

他让我思考有没有道理。但当时他讲述故事和分析问题的时候，我最感兴趣的不是闪电，不是美国，而是伐木工。

对我而言，伐木工是一个关键词。

认识潘京时，我是南方某报的深度调查记者，被报社派往竖城暗中调查非法排污的证据。每逢洪水过后，珠江下游的水经常镉超标，基本断定是上游有厂矿企业趁洪水之机往江里排放污水，但一直找不到证据，或者有了些眉目，却被地方政府搪塞遮掩过去。我们报社曾经安排过记者去珠江上游暗访，并已经把竖城列为重大嫌疑，只是在竖城蹲点了一个多月也没有找到实证，还莫名其妙地被当地的流氓地痞揍了一顿，只好悻悻而回。而那记者被打伤的右眼落下了后遗症，夜里看不见任何东西。同事们分析，可能是因为他的外地口音引起了别人的怀疑，暴露了身份。我是报社抗打能力最强的，在山西暗中调查黑煤矿坍塌事件时，曾经被十五个壮汉追打三十多公里，一路翻山越岭地逃跑，一路被人往死里揍，但还是让我逃出生天，并用翔实的现场照片将真相公之于众，引起全国轰动。但断了两根肋骨、鼻青脸肿的我在医院里躺了三个月。前赴后继，我就是后继的人。报社领导说了，你就像当年的地下党员一样，潜伏在竖城，暗中调查，一个月不行，半年；半年不行，一年；一年不行，两年。

其实我是主动请缨的，因为我觉得报仇的机会到了。竖城中兴化工厂厂长阙崇才，是我家的仇人。据铩羽而归的同事说，排污的源头必定是中兴化工厂，只是找不到它的排泄渠道。只要证据确凿，我就能扳倒阙崇才，甚至让他进监狱。阙崇才还没当化工厂厂长之前，是竖城国有林场的场长，我爸当年是林场会计。有人举报场长贪污公款，结果他伙同他人栽赃到我爸身上，我爸无处申辩，被判入狱三年。那时候，我才八岁，寄宿在乡下外婆家。母亲是竖城林场的合同工，在卫生室既非医生也非护士，每天闲坐，偶尔帮病人量一下体温和血压，还经常因为量不准被医生和护士斥责，还被病人打过嘴巴。但母亲长得漂亮，不能安排她去伐木或干其他的，只能在卫生室待着。然而，我并不觉得母亲有多漂亮，脸太长，下巴太尖，眼睛大而空洞，只是皮肤白，身材比父亲还高出一小截，无论夏天还是冬天，总是穿着连衣裙和肉色长筒丝袜。伐木工经常到我家找父亲核实数据，母亲总是对他们露出嫌恶的表情。伐木工身上有汗臭，有树脂和树汁的气味，让母亲感到恶心。母亲和父亲的关系从来都不冷不热，不亲不疏，也不争不吵，像是两个奉命凑合过日子的人。父亲入狱，母亲不悲不喜，不哭不闹，也不卑不亢，平静得若无其事，像跟自己毫不相干。不久，母亲跟别人跑了。母亲走的那天，我哭着求她给我留下一个地址，日后我好去找她。但她拒绝了我，拒绝了所有人，包括外婆。她背着一个花布挎包走了，从大路上大大方方走的，走得六亲不认，决绝而胸有成竹。因此没有人知道我对母亲有多恨，而对父亲有多爱。我要拯救父亲。那三年里，我恳求外婆教我认字。当我认得一百个字的时候，我开始替父亲写申诉书，让二舅寄到县政府。后来父亲被减刑三个月。父亲出狱那天，我以胜利者的姿态乘长途班车到柳州劳改农场接他回家。一路上我向父亲邀功，父亲比过去木讷了许多，慈祥了许多，只是摸了摸我的头说："你能写文章，很了不起。"回到家里，二舅把那些年我写的申诉书当着父亲的面原封不动地交到我的手上，他压根就没有寄出去。我无地自容，责怪二舅，如果他把我的申诉书寄出去，我爸早就回来了。对此，二舅不申辩，一声不响地给我带回了一个后妈。

后妈跟我妈的年纪相仿，身材也差不多，我差点以为是我妈回来了。风把她的头发吹得很乱，头发遮住了脸，似乎是故意的。我还来不及仔细瞧瞧她的样子，父亲便将她带走了，一起去了贵州的建水。因为吃过牢饭，他在家乡待不住了。我不在意别人暗地里叫我贪污犯的儿子，但父亲无法忍受别人异样的目光和流言蜚语。建水离竖城很远。一个月后，我收到父亲写的一封信，他说在那边挖煤，如果顺利，从此就在那边安家了。那年年底，我骗过了外婆和二舅，乘长途班车到贵阳，辗转到了建水，把父亲吓了一跳。

那一年，我十四岁。我想见继母，我想从她那里获得母爱。她会爱我的，我也会爱她。可是父亲说她死了，不小心从拉煤的车上掉下来摔死的，幸好死得并不痛苦，当场就断了气，脸上还带着微笑。我说我还没看清她的模样呢。父亲难过地说："我也来不及看清，工友都说她的脸长得像很值钱的样子，即便是死的时候，她的脸依然比金子漂亮。"我问她的来历，父亲说他也说不清楚，只知道她的前夫是伐木工，死于一次闪电。她还有一个儿子，跟大伯一起生活，年纪跟我差不多。一个继母像闪电一样来到我家，又像闪电一样在这个世界消亡，或许这就是人生的诡异之处。我没有闲着，跟父亲下矿井挖煤。别看我瘦小，挖煤一点也不比父亲少。过去父亲力气蛮大的，但从监狱出来后身体就不行了，挖半个小时便要坐下来喘息一会儿，并借着矿灯的光掏出一本书看。他看得很认真，像是复习考试的高中生，但每次总是只看十分钟便收起书去干活。他每隔几天换一本书，类型不一样，有小说，有电工教程，也有领袖文选。他说在监狱里养成了看书的习惯。矿工们不知道父亲原来的身份，也不知道他蹲过监狱，但都觉得父亲不应该挖煤。父亲认为我不应该挖煤，因为他看过我为他写的申诉书，觉得很有文采，可以靠文谋生。会计就不要做了，容易出差错。父亲说，也可以先好好挖煤。挖煤是一个好职业，在地下没有钩心斗角，都靠力气吃饭，一天挖多少煤得多少钱一清二楚。父亲恨不得一辈子天天待在煤洞里，不再跟外面的世界有什么勾连。但煤洞里很黑，像太空一样黑得令人胆寒，孤寂得像身处遥远的星球。有时候我很希望外面有光照进来，哪怕是一道闪电也好。在煤洞里休息的时候，我也学会了看书。父亲看过的书，我拿过来看。到我十八岁那一年，父亲说："你可以离开这里了。你干什么都可以，但不能为我报仇，因为我的案子是铁案，翻不了，不要把时间精力耗在毫无意义的事情上。"我还舍不得走，说再挖半年吧。半年后，也许我再也不想报仇雪恨的事情了。半年后，我果然不再想着报仇雪恨的事情，但发生了一次矿难。那天雷电引发煤井电线短路，导致瓦斯爆炸，轰的一声，像一道闪电撕裂了矿井。父亲下意识地朝我喊："快逃！"我离父亲二十多米，本来我们可以一起逃走，但他回头拿他的书……我侥幸逃出生天，父亲和十七名矿工永远埋在离地面三百多米的地球深处。我曾经怀疑，瓦斯爆炸不一定是意外，也许是阙崇才暗中下的毒手。我怀疑世界上所有的坏事都与他有关，他才是最应该被闪电收走的那个人。因而，仇恨的种子重新发芽。

　　我到南方应聘的时候，报社的领导听我说完这些经历之后，不看我的学历，也不笔试，只看了我写的几页日记，便决定录用我。他说，对生命的体验、对正义的坚守和对自由的渴望比学历、才华都重要。我没有让报社失望。我用闪电般的速度得到了同事们的认可和敬重。

　　我在旧城区一个比较混乱的小区租了一套小房子，没有人认识我，左邻右舍都是市井里最底层的人，贩鸡屠狗，三教九流，什么样的人都有。我的竖城口音没有变。有人问我是干什么的，我说是搞摄影的。是照相吧？我说，照相跟摄影是两码事，懂吗？他们不懂，便不再问。这里的人不知道我的名字，称呼我时叫"照相的"。化工厂虽然进出的人很多，但防范森严，进出的每个人都被保安盘查，外人没有证件根本靠近不得。我也犯不着像我的同事那样非要进厂找线索，我可以寻找它的排污口。只要给我时间，再隐秘，我也能找到。工厂的污水像人膀胱里的尿液一样必须排放，因而，我的日常工作便是假装成一个游手好闲的人，到处寻找污水排放口。

小区里有人对我摄影师的身份提出了质疑："你的相机呢？"

我犹豫了一会儿，从口袋里取出一台索尼傻瓜相机，小巧玲珑的那种。这不但不能打消他们的疑虑，反而增加了他们质问的底气："你怎么没有像记者潘京那样的长炮短炮照相机？你得学学他。"

潘京在竖城妇孺皆知，但我却不认识他。我开始寻找他。

我在东门照相馆买二手单反相机时认识了潘京。他身材偏矮但很壮实，脸圆乎乎的，鼻子扁平，头发蓬松且天然卷，说话时不怎么看人，仿佛跟谁说话都一样。照相馆不是他的，但相机是他的。他跟我说他这台相机的好，也说它的毛病和脾气，像给我介绍一个姑娘一样，把秉性说得清清楚楚。我说想买台专业相机，随便拍拍寻找乐趣和消磨时间，顺便学学摄影。潘京说，这是摄影菜鸟级别最好的相机。于是我买下了相机。潘京说："我对这台相机有感情，如果不是手头紧，我哪舍得卖掉它？"我懂的，像是杨志卖刀呗。

潘京是《竖县日报》的摄影记者，从报纸创办那天开始，他便是记者了。我们一见如故，很谈得来。我需要朋友，于是便与他频繁往来。他经常提着酒菜到我家聊天，说有什么困难找他，黑白两道都可以。我不会暴露我的真实身份。我主要聊全国娱乐圈里的人和事，聊摄影，有时候也纵论天下大势和时政新闻。任何话题都可以聊上半天。就算不聊，我们坐在一块儿也彼此心照不宣，似乎也都在想着同一个问题，得到同一个答案。只是在摄影方面，我还没有入门，只相当于"照相"的水平。我只会简单的拍照，经常因为相片的拍摄技术问题被编辑诟病，幸好我的文字的深度和精彩弥补了我的缺陷。摄影是我的弱项，我真的想好好补一补。潘京看到我对摄影抱有极大的热情，兴奋地说："热爱是最好的老师，如果你真正爱好摄影，我可以毫不保留地教你。"

于是，我开始了和潘京的友谊，更贴切地说是师生关系。

那时候，我们坐在惠江下游滩涂的一个杂乱的草堆里。那是深秋，草有些枯黄了，散发着热气和植物死亡的气息。我们实际上是靠着厚厚的草，半躺着，江水在三步之外，风还是有点冷，越来越冷。我们等明亮的太阳慢慢变得暗淡，像等待一堆火缓缓熄灭。到了那时，残阳的余晖斜照在下游的残桥上，把桥和桥面上的杂草变成金黄色，稀疏的光线穿过桥洞，散落在江面，流水将它们和垃圾一起带走。

我们正需要这一刹那。我们的照相机早已经架好，就等那一刻的到来。

这是潘京最喜欢的拍摄场景。残桥离县城不远，肉眼可见街市上行走的人。这是清嘉庆年间由德国人设计并修建的一座廊桥，虽然窄小却可通汽车。桥的另一头原先有一座天主教堂，多年前毁于一次雷电，被雷电引起的大火烧塌了。教堂倒塌后没过多久，桥也被洪水冲垮了，桥的两头断了，只剩下中间一段，两头不靠岸，既无法出发，也无从抵达。桥身长满了青苔和杂草，已经残破不堪，政府一直说要拆除，但潘京总能说服政府暂缓，等他完成一件不朽杰作。似乎生怕明天一觉醒来桥便不见了，所以他把每一次拍摄都当成最后一次。早晨、午后、黄昏甚至月夜，他都拍过。残桥与江水浑然一体，照片确实漂亮而有味道，其中一幅挂在县政府入门大厅最醒目的正墙上。因为这些照片，他获奖无数，已经成为县里最著名的摄影师。他是报社头牌摄影记者，似乎还是新闻部的副主任，但他不喜欢给官员们拍照，对官员有着与生俱来的反感和排斥。他的学生很多，但没几个坚持跟他学到头的，因为他们受不了翻山越岭寻找风景的苦，更受不了像狙击手等待猎物那样在野外数天数夜地守候最佳状态到来的煎熬。他告诉我，残桥是摄影的起点，也是终点，摄影的全部秘密都在这里。他的残桥照片风格各异，恬静的，忧伤的，孤独的，诗意的，苍茫的，都给人强烈的震撼。我们都认为他拍的照片已经好得无可挑剔，堪称完美，把摄影艺术推到了最高的境界，但他却一直认为没有把残桥拍好，总觉得差那么一点点。不是技术问题，更不是设备问题，甚至都不是光线、湿度、风速和空气质量问题。别人以为他是假谦虚，只有我知道他说出了内心的真实。

"灵魂。"潘京说。

我明白他说的是什么，因为我也在捕捉灵魂。

"人有灵魂，桥也有。"潘京说，"我的照片只拍了它的皮囊，缺少灵魂。它的灵魂游荡去了。我们只是瞎折腾。"

我跟他聊灵魂，无边无际地聊，甚至聊到了宇宙的构成和主宰。

"最好的摄影师不是因为他技术高超，而是因为他是捕捉灵魂的高手。"潘京说。

虽然是残桥，像一个断了臂膀的人，虽然不健全，但还是活着的，灵魂还在。哪怕它游荡得再远，也总有一天会回来的。这是潘京带着我不断来到江边的原因。

在漫长的等待中，每次潘京都给我讲很多很长的故事。主要是竖城官场和商圈的事情，龌龊而隐秘。他知道很多内幕并记录了其中的一些。他指了指自己的照相机："世界上的秘密都被藏在各式各样的相机里。"他说的事情我很感兴趣，超过了我对摄影的热情，尽管我听得出来他添油加醋了，甚至有明显的虚构和夸张成分，尤其是关于官员们跟女人幽会被他无意拍到的那些秘密。我在恰当的时机简单地提问，引导他继续往下说。讲故事的时候，他喜欢往天空中吐烟圈。草丛中偶有蚂蚱借道于我跳到他的身上，有时候他抓住蚂蚱用烟头烫，蚂蚱被烧得嗞嗞作响，香味四溢。他从口袋里摸出一瓶江小白，喝一口，将半熟的蚂蚱嚼两下咽下肚去。只有在这种情况下才能中断他的讲述。

"兄弟，这些事情都引不起我的兴趣。"潘京说，"他们没有灵魂。或者说，他们的灵魂没有趣味，还比不上蚂蚱。"

我表示赞同。灵魂是一门哲学，更是人生态度。

"我也没有灵魂。"他说得意味深长，但我一时捉摸不透他究竟要说什么。

江面很辽阔，残桥很长，尤其是我们躺着看它们的时候。

有时候，我们弄来一条小舟，请一个村妇撑船，让我们从不同角度拍照。

"我这辈子最大的愿望就是拍到有灵魂的东西。"潘京说得很认真，仿佛是在对着那些飘荡在空中的灵魂发誓。

然而，有一次天气突变，乌云压顶。潘京十分惊惶，一道闪电划过，照相机从他的手上掉下来，贵重的镜头跟相机身首异处。他没有掩饰自己，脸色苍白，目光呆滞，像被闪电击中。

被闪电惊吓并不奇怪，我安慰了他。他缓过来后，对我笑笑说："闪电真的能摄魂夺魄，把人吓死。"

闪电到底是什么东西？对此我和潘京曾经争论过，他不相信科学，不相信一切被定义的东西。他总是在形而上的层面上跟我探讨，而我喜欢引经据典用科学去解释和推测万物。然而，有时候他也能说服我，比如：

"闪电是宇宙的灵魂。"

对此我竟然无言反驳，反而茅塞顿开。每每对某事物达成共识，我们都很高兴。

就是那次闪电之后，潘京跟我说起了他小时候跟闪电的关系，因而我知道了他是伐木工的儿子。

"你是不是有一个改嫁给贪污犯的母亲？"我问。

"是的，我曾经有一个妈。"潘京说。

潘京把他母亲唯一的一张照片给我看。那是她生潘京那年照的。一个从城里下乡采风的摄影师给她拍的，就站在家门口用卵石围起来的墙头前，脚旁边有两只小母鸡，她穿着白色衬衣，表情羞涩，头发还是有些乱，几缕发丝隐隐约约把脸遮掩了，这样反而显得她更美。我看了看照片，只能说似曾相识，但她真的漂亮，而且很善良。潘京说，父亲被闪电抓走后，如果母亲不离开村里，她就得听从村里大多数男女的劝说，改嫁给大伯。虽然大伯是好人，年富力强，但她不喜欢，所以她宁愿嫁给一个吃过牢饭的。

"我妈不是普通的村妇，虽然只读过小学，但她是读书人。她喜欢看小说，读过不止十遍《傲慢与偏见》。"潘京说，"我不喜欢小说，我喜欢摄影。"因而我相信我父亲爱上看书并非在狱里养成的习惯，而是因为娶了潘京的母亲。

"我妈姓宋。"潘京说，他母亲叫宋桃。她离开潘京的时候，只留下一张照片。照片的后面，写着摄影师的名字：黄国安。

我甚至觉得连"宋桃"这个名字都是天底下最美最动听的名字。

"母亲离开的时候，舍不得我，抱了抱我。我说，妈，你快走，不然村里人就要把你捆住留下来嫁给大伯了。"潘京说，"虽然我并不讨厌大伯，但我还是希望母亲赶紧离开。那情景，只要我对母亲说，请你留下来吧，她肯定会留下来。"

潘京说，母亲一走，他的心里只剩下噩梦般的闪电了。

师范大学毕业后，潘京回竖城举目无亲，找到文联副主席黄国安。

"没人发现你妈究竟有多美，除了我。摄影师的使命就是发现美，留住美。按下快门的瞬间，刹那即永恒。"黄国安说。

潘京说："我没有留住母亲，我当了十多年的孤儿。"

我相信，有些母亲是留不住的。天要下雨，娘要嫁人，这是世界上最难以阻止的两件事。

黄国安还告诉了潘京他不知道的秘密：在一个雷电交加的午后，他母亲到城里找到了黄国安。文联的人让她坐在黄国安的办公桌前等他。黄国安走进门去，看到她安静地坐在那里，头发湿漉漉的，正翻阅着台上的自由来稿，像极了一个编辑。"我们聊了一个下午。"黄国安说，"最后，我才知道她是来索要相片的。我忘记了照片的事情，当时我只是随便拍的。我让照相馆加急冲洗了出来。她请求我在照片上签名，我签了，还签了日期：1993 年 7 月 12 日。实际上，照片是 5 月 8 日拍的。"

潘京记得，父亲是 1993 年 7 月 10 日被闪电掳走的。村里的大人沿着惠江往下游搜寻了两天，并不见他父亲的尸体。十多年过去了仍没有见到。

"傍晚了，我让她留下住一个晚上，可是她不肯。她说，要赶最后一趟班车，回去办丧事。"黄国安说，"她说的最后一句话是，我丈夫跟闪电走了。"走了就是死了。父亲到底是死了还是还活着，潘京为此跟母亲吵过一架，后来母子分道扬镳，不再相见。潘京说梦里经常见到父亲慢慢变老的样子，证明他一直在正常地活着，哪怕活在黑暗里。

潘京问黄国安："后来我母亲还找过你吗？"

黄国安想了想才说："找过一次。她说要找个男人改嫁，不要求别的，只要有点文化就行。我把她介绍给了一个竖城国有林场的会计，是我一个初中同学的姐夫的同事，刚从监狱里出来，人挺好的，打得一手好算盘。之后便没有她的消息了，估计是她看上了那个会计。

"但我一直记得她。她长得很美，有民国文艺女青年的范儿，像一个女神——向往自由的女神。"黄国安说，"摄影师最希望遇上这样的拍摄对象。"

"如果没有那次闪电，如果我爸不消失，我妈还是很美的。"潘京说。

"对了，你妈来见我的时候，怀里抱着一束橙黄色的野菊花。"黄国安说。

潘京不愿意当教师，要当记者。黄国安使尽全力把潘京弄进了竖城报社，并教会了他摄影。在一次野外拍摄中，黄国安摔了一跤，中风了，从此瘫痪在床，生活难以自理。潘京继承了他的摄影技术和所有器械，而且，娶了他的女儿黄瑛。

"我妈右边的乳房有一颗樱桃痣，即使在夜里它也闪闪发光。"潘京说，"你爸有福了。"

在惠江边的草丛里，我们有了更多的话题，谈论我们共同的"母亲"和各自的父亲，成了无话不谈的好兄弟。

"我爸对你母亲很好，他们应该过得很幸福。"我对潘京说，"只是很短暂。"短暂得像按一次快门，刹那即永恒。我们无法给他们留下甜蜜的照片，他们只能活在我们的想象里。这样也好，只要我们的想象是甜蜜的，他们就很甜蜜。

潘京对母亲似乎有点陌生了，跟我一样。他甚至刚知道自己的母亲已经离开尘世。我也差不多忘记母亲长什么样了，她连一张照片也没有留下，至今不知道她到底在哪里。

潘京经常把我带回家里，不是为了看他的摄影作品，而是给我分析大师之作。他家原是文工团宿舍，旧房子，楼道很杂乱，三室一厅，不宽敞，跟我租的房子差不多。家具是旧的木沙发，吃饭的桌子很小，几乎看不到家电，家徒四壁，墙壁上挂满了各种照片，但没有一张是他自己的。他给我解读什么才是一幅作品的灵魂。有时候是人的眼神，是死者脸上的表情，是少了一只乳房的胸脯；有时候是一根木条上的蚂蚱，还有可能是一只鸟被风折断的翅膀……兄弟，你知道吗，我想端着相机跟随夸父，拍下他奔跑的样子。我明白。我知道。我懂得。他心里装着巨大的理想。他的妻子黄瑛和她的父亲黄国安一样毕业于成都一所大学的中文系。潘京比我大一岁，我应该称她为嫂子。嫂子觉得没有什么可拿来招待客人，便从卧室里取来一只纸盒子，打开，把一张照片送到我的眼前。她站在残桥上，穿着白色裙子，亭亭玉立，夕阳的残光为她脸上的忧伤增加了哲学的意味，清澈无瑕的眼睛像极了宗教神话里不沾人间烟火的圣女。残桥、江水、蓝天和缓缓而来的孤舟与桥上的人浑然一体，堪称完美。那是十年前的照片，有点泛黄了。彼时嫂子还不是潘京的妻子。开始的时候她压根瞧不上长相连普通都算不上的潘京，尤其是不喜欢他那一双青蛙眼睛和过于肥厚的嘴唇。她从不曾想过会嫁给一个伐木工的儿子，尽管她的父亲很欣赏潘京。她爱上他的原因是他读懂了她，捕捉到了她最美最妩媚的时刻。嫂子说："他拍出了我的灵魂，也摄走了我的灵魂。他把我的灵魂装进他的相机，直到现在我的灵魂仍然被封存在相机里。"嫂子指着挂在墙上的照相机，既自豪又怨恨，满肚子的话要向我倾诉。潘京打断嫂子的话题，跟我继续聊墙上大师们的作品。嫂子用幽怨的目光看着我。此后每次到潘京家，嫂子都把那张照片拿出来给我看，重复着同样的话。

"一个女人，一生中有一张这样的照片，足矣。"每次收起照片时嫂子都这样说。嫂子衣着朴素，没戴任何饰物，洋溢着天然纯真之美。她那双清澈的眼睛还跟照片上的一样，没有变化，身材也只是稍微胖了一点点，脸上有了些可以忽略不计的皱纹，不是近距离根本看不出来。

潘京秃顶了。如果他的脸是一本书，扉页上应该写着"饱经风霜""未老先衰"的字样。搞野外摄影的都这样。也许还有其他职业病，他说过他的肝不是很好，但也没有因此戒酒。

潘京还有很多计划，比如去非洲，去南美，去北极，去珠峰，潜海底，都谋划了十年了，没有一个目标得以实现，因为没有钱。他说，想要穷一辈子就玩摄影。他的所有收入几乎都花在了设备更新上。他没有向我炫耀他的装备，但我知道它们的厉害和价钱。我看得出来，潘京过得不是很惬意，甚至有些孤独和压抑。在竖城，他几乎没有什么朋友。原先有交往的朋友都因为他的与众不同，聊不到一块儿，渐渐离他而去。

"你应该到大的地方去。"我劝过他。

"想过。"他说。只是想想。在乡下老家，他还有一个卧床的大伯，是大伯把他养大的，他每周都得回去看望一次。

潘京和黄瑛没有孩子。"是我不行。"潘京对我说，他的精子活力太低，可能是遇到了太多的闪电，精子被闪电杀死了。后来黄瑛告诉我，潘京说的不全对，关键是阳痿，结婚那年有一次做爱时被闪电惊吓，从此就不行了。而且，精子活力低不也是因为受到了闪电的惊吓？

不知道什么原因，也不知道从什么时候开始，我的脑子里钉了一颗钉子，钉子上挂着黄瑛十年前那张完美的照片，晃来晃去，每到夜深人静时照片都异常清晰，散发着摄魂夺魄的魅力。她试图从照片里挣脱出来，她每次都成功了，像成功地越狱，自由地呼吸，自由地奔跑，自由地飞翔，像自由女神。可是，她没能走出我的脑海，我把她困住了。她也把我困住了。

我为自己的龌龊想法愧疚不安，想尽快完成工作任务，然后离开这里。努力过了但毫无线索，我得等待一场大雨，引蛇出洞。然而，大雨可遇不可求，像缘分一样。

更可怕的是，我的双腿不是往化工厂和周边跑，而是自觉不自觉地往潘京家里跑。潘京有时候在，有时候不在。黄瑛越来越期待我的到来。

潘京不在的时候，我经常跟她说起我的经历，还提到我把八岁以来的经历都记在日记本里了。她要看我的日记，我居然同意了。

潘京不在的时候，我不称她嫂子，而是直呼其名黄瑛。

潘京说他跟岳父黄国安关系不好。他把母亲的改嫁归咎于黄国安的牵线搭桥。因为厌倦伺候脾气日益火暴的岳父，岳母的脾气也越来越不好，不仅把黄国安摔跤致瘫的责任推给潘京——是潘京领着黄国安连夜爬山拍日出的，而且对潘京的贫困潦倒总是冷嘲热讽，让他很窝火憋屈。除非不得已，他是不会去拜会岳父岳母的。但在我的三番五次请求下，他终于带我去见黄国安，因为我隐隐约约预感到他知道我母亲的去向。

在县政府后街，我们从一条小巷进去，弯弯曲曲，所有的墙和门都贴满了小广告。巷子越来越狭窄，小巷的尽头是他家。是黄瑛母亲开的门。家很逼仄，堆满了书。黄国安躺在小客厅的木沙发上，下半身盖着一张薄薄的瑶毯。我跟他交流摄影心得，他偶尔说几句，说得很慢，不利索，更多的是沉默，面带僵硬但真诚的微笑，耐心地听我说。看上去我和他聊得热乎了，潘京告诉黄国安，我是会计的儿子，蹲过监狱的竖城国有林场会计。黄国安恍然大悟。

"你妈肯定还在这个世界上，像潘京的父亲一样。"黄国安安慰我说。

"你知道她在哪里，为什么不肯告诉我？"我问。

黄国安说他不知道，但也许宋桃知道。

"可是宋桃死了。"我说。

"死了也知道。"黄国安说。

不知道什么原因，潘京和他的岳母突然吵了起来。我赶紧劝架，黄国安叹息一声："不要管他们。"他试图站起来，但未果。他朝电视柜的中间那个抽屉指了指。我走过去，取出一堆乱七八糟的照片，在黄国安面前翻看。

"两个女人曾经在竖城的照相馆相遇过。"黄国安说，"她们有过合影，是我拍的。那时候我在照相馆做兼职。"

翻到最后，我果然翻到一张发黄的照片。我一眼认出了我的母亲陆珊珊和我的继母宋桃。她们手挽手站在照相馆的一幅大海布景前，仿佛一见如故，脸上没有忧伤。布景上湛蓝色的大海、沙滩上的椰树、白色的帆船和若隐若现的海鸥构成了如诗如梦的世界。照片的左上方有一行金色的小楷：自由的梦想。照片右下方的日期也是电脑打印的，1993年8月19日。那一天，母亲离开我刚好两年零九个月。日期下方还有一行钢笔字：左一宋桃，右一陆珊珊。字迹清秀，但有些模糊了。

黄瑛说，潘京郁郁寡欢并非是从认识我开始的。他的笑和豪爽都是装出来的。他一直觉得自己怀才不遇，一次次提拔的机会旁落他人。他经常借酒消愁，酒后虐待过他的相机，把它们重重地摔到地上，把种种不顺之事归咎于相机。有时候他把门关起来自己给自己拍照，把自己酒后的丑态拍下来。"这才是我的灵魂真实的样子！"潘京经常对着自己的照片发呆，整夜整夜地发呆，像精神失常了一样。摄影害了他，使他走火入魔了，但也是摄影让他找回了自信和尊严。

"他的相机里既记录着美好和光明，也暗藏着这个世界的丑陋和罪恶。"黄瑛说，"总有一天，他会连自己一起被黑暗的相机吞噬。"

是的，我也意识到了，黑洞洞的镜头像一只邪恶的眼睛深不可测，让我们看到的真相也许是事先布置的假象，包括日出，包括残桥的风景。潘京也提醒过我，捕捉美并非摄影师的天职，我们对丑陋的真相更感兴趣。玩摄影一不小心会患上窥视癖，醉心于捕捉一切隐秘，还会产生龌龊甚至邪恶的念头。

潘京每天通过镜头看世界，鬼知道他曾经发现过什么，内心在想什么。

"你们都误解我了，其实我是一个诗人，只是我用相机写诗。每一张照片都是一首诗。"潘京纠正黄瑛，也在启发我。

确实，他有诗人的忧郁和多愁。那段时间，我每次见到他，他都讷讷地说："我的灵魂丢了。"

看上去他的样子很失落，也很痛苦，不像是矫揉造作。我不知道如何减轻他的症状，对灵魂丢失我束手无策。如果灵魂是一只猫或一条狗，作为兄弟，我会连夜帮他把它找回来。但它不是。

有一天晚上，潘京一屁股坐在我家客厅的沙发上，重重地叹息一声，跟我说，他被停职了。昨天《竖城日报》上的一幅照片得罪了新任县长，是他拍的。他被指责拍得不够好，在阳光明媚的剪彩现场县长的脸过于阴沉，几乎是哭丧的脸，像正在酝酿着一场闪电和暴雨。而且，新县长才上任一个月，此类情况已经发生第三次了。前两次的照片可不是潘京拍的，却赖到了他的头上，说他心中有恶念，胸中暗藏阴谋，城府比宇宙还深。

我看得出来，他内心十分沮丧甚至绝望。他用右手抓住自己的裤裆抖了抖，从嘴里狠狠地蹦出一个英文单词。

我安慰他，讲了几个段子，直到他破涕为笑。那晚我们喝得大醉。半夜时，我们被惊雷吓醒。闪电穿过玻璃窗，似乎在潘京的脸上狠狠地划了一刀。

潘京惊叫一声，盯着我的脸看："你被闪电割了一刀。"他仿佛在等待我血流满面，发出一声惨叫。其间，他用手摸了一下自己的脸，直到确信我们都完好无缺，他才高兴得手舞足蹈。

"我的内心太黑暗了，只有闪电能够照亮！"潘京被自己说出来的话吓了一跳，但确信这话是发自内心深处，是一种破土而出的呼唤，"我要拍摄闪电！捕捉闪电！"

我被他的大胆想法惊吓住了。他却莫名地兴奋和决断："那么多年了，我和闪电之间应该有一个了断。"

潘京双手拍打自己的脸，长叹一口气，"它在等待我拍它的脸，否则它不会多年来像魔鬼一样缠着我。"

我以为潘京是酒后说疯话，但他说到做到，马上抓起相机，破门而去，像一只狼消失在无边的黑暗里。那天晚上，他再也没有回来。第二天，他让我去家里看看他昨晚拍的照片。

令我震惊的是，居然是闪电的照片。他拍到了闪电划过夜空的瞬间，明亮得像天体爆炸。原来，在深不见底的黑暗里，闪电是如此漂亮，也像一根火柴照亮了黑夜。

"我们都误解了闪电。"潘京说。

潘京误解了我。在此之前，我从没有向黄瑛表达过爱意。发乎情止乎礼，君子有所为有所不为，我断没有勾引黄瑛之念头。可是黄瑛主动向潘京敞开心扉，说她爱上了我。我的那本厚厚的日记里每一行文字都像闪电一样击中了她，点燃了她，让她迷糊了，让她明白了人生的真谛，哭得稀里哗啦。

她觉得我的人生充满了故事和悬念，我的灵魂干净无邪且妙趣横生，而她的灵魂为此坠入了深渊陷入了泥潭困在黑暗里，只有我才能让她起死回生。

"而且，我才是你的灵魂伴侣。"黄瑛对我说，"爱情像闪电，错过了就没有了。"我和黄瑛以为潘京会大闹一番，我也做好被他斥责、嘲笑甚至扇耳光的准备，想不到他哈哈大笑着说："自由了，太好了！太爽了！没有比自由更好的事情，就像用最后的一张胶片拍到了世间最美的风景。"看他那副如释重负的样子，犹如死里逃生，我想他在婚姻的泥潭里挣扎有些年头了。

事态发展得异常迅速，还没等我反应过来，他们已经办完离婚手续。

我去找潘京的时候，他正在家里把所有的照片，包括墙上的大师作品，还有胶卷底片，全部堆放在一只铁桶里，火苗正旺，他不断往火堆里扔照片。

他不向我解释，只是告诉我，这些照片跟闪电照相比，根本不值一提。就是垃圾！

灰烬越来越厚。美好的旧事物正在消失。那些他曾经历尽千辛万苦得来的照片已经化为一缕缕青烟。

他对摄影突然开窍，有了大彻大悟的理解，但我不认同，像一个读书人烧掉所有的书是不可以原谅的。黄瑛不仅没有阻止他，还在一旁往铁桶里添加相片。当黄瑛对着自己那张心爱的"完美照片"端详了一会儿，最后将它扔进火中的时候，我以为潘京会从火中捡起它来，但他用另一沓照片覆盖了它。

火光照亮了他们的脸，他们都显得神秘而诡异，似乎我是局外人，不知道烧的是什么、为什么烧。火烟把我们呛得直咳，根本顾不上说话。

直到照片烧完我们也再没有说话。

潘京离婚后便搬到了一个朋友家里住。在水街，也是老房子了。朋友出国了，房子空着。我和黄瑛一起帮他收拾东西，一起送他到朋友家里，三个人还一起搞卫生，换窗帘，疏通年久失修的马桶。趁黄瑛在卧室里帮他换床罩之机，我们在客厅进行了短暂的交谈。

"你似乎忘记你的使命了。"潘京说。

我装作莫名其妙。

"我早看出来了，你是暗访的记者，我们是同行。"潘京说，"我也一直在暗访这个龌龊的人间。"

我问他什么时候看出来的，他说在我习惯性翻他的底片的时候。在他家，我对一堆乱七八糟的底片感兴趣，他看得出来我想通过他的底片发现什么秘密。其实，一开始他就怀疑我是记者了，只是同行识破不说破而已。

我没有辩解。

"你在找化工厂排污的证据。"潘京说。

我只能坦白承认，并且说时间过去了六个多月，一直没有发现关键的证据，我厌倦了，想放弃了。

"那是因为你被爱情冲昏了头脑。"潘京说。

是的，彼时我和黄瑛的关系进展非常迅速，已经到了谈婚论嫁的地步。黄国安也认可了我们的婚事，他觉得我虽然没有什么长处，也没有值得他期待的前途，但有一点是可以肯定的，那就是他觉得我比潘京好。

潘京离婚后我和他有过唯一的一次短暂的外出。那天傍晚，实际上天色已经很暗了，遇上了雷电天气。他领着我最后一次来到了残桥边，在最熟悉的地方搭了一个简易帐篷。刚架好相机，第一道闪电便划过了长空，辟开厚厚的云层，照亮了漆黑的天空。还因为断电，看不到人间的一丝光亮。这是拍摄闪电的最好时机。潘京压制着内心的兴奋，不至于过分激动，熟练地指挥着我，指导着我如何抓拍闪电。我们的相机选取了一个绝妙的角度，斜对着天空，又对着残桥，等待闪电的再次燃烧。一切准备就绪。

又一道闪电！

我们几乎同时按下了快门。

潘京兴奋得尖叫起来。一点儿也看不出他曾经那么畏惧闪电。每按一次快门，他都朝天空狠狠地挥一挥手，像要划出另一道闪电来。如果他足够敏感，应该看得出来我从没有如此兴奋、开心过。我们兴奋得甚至忽视了暴雨的到来。

那天傍晚，闪电一共出现了二十八次。我像活了二十八辈子。

还没有等到复职，潘京便离开了竖城。黄瑛说他携款潜逃了，不知道去了哪里。哪来的款？我好奇。黄瑛欲言又止，最终没有说。我对潘京的不辞而别感到不爽，但他给我留下了一张照片。是我拍的，他冲洗出来了。就是那天傍晚我们拍摄闪电的成果。这张照片角度、构图和光线都很好，不仅将残桥和江面拍得很清晰，还拍到了闪电最炫目最完整的时刻，画面太美太酷了。

潘京在照片的背面留下了一行用铅笔写的文字：放大仔细看残桥下的江面！

我用放大镜反复看，终于发现残桥底下的江心位置有一股黄色的水泡冒出来。我明白了。原来它一直在我的眼皮底下，只是被我忽视了。但如果没有暴雨，没有闪电，再搜寻千百遍我也不会觉察。

我顺藤摸瓜，终于找到了化工厂非法排污的确凿证据，但我沉住气，不声张，准备回到报社后做一个深度报道，也把此事办成"铁案"，让竖城有关方面措手不及，让阙崇才见鬼去。

离开竖城前，黄瑛说，她父亲黄国安想见见我。我以为他要跟我谈与黄瑛的婚事，怕夜长梦多，耽误她剩余不多的青春，便去见他。但是，他什么也没有说，只给我一张便条，上面是一个地址：江滨路 178 号。他让我去见一个人。

我坚持要先知道此人是谁才去见。黄国安叹息一声说："你们家的仇人，阙崇才，他想跟你谈谈。"

这样的情况我见多了，无非就是要用钱收买我，或威胁我，或找人向我施压。我不想见他。黄国安说："你应该看一眼仇人临死前的样子，否则难解心头之恨。"

黄瑛在我的耳边加了注释："阙是癌症晚期了，一个即将被闪电收走的人。"

第二天早上，我推开了江滨路 178 号的门。这是一幢外表普通室内装修奢华的别墅。汉白玉、红木雕刻随处可见，每一件东西都让我惊叹。

屋子里冷冷清清，阴冷而寂静，缺乏人间烟火气息。我被一个貌似用人的中年男人引进了二楼一个靠后的小客厅。他给我端上了茶水，让我先坐等一会儿。

我快等得不耐烦的时候，一个女人从侧门走了出来，衣着华丽，气质高雅，仿佛是电视里才有的贵妇。但很面熟。

没错，是我母亲，已经十六年不见的母亲。我措手不及，本能地站起来，惊讶得不知道说什么，要转身逃之夭夭，但她叫住了我。

她让我坐下来聊聊。她面对我也显得陌生、拘谨。

"既然来了，我们聊聊吧。"她说。

我已经想到了这个可能性，但断然不敢相信是真的。

那天在黄国安家里看到她和宋桃的合影，我脑海里翻江倒海，想到了父亲、母亲和阙崇才之间的一百种可能，但人心的险恶超越了我的想象。这是相机捕捉不到的秘密和黑暗。

"一切都是真的，一切也都是虚的。这十六年，我几乎没有离开过这幢别墅，连门也没有出过。我为阙崇才生了三个孩子，都是在家里生的。我愿意这样。"母亲说，"但我知道外面发生的所有的事情，包括你和你爸的事情。还有，你暗访阙崇才的化工厂，找到了违法证据，你终于可以报仇了……"

我说："我不是报仇，是伸张正义。我没有那么狭隘。"

母亲说："一切都有因果，阙崇才也想到了这一天。我想和你聊聊他坎坷的一生，他也做过许多善事……"

此时，一个坐着轮椅的老女人自己摇着轮椅进来了，脸上堆满了善良的笑容，问母亲："是你儿子？"

母亲冷冷地回答说："是的，大儿子。"

那女人说："你真有福气，有四个儿子。"

然后她朝我笑了笑说："你妈经常叨唠你。"说完便转身走了，一切都那么风轻云淡，习以为常。

我问母亲："她是谁？"

母亲说："是阙崇才的老婆。"

我问："那你是谁？"

母亲说："我是阙崇才的另一个老婆。"

荣华富贵有那么重要吗？我想替父亲也为自己质问她，但一想到这是一个幼稚至极的问题，便没有说出口。我们陷入了剑拔弩张的长时间沉默，像漆黑的天空需要一道闪电来划破它的黑暗。

母亲说："潘京老早就知道一切，他也因此得到了想要的东西。"

我说："那么，潘京的父亲并不是什么伐木工，而是陷害我爸的帮凶，我的猜测对不对？"

母亲说："他是伐木工的包工头，也不是什么好人，他霸占宋桃，宋桃给他生了一个儿子。而宋桃喜欢的人是黄国安，她跟你爸走是因为她要替'伐木工'赎罪，也算是一种补偿。宋桃本来会成为一个好后妈……"

我说："好吧，不谈宋……我们谈谈阙崇才。"

母亲说："等一会儿我们再谈阙崇才，我们先说伐木工的儿子潘京。他从阙崇才这里勒索了一笔巨款，远走高飞，现在在美国……"

我愤怒了。作为一个深度调查记者，我竟然对人间的真相一无所知，我对自己的肤浅不察感到羞耻。母亲的表情一直很平静，仿佛是在讲述别人的故事。我的内心雷电交加，激愤到了极点。门外传来一个男人虚弱但粗鲁的声音，是呵斥用人的。肯定是我从没见过的阙崇才。我不想见到那张会让我憎恨和厌恶的脸，把茶杯掷在地上，夺门而出，飞奔而去，开车离开竖城。我连背影也不想给阙崇才看到。

我的车在黑暗的高速公路上行驶。即使打开大灯也看不见前方的路，但我不管不顾，加大油门，要与该死的黑暗决一死战。

潘京在电话那头安静下来了，小心翼翼地问我："你还在听吗？"

我说："在听……我刚从阙崇才家里出来。"

潘京沉默了一会儿才说："你信吗，我看到了我父亲，在闪电里。他的脸在云端上跟着闪电灵光乍现，被我捕捉到了。没什么，他只是长胖了。"

我说："挺好。"

"我爸是被逼的……他被闪电要挟，他后悔了，没脸见人，所以跟随闪电走了……他不是被闪电掳走的，是自愿，他自投罗网，他必须换个地方生存。我看到了他内疚的样子。"

我信。

"你在闪电里看到了什么？"潘京问，"能看到你父亲吗？"

我说："看到了，我父亲也长胖了。他在闪电里过得好好的。"

"宇宙万物，世间百态，一切都是被安排好了的。"潘京说，"总有一天我们在闪电里也能看到自己的影子。"

我无言反驳。我说："幸好有闪电……"

潘京也说："幸好有闪电……"

前面是巨大的黑暗和雨幕。我紧紧地抓住方向盘，此刻我真有点害怕被闪电误抓，神不知鬼不觉地消失在宇宙深处。

"闪电击中了自由女神！"潘京仍在我耳边喃喃道。

电话那头的声音越来越弱，最后什么也听不到了。然而，我头顶上的闪电越来越明亮，越来越炫目，像一把利剑辟向黑茫茫的大地，剑锋直指竖城阙宅，它肯定要击中什么。

原载《钟山》2022 年第 1 期

夏季的牧野

马群转移到山间的一个断陷的盆地里，牧草快要把人淹没了，山间的乔木高大挺拔，阻断了牧马少年伊斯哈格的视野。他一声接一声地吆喝着马群。"嘟儿——驾！嘟儿——驾！"那声音在山谷里阳刚气十足地回荡着，越过了山包。中亚大地被马蹄踩踏得震颤起来，发出隆隆的声响。地上的草棵被马蹄砸得趴倒了，贴在地皮子上，片刻，那些跌倒的草棵又跌死绊活地挣扎着翻起来，半立半卧着，但经过一番大自然的抚慰，牧草很快就又恢复了生机勃勃的样子，在微风中轻轻地摇曳。

这片草原的生命力是非常旺盛的，从古至今，牲口们轮番踩踏，但是只要你给予它时间，一场雨水浇灌过后，风一吹，牧草就又一次从地皮子下面嗖嗖地飙上来。牧草郁郁葱葱，密集得像浪绳一样，简直能把马儿们的腿子浪倒；河谷里鲜花盛开，金黄色的花朵满眼都是，有如夏夜灿烂的星空。这里到处都是中药材，马儿吃的就是中药材，所以，皮毛油光水滑的，十四五岁的牧马人伊斯哈格骑在他的专用坐骑黑豹的背上，就像骑在绸缎披挂的肉垫子上，享受着王一般的待遇。只有在草原上，伊斯哈格跟他放牧的马群在一起的时节，他才有王的感觉。

清澈的蓝乌乌的喀纳斯河像宝石一样从这里滚过，河的两岸有层层叠叠的野生乔木，直插入云端。伊斯哈格沿着河岸穿越丛林和牧野，内心就会被这里的景色陶醉，最终自己也融入其中，成为大自然的一部分。

有一头骡子和一头母驴就混迹于伊斯哈格放牧的这个马群当中，它们自顾自地吃着牧野的青草。在夏季，雨水适中，中亚大地的草原一派苍茫，只有浩瀚无垠的大海才能和这无边无际的草原有得一比。

现在正是牧草营养最佳的季节，也是马儿们上膘最快的时节。伊斯哈格发现马群就像吸着长面饭一样，贪婪而香香地吃着牧野里的长草。马儿们总是不怎么搭理那头跻身于它们当中的骡子，好像它这样的另类在这里是不受大家欢迎的。当然，骡子也仿佛知趣地尽量不去讨好和亲近马群，跟马儿们保持若即若离的关系。过分的讨好或亲近则会被人家无端地轻视。骡子也有骡子的性格和脾气，它跟一头母驴正身子靠近着，心无旁骛地吃着峡谷深处的牧草。它们似乎是有些孤独地躲在一个不被马群打扰的安静的草窝子里，尽情地享受着大自然的馈赠。只有大自然是最宽厚和最仁慈的，它们和空气一样，对万物都是一视同仁。

骡子和驴有它们自己的天地。这头骡子是土黄色的，如果不是中亚大地这看不到尽头的草海那绿色的植被衬托出它的像黄土一样的颜色，你是很难发现它朴素的泥土一样的身影的。那头黑里泛青的母驴，则是骡子的妈妈。伊斯哈格他们把母驴叫草驴，草原上的人把母驴都叫草驴，把公驴叫作叫驴，把母马叫骒马，把公马叫儿马，把阉割了的马叫骟马。骟了的马是没有生育能力的。在一大群马匹当中，有些儿马，命运会让它们失去做一匹真正的儿马的资格，大约到一两岁的时候，那些在草原上游走的骟匠们会背着一个木箱箱，来给它们做节育手术。他们从箱子的牛皮褡裢里抽出锋利的鱼形的小钢刀，还要用一盆清水把钢刀冲洗一下，再把儿马的那个地方冲洗干净。骟匠把尚有余腥的刀子用牙齿咬在嘴里，那手法熟练得简直令人瞠目结舌，好像那黑脸骟匠的手只是啪地一拍，发出一声响，两个鹅卵石一样的蛋蛋就已经掉落在地上。

伊斯哈格每次看骟马，都感觉既紧张又同情，有些细节他都不敢睁开眼睛仔细地观看，他觉得骟匠的刀子真的太锋利了，使他不由得用双手护住自己的裤裆。

但是，雇主艾布说："这些儿马，如果不早早骟了，就会因为争夺骒马而整天撕咬打架，成为马群中不安定团结的因素，更不要指望它们安分守己和老实本分了。"是的，儿马在马群中动不动就会变得十分狂躁，随意地尥蹶子，总是喜欢把头昂得高高的，脖子伸得长长的，四处寻找恋爱的目标，会和别的公马同时追逐一匹骒马，为此几匹儿马就会发生战争，互相又踢又咬，撕扯得皮开肉绽，鲜血淋漓，甚至把腿子都踢跛踢断。儿马大多数性子都比较烈，像火焰一样，内心在毕毕剥剥地燃烧着，激动起来嘶声恐怖，暴跳如雷，"嗯哼哼，嗯哼哼"的嘶鸣声惊天动地的，会翻山越岭拼了命地追赶一匹骒马，马群会因为这些儿马四散奔逃。这样一来，真是累坏了牧马少年伊斯哈格，马群因此便再也不好管理了。为了收拢马群，伊斯哈格骑着他的专用坐骑黑豹，这匹浑身乌黑速度迅捷的小骒马，得追上一天，才能把马儿们找寻回来，吆到一起。其实，要说那些被阉割了的儿马，它们长得也并不好看，个头又瘦小，形象又猥琐，毛色还邋里邋遢。伊斯哈格既同情它们被阉割的遭遇，同时也对它们疯狂追逐骒马的行为有些愤愤不平。

高大英俊、草原雄鹰一样的艾布说："这样的儿马嘛，是不适合留种的，会把马群的档次拉低。"在雇主艾布的眼里，这些儿马骟过以后，可以卖给那些需要驮拉骑乘的人家，成为家中的一个劳动力。被骟了的马，性子都比较温和绵善，再也没有了天然的野性，一个个皆会变成傻里傻气的样子，在马群中一眼就能认出来，好像一年四季都乏沓沓的。这是没有办法的，一切游戏规则都是由人类制定的，偌大的马群只能有一匹最威武最霸气、引领群马的儿马，这样的儿马将成为马群中的头马，是真正的马王，所有的骒马也都将是它的妻妾。

伊斯哈格记得很清楚，那头草驴后面靠左边的那只蹄子长得分外地长，就像人的大脚片子，如果不把它修理成驴蹄子的圆碗坨模样，它还会继续向前生长，那就会影响到它的行走。一头驴有一只蹄子变长，像人的脚片子的形状，看上去都觉得怪异。伊斯哈格曾见过村子里有一位非常美丽的阿依拉（大婶），她就是一只脚长，一只脚短，是有名的长脚妇。长脚妇不像长嘴妇，她特别贤惠善良，还很大方，她家地窝子后面有一片果园，每当果子成熟，她都会摘来半麻袋，摆放在门口，给周围邻居的巴郎子们散发。只是长脚阿依拉走路不甚协调，每走一步都会磕磕绊绊的。这头驴也是这样，走路的时候，腿子需要向外面一绕，再一弹，方才收回来迈向前去，就像是拄着拐杖栽棱栽棱地拐着，慢慢行进的小儿麻痹症患者。艾布说："这头草驴说白了，就是一头有缺陷的残疾驴，不要指望它能有什么贡献了。"

伊斯哈格自从给艾布家牧马以来，目睹和见证了这头草驴的前前后后。它是从尕蛋子手里得来的，因为尕蛋子从艾布这里买过马，但账没有结清，可能他这几年贩牲口不仅没有赚到钱，还赔了钱。后来听说这驴就是他贩牲口时处理不掉的一头长蹄子的残疾驴。驴是尕蛋子买马的时候，有个卖马的人搭给他的，就像在市场上买了一件东西，卖家觉得对方略微有点吃亏，为了让顾客满意，就给再添点什么东西。所以，这长蹄子草驴就是尕蛋子买马的时候，人家给他搭的一个附属品。可是再卖的时候，却没有一个人愿意要它，送给别人都不要，都觉得麻烦，认为这头驴完全像它那多余的蹄子一样，会成为一个累赘，不仅什么也干不了，还得让人操心，得拿草喂它，得把它赶到草原上去放牧。就这样，这头驴倒像成了人的一块心病，给谁都没有人要。尕蛋子耍奸心，就把长蹄子草驴吆到艾布家里来了。

那天日头落了山，伊斯哈格骑在热烘烘的黑豹背上驱赶着马群从草场上回来，他跳下黑豹，刚刚把马群赶进马厩，就听见尕蛋子拉着那头黑里泛青、毛色还算干净的草驴，站在院子前面的空地上对艾布说：

"阿卡（哥哥），这驴你要吗不要？你若不要，那以后可别再跟我提还钱的事啦。"他好像变得很有理，让人误以为是艾布把他的什么欠下了，他接上说，"我就这么一头毛驴子了，要钱嘛，真的没有。"他压低了声音，"就别嫌弃了，它可是一头年轻的草驴，说不定还能给你下一头耕地的骡驹子哩。"

艾布是草原上的有钱人，他说："你不还钱就算了，毛驴子嘛，我不要，你拉走！"

"你不要，我拉回去没人喂，也没人放，总不能让它饿死吧？"

艾布说："你没人喂，我就有人喂吗？你赶紧拉走。"

"你见死不救啊？你不是雇了个放马的巴郎子吗？让跟着马群一道赶上草山去。"

"马和驴晚上圈在一起踢着不成嘛。钱我也不要了，驴你拉走。"

"阿卡，这驴先在你这里寄放两天，等我找到买主再来牵。反正钱已经两清了，驴你要就留着给你下骡子，不要过几天你吭声我再来牵。"说着他逃也似的走了。

艾布无可奈何地笑一笑，啥话没说，示意伊斯哈格把这驴吆进马厩里去。

这头驴刚进了马厩，立刻就被一匹调皮捣蛋的红母马踢了两蹄子。草驴吓坏了，战战兢兢，像个无辜的古丽（姑娘），躲在门口的犄角旮旯里瑟瑟发抖。伊斯哈格见不得弱者被人欺负，他顺手拾了一颗石头，从兔儿条编织的马厩的门缝里投进去，不偏不倚打在那匹欺负毛驴的红马额头上。石头嘣的一声弹开了，所有的马都惊慌失措地转过头来，耸立起耳朵看着伊斯哈格。那匹挨了打的母马垂头丧气地带着不情愿的样子，挤开别的马匹溜进马棚里面去了。

从此，艾布家就多了一头长蹄子草驴，一家人都称它为长脚草驴。

每天伊斯哈格赶着马群去牧野的时候，长脚草驴就跟在马群后面，它总是走得很慢，需要伊斯哈格更多的关心和照顾。可是，不久后的一天，当长脚草驴听见儿马的嘶鸣，或者远远的某个地方传来若隐若现的老叫驴雄强的叫声时，它突然就开始把腰弓起来，叉开后退，一边撒尿，一边吧唧吧唧地拌着嘴巴，那样子又丑陋，又狼狈，颇有些丢人现眼，伊斯哈格在马背上的英气全让这头毛驴子丧尽了。他就追上去拿鞭杆戳它的屁股，让它把尾巴赶快夹紧。

有一天，艾布对伊斯哈格说："听说哈力克家的大特级专门给驴配骡子呢，你吆上长脚去一趟，试试运气吧。"伊斯哈格也在草原上听说了，据说大特级配下的骡驹子一律都是土黄色的，特别漂亮。"你改天去的时候，给哈力克家的大特级驮上半口袋豌豆，不能让人家白操心！"草原上的人把给牲口配种叫得巧妙，叫操心。伊斯哈格把马打到一个距离哈力克家儿马配种点不远的一个峡谷里让它们自己吃草，他就吆着长脚往配种点的河谷里走。出门的时候，他把豌豆给黑豹驮着。到峡谷里，以防万一，他又给几匹调皮的马儿上了冈木马绊，避免它们跑丢，然后把黑豹身上的豌豆挪到长脚的背上，就赶着长脚往河谷里走。

大特级就拴在喀纳斯河边的一棵粗壮的大树上，它远远看见长脚草驴，前蹄子立刻凌空而起，打起楞登，发出震耳欲聋的长嘶，企图挣脱拴在大树上的缰绳的羁绊，向长脚猛扑过来。大树被大特级摇撼着，抖索着身子，树叶纷纷扬扬地飘落下来，铺了一地。

这时候，听见儿马呼唤的长脚，连路都有些不会走了，尾巴卷向一侧，露出丑相，腰弓起来，头低下去，嘴巴一张一合地吧唧起来。伊斯哈格轻轻抽了长脚一鞭杆，嘴里埋怨着长脚没有一点出息。

本来哈力克还要二十块钱的，但因为伊斯哈格曾给他家放过马，离开的时候也没有向他要过放马的劳金钱，所以他说："钱就不要了，白操心一回，豌豆放下吧。"

哈力克近两年得了风湿病，经常腿子疼，所以走起路来跟长脚草驴一个姿势。他的这匹大特级的儿马，因体格高大、身形彪悍、骁勇善战而著称，是伊斯哈格曾经放牧过的一匹红里带黄、色彩金贵、性格孤傲的儿马，也是方圆百里的一匹头号种马，所以大特级可不是白叫的。

大特级从大树上被解下来，它显得威风凛凛，额际还系着几根喜气洋洋的红布条。它扬起头颅，甩开瀑布一样的长鬃毛，前蹄腾空而起，一次又一次打起楞登，拽着缰绳头的哈力克大叔，栽着跟头小跑在后面追着。大特级那一声一声的嘶鸣，震撼着整个山谷，让长脚草驴竟然大小便都失禁了，走两步撒一泡尿，走两步撒一泡尿，已经俯首帖耳地臣服于大特级的雄风之下。

红布条在天空肆无忌惮地飞舞着，一连操心了两次，都是哈力克大叔戴着一只黑色的长皮手套亲手给帮忙的。每次结束，哈力克大叔都要用他那粗糙的大巴掌在长脚草驴的肚子上恶狠狠地抽上两巴掌，远远就能听见他抽上去发出的啪啪的响声。伊斯哈格一直都没有弄明白，为什么哈力克大叔要用尽全身的力气美美在草驴的肚皮上抽那两巴掌，打得长脚浑身的毛都收紧了。伊斯哈格感觉长脚这次真是遭了大罪。每次哈力克大叔用巴掌抽长脚肚皮的时候，嘴里还不忘兴奋地说着："定了，定了，这回是定了。"

走的时候，哈力克大叔有些意犹未尽地祝福伊斯哈格好运，还说："如果没定了下次再来，给你白操心。"

伊斯哈格觉得他的长脚草驴吃了大亏一样，有些闷闷不乐地赶着快快地回去了。

第二年，长脚草驴就产下了一头非常讨人喜欢的土黄骡驹子。周围的左邻右舍都来观看，啧啧地称赞着。艾布特别激动，高兴地说："咱们在门前河对面的草甸子里开点荒，种点小麦和燕麦吧。"他长出一口气，接着说，"以后，耕地就全靠这头骡子啦。"

长脚生的这头骡子全身的毛统统是土黄色的，再没一点别的杂毛，只额头和鼻梁以上有一道白顶子，那是拜它的妈妈所赐，长脚的额头上也有一道白顶子。没有想到长脚草驴的肚子为艾布家立下了功劳。土黄骡子特别可爱，也特别乖，经常跟着伊斯哈格打着旋儿跑前跑后，找着向他要馍馍和苹果吃。伊斯哈格经常会给小骡子和长脚偷偷地喂馍馍和水果，他觉得它们母子孤苦伶仃，相依为命，生活给了它们太多的痛苦和磨难，被人嫌弃，被马群排斥。骡驹子好像非常懂事，每天都跟在伊斯哈格屁股后面，享受着独有的爱与呵护。

伊斯哈格时常把他穿的裹肚子披在小骡驹子的背上，怕它着凉，它也不踢不跳，驮着裹肚子在草原上走来走去。回到村子里，骡驹子还会用鼻子嗅闻着跟着伊斯哈格走进他居住的板棚里来，站在他的床前，让他抚摸它的白鼻顶子，或者向他拱着嘴巴要果子吃，真是可爱极了。

一年多以后，土黄骡子就长大了，还是那个黑脸骟匠来给骟的。伊斯哈格看见土黄骡子睁着一双无辜的大眼睛一会儿瞅瞅骗匠，一会儿又瞅瞅他。但是伊斯哈格在心里对它说："忍忍吧，我的小黄疙瘩，我也没办法救你呀！"土黄骡子只能任骗匠摆布。之后的日子里，伊斯哈格给受伤的骡驹子吃的偏食，喂燕麦、豌豆，尽饱吃，有时他还偷偷地给它喂馕吃，土黄骡子看上去长得特别结实。

又过了一年，艾布就雇了一个叫牛娃子的口里人，他是种庄稼的一把好手。牛娃子个子不大，但是力气不小，脸盘看起来窄小瘦削，但是天热脱了上衣，发现他膀大腰圆，像他的名字一样，真是名副其实的犋（公）牛娃子。他的力气简直大得惊人，可以把门前草滩里的石碌子抱起来搁到肩上走一圈。

无可厚非，调教土黄骡子成为耕地牲口的任务就交给了牛娃子。牛娃子给土黄骡子套上拥脖和夹圈，让它拉着一盘兔儿条子编织的磨地的木耱，在草滩上转来转去，骡子不踢不跳，拉得特别好。后来牛娃子踩在耱上面。拉着跟个石头疙瘩一样的成年人，土黄骡子依然轻轻松松的。一开始，大家都担心土黄骡子会在调教的过程中不听话，还给它戴上了齿牙子，上了嚼子，拴着一根尼龙绳子，牛娃子在耱上面可以左右拉扯，避免它走岔。骡子的力气实在是太大了，而且比马的耐力还强，它拉着一盘耱拉着牛娃子，拉上半天，气也不喘，汗也不流，若无其事的样子。

后来，牛娃子又把长脚套在骡子旁边，挂上耱走了几圈，就这样驯了几天，母子两个就正式开始工作了。

那天凌晨四点多钟，伊斯哈格就被牛娃子叫起来了，他们两个套好骡子和长脚，就出了门。

天尚未亮，空气凉凉的，牧野里的草叶上积聚的夜露水打湿了伊斯哈格和牛娃子的鞋子和裤筒边子。天上的银河闪亮着，星星像小孩子的眼睛一样眨巴着。远远近近的姑姑等鸟，时不时发出一声又一声"姑姑等、姑姑等"的叫声，那凄凉的哭腔，令人心里瘆得慌。一路上，草丛里还有不知道的什么夜鸟在一唱一和地鸣叫，仿佛一对情侣在互相倾诉着爱慕之情，被伊斯哈格他们惊起来，飞跃到旁边的灌木丛中，隐藏起来了。伊斯哈格他们继续前行，越过了喀纳斯咕噜噜的河流，走到艾布家对过的一面山坡的草甸子里，他们就在这里垦起了荒。这里土地肥沃、松软，翻开后的草甸子，随便丢进去一些什么种子，都会长出一派欣欣向荣的景象来。

伊斯哈格帮牛娃子牵着骡子的笼头，因为担心骡子会不受管教，脾气上来耍性子、尥蹶子，所以重点让伊斯哈格拽着骡子的嚼子和笼头，使它不要乱跑，要沿着犁沟和犁畔的轨道行走。伊斯哈格紧贴着骡子的头颅，牵着它的笼头时而走在松软的犁沟的泥土上，时而走在露水沾满草叶的犁沟沿上。后面牛娃子扶着的活头犁翻起来的潮湿的泥土就像水浪一样哗哗地翻撒到犁沟的另一边去了。

伊斯哈格陪伴着骡子就这样一个来回一个来回地行走在这片初垦的荒地上。牛娃子确实是种庄稼的一把好手，无论耕种、上大摞、碾粮食、扬场都不在话下，是远近有名的庄稼汉，大家都争着雇他。他享受着那扶着活头犁的木把儿的惬意，有时候可能是因为太累，打起了瞌睡，手一松，犁铧就滑向一边，会撇开一绺地。于是，那里因没有被犁铧翻耕，会鼓起一个大肚堆，于是不得不在牲口回过来的时候补着犁开。因此，伊斯哈格这个拉牲口的，就变得相当重要，他等于是掌握牲口的方向盘。他们两个人，配合得还算默契，这主要归功于土黄骡子和长脚它们两个的吃苦耐劳和忍辱负重。

当然，土黄骡子偶尔也有暴戾乖张的时候。骡子牛起来，比野马还难对付，它一猛子离开犁沟，摔绊着套绳，企图逃之夭夭，伊斯哈格用两只手拽着嚼子，竟都拽不住。无论多驯顺的骡子，总有它倔强执拗和拧巴的时候。但是，人连狮子老虎都能驯服，何况区区一头骡子。牛娃子这个巴掌个子的庄稼汉子，立时现出比土黄骡子还倔强执拗的脾气，破口大骂："驴下的，搔鼻子的骡子，还一身的毛病啊！"他气急败坏地抢着鞭子，啪，啪！鞭梢发出打枪一般的声响，若只是响亮的鞭子的声音倒还罢了，可那鞭子，是实实在在地落到牲口的身上了，打得骡子挣命般地往前拉着犁铧。牛娃子会把犁铧迅速按到底，使其深深地陷进草甸子里，深到纵使有坦克的力气也重得拉不动。牛娃子抢起鞭子，就是一顿猛揍。牛娃子气喘吁吁的，骡子也张开烟囱般的鼻孔，大大地出着热气。再回到犁沟里，骡子就有些走走停停，往往在这时候，牛娃子会把问题怪到拉骡子的伊斯哈格的身上，迁怒于他。鞭子会再次啪啪地响起来，他的鞭子能够一箭双雕，就跟长着眼睛似的，一部分结结实实地打在牲口的身上，而那根就像壁虎尾巴一样灵活的鞭梢子，却总是会转弯抹角蹿过来十分劲爆地抽在伊斯哈格的脸蛋子上，哎呀，那个疼就像带着毒火似的，火燎肝肠一样，让伊斯哈格终生都难以忘记。疼痛永久地铭刻在心上，那简直就像打烂之后在伤口上又抹了一把辣椒面，烧着烧着疼。于是，伊斯哈格那清盏盏的眼泪就顺着他稚嫩的脸颊流淌下来。

这时候，这个同样被人雇来干活的看着朴实的庄稼汉子，就像变了一个人。他发泄完以后，才像是释放了怨恨似的，显得特别舒坦和开怀的样子，眯缝着那一对小小的黄眼仁子，开始为他刚才甩鞭子的高超技术兴奋得发出"嘿儿、嘿儿"的笑声。一架地耕下来，伊斯哈格总是要挨那么几鞭子。当然，大多数时间，骡子是任劳任怨的。有几次，伊斯哈格抓住打他的鞭梢，他们两个争吵起来。伊斯哈格委屈得哭着跑了，牛娃子就把犁铧插深，转过去追伊斯哈格，把他追上又推搡着叫回来，并谄笑着安慰几句。他们两个便又和好了，开始继续一个早晨的劳作。到了第二天，鞭子依旧会抽在土黄骡子的身上和伊斯哈格的脸上，周而复始。好像只有把别人抽上几鞭子，虐待一下牲口，牛娃子才会从鼻孔里把那一口淤积在心里的庄稼汉命运的闷气呼的一下吐出去了，之后，心情方才宽舒了许多。这一切伊斯哈格从来没有告诉过雇主艾布，因为草原上，背后说人坏话的人被认为是世界上最可耻的。

到八九点钟的时候，就差不多能垦一亩荒了，然后他们卸了牲口，让牲口驮着东西往回走。回来吃点东西，伊斯哈格就又得赶着马群和土黄骡子母子两个到草原上去放牧了。

牛娃子和伊斯哈格每天四点多起来，赶着骡子和毛驴到山坡上劳作，日复一日。荒垦好了，再用木耱把土坷垃磨碎，把地磨平。一段时间过去，等第二遍打耱结束，才算是歇缓了几天。

第二年粮食种上之后，由于是阴湿的窝子地，土壤墒情保得好，小麦和燕麦长势喜人。后来都丰收了，麦秸秆铡碎混合着燕麦喂牲口，小麦打碾后磨成面粉给人吃，麸皮给牲口拌草料。耕、种、驮运、碾场等等活计，全部都靠土黄骡子完成。说实话，骡子在干活劳作和实用性方面，是最实受的，尤其是驴骡子。大尖牛耕地好，但未必能驮运。而驴下的驴骡子，干活特别出色。骡马和叫驴配的叫马骡子，马骡子干活要软得多，驴骡子硬强、实受、耐力好。要说骡马驴三者比较，各有各的优点，就耐力而言，俗话说得好：走马不如走骡子，走骡子不如走驴。毛驴子在吃苦耐劳方面也是当仁不让的好伙计，新疆人说"这个毛驴子"，不仅仅是贬义，还有赞美在里头。要说耕地驮运，在大牲灵里面，骡子是不二的选择，骡子持久力好，力气又大，家用干活劳作，是真正的上品。

第三年的时候，艾布说："趁着长脚草驴还能生育，卖了算了，再不卖，以后就没人要了！"他让伊斯哈格和牛娃子把长脚草驴的长蹄子抬到一块木板上，用绳子把蹄子绑起来，用刀镰片子一层一层把那只长蹄子的角质削下来，直到修短了，恢复了一头驴正常的样子。伊斯哈格突然想起一件重要的事情，对艾布说："驴卖了，以后耕地怎么办？"

艾布说："不愁，让牛娃子再驯上一匹骟马，配成一对子，套上更有劲儿。"

傍晚的时候，伊斯哈格赶着马群和长脚母子刚刚从草原回来，艾布就带来了一个买主。艾布指着骡子让买主看，夸完骡子的丰功伟绩，就又开始夸长脚。骡子的功劳和成绩是显而易见的，周围的许多阿卡、阿恰们都是看到了的，那长脚还有什么可挑剔的呢，自然就卖出去了，价钱比尕蛋子曾欠艾布的钱还要多。艾布对买主说："这头草驴把我们家着实给添璜（增加财富和福报）了，到你们家，会下一头和我们家一模一样的能做活的骡子的，放心吧。"

那个大个子男人买主一声不响，一直都笑眯眯的，他抚摸着长脚的胯子，还把它身上的草屑和柴渣子一个一个拾着撇了。艾布看着，似乎在窃喜，因为要是不趁着长脚草驴还能生育把它处理掉，等年岁再大点是断然卖不到这个价钱的，谁会要一头老了的残废的毛驴子呢？交易手续履行过后，钱装进艾布的口袋里了。那会儿，太阳虽然落山了，但天还没有黑尽。买主用来时带的一条绳子挽了个简易笼头，套在长脚的头上，拉着长脚要往大路上走。长脚好像用蹄子蹭住地面，不乐意离开的样子。艾布着急了，就往驴屁股上美美踢了一脚尖子，踢在了长脚那最柔软最怕痛的地方，长脚才依依不舍地走起路来。它走了半截，又折过头来看了一眼伊斯哈格。伊斯哈格先前还因为替雇主艾布成功取掉一块心病而欣喜，但当他看到草驴被艾布踢得弓起了身子还依依不舍的样子，心情突然有些沉重，往昔的一幕一幕也都浮现在伊斯哈格的脑海里。伊斯哈格想起长脚刚来的时节，在马厩里那胆怯和小心翼翼的样子，就像谁家的女子初次嫁到了大户人家一般。伊斯哈格又想到他带着长脚去操心的时候，它那娇羞拌嘴的样子；还有它配合土黄骒子绷紧套绳，拗着蹄子，拼命拉犁的样子。也许，只有在夏季牧野的草原上，长脚咀嚼享受青草的时候，才是它最为放松的状态。只有在宽广的草原上，长脚才能远离人们的歧视。伊斯哈格觉得他仿佛失去了一个忠实厚道的老朋友，变得忧伤起来。土黄骒子也将被迫和母亲永远地分开了，也许今生它们再也无缘相见了。想到这里，伊斯哈格跑回板棚，一下子瘫软在床上，他咀嚼和体会到了生命的一丝苦涩。

第二天，伊斯哈格赶着马群，走向阿勒泰草原的深处。中亚大地显得那么宽厚、浑圆，河流切割着一道一道的峡谷，草原被分作两半，就像月亮的上弦和下弦。马群奔跑起来了。

伊斯哈格骑上黑豹，追赶着马匹，在地平线的一侧，马鬃缭绕着，翻腾着。他远远望见那头土黄骒子，它怅然若失地望着远方。突然，土黄骒子发出一声怪异的嘶叫，不像马的声音，但比马的叫声更尖锐和凄凉。它第一次迎着太阳的方向突围一般奔跑起来。伊斯哈格第一次看到骒子把脖子折过来，以脸的一侧迎接扑面而来的热浪和草原上的风。

伊斯哈格一声呼哨，黑豹飞奔而来。他飞身跨上黑豹，双腿夹紧马肚子，开始追逐骒子，哦，那不是追逐，而是想陪伴它跋山涉水地跑上一程。

土黄骒子和黑豹那呱嗒呱嗒的蹄声剧烈地、鼓点一样地敲击着草原的胸膛，它们就像两个运动的圆点在草海里滚动着。红苍苍的太阳闪耀着镜子一样的光芒。最后，只有那两条尾巴在中亚大地的地平线上完全扯成了一根笔直的线，在飞舞着，轻盈得就像一绺寂寞的风似的。

原载《芙蓉》2022 年第 1 期

张鲁镭

梦
蝶

　　昔者庄周梦为胡蝶，栩栩然胡蝶也，自喻适志与！不知周也，俄然觉，则蘧蘧然周也……

《庄子·齐物论》

　　发财了，发财了，菜刀发财了。啪啪啪，啪啪啪，听见没？数钱呢，满满一鞋盒子。

　　菜刀开始坐在床上数，数着数着腾一下站起来拉窗帘。再把钱攥到手里时一拍脑袋，刚刚数哪儿了？重来！天光被窗帘挡在外面，屋里一下子暗了，怎么显得鬼鬼祟祟？太影响数钱的心情了！开灯。他开了壁灯不行又开吊灯，觉得还不行又去开台灯。灯光们凝聚在一起照在钞票上，哇，好一个光明的世界……

　　看看，你看看这个菜刀！何必抱微词？面对这么一笔飞来的横财，谁能把持住不动容？你能？喊……信你个鬼呀！

　　听，他们又在那儿说菜刀了，喊喳……喊喳……

　　菜刀，知道不？什么牌子？王麻子还是张小泉？我们家一直用进口的双立人。看看，驴唇不对马嘴了吧，我说那个画家！好家伙，可了不得！画家叫菜刀？人家有本事，就算叫瑞士军刀你也没办法。有人忽然压低嗓子，那个谁前一阵儿搬到菜刀隔壁，俩人做起邻居，我的天啊……

这里地角又偏房子又差，都算不上个小区。原本只有几栋居民楼，后来被一截围墙圈上，再安个栅栏门，栅栏门旁边再盖个小房子，小房子里再坐进去两个穿制服的保安，安泰小区便有了模样。

小区前面有座山，它就像一道天河，把喧闹浮华高楼大厦连同汽车尾气一并隔在外面。花坛里种着绿莹莹的白菜，一楼住户用木板隔出来一道道篱笆墙，墙上爬着黄瓜丝瓜倭瓜豆角，丝瓜开黄花，豆角开紫花，那篱笆墙就变成一面花墙。居然还有牡丹和月季？什么眼神？那是晾在墙上的花被单子，被风吹得呼嗒呼嗒，呼嗒呼嗒。

楼上住户也总能找到让他们耕种的角落，围墙下、过道边，就连大门口都栽着几排葱。咯咯咯，不知谁家的母鸡在那儿扯个脖子嚷，下蛋了，我下蛋了。小区里也有猫和狗，不过它们都很安静，不像那只鸡，生只蛋恨不得用喇叭喊。

哪个狗娘养的偷黄瓜！声音翻过墙头越过玻璃窗，落到香喷喷的饭桌上，男人正在吃黄瓜蘸酱，咔嚓一口，咔嚓又一口。一滴褐黄色大酱滴到下巴上，男人用舌头舔进嘴里。

倘若你不小心从外面闯进来，都会萌生出穿越的感觉，是梦回故乡还是回到了上个世纪？人们都在忙，种下去的种子都讲诚信，春天它给你开花，秋天它给你结果，种子不会辜负人。

桃儿很中意这个环境，她刚搬过来，看着这又是鸡又是鸭又是红又是绿，满眼都是怀旧般的新鲜感！她从外面折了几根柳枝，插哪儿呢？走廊窗台上有个黑坛子。桃儿出来拿坛子，突然一股风，砰，桃儿被关在门外。

桃儿扒着窗台往外看，希望能从这里跳到她家阳台。她伸长脖子目测，最终打消了这个念头。从三楼摔下去虽不至死，基本也弄个半残，那样真不如摔死好！

桃儿敲开隔壁的门，菜刀这样建议，斧子凿子家里都有，但与其这样舞刀弄枪，真不如找个上门开锁的。当然上门开锁得花钱，但总好过把门砸个窟窿，换锁比换门划算。

菜刀打电话帮桃儿约了上门开锁，桃儿便在门厅那儿坐下。她手腕上缠着一串绿松石念珠，一共一百零八颗。没事就拿在手里捻，嘴里嘟囔着阿弥陀佛，阿弥陀佛。这会儿桃儿又拿起念珠。菜刀端过一杯水，你先坐，我得继续画画，要不颜料干了。

菜刀正画一个人儿，穿件大红袍，满脸胡子，手里拎着把宝剑。这谁呀？钟馗。干吗的？菜刀看看桃儿，这可是个厉害家伙，谁要是得到他的庇护，要财送财，要官得官，要福赐福，号称"万应之神"。他最大的本事是能降妖除魔！

菜刀把钟馗捉鬼的故事添油加醋讲一遍，那个钟馗呀，抓住小鬼儿用手撕吧撕吧塞嘴里……大鬼也能抓，拿着这把宝剑，菜刀指着他的画，一剑下去脑袋开瓢了。菜刀用毛笔在宝剑上抹了点绿，呵呵，这样宝剑就开刃了，什么妖魔见了不怕？

菜刀平时就自己住，屋里多个人他挺高兴，尤其还是个女人。这女人长相蛮好看，清清秀秀一笑脸上两个酒窝。桃儿张着嘴巴眼睛都不眨，菜刀继续往宝剑上抹绿，咱中国人啊最没安全感了。从前家家户户都贴门神，钟馗可是门神里的老大，关公和张飞都不能比，钟馗能沟通天地三界奔走于人鬼神之间。菜刀语调抒情，努力捋直舌头说普通话。即便现在南方有些地方过端午节，还要请钟馗跳钟馗闹钟馗。开锁的来了，烦人不？

傍晚桃儿又过来，你那钟馗卖吗？没等菜刀说话，桃儿已经把五百块钱放在桌子上。菜刀盘算着明天一早去市场买两只鸡，他有日子没喝鸡汤了。在菜刀的概念里，有鸡汤的日子近乎完美。菜刀近期没怎么卖画，虽然每天他都在画。菜刀画山画水画花画鸟画人，他没上过美院，但造型能力不差，啥都敢画。

菜刀在群众艺术馆上过为期三个月的国画培训班，那个扎小辫儿的老师看看他的画，不错，真的不错！菜刀回头就辞职了，他之前开大货车。

菜刀润格便宜，现在有些画家论平方尺，有些画家论张，菜刀属于后者，二三百块钱一张。有时候一高兴，买张大的还搭张小的。无所谓，有人买就好。

桃儿家里有不少佛像，释迦牟尼、观世音菩萨、千手观音、地藏王菩萨、普巴金刚、太上老君……材质也千秋，玉的、铜的、瓷的、陶的……她是佛教信徒？不是！收藏家吗？非也！这话该怎么讲？就好比有病乱投医，这些都是她的药……

现在桃儿的房间里只有钟馗，用透明胶贴到墙上，也没焚香，下面放了个黑坛子，坛子里插着几根柳枝。桃儿一面捻着念珠，一面望着不远处的青山，心里没来由地安宁。

桃儿再次上门时，菜刀正在煮鸡汤。鸡汤的香气拧成一股绳儿，直往鼻子里钻。那天他一下子买了两只又肥又壮的老母鸡，把每只鸡分成四份，这样就成了八份。他隔几天煮一份，隔几天再煮一份，所以他的鸡汤一直持续到现在。菜刀煮鸡汤时放了不少糖，无论烧菜还是煮汤，他都愿意往里面加些糖。生活太辛苦，他要人为地让舌尖和胃口多享受点甜头。

桃儿进门脸上就挂着两个酒窝，她拉开椅子坐下，眼睛一眨不眨盯着菜刀看，脸上酒窝仍旧保持着。要说酒窝这东西一笑一闪才媚气，一直挂在那儿，倒像两个小窟窿了。

菜刀端来两碗鸡汤，刚刚煮好的。谢谢，谢谢。桃儿脸上的酒窝一下子飞了，眼里忽然涌出一汪水。菜刀丈二和尚，不就是一碗鸡汤哪至于？桃儿胳膊上挎个奶黄色小包，她把手伸进去摸出来一摞钱，又摸出来一摞，又摸出来一摞。菜刀蒙，但他眼里没揉沙子，知道那一摞就是一万。

谢谢你，更谢谢你那钟馗——不，是那位钟大神。他太厉害了，太神通了，才几天就把骚狐狸给正法了，你知道之前我请过多少神，拜过多少庙？屁用不顶。还是钟大神他老人家法术高。多亏你在宝剑上抹了那么多绿，寒光凛凛的大鬼小鬼全逃不过。

桃儿拿起桌子上的水果刀，对着自己脖子做了个杀的动作。咔，那只骚狐狸一命呜呼了。菜刀听得后背刮风，你、你杀人了？之前真的想过，可我没那个胆。都考虑过雇人，可敢接这活的不多。

车祸,摔死的。撞坏桥栏又掉进大海,下面刚好有块礁石,都摔成肉饼了。桃儿脸上又呈出两个酒窝……

那后事的处理我也积极参与,我建议老周请和尚诵经,还建议他成立治丧委员会。老周黑着一张脸说,去你妈的,这都什么时候了!还是超度一下好,都成肉饼了,阎王爷那儿也说不过去。滚一边去!我问老周,你知道钟馗吗?安泰小区那边,我就请了一个。知道钟馗捉鬼不?

老周当时脸就白了,奶奶的,新买的雷克萨斯性能绝对没问题,又没喝酒,前后还没车,大白天偏偏就往桥栏上撞,偏偏就给撞碎了,偏偏又掉在礁石上。不是招了鬼是什么?老周居然摸摸我的头,老婆,我心里一直有你。

上次那五百块太微不足道,都有辱大神盛名。这些你收下。桃儿把钞票往桌子里面推。后补也好,追加也罢,我是诚心诚意。桃儿端起鸡汤碗朝菜刀的碗撞撞,一扬脖干了。

菜刀的冰箱被塞得满满的,里面都是老母鸡。现在他天天有鸡汤喝,一幅钟馗几乎解决了全年的生存问题。桃儿又来过两次,送鸡送鸭,送白酒送红酒送啤酒……

菜刀还去了桃儿那边一次,桃儿和几个好姐妹在家里宴请他。桃儿家里布置得极简单,都是些临时性家具。那幅钟馗已被装上枣红色镜框,下面有个黑坛子,坛子里插着几根碧绿的柳枝,显得别有风味。几个女人开始叫他刀老师,几杯酒下肚后桃儿、雪儿、凤儿一起举杯,来来来,刀大师!

凤儿问他怎么叫个菜刀?桃儿插话,菜刀辟邪,这名字本身就有法力。大家都觉得桃儿说得在理。凤儿说也要买一幅挂家里,到时候看他还敢跟我要花活。菜刀喝得高兴,他说什么钱不钱的。桃儿脸上的酒窝一笑一闪,这个一定要自己买才有诚意。

这几天菜刀有些伤风,他和几个人比赛爬山,那天他爬得特别快,他新买了一双进口轻便运动鞋,居然得了第一。出了身热汗洗了个冷水澡,然后就伤风了。晚上迷迷糊糊刚睡下,一阵急促的敲门声,查水表的改上夜班了?

一个戴眼镜的小伙子站在门外，您好，您是钟大师吧？不是。菜刀转身要关门。这不是一单元三〇二吗？是，可我叫菜刀。对对，你看我这人一急脑子就短路，我就找您刀大师。找我？菜刀还没反应过来，小伙子已脱鞋进到门厅。

是凤姐姐介绍我来的。菜刀一时也想不起来谁是凤姐姐。您能帮我个忙吗？小伙子握住菜刀的手。你谁啊？我姓彭，在一家金融公司上班。从大学毕业到现在已经工作有八年了。我小学一年级就戴上红领巾，三年级被评为优秀少先队员。刚上初中就入了团，高中还评过三好学生，大学也是学生会干部。参加工作后还当过办公室主任。姓彭的小伙子极力表白自己是个好人，从小到大根正苗红。不过这些跟菜刀有什么关系？他现在只想睡觉。

菜刀打着哈欠说他这几天伤风了，头晕，还困。实在不好意思，这么晚来打扰您，凤姐姐说您这人特好。你到底什么事？

其实、其实我那个金融公司待遇蛮好的，早餐和午餐管两顿饭，端午节分咸鸭蛋，中秋节分月饼，春节是大米白面牛羊肉。听说过几年还有福利购房，凭我现有条件能分个两室一厅。我呢一直严格要求自己，不迟到不早退吃饭也不浪费，吃多少打多少，不像有些人吃一半扔一半。

听起来真不错，那你就干吧。菜刀很不耐烦。姓彭的小伙子把桌子上一个苹果递给菜刀，您吃点水果！我也下决心在这儿干一辈子。多好的地方，要吃有吃，要喝有喝。可过几天单位里搞竞聘，估计我要滚蛋了。

这事儿应该找领导，或送礼或请客。大半夜你来我这儿？我那老大不是个好东西，总想着搞掉我，这次重新应聘就是针对我。姓彭的小伙脖子上的喉结一跳一跳，像钻进去一只小老鼠。

可我又不认识你们老大。认识他干吗？简直是一种耻辱，他都不配认识您这样有正义感的人！姓彭的小伙脖子里那只小老鼠跳啊跳，再使劲怕要跳出来了！菜刀在脑子里快速翻检着他所认识的女性，没找到凤姐呢？

您现在伤风了，体力还成？体力？我想在您这儿求幅钟馗。绕了半天原来这么回事儿。你要送他幅画？不，您那钟馗能降妖除魔，我想……

您也不必惊讶，我可不是个歹毒的人。刚刚跟您讲过，我从小到大都贴着优秀标签，也是被逼得没有办法。最初他看我人勤快，让我当办公室主任，我也是按照办公室主任的标准来要求自己。本来不胜酒力，为了帮他陪客就使劲喝使劲喝，都喝成胃出血了。

谁都不愿意值夜班，我来吧。那天晚上我看见他办公室灯还亮着，以为是忘了关灯，就拿钥匙开门。办公室主任嘛，所有房间的钥匙我都有的。一进门他正和一个女的……后来这事连扫地的都知道了，绝对不是我传的，但他就认为是我，处处找碴刁难，办公室主任早撤了。

办公室主任不干就不干，可手里这饭碗不能丢，我老婆下个月就生了。姓彭的小伙子一面说着一面从兜里掏出两摞钱。菜刀就把他领进画画那个屋。小伙子看见墙上挂着两幅钟馗，一幅拿宝剑，一幅拿扇子。不知道哪幅对他威力更猛，那家伙爱好诗歌。

姓彭的小伙子把两幅画比来比去，大师帮我拿个主意？菜刀头忽然不疼了，他也不困了。都是大师的口气了，这个你自己看，别人没法帮忙。小伙子去门厅那边打了个电话，然后一阵风似的跑出去，返回时又拿出两摞钱。我媳妇儿说两幅都要，一左一右两面夹击。

麻烦您在宝剑上再给抹点绿。菜刀差一点笑出声，得，让抹就抹点，这简单。太绿了再来点墨。坏了，一个墨点儿滴到画上，菜刀信手涂了只蝙蝠。姓彭的小伙问怎么还添东西？那什么，刚刚听你说我也特别来气，就让这只蝙蝠领路，别让钟馗走错道。

姓彭的小伙把两幅画收好。谢谢您！他朝菜刀笑，露出一口整齐的白牙，菜刀本来要说再见，一出口却是，不行你就拿回来。关上门他都想抽自己一个嘴巴。

菜刀把钱数了一遍又一遍，直捻得两根手指头拉不开栓，他去把旧西服上的肩垫撕下来淋上水，手指头蘸蘸，好多了。菜刀把钱装进盒子放在衣柜里，想想不行拿出来放在床底下，想想不行又拿出来放进洗衣机，一盒钱在菜刀家东转西转，最后被安置在橱柜下面的大米袋子里。

以菜刀的经验，姓彭的小伙说不定什么时候就会来上门退货，还不是自己嘴贱。怎奈说出去的话就像泼出去的水，就让它们在家里暖和暖和，过路的财神也是财神一种。

早晨菜刀去菜市场急匆匆，晚上爬山也不超过一小时，即便在小区的石凳上，也不敢优哉游哉一坐半天。米袋子里藏着钱呢！他有点紧张有点彷徨，还有点雀跃。

之前一个人吃饱全家不饿，没什么高兴事儿，但也没有发愁事儿。穿着拖鞋不锁门便去菜市场，菜刀心里有底气，这个家白茫茫一片很干净。偶尔的缺粮少盐他也烦，但不害怕。

现在不一样了，忽然就冒出一份担心，说不好，有点类似牵挂的那种。门口那儿一有响动，便以为是姓彭的小伙来了，夜里他居然失眠了。那边的竞聘什么情况？就算被开掉也不好冲动，都快当爹了。此处不留爷，自有留爷处！

当年他从运输队出来，现在不也活得挺好！画画卖画养活自己，从刀师傅变成刀老师，眼下又升级为刀大师。唉，当初在运输队受的那份苦不提也罢。前几天法制台播，有人竞聘不成往老板车里扔炸药。

菜刀在阳台上浇花，看见一个戴眼镜的人站在楼下，以为是姓彭的小伙要退货，又不好意思上来。喂！他朝楼下喊。那人一抬头，女的！

起初菜刀怕姓彭的小伙来，现在竟然有点盼他来。这是转了多大一个弯？菜刀想好了，他会很豪迈地朝橱柜一指，在大米袋子里，自己过去拿。

菜刀好久不和人接触，又何谈牵挂。他曾养过一条叫虎子的斑点狗，后来虎子跑丢了，他到处贴告示也没找到。那时候菜刀时不时会牵挂一下，虎子在哪里？过得怎么样？是到处流浪还是被人收养？后来也渐渐忘了。

晚上菜刀爬山回来，姓彭的小伙在门口等他。走廊灯坏了，黑咕隆咚的把菜刀吓一跳，菜刀忽然有些紧张。米袋子，在米袋子里。他左扭右扭才把门打开，姓彭的小伙以担山之势吭哧吭哧拎进来两个大礼包。他放下礼包就和菜刀来个熊抱。成了！成了！

你应聘留下了？何止留下，连办公室主任都给恢复了！就是嘛，人家也不见得像你想得那么坏。他不坏谁坏？他是坏到骨髓里，不然哪会落得这般田地？不过说到底还是您那钟馗有威力。

什么情况？贪污，被抓了。金额大得能吓死人。菜刀嘴巴张老大。大哥！不，大师，您可是我的恩人，救我们一家老小于水深火热。我媳妇生了个八斤半的大胖小子，她是个了不起的女人，做事不拖泥带水，那天果断决定两幅一起拿下。

这是两个钟馗齐心合力的结果，您补上去那只蝙蝠也绝，后来我查过，传说蝙蝠是钟馗的先行官，有它带路直奔恶魔。菜刀看看自己的手，又看看那支毛笔，真他妈邪门儿了！

菜刀现在都喝甲鱼汤了，其实味道并不比鸡汤好，但这充分证明他的生活上了一个台阶。有钱的时候菜刀特别愿意逛菜市场，从东头逛到西头，又从西头逛到东头。怎么说呢？那菜市场就像一座庙，供奉着食物和精神两大尊神，鸡鸭鱼肉各色蔬菜直抵灵魂。

菜刀定制了一套土黄色绸缎面料的袍子，类似唐装的样式，也不完全像唐装，下面是肥裤腿儿，就公园里打太极拳的老头穿的那种。菜刀瘦，套上这么一身松松垮垮的衣服，显得有些滑稽，有点像练武术的，有点像提着鸟笼子遛鸟的，还有点像算命先生。晚上出去爬山，菜刀便换上另一套运动服。运动服也是新的，土黄颜色。菜刀认为这颜色有种仙风道骨的感觉。

菜刀穿着大师袍在屋里画画，画白脸钟馗画黑脸钟馗画红脸钟馗。钟馗手中的武器也变换花样，有一幅居然拎着一把菜刀，明晃晃一把菜刀。钟馗拎菜刀，大概从古至今也没人这么画。菜刀对自己的独创很满意！

现在吃过早饭，菜刀要在阳台喝一会儿茶，那次姓彭的小伙送来好几盒大红袍。晚上爬山回来顺路去超市买瓶啤酒，边走边喝，走到小区也喝光了，把瓶子往垃圾桶一扔。

菜刀偶尔去楼下找保安老李下棋。只要不下雨，大门口那儿都会摆上棋盘，走过路过，谁愿意下就来一盘。之前菜刀不太喜欢下棋，现在他愿意做一些庸常并有意义的事，比如下棋。

菜刀输了，整整输掉三盘。看把那个老李得意的。不玩了，菜刀坐在石凳上发呆。菜刀，有人找。老李笑眯眯朝这边喊，他还沉浸在赢棋的喜悦中。一个瘦高男人朝他走过来，您是刀大师吧？我姓魏。想求您一幅画。菜刀四下看看，保安老李正伸个脖子往这边瞧，菜刀把姓魏的带回家。

和您商量件事儿……姓魏的男人吞吞吐吐，菜刀明白他想买钟馗。这有什么好商量？拿钱吧。他往墙上一指，在这儿！

菜刀已经想好，以后无论谁买画，他都不会顾忌。是你自己跑到我家来，至于后面的事，和我有什么关系？姓魏的男人并没掏钱，他说自己是开大货车的。哎哟！单干还是给公家跑？我自己的车。

行情怎么样？菜刀话多起来。不怎么样，苦和累是这行的特色，没啥好说的。关键是受气，气死我了。姓魏的男人用拳头砸着胸口，嗝、嗝、嗝，他使劲儿打嗝。

该死的胖子吃拿卡要不算，前几天还把我一车货扣下。那是一车香蕉，再过几天非烂掉不可。也找人疏通过，胖子胃口那个大，比他妈那车香蕉贵得多。去他的，要烂就烂去。可货车总不能扔，我妈我老婆我孩子，一家人都靠它养活。你说哪个胖子？交警，黄胖子。

菜刀差一点跳起来，原来是那个狗东西。菜刀也被他欺负过，那会儿他给队里开车。可被罚属于个人失误，单位不管。那次他在外面跑了两天两夜都累脱相了，下了桥刚拐弯就被黄胖子堵住，一个月工资全罚光。后来上了国画培训班，他才找到解决吃饭的另一条路。当时菜刀收集了不少关于黄胖子的材料，赶上要参加一个画展，这事儿也就放下了。

听说您的钟馗神通广大，可我老妈心脏病住院手头正紧。真不好意思，我是说能不能先赊一幅回去？我给您打欠条，我向钟馗他老人家保证绝不会欠钱不还。放心，钟馗看着呢，欠钱不还哪能放过我？

菜刀朝墙上指，就这幅拎菜刀的吧。姓魏的男人坚持要打欠条。都曾是一个战壕的，打什么欠条，就怕这东西降不了妖魔。当然这些话他只能在心里说。

这几天菜刀没画画，那个黄胖子经常在梦里骚扰他，黄胖子往他脸上吐口水，黄胖子把他驾驶证撕碎了。半夜菜刀从床上爬起来，曾经的愤怒像一只休眠的猫，藏在他心灵的一角，这会儿那只猫纵身一跃，瞪着眼，弓着身，奓开毛。

菜刀要做件有意义的事。眼下什么是有意义的事呢？声讨黄胖子。一份正义感，一份报复心，为了成百上千的货车司机们。菜刀去走访去调查，还找到之前的工友们。一提到黄胖子，他们都把牙咬得咯咯响。很快，黄胖子的斑斑劣迹被整理成册……

姓魏的男人再次上门，菜刀并没感到意外。昨天晚报已经登出对黄胖子的处理结果，菜刀没承想这只苍蝇喊里喀喳就被拍死了。昨晚一高兴他不止喝了鸡汤，还喝了白酒红酒啤酒。然后拿着毛笔对着镜子，他给自己画上一圈胡子。

姓魏的男人居然拉来一车香蕉，他指挥着两个小伙子往屋里搬。大师尝尝，这些香蕉全被闷熟，口感刚刚好，因为交货迟上家给拒收了。

屋子里铺天盖地都是香蕉，连厕所都摞着。你看看，你看看。姓魏的男人脸红了，家里老人住院不方便，能不能拿这香蕉抵一部分画款？就按最低的批发价算，抵多少算多少。可我一下哪能吃了这么多？烙香蕉饼，蒸香蕉糕，还可以拿它煮水喝，换着样来呗。吃完怕我也变成香蕉了。

其实我只是表达一份诚意，您那钟馗帮了我这么大个忙，我不能没态度，更不敢忘恩负义。这香蕉不抵画款也罢，权当我孝敬您。

香蕉的颜色一天比一天暗，这让菜刀很有压力。吃又吃不完，扔了还可惜。他把香蕉拿到楼下，大人小孩老头老太太，连猫和狗都有份。现在小区里的猫狗见了菜刀，除了喵喵喵叫就是摇尾巴。小动物都这样有礼数，更何况人？

一把青菜，几根胡萝卜，包子饺子手擀面，人们用真心表达着真诚。老太婆敲门送来六个茶叶蛋，东西放下也不急着走，慢慢从身上摸出一个布口袋，打开布口袋里面是个花手绢，解开花手绢里面是个塑料袋，解开塑料袋里面是个牛皮纸信封。

她把牛皮纸信封翻过来，噼里啪啦倒出一堆钞票和钢镚，零零碎碎大小面值不等。大师呀，听说你那钟馗……菜刀明白了。

有眼泪从老太婆脸上滑落，它们流过下巴砸到衣服上，衣服就被砸出一个个小黑点儿。她朝窗外指，拐角那座小矮房，我就住那儿。菜刀知道那是靠房山接出来的偏厦。小区一楼靠山墙的住户，差不多都盖一间当仓库。

红娟这女人心肠坏掉，我帮她带孩子帮她做饭，现在我老了……那小房冬天冷夏天热，蚊子一波又一波。你儿子呢？他成天病病歪歪躺床上，除了喊疼别的不管。孙子呢？和人打架被抓了，少说也得在里面住几年，红娟说是我惯的，连儿子得病也怪我。钱我只有这么多，大幅买不起，来幅小的。

菜刀把那堆零钱收到信封里塞给她，几笔就抹出一幅小钟馗，有两个巴掌那么大。老太婆去卫生间洗过手，在衣服上狠狠蹭两下，才毕恭毕敬接过来。你儿媳妇还上班？去外面干保洁。

差不多就快回来了。老太婆朝楼下一指，就那个穿花衣裳的。那女人身材壮硕，顶着一头乱发，穿一件绿底红花半大褂子，从上面看像一只胖蝴蝶，手里提着一篮子菜。有只猫在她旁边叫，"胖蝴蝶"上去一脚，猫吱溜跑开了。

老太婆又返回来，麻烦您……再给换一幅，这个、这个宝剑太长，不好下手太重，稍微教训一下即可，那个病包子没她不行！虽说她又凶又恶，可……菜刀再画，这个钟馗背手腆着肚子，没拿任何武器。

"胖蝴蝶"每天这时候都从楼下经过，总是一脑袋乱发，总是那件花褂子，总是拎着一个塑料绳儿编的篮子，那篮子像只哈巴狗紧紧贴在她身上。篮子里的内容倒是常变化，昨天白菜，今天萝卜。菜刀抱一盒香蕉坐在小区石凳上吃，一二三四五六七八……他快撑死了。

菜刀在阳台上看见，"胖蝴蝶"顺利踩到香蕉皮后，啪叽，人仰马翻了。那篮子菜被抛出老远，是捆菠菜，每根都有小手指头粗，它们蔫头耷脑，和香蕉皮颜色差不多。菜场总会有这种成色的菜，一块钱一大捆儿。

"胖蝴蝶"爬起来，把地上的菜收进篮子。有一根菠菜被甩到篱笆墙夹缝里，她蹒跚着走过去用手指头抠出来。

老太婆端来小半盆茶叶蛋，红娟摔了个大跟头，这两天一直躺在床上。钟大神拿捏的分寸刚刚好，只让她吃了皮肉苦头。

昨天我给她煮红豆小米稀饭端到床前，还卧了鸡蛋，就像当初她坐月子的时候。红娟看着我，晚上过来吧，住你孙子那个房间……这女人啊未必就歹毒，只是被生活碾压得坏掉了脾气。

姓彭的小伙邀请菜刀参加儿子的百日宴，菜刀发现有不少人咬着耳朵朝他这儿看。有人朝他走过来，又一个，又一个，呼啦啦，能跟您合个影吗？菜刀成了今天的主角，风头远远压过那个百日胖小子，人们簇拥着往他身边挤，都想沾些仙气！

安泰小区忽然热闹起来，一个接一个外来客。他们低调隐晦不嚷嚷，口袋里装着钱，手里提着礼物，悄悄来又悄悄离开。谁心里没有解不开的疙瘩？即便现在没啥闹心事儿，谁敢保证将来？就请一幅钟馗，权当买一份保险，心里踏实了。

菜刀开始留胡子了，从鬓角到下巴，软塌塌纠集在一起，毡片样挂在那儿。菜刀作画有前奏了，焚香洗手洗毛笔换袍子。他又置办了不少袍子，赤橙黄绿青蓝紫！

菜刀的画需要预订了，以画作大小论。巴掌大也得耗时三天。立等可取？哪有那种好事？挑和选？想都别想，画什么样是什么样。当然菜刀还算讲究，他买来朱砂，把钟馗那袍子染得血红血红，让钟馗浑身上下都血气方刚。

菜刀从没给他的钟馗定过价，都是人们自发心甘情愿的，价钱肥得他都不好意思。偏偏就认为这玩意便宜了还能灵吗？菜刀一跺脚，也罢，也罢！

他一面喝茶一面有一句没一句，纠纷？矛盾？受骗？上当？当然要问个明白。与之对应的，是菜刀还是斧头？是宝剑还是月牙刀？菜刀现在用笔超大胆，各种冷兵器都敢往钟馗手里塞。当然也有斯文的，比如佛珠扇子毛笔。

菜刀开始收集各种投诉电话，公安局、工商局、税务局、信访办，以及12315热线和市长公开电话。嘘——这是暗箱操作，潜在水底。有些人的困惑是一堵墙，有些人的则是层窗户纸，有些人是跟自己较劲，菜刀隐在水底左突右击宛如一位侠客。最初也是底气不足，但他靠心性和毅力支撑，渐渐就有了一股史诗般的气概。

菜刀喝着茶，太阳慢慢坠到楼房另一侧，钟摆轻轻摇着，锅里的汤在咕嘟咕嘟冒泡，乌鸡和人参在水中上下翻滚。一派寸寸斜阳岁月静好，再有个小朋友跑前跑后，再有个女人贴心贴肝？

他曾经多么渴望有个女人柴米油盐一起过日子，白菜豆腐馒头米饭一天天变老。然而受贫穷所限，她们通通谢绝了菜刀的邀请，像绕开一根柱子一样绕开他。

现在这事儿变得简单，只要他愿意把手里的钱袋子摇晃摇晃。可他不愿意，只偶尔想想，倏忽一下小风吹过。菜刀不想让任何人晓得他的水底活动。那是隐私是机密，生财之道一种，他希望钟馗的仙气持续光大。

现在安泰小区又文明又祥和，人们尊老爱幼相互礼让不乱丢垃圾。小区围墙上那个窟窿忽然不见了，菜地旁边忽然冒出一块木牌子，可以拔回家。老槐树下忽然多出一个铁盆，猫食狗食装得满满。人们三五成群坐在那儿剥花生，不时往嘴里送一粒。散摊后把地面清理得干干净净，好像从来没人在那儿剥过花生。

红娟给她婆婆买了一套新裤褂，天蓝色底子上开着一朵朵白花。老太婆抱着母鸡坐在树下嘀咕，你要是一天下俩蛋就好了，儿子一个，红娟一个。老母鸡听懂了似的咕咕叫，那是一只黑白相间的芦花鸡，和老太婆的新裤褂很搭，从远处望过去好像一幅画。

小区里有棵老槐树，五月的春天像被打翻的香水瓶，花香一股脑倒出来。花香是公共的不能独享，但花瓣可以采回家包大包子吃，人们蜂拥着爬梯子拿钩子把花瓣变成口福。那些爬不上去的干着急，一着急就骂娘。今年人们被这五月槐香熏醉了，这感觉比口福还美！

有个蓬头垢面的老头坐在树下，正不转眼珠地欣赏头顶的槐花。他已经过百岁了，不记得在这树下坐了多少年，大家都忙，哪有工夫多看他一眼？

现在老槐树和百岁老人被夕阳幻化得氤氲出仙气。来，老人家您喝茶！一种世俗的欢腾和喜悦在小区上空飘，还夹杂着无法言说的畏惧和虔诚。

风水宝地，绝对风水宝地，又是钟馗又是菜刀又是寿星佬，你看那寿星佬背靠大树无思无虑一坐一天，就盯着花看，岂不是达到了老庄的境界？还有花坛里那些蔬菜，鲜嫩嫩的多年轻，旁边还竖着块白给的牌子！还有那个穿花衣服的老太婆，又干净又慈祥，看她和鸡聊得多开心啊！

想想年迈的爹娘，住着洋房吃着补品，还成天要死要活。这里虽然地脚偏，基础设施也差，但它是安泰小区，听听，安泰！难道你不崇尚安康泰平？还等什么？买房子吧。

人们夜间开始数羊，数啊数，眼睁睁数到天明。很正常，这么高的价码，谁都会闹心几天摇摆几下。不过思前想后还是拎得清，他们这安泰小区不是白给的，听说前面山上早年有个庙，更重要的是这里住着钟馗的缔造者。近水楼台，或多或少也能得到庇护。不卖，给多少钱都不卖！

戴墨镜那人进来时，天蒙蒙黑了。这个时候戴墨镜？盲？事实证明不是那么回事。他进屋后东看西看，还到阳台上转。钟馗在哪儿？钟馗在哪儿？

现在的钟馗可没那么好见，菜刀就算画完也不放明面。一幅大的要多久？真人那么大，身高怎么也得超过一米八。说不准，一年半载吧。菜刀声音不大却坚定。这么久还他妈的管球用，不能快点儿？菜刀笑，饭要一口口吃，画要一笔笔画。

其实就算画电线杆子那么高，菜刀也没问题。他很不喜欢这个"墨镜"，来求画的人，谁不是一脸虔诚，这人牛烘烘口气还硬。"墨镜"急匆匆推门走了。

跟着又上来个戴金边眼镜的，这人还算客气。您好，刀大师，久闻大名！有人想和您见见，就在楼下。刚刚那个戴墨镜的？不是，有人想求幅画，想和您当面聊聊。

在楼下？怎么不上来？脚有伤行动不方便。他已经给菜刀拿过鞋。小区门口停着辆轿车，前面坐一个人。那个"墨镜"本来也在车上，看见菜刀就下来和"金边眼镜"去了对面。

　　车里虽然暗，菜刀还是觉得这人眼熟，像在哪里见过。衬衫很白，头发很黑，但这种黑太明显，一看就知道是染发剂的效果。这人斯文里透着一股说不出的威严，他很诚恳，想求一幅钟馗，要大的，眼下他遇到一道鸿沟，很宽很宽。"白衬衫"伸手比画着，他希望得到钟馗的庇护，他曾在大海里弄潮，不想在阴沟里翻船。菜刀忽然想上厕所。

　　菜刀去门卫那里解决完，桌子上刚好有张报纸，菜刀无意间瞟一眼，上面有张相片。我的天，是他！回到车里，"白衬衫"和菜刀讲起自己的童年，那时候家里很穷，吃不饱穿不暖，上学都是光着脚，山路把脚底板磨出厚厚一层壳。

　　菜刀出了一身汗，衣服都湿了。那时候母亲挎着筐卖鸡蛋供他上学。提到母亲，"白衬衫"用手擦擦眼睛，说我带你去个地方。他朝外面那两人摆摆手。

　　菜刀的心在打鼓，咚咚，咚咚，吵得自己都烦。可他现在控制不住自己的心脏，只能由着它擂鼓似的敲。也不知过了多久，他们来到海边，四周空旷寂寥，车在一扇铁门前停下，"墨镜"跳下车把门打开。

　　虽然天已黑，菜刀还是看见了花团锦簇和流水叮咚，好像一座花园。"金边眼镜"带他楼上楼下参观，菜刀在心里悄悄数，一二三四……光卧室就八个。还有一个超级大的书房，刀大师可以在书房作画，地方不够就去一楼大厅。

　　这会儿菜刀心跳得没那么厉害了，两只眼睛万花筒一般转个不停，这哪是人住的地方，神仙还差不多！再回到一楼大厅，"白衬衫"和"墨镜"已经走了。

　　刀大师就留下吧，明天一早我会把工具材料送过来，还有，你在这里的事儿不能和外人讲。时间不早了，就不打扰了。

　　菜刀坐在沙发上，现在还没有回过神。他知道"白衬衫"是谁，电视新闻报纸头条都见过。菜刀楼上楼下跑，推开一扇又一扇门。卧室里有拖鞋，没剪商标的睡衣放在床头。他换上睡衣推开窗子，听着外面海浪声阵阵，真是睁着眼睛做梦，都说人死后才进天堂，他却活着进来了。

菜刀还没起床，"金边眼镜"就送来工具材料各种食物和水果。他督促着帮菜刀把宣纸固定好，丈二的尺寸，整整罩满一面墙。你抓紧，就让钟馗和时间来一次赛跑。

菜刀才不跑呢。铺天盖地的阳光，风在花儿上游弋，在菜刀胡子上游弋，海风夹杂着花香，风里就有了一种奇异的味道，香香的，暖暖的，咸咸的，不知今夕何年。

他去海边游泳，他在露台上品茶，他在餐厅里大吃二喝。夜晚他把两只脚伸进水池，慢慢搅拌着水里的月光玩。就算什么也不干，只靠着露台望大海，也是春暖花开。他想起中学时那篇课文，在苍茫的大海上，海燕像黑色的闪电，在高傲地飞翔……虽然此时空中飞翔的是海鸥，但并不影响他此刻的美好心情。

没准儿能游上来一条美人鱼，那美人鱼娉娉婷婷来敲他的门了。菜刀心思浩渺如脱缰野马一般想三想四，就是不想还有个丈二宽的钟馗正等着下凡。

偶尔心里也毛毛糙糙地不安，但此情此景豪华气派，到处散发着让人感动的光芒，也便得过且过欣欣然了。这样的日子即便过上三天，也是人生的一个顶点。见识过，体会过，死了不遗憾，一辈子没白活。

"金边眼镜"来电话问进展，菜刀才拿起笔。头一次画这么大的画，有些掌握不好比例。画了撕，撕了画，废掉一堆纸后，钟馗那颗头颅才有了模样。

菜刀给"金边眼镜"打电话，他需要上好的朱砂。钟馗的袍子当然要用朱砂，颜色越重越辟邪。菜刀让他多拿些，他要让钟馗的红袍变成刀枪不入的盔甲。

"金边眼镜"送来两个纸盒，一盒是朱砂，一盒还是朱砂。菜刀另有期待，可只有这些！怎么才是个脑袋？胳膊腿呢？这速度可不行。他发现菜刀黑了，耳根子那儿还挂着没冲净的盐痕。

你去游泳了？一边游泳一边构思，劳逸结合。在"金边眼镜"的注目下，菜刀让钟馗长出了胳膊腿。他把那些朱砂一股脑放进水盆，血红血红一大盆，菜刀的手也被染红了，刚杀完猪似的。

这朱砂要在盆里多养几天，不能马上画。他不想在"金边眼镜"的监视下继续了。晚上菜刀准备去海边游泳，院子铁门怎么都打不开，太过分了！那"金边眼镜"居然把门给锁死了。抬头看围墙，上面绕着一条条铁丝网。

来这么久，价钱的事儿一字未提，现在又把他锁起来，不画了，不画了，喝酒。

菜刀给"金边眼镜"打电话说他病了，头疼腰疼浑身疼。"金边眼镜"送来一大包药，去痛的消炎的退烧的止泻的。菜刀哼哼着，疼、疼！"金边眼镜"给菜刀摸了脑门量了体温，最后得出结论，屁事没有，这家伙在泡病号。

当晚"墨镜"又来了，他把墨镜别在脑门上，镜片在水晶吊灯的照射下，骤然反射出两道寒光。他看看墙上的钟馗，回头看看菜刀，又看看钟馗又看看菜刀。"墨镜"用食指搅和那盆朱砂玩儿，忽然他把整只手伸进去又拿出来，在墙上拍出一个猩红的手掌。一股热乎乎的黄色液体从菜刀裤管中飞流直下……

夜里"墨镜"和钟馗的脑袋鬼片似的在眼前飘，菜刀吓得不敢睡，生怕一闭眼，两个脑袋再来找他。"墨镜"临走扔给他一个口袋，里面是钞票。现在钞票摆在床头柜上，菜刀看一眼，怎么像一道道鬼符？

菜刀决定离开，他最清楚自己几斤几两。一个开货车的，后来画画勉强维持生计，他哪来什么本事，上坟烧报纸——糊弄鬼呢！

菜刀现在谁都不敢糊弄，只想尽快离开。他不吃也不喝，不洗脸也不洗澡。腮帮子一天天往下陷，眼眶子一天天往下塌。头发一天比一天长，胡子一天比一天乱。菜刀摇摇晃晃从床上爬起来对着镜子微微一笑，这熊德行，再不让走就出人命了。

菜刀给"金边眼镜"打电话，空号？再打，仍旧空号！打，往死里打，要坏菜！他转身奔向楼下，一脚踏空，整个人像皮球那样一弹一跳骨碌下去。菜刀摔得不轻，他站不起来了。

他艰难地把自己挪到大门口，大门锁得死死的，连只猫都出不去，除非长出一对翅膀来，可他不但长不出翅膀，腿还摔坏了。菜刀忍着剧痛捡回手机，完蛋了，手机也摔坏了，屏都黑了……

菜刀对着墙上的钟馗念阿弥陀佛，说他不想完蛋，他还有那么多钱没花掉，不是亏死了？他一面双手合十一面在胸口画十字，然后脑门朝地咣咣磕头，乱套了，全乱套了。

菜刀变成一只皮箱，他把自己挪来挪去。他挪动着去收集房间里的床单，然后用手指头蘸朱砂写SOS搭在露台上，床单被风扯着呼啦啦飘，上面血红的SOS触目惊心。一群好奇的鸟落下来围观，可鸟看见顶什么用？不顶用。

菜刀把纸卷成喇叭对着窗外喊，我要回家，我要回家！风当然能听见，可风听见顶什么用？不顶用。下雨了，雨点儿炒豆般敲在窗户上，炸雷紧跟着，轰隆隆……菜刀把自己裹进被子里。

天气好时，菜刀在露台上望天，远处海天一色，云雾被风吹成各种形状，像老槐树，像小猫小狗，像芦花鸡，像他那不足六十平方米的小窝……

冰箱和食品柜都空了，好在有酒，酒是粮食精，越喝越年轻。可眼下这种情况，就算他妈的粮食祖宗，也抵不上一碗实实在在的大米干饭，配上一碟花生米一碟小酱菜，可能的话再来半个咸鸭蛋，完满不过如此！

菜刀用汤勺舀酒喝，一把汤勺瞬间在意识形态上把喝提升为吃！他用勺舀用嘴嚼，唇齿间便有了五谷杂粮的味道。一个富有想象力的人是坚强的，他舀啊舀！

窗台上的乒乓球在想象力的驱动下，已经幻化成茶叶蛋。老太婆那茶叶蛋，淡褐色，上面交织着深深浅浅的纹理。把它剥开，里面居然藏着一枚金色的小太阳，蛋清嫩，蛋黄软，一口下去胜过人间鲜果儿。

菜刀拿起一摞钞票，出了这个门你们能换一车茶叶蛋，可这会儿，我能把你们怎么样？你们又能怎么样？当擦屁股纸都硬！菜刀像扔手榴弹那样把钱撒出去。你他妈傻呀，那可是钱！钱！菜刀给自己一拳！

菜刀摇摇晃晃把自己挪到阳台，钱呢？撒哪儿了？月光贼亮贼亮冒着戾气，戾气飘忽着化成缕缕青烟。菜刀在青烟里看见桃儿了，桃儿还是那么好看，一笑两个酒窝。菜刀还看见一个血肉模糊的脑袋，那个被摔成肉饼的狐狸精……

　　菜刀连滚带爬回到房间，他奋力把那盆朱砂泼到床单上，披上猩红的床单手持水果刀对着夜空喊，我是钟馗，我会捉鬼……外面很安静，一只蝴蝶趴在窗前睡着了……

原载《中国作家》2022 年第 2 期

丁小宁

去
海
口

一

　　火车动了一下,乘务员开始查票。刘圆圆坐在许世祥旁边,许世祥背对着她,他把票交给乘务员, 3 车 12 下。乘务员核对了铺位,看向刘圆圆,你的票呢? 我补个卧铺,刘圆圆说,到海口吧, 这个铺能补吗? 刘圆圆指了指正前方的下铺。巧了,刚好这铺是空的。乘务员说。她把身份证递给刘圆圆,你俩老乡啊? 乘务员看了看许世祥,真是有缘。许世祥转过身, 对刘圆圆说, 你好。

　　许世祥是刘圆圆她爸,这事儿刘圆圆知道,许世祥还不知道。

　　许世祥的鼻梁很高,嘴唇有些像猫,不笑的时候也好像在笑,眼睛是单眼皮,大概是因为日晒, 脸部皮肤黑黑的。他弯下腰脱掉鞋,衣领滑动了一下,露出还算白的脖子。刘圆圆伸手去拿自己的鞋,许世祥背对着她睡下了, 她假装鞋里有瓜子皮,小声嘀咕了一声,哎呀谁又乱吐瓜子皮,接着她凑近许世祥的鞋, 更加确定了许世祥是她爸。母亲不经意间会说漏嘴,刘圆圆你的臭脚真是遗传你爸,这是她为数不多地提到父亲。

　　许世祥把小腿露在外面, 从厕所回来的时候, 刘圆圆发现他腿毛很少,再往下看，他的脚趾瘦而长，拇指轻微外翻。她坐在过道的椅子上，这个角度可以看到许世祥的脸，她看向窗外，偶尔用余光看看许世祥。广播里说，火车要过轮渡了。

所有车厢的门都会关闭，乘务员再三提醒大家千万不要擅自下车。有乘客打趣说希望不要在中间那一节，刘圆圆问是什么意思，他们说过海的时候车厢间的连接要被断掉，每个车厢独立过海，排成三列，中间那一列看不到海，要四个多小时，很惨。大部分人都是第一次渡海，车厢变得嘈杂。许世祥还在睡，刘圆圆猜测他并不是第一次坐火车来海南。

车内的空调全部关闭，让人透不过气。许世祥的小腿抽动了一下，然后睁开眼睛，抬起头刚好看到了对面的刘圆圆。醒了啊老乡。刘圆圆说。要过海了吧？许世祥说。旁边的人说早就开始了，咱在中间，啥也看不到。刘圆圆从箱子里拿出个塑料袋，里面是零食和啤酒。叔，她对许世祥说，喝点儿不？许世祥的眼睛亮了一下，随即又暗了下来，不行了，再喝就没命了。许世祥脱掉了外套，他的背弓了下来，两只手放在双腿上，他的手骨节很大，血管突出，刘圆圆这才看清，原来他是那样瘦。

车厢里没开灯，船缓慢行进，偶有颠簸。许世祥问刘圆圆，怎么不摘掉墨镜？刘圆圆说，刚割了双眼皮，怕吓到大家。上铺的人凑了过来，想要看清刘圆圆的眼睛。人就是这样，喜欢看热闹。许世祥说，接着他打开了一袋鱿鱼丝，可以吃吧？他对着刘圆圆晃了晃。他习惯用左手，刘圆圆小时候也是，后来被母亲强行掰过来了，刘圆圆不知道左撇子是不是也靠遗传。想要见许世祥之前，刘圆圆查了很多相关的新闻报道，她用关键词"父女相认""抛妻弃子"搜索，出来的结果几乎全都是刚出生被父母遗弃，有了新的养父母。而刘圆圆和他们不同，母亲没有抛弃她，她也并没有养父，这些年来，母亲一个人把她带大，没有再嫁。母亲拒绝刘圆圆提起父亲，刘圆圆那时并不知道父亲的名字，家里有关父亲的一切都不见了，或许是被母亲藏了起来。长大后，由于好奇心驱使，刘圆圆翻遍了家里的所有角落，最后一无所获。她不再奢望见到他，即使这种奢望不是出于爱，也许是出于好奇，也许是一种想要其赎罪的急迫感，那时她只想让父亲觉得她受了委屈。

许世祥从口袋里掏出烟和打火机，放在小桌板上，烟盒把他的火车票带了出来。叔你的票掉了。刘圆圆说。她帮许世祥把票捡起来，叔你姓许啊？也是巧，我身边姓许的特别多。从这以后，她知道，起码她可以明目张胆地叫他许叔。此刻她和许世祥之间有一种能量在聚集、升腾，她看不清这团能量的具体模样。火车晃动了一下，这种晃动和在陆地上不同，它是绵软的、松懈的、默不作声，没有回响。紧接着，她的脑海里现出一幅画面，一条黑色的蛟龙在海水中潜游，没有人知道它会在什么时候冲出水面。

　　渡海的时候不可以抽烟，于是他们开始聊天以打发时间。许叔，她说，什么病啊？她把声音放低，凑到他跟前。胰腺癌，年轻时候自己作的。他笑笑。我爸是肺癌，太快了，都没缓过神。刘圆圆说。差不多，我这个也快。许世祥拍了拍大腿，有一截鱿鱼丝悬在空中，随着海水轻轻摇晃。许世祥看向鱿鱼丝，牙也不行了，咬不动，年轻的时候最爱吃这个。刘圆圆起身想要找个角落，她站在洗手池前，看着镜子中的自己。她遗传了许世祥的高鼻梁、猫嘴，只是比许世祥的嘴更薄一点。她摘下墨镜，快半个月了，眼皮还有些肿胀，淤血淡了很多，逐渐转黄，她再也不会是单眼皮了。刘圆圆看向车厢，许世祥的鞋躺在那里，皮质的，黑色，有几道深深的褶皱，她想象着父亲朝她走来的样子。她重新把墨镜戴好。她的脸型像母亲，下巴很尖，一想到母亲，那一瞬间产生的温情被瓦解，视线重新变成灰黑色，她走回包厢，毕竟她们理应恨他。

　　许世祥说话时会下意识看向周围寻找认同感，但通常，并没有人理睬他，坐绿皮火车长途跋涉的人，没有谁喜欢这种话题。许世祥对刘圆圆说，年轻的时候他写小说，发表过几篇作品。刘圆圆说，小说家啊。许世祥又拍了拍大腿，就是个写小说的。他笑起来的时候，嘴唇像海浪。没人看的。他挥了挥手。他们聊了会儿文学，火车缓慢向后退，要换轨了，许世祥起身穿鞋，坐在窗边。刘圆圆跟着也坐了过去。许叔，她说，到海口之后你去哪儿？见许世祥没有回答，刘圆圆又补了一句，我第一次来。她没再说下去，她不知道该找什么理由。两个人不约而同转向窗外，换轨后，他们终于可以看到大海。

天快亮了，海的尽头有一丝丝阳光，刘圆圆拿出手机拍照，窗户上映出许世祥的脸，她换了个角度，重新拍了一张。她把照片发给了母亲，母亲回复，怎么起这么早？突然醒了，在网上看到这张图，好看吗？刘圆圆问。母亲回，好看。她又问许世祥，好看吗？许世祥说，好看。海水是深蓝色的，船驶过时，水面被划破，海浪碎成不规则的模样，波纹扩散开来，映在车窗上。许世祥说，快了。他蹲下身把行李抽出来，打开一瓶矿泉水，走向洗手池。他的箱子敞开了口，隐约可以看到有几套薄厚不同的内衣、一双拖鞋，看上去像是证书卡片之类的东西用白色塑料袋包裹着，十几盒药夹在网兜里，在旁边的角落里，有一个红色封面的本子。

留给刘圆圆的时间不多了，许世祥洗漱回来了。许叔，她说，我有个事儿想和你商量。什么事儿啊小孩儿？许世祥突然变回热情的样子，随即他加了一句，刚才没刷牙，总感觉嘴臭，现在好了。他看向上铺的人，他们已经坐了起来，许世祥的这句话，终于有了回应，他们都笑着，没人说话，只是点头，有人偷偷举起手哈了一口气。许叔，她又叫了一声，我想采访你。没等许世祥回答，刘圆圆又说，我是做非虚构写作的，跟您写小说差不多，是同行。我有啥好采的？许世祥把用过的毛巾平铺在小桌板上。不整这个。他说。这几天如果还不交稿，我就要下岗了。刘圆圆轻轻捏了捏毛巾的下角，她看向许世祥，车内阳光逐渐强烈，墨镜中的视野变得清晰，水滴落在地面。那行吧，咋采访？许世祥用手快速弄了弄头发，沾水后，他的头发显得格外稀少。跟普通的采访不一样，怎么说呢，我得跟着你，你放心，大半天就够了。刘圆圆换了个盘腿坐的姿势，双手抱在腿前，许叔，我知道我太不见外了。她低下头，准备收拾行李。火车驶入了陆地，车内灯光亮了起来。咱俩找个餐厅吧。许世祥说。

二

这不是刘圆圆第一次来海口，十年前，她大学考到这里，那时她厌恶离家，更惶恐于离家太远。飞机座椅前的显示屏上有航线，小红点逐渐移动，每半小时前进几厘米。她安慰自己，她只是在缓慢地离开。差不多同一年，她再一次落地海口机场，换乘大巴去学校。行李箱太重，天气无比燥热，热浪把人们的面孔融化，周围的一切都在恣意摇动。黑车司机把她围起来招揽生意，刘圆圆想都没想，把行李箱从一名女司机脚上碾过。她们开始对峙，围上来的人越来越多，刘圆圆渴望一场扭打，击穿这种黏稠的似乎停止流动的空气。最后的结果很令她失望，没有暴力，那个女人对刘圆圆说，你走吧，看你还是个学生。刘圆圆掏了二十块钱给她，去卫生所涂个药吧。对方收下了钱，刘圆圆拎着行李箱继续行走。如果她有父亲，她对自己说，如果此刻父亲会在。

现在，她和父亲站在一起。

刘圆圆光脚一米六六，许世祥只比她高一点，大概半个头，刘圆圆站在许世祥的影子里。一只流浪狗凑近许世祥闻了闻，接着在他周围转圈，它后退了几步，继续叫，把头转向许世祥的右手边，那边有座立交桥，转过去是个医院。许世祥对刘圆圆说，它在提醒我身体出了问题，狗能闻到病痛，你知道吗？他们就近选了一家刀削面馆。像是咱老乡开的。许世祥说。他对这个地方很满意，你随意点，我来买我来买。刘圆圆说她要去趟洗手间，她打开手机搜索胰腺癌的生存期、胰腺癌的表现。许世祥大概没到晚期，只是不管怎样，他的时间应该不多了。

刘圆圆摘下墨镜，半眯着眼睛，切口恢复得很快，这双眼睛已经变得和当初完全不同。她想到许世祥的眼睛，瞬间有些难过。许世祥为她点好了一碗牛肉面。你不吃吗？刘圆圆问他。你吃就好了，我胃口不好，吃不下。许世祥把毛巾从箱子里拿出来，擦了擦头上的汗。你尝尝。他突然有点结巴。

她低着头吃面，把墨镜放进了包里。她还不太敢抬头直视许世祥，她生怕许世祥认出她。不过她又安慰自己，没事的，母亲和许世祥分手时还不知道自己怀孕，后来刘圆圆长大，母亲只是说，没必要告诉那个男人。

许叔，刘圆圆抬头看着他，我姓刘。也没那么吓人吧？刘圆圆指了指自己的眼睛，许世祥连说了两个好。我们现在就开始吗？他问刘圆圆。不用拘谨许叔，放轻松。刘圆圆说。她拿出录音笔，我能录音吗？录吧，没事儿。

许世祥整理了发型，把袖口的扣子重新系好。刘圆圆问，许叔，你为啥要来海南啊？许世祥的双手交叉在一起，我来，来找爱情的。接着他低下头，好像在笑。他又一次看向周围的人，只可惜餐厅空荡荡的，老板躺在长椅上，显然没听清他在说什么。两个人沉默了好一会儿，刘圆圆又一次想到了母亲，母亲从来没来过海南，她也并不向往这里，所以许世祥所说的爱情大概率不是母亲。刘圆圆听着录音笔运转的声音，她也只能笑笑。我还是挺吃惊的。她说。也算不上什么爱情，爱来爱去的。许世祥停住了，他挠了挠头发，又摇了摇头。都这把年纪了。他说，几年前来海南出差认识的，后来偶尔也会想起她。他换了个坐姿，手肘立在桌上，逆光，许世祥侧脸的轮廓格外清晰。

她不是什么好女孩，传统意义上的那种，我是说。许世祥看着刘圆圆，他把手轻轻放在了大腿上。然后呢？刘圆圆紧盯着他。实话和你说吧，我这次来，她一直没接我电话。许世祥抿了抿嘴，他没有看向周围，他的背微弓，像是承认他在这场爱情中处于弱势。差不多是最后一面了。刘圆圆的接话有些咄咄逼人，但许世祥并没有表现出不快。算算日子，也快了。他说。不过本来也不算什么爱情，爱来爱去的。许世祥又重复了这句话。你大概是个风流的人，刘圆圆说，你喜欢读诗，写小说，我妈说，搞文艺的没有好东西。刘圆圆一直在观察许世祥的反应，他点了支烟，烟盒是金黄色的，不太常见。国内买不到。他说。他的指甲缝隙已经有点发黄，但边缘整齐圆润。

许世祥问她，你今年多大？快三十了。刘圆圆依然很谨慎，没告诉他具体的年龄，她低着头吃面，他们沉默了好一会儿。我像你这么大的时候，构思了很多小说，后来因为很多事情就耽误了。你也可以写写小说，我看你像是个挺有灵气的人。许世祥说。刘圆圆嗯了一声，许叔，给我讲讲你构思的小说吧。接着她关掉了录音笔。许世祥的脸上一下子有了光，他又开始笑，烟呛得他喘不上气，他捂着胸口。不行了。他又笑，接着用另一只手拍了拍自己的后背。

许世祥说，我小的时候臭美，喜欢照镜子，时间长了，镜子变成了一种工具。有一个词叫自我指涉，我开始分析镜子里的自己，一个大男人。许世祥摸了摸自己的头发，向后甩了甩脑袋。这一瞬间他变得很不一样，仿佛全身的细胞苏醒了一般，它们拼尽全力生长，强大的力量穿透毛孔，这种力量化为一层光晕，光晕的表面有旺盛的火苗，此刻他是太阳。

于是我受到了启发，小说里的主人公是我和镜子，我是一个对面容过度关注的人，起初我的全身都在镜子里，接着我习惯离它越来越近，变为半身，最后只剩一张脸，我盯着镜子里的脸，镜子也盯着我。经常我走在路上，脑海中想象自己的模样，第一反应永远都是镜子里的自己。我不再相信相机，不再相信他人对我长相的描述，我好像陷入了镜子营造的困境，我总是忍不住想要接近镜子。直到有一天，我走进了一片废弃的居民区，一个房间里有镜子，边缘锈迹斑驳，镜面上有点点霉菌。我没忍住照了一下，顿时头晕目眩，仿佛灵魂出窍一般。我终日惶恐，怕是被什么东西附体了，无奈只好去家附近的寺庙住一段时间。在寺庙的那段时间，我逐渐放过自己，也不再有过分关注容貌的执念。一日下大雨，院子积水，雨停后我去清扫积水的院子，低头看见了水中的自己。这是我从未见过的角度，水中的我像是一个陌生人，那种好不容易压制的欲望又重新展露出来。我跑回家里，一路上有无数的小水坑，我用余光看着里面的自己，像是被割裂成了无数的剪影，支离破碎。我终于到家，面向镜子，而此时镜子突然在我面前炸裂，玻璃碎片扎进了我的脸里。

有些事情，神佛也救不了，许世祥说，那附在我身上的不干净的东西到底是什么呢？世间万物，多么难猜透。

她一点也不了解他，刘圆圆想，直到现在才和他相见。她不知道这小说想说明什么，但她知道，许世祥把自己藏在了小说里。许叔，她停了半刻，你挺有才的。她只是说出了这句话。

说到爱情，许叔，你有过遗憾吗？餐厅老板走过来，宣布店里马上午休，不再接待客人。许世祥并没有回答刘圆圆的问题，他付钱的时候，刘圆圆帮他提了行李。谢谢。许世祥说。

他们走进了隔壁的便利店，刘圆圆问他，要不要吃冰淇淋？这家店有她小时候最爱吃的品牌，她买了两个。请你吃。她对许世祥说。他们坐在靠窗的位置，像是一对父女。他们的对面是立交桥，马上到正午，桥的影子即将吞没桥洞。你看那里，刘圆圆指给许世祥看，有个流浪汉在搭房子。没有家的人是不是都会变成流浪汉？刘圆圆问。也不一定，有些人是主动流浪的。许世祥吃得很慢，奶油顺着蛋筒流了下来。桥洞下的人抱着一张简易折叠木床，平铺后，他又在床的周围铺上了一圈石头。便利店里的空调也许是坏了，热气让许世祥和刘圆圆都不想说话，他们安静地看着桥洞下面。大约半小时后，流浪汉拖来了一张棕榈床垫，他微微下蹲，把双手伸进布袋子，接着他掏出了一盆绿植，然后缓慢地把它放在了床的对面。他坐在床上，背靠着桥洞内壁，打开了一张报纸。流浪汉发现了他们在看他，他们相互注视，刘圆圆看不清流浪汉的眼神，一切都像是风平浪静的样子。

三

很长时间他们都没有说话，许世祥看着刘圆圆吃下了好几个冰淇淋。还在等那个女人的电话？刘圆圆对着许世祥打了个饱嗝。他笑笑说，对哦。临近日落，流浪汉走了又回来。他好像很爱这个家。刘圆圆说。经过几个小时的相处，刘圆圆基本摸清了许世祥的个性，对于刘圆圆口中的陈述句，他大概率会回复她一个哦字。便利店里开了灯，玻璃上映出他们两个人的脸，他们的轮廓很相近，刘圆圆不知道许世祥有没有认出她。

许世祥说他想出去抽根烟，刘圆圆看着他走出去，他走得有些远，但是刘圆圆的视线依然可以捕捉到他。他点燃了烟，刚好站在了一个足疗按摩店的招牌下面，两扇玻璃门大概是十几年前的，紫红色的灯光，门上贴着四个红色的楷体字，"欢迎光临"。几个中年女人倚靠在沙发上，她们看向外面，大腿都很雪白。许世祥说的坏女孩是指这样的人吗？如果是的话，她会给许世祥提供这类服务吗？刘圆圆想过要带许世祥去洗脚，这样他是不是就会很快忘记那个女人？他明明就很在意爱情。刘圆圆突然很难过，如果他是个好人，很多年前他和母亲做爱的时候，为什么没有戴套？

可是就因为如此，他们现在才可以相遇。她偷偷看向许世祥，他那么瘦那么虚弱，他也只是背对着她们抽烟而已啊。他的发质有些发黄，刘圆圆希望许世祥可以多吃点。刘圆圆不太敢长时间看向许世祥，她时常要假装照镜子，对着前面的玻璃，弄弄头发，可是她还是忍不住用余光看许世祥或是他的影子。他站立的姿势有些像她，此刻他刚好盯着天空，过了一会儿，他看向地面。

你此刻在想些什么呢？在想你的爱情吗？在想你的病吗？还是在想什么其他你永远都弄不清楚的事情？或是，你有想到我吗？刘圆圆突然发现，她其实可以和许世祥聊很多，即使作为一个陌生人，也是可以聊一聊内心的。她一直不敢去跟他聊天，怕聊得深入了，透露出什么秘密或线索。站在许世祥面前的时候，她是什么感觉呢？开心、失望或是悲痛？许世祥坐在火车走廊背对着刘圆圆的那一刻，她便开始变得很平静。本来她已经决定要恨他了，可是她发现，有些事情就是冥冥之中决定的，那种恨刚刚要发芽，突然就被空气中的什么给打散了，稀释了，她不知道那种恨被风吹到了哪里，也许那种恨的感觉会再次到来。当刘圆圆的眼前只剩下许世祥的脸时，她可以感受到父亲脸的温度，它不断散发出热量，即使这种热量是陌生的，还不足以让人快乐，但依然是奢侈的。

对面的流浪汉还在看书，他床前的植物长势良好。刘圆圆不知道他为什么要选这个桥洞，经常有火车从那座桥上走过，右边是医院，医院附近鬼很多，火车催动鬼气，桥洞里本来就暗不见天日，流浪汉会不会觉得更冷？许世祥朝刘圆圆走了过来，在门口，他拍了拍自己的衣服，理了理头发，闻了闻自己的手背，大概是在确定没有什么烟味，接着深呼了一口气，走了进来。刘圆圆说，你要少抽烟。她又说，许叔，你要多吃点。吃多了会快乐吗？许世祥突然变得不爱说话，只是笑着看着她。

过了一会儿许世祥说，其实人在遇到事情的时候，往往会比自己想象的更平静，有些情绪，突然间就消失了，在梦里被消化掉，或者通过自身消化掉。你有过这种感觉吗？许世祥问刘圆圆。他第一次这样看着她，眼神好像很坚定。许世祥的眼白有一点浑浊，除了有淡淡的红血丝，还有一点点黄晕，这大概是肝脏不好的一种表现，即使这样，他的眼睛在此刻依然很明亮。刘圆圆努力睁大了自己的眼睛，意图和许世祥的眼神去对抗。刘圆圆突然觉得自己的眼神和许世祥有一些像，许世祥看她的眼神，她也似曾相识。过了片刻，许世祥放松了下来，他问刘圆圆，你是在哪个区长大的？我们离得近不近？刘圆圆说，她和母亲搬了一次家。许叔你知道吗，即使我搬家了，从那往后我每一次梦中，梦见的都只是最初的家。有些时候，人的潜意识会帮助人做一些选择，选择去记下什么，选择去遗忘什么，或者封存什么。我妈在那栋楼生下我，也许是因为这个吧。刘圆圆低下头去搅动冰淇淋，那你说，你在哪里长大？你有孩子吗？为什么你的孩子没有来陪你？你看上去年纪也不小了。许世祥把头转向了天桥那边。看起来天要下雨了。他说。你还没回答我的问题呢。刘圆圆追问他。和你一样啊，许世祥说，像你爸那样，都不在了。听到这里，刘圆圆并不太明白是什么意思，她对许世祥说父亲是肺癌去世这件事完全是杜撰的，只是想让许世祥心理平衡，或是为了让他不要那么早识破她，可是许世祥说的也是杜撰的吗？那个死去的孩子说的是自己吗？告诉丈夫孩子死掉了，不要再有念想了，很像是母亲的行事风格。不过也有可能他想的是其他孩子。刘圆圆这样想着，突然觉得自己的存在仿佛又变得很多余。此刻许世祥的眼神很凝重，刘圆圆不再去问他，两个人都安静地看着外面。

　　许世祥对她说，要不要去海边？喜欢大海吗？这是他第二次直视刘圆圆，只是刘圆圆这次并没有回应他的眼神。喜欢。她说。

　　拿着这个去海边会不会怪怪的？刘圆圆指了指他的行李。他们看向广场的周围。你看那里有一家KTV，蛮大的，应该还算可靠，你把箱子寄存到那里吧，刘圆圆说，有贵重物品吗？许世祥想了想说，没关系啦，都没有大海重要。他们走到那家KTV，问可不可以寄存物品。前台说，那你们要消费哦，刘圆圆说我们会的。前台问刘圆圆的联系方式，许世祥一直默不作声，对方说没听清，刘圆圆又报了一次。许世祥说自己记数字很厉害哦，已经把她的号码记住了。刘圆圆说我也很厉害，念过一遍的号码，或者看过一遍的号码，我也都可以记住。他们看着对方，刘圆圆做了个鬼脸跑开了。

他们并没有选择打车，而是叫了摩的。许世祥说我来请啊，我来请哦。刘圆圆故意说，许叔你说什么我听不清。他们的两辆车离得越来越近。刘圆圆说，许叔，我们比比谁更快——师傅超过他。她紧紧抓住摩的司机的衣角。如果此刻是鸟瞰的角度，可以发现大部分时间他们都是齐头并进，偶尔刘圆圆超过许世祥，许世祥即使超过刘圆圆，也只是快一点点而已。人总是在向前走，像是前方真会有什么彼岸一般，如果真有彼岸，此刻他们两个就是在涌动的海浪。

海口很小，摩的二十分钟就可以走很多地方。你说，人和人在海口是不是很容易就相遇了？许世祥坐在沙滩上，把鞋脱了下来。应该会吧。刘圆圆回答他。她看到许世祥脱了鞋，她也脱了鞋，许叔，可是我的脚有点臭。许世祥说我和你一样，可是这里闻不到，海风那么大，可以假装是从海里飘来的味道。我小的时候在海边城市上大学，自己扑腾两下就学会了游泳。可是人总是不知足，那天我游向了更深的地方，之后我被海草缠住，刚好下面是一个小的旋涡，但凡我再贪婪一点……许世祥说，老天爷已经多给我一条命了。

刘圆圆想起了小时候经常做的一个梦，梦里有时是晴天，有时是阴天，总是有一个人站在她身边，起初比她高很多，那人的影子可以把她整个人盖住。后来，刘圆圆的影子越来越长，只是那人的影子再也没有变过，他们对面永远都是灰蓝色的大海，他们时而升至半空中，时而落下。每次醒来，刘圆圆都觉得胃里有一阵灼烧感，有什么东西正在下坠，长大后她才知道，这是一种叫作悲伤或是遗憾的感觉。母亲那时只是说，因为刘圆圆在长个子。直到考大学时，母亲帮刘圆圆报了海口的大学，理由是那里可以一直看到大海。

快下雨了。许世祥说。

再坐一会儿吧。刘圆圆看向大海。

刘圆圆在沙滩上写字，她写你好，谢谢，对不起，我，你。海风吹过来，海浪被分成一片片，它们缓缓流进沙滩上的字。

天逐渐变成淡灰色，海水与天空连成一片，远方深不可测，不知边界。

他们看向大海，像看向整个宇宙。

刘圆圆说，你是打算一直住在海口吗？许世祥说，是啊，不过日子也没剩多久了不是吗？不要这样说啦。刘圆圆安慰他说。

包厢在三楼，许世祥打算提着行李从楼梯走上去，刘圆圆说有电梯啦，快来。许世祥对她说，我唱歌不好听。刘圆圆说，彼此彼此。

包厢里的灯光很暗，一开始没有人敢去点歌，许世祥坐在靠近门口的位置，行李箱放在跟前，刘圆圆坐在离点歌台最近的地方。他们听了很久消防安全的公益广告，广告播放十几遍后自动停止，包厢里只有灯光在游来游去。许世祥说，我来唱一首吧。刘圆圆帮他调好话筒，许世祥点了一首《烛光里的妈妈》。

母亲二十一岁时生下刘圆圆，据母亲说，那天她在小区楼下乘凉，一只怀孕的狗蹲在她脚下，她对着狗开玩笑说，看我们俩谁先生出来。这话说完没多久，母亲就开始宫缩，第二天中午刘圆圆出生了。母亲是个强势的人，她这辈子几乎没有软肋，只是从那以后，母亲突然开始怕狗。生下刘圆圆后，她突然决定要考法律研究生，那些日子，母女俩一起坐在书桌前。那个年代从事法律工作很吃香，母亲很快有了自己的事业，母女之间的关系忽冷忽热，刘圆圆几乎是在自由生长。母亲和其他女人不太一样，她不在乎规则的约束，有时她依靠骂人解压，也不避讳小孩会听到，用她的话说，赚钱比做爱更容易令她高潮。为什么要长大才懂呢？有些道理，从小就要知道啊。年轻时的母亲摸了摸刘圆圆的头。

因此刘圆圆从小就懂得，不要在母亲面前提起父亲。有时刘圆圆会突然之间很难过，这种难过她从来不会轻易说出来，那时候她还没有学习生物知识，也搞不懂这种性格到底是遗传谁。长大后她才知道，知识是没有办法解读人性的。

刚要进入更年期时，母亲查出了中度的老年痴呆，她不过才五十岁。刘圆圆常常带她去旅游，如果母亲喜欢一个地方，很快她们就会去第二次。奇怪的是，母亲记得旅游时开心的感觉，却经常不记得具体去了哪里。母亲的脾气还是没有变，依然执拗好强，刘圆圆好爱母亲，她希望通过旅游，逐渐冲淡这些年让母亲不快乐的东西。她当然不会告诉母亲许世祥的存在，母亲的记忆经不起一点重负了。母亲需要刘圆圆每日给她报平安，有时又像个小孩一样一直发照片给女儿。双眼皮手术后第三天，刘圆圆带母亲去扬州旅游，她们住在一个小别墅里，院子里有温泉池，母女两人坐在水中，月亮的倒影降落在两人之间。那天晚上，谁都没有轻易变换姿势，直到月亮升起，离开水面。

那晚刘圆圆去院子里拿浴袍，母亲的房间拉了一层纱帘，房间里只点了盏床头灯。母亲面对着墙站着，不停地用头去撞墙，她每动一下，刘圆圆的心就疼一下。她了解母亲的性格，没有去打扰她。

许世祥唱歌很好听，刘圆圆把包厢灯光调成了柔和模式，这样更符合这首歌的感觉。唱完后，许世祥用麦克风对刘圆圆说，要好好爱妈妈。接着他把麦克风放下，说，我妈妈已经不在了。刘圆圆拿起麦克风，看着许世祥说，我很爱我妈妈。

母亲并不知道她来找许世祥。也许是有神明庇佑，那天刘圆圆在清理旧家具时，书桌抽屉的夹层里掉出了几张照片和一页证书，是刘圆圆的出生证明，父亲那栏写着"许世祥"三个字。照片上是年轻时的他，背面用圆珠笔写了一行字，"一定要考上研究生"，淡蓝色的字迹已经晕开了一点。刘圆圆依靠职业优势和人脉，在几个月的寻找后，终于背着母亲找到了父亲。有些事情，总是需要尘埃落定的，就当是为了母亲，起码刘圆圆在出发前，只是为了母亲。

许世祥又点了一首《男人花》。这首歌的气质和他不太相符，可是他唱得很投入。他站起来，努力用腹部发声，刘圆圆看着他的小腹不断凹进去，又变平，衣服的褶皱也随着不断变换。胰腺在哪里？肿瘤到底有多大？许世祥站在了屏幕正前方，即使如此卖力，他看起来依然有些驼背。刘圆圆没有去看歌词，她努力记住许世祥唱每一个字时的表情，看他张嘴、闭嘴、屏气。

刘圆圆遗传了父亲的好声音，她想要点一首歌献给他。她没那么在乎许世祥是否会看清她的脸了，她把氛围灯调成了月光模式，白色的光点偶尔移到许世祥的脸上，接着移动到刘圆圆的脸上，那些光点有时会连在一起，好像他们的脸重叠在了一起。刘圆圆还没选好歌，《男人花》许世祥点了好几遍，现在他不再唱了，这首歌在后台自动播放。刘圆圆看了看歌词，又看向许世祥，许世祥双手合起扣在了口鼻处，脸部有些僵硬，他大口大口地呼吸，接着慢慢滑向地面。

他们来到立交桥旁边的那个医院。医生说是呼吸性碱中毒，可能是唱歌太久了。你父亲本来身体就不好，没多久了。医生以为他们是父女，许先生要住院观察一下，他基础疾病太多，一会儿还是要做些检查，家属签一下字吧。我爸，这是刘圆圆第一次在外人面前说出这个词，大概还有多久？她问医生。不好说，先准备着吧。医生催促她签字，也只能这样了，没办法的。医生摇摇头。许世祥躺在急诊室的床上。没关系的，刘圆圆半蹲在他的病床旁说，我也经常会碱中毒，只是你太瘦了，恢复得慢。许世祥看着她，他举起手，手腕内侧有一大片淤青。是这里疼吗？刘圆圆问他。她刚想喊护士过来，许世祥说，我的箱子，把它拿过来一下。他用没有打针的手缓慢打开行李箱的夹层，从中拿出了一袋证件。里面有张银行卡，姑娘。许世祥说。刘圆圆心里突然惊了一下，在他们的方言里，姑娘大多是指女儿。许世祥拿着那张卡对刘圆圆说，这个用来付药费，密码我写给你。他伸出手指，在床单上写了六个数字。刘圆圆凑近许世祥，许叔，她小声说，医院里的人都以为我们是父女，我也假装我们是父女，不然没人给你签字，你觉得好不好？许世祥笑笑，没有回答她。

医院有两幢楼在装修，交费要绕很远的路。雨越下越大，指示牌上的字变得模糊。刘圆圆绕到一幢小楼前，楼看上去有些年头了，与旁边的建筑不太相同，只有三层高，大门是不锈钢材质。棕榈树的叶子随风落在门前，她抬起头去看树，余光发现斜前方贴着"停尸房"三个字。刘圆圆感到了冷，有些想吐，即使她并不怕鬼。雨渐渐停了，风时大时小，她分不清周围哪些是人，哪些是鬼。她坐在门对面的石凳上，小声地对着门口说，我只是想来问问，做鬼会痛吗？

许世祥的状况不太好，转病房时，他示意刘圆圆伸出手，很慢地，在她的手中写了一个"好"字。

四

刘圆圆走出医院，许世祥被转入特殊病房，不让家属陪护。有火车从桥上驶过，流浪汉躺在桥洞那里，他手中的书页随着火车的震动轻微晃动。刘圆圆走了过去，她好像不再害怕任何事物，或者说，任何事物都不足以让她害怕了。

看得出来他又给自己添置了新的家具。还没等刘圆圆说话，流浪汉放下书对她说，你爸没和你一起吗？你怎么知道他是我爸？谁都看得出啊，脸那么像，连走路姿势都一样，你们都喜欢这样走。流浪汉从床上坐起来，对着刘圆圆开始模仿，如果有镜子的话，你可以看得更清楚。你为什么流浪啊？刘圆圆说。喜欢而已，其实我不穷，可是我好讨厌回家，我讨厌我爸。流浪汉的表情有些骄傲，他努了努嘴，隔几天我就会换一个桥洞。他坐回了床上。这里暂时还不错。他接着说。你不怕你爸找你吗？刘圆圆问他。流浪汉晃了晃手机说，隔几天我就会换一个号码。

刘圆圆和他说了再见，接着去旁边超市买了面镜子。路过神佛店时，她挑了一尊神态可爱的神像，顺便在店里求了一签。签文是空白的，她拿给神佛店的老板，老板看了一眼，并没有抬起头看她，只是说，你这辈子不亏欠任何人。

她把镜子送给了流浪汉，他们一起把它粘在了墙上。你现在模仿一下，走路姿势。她指指镜子，流浪汉做出滑稽的姿势。刘圆圆坐在流浪汉新添置的沙发上，镜子里的自己越看越像许世祥。她一直不明白许世祥那篇没写完的小说是什么意思。立交桥的左边是和许世祥去过的便利店，右边是许世祥住的医院，便利店的玻璃上，隐约好像映出了许世祥和她的脸。她看向流浪汉，可以用一下你的手机吗？

流浪汉说他的号码是难得的靓号，能给人带来幸运。电话通了，刘圆圆没有说话，她假装和流浪汉说，可是对方还是没有接啊。这串号码她牢记了很久。在 KTV 时，她看到许世祥的手机屏幕停留在和一个号码的通话页面，中途许世祥去了洗手间，刘圆圆迅速翻了翻和这个号码的所有通话记录，发现全都是许世祥打过去的，但没有一个接听成功。她把号码偷偷抄在了手上。而在几秒钟前，刘圆圆终于听到了对方的声音，喂你好。听声音像是个五十岁左右的女人，咬字清楚，态度很好。刘圆圆只是在听，却什么都没有说。火车又一次驶过桥面，刘圆圆终于说出你好，火车离开，越来越远，刘圆圆没再说任何话，她挂掉电话，删除了这条通话记录。

接着她说有点想家了，流浪汉说那你就回去啊。刘圆圆说，如果回家，这就是我最后一次见我爸了。

即使我割了双眼皮，还是很像我爸吗？刘圆圆看向流浪汉。还是很像啊，他说，连眼神都是一样的。刘圆圆对流浪汉说，我的单眼皮遗传了我爸，直到我看到他照片时，才发现我们的眼睛那么像，单眼皮在我的脸上本来也不太好看对吗？我问了医生，我做的这种是不可逆的，可是还是很像。我对着镜子照了又照，眼睛变得比以前有神了，接着我会想到许世祥看我的样子，他如果知道，会失望吗？他的眼神总是有些委屈，好像他这辈子什么都没有做错。如果我还是和他有一样的眼睛，大概会更理解对方吧。当初她仔细看着照片上年轻的许世祥，在她确定自己的单眼皮是遗传父亲后，立刻就去一家私立医院做了双眼皮手术。那天她躺在手术台上，只希望从自己的脸上抹掉父亲的样子。这么多年，许世祥像个鬼魂一样存在于她和母亲的生活中，母亲很少直视刘圆圆的双眼，好像她从来都不敢正视这个女儿的存在。

见到许世祥时，刘圆圆突然觉得去寻找父亲也是为了自己。

她对流浪汉说，可是我爸躺在那里时，我竟然不痛，我看着氧气罩下面的那张脸，我只有盯着他的脸，才会渐渐有一点共情。如果我一点也不像他，我会不会连这点共情都没有了？什么是家人？什么是爱？

此时流浪汉已经不见了，刘圆圆一个人坐在桥洞下面，好像她才是一个流浪汉。

刘圆圆回到医院，把刚请的神像放在了许世祥的病房门口。她请求护士，如果医院不方便，也不要把神像随意丢弃。隔着病房玻璃她看了眼许世祥，此刻他的脸被氧气面罩盖住了，即使这样，从这个角度看，他和她也是很像的。刘圆圆紧握着左手，手心里是许世祥写给她的"好"。

刘圆圆决定不告诉母亲有关父亲的一切。那尊神像守护在许世祥身旁。她现在逐渐知道许世祥小说里那句"有些事情，神佛也救不了"的含义。许世祥打开行李时露出的红色本子，像是个日记本，也许那里有关于父亲的一切，或是母亲的一些事，如果有，她现在站在离日记本不远的位置，他们一家三口，就当是在此刻团聚了。

夏天海口天黑得晚，算了算时间，工作人员刚好准备下班，刘圆圆借着最后一点日光爬上了半山腰。墓园的草坪被修剪得很整齐，空地上种着三五棵名贵的松树。她站在两排墓碑之间，碑体大多是黑色的，她走过它们，像是走在被荒废的隧道里。不远处有棵广玉兰树，大部分花朵已经绽放过了，叶片被花蕊染成铁锈色，有的落在地上，有的不小心铺在了贡品上面。刘圆圆走了过去，没想到树下有个年轻女人正在清扫。你好。那人说。女人手腕上戴了银镯子，穿一身黑西装。想不到这里还有人。刘圆圆庆幸地说。刘圆圆把纸条拿给她看，是这里吧？是我父亲，叫许世祥。她说。在这个地方，任何客套话都无须多说，只要是被提到名字的人，基本上也都是已长眠的人。她们继续往上走。就是这里了，许先生定的。工作人员查了一下手机，已经付好款了。她和许世祥之间只要有一方不说破，对方就不会说破，他们都等着对方说破，或者说，他们都不希望对方说破。工作人员说，这里可以看到海，如果想他了，你就多去那里看看海，我记得很清楚，许先生是为了大海才买我们墓地的。

流浪汉的号码果然很幸运，那天刘圆圆又用他的手机打了第二次电话。这次刘圆圆没有主动挂断。你好，我是许世祥的女儿。刘圆圆说。电话那边的人没有说话。我爸，刘圆圆停了一下，他一直在找你。外界的声音像是消失了，即使又有火车驶过，刘圆圆还是可以清晰地听到对方的呼吸。就到这里为止吧，你爸是个好人。她说，这些年他一直以为他的孩子真的夭折了。一开始他也质疑过，但是人如果没有一直去强求什么，也不是他的错。我们最后一次见面是陪他选墓地，他大概没有告诉你，我觉得你可以去看看。

　　刘圆圆在许世祥的空白墓碑旁坐了很久，她对着大海拍了张照片发给了母亲，母亲回复她适合当手机壁纸，刘圆圆回了个"好"字，他们一家人就算是一起看过大海了。她跪了下来，对着许世祥的空墓碑磕了三个头。她站起来，走过一级级台阶，夜幕降临，海面上倒映出月亮的影子。

原载《十月》2022 年第 2 期

潘向黎

兰亭惠

　　兰亭惠是一家在市中心开了二十年的餐厅，专门做粤菜。

　　粤菜在上海人心目中一向有地位，其他菜系走马灯似的此起彼落，粤菜始终稳稳地占据人气榜三鼎甲。广东人到底会吃，而懂经的上海人到底也多。和它并列冠军的是川菜，本邦菜只能是探花。说起本邦菜，上海人的叫法也有意思，鲁、川、粤、苏、闽、浙、湘、徽八大菜系都明确说出地名，唯独上海菜，偏偏不叫"沪菜"，叫作"本邦菜"。说什么在上海话里"本邦"就是"本地"的意思，其实多少透出了大上海各省交汇、八面来风的派头。各菜系都是前辈，名声也响，但毕竟都少不了到上海滩来争一席之地，而上海菜，就在家门口做大做强，"本邦"二字，表面上本分低调，但这份气定神闲好整以暇，不经意间就衬出了别家的劳师远袭。

　　正因为上海滩是各菜系兵家必争之地，加上上海市中心高昂的店铺租金，一家餐厅开了二十年，这可不是一件容易的事情。想了解一家餐厅的口碑，要到手机里"大众点评"之类应用上查看？老上海人可不是这样做的。在老上海人心目中，即使是陌生的餐厅，只消把它的地段和开了多少年头说出来，就已经是不着一字尽得风流了。若不是菜式、服务、环境俱佳，有一批老客人追捧，新客人也不断慕名而来，是很难做到屹立二十年不倒的。

　　所以，兰亭惠这样的餐厅当然可信。当然也有缺点，就是价格的门槛。订餐软件上显示：人均四百五十元——那大概是家族聚餐或者比较随便的同事聚餐吧，实际上，如果是请客，人均五百至六百才够像样。要是上燕鲍翅海参，人均就会很轻松过千。

　　就这样，兰亭惠的十个包房还经常是满的，不预订很难坐进去。顾新铭和汪雅君事先订了一个小包房，等他们五点一刻到了兰亭惠，跟着服务员来到包房门口，一抬头，见这个小包房名字叫作"红运当头"，不约而同地站住了。汪雅君说："不好意思，能不能换一个包房？"服务员有点儿奇怪，用对讲机和不知道什么人商量了一下，说："其他包房客人还没有到，我们调整一下，可以的。"于是带他们到另一间。他们一看，这间叫作"清风明月"，互相交换了一下眼色，顾新铭说："就这间。"

　　于是，这对五十多岁的上海夫妻，就在颇有名气、价格颇有门槛的兰亭惠一个叫作"清风明月"的小包间坐了下来。包间里的布置自然是中式的格调，红木或者仿红木的桌椅，青绿山水瓷餐具，同款的瓷筷搁上整整齐齐地排着两双筷子，一双是红漆木筷，一双是黑檀木的。旁边有沙发、茶几和衣帽架。难得的是，这里的沙发坐上去有足够的硬度，不颤颤悠悠，靠垫也够饱满，很得力地支撑起整个腰部，不露声色地让人坐得既松弛又不累腰。这才是真的让人坐的，而不是摆出来让人看的沙发。真正好的餐厅和过得去的餐厅，差距往往就在这些细节上。

　　服务员先送上来两块放在影青兰花瓷托里的热毛巾，然后给每人斟了一杯茶，看汤色，应该是普洱。然后把一大本沉甸甸的黑缎封面菜单递了过来，含笑说了声："两位先看看，需要点菜的时候按一下呼叫铃，我们马上来为你们服务。"就先出去了。

　　好餐馆就是这样，不急，总是给客人留余地。这个余地，既是心理上的礼遇，也是做生意的技巧。寻常日子难免忙碌，进了餐厅，先让人休整和放松一下，从容之后才能进入"吃饭"的状态，在对的状态下点菜，点菜的人也愉快，餐厅也愉快——心情好的人往往会点更讲究的菜。另外，经过二十分钟以上的等待和喝茶——尤其是消食去腻的普洱茶，再看那些撩人胃口的照片，食欲更容易旺盛起来。过去有个口号叫作"多快好省"，那么这时候点菜，容易点得多，点得快，点得好，唯独不省。

喝了一盏茶，汪雅君略带愁容地说："我们要不要先点菜？"

"先点，等她来了好说话。你说呢？"

"也是。可是……"

"你担心什么？"

"不要我们菜点好了，结果她不来哦。"

顾新铭停了几秒钟，说："不会，她会来的。"

顾新铭就按了呼叫铃，这回进来了一个领班模样的人，态度更加殷勤得体，见多识广的样子。于是双方有商有量，顾新铭一口气点好了冷菜、按位上的汤、小炒、主菜，汪雅君刚想问"是不是差不多了"，只听领班说："再加一个蔬菜，差不多了。你们才三位。"顾新铭说："好。要不要甜品？"汪雅君说："我不要了，胖。"顾新铭就说："那就先这样，等一下客人到了，再让她看看要什么甜品。"领班说："这样最好了。"就出去了。

静了一会儿，汪雅君说："现在是五点四十，时间还早……约好是六点。不过幸亏我们到得早，不然只能坐那间包房，就蛮尴尬。"

顾新铭说："这种时候，请客的人一定要早到的。事先电话里、微信里再怎么说，总不如自己来看看，七七八八、边边角角有什么问题，到了才能发现，也才来得及调整。"

汪雅君说："还是你有经验。这些地方，听你的总没错！"

顾新铭看了妻子一眼，心里觉得舒坦多了。在这种时候，如果只是说一句"对呀"或者"还真是这样"，却忘了赞美男主人，那只是及格。大部分上海女人都不会只是及格，她们会明确归功于丈夫——不过，大概率，她们只会说前一句，但是他顾新铭的太太还会加后面一句。一个"总"字，与其说是在一个很长的时间跨度中认可和抬举丈夫，不如说更多的是显出一个妻子对丈夫的欣赏和信赖是长期的，近乎"始终不渝"的意思了。

不管怎么说，自己选人的眼光比儿子强多了。

服务员轻轻敲了两下包房的门，然后打开，司马笑鸥到了。

司马笑鸥长得眉清目秀，小巧白皙，介于职业和休闲之间的米色套装显得她身材苗条而气质大方。城市里白领女郎从大学毕业到三十五岁是看不出年龄的，要不是顾家夫妇知道她今年二十九了，猜测她的年龄是困难的。

顾新铭和汪雅君都站起来迎接她，态度热情而有轻微的不自然。不自然并不是因为热情是假的，而是因为想充分地把热情表现出来，却要把热情背后的愧疚藏起来，可是彼此都知道这愧疚就是热情的一部分来源，所以很难藏得天衣无缝。而且，似乎也不应该把这份愧疚藏得天衣无缝？不好拿捏。毕竟面对这种局面，他们也没有经验。

司马笑鸥的脸色比想象中的要好，她似乎不是来赴这样一个滋味复杂、注定不会轻松愉快的宴会，而是参加一次商谈合同具体条款的工作晚餐。表情的主调是礼貌，带着理智的清醒和一点儿不那么在意的清淡，还有一丝不易察觉的戒备——似乎在防范谈判对方在表面友善之下的算计。

"小鸥来了，快坐，快坐！"

"路上顺利吗？服务员，倒茶！"

"顾伯伯好，汪阿姨好。"司马笑鸥说，表情和声调都很正常。

三个人坐在旁边的沙发上，喝了几口茶，这时候冷菜上来了，汪雅君说："冷菜上来了，我们边吃边聊？"

顾新铭让汪雅君坐了主位，然后自己和司马笑鸥分坐在她的两边。这个他们事先没有商量过，就自然而然这样坐了——这样便于汪雅君就近给客人布菜和倒饮料。

桌上的冷盘有四个：一个冻花蟹，一个卤水小拼盘，一个四喜烤麸——这是本邦菜。兰亭惠也有几个融合菜，多少有几个本邦菜和川菜的菜式。四喜烤麸是上海家常菜，本来上海人下馆子不会点这个，但是做起来挺麻烦，现在许多人也都偷懒在餐厅里吃了。一个桂花山药泥——山药泥自然不成形，为了好看，用模子压出了一朵朵花的形状，上面浇了糖桂花和蜂蜜，雪白花朵上面有两种深浅不同的黄色点缀，看上去精致讨喜。卤水拼盘是在六种里面自己选的，他们选了卤水掌翼和猪利——广东人真有趣，为了讨口彩，猪舌永远叫作猪利，因为"舌"谐音是"折本"的"折"，而"利"就是"一本万利"的"利"了。

汪雅君看着猪舌，心想：名字叫得好听有什么用？有些事情，折就是折，亏就是亏。就拿小鸥来说，恋爱了两年，然后分手，两年的青春，伤透的心，怎么看都是女孩子折本呀。

上海话猪舌也不叫猪舌，而叫门腔。顾新铭心想：如果真是吃什么补什么，那今天自己和汪雅君确实应该多吃门腔，变得会说话一些，才好。

世界上，人和人的关系不但最复杂，也最难以预料。就说眼前的司马笑鸥吧，和他们是什么关系呢？两年零一个月之前，他们就是陌生人。两年前，她成了他们的儿子顾轻舟的女朋友。一年半前，她和他们正式见了面，他们也都认可和喜欢这个女孩子。半年前，他们已经把她当成了自己的准儿媳妇，高高兴兴地谈论起婚房和婚礼的问题。那个时候，是他们和这个姑娘的人生轨迹最靠近的时刻，几乎再进一步就成为一家人了。但是三个月前，顾轻舟突然说和她不合适，死活分了手。于是，现在，他们其实已经没有关系了。

不要说司马笑鸥，就是汪雅君和顾新铭都觉得非常突然和难以接受。顾新铭对太太说："大概儿子看上别人了，不然不会这么绝情。"汪雅君说："小鸥这么好的姑娘，这死小鬼还要哪能？""哪能"是上海话，"怎么样"的意思。顾新铭说："我找他谈谈。"

他找了一个中午，特地到顾轻舟的单位门口，和儿子单独吃了一顿午饭，然后傍晚回到家对太太说："看样子，只能让他去了。"汪雅君说："那么他是有别人了吗？""可能吧，但好像没那么简单。反正他拿定主意了。"汪雅君不接受："这是什么话？我找他谈！"顾新铭说："你是他妈妈，你和他谈可以，但是你不要激动。"汪雅君血压有点儿高，控制血压的药又时吃时不吃。

当天晚上母子谈话很快进入对抗模式。顾轻舟喊："她爱不爱我，你比我清楚？"汪雅君说："就是比你清楚！你这个没良心的！你要是看上别人就承认，不要敢做不敢当！"顾轻舟气势低了一些，说："我要怎么和你说呢？我们这一代，和你们不一样，大家都是脑子很清醒，在做一个选择。""那你为什么不选择小鸥？她哪一点配不上你？""她好多地方都比我强，问题是这一点你们知道，她自己也知道，我们在一起我有一种学渣被要求上进的感觉，我不喜欢。""你不爱她！如果你爱她，为她上进上进有什么问题，啊？""是，我发现我不爱她。按照你们的标准，我可能从来没有爱过谁。""你！你不要和我耍无赖噢我告诉你，我直接怀疑你有问题，你是不是有新的女朋友，把人家肚子搞大了，所以要急吼吼和小鸥分手，赶紧去娶人家？""拜托，老妈，这是上世纪的故事了好吗？我遇到更合适的，换个女朋友也很正常，但是因为你说的原因结婚，你觉得我会那么土吗？""你！"汪雅君有点儿头晕，顾新铭赶紧进来把母子分开了。

花了两三个星期，夫妻俩终于弄明白了，顾轻舟确实有了新的女朋友。这位是正宗上海人，李宝琴，二十五岁，大学本科学历，小公司文员，工资只拿来自己吃饭和零花的。父母是挣足了钱退隐江湖的生意人，所以这姑娘的名下，有价值两千多万的房子一套，地段好，房型好；保时捷一辆。结婚时还有丰厚嫁妆。唯一的缺点是，这姑娘年轻而不貌美，长相乏善可陈，开足了美颜也很一般。夫妻俩一致认为：完全不如司马笑鸥。不漂亮不说，这种家庭出来的，就是个地主家的傻闺女，娇气加刁蛮，已经够顾轻舟受的，而且什么也不懂，什么也不会，其实是没法一起过日子的。顾新铭说："结婚是终身大事，可要选对人。"顾轻舟说："都说结婚选对人，可以少奋斗二十年，如果选她，我可以少奋斗三十年。"夫妻俩一起失声说："你真的要选她？"顾轻舟说："如果结婚，我就选她，可是我还不一定想结婚呢。"汪雅君说："你到底和小鸥有没有谈恋爱啊？现在有没有爱上别人啊？我怎么听来听去，都没有什么感情呢？"顾新铭说："儿子，我也不是很明白，不过作为老爸，我要提醒你：婚姻对男人也是大事情，你要理智。"顾轻舟说："你们两个人商量好了再来和我搞脑子，好不好？一个要我讲感情，一个要我讲理智，就很搞笑。"

汪雅君觉得头晕，只能坐下了。"儿子，不要说人家小鸥想不通，你总要让妈妈理解你呀。哎哟，我怎么会生了你这么个儿子！"顾轻舟听见母亲带了哭腔，停住了要离开的脚步。顾新铭说："你和爸爸妈妈好好谈谈。不管选哪一边，另一边至少不要出人命。"顾轻舟转过身来，带着不耐烦和无奈说："出什么人命啊？你们不要以为司马笑鸥爱上了我，她也是——在可能的范围里选中了我而已。如果有更好的男人出现，她一样会头也不回走开的，你们不知道吗？"顾新铭说："可是你们互相选中了，对方没有改变心意，你改变了呀。"顾轻舟说："因为李宝琴出现了，而且她主动追我了呀。"汪雅君说："你有女朋友，她怎么可以这样？""奇怪，为什么不可以？如果谈恋爱了就不可以换人，那为什么要谈恋爱？都相个亲，然后直接去民政局好了！你们讲点儿道理好吗？"顾新铭问："她能让你和小鸥分手，说明你动心了，那么你看上李宝琴什么呢？是她家有钱吗？"顾轻舟说："在有钱的家庭长大的人不一样，她做人不那么起劲，不会什么都很在乎很紧张，也不要求我上进，大家在一起很轻松，可以一起享受人生。另外，她家有钱，也是个优点啊，结婚的房子、车子都是现成的，将来我不用按揭，你们留着钱养老，有什么不好呢？我就想不通，你们到底生什么气？！"顾新铭说："人生哪有这么便宜的事情？儿子啊，你太年轻了！"汪雅君说："没有爱情的婚姻是不道德的呀，儿子。"顾轻舟像听到好笑的段子那样，一下子笑了起来："你的老校长恩格斯说的，对吗？"他再次转身走了。汪雅君对着他后脑勺喊一句："她父母有没有文化？还宝琴呢，不知道这是《红楼梦》里的美人吗？那种家庭、那种长相，怎么好意思叫这个名字！"顾新铭说："好了好了，名字不是重点，至少没有叫宝钗吧。"汪雅君说："哪怕她叫林黛玉，我也不要！我就是认定了小鸥做儿媳妇！"

外面的防盗门咣当一声关上了，顾轻舟出去了。顾新铭说："看来他是真的拿定主意了。"汪雅君说："我反对！我们怎么对得起人家小姑娘？怎么对人家父母交代？谈得好好的，该做的不该做的都做过了，然后莫名其妙就分手？人家肯定要骂我们上海人没家教不像样，说这家父母都睡着了吗？儿子这样也不管？"顾新铭叹了一口气："我知道你反对，我也反对呀。我当面和他说了：'爸爸妈妈都喜欢小鸥，你要分手，她伤心，我们舍不得，你放掉了她也很难再找到这么好的了，希望你珍惜。其实你和她结婚，是我们家高攀，要不是你是上海人，有主场优势，估计你打破头还娶不上人家呢。'他说：'不是你们要和她结婚，是我在选人过一辈子好吗？当初你们谈朋友，你们结婚，我干涉过吗？'"汪雅君忍不住笑了，然后笑容一敛，更生气起来："这什么话？！他跟谁学的，三十岁的人了，讲话这副不正经的腔调！"顾新铭长叹了一口气，说："你也知道他三十岁的人了，所以，我们反对也反对过了，后果自负的警钟也敲过了，也没办法了。"汪雅君一时不知道怎么回答，愣了好久，茫然地问："格么哪能办？"顾新铭说："让他去！"汪雅君想了想，也说："烦死了，让他去！让他去！"

上海话说"让他去"的发音很像普通话的"娘遗弃"，最后的一个字舌齿摩擦得厉害，听上去咬牙切齿，有愤恨，有无奈，更充满了鄙视和不屑的味道。

司马笑鸥是贵州人，自己一个人大学考到了上海，从此留在上海打拼，如今在一个大公司里有个很不错的位置，年收入比当公务员的顾轻舟丰厚。她皮肤雪白，五官立体而精致，虽然一米六二的身高不够高挑，依然算得上是个漂亮姑娘，而且一看眼睛就知道很聪慧，是智商情商双在线的那种。接触下来，她明显要比顾轻舟成熟，有一种离家早的人特有的懂事和干练。顾轻舟虽然比她大一点儿，但从小到大没有离开过上海，其实反倒是温室里的花朵。司马笑鸥对未来的公公婆婆也是要温度有温度，要礼数有礼数。过年的时候，在回贵州之前，小年夜先请吃饭，双手送上一盒茶叶（是顾新铭喜欢的正山小种）和一盒燕窝，一看燕窝的盏形和成色，汪雅君就一边惊叹一边笑着责备："哎呀，你这戆小姑娘疯了吗？这个太贵了！自家人，一定要送嘛，也送点儿碎的吃吃好了！"初六，一回上海就来拜年，再送大冬天里最好的鲜花和进口车厘子。去年，连他们两个过生日也有表示：顾新铭生日收到一个精致的栗子蛋糕；汪雅君生日收到一瓶法国的大牌面部专用精油，司马笑鸥说可以滴两滴在面霜里，加强对面部皮肤的保养，又不麻烦。汪雅君惊叹说："真是用心啊！精油滴在面霜里头，我还没有这样讲究过呢。"顾新铭开玩笑说："人家小姑娘出手这么大方，你不要开心得太早，你等着，以后他们房子的首付你是跑不掉了！"说这话的时候，汪雅君刚洗完脸，先不回答，从容地用无名指轻轻地往眼睛下方点上几点芝麻大小的眼霜，用无名指轻轻地抹开，然后用三个手指弹钢琴一样点匀了，才说："你以为吓得死我啊？不是准备好了吗？首付我们来，按揭让他们自己来。过两年要是生孩子，正好我们也退休了，可以帮他们带。"顾新铭说："还是要请个阿姨的，不然你吃不消的。"汪雅君说："嗯。都这么晚了，睡觉吧。你怎么还在喝茶？"顾新铭说："这是小鸥送的茶，还没喝透，不能浪费。"

那时候，这两个人，第一次有了要做公公婆婆的感觉，第一次以满意、喜悦、期待的心情准备迎接一个家庭新成员加入。当然，上海家长在孩子婚嫁时必须拥有的万事俱备、运筹帷幄的骄傲感，他们也有了。

而现在，把他们联结在一起的顾轻舟不在这里，他甚至都不知道父母要请司马笑鸥吃饭。只有他们三个人——一对心愿落空，还要来对曾经的准儿媳道歉、安抚的夫妇，以及一个因为受了伤害随时可能拂袖而去的女孩子，坐在这个包间里，面对着四个冷盘——虽然是兰亭惠的招牌菜，但是看上去冷冰冰的。

"小鸥，吃呀，吃呀！"汪雅君用公筷往她碟子里搛菜，注意把每样菜摆放得整齐，互相之间保持距离，免得串味。

顾新铭看见汪雅君用调羹舀了一勺混合了金针菜、香菇、黑木耳、花生的烤麸往司马笑鸥的碟子上送，突然脸色一凝，眉头皱了起来，坏了！百密一疏，自己犯了一个错误，这道菜不该点。"烤麸"除了是上海家常的冷盘，也是过去上海人婚礼上必备的一道菜，因为，烤麸的谐音是"靠夫"，结婚后凡事依靠丈夫，"夫"能够一辈子"靠"得住，这是新娘一方的强烈心愿，往往也是新郎新娘两家的共同心愿，因此"四喜"是例行的口彩，"烤麸"（靠夫）才是真正的祈愿和祝福。司马笑鸥是被分手的，对她来说，顾轻舟根本靠不住，所以今天的席上出现这道菜，就大大地不妥了。

顾新铭此刻只能舒展眉头，装出若无其事的样子，心里安慰自己：司马笑鸥毕竟是外地人，又年轻，应该不知道上海人这些"老法"的规矩和说法，如果真是这样，那就太好了。对天发誓，今天，他们两夫妻可是世界上最在乎司马笑鸥情绪的人了。

司马笑鸥慢条斯理地吃了一朵山药糕、一片卤水猪利、一个冻花蟹的蟹钳——蟹壳都是事先夹破了的，所以用筷子轻轻拨几下，四分五裂的蟹壳很容易就脱落了，一点儿不费事就可以吃到完整的蟹肉。兰亭惠就是兰亭惠。最后是四喜烤麸，司马笑鸥没有吃，不知道是不喜欢吃，还是知道那个说法所以拒绝碰它。汪雅君这时候也发现问题了，看了顾新铭一眼，整整齐齐的衣服下面，两个人身上都出汗了。

这时候汤来了。一人一盅橄榄瘦肉螺头汤，打开汤盅盖，就闻到香味。"小鸥，喝汤！"喝一口，又清鲜又甘甜，连这三个没心思真吃饭的人也觉得好味到熨帖。"这道汤清热解毒、润肺滋阴，对人很好的。"顾新铭说。他真心希望，这道汤，或者说这种心理催眠，能在上海凉爽而干燥的秋天，从嘴巴到喉咙再到五脏六腑，为遭遇感情挫败的女孩子提供一点儿帮助。

三个人静静地把汤喝完，居然没人说话，好像突然一丝不苟地遵守起"食不言"的古训似的。

然后上了牛排。这牛排小得出奇，只有成年人手掌心大，还比手掌心窄，但是服务生上菜的时候，领班特地进来介绍了一声："这是和牛牛排，请趁热用。我们的配方是专门研制的，所以建议贵宾自己不再加任何调味，就这样享用。"看了这个阵仗，自然知道这道菜身价是高的，再一看上面的雪花纹，用刀一切感觉到那种质感，就知道不是骗人的，切一小方放到嘴里，果然是和牛。顾新铭说："是和牛，和我在日本吃过的差不太多。"汪雅君问："这不是日本来的吧？听说国内没有真正日本进口的和牛。"领班笑了一笑，说："请三位吃起来，边吃边听我说——如果有人说他们端出来的是日本进口的和牛，您不要相信。我们这是澳洲和牛，虽然不是日本进口的，但是我们是正规渠道进口的，而且是真正的有等级的和牛。像今天这个牛排，绝对是M6—M7等级的，绝对香，雪花分布很好，也不会太油。"顾新铭点头说："我刚才一吃，就知道不是日本和牛，不过东西是好东西。我就喜欢你们这样，有一说一，不要吹，不要浮夸。说的人踏实，听的人也踏实。"领班说："我们也最欢迎您这样的客人，见多识广，上海人叫'懂经'，而且又客客气气。"顾新铭说："哈哈您客气，您客气。你们会做生意！"领班说："欢迎您多来！这是我的名片。"司马笑鸥没说什么，只是娴熟地用刀叉把小小的牛排切成四五块，然后一块一块送进嘴里，同时似看非看地听着，但她明显比刚进来的时候松弛了，神情深处的那一丝戒备也找不到了。

领班走后，汪雅君对司马笑鸥说："这牛排还不错，就是太小了。你年轻，可以多吃点儿肉，要不要再来一份？"

司马笑鸥说："不用不用，我不减肥，不过也要控制体重的。"说完这句话，她脸上有了一点儿笑影子。

"是啊是啊，你们这一代比我们好，从小有控制体重的意识，所以身材比我们这一代好多了。"

"哪里，阿姨您和顾伯伯都保养得好。"司马笑鸥一半被迫一半真心地说。其实这话本来是真心的——她过去和顾轻舟说过，上海人到底不一样，你爸爸妈妈身材、风度都很好，打扮也很得体。可是今天不是说这种话的心情和氛围，却又出于场面需要不得不说，于是一句真话刚说出口，就死了一半，好像是不合时宜的恭维。当她自己意识到连说一句真心话都这么尴尬，不由得叹了一口气。

顾新铭和汪雅君几乎同时叹了一口气。顾新铭有点儿可怜汪雅君，于是决定自己先开个头。他记得读过一本《如何有效交谈》之类的书，里面说，在面对容易引发争执和不愉快的谈话时，一定要用"我""我们"来开头，哪怕不得不说"你"，也不能说"你怎么生气了"，要说"我觉得你好像生气了"；不能说"你误会我了"，要说"我不是这个意思，但我表达得不好，好像引起你的误会了"。总之是要主动担责的意思。于是他说："小鸥啊，伯伯和阿姨也不能做什么，今天就是想请你吃个饭。"司马笑鸥全身微微一震，马上垂下了眼帘，好像不愿意让人看见她的眼神。

汪雅君赶紧说："我们心疼你，可我们也插不上手。你也知道，孩子大了，爹妈简直成了弱势群体，根本管不了。你相信我，要是打他能把他打听话，我早就用家法打得他趴下了。"

司马笑鸥似笑非笑地说："还不至于。"这句话有点儿微妙，是说顾轻舟罪不至此，还是说自己不至于沦落到这一步，要男方的家长用暴力来逼迫男朋友留在自己身边？汪雅君和顾新铭对视了一眼，顾新铭不开口，汪雅君只好继续说："小鸥啊，我们都很喜欢你，真的，已经把你当成……家里人了，弄成今天这样，我真是万万没想到啊！我们心里也很难过。"司马笑鸥嘴边浮起一缕似悲凉似讽刺的笑容，说："对不起，让你们操心了。"顾新铭马上补救，说："千万别这么说！是我们对不起你。你是个好姑娘，你做得都很好，都是顾轻舟不好，他这个人不成熟，完全拎不清，不知道自己几斤几两，不知道如何珍惜感情，也不知道该如何选择人生伴侣，他将来肯定要后悔的。"想了想，一咬牙，把最严重的一句说出来了，"是我们教子无方，对不起你。"汪雅君也说："我们真的很内疚，都没脸见你。"

只听司马笑鸥一个字一个字地说："都是成年人，哪怕是犯罪，也是自己进监狱，哪有株连父母的？这事和你们没关系。"两个人听了这句话，抬起了头，看见她喝了一口茶，稳住了气息，继续说，"何况，谈恋爱，本来就是两种结果，要么结婚，要么分开。你们放心，我不会去纠缠顾轻舟，将来他和别人结婚，我也不会去砸场子的。"

两个人心头一宽，同时又一酸：已经没有希望成为儿媳妇了，依然有这样的态度，可见过去的种种懂事不是假的，真是难得的好姑娘，可惜江湖一去深似海，从此彼此是路人。汪雅君说了出来："我们知道，你是个明事理、重情义的姑娘。顾轻舟配不上你，真的，你也许现在不相信我的话，过几年，就会觉得我说的是对的，到那时你还会庆幸没有嫁给他呢。"顾新铭喃喃地说："确实，你样样比他强，是他没福气，真的，是我们顾家没福气……"

司马笑鸥不知道是被打动了，还是触动了心事，低着头，好一阵子没有声音，然后，她好像下了决心似的，缓缓地抬起头，说："我这些天是很难过，但你们知道我心里最过不去的一个坎，在哪里吗？""你说，你说！"夫妻俩争先恐后地说。让司马笑鸥在他们面前倾诉一番，这是他们请这顿饭的最大希望啊。

"他可以和我分手，什么理由都可以——两个人在一起，要两个人都愿意，分手就不一样，只要一个人想分手，就只能分手。他可以不爱我，可是他不该说我不爱他，他说我只是快三十了，急着想找个人结婚，在上海安个家。我不是！我受不了他这样冤枉我！"

顾新铭说："这个他说得完全不对！"汪雅君说："他胡说！你只当他放屁！"

司马笑鸥说："我对他说，你不能这样说我，除非你从来没有爱过我。然后你们知道他说什么？他说：'你们女人真奇怪，反正就这样了，爱过，没爱过，有什么区别？'"她的眼圈和鼻子都红了，但是没有让眼泪流下来。

夫妇俩都沉默了，因为真的不知道说什么。没想到儿子如此现实，如此狠绝，同时他们也深深感到了自己立场的尴尬和语言的无力。

"伯伯、阿姨，谢谢你们这么接受我、疼爱我。我不知道他在你们面前会怎么说，我今天来，就是想告诉你们，我是真的爱过顾轻舟，是真的看上他，我也说不清为什么，我就是爱他这个人，想和他在一起，想和他白头到老，不可以吗？他要分手我没办法，可为什么我的感情还要被这样否定、这样不在乎？现在我也看明白了，我不是他要找的人，他也不适合我，所以，分手就分手，总比以后离婚强。"司马笑鸥的脸色苍白，嘴唇也失去了血色——口红已经在吃饭过程中消失了，所以现在是真实的唇色。但她始终没有流下来一滴眼泪，倒是汪雅君眼泪汪汪了。

好在装在青绿山水大瓷盘里的清蒸珍珠斑上来了。平时请客，点一条笋壳鱼或多宝鱼也就是了，但是今天，顾新铭觉得一定要珍珠斑。普通石斑鱼也很鲜，肉质也够弹牙，但是珍珠斑的嫩，是超乎一切石斑的，价格也是超乎一切普通石斑的，所以——今天必须要珍珠斑。顾新铭说："你给小鸥搛点儿鱼肉，这是珍珠斑，好吃，又不会胖。"汪雅君用不锈钢长柄调羹，一下子拨下来一大块雪白的鱼肉，放到司马笑鸥的碟子里。司马笑鸥慢慢吃掉了。

然后又上了一道脆皮百花鸡、一道黑松露汁烩鲜鲍、一道锅烧杂菌豆腐、一道白灼西生菜。

这时候顾新铭用另起一段的口气，说："小鸥，人这一辈子，总会遇到一些不开心的事情，也只能面对。我们呢，真的很喜欢你，也知道你一个人在上海，虽然事业有成，但是毕竟没有亲人，我们希望，以后像朋友一样来往，你如果遇到什么事情，自己解决起来有困难，只管来找我们。商量商量啊，需要我们出点儿力啊，我们都很乐意。"

司马笑鸥显然没想到他会这样表态，迟疑地说："这个……不用了。"

汪雅君说："小鸥啊，你如果不嫌弃，就把我们当成亲戚吧！我们是小老百姓，你知道的，他在出版社，我在学校里，都快退休了，但我们总归这把岁数了，好歹算是长辈，你有需要的时候，要想到我们，碰到为难事情了，不要一个人撑，发个微信、打个电话告诉我们，好不好？"

司马笑鸥愣了一会儿，脸上有混合着惊讶、委屈和感动的神情掠过，然后恢复了平静，说："好的，谢谢。"她的双唇恢复了一些血色。

汪雅君说："对了，甜品刚才还没有点，小鸥，你看看你想吃什么，流沙奶黄包？陈皮红豆沙？燕窝蛋挞？天鹅酥？他们的甜品也很不错的。"

"不用了，阿姨。"

"吃个甜品吧，心情会好。"

司马笑鸥幽幽地说："心情，总要让我不好一段时间吧。整件事情，我也只剩这个可以决定了。"

汪雅君要说话，顾新铭用眼神阻止了她。这顿饭，司马笑鸥的情绪就像退潮的大海，虽然还有一浪一浪地往回卷，但是总体是浪越来越远去，海面越来越平静。这下子回浪有点儿猛，也只能等它自己下去，这时候不能乱说话，这时候如果说错一句话，岂不是前功尽弃？这女人，就是性子急！

最后还是汪雅君做主，选了冰淇淋，顾新铭从来不吃甜品，于是她和司马笑鸥一人两球冰淇淋，慢慢地吃着。第一球冰淇淋吃完的时候，汪雅君说："小鸥，阿姨送你一件礼物，是我们做长辈的一点儿心意，希望你收下。"她从背后的手提包里拿出一个红色的丝绒盒子，打开，里面是一个老凤祥金手镯，没有花样，光面的一条，看上去有点儿像藤条做的，出人意料，有古朴的感觉。

　　司马笑鸥睁大了眼睛："阿姨，您这是做什么？太贵重了！我不能收！"

　　"你听我说，我们上海人家，孩子大了，总归要买个手镯的，是为了保值，所以都不讲时髦，就是买老凤祥的。这是我去年买的，当时觉得足金手镯比较土，你肯定不会戴，也就是给你压压箱底，所以给你选了这个实心的。"

　　司马笑鸥说："手镯还有实心的？"

　　顾新铭说："虽然是实心的，但分量不重，也就五十克，你看，标签还在，也没多少钱的。你收下吧。"

　　司马笑鸥说："我心领了，但我还是不能收。"

　　汪雅君说："这是我心里想着你买下来的，不可能以后去给别人，所以我一定要给你，你也一定要收下，听见没有？你不要多说，你就收下！"语气里有伤感，也有赌气。顾新铭知道，这是妻子本色出演，一定会有效果的。

　　果然，司马笑鸥听出了这语气里的真实感情和江湖义气，终于慢慢伸出了手，接过那个丝绒盒子："那我收下了。谢谢阿姨，谢谢伯伯。"

　　司马笑鸥吃第二球冰淇淋，心想：这么好的一对父母，如果能是自己的公公婆婆，该多好！本来就应该是的！这个镯子，本来是他们给自己的结婚礼物，谁知道突然一脚踩空，什么都变了……又想：连他们都这样对自己，可见顾轻舟是何等无情、何等过分！最可恨的，他变心不要紧，还要把过去的感情说得一钱不值……一想到这里，忍了整顿饭的眼泪涌了上来，来势汹汹，在失控之前，她猛地站了起来，匆匆地说："我先走了。谢谢伯伯阿姨！再见！"就推开门走了。夫妇俩追到包房门口，只看见她纤细的背影飘一样消失在走廊尽头的光影中。

顾新铭拉拉汪雅君，两个人回到餐桌前，坐下来。一坐下来才觉得非常疲惫。

顾新铭说："有点儿累。"

"我头痛。"汪雅君说。

"都老了。"顾新铭说。

"想想当初，我们什么都没有，还不是照样结婚、生子，哪有这么复杂？"

"是啊，你当初那么漂亮，怎么就那么傻，我什么都没有，就嫁给我？开头还是和我父母挤在一起，后来单位总算末班车分了房子。你跟了我这个穷人，这三十多年，真是不容易。"

汪雅君白了丈夫一眼，说："不要说得那么作孽相，我们的房子涨了多少倍，你怎么不说？再说你也不差呀，兼职啊，股票啊，拳打脚踢，这三十年可没少挣。关键是你的心思都在家里，嫁给你这种男人，心里踏实，夜里也睡得着。"

顾新铭得到妻子的赞美，心里甜丝丝的，说："是你不容易，当年那么相信我，嫁给我这个穷小子，和我白手起家。"

汪雅君看看丈夫几乎全白了的两鬓，不由得伸出手去，拍拍丈夫的手臂，说："还是你好，当初选中我就是我，三十年来一心一意的。不像某些人，本事嘛没有，还要那么花！"

顾新铭说："他拎不清！他以为人生这么便当啊？往往是越想走捷径，越会走弯路的。"

汪雅君说："就是呀，一开始如果不是真心看上这个人，以后有点儿风吹草动都过不下去的呀。现在这些年轻人，真不知道在想什么！他们懂什么？一辈子长着呢。"

顾新铭转移话题说："不过，你也不要光生气了。如果——我是说如果啊，他一定要和这个小李结婚，也不是一点儿优势都没有。"

"什么优势？就有钱啊？一个一米八的男子汉，怎么可以想这样当小白脸吃软饭？"

"他们房子和车都现成，确实省力很多。不过关键还不在这里，关键是，我问清楚了，对方父母没读过大学，早婚早育，现在女孩子的父亲才五十岁，母亲还不到五十岁，而且又在上海，将来他们生孩子，不要说坐月子，就是帮忙带孩子，女方父母应该也靠得上。"

汪雅君眼神闪了几下，然后沉默了，顾新铭知道她在心里盘算，一时不知道该说什么。半晌，只听汪雅君长叹了一口气："没劲！你说，是我的儿子要谈婚论嫁，怎么说也是喜事，怎么我这心里就这么不痛快呢？"

顾新铭也长叹一口气："我和你差不多。大概我们都落伍了，都是老人类了！"

汪雅君说："那我们真是选对人了，不管新旧，夫妻最要紧是两个人谈得拢。"

顾新铭看了看妻子，他发现曾经是班花的妻子，不知何时，双眸不再如水清澈，眼角也出现了细密的皱纹，像开片瓷器上的裂纹。

顾新铭说："不管了，我们好久没有两个人出来吃饭了，今天就当我们二人世界吧。"

"是啊，这么好的地方，刚才吃得没滋没味，菜都凉了。"

顾新铭说："现在帮儿子擦好了屁股，接下来我们放松，慢慢吃！"

"你说得这么难听，好像我们刚才在搞危机公关一样，我可是真心的。为什么一定要送她那个手镯？让她派用场的。我们对人家说得好听，什么'你有困难来找我们哦'，这就是嘴巴上讲讲的，一点儿都没用！人家小姑娘也是要面子的人，以后无论如何不会来找我们的。她一个人在上海，还是给点儿东西防身吧。给她那个，是千足金的，分量也有了，平时放着呢，保值；万一碰上难处，拿出来，总还可以抵几个月房租。"

真是一个好女人！顾新铭想。他突然有一点儿站起来拥抱一下这个女人的冲动，这是一种他好久没有体会到的感觉了。当然作为一个上海人，这种外露的方式，是和他们绝缘的，即使在四下无人的包房里，他也不会这么做。就像在上海话里面，根本没有"我爱你"这句话一样。

他特别温润地看了看妻子，好像想用眼神抚平她眼角的细纹似的，然后高声唤："服务生，来一下！把菜都拿去热一热！"

原载《人民文学》2022 年第 3 期

陶　纯

一把花生

　　一天晚上，在北京东二环建国门桥附近的一家饭馆聚餐，做东者提出每人点一个菜，众人推让一番，开始点自己喜欢的，爱吃辣的点了毛血旺、水煮鱼，爱吃甜的点了拔丝地瓜，爱吃海鲜的点了虾、蟹，爱吃肉的点了毛氏红烧肉，爱吃素的点了清炒西兰花，等等，皆大欢喜。轮到我时，我推开菜谱，闭着眼睛对服务员说："油炸花生米。"

　　只要是聚餐，只要有机会点菜，我都会毫不犹豫地先点一个花生米，油炸的也行，水煮的也行，老醋的也行，只要是花生米，都行。在所有的食物中，毫无疑问，我首选花生。近来年纪渐大，血脂有升高的嫌疑，夫人在家里控制我，我只好趁她不在的时候，炸一小盘花生米解馋。结婚三十年来，为了吃花生，夫妻俩没少拌嘴。她有时赌气说，我爱花生，胜过爱她。

　　这是两个概念，可是女人硬往一块儿扯，我也没办法。一个人的生活习惯，或者说口味，与他本人小时候的经历大有关联。我喜欢吃花生，不是因为小时候经常吃，而是因为经常吃不上。

　　我的故乡在黄河与京杭大运河交汇处，山东省境内。我家所在的村子叫姚家店，土地距大河近，灌溉确实方便，但是由于地势低洼，常常不需要灌溉，仅靠雨水就灌饱了，十年里倒有九年涝。儿时的记忆中最怕的就是下大雨。长此以往，土地变成淤泥状，更适合种高秆庄稼，像玉米、高粱等，没办法种花生。而离我们村三公里的沙窝村，地势高，全是沙土地，特别适合种花生、地瓜这类伏地作物。沙窝村年年种植大片的花生，是我们那一带远近闻名的花生之乡，每到秋末收花生的时节，沙窝村的人都很自豪，周边村子的人眼馋得不得了。

小时候在农村，可吃的食物种类并不多，主要是玉米、高粱、小米等粗粮，细粮很少；副食里面，肉是逢年过节才能吃上一两顿。鸡蛋家里虽然不缺，母亲常年养几只下蛋的母鸡，似乎每天都能听到母鸡咯咯下蛋，但是下出的蛋却舍不得吃，全家的日常花销，包括我上学的费用，主要靠这几只老母鸡，俗称鸡屁股银行。家里院子挺大，本可以多养几只母鸡，却又不敢，因为上头三令五申，每人养鸡不能超过三只，每家最多养十只，多了就要割"资本主义尾巴"，轻者村里大喇叭里点家长的名字，重了游街示众。

不知从何时起，花生成为我最爱吃最爱吃的食物。可是，家里是没有钱为我买花生的，想让家长掏钱买，做梦去吧！

记得打上小学开始，赶上收花生的季节，每逢星期天，我就跟在几个大孩子屁股后面，以割草的名义转悠到沙窝村附近，一边割草，一边捡落花生，割了草背到生产队的牛棚换工分。小时候我印象最深的劳动就是割青草，从上小学一直割到初中毕业，除了星期天、放暑假之外，有时放学早了也要拿上绳子和镰刀到地里割草。小小的年纪，小小的身板，背着一大捆青草踽踽行走，从远处看只见草不见人，像是草堆自行走动。由于经常负重，造成我右肩比左肩矮，后来找对象时，因为这个还被女方蹬过一回。我那时候最烦的就是下地割草，但在收花生的时节，我是非常乐意去割草的，因为可以借机捡花生。

我们几个小孩子在沙窝村收过花生的沙土地里，拿小铲子不停地刨呀刨呀，运气好的话，半天能捡到半斤以上落花生。有胆子大的熊孩子跑到人家尚未收获的花生地里偷刨，若是被人捉住，挨一顿揍算是轻的，有时还要给关进黑屋子，捎话让家长过去领人。我胆子没那么大，掂量来掂量去，不敢去偷，老老实实在人家收获过的空地里刨土。落花生大都是瘪小的，单粒的居多，刨上半天，也能捡到不少双粒的，偶尔捡到一个三粒的，就会激动地喊一嗓子，幸福极了。

对我而言，花生是天下最美味的食物，一边捡，一边忍不住剥一粒，潇洒地一扬手，丢到嘴里，香甜地嚼着，嚼着，缓缓享受着那美好的一刻……过一会儿，再剥一粒。捡花生耽误了割草，背回去的青草就没有那么多，但我爹见我上衣口袋鼓鼓的，也就不说啥了。

我发现，刚出土的新鲜花生和完全晒干的花生，都不如半干半湿的花生好吃。半干半湿的花生含在嘴里，不软不硬，稍稍用力一咬，有弹性，口感好，汁儿不多不少，芳香溢满口腔，直通天灵盖，居然令人有点醉意，有点眩晕。我把捡来的花生铺到窗台上晒，为防止鸡啄鸟啄，上面罩一层干树叶，晒个两三天左右，是最好吃的时候，赶紧多吃一点，过够瘾。等到全部晒干了，就收到一个小蛇皮袋子里。每年秋后，都能攒下个三五斤的样子，每天吃一小把，能够挨到当年的春节。这种我自己赚来的美好食物成为我童年和少年时期最美好的记忆，永难磨灭。

一九七五年，十二岁的我到姜庄镇中学读初中。姜庄镇离我们姚家店四公里远近，午饭在校吃，晚上回家住。学校的北面是一条坑洼不平的柏油公路，横穿镇子。有一天中午饭之后，我从学校的后院墙豁口处翻出去，穿过一片小树林，到了马路边，看过往的车辆。我们姚家店不靠公路，所以平时看不到大客车，只能见到砰砰乱跳的手扶拖拉机之类小型农用车。大公路边就不一样了。这是我们镇唯一的一条柏油公路，据说一头通济南，一头通河南濮阳油田，不断有大客车或者货车鸣着长笛通过，扬起一路灰尘。

往前走不远处，有一座小型的公路桥，水泥桥栏高至膝盖，桥下是一片干涸的小河床，杂草丛生。桥头的一棵大柳树下，有一个老者歪坐在那里，他脚下有一个蛇皮袋子。如果我没猜错的话，那里面盛着花生或者葵花子之类的食品。我不由自主地踱过去，及至近前，果然发现里面是炒花生，足有十多斤！我咽了口唾沫，尽量不去看，但是，肚子里面咕咕直叫——

不是饿的，因为刚吃过午饭，我吞下了从家里带来的两个玉米面大窝头，就着老咸菜吃下去的——肚子叫，是馋虫在歌唱……我又咽下一口唾沫，目光不争气，终于还是落在了花生袋子上。

正在打瞌睡的老头猛地睁开眼，犹犹豫豫道："孩子，来一点尝尝？"我先是摇摇头，然而却没管住自己的嘴，小声问道："老大爷，这个怎么卖呀？"他道："八角一斤，不贵。"那老者头发几乎掉光了，牙齿也缺了三两颗，满脸皱褶。我愣在那里。不怕人笑话，我口袋里只有一角钱，那是我这个礼拜的菜金。学校食堂中午供应简单的副食，主要是煮白菜，或者煮萝卜丝，放一点点油，几片油花漂浮在上面，像天边的云，一勺煮菜要三分钱。但每到周三改善生活一次，一般都是炸萝卜丝面团丸子，要一角钱。寻常情况下，我都是把家长每礼拜给的一角钱留到周三用。

我一直愣在那里，拿不定主意是否动用这一角钱。老者拿起一杆小小的秤，道："少约点尝尝？"他又弯腰伸出骨节突出的黑手，在口袋里抓起一把白生生的花生，在我面前晃动着。炒花生的香气不可遏止地钻进我的鼻孔里，顺着鼻子直达天灵盖……我有点醉，有点摇晃，左右看看无人，颤抖着手从口袋里摸出那一角皱巴巴的小票子。老者抬眼一瞅，略有些失望，他把少许花生放到秤盘上，嘴里念叨着："一角，约不到一两半呢……"分量太轻，秤杆老是不稳，忽高忽低，似乎没法约。他索性把秤盘里的花生倒入口袋，伸手抓了一把，感觉有点多，丢回去两三个，愣了下，又捡回一个，沙哑着嗓子说："保准有一两半，拿着吧！"

我上前伸双手接过，飞快地拿眼睛数了数，大约有十四五个花生，都是两粒的，个个饱满，发出诱人的白光。我把它们揣进口袋，摸出一个，剥掉外壳，取出一粒，捻掉皮，小心翼翼放进嘴里，轻轻一咬。老者眯缝着眼睛望着我："咋样？好吃不？"我激动地点点头，轻轻嚼着，咽下，又把另一粒丢进嘴里。

说实在的，吃了这么多年花生，我从没吃到过这么香的炒花生，简直满口生香，全身都跟着颤动。见我点头说好，老者高兴地咧开大嘴巴，说："是我闺女炒的。要用沙土，拿大铁锅，烧柳木劈柴，火候要准，炒出来的才好吃。"

我口袋里揣着那十几个花生，围着校园转了两圈，才把它们享用完。本想留几个下午或者晚上慢慢吃，可一是怕被调皮的同学抢了去，二是怕回家后被我爹发现，所以咬咬牙下决心把它们吃完了。

第二个礼拜，我抢在周三买炸丸子之前，又去了桥头。这个礼拜，中午我就只能每天吃窝头就咸菜喝白开水了。这一次我才发现，老者双腿细得像麻秆一样，他根本站不起来，是个瘸子——不，是个瘫子！

此后的日子，基本上我每周去一次桥头，基本上都是周二去，用仅有的一角钱换老者的一把花生。次数一多，大致搞清了他的家境。他姓曲，大名叫曲德成，沙窝村人，才五十多岁，看上去却像七老八十。他的腿是年轻时候上黄河防汛或者挖河时受凉，得了关节炎，慢慢发展成下肢瘫痪。他的老伴四十多岁就死了，也不知是得啥病死的，很突然，半夜肚子疼得满地打滚，没等送到医院，就死在半路了。他有一儿一女，儿子是老大，上小学时偷偷牵出生产队的大洋马学骑马，从马上摔下来，断了一条腿，所以也是个残疾。

他下不了田，种不了地，挣不来工分，只好找个营生来做。按说不到每五天一次的集市，是不能随便摆摊卖东西的，考虑到他家的情况，村里和镇上对他摆摊卖炒花生睁一只眼闭一只眼，但不逢集市，不准他到镇上繁华地段去，他便选在镇子外面的这个地方。好在经常有外地车辆路过，不远处是个加油站，停车加油的司机难免有嘴馋的，过来买几把花生路上解馋，每天带来的十几斤，基本都能卖光。

沙窝村虽然种花生，但是绝大多数都被国家收购，百姓手里并没有多少，一家也就分一点。有些人家舍不得吃，便卖给老曲，他家的炒花生原料就是这么来的。

沙窝村离这个地方四华里，只要不赶上下雨下雪，他基本上都来，每次都是他女儿小荣骑自行车接送。好在桥头有一棵枝繁叶茂的老柳树为他遮挡日头，灰尘却是挡不住的，我常常见他头上脸上和身上落满尘土。没生意的时候，他就歪坐在水泥桥墩上，背靠柳树打盹，中午啃干窝头，喝一个大塑料瓶里面的凉开水解渴。

有一天，我见到了他的瘸腿儿子。他儿子大名曲广祥，高高的个头，二十五六岁的样子，脊背有点弯曲，脸膛紫红，右腿是残疾了的，走起路来拖着一只右脚，像用橡皮在纸上擦过。广祥嘴里嘟嘟囔囔，不知道在埋怨什么，他爹一个劲地赔着笑脸，小心地安慰着他。广祥走了之后，老曲叹口气，对我说："广祥要是没断腿，我早抱上孙子了。"我说："你卖花生挣了钱，赶紧给他娶个媳妇嘛。"他仰天叹口气，说："是啊，就指望多卖点花生，给广祥娶一个呢！不管瘸的瞎的，只要是个女的就行……"说罢，又是一声长叹。

认识老曲半年多之后，我终于见到他的女儿小荣。星期二那天下雨，老曲没来，等到星期三，中午又卖炸丸子，我犹豫好一阵，掏出一角钱买了一份，有十个左右，每个比乒乓球略小一点儿。就着窝头吃，本来应该是很香很解馋的，可我却味同嚼蜡。下午放学后，我找同学借了一角钱，刚跑到桥头柳树下，就见一个姑娘骑一辆车漆掉光的自行车过来，下了车。老曲收下我递过去的钱票，解开已经扎上口的花生袋子，伸手抓了一把花生递给我。这当儿那姑娘看我一眼，我也看她一眼，知道她就是小荣。她个头不高，跟我差不多，留两条长辫子，小脸蛋圆圆的，红红的，像秋天成熟的苹果。老曲笑着对我说："孩子，这是我那闺女。"又转向女儿说，"荣啊，我给你说过的，这孩子念中学，姚家店的。"我礼貌地冲她点点头。她一笑，露出一口白牙，说："放学啦？"我道："嗯。"她道："该回家了。"

傍晚，我一个人慢慢地往家走，有意不跟本村的几个同学一块儿。走到家，刚好把那十几个花生吃完。我大妹妹红英正挥动大扫把扫院子，她才不到十一岁，就不上学了，说一上课脑袋瓜就疼，宁肯下地拔草，说什么也不上了。我爹娘其实也不希望她继续读，因为家里养不起两个学生，想一心一意供我。

我路过红英身边，吐了口气，让她闻着了，说："哥，你吃啥了？好香好香！"我赶紧掩饰道："中午学校吃炸丸子……谁让你退学的！"她哼一声，不再吭声，低头扫地，小小的身板一扭一扭的，仿佛一阵风就能把她刮跑。

后来我再去桥头，大都选在放学之后，一般情况下都能碰到小荣。我总觉得她比我小，实际上她大我三岁，当时已经虚岁十六。我夸她炒的花生好吃，比世界上任何地方的都好吃。我说的是真心话。她盯我一眼，说："小小年纪，就知道耍嘴皮子。"每次我照例买一角钱的，当着小荣的面，开始我还不太好意思，这点钱拿不出手，我是个男人，每次出手最起码半斤，那样才有面子。可是，我没有钱，我爹每个礼拜只给我一角钱的菜金，雷打不动。好在小荣从来没有流露出不屑，每次她爹抓给我一把花生之后，她还要再补抓两个丢给我，说："多吃一点，补补脑子，好好学习。"又说："俺没你有福气，俺只上到小学。"她爹对我说过，她学习蛮不错的，可是家里情况不允许继续读下去，只好退学。这跟我家有点类似，我大妹妹也早早退了学，不同的是，小荣有个瘸子哥哥，而我这个当哥的没啥大毛病，就是嘴巴馋一点。

到了放假时节，不再去学校，也就不再有去桥头买花生的机会。我感觉挺难熬的，心里边犯痒痒，老惦记着什么。上初二那年放寒假，临近年根，我口袋里多了几个钱，实在忍不住了，借了邻居三大爷家一辆自行车，飞快地往老地方赶去，一路上老是担心老曲和小荣不在。远远地看见老头子坐在桥墩上。天气寒冷，飘起了雪花，他戴一顶破旧的黑棉帽，裹一条黑色的破被子，身上披了雪花，像一个落了雪的土堆。我下了车，哈出两口热气搓搓冻僵的手。老头子见了我，动了动身子，笑了。我不急于买花生，一边跟老头子聊天，一边伸脖子往沙窝村的方向张望。过了好一会儿，才看见一个小黑点，黑点越来越大，真的是小荣来了！

小荣来到近前，见了我有些意外。我赶紧说谎道："今天我来学校有点事……顺便买点花生……"我大咧咧掏出四张一角的票子。老曲头本想伸手抓花生，一看不是一角，便愣在那里。我抬高嗓门说："大爷，来半斤！"老曲头明白过来，伸手到一旁拿秤盘。小荣剜她爹一眼，弯下腰，从袋子里抓出一大把花生，强塞到我上衣口袋里。这是一角钱的量，我递给她一角钱，她不接，我一时不解其意。

她冷冷道："你省下钱买本书看看，不好吗？不吃花生饿不死，真不愿再见到你。"

她显然是怪我嘴馋。可是她不知道，我现在不那么馋了，真的不那么馋了，我只是想找个借口，见她一面，看她一眼……

仿佛我的心思被她看穿，她不再搭理我，扭头收拾东西。我塞给老曲头一角钱，慌里慌张骑上自行车，飞快地走了。

小荣的那句话有些戳痛了我，有一段时间我没过去。冬去春来，我一天天见长，读了两年初中，升上高中。当时我们那地方的乡下孩子读的是普及中学，初中和高中都是两年制。虽然到桥头的次数少了，但我的心事却没有减少，时常上课走神。有一回夜里还做梦，梦见小荣站在大铁锅边上翻炒花生，烟气熏得她流出眼泪，眼睛红红的，一条辫子在眼前晃，她一甩头，辫子落到后背上……炒花生的香味，终于把我闹醒了。

有一天，天气本来好好的，大太阳当顶照，晒得人不敢出门。但是到了下午四点多，天上突然炸响惊雷，下起大雨。我在教室里坐不住，从书桌下面抽出一个装化肥的蛇皮袋子（这是我平时挡雨的工具），趁老师不注意溜出来，翻过院墙豁口跑向桥头大柳树下。老头子果然在那儿，他动弹不了，只能背靠大树，肩披一块破塑料布，把盛花生的袋子紧紧拥在怀里，头上脸上满是雨水。我不由分说，也不知道哪来的力气，弯腰背起他，一手拎起花生袋子，往不远处的加油站趔趄走去。

我没有去上课，在加油站的廊沿下一直陪着老头子。晚上七点多钟，天都快黑了，小荣才骑着自行车急匆匆赶来。这时候雨停了，我背起她爹，踩着雨水回到桥头。小荣见状，赶紧迎上来，先是接过我手中的蛇皮袋子，又帮忙把老头子放下来。她感激得不知说什么好，脸红红的，呼出的气息扑到我脸上，软软的，甜甜的……站在她面前，我猛然发现，我长高了——原先和她差不多，现在高出她大半个脑袋了。

这以后，我来桥头的次数重又多了起来，当然都是选在放学后，小荣接她爹的那段时间。像从前那样，我身上有零钱时，就买一角钱的花生，老头也还像先前那样，抓一把花生给我。我边吃边装作没事似的，一次次望向通往沙窝村的沙土路，直到小荣骑自行车出现，我再磨蹭一会儿，小荣就过来了。有时身上没有零钱，我也忍不住，放学后先不回家，拐个弯过来露个头。老头道："孩子，想吃花生你自个儿拿。"我缓缓地摇摇头。他从快要见底的袋子里摸出三五个花生扔给我，我只好接过。中午学校供应开水，天气冷的时候，我时常抱着自己喝水用的大玻璃瓶子过来，把热水倒入老头的瓶子里，看他喝下去。

每逢见到小荣，她都是很客气地冲我点点头，有时还微笑一下，露出两排白白的牙齿。她没有再说过我一句不中听的话，偶尔会问一下我的学习成绩，说："国家又允许考大学了，你咋样？能考上吧？"我说："谁知道呢。"

她边说边收拾东西，我也装作要走的样子，眼睛转来转去，最后瞟到她脸上，不期然与她的目光相遇。我赶紧移开目光，有点仓皇地大步走了。

有一回，她趁她爹不注意，悄悄塞给我一个温热的小布袋，小声道："这是刚刚炒出来的，给你点儿补补脑。快考试了吧？"我顾不上客气，点点头收下了。我把那个小布袋揣在怀里，回家的路上，感到香气浓郁，似乎还裹挟着她的体味，一阵阵冲击着鼻孔……我心中慌乱，特别想拿出来闻一下，又担心同行的两个同学发现，便找个理由钻进路边的玉米地里。见他们走远了，我把布袋拿出来，放在鼻端嗅着，嗅着，久久不愿放下……

临近一九七九年高考的时候，有一天放学后，本来想直接回家的，出了学校门，我总感觉会发生点什么事情，便又折回来，往公路桥老头子摆摊的地方走去。老远就隐约看到有人在那里打闹，我一个惊愕，拔腿往前跑去，及至到了跟前，才看清是老曲的儿子、瘸子广祥在那里发疯。他把他爹卖剩下的半袋花生倒在了桥边，拖着一条瘸腿，恶狠狠地在上面踩来踩去，又从小荣手中抢过秤杆，一把推开她，双手握住秤杆两端，抬起膝盖，猛地一磕，秤杆折成两截，他抬手扔到桥下的河床上。老头子斜靠着大柳树，动弹不了，张着大嘴，发出无声的哭泣。

这时只听广祥仰天吼道："我叫你们卖、卖、卖！就靠卖几斤破花生，猴年马月能攒够钱，啊？我不活了，我今天死给你们两个看……"

小荣爬起来，上前死死抱住她哥的腰，泣道："哥！俺答应……俺答应你，行不行？啊？俺答应，俺答应……"

我懵懵懂懂地抬腿想上前，却被一只大手摁住了肩膀。是加油站的大老郭，他冲我摇摇头，示意我不要多管人家的闲事。

一九七九年夏末，高考成绩下来了，我榜上无名。我也没有太难过，因为早就料到自己考不上。这时候传说国家要搞农业改革，公家的土地分给社员自个儿种，我家能分到七八亩地，爹娘希望我跟着他们下田，说只要肯下力气，七八亩地打下的粮食，全家根本吃不完，以后可以常吃到细粮了。还说，用不了几年，就能给我娶房媳妇。我动了心，准备下地大干一场。

瘸子广祥大闹桥头之后，我又去过那里几次，都没有碰上老曲，更别说见小荣了。去问加油站的大老郭，他说老头子一直没露面，看样子不会来了。我不死心，又陆续去过几次，还是没见上他们的影儿。桥头大柳树下，几小撮风干的碎花生壳上，有一队队的蚂蚁在爬……

一天午后，我硬着头皮去了沙窝村，以买花生的名义，打听卖炒花生的曲广祥家。有人给我指了路，很好找，就在进村不远处。我忐忑不安地走过去，看到他家的房屋很破旧，门楼都快要坍塌的样子。大门半开着，我鼓足勇气迈进院子，刚想张口，屋门开了，眼前一亮，小荣走了出来。见了我，她猛地愣在那里。我低声说："我、我、我是来买花生的……"她示意我不要再吭声，蹑手蹑脚走过来，靠近我，小声说了一个地方，让我吃过晚饭就去那里等她。

那天晚上，我没有吃饭——心慌吃不下，早早就赶去小荣说的地方——沙窝村西头的一个小水库。我孤坐在水库边，头顶上是又大又圆的月亮，没有风，半下午刚下过一场雨，四野蛙声一片，还有夜鸟的悲鸣，我突然莫名其妙地有些害怕。不知过了多久，身后响起一片沙沙声，我紧张得汗水都下来了，急忙站起来。果然小荣来了，她没有骗我，她是一个人来的。

她走到我跟前，我发现她是那么瘦弱，脑袋大约只到我肩膀。我喘着粗气，说："小荣姐，你来了。"

她点点头，说："我是想告诉你，再过半个月我就出嫁了。"

"嫁给谁？"我愣了好久，才问道。

"刘格庄乡的刘板根。"

"……他，人好吗？"

她从鼻孔里哼出一声，许久才道："他和我哥差不离，也是个瘸腿。"

我张开嘴巴，傻愣在那里，半天合不拢。

她扭过身子，不看我。

"你为啥……答应？"

"……刘板根的姐姐刘翠，嫁给我哥。"

我全明白了，但脑子乱得不行，不知该说啥。

"弟弟，你得考大学。"她转过脸来，双目炯炯望着我，"你要沿着镇上那条公路，到济南去，到更远的地方去……"

我哭了，无声地哭。

她突然扑到我怀里，双手死死拢住我的腰，脸贴在我胸口上，呢喃道："等你考上大学，如果还记得我，就到刘格庄乡找我，告诉我一声……我炒最香的花生给你吃……"

我点点头，强忍着，克制着，不让眼泪掉落到她头发上。她扬起脸来，脸蛋上也沾有泪水。恍惚中，我感觉她踮起脚，亲了我嘴唇一下，然后就像云一样飘走了。

回到家，我一夜没睡，第二天早上告诉爹娘，我想到县一中去复读。爹娘都叹口气，没说行，也没说不行。我说服爹娘，背上粮食到县一中复读，整整拼了一年。一九八〇年，我终于考上了，而且是军校。我是我们那一带考上军校的第一人。

我违背了对小荣的承诺，没有去见她。即使每年都有一次探亲的机会，我也没有拿出哪怕半天时间去刘格庄一趟。我害怕见她，不知道见了面该说点啥。

往后的日子，我的路越走越宽，级别也是水涨船高，在城里找了爱人，生了小孩，一切都好。我和故乡的联系，自然也是越来越淡，越来越淡。

我再也没见过小荣，到后来竟然把她的容貌也淡忘得差不多了，只记得她个头不高，瘦瘦的，脸蛋圆圆的，红扑扑的，头上扎着两条并不太粗的辫子。

前些年有了微信，当年姜庄镇中学的老同学建立了微信群，我也被拉了进去。沙窝村有个叫曲建民的同学在群里，有一天我主动加了他好友，向他打听："沙窝有个女的叫曲小荣，当年家里卖炒花生，你熟悉吧？她现在怎么样了？"

过了一两天，建民才回复我，用语音回的，乡音浓浓的，一下子拉近了我和故乡的距离。他说："熟悉。她早年嫁到刘格庄，男人是个瘸子。她不喜欢瘸腿男人，和别人偷好上了，要私奔，半道上给抓了回来。婆家一大群人到沙窝她家大闹，东西砸了不少，还作势要把她嫂子带走——他们两家是换婚。她惹了众怒，可能觉得没脸活吧，就喝农药自杀了。"

我呆愣在那里。趁老婆不在身边，我反复听了好几遍建民的语音，总还是不大相信。咬咬牙给建民拨打语音电话，先聊了点别的，最后回到曲小荣身上。我说："建民，你说她是自杀的，这确实吗？"

他说："这个没错，葬她的时候，六个人抬棺，我是其中之一。"

我默然了。

我这辈子，最爱吃的食物就是花生，这个不会再变了。每当吃花生的时候，我就会想起故乡的一个人。这么多年来，我吃了无数的花生，可是再也没品到当年炒花生的味道。

原载《北京文学》2022 年第 3 期

景凤鸣

猎
人

1

　　诸种的记忆中，总会有一个年轻猎人进入脑海。他貌不惊人，但是身子骨灵活，充满生气与活力。他到白家堡子的舅家串门，这时鬼子进村了。

　　舅家的房后即是山坡，或者叫作后山。山坡依在后山上，而那后山，几乎是绵延的岭。由于农闲时经常钻山沟子，年轻猎人和抗联战士们有很多接触，可以进入密营，和战士们说笑，抽一袋旱烟。抗联里的少年战士，偶尔也可以下山来。那些被称为少年铁血营的战士，父母、亲属都在周边的村屯，而部队，尚未开拔到更远处。所以只是这一时段能回家，部队若是开拔到其他的地方，比如说组织西征，或者到大山的更深处开展革命，充分吸纳地气的这些小战士，就没这样方便了。

　　他们被叫作老五团和老六团，都属于南满抗联在河里地区的根据地。

　　年轻猎人是猎人，也是农民。他和熟悉的抗联战士一起打猎，还偶尔猎杀过熊。熊心一定给一位大个子将军留着，虽然最终都给伤病员熬了汤。熊在这里被称为狗熊、黑瞎子。山林里野生动物多，食物丰富，一些珍稀动物尚未到濒危的程度。

村头一阵哭号声，鬼子开始各家各户搜人了。搜到的人，就一律撵出屋，撵到村路上。遇到生病、腿脚不好使，尤其卧床不起的，就跳到炕上拿枪托砸。砸动弹了的，拖着病体，爬也要爬到外面；砸也不动弹的，就一枪崩了。

各家各户都窜进了鬼子。鸡飞狗跳声和零星的枪声，烟尘般溅起。路上的村民渐渐增多，聚成了人流。

头顶上有乌鸦在飞，长白山区那种羽毛好看的大乌鸦。惊惶的情绪在人们头顶笼罩，乌鸦感到了难抑的躁动。

舅母抱着一个孩子跑进屋，对年轻猎人说，怎么还不跑，快啊！

年轻猎人说，你们怎么办？

舅母狠狠地说，快走。

鬼子进院脖子了。年轻猎人打开后窗，腾地跳出去，躲着树，绕着弯，往山坡深处跑。

舅父是有机会的，可舅父不跑。他有舅母，还有两个孩子。

从打开的后窗，鬼子知道有人跑向后山，因此十分恼怒，拿枪托将舅父捣出屋门，一直捣到土路上。绳子拴成串了，男人们被接连绑成蚰蜒。脚步杂沓，尘土弥漫，火光早起来了，团团的黑烟往天上涌。

人如羊群，杂乱无章，却方向大致地走着。

志愿者们说，以白家堡子为落点，方圆五十公里，鬼子事先划定了范围。借路的行人也一律不放过。包括各道褶皱旮旯，鬼子的搜查像篦子，纵是各道沟里的虮子，都得给通出来。

年轻猎人钻进老林子了。老林子就是原始森林。不过已未必是，只因为鬼子盗伐得太狠。不过这些老林子仍是片神奇的地方，夏天没蚊子，里面的雨水少；冬天冷风吹不进去，雪都落在了树梢上。真正的猎人不往里去，而是潜伏在杂木林、灌木丛，因为动物们也是。

若没有猎物，去森林里面干什么？

穿过老林子，年轻猎人爬向峰岭。

年轻猎人看到，村民们被鬼子驱赶着，往村外走。未停在相对宽敞的村头，而是沿着土道，继续往前。

所有的人，心里头都惴惴不安。

白家堡子是依山脚而建的村子。所谓依山脚而建，并不是顺着山势，一层一层铺下来，而是尽量挤在山脚下、地边上。

长白山区的村落，堡、洼、崴、坡、屯、窝棚，不管叫什么名，更在意的是土地连片、种地打粮。

几个志愿者站在后山的脚下，首先看那大片苞米地。地势稍有些不平，所造成的高低落差，也就是一条垄或者几条垄，可以横着走犁杖。深秋或者初冬的大苞米，这时已不再生长了，带着一副秋天的表情站立在地里。还有水分，尚未完全干枯，需要有一场冻，让它们彻底死心，然后在冻中风干。鉴于此前的雨水大，村民们更愿意让它们在大地里多挺上一挺，让太阳光再踱上一踱。收割时会伸不出手的，但庄稼的籽粒好。

顺着松软的苞米地，一直往南面走，就是村落以及哈尼河了。这片平川不小，虽可见远坡近岭，却能并排跑上百匹马，可以组织规模战斗。脚下的道路，笔直地延伸进村子，大树躺下一般。横出的不同枝丫，搭到各自的门口和街头。路边敞盖的排水沟正在修，用的是高标号水泥。里面虽无钢筋，却均支上了木头盒子。直到水泥凝固，还要把盒子撤下来，钉个鸡架，打个搁板，都是好材料。

新房旧房甚至老房都有，这样的村落好，属自然生态。那种完全一致或者如出一辙的，得编上号，否则喝多了酒，会找不到家。大门及院落设计均有不同，房屋也各具特色，但都是坐北朝南。只要不出门，各户均四敞大开。任何一个村民，进到别人家的院里，才不先给个"知会"，都是拉开门就进，叫作不"假咕"。

真若先敲门，也是因为屋里有狗，很凶。

阳光带着爽风，连泼带洒。晾衣服快，晾晒干菜也快。干菜是平原区的活计，白家堡子的院子里，晾晒的都是采自山林的野生蘑菇。

那些蘑菇，游客们会主动买。

原来的白家堡子，并不是在这里。需顺着道往回退，在那块挨着山坡、可以横蹚犁杖的大苞米地。

老白家堡子，村民们走在路上，加上周边村落的，分头往大平地的方向集中。荷枪实弹的鬼子，来了一百多个，开着十多辆卡车。这样数量的鬼子，对付几个小山村，可说来势汹汹。

已经入夏了，地里的苞米苗长到了没膝深，而山上，层层新叶变得匀称清秀。因为撵得穷凶，村民们趿拉着鞋，衣冠不整地走着，拖带出一长溜的细尘。路边偶尔出现的野马兰丛，沾染了这些尘土气，变得蓬头垢面。一辆辆敞篷卡车凶嚣地开过，掀起比柴火垛还要高的尘土，呛得人无法呼吸，睁不开眼。

能搜的都搜了，能抢的都抢了，房子再顺手扔上一把火。家没有了，家园没有了，村民们心里一片绝望，但在枪的威逼下，仍是跌跌撞撞，被鬼子驱赶前行。

彼时鬼子的"集团部落"在这个地区还没有兴起。但其他地区尤其是东满，已然有了。而如此驱离，是要归屯并户，还是其他的什么把戏，没有人知道。

后山上，年轻猎人爬上树察看。不同土路驱赶来的人群，正顺着道，更加明确地往大平地的方向走。迎面就是山体了，哈尼河的一条河汊蛇般盘扭过来，隐藏在近旁的大地里，暗自无声地流淌。

判断了大致的方向，年轻猎人顺着山梁，往大平地的方向赶。

长白山的林区，所有的平地，都是山间的附庸。之所以去大平地，不仅因为彼处有相当的宽距，还因为靠近山脚的地方，有伪警察公署，有值班室、库房宿舍、圆木栅栏，以及伪警察和枪弹。目测各处山脊与伪警察公署的距离后，年轻猎人潜伏下来，悄悄狩猎般察看。

被驱赶来的村民越来越多，都集中在伪警察公署的院子里。舅父舅母都在里面，以及亲戚朋友玩伴。年轻猎人后背的汗干了，又生了一层。虚幻莫辨的身影中，他们混同了，都变成了舅父母。

阳光奇怪地炙烤着，应是傍中午了。僵硬呆滞的人们，站在伪警察公署的院子里，看着一拨拨的受刑，一次次杀鸡给猴看。山势斜转，早看不见白家堡子冒出的黑烟了，空气中却涌动着缕缕的炕油子味儿。是炕洞里面结挂的烟溜子，它们着起来了。火先带着房檐椽头，然后是墙体里的死蟑螂死老鼠，最后引燃了炕油子和焦土。说明从屋顶烧落到地面了。

2

志愿者在逐渐聚齐。

因是本乡本土，加之共同志愿已久，彼此之间已有许多无须解释、心意相通的空白。几句话能够表达大段的意思，可以见招拆招。半旧的车子也熟悉大家的意志，直奔有名的幸存者李忠昌家。确切地说，是李忠昌的侄子家。待推门而进，却见一把锈锁当中挂着。不必说，定是久已没人的。按照村民的指点，又进到街上斜对面的一家。这家日子过得尤其兴旺，别家都是院子里扣个塑料棚，或者菜地里扣个猪牛棚，这家的塑料大棚越过房脊，从后院扣到了前院。整个房屋证、土地使用证规定的面积，悉数扣进了大棚里。原来是开着家庭酒坊。浓郁的、生涩的、没来得及勾兑的酒香，在超级塑料大棚里转。酒家有些恚嗔，你们动辄找李忠昌的后人，我们家老辈可是李忠昌的外甥女。

志愿者们一阵惊喜，李忠昌去世好多年了，在寻访上，大家已然降格以求。这些后人，自然过渡为重要的经历者与见证人，因此可以说，越多越好。

可听到李忠昌的外甥依然健在，志愿者们的眼睛转了。那个是亲外甥，开酒厂的是外甥孙女，相较之下，要差着一层。

院子里有个中年人，面皮白净，秃脑瓜蛋儿，衣着利索但是过紧。他是南方回来省亲的，兴致盎然地主动带路。志愿者们充满欣喜，承认此时的心情如天空一样敞亮，而此时的天空也确实敞亮，天蓝树绿，一碧如洗。

行进在平整的村路上，觉得是在百年的历史中穿游，便承认不只是在寻访，还借着寻访的名儿，进行一场不可避免的乡村行。

白家堡子村，在早即属于四县交集、三不管的地方。抗联遗迹的发现与挖掘，使这里路不再远，且声名远播。相对于专业研究部门的历史要件，这些志愿者，更多是通过田野调查与道听途说，蛐蛐儿一般，依靠几根细硬的触须，感知历史的温度，体验英雄们的虽远而近、虽近又远。

一条干涸的河沟村中穿过。铺设的铁板仅仅是铁板，却可安然通过一辆四轮车。轿车也毫无问题，包括拉着高高垛起的苞米秆子的马车。黑色的园田里，黄黄的土豆被翻出了，无遮无挡地晒在那里。翠绿的白菜懒洋洋地生长着，得经几次霜才能收拢。几家门前堆垒的木垛，都是风摇雪压的倒木碎枝耐心裁截出的小木头方子，密集与规整到雨水渗不进去，像是大型的、雕刻出的工艺品。

三个幸存者，每个都算留下了后人。李忠昌的亲外甥八十三四岁了，大骨头架，盘坐在半片单炕上，像倒扣着的八印大锅。志愿者们挤在屋门口，站在屋地中间，禁不住慨叹。想多寻些蛛丝马迹，却又分明感到不便久留。心思无以聚拢，找不到合适的关注点。唯有一点形成共识，就是幸存者的血脉越来越稀释了，正在归于有名而无实。最终只存留一份记忆，一次想象，一片硬实而具体可感的墓碑。

而年轻猎人呢？若起初便不在其内，是调查与统计有遗漏，还是执意要隐姓埋名？

3

鬼子那次来，是调动了一个连的兵力，并配上伪军。对于"通匪区"，他们要收集战果。他们先在人群里挑身体看上去结实的，阴沉着脸，将人撵进库房里。

里面传出来抽打声、各类刑具声，还有瘆人的惨叫声。用了半天的时间，进去的四五十个人，有的皮开肉绽，大部分抬都没抬出来。这样的严刑逼供，头一天已在进行了。此时大范围的聚拢，是之前搜杀的延续。

后来就不往屋子里拉了，只因为纵然再拉，也没有效果。

鬼子头目叫中山八郎大尉，当着众人的面，他开始盘问，谁是抗联战士，谁是抗联家属。

四百多人的队伍，男女老少在内，没有人回答。

毒刑、审问、残杀再次开始了。有几人给吊到马桩上，活活勒死，因为他们非但不回答，而且眼神不对。

村民们视线低垂。有的女人低声饮泣，控制不住出声。鬼子们拨开人群，寻找声源。山上的年轻猎人心里一紧，想到鬼子什么事情都干得出来，忍不住头皮发麻。想要跑，找抗联战士去，却深知一切均来不及，只有咬紧牙关等待下去。

人群中一阵骚动。鬼子们开始专挑中青年妇女往出拽。女人们吓得哆嗦，木然站立，脸煞白确青。

村民们看到，这些日本人押着几十名年轻妇女，往路边停着的卡车走。看到年轻妇女们被驱赶到卡车旁，小脚和半大脚的她们，笨拙、姿势各异地往车厢上爬。

有几个鬼子端着枪，鬼鬼祟祟地冲着这面山走来。

年轻猎人几近于喊出声。想转身走，可去往哪里？想捞他两个，若非赤手空拳，他有充分的把握。但赤手空拳不行。就像圈围到大平地的男人们，若不是绳子将他们绑起，若是给他们一把镰刀，哪怕手持木棒，那些罗圈腿的鬼子们也断然不敢这样嚣张。他想到了手无寸铁。想起东满的一些地方，家家户户的菜刀都给收缴上去了，全村人使用一把菜刀，在指定地点，用铁链拴死。

年轻猎人悄悄移动着身体，警惕地倾听着往山上爬的鬼子所传过来的动静。

最好手里有把枪，年轻猎人想。如此就得把鬼子的枪给顺下来。但是再察看时，发现那枪不是手枪，也不是三八大盖，而是机关枪。

那机关枪，大铡刀一般，闪着凶狠的寒光。它和看护它的鬼子们，阻断了年轻猎人的念想。

而鬼子此时已向着两个方向，叉分出两组，分头向山上爬来。

4

出了新白家堡子村，几个志愿者驱车，共同赶往打死鬼子坎。

一道城际铁路空中跨越，从这山直到那山。笔直的省级公路在它的下面纵向贯通。既不走铁路，也不走省级公路，而是在紧贴地面修建的沿山公路上，几个志愿者开着旧车疾驰。

衣着过紧的中年人，因是主动引路，自然坐到了副驾的位置，却一定被吓得不轻，又不便说破，只好一路紧张地指点、提示、暗示。告诉驾车的志愿者，行的是山路，需给对面而来的车辆留有余地。拐弯的时候，一定别占中线，否则对面猛然过来一辆车，彼此会躲闪不及。担心得特别专业。开车的志愿者烦叨叨，嘴上不吭声，可手上的动作吭声。直到被告知前面打死鬼子坎的地方，是事故易发生地段，要保持规定速度。速度终于降下来了，却不是因为限速和事故多发地，而是因为，到了打死鬼子坎。

五花山的季节，枫叶红了，各类的红叶也都红了。还有其他的木黄与草绿。打死鬼子坎下，大地里金澄澄的稻谷一片。只待村里某个人随便起头，哪怕是沉不住气，盲目起镰，秋收的节奏也算快乐充实地敲定了。

站在坎的边上，几个人分别开始各自的踏查。有的分析战斗地形地貌，有的探讨战斗经过。七十多年了，这片地域的往事，它们离得那样近，又隔得那样远，让人感到桩桩旧事的漫漶。

只是那道坎，藏不住一匹站立的马。但打一场伏击是够了，因为它在漫坡上。它是借助地势的威力，扩大了坎的威力。

打鬼子坎原来叫王志明坎的，因为住户而得名。长白山区有的是这样的冠名法，既现实普世，又方便简单。

坎的一侧，山的半坡处，埋伏好的抗联战士，正等待着鬼子及伪军过来。那些疑心很重的家伙过来了，把伪军推到了前头，让伪军穿着他们的衣服，端着枪往前走。可是鬼子手段再狡猾，也抵不住抗联战士有办法。

抗联战士们一齐喊：

中国人不打中国人。
是中国人的趴下！

虽然众声齐发，并不影响清晰。伪军反应真够快，唰地趴在地上。日本人不明就里，虽听得清楚，却仍站在原地张望。

枪声爆豆般响起，瞬间倒了十一个。跑掉的那个翻译，或许是有意放掉的，回去通风报信，让鬼子们再来。

打死鬼子的事迹传遍了四面八方。这仗打得好，解气，却也知道鬼子不会善罢甘休。但不管有什么样的结果，白家堡子的人接着，河里地区的人接着。

看完打死鬼子坎，几个人该往回走了，此时的路四通八达，唯有去白家堡子，需走专门的回头路。紧衣的中年人有些慌了。虽只是一辆半旧车，可代表的是速度与便捷，并且此刻无可替代。久居南方的暗潜优越、认真与碎嘴不见了，热情参与的他结巴道，你们去大平地吗？可以捎我一段吗？

接着给自己撒托儿，要不我就打电话，让他们来接我。

这个他们，显系新白家堡子的子侄辈、青年们。

志愿者们会心地偷笑，于是紧衣中年人也笑。好了，成功沟通了，完全领会理解了。人家是陪同咱们来的，咋就不能送回去呢？就那么不讲究吗？不请人家吃喝就不错了，人家可是拿出时间了呢。

假以时日，他会是白家堡子最好的志愿者。只因为恰是他，显示出对待历史寻访的热情。虽然目前旅居南方，但他仍要不断回来。性格禀性，行走做事，仍为东北之子，没被南方浸透，直到他的第二代第三代。

5

此时的山下，大平地的伪警察公署，在拷杀青壮年，驱离一群中青年妇女之后，鬼子们凶残的眼光投向老弱病残。

舅母怀里抱着两岁的，手里牵着五岁的。是年轻猎人喜欢的两个小家伙。

鬼子将娘儿几个叫到前边，俯下身，戴白手套的手，丈量孩子的头，说，谁是抗联？

五岁的孩子挣开鬼子的手，朝舅母腿边躲。

鬼子恼怒，不说死了死了的。

舅母说，孩子懂得啥。

鬼子的枪刺指着孩子，狰狞地看着舅母，他的不说，大人替他说。

舅母不吭声。鬼子的枪刺抵到孩子的身体上，咬牙威胁道，说不说？

一阵令人窒息的沉默。

鬼子的刺刀，扑哧刺向孩子。一声凄厉号叫，发出凄惨声音的是舅母。

舅母扑过去抱孩子，眼里流血。她疯了一样，冲上前去撕挠鬼子。

亲人哪！

鬼子劈手夺过舅母怀里的孩子，甩在旁边的大树干上。白色的脑浆顷刻迸溅，一缕柔软的发丝，被脑浆推动着迸射，向上挂在粗糙的树干上。

舅母拿身体往刺刀上撞。鬼子控制住她，不让她撞，而是让她一下一下的，等待着劈刺。

闷闷的一声枪响，人群中捆绑着的舅应声倒地。他搐动了几下腿，一动不动了。

一股血腥，从人们的心底深处往上涌，正在打破沉默。

鬼子有些惊惶不安，冲着空中放了一梭子弹。

怒涛的声音停了一下，但随后更加凶猛地涌起。

大平地的山坳，左右都是山峰或者山脊。环形的走势，像一扇巨大的簸箕，让人无处逃匿。

村民们知道不行了，静静等待可能发生的一切。白家堡子的村民不怕死。有这个死兜着底，怕变成了一时一刻，倏忽而过。

青色的衣服，木然的身形；凌乱的头发，凝固枯槁的面容。归拢成堆的四百多人，阵势仍排出去很远。一些中年男子，挺起平时不曾挺起的胸膛。半百的老太太，抿抿鬓发，抻抻衣襟，让孩子们的脸，紧紧埋进带着碱灰味道的大襟里。

几只乌鸦觉出了深黑之气，嘎嘎叫着，在大平地的边缘盘飞，又姿态凝重地飞去了哪里。

鬼子哇啦哇啦说出一串话，冲着黑压压的人群。有翻译对着众人扯破喉咙喊，还说不说，再不说没有机会了。

沉默。

四百多人里，没有一个喊叫，要求跟鬼子对话。

一阵山风掠过，鬼子们动物似的耸起肩膀。

有人听到，山脊的树林中，一声隐约的喊声。像一只山鹰在扇动翅膀。

戴白手套的中山八郎大尉，一个手势落下，前边一排村民被刺倒。再一个手势落下，子弹呼啸而来，瞬间而至，在嗒嗒声中，接续不停。人群割草般成片倒下，横七竖八的尸首，从外层到里层。有割得潦草的，回头再遛上一遍。

腥血流淌遇土，凝结成黑色。

6

全村的人，埋在九个大土坑里。

几百人哪，没有一个吐露抗联行踪的。

年轻猎人的头埋进潮湿的地里。地面上是积年的带着腐烂气味的落叶，碎末沾满他的脸，吸进他的嘴里。

年轻猎人耳畔听到打死鬼子坎一声粗嘎的断喝，中国人不打中国人，是中国人的趴下！听到百米外的山根下，不，山腰上，敌寇的机枪火舌突至，染红了不远处隐藏流淌的哈尼河水。舅母一声还不快跑的吆喝，如烧红的鏊子，烙得肉皮生烟。

对不起舅父母，对不起所有这些人。

那些机枪子弹，一齐涌进年轻猎人的身体里，动起来哗啷响。

为他们守墓，陪他们说话。让他活在他们的堆里。

众人的身体凉透变硬以后，年轻猎人住下来了。每一个白天与夜晚，不是陪伴与相依，而是跟着他们一起，接受从内到外的疼。

黑色的山土中，掺拌着血的痕迹。孤寂的苍蝇，见不到人影的蚊虫，瘦小的蚂蚱，均在枯草间浅显地跳。这些坟土包，光秃秃的，看得出锹土的痕迹。它们是要长草的，还要开出一些碎花，不过需得一阵子呢。每个坟头上面，大坑底下翻上来的生土，它们需要熟。

是什么原因，巨坟的头顶，林木与杂草总是长不旺盛？鸟类及小动物，很少在其上做窝？

年轻猎人不明白，但终于悟透了。

霜雪不久就要来了，然后就是厚厚的大雪压顶。年青猎人悄然守护他们，日夜相生相伴。

这样的时光过了很多年。直到九坟归并，白家堡子惨遭屠村与集体抗敌的事迹传播，那个叫李忠昌的幸存者老人，主动过来守墓。年轻猎人悄悄回撤了，回撤到祭拜与谒思之后，回撤到村屯史的记忆之中，回撤到若干志愿者坚持不断的寻觅、寻访与查找中。

7

在长白山区，莫说天冷。若说天冷，会有更加的冷等候。

原来冷是有灵光的。

白家堡子惨案的公共墓地，几个志愿者在参天的大榆树下站一会儿，然后蹀步到简陋的水泥地面上，寻找阳光穿透、成束照晒之处。有点阳光就暖和不少。没有血腥味儿，有的只是清冷的空气。不见乌鸦与山鹰的影子，几只麻雀飞到老榆树树梢，又扑噜一下，声响很大地飞走。那动静，像起飞时故意拍屁股上的土。

可战斗的具有猎人气质的白家堡子，他们是知道抗联的大致去向，知道附近的密营特点的呀。几百人之中，全体男女老少，没有一个怂的。他们以凛然对待兽性，以沉默对待屠杀，直至整个村子消亡。

站在墓地里，看三百米外曾经的伪警察署。那里已被一个生意繁荣的商场代替。因是丁字路口，行人不少。靠近公共墓地的地方，连排的木质画廊，正空白待画。肥硕的苞米又一次生长起来了，遮蔽着远近的视线，簇拥着方形的墓地、圆圆的公墓。

像一枚长久的铜质印章，稳稳地戳在那里。

原载《光明日报》2022 年 4 月 8 日

夏鲁平

遥远的筒子楼

一

　　我努力想象罗强的形象，是因为他打来的几个电话。我不认识他，又不能说完全不认识，起码小时候我们两家是邻居，经常见面。他那双晃动的大眼睛，极深刻地印在我的脑子里，由此我的眼前很快浮现出一群人的影像，虽然年代久远，却画面清晰。

　　影像的主人公无疑是罗强的父亲罗叔叔，他是我父母常挂在嘴边的人物。有一段时间，我父母在厨房做饭时讲，在饭桌上讲，上床睡觉前也讲。反正说不定什么时候，罗叔叔的名字罗志贤，就会从他们嘴里溜达出来，铺展开去，信马由缰，最终落在罗叔叔炒菜这件事情上。我母亲说，男人下厨房跟女人不一样，他总是把锅碗瓢盆随手乱放，每次做饭，都能看到他家的铲子、勺子扔到我家灶台这边儿，到处都是，不得不帮他收拾起来，洗干净了放回原处。我母亲不得不承认，罗叔叔干活虽然邋遢，但在筒子楼炒菜味道是一流的。在我印象中，罗叔叔炒菜不仅香，还特别，别人都是左手握大勺把柄，右手挥舞菜铲，而罗叔叔却是反着来的，左手挥铲，右手握大勺，那动作怎么都让人看不惯。

其实罗叔叔炒菜的香味，完全来自油锅里的一种食材——辣椒。罗叔叔一家是湖南人，辣椒是必不可少的作料。他家经常炒的是大头菜或菠菜，菜放进大勺，他便大把大把地往里投放辣椒，那横冲直撞的辣味总是灌满了整个走廊，呛得人不住咳嗽、流眼泪，然后又努力回味那刚刚飘散的辣香，荡气回肠的。

那时，我们家住在我父亲单位分配的筒子楼里，十几户人家，都是自视清高的知识分子，这些人也把那筒子楼带动得极为扎眼。筒子楼的特点是，所有住户共用一条走廊、一个厕所，生火做饭的炉灶全搭建在走廊里，厨具铁架子挤占了走廊的一半空间。这样一来，过道就过于狭窄、逼仄了。有人在那里做饭，身后屁股时常剐蹭到过路人的身上。这时，不管手头多么要紧，都要直起身，缩紧屁股避让行人，嘴里还要打一声招呼："回来了？""做饭哪？"或是"出门啊？"也有不打招呼，直接走过去的人。

筒子楼里的人说话南腔北调，他们来自全国各地，对什么事情都好奇，说话也吵吵嚷嚷。一到做饭时间，走廊里挤满了一群戴着围裙、个头高矮不齐、穿着花花绿绿、拥挤忙碌的身影。这些人有的默不作声，有的有说有笑。一通热闹之后，饭菜做好了，端起盛有饭菜的碗回到自家屋里，人群散去，欢喜的日子就包裹进了自家的房间里。

我们这座城市很早就有了煤气，筒子楼也不例外。每次打开煤气灶，那蓝色的焰火，会让楼外那些住平房的人家好生羡慕。那些人家用的全是煤烟炉，也有烧木柈的。漆黑的油毡纸房顶，常年歪歪斜斜竖立起一根又一根烟囱，袅袅炊烟从烟囱里钻出来，在天空指引着风的去向。

筒子楼顶没有烟囱，这显得平房屋顶的烟囱也格外突出。这些平房里的人家，为保持室内的温度，冬天晚上从不弄灭炉火，睡觉前往炉火中添加一层湿煤，闷住炉火，一不小心，就会造成煤气中毒事件。那些住在平房里的人不仅羡慕筒子楼里的煤气，更羡慕暖气，而我们筒子楼里的人羡慕的与他们不同，我们羡慕的是罗叔叔炒菜的香气。据我母亲讲，罗叔叔炒菜除了用葱花、花椒面、味素、酱油、辣椒这些作料外，很可能得力于对煤气的火力控制。可以调控的煤气灶，加上罗叔叔的左撇子，炒出的菜自然卓尔不群。

有一段时间，我母亲把罗叔叔的左撇子看成是干活不得要领，她曾尝试加以纠正，手把手教他如何使用大勺，如何挥动炒菜铲。罗叔叔很是虚心，及时采纳了我母亲的意见，几次操作后，竟然满脑门是汗，不但左撇子的毛病没有改过来，反而两手不知如何使用，也不会炒菜了。

后来得知，罗叔叔只是照顾我母亲的面子，才不得不临时改正一下原有的习惯，属于不得已而为之。

那时在筒子楼里，每个楼层只有两个厕所，男女各一个，且紧紧相邻。厕所每天安排一户人家值日打扫，门口挂着小牌，写着户主的名字。有的人家打扫不及时，就有人操起扫把顺手收拾几下。干这活最多的，女厕所这边是我母亲，男厕所那边是罗叔叔。因为打扫厕所，我母亲和罗叔叔就有了很多次交集。每每打扫完厕所，两人磕磕扫把，都会给对方一个敬佩的目光。

有了这层关系，我母亲每提出一个建议，罗叔叔都虚心采纳，照搬不误。细心的我母亲后来发现，罗叔叔的毛病不但没改过来，反而增添了新毛病——他往大勺里放酱油时，也是反着来的，握着酱油瓶的手总是往外翻，这一翻，手背朝下，手心朝上。当一股细流涓涓溢出瓶口的时候，罗叔叔对酱油拿捏的准确程度叫人十分惊讶。我母亲只好得出这样一个结论——他炒菜发出的香味，完全出自奇特的思维。

二

在故事展开之前，有必要说说我们家的屋子。那十几平方米的房间里，除了放一张床、一个衣柜、一张书桌，很难再挤出多余的空间。我家的床比较窄，每晚睡觉，我父亲用几个板凳拼凑在床边，上面铺上被褥，床面才变宽了。我母亲说我父亲一辈子就会对付，可不对付又能怎样？屋子就这么大，想不出更好的办法。

每天早晨起来，我父亲将被褥掀开、叠起，撤掉板凳，屋里又腾出一定的空间。我们家书桌兼有餐桌功能，平时在那上面看书学习，到了吃饭时间，弯起胳膊往桌面上一划拉，书本立刻飞落到床铺上。再端来刚出锅的土豆炖豆角、高粱米饭放在桌上。

那时家里只有我一个孩子，吃饭时母亲有足够的耐心教我怎样用筷夹菜，怎样扶碗吃饭。她告诫我不能把筷子直插进饭碗里，那是给死人插的；夹菜更不能在盘子里乱翻，那动作会遭人嫌弃；饭粒也不能随便掉在桌上，"锄禾日当午，汗滴禾下土。谁知盘中餐，粒粒皆辛苦。"这是半导体收音机里的声音，也是我母亲常挂在嘴边的诗句。

我家有一台半导体收音机，如一块整砖那样大小，镶有蓝白相间的塑料壳，里面放两节一号电池。每晚吃饭时，我母亲就把这金贵的玩意儿移到餐桌上，我们边吃饭边听半导体收音机，那里面好听的声音常让我忘记吞咽饭菜。

在半导体收音机之前，我家使用的电匣子——也叫戏匣子，体积如同现在的微波炉大小，固定在一处，用电线通电。由于使用年头过长，电匣子一天比一天老化，像上岁数的人不可避免地生病，不住咳嗽。每当电匣子出现嗞嗞啦啦或"咳嗽"声，我便使劲儿拍打其外壳，说不定因为哪股寸劲儿，里面的声音又恢复如初。

不管是收听电匣子还是半导体收音机，都是我了解外界的重要渠道，也是我们家的精神食粮。那里面的风声、雨声、雷鸣声，常常把我们带入流连忘返的神奇境地。我还能从播音员甜甜的声音里，猜测他们的样子。想象是有力量的，能够生出美丽的翅膀，在我脑子里长久萦回飞翔。那男播音员，我会把他"安装"在罗叔叔身上；那女播音员呢，我自然会想起罗婶。这样一来，那虚幻的美也就落到了实处。

罗叔叔家没有电匣子，也没有半导体收音机，他所知道的国内外大事，多数来自我家这台半导体收音机。罗叔叔在走廊做饭、炒菜时，总是支棱起耳朵收听我家里的广播。听到关键处，他停下手里的菜铲，得寸进尺地歪起头，将耳朵凑到我家门口，听得如醉如痴。知道罗叔叔有这一爱好，我母亲就把屋门打开，让收音机音量顺畅地跑到走廊，跑到罗叔叔的耳朵里。我家遮挡屋门的半截布帘，会随着半导体的音量，一鼓一荡，我也时常看到帘外立着的一双腿，如被施了定身术般一动不动，久久不肯离去。

我母亲说，多亏那时没有电视，要是我家屋里播放电视新闻，罗叔叔的脑袋非探进屋里不可，那样，我家就没有隐私可言了。

罗叔叔只是在门帘外面听，无论如何也不越雷池半步，他严格遵守这一规矩，从不打破。听了广播的罗叔叔，对于全国各地的大事小情如数家珍，嘴上也时常挂着北京、武汉、南京、重庆还有我记不住的城市名字。他身处东北长春，却眼望着全中国，视野大开着。

罗叔叔家屋门上也挂着半截门帘，是块蓝花布。有时我跑出家门，来到罗叔叔家门口，从那半截门帘下面往罗叔叔家看。那屋里跟我家不一样，床宽，书桌比我家的大，有一堆书从地面摞到屋顶，上面夹着一片片零乱的纸条。他家棚顶有木杆滑道，从上面坠下一扇布帘，偌大的床铺就被一隔两段。床上盘腿坐着一个老奶奶，她对小孩很不友好，看见我张望，嘴一抿，吐出一口假牙，红乎乎一团，吓得我撒腿跑掉，她借机鬼魂一般消失在布帘后面。

老奶奶是罗婶的母亲，严格来讲我应叫她姥姥，但我们习惯将所有老太太称为奶奶，就像现在我这一把年纪的人走在街上，总有年轻者称我为爷爷一样。老奶奶户口在湖南乡下，没有城市户口，就没有粮证，她来这里，等于挤占了罗叔叔家的口粮，所以他家的日子比谁家都拮据。据我母亲讲，罗叔叔每月会抽出一个星期天，将自己乔装打扮成工人或农民模样，鬼祟地走出家门，去黑市上购买粮票，再用粮票为家里添补粗粮。有一次，罗叔叔在黑市上进行交易，让人盯上了，被扭送到公安机关。遣返回单位那天，他衣服上一只袖子从肩膀处撕开了一个大口子，脖颈上有明显的抓挠血痕，别提有多狼狈了。

罗叔叔活得窝囊，三天两头跟罗婶打架。他俩打架很特别，总是事先压抑着声音关好门，然后低声吵，吵着吵着，控制不住，加大了嗓门，随之噼里啪啦打斗起来，乱了阵脚，有碗盆摔在地上，四周灰尘腾空而起。

罗婶是典型的辣妹子，动起手丝毫不怯懦，从力气上较量不过罗叔叔，就使用惯常的招数，一头撞过去，以迅雷不及掩耳之势抓住其裆部，拉、扯、拧、撅，罗叔叔立马老实了，脸色煞白，冷汗涔涔，呼喊着我父亲前去拉架。他们每次打架，我父母的原则是，能装听不见就装听不见，实在听得不能忍受，才去咚咚敲响罗叔叔家的屋门。我父亲在隔壁苦口婆心相劝，我母亲这边也没闲着，她拿起家里利用率极高的搪瓷茶缸，轻轻扣向墙壁，歪起头，耳朵贴向搪瓷茶缸底部。茶缸有扩音和拢音的效果，落到茶缸底部的耳朵，如同探进了罗叔叔屋里，什么声音都听得一清二楚。有一次，我母亲离开屋子去走廊拎暖水瓶，我趁机拿起搪瓷茶缸也扣在墙上，耳朵贴上去，那边不知怎么突然炸开一声巨响，震得我脑子嗡嗡生疼。

在厮打最为惨烈的时候，屋里那位老奶奶什么话也不说，拽起她的孙子罗强往屋外跑，紧迈碎步来到街上，肌肉扭曲的脸冲向空旷天空，嘴里发出愤怒的叫喊，那声音里分明是对罗叔叔的不满。罗强年龄和我差不了几岁，我们在走廊里相见，也不说话，只是彼此用眼睛看，静静看，没有敌意也没有友好。他的眼睛又大又圆，像刚刚从水中捞出来的黑葡萄，晶莹剔透，会勾起我想上前摘取一粒的欲望。

不管罗叔叔和罗婶打得如何，一旦休战，两人关系立马逆转，似乎比以往更加亲密。在这种亲密期里，罗叔叔像打了鸡血，乐颠颠跑到走廊炒菜、做饭，罗婶也心甘情愿当起了配角，跟在罗叔叔背后，手忙脚乱择辣椒，准备葱姜蒜。那副样子，看着有点让人肉麻，我母亲为此不知偷笑过多少回。罗婶很会与外人相处，全楼暂停煤气的日子，她会从家里端出半盆玉米面，走出筒子楼，一溜烟儿消失在胡同平房里，不到一个小时，又端回一盆油亮亮、黄澄澄的玉米饼。撞见我母亲，脸上羞涩地一笑，不由分说掀开盆帘，塞过来两片玉米饼。我母亲不要，说什么也不要，她知道罗叔叔家粮食不够吃，这些玉米饼来之不易。两个女人像打架一样撕撕扯扯好一阵儿，最终我母亲还是强行把塞到她怀里的玉米饼送回到罗婶的盆里，两人又都心无羁绊地分开了。

三

腊月是东北最冷的时候，所有的东西都冻得咔吧脆响，做什么事都容不得怠慢和犹豫，于是这里的人性子急，做事直截了当，来不得含糊拖延。而那些来自全国各地的温和清高的知识分子有些不同，他们做事三思而后行，极为含蓄，也极为隐蔽，就像那时许多单位需要保密。保密单位都是用数字代替的，比方说，长春航空液压厂，叫133厂。长春第一汽车制造厂，叫652厂；厂办小学叫652小学，中学叫652中学。652厂职工住着苏联老大哥帮助修建的家属宿舍，冬天从生产车间流出的余热，顺着暖气管道注入每家暖气片里，屋里热得需要将窗户四敞大开，热气腾腾的白雾会冲破室外的寒冷，缥缈地散开。

这些科研单位的知识分子，工作性质也都是保密的，所以做事含蓄、隐蔽十分必要。我觉得我父亲的工作没什么可保密，看上去他也极为平庸，但每年年终他都会捧回家一个印有"先进工作者"的竹篾罩保温瓶，或者印有"为人民服务"的搪瓷缸，我又认为我父亲不平庸，只是他对工作上的事守口如瓶，我就以为他平庸罢了。

我父亲和罗叔叔在同一科研单位，同一个科室，两家又同住在只有一墙之隔的筒子楼，这样的关系很是微妙，有一种说不清道不明的微妙。

我母亲常说，我父亲是个没有人生规划的人，他懒散、随遇而安，在单位是不可缺少的中坚力量，却心甘情愿湮没在集体荣誉之中。我母亲还说，我父亲脑子简单又好使，应付单位那点工作对他来说轻松自如。于是他每天下班回家吃完晚饭，就有闲心干些没用的事，比方找借口说屋子小、太闷，溜到楼下跟人扎堆聊起国内国际形势，或借助晚风下一盘酣畅淋漓的象棋。我父亲棋瘾太重，左邻右舍没人是他的对手。为吸引更多人跟他玩耍，他常把自己一侧棋盘剔除车马炮，少了棋子如缺胳膊少腿，我父亲一路栽栽歪歪杀过去，照赢不误，气得对方抓耳挠腮百思不解。这时我父亲坐在那里，嘿嘿嘿咧嘴窃笑，幸福地从兜里摸出一根烟，神仙般叼在嘴上，点上火，狠狠吸一口，半天也不见烟雾吐出来。可以看出，我父亲是个没有多少城府的人，喜怒哀乐常暴露在脸上，借棋讽刺对方，得罪了不少人，自己还不知道。

我父亲有时强拉硬拽找罗叔叔下棋。罗叔叔对下棋不感兴趣，他是个很自律的人，对棋可玩可不玩，他喜欢议论从广播里听到的国内外大事，议论北京、南京、上海这些城市同行业的崛起与发展。不管怎样议论，他都会被我父亲强行按到棋盘上，硬着头皮拿起棋子，又冷不丁对我父亲来一将。罗叔叔脑子同样好使，他在棋盘上认真起来，我父亲很难受，也会抓耳挠腮，抠起鼻孔，唉声叹气。严重的时候，我父亲会张开两手十指，深插在厚密的头发里，嘎吱嘎吱挠个不停。这时的罗叔叔从不拿我父亲取乐，他只是浅浅地一笑，推掉棋子，两人悄然失踪，不知去了哪里，直到半夜才各自回到家里。

罗叔叔可以跟罗婶打架，可以在黑市上被人扯坏衣袖，但绝不随便伤害我父亲，也不贬损任何人，因此后来他在工作上走得更高更远也可想而知。这点我父亲自愧弗如，永远学不来的。

四

筒子楼里最热闹的时候，是每年春节。春节是大节日，楼里人平时可以很少来往，过春节就不同了，大家同处在一条大走廊，需要在这时候走动走动，表明彼此友好。表达方式是相互送饺子。过年我家煮出的头一锅饺子，要盛出一碗又一碗，然后庄重地端给左邻右舍，左邻右舍也同样送来一碗碗刚出锅的饺子。饺子在走廊里端来端去，散发着诱人的香气，烘托起节日热烈的气氛，很是温暖人心，其乐融融。每家的饺子各不相同，吃到不同人家包的不同味道的饺子，无论咸淡、浓厚还是清爽，心里都是欢喜的。我们家给邻居家送去的饺子常常是单独和馅，这馅里的肉比自家吃的饺子肉多，这是个脸面问题，也是为人品德问题，必须这样做。在这样热烈的气氛里，罗叔叔家却异常尴尬，罗婶不会包饺子，他们家过春节

· 152 ·

从不包饺子。但办法还是有的，就是把东家送来的饺子送给西家，西家的饺子送给东家。有一次，罗叔叔端起一碗饺子刚出门，脚跟不稳，猛地被门槛绊了一趄，整个人摔出门外，碗打碎了，饺子散落一地，人狼狈得趴在地上半天不肯起来。

那碗饺子很有可能是送给我家的，我们都这么认为。事后不久，罗叔叔果然敲响了我家房门，是轻声敲的，像特务对接头暗号那样见不得人。当时我们家正在吃自己包的饺子，我母亲手攥着筷子前去开门，见罗叔叔手里拎着一只网兜，没等说上一句话，罗叔叔自作主张往屋里挤。网兜里装有三条冻鲤鱼，我们全家知道罗叔叔是送鱼来了，以补偿没有送来饺子的尴尬，热烈的情绪随之高涨起来。

我母亲嘴里发出："哎呀呀，啧啧！"

我父亲马上撂下筷子跑向门口，同样回应："哎呀呀，哎呀呀……"他们只能用"哎呀呀"代替千言万语的感谢之情。

罗叔叔闷声拎着网兜，没工夫回应我父母的热情，执意往屋里闯，很害怕我父母这时把他拒之门外，他说："进屋再说。"

我父亲和我母亲怎么好意思让罗叔叔顺顺当当进屋呢，罗叔叔要是轻易进来，显得我父母太不知深浅，太那个了。两人就极力向外阻拦，不管怎么阻拦，罗叔叔还是没费多少力气就挤进屋来，随手关上了身后的门。

总不能让罗叔叔一直拎着鱼，我母亲从书桌底下抽出一只盆，接过罗叔叔手里的网兜，将三条鲤鱼倒进去。再客气就絮烦了，我父亲从桌底拉出一个板凳，拉扯罗叔叔衣袖，亲热而实在地让他坐下，一只手紧紧握住罗叔叔的手，半天不肯撒开。

我母亲嘴里不停地说："你看这事，这事，你们留着吃多好。"

罗叔叔很为自己的得逞而得意，他坐在板凳上，挣脱出我父亲紧握的那只手，使劲搓着带有腥味的两手掌心说："这鱼刚从水库打捞上来，出水不到两个小时就冻起来了，吃着新鲜。我看你家总也不吃鱼，给你们拿来三条。"

我父亲脸上堆积着膨胀的笑容，说："真是真是，我家总也想不起来吃。"

罗叔叔忽然说："三条鱼，我也不多算，给我四块五毛钱就行。"

母亲的脸咯噔怔住了，手僵在了那里。我父亲脸上继续膨胀着笑，但那笑已凝固成一块硬团儿，别提有多难看了。原来罗叔叔这三条鱼不是白送，是卖给我家。我母亲缓过神儿，为自己找台阶说："好，好，我现在给你拿钱。"她回身从书桌抽屉里拿出一个铝饭盒，掀开盖，找出四块五毛钱。可能钱币之间有所粘连，不愿分开，我母亲用食指和拇指对每张纸币强行挤捻几下，递给罗叔叔，不受控制的手簌簌抖动起来。

　　罗叔叔的行为，搞得我父母一时转不过弯来，三条鱼被收下了，收得勉为其难。送走罗叔叔，我母亲认真端详那三条鱼，心里掂量着到底值不值四块五毛钱。我父亲大大咧咧地说："四块五毛钱，不贵，咱家的确应该吃一顿鱼了。"

　　当天晚上，我母亲收拾出三条鲤鱼，拿到走廊炖在大铝锅里。

　　我母亲说，就是因为这次炖鱼，险些与邻居发生矛盾，酿成事故。也不知罗志贤安的什么心，好事都他做了，反倒显得我们里外不是人。

　　原来是我母亲炖鱼时间过长。只有长时间煮炖，鱼才能好吃，有一句老话叫千滚豆腐万滚鱼。这平平常常的炖鱼，暴露出一个十分尖锐的问题，就是煤气的使用。因为一层楼所有人家共用一个煤气表，到月底用掉多少煤气，平均分摊费用。这样一来，有的人家做饭简单，使用煤气有限，月底拿出的煤气费却不比别人家的少，吃了哑巴亏，又不好意思声张，只能暗自较劲儿、生气、制造事端。

　　我母亲炖鱼是悄无声息的，也是低调的，等鱼香飘满了整个走廊，就有人抬起鼻子往走廊里嗅，看谁家做这么好吃的东西。三条鱼炖了一个多小时，我母亲觉得时间不够，要继续炖下去。这时，住在靠近厕所位置的那家女人，出门朝我家这边看了两眼，也打开炉灶，烧上一大铝锅水。这户人家平时做饭比较简单，爱干净，炉灶无论什么时候都擦得油光锃亮。这家女人还有个习惯，每天晚上要烧上一大铝锅开水，端进屋里去洗澡。春夏秋冬从不间断。那哗啦哗啦的撩水声，清脆而响亮。那家男主人为了不让木桶里的热气散失得太快，特意用一大块塑料布制作了一个木桶罩，女主人钻进木桶，男主人把塑料罩扣上，不管女主人在木桶里怎么撩水、擦洗，水珠都不会溅到桶外。这样一来，塑料罩表层往往蒙上一层迷雾，女主人晃动的朦胧身影，如同在演一场皮影戏。

虽然这户人家做饭简单，但女主人每天烧水用掉了不少煤气，也不算吃亏。在我母亲炖鱼的时候，那边却不这么想，而是把她家的煤气灶也点燃了，比平时烧洗澡水提前了两个多小时。据我母亲讲，那天晚上，罗叔叔特意在神不知鬼不觉的情况下，掀开那家的铝锅盖，发现那里面除了水，还有一块石头。罗叔叔说："我过高估计了他的科学精神，原以为那家男人在做什么实验，其实不是的，纯粹是为了赌气。"因为煮过石头的水，很快被那家女人倒进了下水道。这种赌气方式，使这层楼煤气使用量明显超标。

面对用锅煮石头女人的不满，是罗叔叔前去解的围。他也炖上了鱼，炖的时间不长，炖鱼的香味从锅盖缝里飘出来，丝丝缕缕弥漫到走廊时，他关掉灶火，端起炖鱼锅，送到煮石头的女人面前。对于慷慨的罗叔叔，那家女人无话可说，她关掉了炉灶，跟罗叔叔你推我搡谦让一阵，不得不接过两条炖好的鱼，直夸奖罗叔叔的鱼炖得好香。

这期间，我母亲与罗叔叔之间发生了一件极为秘密的事，我是当事人，只是年纪太小，一直没搞明白是怎么回事。出了那件事后，我有好长时间没看见罗叔叔，他也没脸面再见我母亲了。

没过两个月，罗叔叔去南京出了一趟差，回来时，他身穿一套崭新的西装，衬衫领口系了条歪歪扭扭的领带。罗叔叔要调走了。没过几天，筒子楼下开来一辆大解放车，跳下一群工人，帮罗叔叔搬家。那是一个早晨，罗叔叔和罗婶早早起床，罗婶身穿一件我从没见她穿过的真丝旗袍，整个人显得焕然一新。罗叔叔还穿他那件崭新的西装，手握一把木梳，反反复复梳理头发。他的头发平时很不规整，罗叔叔就不断往木梳齿上吐口水，再梳在头上，湿润的头发成绺地贴向头皮。有一只飞虫落入发丝，怎么也不肯离开，他头顶那只飞虫，浑然不知地跟人打着招呼，然后走出楼道，走下楼梯，来到楼门外，一头钻进那辆装满他家物品的大解放汽车里。车缓缓开走了，整个筒子楼里的人的心好像一下被抽空，而我看见罗叔叔头上还顶着那只一动不动的飞虫，不停地挥手与大家道别。

五

很多人不知道罗叔叔调走的真正原因，我母亲敏感地意识到，罗叔叔这次调动绝非偶然，他是因为与我母亲之间那个秘密而毅然决然调走的。那是个见不得人的秘密，所以他必须离开。

前面讲过，罗叔叔因为吃饭问题总跟罗婶打架，自从他当了科室小领导，一切风波都消失了。罗叔叔变了，看上去格外刚毅，但还有点鬼鬼祟祟。那些日子他是怎样从困境中走出来，安抚住罗婶，稳固住他的家庭的，不得而知，但他在单位带领大家奋勇攻关，获得两大科研成果奖励，尽人皆知。

有一天，我母亲点燃了走廊里的炉灶火，淘米下锅，加水熬粥，回身进屋给我扎辫子，两条辫子。我母亲喜欢女孩，就把一个活蹦乱跳的男孩当女孩打扮。她给我买花衣裳，穿裙子，扎小辫，由着自己性子任意摆布，简直不可理喻。

我头上的小辫子扎完一条，准备扎第二条时，我母亲想起了走廊里的那锅粥。她手握着我一条辫子打开房门，看见粥已经开锅了，热气鼓动着锅盖叭叭作响，浓稠的米汤溢出来，顺着锅沿汩汩流淌，浇得蓝色的灶火一惊一乍。我母亲掀开锅盖，调小了灶火，手握我头上的小辫回屋继续编，编完了，还在辫梢扎了两根大红绳。我母亲又想起屋外那锅粥，她拉着我的手打开屋门，准备再看一眼锅里的粥，也就在这时，她猛地定住了，牢牢定在那里，因为罗叔叔那只左撇子手，正握着一把大勺子从我家的锅里扏出米粒，投放在自家锅里。他家的锅也在灶上烧着火，里面同样翻滚着清爽的米汤。看样子，他从我家锅里扏出的米粒不止这一勺，那左撇子动作行云流水，顺畅无比。他怎么也没想到这时我母亲会出现。

惊诧地定在那里的我母亲，表现出少有的机智，赶紧撤身说："我没看见，我什么都没看见。"她还试图展现出宽慰的笑容，可最终没有笑出来。罗叔叔那只左撇子手，就那么握着勺子，不会动了。隔了几秒，他慢慢转身回过眼神，目光软软地看向我母亲。我母亲极力退缩，加了个摇摆的手势，嘴里不停地说："我没看见，什么都没看见！"那时的罗叔叔，我父亲的领导罗志贤，眼里忽然布满了哀伤，他努力地看向我母亲，可我母亲根本不看他，她想的是怎样快速退缩，退缩。罗叔叔的目光猛然低落下来，落到我母亲的膝下，他把目光投向了我，投向了我的眼睛，随之身子矮下去。那时我只是个孩子，不懂他的肢体语言，一个劲儿往我母亲身后躲，试图让母亲遮挡住我。罗叔叔就扑通一声坐在了地上，两手揪起自己的头发，痛哭。他的哭，没有发出一点声音。

我母亲终于缩身退回到屋里，她关上门的工夫，一下把我扯倒了，随之，她的手扣住我的嘴巴，没让我发出一点哭声。

对于这事，我母亲后来极为愧疚，甚至是痛苦，这痛苦一点不亚于罗叔叔当时的痛苦。她说："千不该万不该在那时出门，鬼使神差地撞见罗志贤，见到他，又千不该万不该反应过激，我们为什么反应那么激烈呢？谁还没个难处，谁还没个缺吃少穿的时候。"

我母亲因为没机会跟罗叔叔说出这些话，总像藏着一块心病，一直到晚年，她还念念不忘。

六

上世纪八十年代，也就是罗叔叔调走没两年，我父亲单位盖了几幢家属楼，那座让我们骄傲的筒子楼早已光环不在。我们家搬进了新楼三室房子里，我父母时常想起罗叔叔，认定他没能住上这样的新宿舍，真是可惜，亏大了。但据去过南京回来的人讲，罗叔叔在那家单位发展得很好，已成为声名显赫的大领导，大得让人可望而不可即，有时报纸上、广播里都能出现他的名字。

这几天我连续接到罗强打来的几个电话，他说出差来东北，参加一个医药会议，受罗婶嘱托来看看我父母。我告诉他，我父亲去世十年了，我母亲前年冬天也离世了。罗强在电话里沉吟起来。我问："罗叔叔身体还好吧？"他说："上个月去世了。"

那一代人很快离去了，我们后辈也进入了人生下半场。

我提出在我家楼下附近咖啡馆见个面，罗强很高兴地应允，随即我们互加了微信，我给他发了个位置。一个小时后，罗强乘坐出租车过来。那是一个我完全陌生的人，陌生得不敢相认，但他那一双晃动的大眼睛，又恍惚唤起我的记忆，小时候我们是时常见面的。罗强说，他有很多话要跟我说。

他说，他在整理罗叔叔的遗物时，发现了两个厚厚的日记本，里面零零碎碎记录着我们两家的来往，似乎有许多只有当事人可以看懂的暗语。他想知道他父亲当年经历了什么，受到了什么刺激。罗强说罗叔叔晚年脾气一直不好，发作起来他简直无法忍受，有一段时间他对父亲失去了耐心，厌倦透顶。

经过窒息般的沉默，罗强回身拽过身边的兜子，打开拉链，他说他父亲留下的日记也不全晦涩，有些页码能看懂，里面的内容很有意思。他手颤抖着拿出两本发黄的日记，一股陈年的气息瞬间扑面而来，掺杂着刺鼻的辣味，弥散开来。他说："我原准备把这些日记全部烧掉，里面有很多见不得人的隐私，但我还是留了下来。"

我接过日记本，一页页地打开，然后停留在一则记录上。

今天腊月小年，室外大雪飘飞，我与朋友Z去水库打鱼。年关刚过，那里管理很严，也许是大雪天的缘故，冰面不见一人，几米之外视线极差，这正是捕鱼的好天气。我与Z在冰面凿开一个大窟窿，由于冰下缺氧，无数条鱼向窟窿涌来，我们捞得十余条，各分一半。回到家中，想着这鱼自家吃掉有些可惜，遂想到邻居夏家，春节送去三条。那一家人见到鱼，高兴得不得了，我随即改变主意，向他们索要四块五毛钱。场面虽有些尴尬，但夏家欣然接受。其实之前我做过调查，那三条鱼在副食商店里顶多卖三块五毛钱，我多卖出一块钱，夏家竟然不知。老夏聪明只是小聪明，实则愚也！四块五毛钱虽然不多，却解决了生活大问题。可是，我又觉得老夏没那么愚蠢，他很可能看出问题，只是留有情面，不想捅破罢了。每念及此，我心生悔恨，恨不得拿起刀来，将自己的手剁掉，剁掉那污秽不堪的手。

蓝色的钢笔字迹已经浅淡，那一笔一画的蝇头小楷浸染在黄色易碎的纸张里，呈现在我的眼前，剧烈跳动。我的脑子里再次出现一幅黑白画面，生动而活泼，那是罗叔叔炒菜做饭时的身影，是他扒在我家屋门外偷听收音机的模样，也是他拎鱼敲门强行挤进我家的情形……在日记的后半部分，有半页搬家的描述：

> ……今年春早，室外树叶婆娑扶疏。调离东北，是我个人的急迫需要，也是组织的需要，我必须抓紧实施，离开这个单位。正如一张白纸能画出最新最美的图画来，去一个陌生的地方，一切重新开始吧，做个堂堂正正的人……

后来，我父亲知道了我母亲与罗叔叔之间发生的事，他觉得有必要跟罗志贤把话说开，只有话说开了，我们家和罗叔叔家的关系才能如同从前。但罗叔叔始终躲避着我母亲，而且匆忙调走，一直没给我母亲说话的机会。调到南京的罗叔叔，开始步步高升，已不是一般人想见就能见到的人物了。这样一来，我父亲觉得更有必要把话说开。那时，常有些人带着套近乎的心理前去南京拜访罗叔叔。这些人大多是东北的老同事，也有来自全国四面八方的人。对于那些人，罗叔叔没有全部拒绝，他会有选择地与那些风尘仆仆远道而来的老同事见上一面。每次接见他们，罗叔叔说话都小心翼翼，显得有些矜持，生怕哪句话出现什么纰漏，伤害自己，也伤害他人。更重要的是，他像鸟儿爱惜羽毛一样爱惜自己的形象，与人说话，总是不停地检查自己的西装前襟或衣袖，只要上面有一点不洁之物，他都要认真地摘掉。每当有人不知好歹地想与他回忆往事，罗叔叔立马沉下脸来，长时间不语，或顾左右而言他，眼神里全是含混、迷离，魂儿也飞走了，飞到不为人所知的世界。

这期间，我父亲获得了一个去南方出差的机会。那是一个大夏天，他利用星期天绕道赶往南京，去拜访罗叔叔，或者是想跟罗叔叔把话说开。那时打电话很不方便，我父亲一路打听着摸到罗叔叔家，是罗婶开的房门，她见到我父亲，大呼小叫把他拉进屋里。罗婶告诉我父亲，罗叔叔刚出门，没说出门干什么。我父亲坐在他家的沙发上等，左等右等，也不见罗叔叔回来。其实这时，我父亲完全可以跟罗婶把话说开，让彼此不必心存芥蒂，可是我父亲觉得这事太小，怕在罗婶跟前越涂越黑，反倒解释不明白，所以一直没张开嘴。已到了中午吃饭时间，罗婶扔下我父亲去厨房做饭。我父亲是个屁股很沉的人，也有点死心眼，他非要等罗叔叔回来，说出心里计划好的那些话。我父亲就这么留下来吃饭了，他想边吃饭边等，可饭吃完了，罗叔叔还没回来。我父亲坐在沙发上，难受地抬手嘎吱嘎吱挠起头皮，内心的矛盾、煎熬可想而知。我父亲觉得再这样耗着，连自己都说不过去了，他不得不遗憾地离开，那些憋在肚子里的话最终没有说出来。

七

罗强坦诚地透露，其实那天罗叔叔并没有出门，而是坐在书房里看书，听到门口罗婶大呼小叫，知道是谁来了，他赶紧起身钻进身后的大衣柜里。他以为我父亲见不到他会很快走掉，想不到我父亲在他家里不仅长时间喝了茶，还留下来吃了饭，害得罗叔叔在大衣柜里整整蹲了两个多小时。要知道，那是个大热天，大衣柜里密不透风，罗叔叔就那么狠心咬牙蹲在里面，一声不吭。等我父亲离开，罗婶打开大衣柜的门，看见浑身大汗淋漓的罗叔叔已经不会动了，罗婶强拉硬拽费了好大的劲儿，才把罗叔叔从大衣柜里弄出来。他缓过来的第一句话竟是问："他走了吗？"

罗强说他准备将罗叔叔的日记整理出来，完成一段回忆录，所以他与我的这次见面很重要。我努力合上日记本厚厚的纸页，心情复杂得半天无语。罗强起身去室外吸烟，隔着厚厚的茶色玻璃窗，我看见罗强点烟的动作很是特别。究竟特别在哪里？我恍然发现，他也是左撇子，他的动作竟与当年的罗叔叔如出一辙，又在某些地方与他的父亲有着脱胎换骨般的差异。

吸过了一支烟，罗强重新坐到我对面。他说他父亲死得很蹊跷，本来在床上躺了半年，人轻得像一张纸片，有一天却非要从床上坐起来不可。他让罗强把他挪动到床下的椅子上，他坐在上面，脸不自觉地朝向了东北方向。罗强几次帮他矫正坐姿，可他的脸还是转向了东北。罗叔叔就以这种姿势在椅子上咽下最后一口气，他从椅子上滑落的方向也是东北……

罗强提出要去看看筒子楼。

我说："那楼早就拆掉了。"

罗强说："我看看那个原址也好。"

我说："那你更不必动身。"

他问："为什么？"

我说："就在你的脚下。"

我还对罗强讲，当年拆掉筒子楼时，发现地下有一个密室，据我母亲讲，我父亲和罗叔叔曾在密室里一举攻克两大科研项目。罗强怔怔地看着我，满眼都是惊奇、惊讶，还有些难以置信。他慢慢站起身，再次走到室外，眯着眼仰头冲着四周的楼群、冲着天空眺望，眺望着，他那一双晃动的大眼睛竟然潮湿了，从里面滑落出两滴清泪。

原载《中国作家》2022 年第 5 期

杨小凡

大雪沉醉的夜晚

这场雪下得是有点意外。

早上,从村里出发时,手机上的天气预报显示,今天多云转阴。并没有雪。

从中午开始,天空变得越来越低,一朵一朵灰絮状的小云片也越来越密,渐渐地相互粘连,挤成一块块、一团团。傍晚时分,起风了。大大小小的云团,竟变得越来越白,越来越浓,越来越暗,慢慢地升起来,一转眼就遮住了天穹。妻子端上饭的时候,窗外开始飘落圆圆的雪粒子,打在玻璃上刷刷地响成一片。接着,细细的小雪花,纷纷扬扬、紧紧张张、你追我赶地落下来。也就六七分钟的样子,大块的雪片斜着飞卷起来。风也越来越大,呜呜地吼着,霎时,暗黑的天空与鹅毛般的雪絮,融成一个舞动的整体。

这是一场多年没见的暴雪。

此时,我突然想起了周大成,以及他那圈黑毛土猪。

我与周大成真正认识,是去年第一场大雪后的第二天。

黄昏,雪霁天晴。落日在一望无边的皑皑雪野上边,显得特别圆,特别大,熔金般的黄红色也格外好看。

我从村部大门走出来，就看到一个人，从村部东面向这边走来。路都被雪盖住了，如果不是两边的树做指引，我想即使是本村人，也是找不到路的。

　　这个人能是谁呢？

　　我在留安村驻点扶贫已经快两年了，村里的人我都认识，即使从背影我也能认出个八九成。这个人我觉得从没有见过。不过，我在心里判断他肯定是这村的人。这么大的雪，如果不是本村人，是不太可能踏雪而来的。

　　路上的积雪肯定超过十厘米，脚踏上去要费一些劲儿才能拔出来。这个人走得很慢，一步一步地显得十分吃力。约莫有二十几分钟，他才走到村部门口。见我站在门口抽烟，离我有一丈远的时候，他站住不动了，有些疑惑地打量着我。

　　其实，我从看到他向这边走来时，就开始观察他了。

　　这是一个四十岁左右的高个男人，也许才三十多岁。从他的小平头发型看，与村里的人有些不一样，但从他棱角分明的脸部轮廓看，又不像城里人，而是典型的在城里奔波了有些年头的打工人。

　　他穿得并不多，深色的立领蓝袄薄薄的，没有鸭绒袄的臃肿。这肯定不是鸭绒的，应该是丝绒的工装，显得很轻便、很利落。他两只胳膊前后一上一下地甩着，背后是一个双肩包。一般打工回来的村民，不应该是这个装束啊，至少要背一个大一些的包，或者拉着手提箱。我对他有些猜不透。

　　突然间，我觉得这个人可能是周大成。我来留安村两年了，一些长年在外打工的人，我也都在春节时见过，只有这个周大成，据说五年没有回来了。

　　我曾走访过他的妻子赵慧芳。赵慧芳似乎对他这几年没有回来并不是太在意，只说他在北京送快递，春节时忙，不得闲回来。但我总觉得有些不对劲，平时再忙也是可以回来看一看的。还有，村子里时不时传出关于赵慧芳作风不检点的一些议论。虽然，议论的真假并不清楚，但是，我还是认定周大成几年不回来肯定不正常，赵慧芳也肯定是有问题的。

　　现在，农村留守的妇女很多，大家的思想也开放，风言风语传来传去的，也没法当真。她家不是贫困户，她也从来没有到村部反映过什么困难，一直与村干部相安无事。这样的放心户，我自然关心得不多。

但是，这会儿，我却觉得周大成和赵慧芳是有问题的。

于是，我就问道，你是周大成吧？

嗯，你是谁？

我是下派到咱村的第一书记，姓龚。

哦，龚书记啊！我没听说过。

你怎么这时候回来了？

我是昨天夜里回来的。大雪把我挡在城里了。

哦，听说你有几年没回来了？

嗯，在外面打工，挣钱像火里掏粟，挣不到多少，也没脸面！

这就不对了，家总归是家。

是的。

再说了，这几年在农村也能挣到钱，上面支持不少呢！

是吗？谁不想在家里呢。

哦，那你先回家吧。过两天我去找你！

好！好！

周大成一边说一边从怀里摸烟，抽出一支"中南海"递给我。

我接过烟，就笑着说，快回去吧，你家媳妇慧芳正盼着你呢！

周大成猛吸了一口烟，慢慢地吐出，有些不自然地笑着说，嗯！

周大成向村里走时，从他的背影看，明显比刚才向这边来时走得快多了，脚下也轻松了许多。

这时，我坚信了自己以前的推断：周大成两口子都是有故事的人，他们家应该也是村里的工作重点。

我真正对周大成有所了解，是今年中秋节的时候。

中秋节前两天，周大成就到村部来找我。

他问我中秋节回不回城，我说不准备回去了。正是抢种麦子的时候，村里有几户人家的男人都出去打工了，村里得组织互助队，要抢墒帮他们把麦种到地里。

周大成就说，那我中秋节晚上请你吃饭。

我笑着说，我吃你的饭不合适，上面有规定的。

周大成不以为然地说，扶贫干部要与群众打成一片吧，我请你还不行吗？何况，我在你的指导下，今年发了猪财，理应请你吃顿饭的。我不管规定不规定，就这样定了。

说着，周大成离开了村部。

八月十五那天晚上，天还没黑透，周大成就骑着电瓶车来到了村部。

进了村部，他从电瓶车踏板上端下一个大钢精锅，径直走进我住的房间里。

这是一锅煮好的猪肉。有猪耳朵、口条、肝、肺、大肠、猪蹄、脑肠、猪心，猪身上的零碎样样俱全，且肉色红润，酥烂香软，鲜嫩可口。

接着，他又从电瓶车的储物盒里拿出两瓶古井贡酒。

周大成的酒量不错，每次端起酒杯都仰起头，嘴朝上，酒杯的酒是直接倒进嘴里的，而不是慢慢地喝，更没有品的意思。三杯酒后，我就判断他的酒量不小，应该喝一斤没有问题。于是，我就说自己酒量不行，怕陪不了他，劝他慢慢喝。他却笑着说，没事的，喝酒就图个尽兴，我不逼你，你能喝多少就喝多少。

但是，周大成的酒量并不像我判断的那样，他大约喝了六两酒，话就越来越稠，显得有些兴奋了。我们聊着聊着，就聊到了去年回来时的那场大雪，以及他在城里停留一夜的事儿。

他说，其实，那天他本是可以回到村里的。但是，离村子还有三里路的时候，他又折回了城里。虽然他那天酒已喝得不少，也很兴奋，但说话还是有些保留的，甚至有一些提防。有时，话到嘴边，他就迟疑了，然后就打岔，或者转移话题。

我那天喝得也不少，有些话也记不太清。不过，现在回忆起来，那天谈话的大致内容，甚至一些细节，还是记得挺清的。

周大成说，那天下午六点钟，火车就进了高铁站。当时，天没有下雪的迹象，只是灰蒙蒙的，云很低，路边的松树一动也不动，没有一点风，让人感觉很沉闷，好像喘气都有点费劲儿。走出高铁站，我就被一个出租车司机拉上了车。

司机四十多岁的样子，很健谈，也很热情，是那种自来熟的人。周大成说，他精明，判断我是打工回来的人，问我回哪里去。他说，如果去乡下，可以不打表的，商量个价格，差不多就行。

我本来想直接回留安村的，话到嘴边又有些犹豫，再加上有五年没回来了，想看一看这座城市变成啥样子了。

我想了想，就说，有好几年没回来了，你先拉我在新城转转，反正时间还早呢。

这个叫孟良的司机先是一愣，然后就高兴地说，好，我拉你转转！

高铁站在新城的东南角，从那里出来，正好路过新城。新城的建设真是出乎我的意料，原来的村庄和田地，竟变成了宽阔的东西南北交错的大马路，马路两边布满一片片崭新的楼房和工厂。马路两边的行道树和冬青、石楠、草地，高低错落，绿叶青青，不时有洒水车来回喷洒，还有喷雾车，昂着高炮一样的喷筒，喷洒着水雾。这在北京也并不常见，我们这小城竟这般阵势，我是有些不解的。

孟良看出来我的疑惑，就用调侃的语气说，这都是PM2.5（细颗粒物）闹的。现在，环保抓得邪乎，这个老百姓搞不懂的PM2.5，可是要了当官人的命，天天通报，搞不好就得摘市长的乌纱帽。唉，据说各地也不一样，二十公里外的邻省就不是这个标准，人家那里不洒水，不喷雾，鞭炮照样放，烧烤照样烤。咱这儿可不行，在这城区，人死了都不能烧火纸。你说，你说这事弄的，算他奶奶的脚啊！

车子从希夷大道向北走，没有多远就在路东出现一片很大的住宅区。

我有些吃惊，自语道，这个小区这么大啊！孟良把车速放慢，用手一指说，这是"文化城"还原小区，有五百多亩地呢。他摇头笑着说，真他妈扯蛋，住的都是还原的农村人，哪来的文化，这不是讽刺农民吗？我不以为然，觉得叫"文化城"挺好的，多大气啊，最起码听着有文化。于是，我就说，将来农村人不注重文化可不行。

孟良叹着气说，农民的地被卖了，人都装进这鸽子笼里，怪事可没少出呢。他情绪似乎有些激动，不停地摇着头，给我讲起这小区的故事。

这小区的故事可多了，离婚的，赌博败了家的，分房子不均兄弟姐妹上法庭的，打得血头血脸的，老头老太太跳楼自杀的，可闹出来不少事啊。

我有些不解地问，这是怎么回事？

孟良笑了笑说，还不是因为穷人没见过钱，小庙里的神没受过大香火。这里面有些胆大的人，拆迁前私搭乱建，有还原三五套房的，有还原十几套的，一般情况下也都还原两三套。穷的时候兄弟姐妹老老少少的都亲，钱让人生分，有了钱，家里人自然要均分，分不均那还不争吵、上法院？不少家打打闹闹，老人看了心烦就寻了短见。那些还原的房子多的，卖了房子，有了钱，不知道自己是谁了，脖子上吊着大金链子，手里端着个茶杯，不是赌博，就是用微信撩别人家的大闺女小媳妇。唉，钱真不是个好东西。

孟良似乎对男男女女的事知道得特别多，也特别感兴趣。

他说，现在的女人也真是，裤带松得很，说解开就解开，随时随地的事。

我插话说，现在的女人，你见还有多少用腰带的？孟良一愣，突然大笑起来。笑过后，他说，兄弟说得对，看来你也是这方面的高手？偷鸡不会叫唤的吧！

我连忙说，我可是个老实的打工人，哪有这本事。孟良依然笑呵呵地说，那可不一定，我听说现在打工的都是临时夫妻。老弟出去几年才回来，要么你跟媳妇一起打工，要么你在外面有野食。

你是高看我了。我一个送外卖的，整天累得臭死，争分夺秒地在路上，哪有那个闲心和精力？我解释道。

他似乎不相信我说的，就笑着说，好事人人有，不露是高手。现如今有这事又不奇怪，你也别遮遮掩掩的。

其实，周大成在那一刻还是心虚的。这是他今年春天与我聊天时交代的。

周大成在去年那场大雪后回村的第二天，我就去他家了解情况。

我详细地介绍了乡村振兴的一些政策，鼓励他返乡创业，发展特色养猪。一开始，他是犹豫的，说要想一想。那场雪后没几天，又接连下了两场雪，距离春节也越来越近了。离春天还有十多天的时间，他就没有再返城，决定在家里过春节。毕竟有五年没有在家过春节了，女儿都上三年级了，也缠着他不让走。

这期间，周大成时不时就到村部来找我聊天。那时，他已经动了发展养殖的心思，也希望能得到村里的帮助。

正月十六过后，他开始准备养猪了。他开始养猪后，我们接触更多，贷款呀，请技术员指导呀，研究行情呀，总之，我俩经常在一起。时间长了，彼此就信任了，再加上我们年龄也差不多，同龄人间的沟通就更放松些。

那是春天的一个下午。

周大成猪圈的西边，是一片金黄色的油菜花地，蜜蜂叮在花朵上，油菜花在太阳照耀下闪着点点明亮的光，微风吹动，才能看到有蜜蜂飞起。空气暖洋洋，甜甜的花香让人有点儿沉迷与慵懒。我和周大成站在猪圈外边，就那样望着眼前的油菜花，东一句西一句聊着天。

聊着聊着，记不清从哪句话开始，周大成聊起了自己在外打工的经历。

最早，他是在福建莆田一家鞋厂打工的。那边鞋厂很多，生产的鞋子各式各样，贴上商标销往世界各地。在鞋厂流水线上打工的人，女性能占百分之八十，那真是一个女多男少的世界。周大成说，他在那里打工的第二年春节前，就与一个湖南的女子好上了。女人一天十四五个小时在流水线上，十分劳累，也孤独得很。不少人选择在厂外合租房子，一是为了互相有个照应，二是在难得的一天休息时能结伴一起转转。周大成就与一个叫田梅子的女子，以夫妻的名义合租了一间房。

周大成说，梅子个头不高，但很懂他，两个人在一起，相互关心，很舒服。两年后，这个叫田梅子的女人被她的丈夫带回湖南了。

那时，不知什么原因，莆田鞋厂的出口生意一下子减少了一半，厂里开始裁人，他就跟另一个河南人去了北京。这个河南人的老乡在北京送外卖，说只要肯下力，就能挣到钱，周大成便跟着他去了北京的通州送外卖。

在通州送外卖的那年腊月初的一天，夜里突然下起了雪。北京的腊月天是很冷的，到了夜里十一点，白雪就把整个城罩起来了。周大成送完最后一单，往住处返回的时候，竟在路旁看到一个倒着的人。他停下车子，见是一个四十上下的女人。这人怎么了？他掏出手机，正要打120时，这个女人摇了摇头上的雪，右手支撑着地，艰难地坐了起来。

你怎么了？

这女人喘着气说，没啥事，我可能太累了，歇一会儿就会好的。

那可不行，你有病得去看啊。

没啥的，乡下人命硬，歇一会儿就能走了。

那天晚上，周大成把这个叫刘玲的女人送回了她租住的房子。

她是一家酒店的洗碗工。那天酒店的生意太好，她有些劳累。周大成说，她肯定是有些毛病的，到现在他也没有搞清楚是啥病根。虽然，后来他们在一起住了一段时间，但她不说，他也是搞不清的。

那晚，他们互留了电话。周大成说有什么事可以找他帮忙，都是安徽老乡。刘玲也没有客气，后来两人常联系。离春节没几天了，刘玲问周大成过年还回去不，周大成想趁春节单子多，多挣点钱，就说不回去了。刘玲也说自己被老板留下了，春节回去的人多，她再走酒店就开不成了。

就是在这个除夕的晚上，他们两个人住在了一起。

那天下午，听到周大成说的这些事，我真是有些吃惊。以前虽听说过在外打工的临时夫妻，但只觉得是极少数现象，原来情况并不那么简单。

现在看来，这也是农村离婚率高的一个重要原因。

我插话问周大成，后来跟这个叫刘玲的女人怎么样了？为什么突然回来？回来就决定不回去了，难道真是我动员你养猪，留住了你的心？

周大成不好意思地对我笑了笑，停了好几分钟，才苦着长脸，开口说话。

他说这种临时夫妻，是特定时间、特定地点的事儿，大家心里都明白，就是个你情我愿的相互需要。说没有一点感情也不对，说是难分难舍也不可能，乡下都有家小和父母，在一起就图个临时的安稳和快活。露水夫妻哪能见得了太阳，长久不了。

这个叫刘玲的女人是离了婚的。周大成说，他看过她的离婚证。离过婚的女人与没离婚的女人不一样，刘玲是铁了心地想跟周大成一起过。周大成也是动心了，去年回来，其实是想着离婚的。但就是那场雪，突然间改变了他的想法。

那天下午，我们聊了很长时间。太阳就要落在油菜地里的时候，他依然没有跟我说，为什么突然改变了想法。从他那欲言又止的吞吞吐吐中，我感觉到一定不会那么简单。别人的私事不愿说，我也就没有再往深里问。

时至今日，我依然搞不太清楚真实情况。不过，把这一年多发生的事连起来看看，包括八月十五那天晚上，他酒醉后说的那场大雪中的经历，似乎能理出一些头绪来。

现在，我继续回忆八月十五那天晚上，周大成醉酒后说的事儿。

他说，出租车从"文化城"小区驶过，天就越来越暗了。我开了一下车门，想看看外面，风便吹过来，有一种刺骨的凉。我赶紧关了车窗。

孟良可能是感觉我有些急，就说，这天一时半时下不了的，我看咱俩怪对脾气的，再拉你转转。我想了想，就说好吧。

出租车从希夷大道向庄子大道转弯时，正赶上红灯。

在两条道交叉口的左边，是一座大理石外立面的六层大楼，高高的一楼大门上方，挂着"歌非公馆"的牌子。这楼的外形和气势在北京也不算差。孟良见我两眼盯着这座楼，就介绍说，这是咱这地方的娱乐天堂，不比北京的差！

他这样说，让我更加不解。

孟良肯定是看出我的疑惑，语气里就有点看不起的味道，摇着头笑着说，这里面上班的可都要个头有个头，要模样有模样呢。啊，我终于明白了这是个什么地方。

孟良突然兴奋起来。他说，现在咱这里也有滴滴专车了，我们出租车的生意被顶跑了不少，我夜里只好经常在这里等客人。这地方，可有意思了，发生过不少事呢。

路上的车子越来越多，孟良的车速明显减慢了许多。

孟良感慨车子增加得太快后，也不问我想不想听，就开始讲起了发生在"歌非公馆"的一些事。

他说有一年冬天，好像是下第一场雪的时候，那天凌晨一点多了，他来到"歌非公馆"门前等客。他坐在车里吸着烟，刷着手机，猛然看到一个年轻人坐在冬青带前，也一明一暗地吸着烟。这个人怎么了？从这公馆里才出来，还是在等人？孟良等得急了，就从车里下来，走过去，想问一问是不是需要车送。他想，如果这个人走，拉了这一单就回去休息。

走近了，才看清这是一个学生模样的男孩。这个男孩显然是喝了不少酒，一身的酒气。

孟良问他走不，他说还得等会儿，等他女朋友出来一道走。孟良说，这么晚了，你给她打电话啊，该休息了。男孩叹着气说，电话关机了，我得等她出来。你咋不去里面找她啊？男孩子摇着头说，我能去找吗？

从男孩的口音，孟良判断他是外省人，就说，你是职业学院的吧？一个外地的孩子真不容易！男孩警惕地看了看孟良，没有说话，猛地吸了两口烟。

孟良有些无趣，就又回到了自己的车上。他是知道的，来这里工作的不少女孩，都是职业学院和幼儿师专的学生。她们为了挣钱，都在校外租了房，白天正常上课，晚上就来这里上班。唉，现在都怎么了？为了钱，真是啥也不顾了。再说了，这些女孩在这种场合工作，将来如何嫁人？即使嫁了人，心里能把这一段经历忘掉吗？

孟良说，那天晚上他是第一次想这个问题，觉得这些女孩真的是过早地被毁了。

快凌晨两点的时候，一个女孩摇摇晃晃地出来了。蹲在冬青旁边的那个男孩迎上去扶她，女孩猛地甩开了她。孟良走下车，劝着说，别闹了，我送你们回去！

两个人又争吵了一会儿，最终上了车。车子在大学城旁边的一个还原小区停了下来。他们下车后，依然在一句对一句地吵个不停。孟良说，看着他们拉拉扯扯地进了小区，他才放心地转了车头离开。

孟良叹着气说，第二天早上，他就听说这个小区有个女孩从四楼跳下来了。好在落在了绿化带上，只是摔断了腿，人并没有生命危险。孟良告诉我，虽然没有核实，但他敢肯定，这个跳楼的女孩，一定是他凌晨从"歌非公馆"拉回来的那个。

出租车继续前行。

孟良说，有时候昧良心的事免不了做点，但这种害年轻人的事，真的是让人下不了手。他说这段话时，我感到很突然，就扭过头瞅他。这时，孟良有些不好意思，就辩解说，我可是个良民啊，你别用这样的眼光瞅我。

我笑了笑说，大哥，你敏感了，我咋能把你当坏人呢。

车子在市里快转悠两个小时了，天完全黑下来，城市与白天成了截然不同的两个世界。

这时，我想出城回家，但心里又矛盾和犹豫起来，搞不清自己是不是真的想要回家。当然，孟良看不出我的心事，他也不知道我这次是回来离婚的。现在，我与其说不想回家，不如说是对离婚这件事还没有真正下决心，或者说不知道见了赵慧芳该如何开口说这件事。

孟良看看车上的计价器，问了句，哥们儿，今天还回去吗？

我想了想，便说，不急。反正我家离城里就二十公里，也就是半个小时的事。

孟良似乎明白了我的心思，就装作不在意地说，其实啊，今天不回去也行的，我带你找个地方解解乏咋样？说罢，他看着我诡秘地笑了两声。

再转转吧。我并没有接他的话茬。

出租车从庄子大道向左拐入魏武大道。魏武大道向北，就是老城区了。老城区和新城区一点过渡都没有，过了前面的一个红绿灯，原来老城的样子一点也没有变化。楼房低矮，灰乎乎的，道路两边也没有冬青之类的绿化带，还是那落光了叶子的梧桐树。树干灰一块白一块，树枝上挂着核桃大小的梧桐球。这些球一刮风就会落下，落在地上就会碎成一束一束的毛毛，要是飞到人的脖子里，能痒死你。

这条路我是熟悉的。它曾经是这个城市最长最宽的一条南北道，道路的东边是老汽车站，以前没通火车，去外地的人都要从这里出发。这个汽车站的大门是上世纪九十年代初修的，上头大，下面小，有点像棺材的样子，老百姓都说这里是棺材头汽车站。后来，在城里打工时也听人说过，这是很讲究的，为了招财。当时，人们都从这里出门去卖中药材，出门见官见财，也是图个吉利。

我正在胡思乱想着，车子竟快到老汽车站了。

孟良低声说，哥们儿，拉你到马车社吧？我认识的一个老板，绝对安全！

啊，我没有理解他的话，就问，你这是啥意思？

孟良扭过脸，笑着说，别装好吗？马车社，你没听说过？那可是男人的销魂窝。价格合理，服务周到，吃快餐从五十到一百，任你选。要想过夜，自己谈，也就加个一百块钱。

车子明显放慢了速度。孟良看着我说，哎，我说你是去还是不去？我给你找个店，听说很不错！

我是没有这种想法的，就赶紧说，老哥你看错人了，咱一个打工的，开不起这洋荤。

见我没有想去的意思，孟良就猛踩了一脚油门，苦笑着说，哥们儿，你还是早回家吧，我看你也是有心无胆的那种人。家里有老婆，回去也算久别胜新婚。走吧，你说个庄名，我现在就送你出城！

孟良说着，就摸出一支烟点上。其实，我刚才就想抽烟了，见他抽烟，自己就掏出两支烟，递给他一支，自己点着一支。烟雾立刻就弥漫在驾驶室里。

孟良还是不死心，又说，哥们儿，我看出来了，你是想进去的。这里真是安全的，我在外面等你，保准没事！

我向车窗外吐了一口，说，走吧，我真没去过这种地方。

孟良把烟蒂扔到车窗外，摇着头说，好吧，这事也不是劝的。走吧。

车子提速，向北驶去。他叹了一口气，又说，唉，咋说呢，不去也好。

这地方啊，看着是个销魂窝，其实也是散财要命的无底洞。他停了两分钟，又说，去年这里还发生过一桩命案呢。

见我有兴趣听，他就接着说，其实也他妈真不值，一个工地上的男人在这儿找了个女人，两人不知为什么事争执起来，男人一拳打在这女人头上，竟出了人命。唉，差点没把我扯进去。

啊，怎么牵扯到老哥你了？我有些不解地问。

孟良又点了一支烟，狠狠地吸了一口，长长地吐出来。停了十几秒钟，他才继续开口说，那男人是我拉过来的！

原来是这样。这时，我突然觉得孟良可能不仅仅是个出租车司机，说不定他干着拉皮条的第二职业。要不然，怎么从坐上车，他就把我往"歌非公馆"和这里拉呢？我也就这么动了一下念头，并没有深想下去。他是干什么的，与我也没有什么关系。

见我愣神，孟良大声地说，哥们儿，你家到底在哪里？我看今儿这天保不准得下雪，咱赶紧走吧！

嗯，我家在城西留安村，出城二十公里，就在 307 国道的下面。

留安啊，这个村我知道，常去的！孟良笑着说。

你常去那里送人？我有些不解地问。

有时去送人，有时去接人。有时白天接过来的人，晚上再送回去。孟良有些得意地说着，脸上露出复杂的表情。

这更让我有些不解了，就有意地跟他聊起来。

孟良是个不藏话的人，从一上车我就看出来了。

出城的红绿灯设置的时间竟有两分钟，坐在车里感觉时间挺漫长的，慢得就像一天甚至一年。过了红绿灯，进入 307 国道，孟良开始说话了。

他说，现在啊，农村的留守妇女可是守不住啊，跟同村、邻村的男人干柴烈火，偶尔烧起来也不奇怪。

啊，有这样的事？我有点不相信自己的耳朵。

孟良并没有注意到我的异样，继续说着。

孟良这么说着，我心里有些发紧，甚至突然想到自己的媳妇赵慧芳，她会不会也走这条路了？想想这几年她跟我不热不冷的关系，也没闹着要我回来，这肯定有些不正常。

于是，我试着问孟良，你说我们村也有女人进城？

孟良显然警惕了起来。他瞪着我看了几秒钟，突然笑着说，哥们儿你紧张啥？我是送过几个女人回你们村，我还有两个女人的微信呢。孟良说过后，就有些后悔了，连忙解释说，我跟她们可没有啥啊！

我想看看那两个人的微信，但我没有要，心里有些紧张，甚至有种不祥的感觉。于是，我掏出烟，递给孟良，自己也点着一支，一口接一口地吸起来。

出城没几分钟，天就开始落雪粒子了。

这怎么说下就下了。我关上车窗自语道。

这时，孟良说，今天预报还有大雪呢。

正说话间，天空中开始落雪片了。

开始时，雪片并不大，也不密，如杨絮随风轻飘。随着风越吹越紧，雪越下越大，雪花织成了一匹匹向下翻卷的白布，前面三四米远就看不见路了。

这时，我突然不想回村了。当时是怎么想的，现在也记不清了，反正心里就是不想回去了，是那种很坚定的想法。于是，我就对孟良说，还是拉我回城吧！

啊，这雪没事的，半小时就把你送到了，不会耽搁在路上。孟良有些诧异地看着我。

我想了想，就说，我想起来了，明天早上我要在城里见一个老乡，有重要的事要办。如果今天下大了，明天进城就难了！

你确定现在就掉头回去？孟良停了车，两眼盯着我。

是的，你拉我回去吧！我坚定地说。

孟良又点上一支烟，吸了两口，瞅了我足足有一分钟。最后他说，好吧，客户就是上帝！那咱就掉头了啊。

十几分钟后，车子进了城。我让他把我拉到州前街的"静安旅社"。

这个小旅社开了有几十年了，我第一次在城里过夜，就是住在这家旅社。

那天晚上，我就住在了静安旅社。

我办好入住，走出旅社，冒着大雪在州前街走了有十几分钟，才找到一个卖卤肉的小店。我买了一块猪心、一根猪尾巴，又在旁边的一个烟酒店买了一瓶老古井酒。这酒二十几年了，一直没有涨价，还是十元一瓶。

回到住宿的房间，我打开空调，一个人喝了起来。

关于那场大雪中的故事，周大成只跟我讲了这些。

至于那天晚上他在静安旅社喝醉没有，有没有再发生什么事，他一直没有讲。他只说，那天真是一个大雪沉醉的夜晚啊。

不过，我敢肯定，那个晚上对于周大成的一生来说，一定是个十分重要的关口。

现在，大雪正纷纷地下着，看样子，并不会比去年周大成经历的那场雪小。此时，我不担心周大成，我只担心他养的那圈黑毛土猪，怕这样的天气把猪冻死了。

今天这场雪何尝不是沉醉呢？大雪过后，春天就不远了。我真的觉得，周大成今天的心情与去年完全不同。

他是不是这样想，我不知道。于是，我便想到给他打个电话问一问，他那圈黑毛土猪在此刻的大雪纷飞中怎么样了？他此时的心情又如何？

电话通了。让我意外的是，周大成的情绪却很低落。

他说，猪在圈里倒没有什么。

那你为什么情绪低落呢？

他停了很长时间，才说，刚才他在手机上刷到一条通报：前天市区某出租房内一名女性被害，嫌疑人今天被抓，是一个出租车司机。

这个司机我认识，就是我给你讲的，一年前那场大雪中送我的孟良！

啊，我想起了周大成对我讲过的那些事。是那个人！我也有些吃惊。

又停了几秒钟，周大成有些庆幸地说，我真感谢去年那场大雪啊，不然，真不知道会发生什么事。

放下电话，我陷入了沉思。

难道这个叫孟良的人，以前与周大成的妻子赵慧芳认识？想到这里，我的心里也咯噔了一下。也许，是我多想了吧。

外面的雪越来越大，雪花如玉色的蝴蝶，似舞如醉，飘飘如飞，忽聚忽散，轻轻盈盈，在空中舞成各种姿势，或盘旋，或飞翔，或直接快速扑落在地上。

天与地，与房屋与树与村庄沉醉为一体，天地间白茫茫一片，好干净。

原载《西湖》2022 年第 3 期

乔 叶

无疾而终

1

虽然是最后一次，但看起来也要和以往一样。所谓如常，就是如此吧。而之所以称为如常，恰是因为非常。而恰也因为非常，再回想起来的时候，更觉苍茫。

毕竟是最后一次，她给自己格外攒了些力气，决意哪怕做不到非常好，起码也要看起来挺好。这个她还是有数的。无论多么糟糕，都能看起来挺好，当里子都没有的时候，起码得撑着面子，不能让面子里子一起塌掉。总不能白长这一把岁数，总得有这些必备的能力。

他约的是喝茶，卡的时间还是一如既往那段：八点半左右。这个档期已经吃过了晚饭，合适的名头似乎也只有喝茶。茶罢呢？毋庸置疑，他会安排后续的。至于是什么后续，也能大致推测出来。到底快五年了，他们之间，多多少少有些知己知彼。

论起来，这一次，其实是他工作调动到象城后的第一次。这同城后约见的第一次就是最后一次，嗯，她就是这么决定的。

2

穿什么好呢？他对着镜子试了两件夹克，定了带着暗花的那件咖色的。暗花，黑暗之花，暗地里花，他，她，他们之间，可不就是这样？

竟然还挑了一下衣服，他撇了撇嘴角。这么隆重，好像是什么新开始似的，其实也不过是个旧人，俗称老情人，或者老相好。相比而言，他更喜欢老相好这种称呼，和关系不错的哥们儿聊起私密话题时，也会互相称对方的红颜知己为老相好。这个词，既粗俗又生动，还有故事性和年代感，轻佻轻浮中又悠长地证明着自己的魅力。

今天打算带她去的这茶馆他也是头一回去，一个哥们儿说是他的老相好开的。哥们儿的老相好开的茶馆，他带着老相好去，这事儿一想起来就有一股子放荡风情，让他心里痒痒地难受。

刹那间，她的模样儿蹦到了眼前，就更心痒。经历的几个女人里，就数这个最是中意。怎么说呢，简直有点儿近乎理想型了。容貌、身材虽只是中上，在床上却堪称尤物，太合心思。唯一一点美中不足的，就是她常让他有些拿不准，常让他觉得有些陌生，觉得和她有距离。比如说，肌肤之亲都这么多次了，每次她都有些勉强似的，有些生涩，有些害羞，有些懵懂，仿佛是刚刚认识不久，甚至像是被他刚从大街上拉进屋里。倒也有另一样好处：每次都能有效地唤醒最初的新鲜感，让他觉得够刺激。次数多了，他也就把这半推半就看成了一种心照不宣的游戏。他倒是从不介意推，因为知道她会就。只要他一进到她身体里，用不了多久，她都会绵绵不绝地分泌出汹涌的湿润，和他沉浸到狂欢中去，既单纯又下贱。他真是爱极了这样的身体，只要想到要和她做，就会令他兽欲满满。这种状态，之前没有任何一个女人能够给他。结束后，独处时，他总是既得意又有些不可思议。也因此，她的这点儿拿不准，也是让他喜欢的。这种事，要是拿得太准了，其实也是没意思的，是吧？

对于他，她应当也是有些拿不准的吧。这几年来的约会，他从没有给她专门的时间，都是来象城开会之余，办事之余，突然联系她。能见个面吗？他每次都这么问。这个见面当然是双关，是上面和下面都要见的。如果上不了床，那就索性不见。有一次，到了酒店房间里，她才吞吞吐吐地告诉他，来了例假。他悻悻然脱口而出：怎么不早说呢？她的脸色顿时变了。他也知失言，迅疾补救，说早知道她来例假就给她准备点儿什么好吃的，勉强搪塞了过去。之后不久，她就提出了分手。

你每一次都是来去匆匆的，一点儿也不稳定。我们俩，还是算了吧。她没提例假的事，口气很平和，与其说是威胁，不如说更像是哀怨的撒娇。

他连忙认错，承诺说，以后一定改。下次他依然故我。总是有这样那样的借口和理由。确实是忙，可他也确实不想给她什么稳定。都有家，彼此的家里都已经有一堆稳定的了，和她之间，要的就是不稳定。如果一定要谈稳定，他想要的唯一稳定就是，什么时候需要她上床，她就招之即来。除此之外的稳定性，都毫无必要。连约会的时间地点也不必提前说，看他的情况因势而动因欲而行，这才是她存在的精髓。——他固然拿不准她，她却也拿不准他，他们甚至连自己都拿不准自己，也算公道。

后来她又闹过几次小脾气，他也哄了几次。他很会哄，温柔宠溺哄着她的时候，自己也会入戏，暗暗感叹自己很是像个情种。她说"一点儿也不稳定"时的口气，可怜巴巴的，柔柔弱弱的，分明对他是有感情的，这个调调也让他受用。可惜的是没说过几次，让他受用得不大够。不过，话说回来，说多了也是烦。他可没工夫无休止地哄下去，尽管她还是很好哄的——用她那圆圆的眼睛瞪着他，简单又明澈，他就知道她信了。

她这样子，真是可爱啊。

当然，言语上尽可以哄着，行动上却从来不惯着。承诺嘛，就是用来违背的。女人，尤其是这种女人，不能惯着，打一开始就不能，省得有一天蹬鼻子上脸。于是，哄了又闹，闹了再哄，好像反复了没几个回合，就把她捋顺了。偶尔，她还是会不高兴，言来语去小针小刺地刻薄他，可只要不分手，那就任她刻薄。他谅她也不会真和他分手。她再有韵味，毕竟也是徐娘半老了，像他这么床上本事大且床下脾气好的男人是好找的吗？

不知什么时候起，她不再闹小脾气后，就多了些让他拿不准的意思。比如有一次他把自己的裸体照发给她，意图增加情趣，遭到了她的严正警告。还有一次，他为表诚意要求她带他去见她的闺蜜们，也被她断然拒绝。由此他也推论出来，想要带她参加哥们儿的聚会只能先斩后奏，且也只能一次。那就放在这一次吧，他调来象城后的第一次，有点儿纪念意义。

3

发个位置吧，我去接你。他的微信来了。

不用了，各自去。她回复。

好的乖。

他又叫她乖。乖，对她来说，这个字曾经像一颗子弹，每次约会前，他都会用它来打靶。他一打，她就中。现在，他打来再多她也无感，好像是谁给她穿上了防弹服，也好像是这子弹变成了塑料的，也许本来就是塑料的？

他第一次这么叫她的时候，她很是吃惊。长到三十来岁，除了老公，没人这么叫过她。他那么自然地就叫了。那天，她陪着领导去他的所在地予城公干，他参与了接待，一起吃了一顿晚饭。酒是饭局的灵魂。她没有什么酒量，常常是被忽略不计的那种，可蚂蚱再小也有肉，况且她的体积比蚂蚱要大些，因此从没有被饶过，多少总得喝几杯。饭后就在酒店的歌房唱歌，她继续陪着，因为唱得好，她对唱歌也确实有兴致，就唱了很多。他也喜欢唱，点了好多男女对唱。就是在点歌的时候，他指着那首《我悄悄地蒙上你的眼睛》说，咱们点这个吧乖？他离她那么近，几乎是用唇对着她的耳。一阵酥麻袭来，她便乖乖道，好。

唱歌也免不了继续喝酒，于是，酒连着酒，歌连着歌，酒催歌，歌催酒。从没有喝过这么多的酒，不知不觉，她就有些醉了。唱到后来，她眼里只有他。终于曲终人散，他们俩走在最后。他说送她进房间，既合理又意外地，就发生了。

在他进入她身体的一刹那，她其实是清醒的，没有真正地醉酒。她什么都知道，可那个时刻，她没有想去阻止他。脑子里不知道是几倍加速地回放了过去许多事，让她莫名地觉得委屈，莫名地觉得这个世界对不起自己，也莫名地觉得和这个刚刚认识的男人胡来一次仿佛就可以弥补一点儿不知是什么的亏欠。于是，就那么纵了他。说到底，也是以纵他来纵自己。

第二天醒来时，只有她一个人在床上。身上留着他的痕迹，他即使不在，也是在。不过，他实体的不在还是让她觉得松快。茫然了好一会儿，她还是起身洗漱，去吃早餐。饭总是要吃的，必须吃。

在餐厅里，她一眼就看见他也在取菜，彼此的神情都有些不自然。不过很快也就自然了，或者说是假装自然。他们没有坐到一张桌上。早餐过后，她和领导告别，他和他的领导在大堂外面相送，在车启动的时刻，他和她隔着车窗，像所有人一样道了再见。

回象城的路上，他的微信来了，接二连三，对她表达着喜欢，她没有回复。回到象城好几天了，他依然每天发着微信，她坚持沉默。直到他再次来到象城开会，联系她，约她到酒店，说要谈谈。她去了。不知道他会谈些什么，可这也正是让她好奇的地方，她想知道他怎么解释那天的事。

但是，没有解释。两人在大堂坐了一会儿。他说，在这里不方便，还是去房间吧。她跟着他进到房间里，他一下子就抱住她，开始剥她的衣服。她挣扎着问，你这是做什么？他答，做你。想死我了啊乖。

结束后，他们闲话。她说，都怪酒。他说，幸亏有酒。斗着嘴，两人都笑。回想起来，这才是他们第一次正式说话。对，不是有方有圆的交际语言，也不是规规矩矩的公事辞令，而是正儿八经的说话。由家常话到情话。她听他喃喃地说喜欢她，爱她，都是最俗气的甜言蜜语，他讲得信誓旦旦，言之凿凿。

她看着他的脸，不信。不过，也许也不那么假？况且，和他做起来，感觉也还真不错。在他身下被他揉搓着，她似乎又活了一次似的。和自家名正言顺的那般，大有不同。正应了他的感叹：与其求医拜神，不如床上换人。

可是，总是有哪里不对似的。也明知道这不是年轻时候按部就班的谈情说爱，可她就是觉得哪里不对。

是哪里呢？

有一次，他来象城办事，事情办好后还有空余，就约她。微信里聊了几句，得知她老公出差，家里就她一个，他就说来她家里看她，她说不用，说要下楼。他说已经到了小区门口。她连忙换了衣服赶到小区门口，他却还没到。等了十来分钟，才看到他从出租车上下来，拎着一箱牛奶。

两人有些尴尬地在小区门口站了一会儿，她只好把他领到家里。他进门时又问了一遍，就你一个人在家？她说是。于是，他又是一下子就抱住了她，开始脱她的衣服，不容她挣扎。

事后，她哭了。

我不想在我家的。

在家里好，安全。在酒店得登记，听说暗处还有摄像头。他说。

可是，我不想在我家。

好的，以后不了。

没有以后了。她没有再给他机会。每当他问她不是一个人在家，她就会回答，不是。

一年前，她换了房子。这个家，他从没有来过。

4

他在茶馆外的路边等她，望穿秋水状，绝不看手机。这种小事，他总是乐意做得很完美。

远远地，他看见那辆出租车犹犹豫豫地在减速，就知道，应该是这辆了。果然就看见她慢悠悠地下了车。也不看他，似乎只是专注于这眼前的路，一步一步认真地走着。

慢点儿乖。他说。乖，他知道这么叫她喜欢听，所以也不吝于说。不过，到底也是一把年纪了，太鲜明地说就显得太肉麻。像这样，放在尾音部分，若有似无且戛然而止，分寸正好。

走到跟前，她方才抬头看他。相视一笑，他在前，她在后，进了茶馆。

茶馆格局不大，只有两开间，楼上楼下两层。熟人和女老板都在一楼门厅那里候着，迎着他们站起来，女老板热情过度地叫着妹妹，上去挽住她的胳膊。他看见她的神情似乎有些沉郁，当然也可能是灯光太暗的缘故。

简单介绍后，女老板引着他们进了一个包间，包间里摆着一个小茶台，茶台后的墙上是几个架子，陈设着几样茶饼和茶具。他们坐定，点了茶，上了几样点心。那两位和他交换着眼神，暧昧地笑，他便也笑，只是没有笑得太开。只男人们在一起时尽可以发疯，这时候却是得端庄些。更何况她一直静着脸，他也得尽量收着。

茶是滇红，一道道地上来，她却一杯也没有喝完。他心生不悦，便体贴地暗示，这茶怎样？

此情此景，她也温顺地捧了场，说，再好的茶我也不宜喝了。

怎么了？

今儿下午喝得有些太多，晚上再喝会影响睡眠。

那妹妹总得喝点儿什么吧？女老板说。

她莞尔一笑，白水吧。

于是，他们喝着茶，她喝着水。也不知喝了几杯，她突然朝着女老板道，是不是在拍照？怎么也不预告一下？原来是女老板想要偷拍他们，被她发现了。

是啊，要尊重一下肖像权。他开着玩笑，示意女老板停止。他带她来，固然是想要展示的意思，可也轮不到她拍照啊。有些过了。

拍了几张？让我看看。她直直地朝女老板伸出手。那女人道，没拍上，真没拍上。她却不依不饶地伸着手，说，我看看。

他转脸看她，觉得她也有些过了。可又不知道该怎么阻止她，毕竟女老板理亏在前。他眼看着那女人把手机递过来，她接过去，找到偷拍下的那些，三张，都拍糊了。她利落地删掉，又在垃圾箱里彻底删除，方才把手机还给那女人。

此时的情状已经相当尴尬，该走了。他暗骂着女老板，这蠢女人。可也得缓和一下气氛，于是他把玩着手中的茶盏，问她，这茶具漂亮吧？她看了一眼，不掩饰敷衍，道，不懂，应该还行吧。熟人接话道，自家的东西，喜欢的话尽管拿去，别客气。她道，谢谢，我茶具很多，家里都放不下了。

她闭着薄薄的唇，脸上已经满是淡漠甚至生分，这可真是不给他面子。不过她这样子也总是能很容易勾得他兴奋起来：人前装加人后浪，才会格外有反差，不是吗？

又坐了一小会儿，她一句话也没有，也不再喝水。眼见得意兴阑珊，无趣到底，他们便告辞出来。他启动了车，道，我家里没别人，到我家坐坐？

不了，我回我家。她说。

他诧异地看着她。

她坚决道，我回我家。

他问她具体地址，说要导航，她说不用，按她说的走就好。

于是她指着路，朝着她家的方向。到她家附近的河滨公园时，她让车停下，说，走一走吧。

5

一走进公园的树荫里，他就拉住了她的手。她也任他拉着，这让他微微放了心。今天晚上，她让他格外不放心。尽管事实上她总是让他不太放心，好像从没有真正让他放心过——放心，好像他对她真操过什么心似的，呵呵。她的心，自然就是随她去，关他什么事呢？对于她，他本来就是懒得劳神而勤于劳身的。能在床上驾驭她，享用她，这个最重要。虽然这个最重要总不能太过直接地抵达，总是得来点儿小小的曲线，可谓小憾。

前面树影深浓，树下是一张长木椅，有点儿像是窄窄的床。他拉着她，在木椅上坐下来。树影婆娑，明明暗暗，她脸色凝重，轻轻长长地叹了一口气。

有什么不开心吗？他一边摩挲着她的手，一边想着适时进攻。

没有不开心。

那怎么看着……比上一回更成熟了？

是又老了吧。她停顿片刻，我上周三过的生日，可不是又老了。

哦——他拍拍脑袋，似乎是感叹，又似乎是懊恼，同时飞速地在记忆里寻找着她的生日信息，有些慌。他的生日她倒是一向都记得的，起码也会发个短信打个电话。他却又忘了，不止一次地忘。确实是理亏。可她怎么不早早提醒一下呢？看着是要较劲儿了。会较劲儿吗？

也不是大事。很快组织好了语言，他便不疾不徐地沉着道，上周三是吧？我一直记着呢。本想着好好给你发个祝福，你要是有空的话能聚聚最好，可再一想，你肯定得和家人在一起，不能打扰，就想着见面再说的。

是吗？刚才见面你也没说。

这会儿说，晚了吗？他让眼神显出含情脉脉。

是啊，晚了。你就承认你是忘了，也没什么的。

她这善解人意的腔调是坑，他可不跳。

真没忘，牢记着呢。要不刚才怎么会想让你去我家，还不是想给你一个惊喜？

她没说话。树影里，他看不清她的表情。

不信的话，那咱们现在就去，去了你就知道了。——家里有几样零碎玩意儿，挑个像样的给她。路上再打主意。补上生日礼，再睡一睡，今晚也算没白约。或者，干脆进屋就把她放倒，好好睡一睡，连生日礼都省了。他这个人难道不是最好的生日礼吗？就这么应付她。

不去了。忘了就忘了吧，真的无所谓的。她说。

怎么会无所谓，这事很重要。容我好好补一下，行不行？

她沉默。他又去拉她的手，她攥了一下，也就被他拉了过去。握着她的手，他又放心了些。

走吧，去我那儿。他着重强调了一下，没别人。

不了。

怎么了？

到了那儿，我就是别人。不想被捉奸在床。她在黑暗里似乎是促狭地笑了一下，到时候，她舍不得打你，只能打我。

胡说什么呢，她一直在予城上班，不到周末不会来的。

万一呢？

没有万一。我现在就打电话确认一下。

她沉默着。他开始打电话。打完了，他喜滋滋地说，她都睡下了。又蓦然意识到这喜滋滋有些不合适，便往下按了按，说，没事儿的，我保证。

她看着他，眼神里莫名的寒意让他觉得有点儿冷。

这里离你家不远吧？那，去你家？你还没请我去过呢。我可不怕被捉奸在床。他调笑。上次她说她老公去外地业务培训，要两个月，应该还没回来。她女儿在外地读大学。他有数。

她仍然冷冷地看着他。

在你家你也怕？

是啊，我怕。她说，在我家我也怕被捉奸在床。

那在哪儿不怕？

喏——她对着不远处的五星级酒店遥遥一指，说，去那儿吧。

他沉默了一会儿，摸了摸口袋。

我没带身份证。他说。

也没带钱，是吧？她说。

6

他从来都没有给过她钱，也尽量不给她花钱。很长一段时间里，她都没有意识到这一点。

钱对她，一直不是个问题。家里的钱全在她这里，老公的钱雷打不动地都给她，家里需要置办什么就置办什么，她想买什么就买什么，全是她做主，虽然总共也没有多少钱。手里的钱相对于她的需求而言，基本是平衡的，有一千就按一千来花，有一万就按一万来花，不多也不少。因此，她对钱从来没有什么强烈的欲望，尤其是对别人的钱。

对他，是从什么时候起的这个念呢？

那天，她去逛商场，逛累了，也渴，看到前面是家"烧仙草"，就买了一大杯。正慢慢啜饮，听见旁边两个年轻的女孩子在聊天，甲对乙吐槽刚刚分手的男友,道,抠死了! 跟他在一起,从来都没有给我买过"烧仙草"! 我一说买，他就说对身体不好没有什么营养不如喝纯水吧啦吧啦的一大堆，后来我才知道，他就是怕花钱。我一说逛商场就跟要他命似的，还不是怕我相中了什么要他买单。每次约会都是这个公园那个公园，说空气又好又锻炼身体，老娘的鞋子磨破了他又不肯买。有一回，走到没人的地方还想跟我来个生命大和谐，这是连开房的钱都要省吗? 我呸!

她突然一激灵，想起了和他之间，也是没有开过房的。准确地说，是没有用他的钱开过房。他在予城的时候，从没有专程过来和她约会过，只有来象城开会时，才开会约会两不误地约她——不用付房钱。除了会议用房，他没有额外开过一次房。他们没在会议酒店做过的唯一一次，就是在她原来的那个住处，他拎着一箱牛奶，号称要来看她。比起开房，一箱牛奶钱可以忽略不计的，是吧？

我跟你说，男人的爱分三级。乙女孩轻蔑地笑了几声，跟甲分析起来，高级的只刷卡不动她，中级的是既刷卡也动她，低级的就是不刷卡还动她。咱们怎么着也得是中等吧? 赶快跟这个低级男人断了吧，别留着过年!

——他是怕花钱吗? 就这么怕为她花钱? 或者说，她在他眼里，就这么不值得花钱? 她简直怕这么问自己，可到底还是问了出来。这一问，仿佛就打开了潘多拉魔盒，牵出了许多事。比如有一次，他们微信聊天，得知她过两天去内蒙古出差，他就说也要跟她去。

飞机票我自己买，不要你花钱，到时候你收留我在你房间住就行了。等你忙完正事回屋，我就为你好好服务。

他笑着说着俏皮话，她也笑。笑完了，又觉得哪里不舒服。现在，她全明白了。就在钱上。飞机票我自己买，不要你花钱，啧，细细分析这话，好像原本该她买似的，是他大度才不让她买，好像她应该为此欠了他人情似的。不，还不仅如此，明明是他要去睡她，却说在为她服务。总之，他传达出来的主要信息用三个字提炼就是：拎得清；用两个字提炼就是：炮友。

　　"炮友"这个词蹦出来，着实吓了她一跳。相关故事听过很多次，她从没有想到自己也有份。可是，现在，他们之间，种种迹象都瞄向这个词。不，她不想，她要躲开。他们之间，哪怕比情人少一些，也应该比炮友多一些啊。

　　上一次上床——也是最后一次上床时，他的调动手续刚办完，是最后一次以予城的身份来象城开会，会后约她去酒店。犹豫了很久，她还是决定去。进了房间，事毕，两人躺在床上聊他来象城之后的事，她问他调来这里能拿多少薪水，他说了个数目，感叹比在予城多多了。

　　我这也算傍上大款了吧？她突然想恶作剧一下。

　　你真是没见过什么大款。我这算什么大款。他笑。

　　对我来说就是大款，你就说让不让傍吧。

　　作为刚到象城创业的小白，不，是老白，我傍你还差不多。

　　可你工资比我高啊。怎么，不想让傍？那就算了。

　　好吧好吧来傍来傍。

　　那可得给我点儿零花钱啊。她两手掌心朝上，向他伸了过去。

　　他顿了顿，轻抚她的掌心，想要多少？

　　多少都行。

　　没带现金，下次吧。

　　会发红包吧？红包就行，最多两百，不宰你。她笑着。在他眼里，这是不是笑里藏刀？

　　不行啊乖，我老婆经常检查我发的红包，这可不大好解释。到时候，不但我麻烦，也会连累你麻烦，是不是？

　　伸出的那只手并不大，此时却是一片荒野。她收了回去。

　　他把她的手又牵回自己的手里，生气啦？

　　没有，说明白就好。她平着脸说。

　　我就知道乖是能理解的。咱们之间，钱是最不重要的，是不是啊乖？

　　喊。她在皮肤下冷笑。重要，当然重要。所谓的钱是最不重要的这种话，只有花过钱的人才有资格说，没有花过钱的人还这么说，那就是不要脸。我们这种关系，有病有灾都不能到跟前，平常也只是各顾各的，除了在床上那一会儿，其他时候没关联也不能有关联。踏踏实实开个房以保证不被捉奸，买个礼物留个念想让我觉得不只是上床那么简陋，这都是要花钱的。你放心，我的胃口很有限，不会让你花很多，你花了，我也会花的，你不用怕成这样……她真想这么说。这么说会让他心里落个底儿吧？可她紧紧地抿住了嘴。说什么呢？没必要。某种意义上，他这就是在欺负她。她若是真傻，他这么欺负她，那就是不厚道。她若是装傻呢，他这么欺负她，那就是更不厚道。

还有，我是没给你花过钱，不过我也没要求你给我花钱啊。不是总说男女平等吗，这也是平等呀，是不是啊乖？他还在喋喋不休。

……是。

那一刻，她就决定了：这次上床就是他们最后一次上床。下次约见就是最后一次约见。

今天，这个夜晚，滨河公园，长木椅，他们坐在一起，仍是手牵着手，这情形，简直有些像谈恋爱了。他们之间，从没有如今天晚上一样像两个恋人。回想起他们相处以来，几乎所有的记忆都是在床上。不同的床上，一样的黑暗，一样的两具不洁的、疯狂的、可怜的身体。

7

钱，她又提到了这个。她不缺钱。既然不缺钱，自然也不会向他要钱，以她的脾气，也不好意思要钱。这个自一开始他就很清楚。那他当然也就不会主动提，来装什么大尾巴狼。他们之间的状态就是：床上尽兴，床下清爽。后一条尤为重要，正因为不用考虑下床后的麻烦，上床时才能格外尽兴，这是她的核心魅力。

她大概不这么想。他隐约知道。这是个问题，他当然也隐约知道，尤其是自上一次约会以来。现在看来，这问题大概率会成为以后约会的障碍，那不妨今天就迎难而上，排除一下？有时候，主动出击更能把控局势。

也——没——带——钱——他捏细了嗓子，有点儿夸张地模仿着她的口气，无奈道，你刚才这句话，好像在讽刺我。

她沉默。

我不习惯带钱，你知道的。咱们俩在一起，基本也花不着什么钱，是吧？

她仍然沉默。

我觉得，咱们之间，钱是最不重要的。——这话，上次约会时他曾说过，这会儿有必要再强调一下。在她的沉默中，他依着自己的思路滔滔不绝说下去，我们之间最重要的是什么？就是在一起的时刻。比如现在，就是最简单最纯净的也是最美好的一份感情。和你在一起，我从来不想钱的事，钱那么庸俗的东西，混在我们之间，就是侮辱……

老实说，我倒觉得，钱是好东西。她打断了他，终于开口。

当然，钱很重要，但在咱们之间……他嗅到了危险的气息，急欲阻拦，却轮到她开始滔滔不绝，你给老婆花钱吧？给女儿花钱吧？给爸妈花钱吧？花钱的时候肯定不会觉得是侮辱他们，是吧？她顿了顿，哪怕是嫖客和妓女做生意，钱也意味着起码的尊重，不给钱那才是侮辱呢。

——嫖客和妓女，她怎么能这么说？直直地戳到他的最虚弱处。

可钱确实是他的软肋，最软的软肋。奇怪的是，似乎也是他的原则，最铁的原则。厚着脸皮挖到底的话，她让他迷恋的地方，除了她的身体，再就是不需要花钱。而且因为不需要花钱，她的身体就显得更好。是的，似乎是这样的。要是花钱呢？他也问过自己，答案是，那他还有必要找她吗？花了钱，比她好用的女人多的是啊。

所以，不给她花钱，她不值得。她愿意那就干，不愿意就算了。她如果拒绝他，他肯定会有点儿失落，却也有成就感。会有一种幻觉，好像是自己抵抗住了诱惑似的，高尚了一些似的。明知自己没有做到，可这幻觉也是一种享受。她不拒绝？那更好。总而言之，言而总之，这是个底线：绝不花钱，绝不。反正他已经睡过了她，反正他不爱她，她也不爱他。如果说爱情是一种病，那他们都没有得病。

还有别人吗？——除了第一次，好像后来每次上床，他都会这么问她。

有一次他甚至说：不管还有谁，反正我们能上床，这就行啦。这些话貌似癫狂，仿佛只是助兴的淫言浪语，其实他当然清楚，像她这么轻易就和他上床的出轨女人，忠贞根本就是个笑话。她应该也不信他的忠贞。他们对彼此都不信任，只是因为贪恋情欲，才会假装信任。连信任都谈不上，还怎么跟爱沾边儿？

是的，她也不爱他。这让他在上床之后格外愤怒，格外放肆，也让他在下床之后格外轻松，格外释然，更让他在随后没有负担地一次次去找她。反正也没花钱，多一回就赚一回。免费的东西还是想吃，不吃白不吃；这么大的便宜还是想占，不占白不占。那就好好接住她这个刁钻的话茬吧，不然保不齐什么时候就这个便宜就没了。

你……怎么说这么难听的话？什么嫖客妓女的，我可不是嫖客，难道你把自己当妓女？

黑暗中，她轻轻地笑了两声，这比喻是不恰当，我肯定要比妓女强一些的。虽然有些老，可没病，没风险，既便宜，还好用。不，不是便宜，是根本不花钱。

早就松开了她的手，他的手心里汗涔涔的。他捋了一把头发。必须赶快从这个坑里跳出来。

也确实该怪我。其实，也是因为你不缺钱，所以我才没想过给你花钱……

我不缺是我的事，你给我花是你的事。一码归一码，对吧？

对。他应答。然后沉默。

其实，也该怪我。也不知怎么了，就想让你用钱来证明点儿什么，比如爱之类的。很幼稚，是吧？

这会儿才给他台阶下。这女人，确实是太坏了。

你真是幼稚得很，傻得很。他伸出手，轻轻地摸她的头，据说这叫"摸头杀"，乖，我的爱还需要用钱来证明吗？你想想，每次联系都是我先给你打电话，每次约会都是我主动，是不是？

确实是，电话费也蛮贵的。

还是不离钱。不过，这话里的幽默感标志着温度回升，还不错。

哪里是这个意思。

不然呢?

我的意思是,你说想用钱来证明我的爱,这让我觉得委屈。我要是不爱你,怎么会心心念念地找你?干吗不去找别人?性就是爱的证明,这你还不明白?

她突然笑起来,笑声尖厉。

他惊诧地看着她的笑告一段落。

要以你的逻辑,连嫖客对妓女的爱都胜过你对我的爱呢,因为既有性还有钱,是吧?

他瞠目结舌。她又开始笑,笑一会儿,停一会儿。他也只好继续跟着笑,一直等到她终于收起了笑。

其实,就像你觉得钱很庸俗一样,我现在觉得,性也很庸俗。唉,还是到此为止吧。

性和钱……不是一回事。他有些嗫嚅起来。

怎么不是一回事?我觉得就是一回事。她有些蛮横地一边说一边站了起来,脸上却还挂着点儿笑,太冷了,走吧。

8

这种场合,这种话题,她总是在笑,忍不住。笑着笑着,自己也觉得诧异。有什么好笑的呢?这么恶心的事。

是的,恶心,简直马上要反胃。钱,性,他,还有自己,都让她恶心。是的,她也没饶了自己,谁都没饶过。她居然又邪恶地笑了出来。

再聊一会儿吧乖?他牵着她的衣襟。

再聊一会儿就有被他再度攻克的可能,她知道自己的软弱。她沉吟着。老实说,若只是个炮友,那他还是不错的。可她就是不想只是炮友。不过,他们之间实在也很难再往前进化了。算了吧,算了吧,这笔烂账真该烧账本了。要烧就烧得彻底一些,不留余烬。

还是，算了吧。她把衣襟揪出来。

蒜不辣，姜辣。他耍赖地说。果然又成功把她逗笑。

你不走我走。

唉，你可真是小孩子心性。他跟着站起来，环住她的肩，我知道自己有很多不足，异地嘛，没办法，以后就好了。一定会好的。

他望了一下天空。要是有月亮的话，是不是可以对月发誓？

我不信。她又笑，似乎听见了他心里在骂，呵，这女人，她真坏。她还真是难得这么坏一下，好在他也坏，以坏对坏，他们在这点上倒是很搭。

唉，我的乖啊——他拉住她的手，长叹一声，都不容易，不能要得太多。

是啊，你说得对。那就都别要了吧，最是干净。

——他对她想要的就少吗？若不是贪图得多，他会跟她在这里费事？

她假装去拢头发，甩开了他的手。

准备过马路时，他又紧紧挨着她，又环住她的肩，一副呵护状。她也任他。还是有些暖的，尽管只是表层的暖。

我们，好像根本没有谈过恋爱呢。她说。

他瞥了她一眼。这混账女人，总是这么混账。当初上床那么容易，后来每次上床都那么容易，明明是一张无欲无求的脸，在床上又是火辣妖娆的身体，却突然给他来了这么一出。荒唐，滑稽，不可理喻。但是，他怎么这么没出息，就是喜欢。尤其是在今天这种如此无望的时刻，尤其喜欢。难道真的就只是因为免费？还是因为上瘾？这样的感觉连对自己也羞于承认：和她之间的私情像大肠，他好这一口恶趣味。也知再畅快也下流。可是，毕竟，再下流也畅快，一时间恐怕断不了。

他忽然心疼起来，从没有这样心疼过。突然涌出一股莫名的不甘，他又抓住她的手。

其实，我一直……很爱你。你，爱过我吗？

红灯在斑马线那头凝固着，呆呆的。爱这个字，此时如此不合时宜，竟然显得有些悲怆。对他，她也还是有点儿爱的吧？她这么较真儿反复求证，无非是为这个。想在沙里淘出点儿金来。他呢，虽然不"很"，也还是有点儿爱的吧？可他们的这点儿也确实太少，少得像是纯净物里的杂质。呵，那纯净物又是什么呢？

不能再想了。

必须得承认，钱，真的是好东西。她突然转脸，怔怔地看着他，我愿意给我喜欢的、想要的、爱的一切花钱，无论是人还是物。只要有钱，只要这钱够。

他决定不接茬。怎么还在说钱，这个钻进钱眼儿的女人。

所以啊，你说得没错，我没给你花过什么钱。所以啊，我不爱你。

红灯变成了绿灯，她又甩开他的手，斩钉截铁地、直直地走过斑马线。他犹豫了一下，跟了上去。她招了招手，一辆出租车随即停下。

也谢谢你，幸亏你没给我花钱，我们才可以这么快就掰扯利落。

你……他有些木然。

谁也不爱谁，其实也很不错。

我……是真的爱你。

不爱我也没关系的。她拍拍他的肩，说实话有那么可怕吗？不会死的。

我真的……是爱你的。这句话说得已经很有些机械了，似乎已失魂落魄。路灯下，他的样子突然年轻起来，简直像个倔强的青春期男孩。是爱吗？还是只是舍不得一件称手的玩具？她的心，瞬间软了一下，只一下，便很快又硬了起来。

谢谢你，谢谢。她下颌微收，彬彬有礼地点头，像是在谢幕。顿了顿，又说，总觉得我们的缘分尽了，就各自平静生活吧。

——缘分，这个进退有度的完美说法，这时候祭出来正合适。既然已是诀别，没有必要闹得鸡飞狗跳。

他用双手捂住脸，从上到下地把面颊抹了一遍，然后看着她，笑了一下。

以后还保持联系吧，好吗？

好。她应答，上车，关上车门，摇下车窗，朝他挥了挥手。

车驶离后，她在手机里找着他的痕迹，手机号、短信、微信，一样一样，要不要删除干净？再一想，还是留着吧。留个平安无事的全尸，又能怎么样呢？况且，这不是很符合中国式的"留余"哲学吗？留这个余，是余给自己，余给他，也余给以后再见时仅有的体面。

　　嗯，既是同城，保不齐会再碰面的。她能想象那个场景，大庭广众之下，他们还会彼此点头，微笑，甚至适度寒暄，如那种最一般的熟人。对于一段感情来说——如果他们之间也叫感情的话，这也算是无疾而终。无疾而终，是上好的死法。

原载《作品》2022 年第 7 期

杨晓升

过程

　　已经连续好几天了，老秦每天早出晚归，一个人躲在单位里整理办公室：书柜、抽屉、纸箱、桌子上列队矗立的众多文件夹，反正是办公室里所有能放置东西的架子和容器。这些容器装着老秦数十年来众多的财产：稿件、资料、文件、书籍、杂志、信函、照片、名片、信封、纸张、邮件、杂物和其他各种办公用品。在这之前，老秦选择先整理电脑中海量的各种电子文档和电子邮件。光文件夹就分公函、私函、稿件、资料、记事、照片、视频等等。而文件夹中的子文件夹，光公函就分上级通知、工作汇报、工作总结、合作文件、新闻信息、广告宣传、党建工作等等；稿件分小说、散文、诗歌、评论、报告文学、跨文体等等；资料分时政、文化、文学、文史、艺术、体育、健康、音乐、娱乐等等。反正所有的文件夹都是分门别类，一分再分，数十年的日积月累，洋洋洒洒蔚为大观，不说汗牛充栋也算是数量惊人了。

　　老秦是一家文学杂志社的资深编审、副主编，自打从北大中文系毕业，他就被分配到省城的这家文学杂志社工作，他像一颗螺丝钉一样被紧紧钉在这个岗位上，从未挪窝，一干就是近四十年。倒不是没机会调动工作，甚至他还有机会调岗晋升，但老秦太敬业，太热爱文学，太热爱他从事的这份工作了，所以那些几乎撞到他头上的机会，他都一一放弃。老秦甚至是有机会当这家文学杂志的一把手的，也就是说，按资历、能力和业绩，他原本有机会当这家杂志的社长兼主编。可老秦从来都淡泊明志，与世无争，除了热爱文学和他的岗位，他对高官厚禄、金钱财富从来都视若浮云，他甚至不愿意为文学和本职工作之外的其他事务投入精力和浪费时间。假若他当初听从上级组织的安排当了社长和主编，他就责无旁贷，他就得分出精力和时间去搞杂志的经营创收，管杂志社一二十号人的工资福利、吃喝拉撒，更令人头痛的是他得分出精力和时间去应付形形色色的各种会议，此生他最讨厌的事恰恰就是参加与业务无关的各种会议。当然，他毕竟是副主编，是杂志社领导班子中的一员，有时候实在脱不开身，硬着头皮参加会议，他也总是在随身带的公文包中塞进除笔记本之外的书或稿件，领导或其他人在会上滔滔不绝讲话，他则不失时机低着头旁若无人悄悄地看书或审稿。如此等等，十几年前前任老社长兼主编退休、上级组织部门找他谈话并征询他个人的晋升意向时，他就将晋升当社长兼主编的机会让给了比他还小两岁，入职时间也比他晚两年的另一位副主编，此举不啻晴天里的一声炸雷，让本社的同事、上级领导和周围的亲朋好友瞠目结舌，议论纷纷，无不以异样的目光打量起老秦，多数人甚至怀疑老秦的脑子是否出了毛病。面对猜疑与质询，老秦却若无其事，宠辱不惊，脑子里还冷不丁冒出《诗经·王风·黍离》中"知我者，谓我心忧；不知我者，谓我何求"的名句。其实，老秦自己是清醒的，他知道自己要什么，虽然当一把手有权力，看起来很风光，但背后的压力、辛劳与付出却是老秦避之唯恐不及的，所以他心甘情愿当副手、做绿叶。当副手，怎么说也是杂志社领导班子中的一员，老秦也需要分担杂志社的部分公共事务和管理工作，但与一把手所承担的压力毕竟不可同日而语。

不过话说回来，老秦并非无欲无求。他对文学和本职工作就顶礼膜拜、异常痴迷，他觉得文学能为他带来心灵的愉悦与快乐，编辑工作则能为他赢得职业成就感、自豪感和作家读者们的尊重。编辑工作之外，老秦也坚持着文学创作，业余时间他断断续续写评论和散文，几十年来已经出版数本评论集和散文集，虽然迄今并未像那些知名作家一样大红大紫，可他却一直乐在其中，并且坚持不懈。他始终认为，光阴似箭，人生苦短，往事如烟，而文学是记录生命历程的最佳方式，一俟生命结束、人生谢幕，自己的作品就是留给人世间最好的生命印记。所以，老秦对文学一直是心存敬畏，也一直是心生期待的。

这些天，老秦之所以要马不停蹄、日复一日地收拾办公室，是因为他距离退休只剩下为数不多的几天时间了。他的职业生涯早已进入倒计时，那滴滴答答的秒针分明就是时光老人急促的脚步，他甚至能够感觉到时光催促他的哨音。对他来说，日子从来没有这么紧迫过，如同百米短跑的赛场，那到达终点的哨声随时都可能响起。尽管他的同事并没有催促他，小他两岁的社长兼主编也没有催促他，甚至上级人事部门和主管领导也没有催促他，可他自己却心中有数，有种无形的紧迫感在内心挤压着他。他知道过了这个月，他就将年满六十，下个月单位就将停发他的工资，改由社保发放了，他的办公室也有上级提前安排的副主编等着入驻，自己退休了总不能赖着不搬吧？老秦从来都是一个有自知之明也不乏自尊的人，他做事从来都是一丝不苟、一板一眼，也从不拖泥带水，甚至近四十年时间上班或开会都未曾迟到或早退。他做事从来就不愿意留下瑕疵，让别人说三道四、指指摘摘，眼下临近退休，他更不愿意晚节不保。所以，他早就给自己订计划、下任务，一定要赶在自己生日也即退休的那一天，将自己办公室里的东西整理完毕，将自己使用多年的办公室腾出来交还单位。

办公室里的东西实在是太多了。老秦以前每天忙忙碌碌，几乎从未认真整理过。除了垃圾、废稿和废旧报刊，其他东西他几乎从来都舍不得扔，甚至许多年以前作者和读者的来稿来信以及每年的贺年卡，还有过去与新认识的朋友见面时对方赠送的名片，各种文学活动和会议留下的照片、通讯录等资料，更多的还有作家和业余作者的赠书，他几乎是来者不拒，都尽可能留着，他认为这些东西都是生命的印记和友谊的见证，留着起码是对人家的一种尊重。如此这般，日积月累，年复一年，老秦的办公室到处都塞得满满当当，所有的书架、柜子、抽屉都被挤爆了，甚至沙发底下、茶几下方、墙根墙角、犄角旮旯、所有能利用的空间，都被老秦一网打尽。以至于同事、朋友或其他人来访，第一感觉都是老秦的办公室太拥挤、太逼仄了。恭维他的朋友一进门总是跟他开玩笑，说老秦你真是富豪啊，财产这么多！也不乏有关系亲近的朋友或同事对他调侃："老秦你这是在地窖里办公啊，怎么感觉这么压抑？"无论是恭维还是调侃，老秦都打着哈哈，一笑置之。

　　此刻是上午八点，距离规定的上班时间九点还有一个钟头，老秦却早早进了自己的办公室。他家与办公室在同一个院子，是本单位早年分配的职工宿舍，那时候叫职工福利房，一套总面积不到一百平方米的小三居室，住着一家三代四口：母亲、老秦夫妻俩和他们的儿子。之前还有父亲，前年父亲去世之后，已经八十高龄的母亲独住一间，儿子也独住一间，老秦与妻子合住一间，三间房子充当三间卧室，都住满了人，根本就没有老秦这辈子做梦都想要的独立书房。老秦和妻子都是普通工薪阶层，早年有这套三居屋的福利房可住，老秦已经心满意足，根本就没动过心思要换房子或多买一套房子。直到前些年，在妻子怂恿下，老秦倒是动了要多买一套房子的心思，可面对高企的房价，老秦那念想像被风吹灭的蜡烛，很快烟消云散。老秦这辈子最怕欠别人钱，也从不借别人钱，一想到要按揭贷款好几百万，老秦吓得后背直冒冷汗，仿佛从此将背了个十字架似的。其实老秦与妻子工作了数十年，夫妻俩节衣缩食同甘共苦，家里在银行的账户少说有着一二百万的积蓄，加上已经参加工作的儿子也有工资，交个首付换房子或新添个二居室，办个二三十年的按揭每月交万把块钱的房贷，应该是没问题的，妻子和儿子也一直为他这么盘算，甚至是苦口婆心相劝，可一根筋的老秦就是刀枪不入、无动于衷，换房或购房的事就这么不了了之。直到这两年临近退休，老秦才又动了换房或购房的心思，可上网一查房价，比前些年又高出了一截，一想到自己辛辛苦苦攒的那点钱在高涨的房价面前越发贬值，老秦的肠子都快要悔青了。尽管他满腹愧疚，却不敢向家人提及房子的事。老秦之所以又动了买房子的念头，主要还是退休日渐临近所致，在职的时候办公室近在咫尺，数十年来他都将办公室当自己书房了。

退了休，他的办公室没了，可他那些原本视若宝贝的"财富"该如何处置？

老秦进了办公室，按惯例他拎起开水瓶先到开水房打回水，泡上一杯茶，再用抹布在紧挨卫生间的水房和办公室之间来来回回走了几趟，将沙发、办公桌、椅子和茶几擦拭干净，然后坐下来继续前几天的工作、整理东西。

现在，他准备先整理名片。他从办公桌左侧的抽屉拿出十来个约两倍于火柴盒大小的透明名片盒，每个盒子里都满满当当装着已记不清何年收藏的名片，因为许多年都没有人送他名片了，而他也不给别人送名片了。新结识的朋友时兴互赠名片已经是十几年前的事了，那时候还没有微信，见面的时候先是一阵寒暄，然后彼此互赠名片，名片上标明单位、职务或职业、邮政编码、联系电话，电话还分固话和手机，更详细的还要附QQ号或邮箱。名片的样式花花绿绿，赤橙黄绿青蓝紫都有，印刷的字体有黑体、宋体、楷体、隶书、幼圆、新魏体、仿宋体等等，不一而足，反正是萝卜白菜各有所爱。在名片时兴之前，方式更加古老，记得刚参加工作的时候，老秦是拿着个小本本当通信录的。那时候每认识一个新朋友，见面寒暄、一阵热聊之后，彼此都要掏出一个小本本记下对方的联系方式，以便之后联络。这种方式是比较传统也比较麻烦的，设想一下，如果双方是在室外见面，那多麻烦啊，那时候手机也还没有普及，要是都未随身带笔和纸，拿什么记呀？后来有了手机，彼此记个电话就方便了。但再方便也比不上现在的微信，自从有了微信，人们也不再见面互赠名片了，想建立联系双方就都会掏出手机，扫个码，互相加个微信，之后便有了联系的纽带，除非一方将另一方拉黑，否则这纽带便永久存在，还可以拉得无限长。即使你走到天涯海角、彼此天各一方，也都会如影随形，随时都可以联系上。甚至于双方还能视频通话，想见随时可见，甚至于彼此也可以看到对方的动态。科技的发展、时代的进步真是太快了，老秦不由得感慨。要不是整理办公室，老秦甚至都忘记自己还保留着这么多名片了。

现在，老秦开始翻阅名片了。一张，又一张，再一张，数不胜数，真是太多了。他忽然意识到一个问题：这些名片到底是该留还是不该留呢？按说现在都有微信，联系较多的朋友彼此早就加了微信，再不需要名片了，留着这些名片已经没有意义，也没有必要。可难道就将这些名片当垃圾一股脑扔掉？老秦犹豫了，他有些不舍。这些名片，虽然已经没有用处，但再怎么说也都是自己曾经与朋友们交往的见证与纪念，就这么不分青红皂白地扔了，不仅是对别人不尊重，还可能将自己生命和生活中的一种记忆给彻底抹杀了。可这么多的名片通通留下，显然又不现实，家里房子太小，这间办公室又将移交，什么东西都不加选择地搬回家，家里人就没办法住了，没准儿还会引来与妻子或儿子的一场吵闹。自打数年前老秦反对购房，妻子和儿子就一直对老秦心存怨气，从此不再在他面前提购房换房的事，甚至与老秦的关系也不像从前那么融洽了。没事的时候，妻子和儿子都不大搭理老秦，有话似乎都故意背着老秦说。好在家里还有耄耋母亲，否则老秦恐怕就有些孤家寡人了。

老秦左思右想，决定将所有的名片都认真检查一遍。一张，又一张，再一张，很多，没完没了。天南海北，三教九流，职业形形色色，有官员、编辑、教师、医生、军人、老板、研究人员，他们大都是业余作者或文学爱好者，还有全国各地文联或作协的书记、主席、副主席、秘书长或副秘书长，其中很多都是读者熟悉的作家，甚至是知名作家。自己认识过的人真是多啊。老秦觉得，如果此生不是从事文学编辑工作，自己断不可能认识这么多的人，是文学这个共同爱好、这根无形纽带将自己同这么多原本陌若路人的人联结在一起了，老秦为自己此生从事的职业感到荣幸。只是，这么多名片中的这么些名字，有的当然很熟悉，都是至今仍经常联系的作家、编辑、朋友、同学、亲戚，可有一些名字，现在看来已经似熟非熟，也有一些已经变得很陌生了，甚至有的都已经想不起是什么时候、在什么场合认识的。老秦忽然有了主意，知道该怎么处理这些名片了。该处理掉的首先是这些名字已经很陌生的名片，这些肯定都只是一面之交，说不清是什么时候什么场合，出于礼貌彼此打了招呼、互赠了名片，之后便分道扬镳，再未联系，如此，这些名片留着何用？扔掉吧！老秦总算有了一丝快刀斩乱麻的快意。可他刚刚将名字陌生的名片扔到垃圾筐，忽然又感觉不妥，遂又一一捡了回来，用剪刀咔嚓咔嚓剪成碎片，再重新扔回垃圾筐里，他觉得这样也不至于将这些人的个人信息流散到外面进而招来麻烦，这也算得上对这些一面之交的人的应有尊重吧？这么想着，老秦很是为自己的做法感到欣慰。老秦觉得第二类要处理掉的名片，是那些熟悉得不能再熟悉的人的，老秦手机里都已经存着他们的手机号码和微信，随时随地可以联系，还有个别人是本系统或邻近单位的，平时也经常联系，甚至是低头不见抬头见，老秦的手机里同样有他们的电话和微信，现在还要这些人的名片做甚？通通扔掉吧！这么想着，老秦就将这类人的名片分到一边，然后拿起剪刀咔嚓咔嚓又剪成碎片，扔到垃圾筐里。剩下的名片，老秦犹豫了，到底留还是扔？他觉得需要好好考量，反复斟酌。此刻他停下来，喝了一口茶，平复一下心情，然后小心翼翼，像考古工作者一样对剩下的名片进行甄别、筛选。名作家和其他名人的名片，老秦留下了。尽管老秦手机里也有他们的电话和微信，但怎么说他们都是名人，留着做个纪念吧。那些追星族天天挖空心思、挤破头都想着巴结这些名家名人呢，自己要是这么草率地将这些名片当垃圾扔掉，那些狂热的追星族若知道了，情以何堪？人家肯定会认为老秦是个疯子！留下了名家和名人的名片，老秦继续小心翼翼，像淘金一样一点一点往前淘。他又挑出了一些名片，有几张他觉得无论如何都应该留下，其中有的是本市三甲医院的医生，分布在不同的医院和不同的科室。眼下到三甲医院挂个号看个病多难啊，患者每天在各大医院人挤人排着长队，像极了每年春运赶火车准备回家过节的民工。老秦与这几位三甲医院的医生平时虽少有联系，但他们中有的是老秦当时为了给父亲挂号看病，通过朋友间接介绍认识的，还有个别医生本身就是文学爱好者兼老秦所任职的这家文学杂志的读者，老秦记得自己在参加某场文学聚会时认识的。无论如何，老秦觉得这几位医生的名片都应该留着，万一耄耋老母或自己和家人哪天要挂号看病，不得已找这些医生帮忙，这几张名片或许能起作用吧？另有几张名片，老秦犹豫再三，决定还是留下。这几张有的是小学教师或中学教师，甚至有的还是中小学的教务主任、校长或副校长。老秦与这些人并没有什么联系，只知道他们都是业余作者或文学爱好者。之前老秦对他们并无所求，反倒是他们对老秦毕恭毕敬，因为都曾经向老秦投过稿，有几位还曾经在老秦帮助下在他任职的这家文学杂志发表过作品。眼下，老秦即将退休，对这些人再也无法帮忙了，估计这些人也不会再找他了。老秦原本想将这些名片通通扔掉，可转念一想，自己将来的孙子或孙女要是长大了上学需要帮忙呢？尽管自己已满三十岁的儿子至今连女朋友都还是个问号，反正儿子是从不透露，即使自己有孙子或孙女日子也还早着呢，可老秦还是觉得这事得未雨绸缪，留着这些名片没准儿有朝一日就能用得上，何况这些人所在的无论是小学还是中学，还都是炙手可热的重点学校。

老秦继续整理名片。他发现剩下了一些奇特的名片，忽然记起当初对方将名片送到他手里的时候，他一看就差点笑喷，出于礼貌他将笑忍了回去，只让那笑像蛔虫一样在他体内很滑稽地扭了一扭、颤了一颤。其中有一张名片，主人姓徐，只是一个业余画家，特爱画马，其画作老秦之前看过，画得非驴非马，实在不敢恭维，可此人却大言不惭，名片上赫然印着"著名画家，徐悲鸿第二"。另有一张名片，主人姓张，自由职业，爱好旅游和诗歌，名片上自我标榜"当代徐霞客，转世李白"。一位某省正处级事业单位的主任，唯恐外人将他低看了，名片上在"主任"后面加了括号，括号内特意标注"正处，与县委书记同级"。老秦自己家乡的一个亲戚，只不过在县城开了个完全由家人组成的五金配件小商店，名片上却赫然印着"华东寰宇国际五金贸易公司董事长兼总经理"。还有一位某研究单位的学者，名片上的头衔密密麻麻列了十几个：长江学者、"四个一批"人才、国务院特殊津贴专家、某某奖项获得者……唯恐漏掉一项似的。还有几位作家或业余作者的名片，本人作品没发表几篇，其名字迄今恐怕都没几个读者能记住，却非要在名片上标榜"一级作家"或"著名作家"，行内的人看了恐怕都要笑掉大牙。老秦当然也理解，这也是一种生存之道，这些人是在拿文学的光环哄外行人呢，要不然这社会怎么会有这么多喜欢舞文弄墨、附庸风雅之人？凡此种种的奇特名片，当初曾经博得老秦一乐，多少年之后的今天，老秦再看还是有些忍俊不禁。不过，老秦还是决定将这些名片通通都处理了，他觉得自己以后断不可能再与这些人打交道，于是他又拿起剪刀，咔嚓咔嚓将它们剪碎，随手扔进它们该去的地方。

经过这么长时间的一番整理，老秦眼前的名片已经越来越少了。他停了下来，喝了一口茶，思忖片刻，又低下头来继续他的工作。此刻他又发现几张特殊名片，其中一张是省委曾经的宣传部部长，姓邱。邱部长当初上任不久曾经到老秦所在的这家文学杂志社调研考察，做了重要讲话，当着杂志社全体员工和主管单位负责人的面，信誓旦旦地声称要重视文学杂志的建设，要加大对文学杂志的投入，推动文学的繁荣和发展。末了还给主编和老秦各留下一张名片，说以后杂志社有什么需求可以直接找他，其亲民风格当时让老秦顿生好感。可这之后，却是雷声大雨点小，甚至好长时间没有什么实质性下文，再之后此事也就不了了之。老秦和主编也没有再主动找邱部长，因为他们也有自知之明，多少也知道一点官场文化。想不到的是，没过多久这位"亲民"的邱部长就被中纪委"双规"，让老秦大跌眼镜。邱部长的这张名片，按说早就该进垃圾堆了，要不是退休整理办公室，老秦都已忘记这名片竟然还被自己一直收藏着，真是太丢人了！此时的老秦禁不住责怪起自己，他迅速拿起剪刀，将邱部长的名片狠狠剪碎，又像送瘟神一样迅速扔进垃圾筐里，末了还朝筐里狠狠地吐了口口水，脸上满是厌恶。打发完邱部长，老秦又发现了几张官至副部级、副省级官员的名片，都是老秦出席什么会议或文学活动时，与他们互赠的名片，此后彼此就像断线的风筝，根本就互不搭理，更未再见过。对于官员，老秦从来就敬而远之，觉得他们与自己不是一路人，老秦觉得自己也不可能主动去找他们，何况又即将退休，留着官员的名片毫无意义，于是他毫不犹豫地将这些名片处理了。

老秦处理完名片，接下来准备处理照片。论数量，老秦收藏的纸质照片一点也不亚于刚处理完的名片。这些照片大都是老秦数十年来外出参加各种会议、笔会、采风、研讨会时的工作照片和留影，也有的是作家和作者在本刊发表作品时寄到编辑部扫描配合作品刊用的，之后便留下了。平时因为忙着编务，老秦不加选择地通通将照片都顺手放到书柜的抽屉里，日积月累，迄今已经满满当当地装了两大抽屉。现在，老秦走到书架前，打开抽屉，发现两个大抽屉里的照片不仅量大，而且很乱，有的装在相册里，有的装在信封里，但更多的照片是七零八落、横七竖八地直接丢进抽屉里。老秦先搬出来一摞照片，放到茶几上，然后坐在沙发上开始一张接一张地整理。他忽然意识到，这些纸质照片距离他似乎已经很遥远，甚至都有些陌生了。眼下谁还会去冲洗纸质照片呀，傻子才会吧，恐怕大街上也难觅纸质照片的冲洗店了。自打出现了数码相机，尤其是自从人人都拥有了智能手机，曾经风靡一时的纸质照片就难觅踪影了。老秦后来外出拍摄的照片以及工作需要收集的作家照片，通通都存到手机和电脑里了。数码相机和智能手机要是能早些普及多好啊，那样就不用存这么多纸质照片，眼下也用不着专门花时间整理了，老秦想。眼下这么多纸质照片，都留着显然是不现实的，必须像刚才整理名片一样认认真真筛选一遍。老秦首先将自己的照片挑选出来，凡有自己在场的照片，无论是个人照片还是集体合影，都是自己职业生涯和人生旅程的宝贵见证，当然是必须保留的。与别人的随机合影，凡与同事、同行、熟悉的朋友和作家，当然也包括著名作家的，都必须留下。除此之外，那些现在都叫不出名，也已经记不得对方到底是谁的合影，无论合影中只有一个人还是好几个人，老秦都觉得留下是没有意义的。更多需要处理掉的，是已经在杂志上刊用过的作家和作者照片，无论是名作家还是普通作者，太多了，老秦觉得家里实在没地方放置，只好委屈它们了。经过两个多小时的筛选，照片中的留与弃，老秦已经分出阵营了。那些不留的照片当然也不能一弃了之，老秦拿起剪刀，咔嚓咔嚓剪成碎片，通通将它们打发了。然后，老秦将那些准备留下的照片，连同之前也准备留下的名片，小心翼翼地装到一个中等大小的纸箱里，准备搬回家去，毕竟墙壁上挂钟的指针已经指向十二点整了，他必须回家吃午饭。虽然单位有食堂，但老秦的家近在咫尺，自打妻子五十五岁退休，老秦中午就很少在单位食堂吃饭，因为有妻子在家里做饭。家里的午饭虽然做得简单，一般也只是包子，或者饺子，或者面条，外加小米粥，但几十年来老秦已经吃惯了妻子做的饭，家里的饭无论做得多么简单，老秦都觉得比单位食堂的香。再说在自家吃饭，干什么都方便，喝茶，上厕所，刷手机，看会儿电视，在沙发平躺，自由自在，无拘无束。不是有一句话，金窝银窝都不如自家的狗窝吗？更主要的是，老秦也希望在家多陪陪八十多岁的母亲，他是个孝子。

要放在平时，老秦饭后有午睡的习惯，一般是在家里睡上一小时或至少半小时，下午两点的时候，老秦会准时到单位上班。可这几天因为惦记着整理办公室，即便饭后在家里的床上躺下，也不知怎么翻来覆去就是睡不着。这天中午也是如此，他记挂着整理办公室的事，觉得自己退休进入倒计时，时间正在一天天减少，办公室的东西又实在太多，万一退休时间已到而自己的办公室却还没能腾退出来，同事和外人会怎么看呢？没准儿以为他不愿意退下来，故意要在办公室赖着？算了吧，还是得抓紧，凡事能提前绝不能拖后，老秦可不愿意被人家指指点点，背个骂名。无论做人还是做事，这辈子老秦可从来都是清高和认真的。

还不到下午一点钟，老秦就又离家来到办公室。午饭的时候妻子再三叮嘱他："你办公室那么多东西，能扔的都尽可能扔了吧，那些个书籍报刊废纸资料什么的，能卖就都卖了，咱们院后面的胡同每天不是有人等着收购废旧书籍报刊吗，你要是忙不过来就说一声，我去帮你招呼。家里已经这么拥挤，你可别什么东西都往回搬。"

老秦下午准备整理的，偏偏是数量最多，挤占的空间也最多的书籍。老秦这辈子，钱没挣多少，报刊书籍却很多，多得都快无处搁置了。家里能占用的空间基本都已经占用，原本就不大的两个书柜、书桌，甚至书桌和沙发底下，都已经没了位置。办公室的书柜虽然多些，但也早已经填满。办公桌下面，沙发和茶几底下，墙角墙根，犄角旮旯，所有能占用的空间都已经堆满了书，那些书还都是一沓一沓摞起来的，摞到不能再高为止。其实这么多的书，其中很少是老秦自己花钱购买的，他甚至已经记不得自己啥时候还买过书了。并非他不爱读书或不想买书，而是他真的忙不过来。他在杂志社负责稿件二审工作，平时那些由编辑推荐送到他案头上等待二审的稿件，还有数不清的其他作家和作者直接寄给他希望尽快收到审读意见的稿件，像年久失修的水龙头淌下的流水，源源不断地流到他的案头上，等待他的审阅，甚至周末和节假日的时间也都被占用了，而且老秦自己还时不时要写东西、搞创作，哪里还有精力和时间去看其他的书呢？老秦拥有的这么多书，都是作家们或众多的业余作者送给他的，甚至有的作者老秦根本就不认识或已经记不得，可人家就是那么热情、虔诚，甚至是毕恭毕敬地将书赠送到他的手里。长年累月，日积月累，老秦的书自然而然就很多很多了。之前，出于对作家和作者的尊重，无论是知名作家、业余作者还是无名小辈的书，老秦不加选择一一笑纳，收回到家里或办公室，可眼下这些书却成了压在他心头的一块巨石，他得考虑到底该如何处置它们。

同上午一样，老秦先是习惯性地泡了一杯茶，然后开始下午的工作。此刻，老秦坐到沙发上，弯下腰从茶几底下搬出一摞书，放到茶几上面，准备将所有的书筛选一遍。老秦早就想好了，他准备将所有的书分个三六九等，首先是将自己发表过作品的样报、样刊和收录有自己文章的样书或个人专著，通通都留下来。再有就是名著名作，尤其是同自己认识并且经常联系的著名作家赠送给他的著作，这些专门赠送给老秦的著作扉页上都写着"秦史老师"也即老秦的名字，请老秦"指正"或"雅正"或"存正"或"惠存"或"闲阅"等等，然后都龙飞凤舞地签了作家各自的大名。他们可都是曾经名声显赫或时下正当红的作家啊，许多名字在读者当中都如雷贯耳！不说别的，这些著名作家光是自己的签名，在他们各自的读者中就炙手可热，那些狂热的粉丝都求之不得呢，在老秦这里却似乎不足为奇。这些书，老秦总不能不珍惜、不保留下来吧？再说了，保留下来也是对他们起码的尊重啊。其他的赠书，尽管扉页上也都写着请老秦"指教"或"指正"或"惠正"或"雅正"等谦恭之词，相比于那些著名或正当红的作家，老秦也知道这些人的谦恭是实实在在的，肯定没有半点的虚假或客套，可老秦实在是没有地方收留它们，他需要费些心思好好掂量掂量。于是，老秦一本接一本地翻阅着，除了留意每本书作者的名字，还要打开封皮检查检查扉页上给老秦写着什么、怎么写的，凡与自己关系密切的作者，或者扉页写的文字言辞恳切，确有特点和纪念意义的，比如"感恩秦老师，您是我一生的贵人"或"敬爱的秦老师，您是我文学路上的引路人，感激感恩，永生不忘"之类，老秦觉得这类赠书具有纪念意义，虽然他们的名字目前还不为多数读者熟知，但过几年或许走红或成名成家，也未可知，所以这类书也理当留下。其他更多业余作者或非知名作家的赠书，老秦决定一册不留，通通处理掉。可无论这些书怎么处理，找渠道捐献给贫困山村抑或当废品卖掉，老秦都觉得必须先将每本书扉页上的题字和作者签名撕掉，否则流落到社会，万一让那些作者们知道了，那该多么尴尬呀，弄不好老秦会挨骂的。这么一想，老秦就将那些不准备留下的赠书的扉页题字和签名一一撕去，又撕成碎片丢进垃圾筐里。

就这样，整整一个下午，老秦既像母鸡刨食，又像淘金者淘金一样，一沓沓、一本本地挑书、选书。那些书籍，在老秦的安排和指挥下，像等待检阅的士兵一样，先后出场接受老秦的检阅、筛选，然后又按照老秦的安排重新排列站队，各归其处。只不过经过这一番检阅之后，它们当中有的完好无损，有的则已被残忍地撕掉扉页，等待着被捐赠或贱卖。这一个下午，老秦除了喝茶和上厕所，几乎没有挪窝，专心致志地与形形色色的书握手、照会、拉扯，留下或告别，转眼间办公室里的书籍便已经被老秦整理了一大半。

时值隆冬，夜幕已经早早降临。窗外的寒风在呼呼刮着，时不时撞击着窗户，将窗门撞出咯吱咯吱的声响，这声响有时甚至一阵紧似一阵，老秦感觉仿佛是有人在催促他，这让他无形中又有了一种紧迫感。老秦心里很清楚，自己的生日刚好是十二月三十一日，而现在距离这个日子已剩下不到三天时间。过了这一天，进入元旦，自己就已经是退休人员，这间办公室就不归他继续使用了。老秦下意识地抬头看了看墙壁上的挂钟，此刻时间已经指向傍晚六点二十分，原本已打算收工回家的他却忽然改变了主意，他打算抓紧时间再干一会儿，多干一点是一点，凡事可提前不可拖后，这是他数十年来一贯的作风。这么想着，他又从墙根搬来了几沓书，坐下来继续筛选、整理。可不到十分钟，手机响了，老秦一看，是妻子的电话。妻子问："喂，你怎么还不回家？"老秦答："我还想再多干一会儿呢，办公室需要整理的东西实在太多了。"妻子催他："我饭菜都做好了，妈也已经上桌等着你，你赶快回来吧！想干你晚饭后再去干不一样吗？"老秦赶紧回答："那好吧，我这就回。"他这才想起来，家里的晚饭时间是六点半，这个时间是为照顾老秦的父母，自己与妻子商量确定的，迄今已经坚持了十几年。没有特殊情况，十几年来老秦家这个晚饭时间雷打不动。母亲毕竟年纪大了，虽然饭量已经大不如前，但定时吃饭是老人健康的基本保证。一想到母亲，老秦毫不犹豫，他没有理由不立即回去。此刻他站起身，顺便拎起两捆已经挑选过、准备保留的书，这两捆都是自己先前出版的样书，准备顺便带回家。已经好多天了，每次回家，老秦都像蚂蚁搬家，顺手从办公室搬点什么回去。

　　两捆书真沉，每捆至少有二三十册。虽然办公室离家不过五六百米，可老秦一路拎一路歇，气喘吁吁地总算将两捆书拎回家里。进了家门，刚好撞见妻子正忙着往饭桌上端热菜。她刚将盘子放到桌上，就一边用围裙擦拭着双手，一边一串碎步来到老秦跟前，弯下腰睁大眼睛检查老秦刚刚拎回的两捆书，那专注认真的样子像极了海关工作人员检查进口入关的货物。老秦的妻子忽然嚷嚷起来："呀，这些书你昨天不是刚刚拎回来两捆吗，同样的书怎么又拎回来了？"老秦道："看你说的，自己写的书，我总不能就将它们都扔掉吧？"妻子说："你自己的样书，家里不是已经不少了吗？留这么多干吗，依我说该卖卖，该送人送人，实在不行当废纸卖也还能换几块钱，这么多样书搬回家里有啥用啊，再说家里哪有那么多地方存放？"老秦一听一脸不悦，随口顶妻子："这个你别管，我自己想办法！"妻子也没好气："得了吧，家里就这么大，你能有啥办法？除非你有钱给咱们家多买一套房子！"瞧瞧，妻子又戳他痛处了。自打多年前错过了买房机会，一说到房子，老秦在妻子和儿子面前总感到理亏，总感到英雄气短，而妻子和儿子则时不时有意无意拿房子的话题扎他。像以往一样，妻子刚才这番话像塞进老秦嘴里的一团棉花，让他沉默了。只不过老秦也不太在意，他只顾将两捆沉甸甸的样书继续往屋里搬，放到沙发旁边的一个角落里。

　　放下书，老秦才意识到早已经坐在餐桌旁边等他的母亲正注视着他。老秦强装笑脸叫了一声"妈"，走进厨房洗手，知趣地帮妻子端菜端饭，然后与妻子双双坐到了餐桌前。他们的儿子在一家外企公司工作，经常加班，晚饭时常赶不上，妻子每晚只好事先盛出来一些给儿子留着，等儿子下班回家之后加热再吃。

　　因为夫妻俩刚才闹了点不愉快，本来就只有三个人的晚饭吃得有些沉闷，没有了往日的说笑与轻松，几个人只是闷头吃饭。为了调节气氛，老秦对母亲说："妈，过几天我就要退休了，这几天在忙着整理办公室。因为办公室东西太多，怕整理不过来，吃完晚饭我还得继续到办公室加班，没有时间陪您了。您在家里看看电视，累了就洗漱了先去睡，别等我。有事你随时同佩红说，她会照顾好您的。" 佩红是老秦妻子的名字。说这话时，老秦故意朝妻子挤了挤眼，想缓和一下眼前的气氛。妻子见状，却故意不予理会，自顾自继续老秦刚回家时的话题："老秦，我再跟你说一遍，你办公室的东西爱留什么不爱留什么，按说我是不该管。可咱们家紧紧巴巴的就这么一套房子，当初跟你商量买房你一直反对，先后两次错过了机会，现在想买房又买不起。买不起咱们凑合着住也不是不行，可你办公室那么多东西要是啥都舍不得扔，啥都要搬回家，把屋里堆放得乱七八糟，像个杂货铺或乱石滩，这个家还怎么住？这个家还是家吗？不说别的，你儿子还得找女朋友对吧，他如果好不容易谈了个女朋友，有朝一日将女朋友带回家来，还不得把人家给吓跑了？"她停顿一下，故意将脸转向婆婆，"妈您说是不是，就这个问题，您是不是给评评理？"妻子说这番话不仅理直气壮，还将母亲也搬出来了，将了老秦一军。老秦望了一眼妻子，愣了，一时无话可说。这时候老秦的母亲说话了，老人清了清有些沙哑的嗓子，瞅了瞅儿媳，又瞧了瞧儿子，说："儿呀，依我说，佩红说的不是没有道理，家里确实太拥挤了。你办公室的东西，能扔的……还是扔了吧，搬回家一是确实没地方放，二是，什么东西……一存放可能就是一二十年，除了占地儿，还真不一定有用。以前呀，我和你爸也是啥都舍不得扔，我们在老家房间里留的一些东西，那么多年……其实连动都未动过，更谈不上用了。人生嘛，到了六十岁，到了退休年龄，就应该做减法，不要像过去那样，什么都想要，什么都想留，到头来呀，恐怕……恐怕只能给自己增加负担。"

既然母亲发话了，一向孝顺的老秦不好再当闷葫芦，他边听边点头，边听边回答说："妈，我知道了。"年轻时，母亲是小学语文教师，她虽然学历不高，但勤奋好学，读了不少书，见识也不少。老秦的父亲和母亲退休后原本在老家生活，十几年前孝顺的老秦将二老双双接到省城来一起住了。老秦正回味着母亲刚才说的话，只听妻子又说话了："妈说的一点没错！就说你的那些样书吧，有的出版时间已经很长了，尤其是那几本评论集，我觉得每种留几册就可以了，留那么多，时间一长，更是成旧书了，还有谁会看呀！送朋友人家恐怕都嫌旧，还不如趁早多送人或捐出去呢。退一步说，即使当旧书卖了也说明还会有人看，总比自己长时间留着却碰都不碰强。"妻子这番话，其实说得入情入理，可老秦还是有些抵触，内心甚至有些烦，但当着母亲的面他不便发作，便有些不耐烦地蹦出一句："行啦行啦别再说啦，你容我想想！"

这时候妻子已经吃完饭，端着空碗起身到厨房收拾去了。母亲见状，适时地朝老秦努了努嘴，指了指客厅正面墙壁上挂的那幅书法作品——"大道至简"，这是老秦认识的一位书法家朋友特意题赠给他的。数年前，老秦应邀参加一个聚会，地点是省城的某处私人会所，在场的有作家、画家、书法家和其他艺术家。聚会结束，省里的那位著名书法家应邀为在场的每位朋友即兴题赠书法一幅，内容自选。轮到老秦，书法家问老秦题什么，老秦毫不犹豫地说："大道至简。"老秦很欣赏老子《道德经》中的这句话，他想将这句话作为自己的人生信条和生活准则，只做自己喜欢做并且应该做的事，尽可能深居简出，拒绝其他的世俗诱惑。现在母亲让他看这四个字，提醒了他，让他无意间重温了自己曾经的人生信条和生活准则。他忽然记起前些天有位正热心于公益养老的著名画家在微信朋友圈发的感慨："名利场光环再大也抵不过生命步伐。职场曾有过的光环在晚年羸弱生命面前一切清零，毫无用处。"配图是一位正苟延残喘躺在病床上输氧打吊针的老人。老秦也不由得联想起早些年八〇后作家韩寒的那句名言："什么坛到最后也都是祭坛，什么圈到最后也都是花圈。"想到这里，老秦内心不由得打了个冷战，他有些扫兴，甚至有那么一丝悲哀。他感慨时间真是太无情了，原本旺盛的生命、蓬勃的青春和万丈的雄心，转眼间似乎就将消逝。然而，老秦却心有不甘，自己刚刚六十岁，如果能保持健康平安，岁月静好，一切正常，生命还能有二三十年光景，刚退休就宣告事业结束，未免太过悲观了。不过冷静下来，老秦觉得母亲的提醒是对的，妻子说的其实也没错，人到了退休年龄，确实是应该做减法了，毕竟时间和精力有限，要有所为有所不为了。想明白了，老秦反而坦然起来，刚才内心的那一点点烦躁似乎也烟消云散。他将碗里剩余的饭菜一股脑扒进嘴里，抹了抹嘴唇，边鼓着腮帮咀嚼边说："妈，知道了，我明白您的意思。"他有意又朝厨房的妻子大声说，"佩红，我去办公室了啊。你刚才说的话我记住了，你放心，从现在起我尽量做减法，办公室里的东西尽可能处理掉！"老秦这番话让妻子很是意外，听得她一串碎步追至厨房门口，眨巴着眼睛，像极了刚冒出水的青蛙。此时的老秦却毫不理会，他已经穿上外套打开房门转身离去。

这天夜里，老秦一个人在办公室继续他的工作。他不再纠结，不再踌躇，不再优柔寡断。同样是整理书籍、报刊，包括老秦原本保存着的大量样书、样报、样刊，他都只是分别留下一两份，其他的通通归入将要处理的行列，颇有些大刀阔斧、壮士断腕和快刀斩乱麻的劲头，于是他整理东西的效率比白天提高了好几倍。与此同时，老秦边整理边反思，似乎也已有所顿悟。他觉得人生在世，无论追求什么、获得什么，无论曾经拥有多少荣誉、掌声、鲜花与光环，所有的一切终将成为过去。进而他又觉得，说到底，人生其实只是一个过程，只要你在这个过程中奋斗过，快乐过，充实过，其实没有必要太计较结果，也大可不必考虑将来，因为一俟生命结束，将来对自己来说已经不存在也没有意义了。有了这样的认识，老秦如释重负，他忽然感到自己浑身都轻松起来。

之后的几天，老秦像充足了电的机器，办公室的整理工作快速、迅猛、高效，颇有些秋风扫落叶之势。在退休日到来的前一天，老秦将自己办公室里所有的东西都处理得干干净净，几乎是一夜之间换了新颜。

第二天就该是元旦假期了。十二月三十一日上午，老秦将办公室的钥匙郑重其事地交给了那位比他还小两岁的社长兼主编。社长兼主编也早有准备，当天下午特意安排全体员工为老秦召开了退休茶话会，与老秦话别，上级主管领导和人事部门的负责人也出席了。会上，无论是上级主管领导还是社内曾经与他朝夕相处、共同战斗的同事，都对老秦的为人和他数十年来的工作给予了充分的肯定和高度的评价，大都说得情真意切，个别员工甚至还抑制不住不舍之情，流下了惜别的眼泪，让老秦甚为感动。

晚上回到家，老秦发现妻子特意为他多做了几道菜，鱼、肉、虾都有，加上老秦爱吃的排骨炖莲藕和其他的几个菜，色香味俱全。难得的是，儿子不仅为老秦买回了生日蛋糕，同时还准备了一瓶红酒。晚饭时大家落座，一家四口齐刷刷碰杯的那一刻，老秦内心涌起一丝久违的感动，他忽然间意识到人生是如此宝贵，生活是如此美好。同时，老秦也清醒地意识到，从明天开始，自己将开启一段新的人生旅程。甚而他还在心里暗自盘算，估摸着退休后还得找一家报刊社或出版机构发挥余热，多挣一份工资，尽快为家里实现买房的梦想多攒积一点本钱。

原载《芙蓉》2022 年第 4 期

毕　亮

茧房

你知道鼹鼠吗？

不等唐甜回答，我告诉她，我想变成一只鼹鼠，白天蜗居洞穴，昏天暗地睡觉，待天黑透，便爬出土巢寻找食物。我像熟悉自己的脏器一样，熟悉黑夜大地上每一条道路，哪里是草地，哪里是湖泊，哪里是丘陵与丛林。趴地夜行，我能闻到夜晚深处潮湿的气息，充满诱惑的味道。某个瞬间，我希望遇见一只母鼹鼠，寒冷的时候、孤独的时候，可以相互拥抱，用彼此干燥的身体取暖。唐甜，你愿意当那只母鼹鼠吗？

唐甜说，嘉安，我不想当鼹鼠。

我说，你爱不爱我？

唐甜说，爱。

我说，愿意当那只黑夜里与我相遇的母鼹鼠吗你？

唐甜说，好吧，我愿意。

……

唐甜在深圳南山区一家房地产公司供职，行政文员岗，具体是哪一家公司，她没提，我也没细问。白天上班，我们会在微信上聊一聊，吐槽公司，吐槽客户，吐槽谄媚的同事，也会谈起中午点的外卖快餐，隆江猪脚饭、海南椰子鸡饭、蔬菜沙拉、香辣鸡腿堡。唐甜不爱吃荤，爱吃素，大概她母亲是一匹广西矮马或者长颈鹿，生下她这只食草动物，专吃各类蔬菜，紫甘蓝、上海青、卷心菜。

我想起唐甜的瘦，无法用言语形容的瘦，瘦的面颊，瘦的锁骨，瘦的乳房，手臂上突兀的青绿色静脉血管，这一切似乎跟她的饮食习惯有关。但她说，嘉安，跟食物没关系，可不能让它们背黑锅。指着喝茶的器皿，手指头敲击原木纹理桌面，她说，我的胃袋是袖珍版容器，顶多，顶多也就二百毫升，汤汤水水一灌，盛不了多少东西。

我们不喜欢加班，估计除了我和唐甜，地球上也没其他人爱好加班。

黄昏时分，我从公司回到租住的公寓，饿了的话，便打开"美团"或者"饿了么"，点一份外卖，辛辣的、清淡的、不辣不淡的，各种口味。有时刚吃完，有时正吃着，唐甜发来微信，嘉安，干吗呢？盯看茶几摆放的绿萝，我说，看风景。她说，吃了吗你？餐盒内躺着油腻的烧鹅和吃剩的鹅骨，也可能是刚啃完的猪脚骨和咸鸭蛋蛋壳，我说，刚洗了一颗红富士苹果，还有巨峰葡萄、草莓，等看完风景再吃。

滑道门外，天色已经暗下来。

我告诉唐甜看到的风景，眼皮底下是两岸绿草茵茵的深圳河，成排的大叶榕、杧果树，目光再往前一点，是万象城奢侈品店 Dior、LV、Prada 醒目的橱窗。抬头，视线戳向更远的地方，是国贸大厦、地王大厦、京基100、深圳平安金融中心……我说，唐甜，这些高楼大厦，像不像盖在地球上的一枚枚印章？

唐甜说，嘉安，你一点不像建筑设计师，倒更像诗人，来自俄国的普希金那样的诗人。

嘴里吐出的，都是暗藏心中的风景，我没告诉唐甜实话：公寓楼下是一条窄街，隔三五米就是食坊堆砌来不及清理的厨余垃圾。街面涌动的人群似蚁巢的蚂蚁，两三只流浪狗、流浪猫穿梭其间，杂乱而无序。公寓墙面刷了层象牙白油漆，轻易看不出时间遗留的痕迹。室内陈设简单，一张床、一台冰箱、一张二手布艺沙发，还有从宜家采购来的简易书桌、书架，摆放这些物件后，室内行走空间所剩无几。

我说，你在干吗？

唐甜发来一张猫图，是她饲养的宠物布偶猫。她说，陪宝宝玩，它太调皮了。又说，过十分钟我就洗澡，洗完衣服，刷一会儿微信，再刷一会儿抖音，我就睡觉了。你呢？

我说，我什么都不想干，就想躺着，像冬眠的北极熊那样窝在漫无边际的雪海，紧闭双眼，沉睡至梦的深渊里和永恒中，最好永远不要醒来。

唐甜说，鼹鼠兄弟，做梦吧你。你这人真没劲，一点不主动，我们什么时候再见个面吧？

瞥了眼没有星辰的夜空，凝视手机屏幕，我在微信里发了个"OK"的手势。唐甜大概忙去了，没再回话。我想起上一次见面在酒店开钟点房，忘了是五天前还是六天前，欢愉过后无限膨胀的虚无，以及深不见底的疲惫和厌倦。

我养了两只巴西龟。

但我没告诉唐甜我养巴西龟的事。我没有告诉唐甜的事，还有很多，比如我想去巴黎，想去逛一逛卢浮宫。

夜里洗澡前，我会练二十分钟哑铃，做五十个俯卧撑。两只巴西龟慵懒地趴在瓷砖地面上，偶尔，也挪动几步。我听着自己的喘息声，边运动边看蜗居墙角的它们，抹干净额头的汗珠，考虑若是做一只巴西龟，不言不语、与世无争，如此安静地度过一生，也蛮好。

枕旁摆了本贝聿铭作品集，遴选贝聿铭各个时期以主要负责人或建筑设计师身份承担的五十个建筑项目。每天睡前，我会阅读半小时，逐字逐句，连标点符号也不放过。这本书我前前后后读了不下二十遍，哪一个项目在哪一页，我烂熟于心。

读完书，熄了灯，我睁大眼睛，注视黑漆漆的房顶，开始想象两只巴西龟从深圳南澳海湾出发，爬行前往巴黎，翻山越岭、越洋过海得花费多长时间。待它们抵达巴黎，估计世界已是海枯石烂、地老天荒。

我时常梦到自己置身卢浮宫正门入口处的透明金字塔建筑前，那是贝聿铭的杰作。穿越透明金字塔，我似一名无所事事的游荡者，在馆内寻找"镇馆三宝"，断臂维纳斯、胜利女神像和达·芬奇的《蒙娜丽莎》。站立画作前，画框内丰腴的女人冲我微笑，蒙娜丽莎的脸变成唐甜的瘦脸，我靠过去，伸手取下画框，打算带回深圳拿给唐甜欣赏。一群白人警察手持左轮手枪围住我，人堆里的胖警察说，我数到三，你把画框放回去。法国警察会讲中文，令我感到惊讶，可他只数到一，就扣动了扳机。一枚火箭筒体量金色外壳的子弹飞来，我骇醒了，后脊湿漉漉全是冷汗。

我告诉唐甜我做的梦，在迷宫般的卢浮宫与警察玩猫鼠游戏，添油加醋讲得惊心动魄。

唐甜说，梦里还想着我，值得肯定。可是嘉安，我对蒙娜丽莎不感兴趣。

我说，还有，我们在塞纳河畔散步，在左岸喝咖啡、红酒。我们还请非裔画师替你画了一幅肖像。实话说，你本人比画作更好看、更漂亮。

唐甜说，吃糖了吗你，嘴巴这么甜。我对塞纳河也没兴趣，我们应该实际一点。

我说，是吗？我记得还有一件事忘了告诉你，哦对，当时从梦里醒来，快凌晨一点，我点了外卖木屋烧烤，吃了一堆烤串，牛肉、羊肉、鸡翅、韭菜，外加两罐青岛啤酒。烤串点多了，我只喝完一罐啤酒，肚子就撑得不行，一宿没睡。

唐甜说，嘉安，你说话总是绕来绕去，到底想干吗？上次见面，你买的苹果我快吃完了，还剩一颗，一直舍不得吃，现在苹果搁冰箱里都干瘪生绿霉了，你还不约我。

又说，不要拖泥带水，你直接告诉我，咱俩什么时候见面？

醒来时不到五点，天麻麻亮。

来深圳五年，我第一次醒这么早。闭眼，我想再小睡片刻，却睡不着。只好爬起床，从蓝色烟盒摸出一支香烟，到阳台抽烟。嘟嘴吐烟圈，吐了三次，没一次吐成圆形。比起夜晚的喧嚣，此时公寓楼下窄街空无一人，寂静无声，一只硕大的灰鼠探头探脑从街面飞蹿而过。

仰望天空，远处黑灰的云层一点一点变亮、变白。楼下，穿橘色马甲的环卫工人开始清扫街道。

窝在沙发榻上，我想起跟唐甜初识时的情景。她陪同业务部门领导参加饭局，打圈敬酒。轮到我时，担心她喝高，我说，你随意，我干杯，但她还是干脆地把酒杯喝了个底朝天。酒局后半截，我和她相继上洗手间，而后在盥洗台相遇。

我说，唐甜，艺高人胆大，酒量不错。

扬起右手，她伸出一个手指头，食指。

我说，一斤。

她说，不是一斤，是可以一直喝。

又说，包房一堆油腻的男人，就你还好，加个微信吧！

……

唐甜的微信头像是一张风景图，一条伸向远方的公路，道路两旁是戈壁荒漠。画面清冷、孤寂，能让人瞬间想起大漠孤烟直、枯藤老树昏鸦之类的诗句。

白天，坐在办公室格子间，我扳起手指头，计算上一次跟唐甜见面的时间，应该是九天或十天前。忘了谁讲过，网络时代，十天半月足够忘记一个人。摸起手机，我给唐甜发了条微信，有空吗？约起。等到下班，唐甜也没回信息。我猜测，她可能生气了，电话拨过去，那头传来夹带哭腔的声音。

我说，别哭，有话好好说。

唐甜说，宝宝腹泻，拉了两天，快急死我了。

我说，你在哪儿？

唐甜说，宠物医院。

我说，等下班过来看你。

唐甜说，嘉安，现在我乱糟糟的，别过来。这两天我没心情上班，请假照顾宝宝，等宝宝病好了，身体康复了，我再联系你。

我没想到唐甜对一只宠物猫如此上心，庆幸自己养的是乌龟，不是猫也不是狗那样的宠物，万一它们真有个头疼脑热，肯定也得管，花时间和精力去照顾。临近中午下班，我打开"美团"，犹豫到底是吃小炒肉盖浇饭，还是吃清蒸排骨饭，始终拿不定主意。最后，我搭乘电梯下楼，前往茶餐厅吃了份叉烧饭，喝了盅西红柿蛋汤。

夜里唐甜照旧发猫图给我。她说，宝宝可怜兮兮的，拉稀瘦了一圈。

我说，你怎么样？

唐甜说，估计我也瘦了。

我说，唐甜，你不能再瘦，上回抱你，身上骨头跟崖壁石头似的，硌人。

唐甜说，朱嘉安，想什么呢你。

又说，我再看一会儿《脱口秀大会》就睡了，李雪琴说宇宙的尽头是铁岭，你觉得宇宙的尽头在哪儿？

我想说巴黎，但脱口而出的是——唐甜，你就是我宇宙的尽头。

唐甜说，嘉安，不管你说的是真话还是假话，反正我信了。最近不知咋回事，电脑里、手机里各种推送，全是综艺节目《吐槽大会》《奇葩说》《乘风破浪的姐姐》，还有关于猫的信息、治疗猫腹泻的秘方。

我说，网络大数据测算出你的喜好，你喜欢什么、需要什么，就给你提供什么，投其所好，其他信息全被屏蔽了。长此以往，你会以为你生活的世界就是现在这个样子。

唐甜说，你说的是信息茧房吧。从小到大，我就活在茧房里，父母安排上特长班画画、跳舞，去培训机构补习英语、补习数学，我已经习惯了。现在我很满足，一点也不想挣扎，不想破茧而出。

等待唐甜发出邀约，却迟迟不见动静。

逛超市时，我买了一袋红富士苹果，拍照发给唐甜，附言新鲜水果已备好。唐甜环顾左右，只字不提见面的事。我猜她是真生气了，怪我不主动、不负责。

天擦黑，吃完快餐，练完哑铃，做完俯卧撑，我又给唐甜发信息，宝宝腹泻好了没？约吗？

　　唐甜说，再等一等。

　　我说，唐甜，你是不是生气了，用拖延战术委婉拒绝？

　　唐甜说，嘉安，想多了你。

　　我说，明日复明日，你这样我不得不多想。

　　唐甜说，例假来了，再等两天，好吧？

　　星期六约会当天，天气阴晴不定，落了会儿雨，又出大太阳。我打电话问唐甜开钟点房还是过夜，她回了三个字——钟点房。我说，确定吗？她说，宝宝在家，在外过夜我不放心。晚上它看不到我，肯定会闹的，家里还不给它糟蹋得稀巴烂。

　　在酒店办完事，唐甜拉开窗帘，眼望窗外铁轨愣神。瞅她背影，像是真瘦了。我问她是不是心里搁着事，她舔了舔干燥的嘴唇，盯着我看，一副欲言又止的模样。退房后，我陪她坐地铁，送她回南山租屋，她没拒绝。

　　地铁飞驰，唐甜一路沉默，要么闭目养神，要么凝视来来往往行色匆匆的乘客。我的目光投向她时，仿佛眼眸射出的是毒箭，她左躲右闪避开。我用手指在她的手掌心写她的名字，她仍不理我。我只好掏出手机，跟其他埋头看手机屏幕的乘客一样，刷微信、刷视频打发时间。

　　抵达大冲站，我跟随唐甜走出地铁站口，拐过三道弯，走到唐甜的租屋楼下。城中村内统一改造的青年公寓，周边居住环境跟我在罗湖的公寓差不多。唐甜神情落寞，脸色严肃得可怕，龇出上牙咬嘴唇。她说，嘉安，有些晚了，赶紧回吧你，路上注意安全。

　　我将装苹果的环保袋递给唐甜，目送她，直到她的背影消失。我不清楚唐甜为何如此喜欢苹果，第一次问她时，她说"苹果"二字，读起来爽脆，"苹"跟"平"谐音，平平安安，意头多好。

　　坐上返程地铁，途经世界之窗，收到唐甜发来的微信，她说，嘉安，今年过完生日，我就满二十六岁了。我说，我比你大两岁。又说，唐甜你还小，年轻真好。隔两秒，我划一次手机屏幕，等待唐甜回复，直至回公寓，洗完澡躺下，也没收到她的信息。

我大概猜到唐甜话里的意思。

按照约定，我和唐甜每个星期或者每半个月见一次面，开钟点房。办完事后，一起吃顿饭，湘菜、客家菜、日式料理、泰国菜、越南菜，更多的时候，我们会去万象城星美乐吃海鲜意大利面，配一杯加冰柠檬茶或者一份炸薯条。她似猫只吃丁点食物，我总怀疑每次吃饭她都没吃饱，回去后又会给自己加餐，点一份外卖，或泡一桶酸菜牛肉方便面。

一晃过去半年，我跟唐甜相处，总是小心翼翼，生怕触碰雷区。偶尔，我会查一查深圳楼市，房价仍在天上高得离谱，我连自己都只能勉强养活，根本没有勇气跟唐甜谈婚姻、谈未来。

每次坐地铁送唐甜回住处，她依旧老样子，在车厢内一言不发。我跟往常一样，只送她到楼下，她也从未邀请我上楼。她说，家里养了猫，乱得很。我清楚她的顾虑，大概这也是我的难言之隐，胶囊似的居所，不方便招待客人。

深圳的冬天到了，夜风刮到脸上，似小刀割肉。

下班后，我匆忙赶回公寓，清空书桌桌面，摆好白纸、铅笔、三角尺和圆规，设计建筑图纸。多日苦思，我在心中雕刻出建筑的雏形，每天画一小时，若不觉得累，也会多花时间，画两小时。将近一个礼拜，心中的建筑图飞跃纸上。

一笔一画，我郑重在纸面右上角写好建筑的名字——桃源。

跟唐甜见面，我没告诉她画的图纸。我们躺在柔软的席梦思床垫上，我吻她的嘴唇、她的身体，凉滑、冰冷。唐甜比之前任何一次都疯狂，仿佛饿牢放出的囚徒，要了一次又一次，在微暗的房间里，发出类似幼兽的嗥叫。指尖在床垫上画了两个圈，穿好套头卫衣，唐甜说，嘉安，再过半个月就是我二十六岁生日，爸妈担心我在深圳太累，劝我回武汉工作，还给我安排了相亲。

我说，决定了你？

唐甜说，嗯。

我说，他好吗？

唐甜说，好不好没那么重要，他医学博士毕业，父母是公务员。

又说，你觉得怎么样？

似有钝器切割头皮，无声的痛。我仿佛目睹身旁有个男人顿足捶胸，双手猛扯头发，撕心裂肺哭泣，眼泪和鼻涕黏糊成一团。我说，他长什么样子，我大概可以猜到，体形微胖，小腹凸起，头顶发量不多，或许已经秃顶。他人肯定不错，踏实、务实，适合过日子。又说，挺好的，我们这样活在深圳，看不到前途，看不到明天。

唐甜给我看了她相亲对象的照片。扬起右手，轻拍额骨，她说，嘉安，继续当你的佛系青年吧，今天出了酒店，你别送我，我们各自回家。

……

从网上购买原色木质积木，我打算在唐甜生日前，搭出图纸上的建筑，当生日礼物送给她。暮色蔓延开来，抽完一支香烟，我从阳台回到客厅，启开一罐青岛啤酒，按照图纸，搭船型楼体，以及环绕楼体被绿色植被覆盖的生态公园。

一罐啤酒喝完，我又开了一罐。

我第一次想把自己灌醉。

第一天，我搭好楼体地基。第二天、第三天，船型楼体拔地而起，一天天长高。七天后，我将建筑图纸变成建筑模型。想到唐甜即将离开深圳，心中万物似已凋零，我眼窝潮湿，眼前搁在书桌上的模型，在我的视线里打了马赛克，模糊不清。

唐甜生日当天，我和她没去酒店，也没赴餐厅庆生。我说，唐甜，今天我亲自下厨，给你做一碗长寿面。她保持惯常的沉默。我琢磨，她没表示反对，就是答应了。她像我的一条尾巴，跟随我走出地铁口，步行至窄街公寓，踏楼梯抵达六楼。

公寓不到三十平方米的空间，多出一人，显得格外拥挤。

目视蜗居墙角的巴西龟，唐甜说，嘉安，你也养了宠物。我说，一个人住，家里太安静，有它们在，不至于那么孤独。唐甜的目光在室内梭巡一圈，打开滑道门，步入阳台，抬头望天，又低头看楼下窄街，根本没有我过去描述的诗意风景。她将视线转向我，我不敢看她，避开望向别处，瞅茶几上的绿萝盆栽。脸颊发热发烫，我意识到自己脸红了。

唐甜没戳破那层窗户纸。踅回厅里，凝视书桌上摆放的建筑模型，足足看了十秒，她说，这是挪亚方舟吗？

我说，是桃源，梦幻之地。

唐甜说，嘉安，这就是你想盖在地球上的印章？

我说，算是吧，也是送给你的生日礼物。

走进厨房，烧了一锅水，我给唐甜做长寿面，面条煮好，又煎了两枚鸡蛋，分别卧在两个碗里。室内只有嚼面条、喝面汤的声音，我和唐甜埋头吃面，彼此无言。看着唐甜吃完一碗面条，连面汤也喝干净了，我说，唐甜，真要走吗你？

唐甜说，你觉得是走好，还是留下来好？

双手捂脸，手掌搓脸颊，我没搭腔。想到未来看不到明天的生活，我突然害怕唐甜改变主意，不回武汉。

唐甜说，鼹鼠兄弟，你继续冬眠，继续躺平，永远不要醒来。

阳台外面刮着硬邦邦的风。

唐甜要走了。临出门，我将"桃源"递给她，送她到公寓门口。她说，嘉安你回去，我不想让你看着我离开，你让我一个人安静地走一走，好吗？

转身，我上了楼，客厅似乎有唐甜稀薄的气息，又似乎没有。点燃一支香烟，猛吸，我忆起曾经问唐甜，是否愿意当那只在黑夜里与我邂逅的母鼹鼠？唐甜说愿意。

匆忙跑下楼，我冲进寒气逼人的夜色里，满脑壳想着唐甜会不会在路上散步，此时此刻，我跟她在暗黑的路途中相遇，就像一只公鼹鼠遇到一只母鼹鼠。经过离公寓楼约三十米远的垃圾桶，我发现了"桃源"，它孤零零坐在垃圾桶顶盖上。

送给唐甜的生日礼物，她没带走。

仰望幽暗的夜空，我想起小时候的夏夜，漫天星斗。而今，却再也见不到群星闪耀。那个瞬间，我如释重负，感到前所未有的轻松。唐甜走了，我一个人，不用再时刻想着对她负责，想着改变现状，铆足劲奔向更美好的未来。

趑返公寓，身体仿佛被掏空，倦意袭来，我爬上床，一觉沉睡到天亮。

我又回到从前的日子，白天上班，画图纸、跑工地；夜里下班，刷微信、追剧、玩王者荣耀，游戏玩腻了，我便无所事事地盯着两只巴西龟发呆，任由光阴流逝。周末宅在公寓，饿了就点个外卖，我可以整天甚至连着两天不出门。夜深人静时，我偶尔会想起巴黎和卢浮宫，想起一个建筑师的梦想——有朝一日在地球上盖一枚印章。

某天，我收到唐甜的微信，问我是否签收快递。堆放在门廊后的纸箱已蒙尘，寄件人不详，我以为是快递公司发错的货物，便未拆封，等待快递小哥上门取件。我说，没来得及拆箱。她说，嘉安，我快要结婚了，五一举办婚礼。你一个人，担心你孤独，有空赶紧拆快递，里头附有产品说明。

手持水果刀，划开纸箱，我骇得心惊肉跳，是一具硅胶仿真人，半身充气娃娃。翻开产品说明书，标题一行醒目的黑体字——男性成人情趣用品。按下电源按钮，传来唐甜定制的声音，是她甜腻的熟悉又陌生的声音，仿佛裹了层糖衣。

我一阵恍惚。

在手机里敲出一句话：唐甜，你的声音里弥漫着巴黎的阳光和卢浮宫的魅影，真好。考虑两秒，点击发送，微信发出后，是拒收的消息。

她已经把我拉黑了。

原载 《长江文艺》2022 年第 6 期

娜仁高娃

瀑布

一

　　她，是银白水雾似的蜃楼。或者说，在干燥的地平线上徐徐飘浮的三片羽翼是她。我的望远镜对准着她，仿佛在静候热浪慢慢融化、吞噬她的结局。她穿着长裙，米白色的，大太阳下一闪一闪的。她沿着西热河北岸走，步履极慢，时不时弯腰捡拾什么，不厌其烦地踅来踅去。我跨坐在老榆树活着的粗枝上，用一端插着铁片的削子削去死掉的树杈。这活儿很简单，没浪费我半个时辰，我有大把时间在树影的荫蔽下，远远地"跟踪"她。过了好久，她才走到我这边。

　　"巴格巴，这些是花鹊的旧巢，对吗？"她问。树下堆着喜鹊旧窝残骸，是我刚刚丢下去的。

　　"嗯。"

　　"这树已经死了一半，活着的一半也会死掉。"

　　我没有反驳。在戈壁野地，树的死亡一直在延续。与那些晒白的动物尸骨一样，用死亡的残留物来充填生命的摇篮。

"很多地方一个院子能繁衍成一座小村，这里不会那样，对吧？"

她向东看看，又向西看看说。她没有戴帽子，头发用花色头巾裹着堆到颅顶上，在我眼里，那模样赛似牛粪包。

"你直接叫我羊脸巴格巴，我习惯人们那么称呼我。"

"知道。"

她礼貌性地笑笑，眼睛却看着我胸前的望远镜。我双手轮番抓着枝干滑下树，扛起一截断枝，转身走去。我的动作极快。我担心望远镜透露我先前的"心潮翻涌"。是的，心潮翻涌，一个中年男人沉寂多年的、游丝一般的心弦。我要降伏它突然的暗自轰鸣。

"巴格巴，你像一个远离喧嚣的隐居者。"

"呃——我没有隐居。"

"感觉上是。"

斜斜的缓坡，一脚踩高，一脚踩低，人便来回摆动。两条影子，在眼皮下摇摆。有那么几次，两条影子叠到一起，那是爬坡时她踩到我的足印。

"巴格巴，你怎么一直不问我为什么又回来了？"她问道。

"你不是来捡石头的。"

我答非所问地回答。

"你有过女人吗？"

等我们两人走到屋西侧的柴垛旁后，她问道。

我没有应声，对着她的眼睛看。她避过脸，看看小山似的柴垛，又看看向东延伸至天边的秃山，眼神幽幽怨怨的，仿佛我把山上的树都扛回来了。三天前的偏午，她的眼神可不是这样的。那是我们头一回照面。当时，我正在驼桩上抓驼毛。一峰脾性暴躁的母驼，我每抓一下，它便冲我吐口唾沫。不过我耐着性子，没有用鞭子抽它，也没有用绳子箍紧它的嘴。我也没发现有人靠近。当身后传来"您好！哦，糟糕，它唾了你一脸"时我扭头去看，便看见一个瘦高的女人，在晃眼的阳光下，一脸的惊讶与满眼的温和。

"您好，我们是来问路的，请问西热河是在这附近吗？"

"嗯。"

"嗨，老乡，西热河具体位置在哪儿？"

沙哑的嗓门。女人身后，一个方脸男人从车窗探出脑袋。

"就在那儿，你们刚走过。"

"哦，原来——那就是西热河呀。"女人把语调拖长，脑袋从左到右地慢慢滑着，将视线内的干涸河床地瞅个到底。我没再理会，从母驼后腰抓下一坨毛，母驼噗的一下，丝丝拉拉的唾液在空中飘飞。抓完了，回头看，两人已不见。临近傍晚，东边山下，一个黑点悠悠地挨近，我认出是中午的车。车到水井旁停下，一会儿，女人径直走来。

"您好！晚上我俩在那边搭帐篷露宿，您若有空过来坐坐吧，聊聊天。我们有烤肉，还有酒。"

我没有拒绝。准确地讲，我想不出拒绝的理由。

"繁星、苍穹、宇宙，还有篝火、烤肉、红酒——多么浪漫的荒野夏夜，是不是，亲爱的？"

男人一边在火堆上烤肉，一边脑袋朝天仰着说。

"等天完全黑了，你可以拍星轨。"女人说。她眼睛向我瞟一眼，仿佛在说，请您不要嘲笑我们的一惊一乍。

"我们生来不是为了谴责彼此，而是为了深爱彼此。哦，愚蠢的人类，没有一颗星星会为你滑落。"

女人抿嘴一笑，对着我说："他是我爱人，呃——是个摄影师。"

"嗯。"

"我们还有黄酒和白酒，要不给您换一杯吧？"女人说。

我摇摇头，并举起杯表示感谢。我们用瓷杯喝酒，酒的味道真不错，只是有点甜。

"越来越多了，今晚它们都是我们的。"女人提高嗓门，有些突兀地说。

"只有其中一颗是你的。"男人说着，伸着胳膊递给我一串鸡翅，抹了酱的。

"老乡，味道还不错吧？"

"嗯。"

男人递给女人一串鸡翅，女人没有接，说了句谢谢，慢慢地呷着酒，向远处凝视。一会儿，她自言自语似的说："在这里，每一朵花都该有自己的名字。"

"这鬼地方哪有什么花。"男人呸地吐掉什么，转而递我一串肉说："老乡，这是牛筋，车载冰箱里放了几天的，不过不会走味的。在荒野烤肉，是我多年的梦想。呃，对了，老乡，怎么称呼您？"

"我叫羊脸巴格巴，巴格巴是我的名字，羊脸是老驼夫给我取的绰号。打小人们都这么叫我。"

"老驼夫一定很幽默。"

女人拦截男人话语似的轻咳一声，眼睛却依旧凝视着远处。

天际，一脉高凸的黑屏障，那是阿拉格山。一声声老人呼唤什么似的声音从那里传来。

"听听，什么在叫？"女人说。

"甭管是什么，你就权当幽灵在唱歌。"

"猫头鹰。"我说。

"在山那边？"女人看着我问。

"嗯，夜里听起来会很近。"

"来，老乡，走一个。"男人举着杯，不过不等我举杯便大口喝下去半杯酒。男人有一头鬈发，比山上的褐色石头暗一些，应该是染过的。当他敞开嗓门大声说话时，发卷会抖动。他还时不时将手指插进头发向后捋一捋。

月亮没出来，星辰炸开似的布满天空。我向我的屋子走去。酒没有上头，口腔里蓄着淡淡的甜味唾液。我没有与他俩道别，也没有邀请二人到家里做客。当我们三人简单摆手道别时，我仿佛成了他们的客人。四野悄寂。秃山呈暗紫色，河床变为淡红色。浅白色沙碛地被夏夜柔风抽走了颜色，浑然成蓝幽幽的一片。咻咻嚓嚓的，我踩出一路的干巴声响。小屋窗棂方方的，黑黑的，几只夜鸟扑突突地飞去。进了屋，我没有开灯。我站到窗户前，看着不远处透明的红和黄。那是他俩在各自的帐篷内挂了灯。

翌日，大太阳下一切照旧。井边，多了一撮烧透的灰堆，以及一对弧线似的车辙。车辙向着褐色阿拉格山、向着无云的碧空延伸。等到傍晚，山影依旧，夕阳依旧，温热的风依旧。我也依旧，只是手背多了半截火柴的划伤。我坐在母亲留下的马扎上歇息。我很疲乏，白天我没有停止一刻的劳作。我本想早早爬上小床，可是我的眼睛却浮云似的瞟向水井那边。没一会儿，暮霭深沉，水井台不见了，我的眼睛依旧向那里飘浮。

第三天，与前几日一样，骄阳炙烤，热浪翻滚。我确定我已经忘记女人——呃，还有她的丈夫。然而，等到夕阳下去，山影沉入大地后，我却鬼使神差地坐到马扎上凝望井口那边。其实，我没有回忆什么，我只是在凝望，单纯地凝望。脑海里一片空白。猫头鹰在叫，骆驼也在叫。野风从山坡滑下来，一阵沙沙声响。等到第四天晌午，也就是昨天，我在给驼羔灌祛暑药时，女人却突然站在我跟前。驼羔扑腾，药液洒了我一身。

"嚯咦，巴格巴，忙着呢？"

驼羔眼球上一条白柱，那是她。被我捕捉到了身影。她的眼睛藏在墨镜后面，视觉上整张脸都藏在那后面。我随手拎起铜壶，咕咚咕咚喝了几口，胸膛里一阵嚯嚯响。我的手浸过药液，毛糙糙的手长了绿苔似的。我把手蹭到衣服上，黑红的手背露出来。我粗粗地舒口气，面颊上辣辣的，我觉得那是汗粒正暗自狂欢地沁出毛孔，还有心脏，它猛烈地撞击胸腔，仿佛也长出了脚。

"你不会是这么快就想不起我是谁了吧？"

我再次粗粗地舒口气，龇起牙。

"我和我爱人在山里迷路了，夜间我俩在山脚露宿。"

"哦。"

"我们没能找到。嗯，我想，我们还是过来问问您比较好。他呢，在那边拍图片，一会儿过来。"

"噢。"

"我嘛，随处走走，看见您在这边，我就过来了。"

"嗯——"

"不会打扰到您吧？"

我摇摇头。

"呃，要不您先忙吧，我到河那边走走。"

"哦。"

等她走向河那边，我竟然逃离什么似的，匆匆灌完最后几勺药，扛起铁锹走向野地。同时我也在一种"揪耳朵吃肉"的自欺中带上了望远镜。我想，这一切源自我在暮色下凝望水井那边时，我的"眼睛"遭受焦躁不安的折磨后，擅自向我的大脑发号施令：我要看到她。

二

我的屋子很小，只有里外两间。我的床也很小，只容我一个人翻腾。妹妹接走母亲前，母亲睡里间的床，我睡外间靠窗的床。母亲走后我在里间睡，靠窗的床我用来堆放衣物。我不想把衣物堆到单人沙发上，因为吃饭时我坐沙发。

从野地回来进屋后，我邀请她坐到沙发上，不过她并没有马上坐上去。她站在屋中央，两条胳膊交叉着放在胸前，仿佛放开了就会触到墙壁。她说："屋里好凉快。"我说："一直都这样。"屋顶有一窝黄嘴燕崽，她仰着脸，满脸忘神地看着那窝雏鸟。她的裙摆上印着黄色花纹，花纹如蝴蝶羽翼——这是我的联想。我走到外面，阳光晃眼。一只走出幽暗洞穴站到山冈上的猛兽，会不会也觉得阳光比往常晃眼？这也是我的联想。干旱夏季大太阳下袒胸露背的野地，围拢着我。它们冬夜似的宁静，也围拢着我。真该有一场黄风，铺天盖地涌来，打破这死静。

"这里好安静。"

她站到我一旁。

顺着河床地，一辆车左拧右拐地驶近，并且很快到了门口。男人的鬈发、男人的方下巴、男人的有些抽搐的面颊——都探出来了。她迎了过去，说："哦，你终于回来了。"

"那边风景真不赖，我拍到刺猬了。"

男人大声说着，眼睛却盯着我。我向驼群走去。两人说着什么，我没听清，或者说，我根本就没听。半个时辰后，我逐一放开埋到地上的驼桩绳索。驼羔和母驼混在一起，发出嘈杂的动物声响。一会儿，整个驼群向西离去，他俩追着拍照。等驼群进了大片的灌木丛，两人折了回来。这空当，我换了外套，洗净了脸和手臂。

我备了晚餐，一锅风干牛肉，一碟醋泡沙葱，还有一瓶高度白酒。夕阳温和，河对岸的秃山缓坡染了一层金黄。

"老乡，明天就劳驾您了。"男人举起杯，用一双毫无笑意的眼睛看着我说。

"明天有雨。"我说。

"会下雨吗？"她问。

"只能是明天了，后天我们还有事。"男人将杯里的酒一饮而尽。男人的鬓发整体向后倒去，我想，那是因为男人驾车时一直在大开车窗。

"不碍事。"我说。

夜里，屋前两个蘑菇似的帐包。男人的呼噜声，夜鸟的鸣啭，山野的低吟，都飘过敞开的窗户传来。我在我的小床上，侧身躺着。对面墙壁上，嵌入墙壁的母亲用来供绿度母的壁龛蒙着薄纱。我看着那里，感觉绿度母微闭的眼睑满是笑意。一阵扑突突，烟囱飞进来一只鸟，嗖嗖地飞，飞出凉飕飕的风。月亮上来了，窗外一片银白。闷燥燥的。躺柜上有笛子，我想吹吹笛子。我还想到外面走走，去看看秃山被月色渲染的样子，树木变黑后的样子，栅栏延伸至天边的样子，河床盐碱地泛白的样子，灰兔啃食草茎的样子，黄狐狸到井边喝水的样子，羊蛇扯着布满花斑的身子逃去的样子，刺猬扑在母羊胯下吮吸羊奶的样子，跳鼠一弓一弓地飞奔过沙碛地的样子。还有草地黑鼠爬仓房窗台的诡谲样。它的尾巴上有鳞片，月下会散发出磷火一样的光。听说它也偷酒喝。嗯，对，应该整一杯。我下了地，赤着腿，赤着臂。嘎吱，里间的门被我拉开。我忘了它会响。我站住，肌肉瞬间绷紧。我瞅见自己的胸脯高凸，哦，这就是生活赏赐我的奖励。酒在沙发一侧的壁橱内。又一声嘎吱，这次是壁橱的门。呼噜声戛然而止，一会儿又继续响起。我拎着酒瓶，空出一条胳膊，抬起门板，我想这回它不会嘎吱一声了。不过，它还是轻微地嘎吱了一声。呼噜声依旧。

大大地下一口，陈酒，太辣。

又一口，辣味淡去，齿缝里酸涩涩的。

黛色山冈，浓雾氤氲。山脚有河，棕色水流，湍急。她扑在裸岩上。湿漉漉的好几条胳膊，那都是她的，一条一条地伸缩，犹如蜘蛛的腿。她在吃力地往上爬。风很大，她的裙摆抖动，要被掀去了。她张大嘴，像是在呼喊。一个男人，有张黑黑的脸，树一样站着，看她。

我醒了。发现梦里跑到山上见了她。外面正在下雨，天色已亮，雨脚密密麻麻地攀爬着窗户玻璃。从开着的窗户溜进来的雨水，在地上洇出一小片黑影。河床那边一片朦胧，对面的山坡隐在雨中。檐口扯下亮亮的水绳，这是一场没有雷声的暴雨。头胀得痛，胸腔里油腻腻的。我走了出去。屋前，有了血管似的交叉的水流。她在车里。男人披着雨衣，骂骂咧咧地抖搂帐篷。水珠儿四溅。男人的浅色牛仔裤半截湿透了，鞋子也是。头发耷拉下来，显得他的方脸更方了。

我去抖搂另一个，抖净了拖进屋里。

"该死的雨。"男人嘟哝道。他面颊上红通通的，那是一半生气，一半宿醉未醒。

一次漫长的早茶。雨脚噗噗突突地踩着屋顶，屋内屋外此起彼伏地沙沙响。她抬头看看椽木上的雏鸟，男人也跟着看。她坐在沙发上，双腿拢回身下，裹着薄毯。她的头发垂下来，一头马鬃似的长发。

"雨停了，咱就出发。"男人说。

"嗯。"我应道。

我坐在马扎上。马扎很旧了，得用小腿撑着。男人坐在床沿，背对着窗户，黑乎乎的，乍看像一尊铜塑，那种喇嘛庙里常见的。

"巴格巴，那是你吗？"

她看着壁上的旧照片问道。

"嗯，中间的是我母亲，个头小的是我妹妹。"

"八十年代的老照片了。"男人说。

"嗯。"我顿了顿，觉着男人匆匆瞥我一眼的眼神充满了冷峻的光芒。于是我接着说："照的时候我的鼻腔里塞了羊粪蛋，那会儿我经常流鼻涕——塞进去就掏不出来了。"

"鼻涕怎么可能堵住。"男人干巴巴地说着，脱掉了鞋子，米色袜子脏兮兮的。

"后来我母亲用细棍抠出来的，羊粪蛋都烂掉了。"

她笑了，笑声很轻微，她一手摁着额头，一手端着茶碗，明显是极力忍着大笑。

"我妹妹用羊粪蛋穿成项链戴在脖子上，我用驼粪蛋穿成佛珠念经，照片上能看到。"我说。

"哦哦，是吗？我还以为脖子上是珊瑚之类。"她说。

男人拎起鞋子砰砰地撞击，声音听起来很刺耳。屋里顿时陷入一种令人难堪的宁静。一会儿，三个人同时向窗外望去。

"抓过毛的骆驼会不会怕雨？"她突然说。

我摇摇头。她听了，把身子后倾，靠住高出肩头的沙发。那里黑亮亮的，那是我的汗液留下的污垢。

"怎么可能，骆驼那么大，甭说一场暴雨，就是三九天的白毛风都奈何不了它们。"

又是一阵突然而至的沉默。三人轮番看着窗外，仿佛都在暗自祈祷雨能快点停止。燕子嚯嚯地飞，雏鸟啾啾叫，一种潮乎乎的死寂慢慢地灌得叫人很不舒服。

"老乡，你们是不是每年都会祭拜那尊石人，呃，那个名叫'阿布石'的？"男人问道。

"嗯，每年都会。"

"你也是？"

"嗯。"

"巴格巴，祭拜石人算是一种年代久远的乡俗，是吧？"她问。

"嗯。"

"其实吧，草原深处的墓地石人多数是青铜器时代和铁器时代的，有的更久远，石器时代的。"男人扭头看了看老婆——她，继续说，"考古的研究过新疆阿勒泰那边的，还有蒙古高原那边的，有的三五个在一起，猜测是古代某个王者或者首领的墓碑。"

"不全是墓碑。"她说。

"书上是那么讲的。"

"我跟你讲过，有的就不是。"她的语调提高了些许。

男人听了，沉默着。一道冷峻的眼神从她脸上闪过，我突然觉得一个没有男人的女人才会偶尔露出那种眼神。

终于，雨停了。

在几乎没有交流的情况下，三人挤进车里。车沿着雨后泥泞的河滩地前行。涸死的河床活了过来，浑浊的泥河吞吐着泡沫，急促促地流淌。她把车窗大开，潮乎乎的风扫进来，弄得身上麻麻的。男人不停地提速，车时不时打滑，不过她没提醒男人要当心点。我也没有。她在看远处。我在回想夜里的梦。路不远，来不及回忆完整个梦境便到了山口。三人徒步向山口走去。山口足足有一里地宽，西热河从那里甩着身子喷涌而来。一小群骆驼被山洪分开，一拨在这边，一拨在那边，隔着山洪相互哀鸣。越走地势越高，越陡，人影越小。我在前面走，她随后，男人跟在后面。男人拍了好些图片。

"该死的，到处是烂泥，好累。"

当三人攀至半山腰稍事歇息时，男人说。他双手叉着腰，胸口一起一落，发肿的单眼皮红红的，像是用手背狠狠地揉搓过。

"好壮观，我的天，太美了。"她说。

褐色山冈被雨水冲刷后颜色变得很深，云层近乎贴着山头飘浮。灰色的云变成薄薄的纱，那后面是拳头似的鼓起的、灿白的，我们当地人称之为老云的白云。

"哟呵，还有多远，老乡？"

"前面拐过去就是，那边，挨着那棵挂着经幡的神树。"

"就在那儿啊，前天我还以为是什么，就没靠近，原来是神树啊。"男人懊恼地说。

"假如滑下去，会不会被山洪卷走？"她问。

"那当然，你仔细瞅瞅，牛大的石头，呃，那个，白色的，那可是石头。"男人指着山沟说。

"水不会很深，但是会撞到石头上。"我说。

"真够倒霉的，早知道就在跟前，那天咱俩就该往深处走走。"男人故意拦截我的话似的说。

"那天的风景可没有今天这么壮观。"她说着取下披在肩头的头巾，开始整理头发。

"得有仪式感。"她说。很快，她颅顶上的牛粪包恢复了原样。

"走吧。"男人说。

我没有挪脚。

"你不去吗？"她问。

"我就不去了，我在这儿等你们。"

"也是，你是当地人嘛。"

两人一同向挨近山脚的神树那边走去。走出几步，男人猛地回头看看我，我想我有些痴痴地目送她的眼神被他捕捉到了。

头天夜里，我已经把"阿布石"的传说讲给了他俩。我讲得很粗略，完全没有母亲当初讲给我时那么令人动容。

"鞭子宁达是个魁梧而勇猛的男人，虽然他是个土匪，但他不会掳掠穷人。在阿拉格山最险峻、最隐秘的地方有他容身的山洞。洞里铺了老虎皮，他就在那上面睡觉。他有一匹枣红马，从十里地之外听到主人的口哨便能疾奔而来。人们听到马蹄声就会说，哦，那是我们鞭子宁达的神骏。他还是个神枪手，如果秃鹫想叼走他的猎物，他会一枪打烂秃鹫的脑袋。不过，他可从来没有猎杀过秃鹫，一次都没有，因为他说他的父亲是秃鹫。后来呀，他爱上了黑脸台吉的小夫人。豁勒嘿（语气词，类似可怜的），悲剧从那一刻开始。黑脸台吉是阿拉格山最富有的人。富人家的女人，自然是很美丽。不过，这位美丽的夫人也爱上了鞭子宁达。在一个黄尘漫天的春日，鞭子宁达到黑脸台吉家掳走了小夫人。黑脸台吉追到了山里，很不幸，鞭子宁达被台吉的护兵抓到了，关进地窖里，还把他的双腿砍断了。黑脸台吉是想活活折磨死他。哦，苍天保佑！最后，我们的鞭子宁达还是逃走了。再后来，他找人用石头雕出自己的模样，立在阿拉格山里，好让小夫人经常到山里看他。"

在那个幼小的年纪，我是不会追问小夫人的结局的，不过母亲还是告诉了我。

"其实吧，黑脸台吉也是个了不起的人，他并没有狠狠地惩罚小夫人，只是在她头发上坠起两条长长的木棍，那是一种很古老的惩罚。这种古老的惩罚就是新娘头戴上的西部格（早期鄂尔多斯妇女头戴上用布缠绕的木棒）的来源。"

"那得多疼。"

"豁勒嘿，这并没有浇灭小夫人心头的念想，她总是蹒跚着走到山里看望心上人。"

"鞭子宁达不是变成石头了吗？"

"那又怎么样，在小夫人眼里它就是他。小夫人还生了三个小孩，不过都夭折了。"

我不确定当时我有没有联想那三个孩子是"阿布石"的。

"苦命的女人，最后疯了。"

"疯了？额吉，小夫人疯了？"

"是啊，三个孩子夭折后，小夫人的舅舅让她嫁给了别人。后来她就疯了，因为嫁过去后再没有生小孩。"

夜里，当我把传说大致讲完后，她说了句："多么凄美的爱情。"

"那算什么爱情，纯粹勾当。"男人说。他酡红的脸奇怪地抽搐着，眉头也硬邦邦地鼓起。

她没有应声，只是轻轻地叹口气，仿佛把心头的话化作一缕气吐了出去。也就在那一刻，我觉得我应该把整个传说如母亲一样娓娓道来，好让她沉浸在无尽的遐想中。因为，窗外的夜色是那样的宁静与幽暗。

这是一个应该有传说与炉火的仲夏夜。

三

水汽蒸腾，刀刃似的条状阳光从云缝间直射山腰间。她刚好走在那里。须臾，阳光崩离四散，她走入灰蒙蒙的水雾。男人尾随在她身后，一手执着随手捡来的木杖。禽鸟飞来飞去，山谷间满是它们的鸣叫。偶尔，风从山谷间旋起，飕飕地摇动稀疏的灌木丛。

"嗨，老乡，与我想象的没多大差别。大理石造的，足足有两米高。左臂垂下，握着鞭子；右臂打弯，持着一石碗。我往那碗里放了枚银币。这个土匪，腰带还是雕花纹的。"

男人喘着粗气说，裤脚鞋子沾了泥垢，仿佛刚从泥沼里抽出来的。

"不要这么讲，亲爱的。"

"本来就是嘛。"

"别乱讲，咱俩刚刚给他磕过头的，你真没必要这么讲。"她近乎哀求似的说。她站在低处，说话时仰起脸，整个人后倾，如果风再大一些，她会跌落至山沟。

"嗨，老婆，他假如真能给我带来好运，呃，一个胖儿子，或者一个鬈发丫头，那我叫他爹都可以。没什么，认一个土匪当爹不是什么丢脸的事。哈哈，妈的，真不该选个大雨天爬山。"

我转身欲走，她突然说："巴格巴，你说的瀑布呢？"

"哪来的什么瀑布？"男人摆弄着相机，随手拍了几张照片。

"昨晚他讲过的。"

"不远，就在前面，二里地。"我说。

"带我们去吧。"她说。

"哦，老婆，不就是个瀑布吗，不会很神奇的。"

"我想去看看。"

阳光忽地洒满山谷，身上有了暖意。不过太阳很快又被浮云挡住了。

"你忘了，巴格巴讲过，一个名叫阿弩达尔的女人生了二十三个孩子，就是因为祭拜过'阿布石'，而且还——"

"的确是个奇迹。"

"她生那么多孩子，是因为喝过瀑布的水。"

"哦，我的老婆，不要相信那些哄小孩的话。你听听，瀑布在号哭。哈哈，听听就够了，你又不是没见过瀑布，你说呢？"

"你不想去就下山吧。"她顿了顿，继续说，"你俩都下去吧，我不怕迷路。"

她转身走去。

"呃，老乡，永远不要小瞧一个满心想当母亲的女人的愿望。"男人自嘲似的抓抓乱蓬蓬的头发，跟了过去。

周围尽是碎石，仿佛这里曾经发生过石头与石头的战争，大石头吞掉小石头，嚼碎，啐吐一地。

"这山里一定有岩羊、盘羊之类的，是吧，老乡？"

男人见我远远地尾随在他后面，停住，大声问。

"有，不多。"我也提高了嗓门。

"砰砰——呵，那得多过瘾。"男人挥臂比画着说。她已经走远了，沿山坡的一簇簇灌木差不多隐去了她的背影。等到太阳完全挣脱所有的浮云，我们也到了瀑布偏北的山腰。再往前就是两山的交界处，浑浊的水流从那里造出巨响喷泻着，仿佛用轰响向我们宣告它们正从囚禁地逃离。

"老婆，你仔细瞅瞅，真的就是暴雨带来的山洪。"

男人显然懒得拍照，只是见她出神地凝望，慢腾腾地咔嚓几下。

水流扯出约十多米的水身，重重地摔进褐色山窝，被羊绒似的泡沫覆盖。在水流的冲击下，泡沫不停地堆积、颤动。

"它不会经常有，对吧？"她说。她并没有回头看我，不过我还是回了一句："嗯，下雨后才会有。"

"它的名字叫'阿布的瀑布'，是不是？"

"这边的老人们这么称呼。"

"你有多久没见到了？"她扭过头来看我。

"三四年——不过，去年也有过，只是一股子小溪。"

"天旱了它就会断流，这很明显嘛。戈壁荒山嘛，十年九旱。"男人在一旁说。

已经是偏午时分，云层不断地从天际涌来。山沟里，清幽幽的水雾渐渐散尽，稀疏的树木浸染过油似的发亮。鼻腔、胸腔里凉凉的，我大口大口地吸气呼气，仿佛这样才能降伏我躯体内不断暗涌的激荡。它们的源头是她，这点我毫不怀疑。

她。我在心底默念。毫不避讳。

"巴格巴，你见过她的样子吗？就是阿弩达尔。"

"没有，我也是听我母亲讲的。"

"一个活了七十多岁的女人，一个生下二十三个孩子的女人，没有经历过众目睽睽下的——呃，众目睽睽下的矜持，故作的矜持，那该多好。"

也不知为何，我竟然向前踱了几步，几乎站到她身边了。

"山那边有个名叫'母宫'的山洞，一旁有早年人们用来打猎的石墙，还有阿拉格庙烧毁的遗迹。"我说。我确定，有那么几个瞬间我忘记男人的存在了。

"真该去看看。"

"老婆，算了，没什么奇特的。"

突然，她用手掌拢着嘴，呜地高喊。不一会儿，山谷传来隐隐的回响。又一下，很漫长的呜——听着那缓缓消散的回响，我莫名地笑了。她放下手，冲着我笑。

"我可以带你们去。"我说。

男人盯着我看，面无表情。那神情与四周满眼毫无生气的、僵硬的裸岩一样，越来越阴沉。

"不会很远，对吗？"

她说着扭过头来看我。一双无畏的眼睛，是她这个四十多岁女人隐形的触角。此刻，它们正向我慢慢地延伸，我没有躲闪。

猛烈的、急促的、笨拙的撞击，男人的拳头落在我脑袋一侧。我向后趔趄着站稳，没觉着疼，只觉整个脑袋瞬间被泥浆灌满了，灌得死死的，闷闷的。又一下。这次比头一次弱一些。我向后撤出几步。男人的面孔沦为一张铁青色的死人脸。我没有动。我的拳头已握紧，指关节在嘎巴脆响，我听到了。她没有尖叫，也没有阻止，眼神里也没有慌乱与惊讶。她依次看了看男人，看了看我，扭头看了看瀑布，或者更远的山峦，然后缄默着向来路走去。

男人啐了口唾沫，弯腰，弓背，向我扑来。

我也迎了过去。

云在旋转，山峰在旋转，树木在旋转。铁青的死人脸凑过来，蓬乱的鬈发颤动。耳朵根撞到什么，火辣辣的光，闪一下，不见。四条胳膊和四条腿纠缠着，顺着山坡滑下去。愤怒的咒骂、粗野的咆哮在四处回响。沁血的牙齿，惨白的石头，厚厚的嘴唇，憋红的面孔——都是男人的。挠心的撕裂声。肩头凉凉的，纽扣在崩裂中飞走。

须臾，我看到鬈发与草屑缠在一起，遮住半张铁青色死人脸。我跨坐在男人身上，用膝盖顶住他的一条胳膊，另一条被我的一条胳膊扭着。我空出一条胳膊摁住男人的嘴。现在，铁青的死人脸上只有一双烧红的眼。

"你听。"我说。

男人奋力地扭动着硬硬的身躯，我感觉骑了一匹马。

"该死的，听！"

烧红的眼睛瞪圆，又变小，变成一条缝。

"瀑布在号叫，呃，该死的牛犊子，女人的呻吟。哪有那么多传说。"

男人停止踢腾。

我松开了手。

"那个女人——"我站起身，吐了口唾沫。

"那个生了二十三个小孩的女人，家里有老母亲，帐篷太小，夜晚又太短暂，你知道的，她和他男人每次都……都在这边——"

男人坐起，揉着拳头，哼哼地吐唾沫。

我转身走开，走出几步，顿住，回头看着男人说："我也有过老婆，只是很年轻就死了。还有，那个石人是我的父亲。我母亲那么告诉我的。"

路过石人时，我没有像往常一样驻足看看他。他背对着我。原本灰色的大理石身躯被雨水浸泡着，变成浅酱色，微微地向一侧倾斜，视觉上，仿佛要结束长长久久的站立，来场不停歇的远足，或者伸开双臂，向某个匆匆路过的人挥挥手。

一种昏沉而沙哑的、谐谑而鄙夷的男人笑声，从我确定不了的方向隐隐地传来。我猜，是石人在笑。他从我看不见的地方，正俯瞰着我。而他这般神迹似的存在，已陪伴我多年。在我七八岁的某个冬夜，我和母亲赶着羊群路过这里。那天下了大雪，山头从雪层探出脑袋，黑乎乎地悬在半空，犹如无数个巨人正一言不发地看着我们。天空阴沉，四周灰蒙，他孤零零地、黑黢黢地出现在前方。见他堵住去路，我用羊鞭哗地给了他一下。啪啪——母亲的鞭子落在我身上。我逃去。在疾跑中，我听到一种从未听到过的笑声：沙哑而昏沉，戏谑中带着疼爱。不过，这些都是我后来回忆时感觉到的。等到走出山口，母亲突然对我说："他是你的父亲。"我说："是所有人的父亲。"母亲说："不，是你的。"我说："是死了的人的父亲。"母亲的鞭子又啪啪落在我身上。

啪啪——鞭子声响越来越清晰。

嘿嘿，笑声模糊。

她的背影出现在山口。

我折身，绕道向山的阴面走去。等我回到家时已经是后半夜了。

我躺着，敞身躺着。风从窗户吹进来，掀起壁龛上的蒙纱，一起一落。一种低吟的、类似强力忍着哭泣的，而又有些歇斯底里的、悠长的喊声，遥遥地穿过山野，搅动着云层，扫荡着荒野中的枯枝败叶，犹如弥天黄尘，翻滚、席卷每一粒砂砾，每一根烟囱，掀翻柴垛、木栅栏、人影、马鬃——

哦，她的长发。她张大嘴，微闭着眼，一声声低唱，嗯，她在唱歌。一个蹩脚长调歌手打马穿过草原时，往往会发出那种歌声。

哦，她在低吟。

一个女人敞着身，在天地间，在瀑布的轰鸣中发出激昂的歌声。那是生命在经历自我的酝酿。

我的老婆曾发出过那样的声音。

那个女人一定也发出过。

她也应该发出。

呃，结束了，仅属于我的时代结束了。一种无趣、安宁、简单的生活，被一阵锐利的风扫荡殆尽。

原载《江南》2022 年第 6 期

石一枫

寻三哥而来

　　那男人不是个一般人，起初孟琳琅竟没看出来。下午，她骑着电动车进小区，就觉得背后有人跟着她。心里一虚，停车回望，干道空无一人，岗亭里的保安在刷手机。琳琅再想上车，一个膝盖火辣辣地疼，手也扶不住把似的。

　　好在家也不远了，她索性推车挪了一段，从车把上摘下菜来。

　　进屋先洗菜，开火，做的是海带炖排骨、茄子熬鲶鱼，此外切了一盆面。然后才到一楼厅里乱翻，总算找出两个创可贴，随便粘在伤处。这时就听有人敲门。小区装有对讲机，但外面那人只是敲，不疾不徐。琳琅心里便又一虚，跑到二楼，蹑脚上了露台，隔着两盆半死的花木往下张望。就见门前站了个男人，穿身工装，已然脏得看不出是灰是蓝，胯上斜吊着一只单肩包。身量不高，也就一米六出头。看侧脸约莫有三十多岁，额前半秃，仅剩的短发形成一个锋利的尖儿。他不像快递员，并且琳琅也没叫快递。

　　然而琳琅还是下楼开了门。一是因为男人敲得很有耐性，咚咚，咚咚，周而复始，仿佛与屋里的人角力；更重要的是她听见男人叫了两声，河南口音，口称三哥。这几年管三哥叫三哥的人不多，而琳琅知道，三哥的旧相识才叫他三哥。三哥也让琳琅叫他三哥。那么琳琅想，来找三哥的应该不是那种她所害怕的人。

但等开了门，还是反应过来有点冒失。三哥就批评过琳琅："你那脑子转到一半儿，事儿就做到脑子前面去了，这不好。"三哥还说，"幸亏是个妇女，要是男的就会吃大亏。"所以琳琅心里再一虚，没看门口的男人，而是掠过男人耳侧，望向他身后。小路，花坛，树木，远处是个湖。物业的人正在除草，邻居一如既往地不见踪影。将目光收回时，才发现男人的耳朵与别人不同：个儿小，轮廓扭曲，像被揉搓成了一团。那是一只不甚惨烈的残耳。琳琅这时又诧异男人是怎么进来的，不过转念一想，也许门岗把他当成哪户邻居家的工人了吧。这个别墅区入住寥寥，断续有人装修。

她嘴上问："找谁？"

男人重复："找三哥。尉三。"

这三哥果然是那三哥。琳琅又问："那你是谁？"

男人说："我是郑六啊。"

六比三小，要称哥。但琳琅说："三哥不在家。"说完又后悔——她的意思就是，这里也是三哥的一个家。同时她还诧异，这男人是怎么找到的三哥这个家，不过转念又一想，大概是三哥老家的人口口相传，而三哥也只在这些日子以来行事谨慎，以往对村里亲戚全不提防的。这倒是三哥的大意之处了，琳琅想，有机会也要批评一下三哥。

叫郑六的男人看似远道而来，却没露出失望。又问："什么时候回？"

琳琅说："说不好。他忙，到处跑，到处有家。"

郑六又问："你是三嫂？"

琳琅不知该不该接这称谓，反问："那你看我像保姆吗？"

郑六如同吃了一瘪，不语。这时琳琅才细看他的正脸，小眼阔嘴，胡子拉碴。郑六却又低头，看向琳琅膝盖上的创可贴。琳琅穿得满身精致，但他偏偏盯着伤处。又片刻，两人互相把眼挪开。琳琅再问："找三哥什么事？"

郑六说："也没大事，回头再说吧。"

说完转身，沿小路走出去。也没说去哪儿，也没说还来不来。

琳琅怔了一怔，没叫他，径自回屋。心里却有些悬着，更加后悔刚才开了门。好在呆坐片刻，屋外再没动静，她又出去转了一圈，别墅区里一如既往地寂寥。玉兰没有树叶，花瓣碎了一地。等转回来，煤气灶上的两样炖菜也好了，砂锅里飘出黏腻的香。又换锅开火，做了一盆同样气味浓郁的面，而后将吃食统统装进一个硕大的分层保温桶，出门骑上电动车，重新往小区外面驶去。几年前，她还蹬着自行车满城跑，现在却对两个轮子的交通工具难以驾驭，一摇三晃，差点儿又把自己甩下来。

等琳琅骑着电动车回来，天色渐黑，她又见到了那男人。这次是在小区侧面。一堵两人高的砖墙，墙上拉了铁丝网还竖着碎玻璃，以狰狞捍卫着静谧。郑六端坐在路边一块废弃的水泥板上，一侧放了个包裹，大约是捆扎起来的被子。城乡接合部风尘弥漫，不时驰过的大卡车震得地面微微颤抖。墙影里，面色模糊，身形如钟。

他在这儿待了多久？是不是等了一天甚至更早就来了？而琳琅下午出门没发现他，是因为前往菜市场走的是另一个方向。琳琅忍不住捏了把刹车，硕大的保温桶敲击车头，令男人猝然抬脸。

她尖着嗓子说：“我说了，三哥不在。出门了。”

郑六的声音仍然又低又哑：“出门也有回来的时候。”

琳琅便叹一口气，指指那团被子：“你就打算睡这儿？”

郑六不语。琳琅又说：“跟我走吧，天气预报说晚上有雨。”

郑六还没琳琅高，在暗处站直的身影却如同耸起一座小山，山上还晃悠着个包袱。片刻，两人行进在马路上。行进的方式也让琳琅略犯了一下难：如果骑车带着郑六，无论从技术还是别的方面来说都不妥，但推车步行她又腿疼。膝盖仍像着了火似的，不仅外皮发烫，里面也承受着炙烤。她一迟疑，却见郑六在身后挥了下手，短粗的胳膊仿佛没关节，直上直下。那意思是你走你的。琳琅只好上车，低速行驶。从后视镜里，就见郑六背着包袱跟在身后，并未奔跑，步子迈得稳当，却始终不曾落后。琳琅有些试探也有些挑衅地拧了拧油门，电动车跑快了些，耳边飕飕有了风，郑六却仍不疾不徐，与她之间的距离像被无形的绳索固定。这男人御风而行，速度与姿态不成正比。

未几绕小区半圈，望见大门却不进去，而是拐上大马路岔出去的一条小马路。这里是镇上的商业街，因为附近建起几个小区而繁华了许多，饭馆排档鳞次栉比，连网吧都有好几家。琳琅将车停在不大不小一家旅馆门口，下车等待须臾而至的男人。郑六到了，头上没汗，只是微微喘气，呼吸均匀。

又不等他说话，琳琅已经进去开好了一个房间。她这才对郑六道："有熟人求到门上，三哥都给安排安排。三哥不在规矩还在，你也不用客气。"

郑六看似懂了琳琅的话，但又愣神瞪着服务员，仿佛搞不明白登记身份证这道手续。该是没住过宾馆吧。琳琅又提醒，只有本人出示证件才能入住，这是规定。郑六便掏兜，掏出来的不是钱包而是一个牛皮纸包，像他的耳朵一样皱巴巴的。展开，露出证件和一叠钱，也都是皱巴巴的散碎票子，两毛五毛都有。

这就让琳琅心里一酸。她想起自己刚来北京的日子，不认识三哥的日子。接着就将保温桶递了出去："没吃饭呢吧？"

郑六装看不见，半晌咕哝一声："不饿。"

琳琅懂得，那是从怯懦里滋生出来的傲慢。不止眼前这男人，自己那些七大姑八大姨也常摆出这副嘴脸。只不过自家亲戚的怯懦与傲慢里还藏有一丝鄙夷，倒像琳琅欠了他们似的，相形之下，郑六的装腔作势就简单多了。她嗤笑，将保温桶墩在旅馆前台上："东西没人动过——你是三哥的客，不让你吃剩的。"

这说的倒是实情。只可惜面条泡了许久，已经软了。而每个礼拜有两天拎着一桶吃食出去，再拎着一桶吃食回来，是琳琅一段日子以来的例行公事。不等郑六再说什么，她掏出手机来交了旅馆押金。房间订了两天。然后才转向郑六，口气里有了一丝同情："来一趟没见着人，也帮不上你什么忙，请体谅三哥。我替三哥跟你道个歉。也别白来，北京好歹转一转，这里离城里远，不过坐车也方便。"

又说："我还有事，就不能顾着你了。"

又说："想走就走你的，不用再打招呼。见了三哥，我就说你来过。"

她还真像个三嫂。交代完一通，这段插曲就结束了吧。处理得有里有面，三哥知道了也不会怪她。对于那些找上门来的旧相识，尤其是从老家来的人，过去三哥的手面还要阔绰许多。有的给介绍工作，安插在自己或上下家的队伍里，有的甚至活儿都不用干，好酒好肉供养半年，走时还给封个大红包。只可惜现在不是过去了，怪只怪这男人运气不好。这么想着，琳琅不容置疑地出门，将郑六抛在身后。无疑，背后的郑六正在目送她，也不知那目光是感激还是不满，总之与自己没关系了。琳琅轻松下来，但没走两步，膝盖一软，差点儿单膝跪下。好容易站稳，心下就是黯然的了。

然而只过了一天，琳琅便第三次见到了那个名叫郑六的男人。这次是在早上，她刚起床，还没弄早饭，就听见敲门声响了。咚咚，咚咚，不疾不徐。

琳琅立刻知道是谁，心里沉了沉，嘴上也没有好气："等等。"

然后开始女人那一套：各种洗，各种抹，各种修。膝盖还疼，昨晚涂了红花油，但不见效果，上下楼梯时都快前腿拖着后腿了。再想，昨天是怎么摔的？还不是觉得身后有人，心里就慌了。所以这笔账就记到了郑六头上。不仅洗抹修，她还坐到餐台前吃了半顿早饭。然而琳琅毕竟不是那么沉得住气，也不是那么端得住架势的人，一杯牛奶下肚，到底坐不住，又到窗口张望一眼，而后悻悻开了门。

开门劈头道："你怎么又来了？不是说了吗……"

郑六抬起短粗的胳膊，仿佛没有关节："走也得把东西还了呀。"

琳琅低头，看见保温桶。昨天只想打发他，倒把这个忘了。接过掀开，俩菜一碗面已经不见踪影，不锈钢盆刷得没有一丝油花。琳琅反而有些不好意思，脸也不是僵着的了。吃饭还帮刷碗，这在三哥的客人里从未有过。而听他的意思，这就要走了？她扭身将保温桶放上厨房餐台，然而又一回身，却见郑六也进了屋，在客厅里不疾不徐地逡巡。

琳琅立刻又悬起了心。别说三哥交代过，家里不能来外人，就说她一个女人住在这里，蓦然闯进脏兮兮的一条汉子，那也……别墅区又是那么偏远，那么空旷。她想制止这男人，却不知说什么，话哽在嗓子眼儿。

郑六却保持着探查的目光，突然又宣布："这房子，缺点儿手艺。"

琳琅的目光跟着郑六的目光，沿客厅天花板溜了半圈。昨夜果然下了雨，导致墙壁上方的接角处又有几大团洇湿，泛出浅绿色的霉斑。这个毛病琳琅也知道，前两天还叫物业来修过，可是物业的人客气倒是客气，干活儿就不行了，忙叨了半天，该漏还漏。琳琅还想起刚搬过来时三哥的评价，也是这么一句，缺点儿手艺。那时琳琅不懂，看不出富丽堂皇的欧式装修手艺缺在哪儿了。三哥还说过，要不是人家非拿这房子抵债，他才不想要呢。

也许是想起了三哥的话，当郑六有了进一步行动时，琳琅竟未阻挡。门外檐下就摆着工具和梯子，还有半口袋泥子，是上次物业的人落下的。郑六转身搭了梯子，扛着东西三步两步上了屋顶。屋顶倾斜，全着层叠的灰瓦，他行走其上却如履平地，两脚好像扎了根。弯腰探查片刻，又对来到院子里的琳琅道："打些水来。"

琳琅如同得了命令，上二楼取了个塑料盆，从露台递给郑六。大半盆水在她手上颤颤巍巍，郑六只需单手一端就接了过去。同时对她解释："屋顶返潮，一定是防水做得不到位，而这种房子又有一层保暖材料，里面是中空通着的，哪儿漏补哪儿，当然没有效果，还得找到源头上的漏点才行。"嘴上说着，手上不停，将瓦片一块一块掀开细看。又没一会儿，几处漏点毕露无遗，现调泥子封上。郑六干活儿利索，而利索的某种境界仍是不疾不徐。雨后的太阳升上来，照得焦黄的一张脸泼出光亮。

琳琅就在露台上看他干活儿，她现在也没事做。

再没一会儿，郑六起身，顺梯子从房上下去。琳琅这才想到，还没给人口水喝，赶紧进屋，从二楼下来，到一楼冰箱去拿饮料。下楼梯时一震，膝盖又疼起来，前腿拖着后腿。来在面前，郑六并不接她的饮料，而是蹲下身去，一双铁钳般的手从前后两个方向握住她的膝盖，隔着裤子摸索几下，猛然一发力。琳琅只听见咔吧一响，声音直贯头顶，一阵剧痛让她惨叫起来，半个身子像过电般一抖。再看自己的腿，当然没断，不过裤子上多了几道污痕。郑六从琳琅手里摘下冰镇可乐，按在她膝盖后面，说了声："夹着。"

他搀扶琳琅，在台阶上坐下。琳琅觉得膝盖虽然还疼，但只剩下了外面的疼，里面陡然松快了。一上午的工夫，这男人修好了房顶，也猝不及防地修好了她的腿。当铁罐的冰凉沁入皮肤，她心里的扑通乱跳也缓和下来。郑六这才解释："你的腿扭了关节，到医院也得正骨。不能拖，否则以后阴天会疼。"

琳琅打断他："你还会这个？"

郑六说："小时候调皮，磕了扭了是常事，村里老人教的。"

琳琅又看他的残耳，只觉得形状瘆人，又想起三哥跟她说过，他们老家一带有养大牲口和练武的传统。牲口就不说了，单讲过练武的门道，也都是些趣闻。譬如铁布衫是真的，不过就是增加抗打击力，用大棍子揍出来的；还有水上漂，看上去是踩着水面腾跃，其实就是靠脚快，滞空期间踢出几个水花造成的视觉效果。琳琅也问三哥："那你也练过？"三哥扑哧一笑，说："老一辈习武之人，剩下的也没几个了；年轻人早就不兴这个，屁用没有，还尽给人当牲口使。"

而这男人大约是练过的吧，怪不得。但琳琅再对郑六开口，便不觉带出了和三哥相类似的嘲讽，当然这嘲讽也有了亲近的成分："哟，看不出你还是个人物。"

郑六却恭敬道："早年跟着三哥，学的才是吃饭的本事。"

琳琅又问："你们搭伴干过活儿？"

郑六道："何止搭伴，一起拉出来的队伍，在县里装修宾馆，给市里翻新影剧院，也算闯出了一点儿名号。"

琳琅又问："那后来呢，你怎么没跟他一起来北京？"

郑六讪讪道："我没出息，回家伺候老娘了。当年三哥还不让走；是我辜负了三哥。如今三哥已经是大老板，要不是家里拉了亏空，我也不好意思求到门上……"

说来说去，眼瞅着又绕回到那点儿事上。从老家来找三哥的人，无非也就为了那点儿事。不过琳琅的确听三哥说过早年发迹的过程，县宾馆和影剧院都确有其事。这个郑六倒让她有点儿作难了：听来还真与三哥有交情，因而不好随意打发，但眼下这个状况，想帮忙恐怕也不现实。脑子里转了一转，她就问：

"所以你来，是非要见着三哥，否则就不走喽？"

郑六局促，看向正门一角的餐台，餐台上放着保温桶："今天真是送东西……"

琳琅一笑："我看你挺老实，不是那种张嘴就要钱的人。来这一趟，其实还是想找个活儿干吧？那这么着，三哥不在，我倒有事麻烦你，等完事，我给你钱。"

郑六沉吟，更加讪讪："话也不是这么说的，还是想看看三哥……"

琳琅再次截断他："这儿是三哥的家，帮了我的忙就是帮了三哥的忙。三哥领了你的情，等将来再有什么也好说。"

郑六半晌不语。琳琅道："也就半天工夫，工钱你说个数。"

郑六还不语。琳琅道："那我定了啊，反正不让你吃亏。"

又说了句等着，吩咐的口吻，意味着雇佣关系已经达成。然后琳琅进屋，开始了新一轮的洗抹修，换了套见人的衣裳，明艳地开门亮相。这时雨后的太阳高悬，郑六坐在阴影里，背后就是车库，里面停着一辆黝黑的奔驰轿车，车牌不是北京的，然而号码好，连着几个8。这车也有日子没动过了，那同样来自三哥的叮嘱。琳琅却抬手指指台阶下的电动车，晃了晃钥匙。郑六不以为怪，接过钥匙拧上去，弯腰拔了充电插头。琳琅侧坐在电动车的后座上，一手抱紧一只皮包，一手抓住郑六的工装后摆。女人骑牲口的姿势，电视剧里看过。

车子出门，琳琅一边保持着平衡，一边发布指令："左，右，我不说话就直行。"

转眼出了小区，继续发布指令："左，右，我不说话就直行。"

俩人在烈日下飞驰。路线是早就规划好了的，先去邮局。这年头来此处办业务的人很少了，都是不会叫快递的老头老太太，大厅空空荡荡。琳琅径直取了张单子，填汇款。她一笔一画地写，地址是三哥老家。郑六就站在一旁，眯眼瞅着汇款单，如同不认识字。然后排了不一会儿队，窗口里的办事员貌似对琳琅也熟了，并不提醒谨防诈骗之类，只等琳琅从皮包里掏出一方钱递进去。转眼办好，琳琅仍然抱紧皮包，对郑六说："下一个地方。"

下一个地方就远了许多，幸亏头天晚上给车充满了电，否则还真跑不下来。太阳愈发炽烈，琳琅从皮包侧兜掏出阳伞撑上，仿佛在车后绽开一顶小小的华盖。前面的郑六被晒得发烫，附着在那件工装上的空气都在蒸腾，产生了折射的视觉现象，但他连领口都不曾松开。他们出来的地方已在城外，又往更外的地方驶出许久，这时就从荒地里露出一片楼来。其实都是水泥框架，还只盖了一半，如同地里钻出的灰色的笋。四下却又没有工地的喧闹，连塔吊都不见踪影，只见到几条土狗在铁皮围墙外踱来踱去。

琳琅说声停车，下来却不率先迈步，而是瞪眼等着郑六。三哥说让她来个地方，没想到是这么个地方，不免有些打鼓。郑六仍不动声色，锁了车，不疾不徐跟在琳琅身侧。两人便从铁皮围墙的豁口进入工地。狗们起先龇牙咧嘴，坚定地捍卫地盘，但突然又往外跑开很远，聚拢到一片垃圾堆上才敢发出吠叫。对于它们，郑六就像身上有刺一般。琳琅却只是掏出纸巾捂着嘴，高跟鞋谨慎地在土路上试探着下脚，像鹭过水塘。迎面碰见个看门老头，说找经理，又说是三哥叫来的。老头掏出手机打电话，不多时，工地侧面一排铁皮屋子开了扇门，一个胖大汉子冒出来，满身油汗，闪闪发亮。

胖子一边披上工装，迎到琳琅面前："三哥多久没个消息了，兄弟们还以为——"

琳琅冷冷道："别人有可能，三哥不至于。你跟着三哥又不是一天两天了。"

胖子道："那是。我也这么跟他们说的，可他们不信。"

琳琅跟那胖子走向铁皮屋子，先探了一眼，又打量打量近旁的其他窗口，而后仍然犹豫着，并不往里迈步。郑六却将身子横在门前，又把胯上那只单肩包往前拽了拽。这人看着愣，却一眼看穿了琳琅的担忧。而这也是琳琅叫他来的缘由了。门外有了保镖，虽然只有一个，琳琅方敢随着胖子进屋。也不多说，拉开皮包，从里面抓出几方钱来。反复几次，在桌上散乱堆着，倒让人诧异皮包那么能装。

而胖子笑道："三哥尽玩儿幺蛾子，这年头还有谁用现金。"

又略一估算："不过数目还差着呢。"

琳琅正色，说出三哥教给她的一段话："知道不够，你多担待着。三哥的意思是，咱们挑头的吃点儿亏不算什么，先把兄弟们的工钱结了，好歹稳住队伍。眼下都难，等缓过来，人在就有盼头。别的不多说了，希望你能再信三哥一次。"

又补充说："三哥把车都抵出去了，收的是现钱，就为在别人那儿瞒过这笔账。"

还说："你也别玩儿幺蛾子，前两次的克扣，三哥是看破不说破。"

胖子听了似乎一凛，看向门外的郑六，目光在他的残耳上停留片刻，转眼又笑了："我信三哥。以前大水漫灌，现在形势不好，当然不是一个玩儿法。"

琳琅点头，看胖子写了收条，揣进皮包。皮包已经外鼓中空，一按四下漏气。胖子又说，替兄弟们谢谢三嫂，琳琅不应。出门，快步离开工地，穿过铁皮墙的豁口站在马路旁，这才揉着膝盖舒了口气。郑六骑着电动车，无声地跟上来。

琳琅不看郑六，说了一句："要不是看在那些钱的分上，他们能活撕了我。"

郑六瞥了眼后座："还去哪儿？"

两人再去的地方，却又往城里折了回去。离开一条大路，一条林荫道直通几座庞然的建筑。进到院子里，连标牌也都变成了英文的，别说郑六不懂，琳琅也看不明白。好在来过几趟，知道大概方向。紧赶慢赶，总算赶上了学校的家长开放日，停车场上已经满满当当的了。琳琅让郑六把车停在两辆丰田保姆车中间，自己走向不远处的教学楼。走不几步，回头一望，看见郑六立在电动车旁，双手捂裆，好像在和旁边两个穿衬衫戴手套的司机比谁站得直。她咯咯一笑，示意郑六到树荫下歇着。

学校里的事情倒也简便，家长会听了个尾巴，取了考试成绩单，揣进皮包里出来。停车场里，车辆纷纷启动，杂乱地往外挪着，好像一种名叫华容道的益智游戏。开车的有司机也有家长，互不相让，乱成一团。这时又从某幢建筑里走出一队女孩，都是十三四岁的模样，穿着百褶裙与长筒袜，上身是短小的西装外套，也不知是 cosplay（角色扮演）还是国际学校的校服。女孩们看见父母家人，纷纷雀跃着打招呼，加剧了停车场门口的拥堵。偏有一个染了头紫发的女孩低头含胸，躲着众人闪开。

又有别的女孩对她喊："尉梓桐，你妈换车了，连司机都换了。"

说时指着停车场门口的琳琅、郑六和电动车。女孩们叽喳而笑，脸上的浓妆遮掩不住一派天真的刻毒。叫尉梓桐的紫发女孩从脖子上拿起一个酷似哨子的小物件，放在嘴里吮了一口，吐出一片白色烟雾，朗声道：

"我还换妈了呢，这是我爸的三儿。"

那一脸的坦然和冷酷，令其他女孩受惊似的闭嘴，粉的绿的蓝的瞳孔却聚焦在琳琅身上。琳琅也是一脸的坦然和冷酷，远远喊向尉梓桐："你又好几门不及格，等我告诉你爸，下个月停了你的信用卡，看你拿什么买化妆品、买手办。"

尉梓桐停住脚，又吐出一口白雾，同时吐出的还有两个字："骚货。"

琳琅不动声色，两人遥遥错肩而过。上了郑六的车，琳琅眯着眼，远望林荫道上的百褶裙和女孩们纤细的背影，嘴角上翘，神往地笑了。

也不等郑六再问，她拽拽工装后摆："回去。"

但等回去，俩人仍没散。琳琅说跑了一天了，让郑六陪她吃点儿东西。他们就坐在马路旁的一个排档里，此处的特色是黄泥烤鸽子。鸽子没吃两口，琳琅倒灌了不少啤酒，又支使郑六去给她买了包烟。她一手端着酒杯，一手夹着烟，以老家妇女的惯用姿态盘腿坐在长凳上，脸上洗抹修的成果全乱成了一团糟。她不看郑六，也不让郑六走，每当郑六局促地或呆滞地将眼神挪开，她就说："你听我说呀。"

说的是三哥："真他妈背，好不容易傍上一个，还是个手里没剩几个钱的。原来据说还是可以的，几百个人的队伍呢，都是从老家拉出来的，后来就不行了，到处都在拖欠工程款，老本儿投进去也回不来。生意难做就难做呗，人家也难，可他又跟别人不同，爱充大个儿的，供着村里一伙儿孩子上学，自己垫着底下人的工资。说不为别的，就为人家叫声三哥。三哥三哥，叫得轻巧，难处还是让他担着——尽是他妈的你这种货色。"

还说："他老婆比我精，早跟他离了，几套房子分到手，剩下个闺女不认他，倒让我来管。那小婊子还以为一辈子不愁钱花呢，将来没准儿像我一样，也到夜店去陪酒。等人家管她叫骚货，看她想不想得起我来。"

还说："要不我再给你唱个歌吧，我原来特会唱王菲。"

说时招手，叫过一个卖唱的残疾人，点了一首，朗声唱道："谁说爱上一个不回家的人，唯一结局就是无止境地等。是不是不管爱上什么人，也要天长地久求一个安稳。噢噢，难道真没有别的剧本，怪不得能动不动就说到永恒——"

郑六不语，稳重地吃喝，将鸽子一一肢解，撕成条状送进嘴里。片刻琳琅哇了一声，他抄起一个空盆，恰到好处地送到琳琅嘴边。琳琅专心吐完，收敛了神色，那一瞬间显出一分庄严。她打开皮包，从里面掏出一叠票子，揣到郑六手里，说别嫌少。郑六不接，琳琅说，跑了半天，你应得的。郑六还不接，琳琅将钱甩在桌上，说我跟三哥一样，不拖欠人家的。而后又说，回吧，见不见三哥都一样了。

她将郑六扔在桌旁，起身去骑电动车。到底是混过夜场的，吐完霎时清醒了许多，再加上刻意小心，一路上骑得出奇地稳当。路上灯火辉煌，恍惚间竟觉得白天的太阳又回来了。没一会儿进了别墅区，四下才复归静谧，只剩几点流火，随着夜风掠向脑后。琳琅迎风流泪，到家门口抹了一把脸才进去，倒像家里有人等着她似的。

然而家里果然有人。她将客厅的灯开得大亮，踢踢踏踏去二楼上了个卫生间。膝盖是比原来好多了，肿起的地方也都消了下去。又想起明天的任务，便折下楼来，去看冰箱里剩了什么菜，如果不够，早上还得跑趟菜市场。可刚走下楼梯，就见一楼全都黑着，她正在纳闷刚才是否忘了开灯，就有硬东西顶在腰上，男人的声音从暗处响起："别出声。"琳琅只感到手腕一紧，胳膊也被人往后撅过去。当然不敢出声，任由人家将她捆了，嘴上贴块胶布。对方动作麻利，尽管这种经历从未有过，琳琅也认为来的应该是老手。她最怕的还是来了。而又一晃，灯重新亮起，却不是吊顶水晶灯，而是墙边的小射灯。这就看见了三个男人，两高一矮，两胖一瘦，都一袭黑衣，戴着黑头套。

琳琅配合地保持安静，被俩胖男人架到沙发上坐好。瘦男人靠近过来，面罩底下嗡然响起："姓尉的什么时候回来？"

琳琅摇头，也不知是表示否定，还是表示不知道。但她料想，这些男人摸上门来，必是认定三哥住在这里，既然破门而入还设了埋伏，也是不见着人不罢休的意思了。她还回想起三哥在这间客厅里与人打电话的情景，肢体的影子像树枝摆动，或哀求，或咒骂，或说些琳琅不懂的暗语。也不知是哪个电话招来了这伙人。

只可怜自己被饶了进去。幸亏刚才上过厕所，否则没准儿要尿一沙发。

而瘦男人大概只想认一认琳琅的脸，并不觉得有审她的必要，因而对一个胖男人哼了一声，射灯倏然而灭。继续守株待兔，不过多了一个琳琅。客厅里恢复了黑暗，甚而恢复了空旷。不知过了多久，人声唯一一次再度响起，是另一个胖男人按亮手机刷了两下，估摸着是犯了网瘾的习惯动作。瘦男人便哑着嗓子说："你能不能专业一点？"

偏在这时，门就被敲响了，咚咚，咚咚，不疾不徐。琳琅一怔，刚想扭动身体，被那硬东西顶到了脖子上，立刻又软了。她瞪大眼，借着窗子纱帘里透进来的月光，看着两个胖男人从两侧夹住门框，一个拨了下门锁。

门霍然拉开，风吹得琳琅一阵清凉，但却没人进来。门里门外屏着呼吸。一个胖男人看向瘦男人，瘦男人刚刚摇手示意别动，另一个胖男人却探出头去。他的脑袋刚进入门框范围之内，硕大的头颅就一颤，脖子咔吧响了一声，面朝下扑倒在门口。剩下的胖男人刚要扑出去，被门外的人用肩头扛住，打着踉跄跌进屋里来。来人欠身，迎面两拳，脚下使了个绊儿，胖男人轰然而倒。挣扎再起，被人用膝盖照肋上一磕，又倒，只剩下哼哼了。

琳琅想叫郑六，说你他妈瞎了你没看人拿刀顶着我呢？然而也只能哼哼。这时却感到脖子上一松，硬东西挪开，借着月光瞥了一眼，原来不是刀，而是一根铁棍，一尺来长，通体白亮。刚才吓蒙了，尖的粗的都分辨不出来。而挟持着她的瘦男人也哼哼了一声，对俩胖男人表示无奈与失望，接着站起身来，瓮声瓮气道：

"兄弟，我不伤人，你别报警，可以不可以？"

郑六的身影浸泡在月光里，一团黑："兄弟，这办法公道。"

瘦男人朝门口走去，手上短棍挽了个花。郑六空着手，反将单肩包往后拽了拽，吊在屁股上。瘦男人又道："你是个脑袋清楚的人。"

郑六道："我还有事，你替人干活，大家留个退路。"

瘦男人点头，将短棍反别在腰上。琳琅看到两个男人在门口对视，月光泼了一身。然后动手，也就是手脚并用地乱打，但撞击肉体的声音砰然作响，仿佛劈进骨头里去。瘦男人高，动作大开大合，郑六矮，出手短促。未几郑六失去重心，被瘦男人按倒在地，然而郑六原地打转，又将瘦男人带到地上。俩人滚了一滚，分开。瘦男人单腿跪地，按着一边肩头，咔吧一按，给自己接上。但左臂已然垂着，软塌塌的像条蛇。

借着月光，他盯了盯郑六的残耳："跤耳……刚才大意了。"

"我这是野路子，站着施展不出来。"郑六道，"兄弟，你可惜了。"

瘦男人脑袋一歪，头套下面似乎透出惭愧。然后站起身来，依次踹踹地上的两个胖男人。"栽了，走人。"胖男人还要嘟囔，瘦男人踢得更狠了。郑六靠近琳琅，扯下她嘴上的胶布，背后拽了两拽，绳子就开了。琳琅猛喘了几口气，蹬着腿瘫软片刻，似乎又听见瘦男人说："告诉姓尉的，他捅的娄子太大，回头还会有人找他。躲是躲不掉的。"

琳琅支起身子，扒着沙发背往门口看，已然空了大半，只剩下郑六。郑六道："来时就盯上他们了，领头那人一看就干过警察，做事知道分寸，料他不会用刀子，所以我才敢进来。但他说的应该不假，你也躲躲吧。"

说时往门外走去，单肩包在屁股上一拍一拍。琳琅脱口道："三哥没躲。"

郑六没停，琳琅又道："想见三哥，明天中午一起去。"

郑六身形一慢，也哼哼一声，兀自走了。琳琅这时才有点儿后悔，想自己是不是又把事做到脑袋前面去了。然而也罢，该睡觉睡觉。生死都经过了，还怕睡觉？门锁形同虚设，但一点儿不慌，和衣躺在沙发上。次日睁眼，已经大亮，昨夜的一地月光如同潮水，将搏斗的痕迹统统带走，连家具的位置都未曾挪动过。

琳琅从冰箱里取菜，开火，做了海带炖排骨、茄子熬鲶鱼，又下了碗面。都是三哥的口味。开门骑了电动车，来到小区门口，正看见郑六。郑六被拦在岗亭外，保安仿佛没见过他，正在粗声粗气地盘问。琳琅上前招呼一声，换了郑六坐在后座，起步时又是一摇三晃，郑六腿短，伸出两脚乱踢，妄想帮她找回平衡，再加上背上扣的包裹，如同一只笨拙的龟。好在路是再熟不过的，每个礼拜跑两趟，监护室也只在这两天的下午允许探视。

没人知道三哥躺在这家医院里。既不是三甲也不是私立，门诊后面只有小小的一栋住院楼。来这儿住院的都是从大医院转出来的康复病人，挂着拐或坐着轮椅，看着精神倒好。他们进门时，正碰上男护工在逗一个老头："是不是又想抽烟了？"

还拿烟凑到老头鼻子上："虫虫飞——"

老头两眼亮晶晶的，前襟上都是哈喇子，婴儿一样雀跃。琳琅对郑六晃晃保温桶，有些得意地说："这也是跟人家学的法子，指望他闻着味儿会有反应。"

说时登了记，领着郑六进入走廊尽头的一间病房。床上躺着一人，也三十来岁，身量魁伟，鼻子上和胳膊上都插着管子，一条腿打着石膏。他闭着眼，一动不动，脸面倒收拾得干净，头发也刚剪过，显得挺利落。

琳琅以为郑六会叫三哥，然而郑六无动于衷，只是无声关了房门。

琳琅将保温桶打开，几只小钢盆依次放到床头柜上，屋里充满黏腻的香味。一边忙活，一边介绍："有两个多月了。那天夜里说出门见个人，也没开车，刚出小区就被车撞了。司机没跑，让保安给我打了电话。我到的时候，三哥人还清楚，把撞他的人放走了，只让他别声张，又让我把他送医院，还交代千万别让人知道他伤了，别让人知道他住这儿。也让我到外地躲一阵，我不干，说你可别想趁机甩了我。他拿我没辙，反又托付了几件事让我做，你也都看到了。但送进来的第二天，人就昏迷了，死活没反应。医生说是颅内伤，十天半个月也是它，十年八年也是它，让我做好准备。"

说到这里，琳琅一顿，又扑哧一笑："我老怀疑他是装的。你不知道三哥这人多鬼。"

郑六仍无表情，比床上的三哥更加平静："听你说的，倒不像仇家干的。"

琳琅道："该是碰巧吧，恰好让他撞上了，恰好又在这个节骨眼上。有时我也想，倒不如落到仇家手里算了，那就算怨，也知道怨谁……"

但说到这儿，她就见郑六把单肩包往前一拽，从里面掏出刀来。刀比匕首略大，造型古朴，手柄磨得乌亮。拆下皮套，鱼肚子似的流着光。郑六也没让琳琅别出声，然而琳琅果然不再出声。仿佛经了昨夜的事，她练就了在胁迫中保持冷静的能力。

她猛然明白，原来郑六是仇家。兜了一圈儿，到底中了仇家的套，而这仇家是她领来的。当然也不能全怪她，郑六装得还挺像，并且不知道几分是装，几分是真。反正小区多半是翻墙进去的，还有住旅馆的身份证，也不知到底是不是他的。除了郑六这个称谓，甚至不知这人叫什么。但对方敢在医院动手，就说明全不顾忌后果，是以死相拼，这仇大了，因而无论怎么拦怎么叫都是没用的。

琳琅瞪着郑六，郑六瞪着三哥，都像不知怎么办才好似的。

又过了片刻，郑六开腔说话，像与睡熟了的三哥聊天："咱们两个的事情，本来也可以算了。当初两支队伍抢标，都是带着兄弟们讨口饭吃，我伤了你的人，你报官，这我认了，可又何必把别的案子也扣到我头上，是怕我牢底坐不穿吗？多坐几年倒也没什么，主要是你还不给我挑个好名目，强奸犯是那么好当的？老娘到死也不肯见我一面。有心尽孝，没脸回家，这就是我必须找你的缘由了。"

琳琅听懂了大概。她又听见郑六说："三哥，咱们都是要脸的人哪。"

说时扬起刀来，指向三哥头颅。这就是要动真格的了，琳琅终于尖叫出来。声音在走廊滑过，片刻有护士跑进来，问："怎么了？"

护士看向床上，三哥仍闭着眼。郑六两手捂裆，肃然站着，胳膊压着单肩包。琳琅轻托三哥的脑袋，将底下的枕头取出来。枕头漏出荞麦皮，洒了半床。护士笑道："我还以为醒了呢——再给你取个新的来吧。"

琳琅谢过护士，却不敢看郑六。但她懂了郑六的意思，颤声说："我替三哥谢谢你。"

郑六道："三哥应该谢谢你。"

说完飘然而去。后来琳琅只记得自己坐在床头，补那个枕头。一共三刀，刀刀刺了个对穿，并且排列整齐，如同用尺子比过。她还记得三哥的手动了动，像是在掐床单。然而三哥后来坚称，他是第二天才醒过来的，对那天的事一无所知。

原载《鄂尔多斯文学》2022 年第 5 期

吴　君

光明招待所

　　黄梅珠早晨起床,睁开眼睛便看见了蜘蛛,黄梅珠认为对方也看见了她。

　　黄梅珠再也睡不着了,于是她顺着看过去,墙上只有一些淡淡的斑痕,应该是前一家人留下的。靠近窗口是女儿小时候的一幅画,十多年了,都还挂在原处。黄梅珠觉得女儿幼稚得很,总是长不大,除了跑得快,好像什么特长都没有。梅珠记得这张画被她扔掉过的,只是这些事都记不太清了,尤其是最近几年,记忆力越发不好。

　　房子需要清扫了,至少应该粉刷一次,可到处都堆满杂物,搬起来需要些体力,黄梅珠担心自己力气不够,所以一直没动。她想如果哪一天陈家和心情好了些,请他帮个忙,只是她一直没有等到。这个念头在脑子里有过无数次,被其他事情打断,到后面她也就不再想。女儿初中的时候,带同学回家里,同学问你们家怎么那么旧啊,墙上还掉了皮。偶尔还有小蟑螂经过,同学夸张地尖叫后,顺手揭下一小块墙皮,导致周围的墙面有了更大的裂纹。这件事搞得女儿对她生了几天的气,还差点不想去学校。黄梅珠没有说出这是套二手房,搬进来的时候便没有钱装修了,煤气灶、空调和全部家具都是前一家留下的。她不想让女儿知道太多,包括她与老公陈家和的关系，黄梅珠害怕影响了女儿的幸福。追求者是个富二代，她不想让女儿失去这个机会。

"你除了会跑步，什么都不行。"她总是无意间就把这种负面情绪传给女儿。

眼下，黄梅珠需要考虑的事情很多，哪样都比刷墙重要。比如在香港的大佬，疫情的原因一直都不能回来，微信上也不回话，不知道眼下什么情况。阿妈非常焦虑，似乎黄梅珠的幸福是夺了大佬的。有时阿妈会给她脸色，哪怕嘴里正吃着黄梅珠送去的食品，都还在不停地埋怨："又拿来这些便宜货，别人不要的东西，吃也吃不下，丢也丢不掉。"

黄梅珠希望不要把什么都放在冰箱里等大佬，不仅费电，如果没有及时吃，食物还会过期。考虑到何时通关还不清楚，她便对阿妈说这三文鱼不能放久，要尽快吃呀，再留就不能食啦。

"过期的东西你为什么送过来，看不起我呀？"黄梅珠随后听见阿妈噗的一声吐出口里的黄皮果，她用这种方式表达对黄梅珠的不满。

"本来是想留给大佬吃的。"

"你何时心里还会想到别人。"阿妈仇恨的眼光射过来。

黄梅珠怯怯地说："大佬如果过来需要隔离十四天的。"

"那又怎样，十四年也要等。"阿妈的样子咄咄逼人。

见阿妈又开始赌气，黄梅珠也就不说话了。这些年，黄梅珠过得越好，阿妈就越生气，因为那边的大佬还不能去工地，只好在家里吃老本。原因是在屯门修屋时摔了跤，在家休息了很久，没有收入。这样一来，阿妈就开始着急，总是劝黄梅珠要关心一下大佬。"他那里只有三十八平方米哦，都转不开身的，你认为那是他应该受的苦吗？得闲时你不应问问吗？"阿妈翻了翻松弛眼皮下面的那一摊灰色的眼珠，继续说，"如果当时是他去了国营单位，哪里会发生这样的事情。"

阿妈口中的国营单位早已改了制，招待所变成酒楼，包给了老板，因为光明乳鸽成了远近闻名的招牌菜，所以招待所这个名字也跟着保留下来。

似乎阿妈眼里的好，就是没有在工地做工。每次见到黄梅珠穿了一身整齐的制服，都会冷冷地发出一声哼，好像黄梅珠并不是她的女儿，而是一个被她嫉妒的同龄人。阿妈如果约了人在招待所里喝茶，刚好又见到黄梅珠穿梭其间指挥小妹摆菜，阿妈都会多点几碟放在一侧晾着，出门时再打包带走，反正她会留下单由黄梅珠去买的。黄梅珠冷冷地说："我怎么关心啊？我也有老有小，每天睡觉前感觉自己只剩下一口气，除了吃饭睡觉其他时间我都在做工啊！"

阿妈不看黄梅珠，一只手扶在巨大的冰箱把手上说："你还有老公吧，还有头家，可你大佬乜都没有。"说到这里，黄梅珠的阿妈委屈地瘪了瘪嘴。她希望黄梅珠这个做妹妹的拿些钱出来，平时黄梅珠偷偷塞给阿妈的钱都被拿去给了大佬，因为阿妈觉得大佬太可怜。这些黄梅珠都知道，只是不会揭穿。

"他怎么又没钱，不会又去赌了吧？"有一阵子，吴梅珠的大佬迷上了买马，输了钱也不会说，只是会突然回来，爬到阁楼上面蒙着头睡觉，做阿妈的便开始向黄梅珠要钱了。

"早没有啦！赌呀赌的真是晦气，你这样讲自己大佬咩意思？"阿妈不满意黄梅珠这么说。对于这个仔阿妈也是有怨，只是放在心里，别人不能提的。当初他去了香港，跟着潮阳人在新界和屯门做建筑外墙。大佬恋爱倒是谈过两次，被人骗了钱，到老都没娶上个老婆，这让阿妈感到内疚和没有面子。别人家的仔从那边过来都是带港币带利是糖，而自己的仔乜都冇。每次邻居问到这些，阿妈便会急，转过头来骂黄梅珠，她怀疑家里的这些事是女儿讲出去的。

见阿妈这么护短，黄梅珠索性来个狠的："阿妈你要对大佬讲，不要拿我的钱给外面那些女人用，那些女人个个都在骗他，哪个都不会嫁给他，死了这份心啦。"

越是害怕越是会听到，这时的阿妈真的生了气，重重地放下手里的炖盅，看也不看黄梅珠，黑着脸回房去哭了。平时阿妈最恨别人说出这句，就连走路都会躲着那些喜欢问东问西的人。上次她多吃了些治失眠的药住进医院，出院之后，身体有些虚弱，更加不愿意同邻居们一道去逛菜场了。

黄梅珠想好了，如果没有非她不可的事，以后都不回娘家，哪怕是他们求自己。哪里是娘家呀，分明是儿狼家。拿一个招待所的事情说了多少年，好像她占了天大的便宜。这些年，让她失眠的事情有很多，很多时候，感觉头快要爆了。芬必得必理通不能再服，网上说吃多了会得老年痴呆。

　　起得有些晚，手机里的闹钟响了几次，可黄梅珠还是昏昏沉沉感觉不到天已经大亮了。原因是这一夜被分成几段，如同人生的各个时期。直到最后一次醒来，她才没有那么混沌。快天亮的时候，睡在她旁边的陈家和便开始起床。与黄梅珠慢吞吞地起床不同，陈家和都是猛然坐起，然后下床。每次出差，照例也不说，只是把东西提早收拾好，放在客厅，时间一到，他便拎了箱子轻手轻脚地出门，像是担心黄梅珠临时把他叫住问些事情，拖了后腿。当时还是很远的差，需要住几天，并且只要出去便不回电话那种差。黄梅珠懂的，只是她不哭也不闹。她早想明白，做什么都没用，日子还得过。只要回来就好，即使带不回钱，也是回来就好，毕竟家里有个男人就不太会受欺负，至少不会受到小混混的威胁。黄梅珠和村里的其他女人一样，认命。有时她也会与其他姐妹一样，去街上发传单，美其名曰拓客。有次她遇见一个女人直奔她而来，应是见了黄梅珠穿的制服，便以为是社区干部。对方撩开上衣，露出胸前的伤口，说自己被家里的男人打了，其他部位也有伤。隔了衣服，女人手指着身上几处地方。由于没有心理准备，黄梅珠惊得张大了嘴，还没等她开口，对方便迅速离开现场。对方戴着口罩和墨镜，黄梅珠站在广场上发呆，感觉像是做了一场梦，为什么觉得这把声好熟呢。

　　现在的生意越发难做，天又热得要死，陈家和是不愿意出去的。疫情之后，现在的书越来越难推销。有一次他去推销书，一个年轻仔笑着问："你知道孔夫子吗？"

　　陈家和怯生生地问："这是什么，是个人名吗？"他似乎想到了什么，只是又不敢答。陈家和的手压着袋子里的古币，那是他自己花钱买的，如果有人买了他的书，他会送上一小串表示感谢。

　　"算了，说了你也不知。这都什么年代了，你肯定是当年没有好好读书。

行了，以后别来打扰我们干正事，麻烦删了我微信吧。"对方说完关上门，把陈家和一个人扔在走廊。监控器下，陈家和无比孤单。这些事情是陈家和有次喝醉了酒讲的。

每次站在那些单位扫码登记时，陈家和总会愣上那么一小会儿，他想不起自己要找谁。陈家和每次出差都会把声音搞得很大，拉柜子似乎是卸柜子，开门如同拆门，关门时必须要发出砰的一声巨响。随后，她才会听见他的皮鞋在地板上来回走几趟，取钥匙，取手机和花镜。然后才算是彻底地出了门。只是很短的时间，他回来了，这次回来，他像是不再出门的样子，先是用力拉上窗帘，脱掉的袜子放进了鞋里，随后躺倒在沙发上面闭上了眼睛。

陈家和睡觉从不打呼噜，这就把从小爱打呼噜的黄梅珠比得像男人。陈家和不打呼噜就跟一个人喜怒不形于色一样，安静却恐怖，似乎让人找不到节奏和破绽，更弄不清他什么时候是不清醒的。黄梅珠任何时候回到床上，都感觉到一双眼睛在暗中打量着她，虽然陈家和可能已经睡着多时。这样一来，黄梅珠只能等到困得睁不开眼，才昏睡过去。黄梅珠平时走路也是提心吊胆，她不想惹陈家和不高兴，原因是对方的嗓门高低与他生意好坏有关，半夜的一声吼叫，常常会点亮不少人家的灯，随后是群里的一片骂声。一声巨响让她醒了过来，再睡的时候便睡过了头。发现睡过了时，黄梅珠便紧张得不行，她看了一眼对面的墙，从床的另外一侧下了地，她想躲开那双来自其他种类的眼睛。

黄梅珠走进厨房时，看见了灶台上的油垢和没洗的碗筷，脑子又回到了昨晚。昨天晚上陈家和动手掐住了她的脖子，说不如大家一起跳海吧。黄梅珠的话在内脏里盘旋了一圈后又落回心口。她不敢说陈家和你这是家暴啊！她知道如果那样可能会刺激到对方，后果将不堪设想。

陈家和两只手环着她的脖子，摆出凶狠的样子，发出的声音像是表演。这几年，生意失败之后，他的脾气越来越大。黄梅珠知道陈家和希望老婆恨他，只有这样，还当他是个男人。所以黄梅珠越是原谅，对方的火就越大，逼到最后，他说："你在同情我？"

碗筷是黄梅珠一气之下留下的，她本来想要临睡前把这些东西都洗净，无论如何都要收拾好，可是在厨房里找不到工具了。陈家和再次把她用来洗锅的刷子扔掉，而且还不忘记丢在地上狠狠地踩上一脚，使得那个东西即使捡起来也不能再用。陈家和每次这样，黄梅珠都知道他又心烦了。生意没谈成，白白浪费了他的烟和酒，那些烟和酒是他自己都舍不得享用的东西。他带着黄梅珠在一个雷电交加的晚上送给对方的。他们已经在树下等待多时，直到别墅的大门打开，他看到了同事熟悉的身影，想不到他们已经捷足先登了。递上自己熬了几天填写的资料后，对方礼貌客气地说谢谢暂时不需要你的介绍，实在抱歉我们最近没有这方面的考虑，说完对方厌弃地看了黄梅珠一眼。陈家和才想起介绍黄梅珠的身份，招待所曾经是一个特别体面的工作，这也是当初的富二代陈家和看上她的原因。

　　他们身上的雨水透过裤管，正在干净的地板上流淌。黄梅珠能想到陈家和心疼地看向礼品时的样子，他们都在想要是能收回来就好了。之前他用雨伞护着它们，使得这些珍贵的礼品没有受到雨淋。回到家时，陈家和没有骂人，他甚至都没有提过对方的名字，只是沉默，天亮前他用手捻碎了自己喜欢的一只功夫茶杯。

　　黄梅珠像以往那样从床上跳下来，差点摔了跤，她第一次发现脚有些沉重，而且酸痛。她像个小脚女人那样站不稳，摇晃着来到了镜子前面。里面的女人是她熟悉的样子，肥而且灰暗。她长得越来越像自己的阿妈，这是她非常不愿面对的事情。那个曾经年轻漂亮的女仔，中年之后便越发难看，她不明白原因。眼睛浮肿得厉害，却不是哭的，她早已经不会那样。发生过的一件件事情缠成了麻线，泡了水，绞在一起，再次打成了结，你中有我，我中有你，无法捋清。当然，黄梅珠的样子是与陈家和一起变的，他原来高挑的身子眼下成了缺点，提早有了驼背，腿中间出现 O 形，脚也成了八字的，穿歪了几双皮鞋，而一头白发染成黑发，不到半个月便成了黄色。黄色的头发配着一张面无表情苍白的脸，非常古怪。抽着廉价香烟的陈家和变得松松垮垮，再也不是那个每天早晨在头上打摩丝的新华书店经理。陈家和的脸阴郁得差不多要掉下来，他就是要这样对着房间里的所有人。黄梅珠的脸倒是经常仰着，又白又虚，没了焦点。不知何时，黄梅珠的五官四散开来，她不想再凝视这张让自己也感到讨厌的面孔了。这些年，她一直都躲着镜子，里面的那个女人倒是会远远地观察她、提醒她。

黄梅珠是当年光明招待所的楼层经理，那个身材修长、特别会说话的小珠珠——这是那些叼着牙签、嘴花花的男客们给她起的绰号，真正有钱的倒也不会这样轻浮。陈家和就是在那个时候遇见她的，发着毒誓要娶她，因为自己有大把钱，多数亲戚都在香港，逢年过节带回来的东西让全村人羡慕，就连给的小费都是港币。不承想没过几年光鲜的日子，光明招待所便成了私人老板开的，陈家和觉得自己被骗了，可是又说不出口，只好每天给黄梅珠脸色。

光明招待所早已更名，经理的名倒还给黄梅珠挂着，只是已经兑入百分百的自来水，几乎没有人听她指挥，她成了光杆司令。

拧开水龙头的时候，黄梅珠发现又停水了。一个月停四次，小区的通知总是在停水之后发出来。前一天晚上她还想着要不要拖地，外面在盖楼，隔壁在装修，无处不在的尘土飞扬，他们的家已经被浮灰盖住。仅仅犹豫了一下，身体便不愿意多走一步，她想躺下，躺下，就这样幸福地躺下。洗衣机里的衣服放了两天还没有洗，家里的水龙头里一滴水也没有，再这样下去，衣服就废掉了，可是她身上所有的器官似乎都生了锈。

这个时候，电话突然响了起来，原来是淘宝上订的那二百块钱的衣服退货的事。果然货不对版，好在见了货，便在楼下及时地提出了退货。这次有了经验，黄梅珠坐在石阶上，用手机把手续办好，否则她担心自己因为懒而错过了退货的时间，浪费了钱，之前就有过教训。电话是"菜鸟"公司打过来的，对方说明天下午三点来取，黄梅珠说三点我在上班啊，那会儿肯定不在家。

"我又不是只有你这一份快递。"快递小哥说。

黄梅珠听完来了脾气："为了等你我难道不用上工啦？"

"家里有人就行。"小哥不管黄梅珠阴阳怪气的发问，又说，"那就四点吧，由你家里人拿给我就好。"

"四点我也在上班，家里没有人。"黄梅珠想到那个时候陈家和应该是在家的，只是她不想让他知道。陈家和会生气，为了购物的事情，他已经发了几次火。

黄梅珠顶撞过："我用的是自己的钱哦。"

陈家和说："我差不多失业了，你还敢这样大手大脚。"

黄梅珠说："你不失业也没有给我买过什么，我们差不多都是 AA。你很久没有交过家用，成天说没钱没钱的。"

陈家和说："买个屁呀，你就是能装。"

快递小哥这时对黄梅珠说："如果没有办法，你就在网上取消吧，不要耽误我的时间。"黄梅珠说："我取消的话，可能我连这件衣服的退款也拿不到了。"

快递小哥说："那我没办法。"

黄梅珠说："我会投诉你的。"

她打了投诉电话，电话是个女机器人接的，很温柔的声音。对方说："请问您是否同意退掉订单？"黄梅珠贴着话筒说："我不能退啊！退了单钱也没了，我试过的真的真的。"黄梅珠想稍微说得复杂一点儿，把之前的事情倒出来，可是她忘记了这已是一个新的时代，就连机器人也不愿意与她交流。黄梅珠说："我如果退了这个订单的话，连二百块退款也拿不到了，之前就发生过。"对方把之前的话又重复了一遍。黄梅珠发现，无论她说什么，对方的答复都是同样的。显然，那是被设置好的语音，永远这样循环着。

黄梅珠的火是对着天空发的，对着自己发的，发完之后，她发现这团怒火裹挟着天上的脏水尘土，变成大雨从空中落下，直接砸向她的身体。

黄梅珠本以为洗漱后便可以上班，可是她的情绪已经不对，心火旺盛，肉却是虚的，那些怨就这样浮在了身上。这时她听见了微信的滴滴声，是有人在与她搭话。语音里放出的声音特别有男人气，说："你怎么不收红包呢？"这个浮夸的男人是黄梅珠的发小。

"什么红包呀？"说话时，黄梅珠果然看见一小截红色映入眼帘。

原来今天是她的生日，她竟然忘记了。当然，每年都是后来才想到，想到的时候或是正在拖地或是晾晒衣服。她已经有太多年没有过生日，"生日"两个字如果说出来，陈家和会用鼻子哼一声，于是她只好不提，尤其在陈家和生意不如意的当下。

眼下这个男人竟然还记得他的生日，真是令黄梅珠悲喜交加。除了银行，谁还记得她的生日？连阿妈都不再记得痛过的一天，竟然被这个男人记得。对方向她发了个一百五十二元的红包，黄梅珠犹豫了一下却没有收，她想了想之后认为连"谢谢"两个字都不必回。索性就将它放在那里，仿佛一个孩子正焦急地等着妈妈回家。被人期待也是一种很特别的感受，黄梅珠感到新鲜有趣。微信的卡通头像后面是一个年过五十的男人，或者说是个落魄的生意人，那是黄梅珠的发小，当年她曾暗恋过他。而此刻，他的辉煌不再，他的生意失败了。黄梅珠脑子里浮现出对方的样子，尽管失败，油腻嘴花的特点还保留着。他总是穿着一件棕色的中山装，梳着夸张的大油头，腕上紧紧地勒着一串焦糖色的红木珠子，露在外面的那一颗正好是个金的。黄梅珠知道如果她收了钱，就等于与对方和好如初，对方欠的钱也可以随风而逝。闭上眼睛，黄梅珠知道对方正在打她钱包的主意，而不是身体或其他。现在，已经没有人在乎她的身体了，除了绕道而行，有的人还会发出感慨："你年轻的时候真的很靓，特别像江浙女生，完全看不出是本地女人。"

黄梅珠不满地反击："本地女人怎么了？"对方发现说错了话，赶紧补救："当然也有好看的，比如说你。"这些话便是这位发小说的。事实证明，等待她的如果不是借钱，便是一件让她无法完成的事情。如果这一次完成不了，似乎就欠了他的人情。显然对方在玩心理战术，而她过了许久才得以看破。多年之后，黄梅珠终于明白，她真的没有多少魅力，而那些所谓的魅力源自她原住民这个身份。可是谁骗她都可以，这个家伙是她的发小啊，只是当年随着父母一同去了新疆支边，回来时大好的机会已经错过，包括拆迁和分红，所以说什么话都带着醋酸。黄梅珠强压着心里的急火，暗暗冷笑：少来这套吧，不要再编那些青梅竹马的故事。在这个早晨，黄梅珠趁着心烦，把发小拉入讨厌的人里面，并给对方加上了一个让自己感到解恨的标签。她搜了一下，竟然在"讨厌"里存有十几个名字，有的是同事，有的是同学，有的竟然是自己的兄弟。像是排掉了脏污的东西，黄梅珠一边从矿泉水瓶子里倒出水洗脸，一边在心里给对方的错误予以小结。

轻松后的黄梅珠莫名其妙有了些得意，她自言自语道："你为什么混成了这样？好吃懒做呗。你个好吃懒做的人为什么要找我，我可不是你的同类，我早出晚归从十六岁就做事到现在，四十年啊！当年什么都是国营的，理发店、修车铺都是，这个端盘子的工作被人羡慕嫉妒死了，如果没有点姿色哪里会收？为了这份工差点搞得兄弟姐妹反目。现在的招待所什么都不是了，和我这个人一样。"想到这里，黄梅珠开始警惕，她担心自己会在不理性的情况下，无私地帮助了这位无赖发小。有时她会考虑对方的不容易，有好几次，为了帮她完成任务，他还拉客人过来消费。她在安慰自己：他毕竟付出了暧昧呀，他在你最失意的时候也传递过温暖，要想想你都这么老了，谁还想着撩拨你呢？

黄梅珠继续思考，发小也老了，什么都没剩，本以为家乡深圳在等着他，回来后，发现好处都与他无关。老实人欺负老实人，可怜人欺负更可怜的人。你为什么要这样待我呢？她用自问自答的方式把对方数落了一番之后，让自己的脸对着光，觉得整个世界只有太阳是暖的。

不知何时开始，黄梅珠愿意用这种方式排遣自己的烦恼。面对陈家和那些恶言恶语，她没有办法消化的时候，便会找到发小不咸不淡聊上几句。她只把对方当成一个垃圾桶，自己那些没有理顺和分类的垃圾残余，连汤带水全部倒给对方。发小自然会把她当成空虚的女人，听着她的话，打着主意，他没有心情去心疼丢失的童年。清理过后的黄梅珠觉得舒服了一些，她在心里说："你的功能就是树洞，帮我装这些就好，不需要有什么反应。"当然了，过意不去的时候，黄梅珠也会考虑给点回报。也不能总把对方当成出气筒，帮人家办点事情也是应该的，当然了，免费的住房肯定不可能了，又不是当年。

发小嬉皮笑脸："你不是有套农民房吗？我可以带人过去帮你暖暖房的，

久不住人对房子不好哦。"

黄梅珠也不作答,她后悔当初虚荣,吹过这个牛。黄梅珠最多请他吃一顿饭,反正自己手上可以打个八折。或者对方需要救急的时候,她也会帮个小忙。只是这个钱还是要还的,不还的话,黄梅珠会打电话教训对方半个小时,到了第二天,钱也就到账了。基于这样,对方通常希望黄梅珠请客。为了这顿饭,他会拉上自己的生意伙伴、欠下人情的朋友、同居过的前女友和未来女朋友。黄梅珠很快识破了发小的把戏。吃饭的时候,在介绍到黄梅珠时,发小已不再喊她小丫头大美女之类,而是说这是光明招待所的黄老板,家里有几套农民房,很快就会拆迁,引得有人拿了茶敬她。有时候,黄梅珠也很享受这种说法。只是这次人还没有走到家,发小便打来电话说:"你可不可以先给我打两千元救个急,一周后还你,耽误半个小时,老子不是人。"上次的钱他拖了几个月,所以他需要这样保证。

黄梅珠问:"怎么又借钱?"

发小说:"不是刚还你了?"随后又说,"对了,你再帮我看看,周围有没有空房子,我需要过渡几天。"黄梅珠故意夸张地说:"租房子?大把呀,中介机构三两步便有一个。"显然对方说的是黄梅珠的老房子,那是一套即将拆迁的老房子里的一间,一直出租着,这也是她不敢得罪阿妈的原因。村里有的人家祖屋是不会分给女儿的,尤其是找了外地老公的女人。黄梅珠还算幸运,分了一小间,虽然户名还写着阿妈,可是她相信早晚有一天,会写上她的名字。

"你没明白我意思。刚刚一起吃饭的那个女孩子你见到了吧,人不错的,我也是才认识。她身患重病,没有家人陪伴,需要临时住几天。刚做完手术什么也不能做的,身上又没有钱,很快还要复查,真是太可怜了,仅那几项检查便花光了家里所有的钱,这是什么世道啊!我,我想诅咒这个世界!"黄梅珠想象他在大街上仰天长叹的样子,越发感到搞笑。

"哎呀能不能不要再说什么'归来还是个少年'啦,太搞笑啦,哪个归来不是渣男呢?"黄梅珠都想在"讨厌"两个字前面加上一个"最"了。电视上有了这一句之后,这个男人就经常拿过来用,滤镜般地美化自己。

这时，阿妈突然打进来一个电话，平时她极少联系黄梅珠，来电话必然是有事情，而且总是非常要紧，当然百分之九十与钱有关。阿妈打电话的目的是什么呢？阿妈已在儿子或者媳妇或者侄女面前吹过牛，所以她对黄梅珠说："哎呀，你要帮助侄女搵份工呀。"黄梅珠说："是她不想过来，还嫌我们这里脏，见的男人都是大叔大爷，哎呀，她这是找工作还是找老公呀？"

阿妈说："工作要找老公也要找，你就不会重新再找一个给她吗？"

"我去哪里找啊！我这是招待所，不是人才市场，再说她也不是什么人才。"

阿妈不服地说："当年你怎么又可以找到？"

"当年的光明招待所是镇政府的，国营单位，接触的人也有权。现在是什么？是个做生意的地方，人家老板要赚钱的。服务员的位子大把，不需要介绍啊！再说了，这些工作我能做，她怎么不能做了？"

"她是你的侄女，如果她老豆当年不把这国营单位的指标让给你，你会有今天吗？"阿妈说。

黄梅珠说："她上次骂我年轻时就是个三陪，一天到晚穿着高跟鞋拿着小本子，带着客人楼上楼下看海鲜、点菜，脸上赔着笑，看了就恶心。"这是当时阿妈和黄梅珠通完电话不懂关手机，被黄梅珠偷听到的。

黄梅珠总是搞不明白那些复杂的问题，现在她似乎捋清了一些头绪，只是她不理解阿妈为何总是盯着她。

阿妈说："因为你是阿姑呀。"

黄梅珠说："我是阿姑我就该死啊？"

"你怎么说死呢？你大佬细佬如果不是看在你会给我养老送终的分上，也不会把国营单位让给你的，还有那间屋。"

"什么？让我一个做女儿的养老送终？好，那房产证上也要有我名吧，不然算什么？"

"早都办好了，是你大佬和细佬去办的。"

黄梅珠紧张起来："什么意思，有我的名字吗？"

"我都这么老了，不知能活到哪一天呢。我不想管你们年轻人的事情了。"阿妈开始敷衍。

黄梅珠绝望了，她大叫："阿妈，我还年轻吗？每个人都以为我有钱，我是个拆迁户，可是这些年我赚了钱都拿给你们盖屋了，最后连一间都不给我留。"

阿妈也不服气："那又怎样呢？如果当初不是你进了国营单位，你大佬会去香港吗？会这么惨吗？你细佬会去厂里打工吗？如果没有这种好单位，你那个老公会选你吗？"说完这些，阿妈似乎重新有了力量，她开始下达命令，"以前的事不要再讲，记得揾工。你是阿姑，大人有大量，不要再阿吱阿咗说那么多废话。"黄梅珠本来要回敬几句，想了下，上次与阿妈吵过，她便住进了医院，于是先等对方说完才挂断了电话。

黄梅珠站在原地还没有缓过神，招待所的电话便打了进来，是一位年轻的副总。对方说明天要安排人去拓客，让她看看谁去合适。

"我不去了吧，这么老了，说话都没人听。"黄梅珠的手还在微微发抖，却故意装出平静，她懂对方的意思。

"哈正好，你可以推销给那些阿伯呀。"九〇后的副总说。

黄梅珠说："那也不能安排我去吧，光明招待所个个都是年轻妹，怎么非要我去呢？"

"之前看你一天假都没有休过，想到你可能缺钱，刚好机会就来了。"对方还在试图说服她。

黄梅珠准备拒绝，说："我不行，那些男人见我站在身边都不好意思开黄色玩笑，茶也不好意思让我斟，唉，我都可以当他们的长辈了。"说到这里，黄梅珠有些伤感，这个招待所差不多拖累了她一生。

想不到对方一下子笑了，说："这就对了啊！这次，我们需要你搞定的是那些退了休、有钱又寂寞的老年客人，你把他们拉过来吃饭啦，过年的时候家里人会丢下他们自己去外地潇洒的。"

见黄梅珠还是不答应，对方生气了，说："如果不行，你给我找个人替你去做，你总要为我们出点力吧。"

黄梅珠说："我让谁去呀，我都是招待所最老的了，我都出力四十年啦。"

副总冷冷地说："所以我们才没有炒掉你。本来公司不想留个这么老的人，不仅用不了还要供着。"副总说完，不等黄梅珠说话便挂了电话。

你们是谁？黄梅珠拎着电话站在原地。除了她自己，怎么都成了你们？

夏天的中午是安静的，天上一丝云彩也没有。黄梅珠似乎回到了往日深圳，街上的行人不知道去了哪里，街的远处闪着亮光。这种反常让黄梅珠感到恍惚，像是配合她开始怀旧的心那样。

她在街上走了一大圈都不知道该去哪里，等从招待所回来时，人已经筋疲力尽。进到房里，看见陈家和正看着电视吃东西，锅里的荷包蛋已被他捞走，肉和青菜也没了，只剩下零零散散的几根榨菜和面条。黄梅珠想着，要不要吃呢？如果不吃就得饿着，还会惹对方摔碗摔盆；如果吃了，便等于吃了一肚子闷气，还要洗碗洗锅。

电视开着，不知道是什么节目，男男女女尖叫着，笑着。

这个时候，黄梅珠想着要不要和那个发小聊几句。不管他有多么让人讨厌，她都想和他说几句。刚写了几个字，又想到对方向她借房的事没有帮上忙，只好把写好的几个字删掉了。

这时进来一个陌生的电话，黄梅珠犹豫着，还是接了，竟然还是早晨那个小哥。黄梅珠想起淘宝上的衣服，于是冷冷地问："怎么不放进丰巢？"

小哥说："重要文件，需要交到你的手上。"

"什么东西啊？搞得这么神秘。"黄梅珠突然紧张了，她听见了自己的心跳。

对方说应该是录取通知书，属于特殊邮件，必须亲自签收。这时女儿的微信也到了，是个大大的笑脸和一个拥抱，她心想事成。女儿有意选择了这种方式，就是要给黄梅珠一个大大的惊喜。考了几年，黄梅珠都想劝阻女儿了，毕竟女孩子的青春短暂，况且还有一位富二代的追求，至少未来会衣食无忧。

黄梅珠全身的血向头上冲，陈家和没有出门应该也是这个原因吧，平时即使没有事情他都要出去逛的。黄梅珠怪自己，只顾着生各种闲气和抱怨，前天，出去打暑期工的女儿还用微信提醒她记得收快递，而她竟然都忘了。黄梅珠的脑子里浮现出墙上的那幅向日葵。和黄梅珠一样，女儿也没有绘画天赋，不仅如此，当年的她，字写得也不好看。

"每次奔跑，都好过原地踏步。"黄梅珠从没想到画上还有一排用铅笔写的小字。

原来那蜘蛛是来报喜的。

原载《上海文学》2022 年第 7 期

孙　睿

抠绿大师

1

膝盖在燃烧。

我和宝弟蒙在绿布下，低着头，双臂抵着吉普车后备厢的钢板，下半身和腰腹协同发力，推动着一辆两吨的吉普车向前滑行。

起步的那几下很费劲，使出的劲儿都被弹回来，构成膝盖的几块骨头咬合在一起，长到现在，它们从未如此亲密过。轮胎像一块尚未成熟的痂皮，紧贴地面，没有丝毫缝隙。屏息凝气，双脚蹬地，继续发力，轮毂终于转动起来。

一旦动起来，就没那么费事了，想加速，仍要玩命推，胳膊会本能地使劲。意识到车并没有随着我们发力而加速多少后，使劲的部位会自动下移，提肛缩腹，前脚掌触地，脚指头也被带动着发力，腿肚子的肌肉膨胀欲裂。这并没有使我退缩，却让我身上其他部位的肌肉被调动起来，跟面前的这辆车死磕——有种一扇门挡在你面前，不把它推开，就会被闷在黑暗里的感觉。

车真的越来越快了。绿布下，眼前闪现出一道道光。我有点儿低血糖。

这时绿布外面喊了一声"停"，车里的人踩下刹车，宝弟攥着绿布的手心渗出汗，在吉普车漆面上一打滑，脸重重撞在后备厢外面挂着的备胎上，声音不大，还带了点儿反弹。

"没事儿吧？"我攥着绿布的另一角问。备胎是开拍前导演让挂上去的，本来它平放在后备厢里，导演说还是挂在外面好，有气氛。不知道硬邦邦的轮胎和邦邦硬的铁皮，脸更愿意选择撞哪个。

"为了艺术，没事儿。"宝弟揉着痛处。

"停"是导演喊的，随后他又说了一句："能不能再快点儿？"

"试试吧。"我探出头说。

"什么叫试试吧……"

"能！"宝弟赶紧说。

"车回原位，再来一条。"

我和宝弟钻出绿布，跑到车前，把车往回推，推到起始位置，又跑到车尾，再次蒙上绿布，准备拍摄第六条。

"时间不多了，争取一条过！"绿布外面又在发号施令。

宝弟再次揪住绿布的边角，对我说："马哥，你心里就喊：×你妈！×你妈！然后车就能推快了。"

我往嘴里放了一块糖说："我之前心里喊的是：你妈×！你妈×！"

"也挺好！"宝弟笑了。

我也笑了。笑完，我们身上又有劲儿了。

因为同期录音，我们不能把这话喊出来，否则车一定会推得更快一些。

"预备……"绿布外面传来声音。

我和宝弟双腿后撤，双臂抵住吉普车，和大地呈四十五度夹角，拉开架势，小腿的肌肉一跳一跳，跃跃欲试。

"开始！"

绿布随着吉普车移动起来，这是坐在导演那里看到的效果。到时候绿布这部分会在后期剪辑中被抠掉，包裹在里面的我们当然也就消失了，看上去是吉普车自己在往前开——用这种方法拍摄行驶中的吉普车，够酷吗？

2

得从这辆吉普车说起。车是峰哥的，他倒腾临期食品，就是即将到期的零食、饮料、奶、酱油什么的——凡是有保质期的东西，都有快到期的那天——超市和电商会在到期之前三四个月就下架，退给供货商，供货商则以想象不到的价格——可能是超市价格的十分之一——再次批发出去，只求快速出手。峰哥专收这些货，再倒出去，赚差价。本质上也算倒爷，倒是倒了，离爷还远，利润极低。有一次他卖了三十米长的奶，只挣了四千——一挂车十五米，卖了两挂车，一集装箱的奶挣两千，折合到每盒上就挣两分钱。他也是快进快出，沾点儿就走，还有更多挂种类繁多的临期食品堆积在上千平方的仓库中等着被拉走。他老说，干了这一行，看着如此巨量即将被人类消耗的东西，感觉已经不是食品了，人也不是人了，怎么看怎么像饲料和鸡。

供货商的仓库通常建在城市远郊，峰哥每天都要去看货，必须有辆吉普车才能从那些沟沟坎坎没有路的地方干过去，于是搞来这辆二手国产四驱车。它有一个催人奋进的名字：奋斗者。峰哥每天开着它，从河沟和草地上碾压过去，把自己送到那些为了节约成本而临时搭建在野地的仓库前，喷满花露水，穿过蚊群，走进库房，为了一两分钱，跟老板各种套近乎。超市货架上的下一批退货随时都会到来，只要峰哥能拉走，老板也不死扛价格，你好我好。峰哥对下线也是这态度，特殊时期，能有买卖做，尽量和颜悦色。

但也有时候会碰到杠头。有一次峰哥发一车巧克力，天热，特意配了冰袋，送到地方，卸完货，对方突然说不要了，因为保质期不是峰哥说的还差三个月，而是两个月。峰哥逐一查看，他也是被忽悠了，确实有差三个月的，但大部分是两个月。峰哥说既然已经卸了货，出现这种情况，索性不挣钱了，按成本价给他，并接通上家电话，说明日期的事情。上家说每天发这么多货，不可能一盒盒检查，就是一大概其，同时表示，愿意退款一千元作为赔偿。峰哥开着免提和上家通话，过程全透明，并说这一千元退款可以让给下家，雇车买冰袋也没少花钱，都不要了。其实三个月两个月，都是卖，但对方不知道哪根筋不对了，就是不干，坚决退货。你来我往说了半天也没用，最后几箱卸下的巧克力也没往仓库搬，就堆放在阳光下，正一点点变软、融化。大车司机着急回去，峰哥就让他先把车开走，拿货方挡着车不让走，要求必须把巧克力拉走，峰哥推开他，让司机先走了，说剩下的问题他留下解决。

推搡过程中，那家伙不知道怎么就倒地了，然后报了警——纯经济纠纷报警没用，倒地为叫警察来解决此事提供了巨大便利，所以他一直躺在地上没起来，像一摊融化的巧克力。

那天是宝弟陪峰哥去的，峰哥的吉普车限号，宝弟就开他的五菱荣光，跟峰哥跑了一趟。峰哥和那人支巴起来的时候，宝弟和那人的助手在一旁劝导，也都是奔着催成买卖别惹事儿的原则，哪怕警察到了后，当事双方也以为这事儿可以调解，无非是峰哥出点儿钱再退一步，让对方多挣点儿，落个心理平衡。没想到警察当场把他们都带走了，因为峰哥弄的这批巧克力里掺着假货，出警的警察也是位父亲，常给孩子买这类吃的，练就了一双慧眼，恰好被他发现。

到了当地派出所，进一步了解情况后，就让对方的人和宝弟走了。峰哥被扣，他的解释不管用：我犯不上卖假货，真货比假货还便宜，我成车成车地走货，不可能一包包细看。等他再出来，已经是六个月后。他进去的时候，媳妇还有三个月就要在老家生娃了，完美错过。

峰哥出来那天，宝弟开车去接，我跟着。宝弟是开超市的，峰哥给他供货——一般峰哥不做散户。我们仨是一个镇出来的，还在同一所中学上过学。宝弟从峰哥那儿拿的货，若全卖掉，就有钱挣，卖不掉，则自己吃，省了生活费。总之，干这个，让宝弟在北京活下来，现在超市开到第三家，都设在城乡接合部，我们也住在这里，北京的边缘。

半年没见，峰哥瘦了，也黑了。接上他后，除了问想吃什么，我和宝弟没再多嘴，对峰哥在里面的生活避而不谈，只说外面发生的那些无足轻重的事儿。倒是峰哥主动介绍每天都干什么，听上去很丰富，我和宝弟也有点儿向往了。我俩配合地笑着，同时琢磨着该如何把另一件事儿告诉峰哥：他停放吉普车的那条路变样了，车现在有点儿麻烦。

车平时停在一排刚建成尚未投入使用的小区底商前，这排房子盖在土坡上，最近开发商修路，土路部分变成了石板路，以前是自然延伸到坡上，车能开上开下，现在土坡的两头儿改成了花岗岩台阶，有十几级。峰哥进去得太突然，修路时联系不上车主，车就那么一直停在坡上。我和宝弟也是看到修好的路后，才注意到被贴满一张张挪车通知的吉普车。我们去找开发商，得到的答复是只能自己挪车，为了这辆车，这条路已经晚动工半个月了。昨天我和宝弟揭掉车上的条子——开发商已做到仁至义尽，每天贴一张挪车通知，驾驶室一侧的玻璃都被贴满了，远看白花花一簇，随风翻动。怕峰哥看了受刺激，我们还拎来水桶把车冲干净，前后挡风玻璃上已经落满红绿相间的鸟屎，铲了半天。

现在宝弟把五菱荣光开到这条坡下，峰哥看懂了两侧的石阶和坡上的变化，一个跨步，跳上石坡，摸出钥匙，拽开车门，坐进车里，打着火。然后在我和宝弟猜测下一步会如何的时候，车从以前是土坡，现在变成台阶的地方，像只大号的铁皮青蛙，一蹦一蹦地开了下来，台阶下我和宝弟的头也跟着一上一下地颠了起来。车停到我和宝弟身前，车窗落下，峰哥在里面说："上车，吃饭去。"

我们仨都知道，吃饭的本意在喝酒。人均五瓶啤酒后，峰哥说："北京想把我的路堵死，但我开过去了，现在我要回家了。"然后摸出车钥匙，推到我和宝弟面前说，"车你们留着开，挣钱了，给我点儿折旧费就行。"我和宝弟面面相觑，不解地看向峰哥。峰哥说，十五年前他想亲眼看看北京什么样，就来了这儿，现在只想亲眼看看儿子什么样，得走了。宝弟说："跟儿子玩够了，再回来呗！"峰哥说有家了就不能乱跑了，一度他待在北京的理由是给孩子挣奶粉钱，结果孩子出生的时候他却不在身边。一旦有了孩子，人生重要的事情就变了，现在他不觉得外面有多好了，说着唱起齐秦的那首《外面的世界》。我和宝弟用掰开的一次性筷子敲击酒瓶和酒杯，这是我们仨每次喝完酒的保留节目，曲目会随情绪而变。

唱完，峰哥说："钥匙收好，将来我儿子来北京，还得找你们。"

就这样，吉普车到了我和宝弟这儿。

车大部分时间是我在用。每当别人问我是干什么的，我都不好意思说我是搞影视的。我在剧组做过的最高职位是"副美术"，多的那个"副"字，代表我不可能直接接活儿，只能给别人做副手，甚至打杂。我不是专业院校出身，入行时间也短，所以不挑活儿，只要给钱或钱不多但能学到东西的组，我都去。有时候得出去找景，或选购美术道具，剧组爱找自己有车的工作人员，这样不用再派车了，报销个油钱就得了，于是峰哥的这辆车在我这儿派上了用场。每次干完一个活儿，我就给峰嫂——她也是我们镇的——转笔钱，并问问她和峰哥怎么样，每次得到的答复都是：还那样儿。那样儿是哪样儿，我也没再往下问。

从业的这几年，我没攒下什么钱，就留了一堆破烂——都是剧组拍戏用过的道具。它们是我的资本，当哪个小剧组没有道具预算的时候，我的优势就体现出来了，可以自带道具进组。为了存放这些玩意儿，我特意租了个农家院，两间房子用于生活，剩下的屋子堆满桌椅板凳和仿制的各个年代的瓶瓶罐罐。现在我和宝弟推吉普车的这个活儿，就是这么接到的。

我的一个也是做"副美术"的朋友，给剧组找道具，知道我手头有辆吉普车，想借用。我说车不是我的，我得替车主收点租金，按市价，每天两百。"副美术"说就用半天，拍一场戏。我说租车公司也是用一下按一天收费，行规。"副美术"说这组没钱，我说我得尊重朋友的车，那就别用了，再问问别人吧。"副美术"说塑造角色需要，主人公就得开国产吉普，还得有些年头的，别的地方不好找，兹当帮他一忙，回头请我吃饭。我说吃饭免了，你就给车主一百块钱吧，我也好交代。"副美术"答应了，给我发了位置，让我后天一早把车开到那儿。结果第二天一早，"副美术"来电话，说要不这活儿转给你吧，组里什么费用都没有，导演还要这要那，你那儿有囤货，能接就给你干了。我问是什么组，原来是一个年轻导演，自掏腰包，要拍一条三分钟的竖屏短视频，参加平台举办的比赛，一等奖奖金十万。导演为全片准备的费用是一万块，拍两天，用一万搏十万，当然更是冲着搏一个广阔的未来去的。即便没得奖，以后给别的需要拍竖屏视频的公司当样片儿看也可以。现在的导演，全都得懂点儿经济学。我很理解这事儿，问美术预算是多少，朋友说就六百块，片酬、道具费、租车费都在这里面。我说行，接。

不是为了挣这六百块钱。我很清楚这种事情往往费力不讨好，最后说不定还得往里搭钱。但拍出来，真得奖了，我也痛快。我还抱有一点私心：这次干好了，万一导演出名了，以后拍大片也会叫上我。

六年前，我在老家那座政府大楼的办公室里实在坐不下去了，每天给相关部门设计网页，凡我用心想出来的，加点儿创意，就会被说成"没必要"。工作了两年，每天面对的都是雷同的东西：一成不变的版式、用来用去的几种颜色、指定的字体……倒不是觉得做这些愧对我的专业，因为我本身也不是什么像样学校的像样专业出来的，是我脑子里那些被同事们认为稀奇古怪的念头，它们不甘悄无声息地生出又消散。一次我在网上看到外国剧组的拍摄花絮，一位男演员穿着奇怪的衣服在绿布前吊着威亚在飞，然后拍摄的画面导入电脑，一个戴眼镜的大胡子按了几下鼠标，演员背后的绿布消失了，大胡子换了几套背景，有大海的，有沙漠的，有城市摩天大楼的，铺在刚才绿布的位置，画面看上去就是这个演员在这些地方飞过，酷极了。后来我在电影院看到这部叫《蜘蛛侠》的电影，坐在影院的座椅里，黑暗中我有一个强烈的感受：这才是我想做的工作！于是我来到北京，当然上火车之前，是艰难地说服家人和点头哈腰去辞职。

带着工作两年攒的一点钱，到北京我就报了一个后期特效培训班，为期三个月，在那个班上，认识了后来的女朋友小艾。当时我住在宝弟那儿，他比我小四岁，早我两年来北京，通过宝弟，我又认识了峰哥。培训班毕业后，我在小影视公司上过班，也在同学的介绍下，进剧组打杂，凡是跟"美术"沾边的事儿，都干。细分起来，"美术"内部又分很多行当，比如特效抠图和场景搭建，完全就是俩工种，我都干过，为了生存。我也知道，我不可能在某一方面成为行业独领风骚的那种人，只能靠杂取胜——需要抠图的，我上；需要锅碗瓢盆了，我也有。

此刻，我就蒙在一会儿要被我抠掉的绿布里，力争把吉普车推得让导演满意。两个小时前，我开着吉普车，宝弟开着五菱荣光，拉着我为这部戏翻腾出来的道具，赶到这里，今天开机。

全组一共九个人，导演为了省钱，说没有早饭，自己吃完再过来集合。我买了四张鸡蛋灌饼去找宝弟，给了他两张，他说一张就够了。平时我也一张就够，但我的经验是，这种不太正规的剧组，饭都不会准时，吃饱点儿好。推完几趟车后，宝弟说："幸亏早上听你的了。"

最近宝弟在追一个女孩，一直想约女孩来剧组玩，让我再进组带上他，他只干活不拿钱，还能贡献面包车，力图在女孩面前为自己打造出一种神通广大业务繁多的人设，而不只是一个开小超市的。没想到开机后的第一场戏就出问题了，出在那辆吉普车上，拍完第一条后，它突然就打不着火了。

无论怎么鼓捣，就是不走。

导演有点儿急了，若不能按计划好的两天拍完，就要多花钱。他说："什么破玩意儿，哪儿找的破车！"

我知道这话是冲我说的。任何解释都是苍白的，我窝在驾驶室里捅捅这儿按按那儿，宝弟也在一旁帮忙——他的五菱荣光坏过几次，都是自己鼓捣好的。

但这次奇迹没有出现。

二十分钟后，导演那边更难听的话传了过来。我灵机一动，跑去说："我蒙上绿布推，车就能走起来，后期再把绿布抠掉就行了。"

"没抠像的钱。"导演直截了当。

"我可以抠，问题出在我这儿，我免费抠。"

"能行吗？"导演不相信这事儿能这么办。

年轻的摄影师在一旁说："行不行也只能先这样了，要不然两天根本拍不完。"听语气，也是被导演忽悠来的，怨气扑面而来，我能分辨出这不是冲车，也不是冲我。

我掏出手机，把做过的抠像视频给导演看，没等看完，导演说："那就这么拍，赶紧的！"

于是我和宝弟钻进绿布。宝弟说多亏他留了心眼，第一天自己先来探探路，打算第二天再叫女孩来。如果此时女孩在现场，绿布下他的红脸，一定特别难看。

在我和宝弟的膝盖碎掉之前，总算拍出一条让导演满意的。

"这场过，下一场。"导演的话宛如天籁。

我开着宝弟的面包车，拉着道具，跟剧组赶往下一个场景。宝弟留下处理吉普车，先把它挪到停车费少或者不要停车费的地方，再去找我汇合。

下午的拍摄还算顺利，晚上九点收工，入住快捷酒店，大家领了房卡，纷纷回屋休息。我从摄影助理那里拷了吉普车的素材，开始用笔记本抠图，导演要早点儿看到效果。宝弟洗完澡从卫生间出来，躺在床上给阿双——他追的那女孩——发了明天拍摄的位置，又美滋滋地在手机上打了会儿字，然后跟我聊了几句，就没动静了。我扭头一看，他睡着了，攥着手机。

抠像比我预料的复杂。抠不难，关键是抠完，吉普车屁股那就是一片白了，我得从吉普车的背景中截出图贴在那儿。按说这也不是啥难事儿，但是拍摄时太匆忙，没贴点，所以截取了周围画面再挪过来，老有点儿对不上。我便给车后面加上一层蒸腾的气雾，就是太阳暴晒时常能在公路和铁路地表看到的那种效果，有种氤氲的感觉，这样就遮盖了背景的瑕疵。也许观众看了会问，车的尾部为什么会喷出这样的气体呢？我都想好了导演这样问我时我该如何回答，我会建议导演：这是一种魔幻现实主义的效果，可以增强这部片子的表现力。

做完这些，快四点了，天已放亮。我发到导演的手机上，头一挨枕头，便什么也不知道了。

3

我是被服务员的开门声吵醒的。睁眼一看，太阳已经越过树梢，宝弟还以昨晚睡着时的姿势蜷在床上，服务员拿着拖布进来，正准备打扫卫生。

"快起来，十点了！"我赶紧推醒宝弟。昨天通知早上七点出发，我按亮手机，看大部队这会儿在哪儿，并纳闷为什么没人敲门叫醒我们一起走。

宝弟迷迷糊糊睁开眼，慢镜头般翻了一个身说："浑身酸。"

他说完，我才意识到我也酸。微信的拍摄群里有几十条未读信息，我点进去，划到第一条未读信息，是导演早上六点发的，说今天不用出工了，昨晚他想了一晚上，既然这短片要参加比赛，就得对自己的要求高一些，现在的剧本需要完善，场景也有变化，所以原拍摄计划取消，他先回家改剧本，估计一周内能改好，如果大家那时候还有时间，再来一起完成创作。房钱已经付过了，睡到自然醒就各回各家吧。有人在群里问，那工钱怎么结？导演说下次拍摄的时候一起结，有人说下次不一定能赶上了，先把昨天的结了。导演说他已经先走一步了，回头再说。要钱的人说走了也可以发红包，然后双方开始扯皮。我没看完，赶紧通知宝弟，先别让阿双来了，戏不拍了。宝弟说："啊，为什么呀？"

收拾完东西，我和宝弟坐在宾馆狭窄的大堂，筹划着下一步该怎么办。我给导演发私信，没提日后还拍不拍的事儿，只问他抠像的视频看了吗。等他回复的当儿，我把视频又看了一遍，昨天做的时候又困又累，觉得尚可，现在清醒些再看，有点儿汗颜。等来导演的回复，未对视频做评价，只说剧本会变，不需要主人公在此处开车这场戏了。我问昨天拍的视频怎么办，他说用不到了，你看着处理吧。我又问如果再拍，还会用到吉普车吗，是否需要尽快修好。他只回了俩字：待定。

在我询问导演的时候，宝弟告诉了阿双，场景临时有变，换到郊区拍了，太远，改天再来剧组玩。原本阿双打算中午来看宝弟，然后赶在五点前回去上班。她在一家精酿啤酒馆当服务员，工作时间是晚五点到凌晨两点。

宝弟问我，下礼拜真能继续拍吗，那时候叫阿双来玩也行。我说不要抱有幻想，剧组是世界上最不靠谱的组织，导演是世界上最不靠谱的人。宝弟不说话了。我说等我进别的组干活，你来帮两天忙，到时候再邀请阿双，就是未必会很快成行。宝弟想了想说也只能这样了，为了不露破绽，他决定今天去找阿双一趟，告诉她这部戏要转到外地拍了，等下回有北京的戏，再叫她来玩。然后又想起什么，说面包车里的那些道具他得用一下。

我开着车，宝弟指路，傍晚时分，我们到了阿双上班的精酿啤酒馆。车直接开到餐馆门前，那里立着一个类似讲台的东西，实则工作台，后面站着一个女孩，黑T恤黑裤子，戴着黑口罩，头发是黄色的，手持对讲机。车还没靠近，宝弟就指着告诉我："那就是阿双。"

车子驶到工作台旁，坐在副驾驶的宝弟放下车窗，笑嘻嘻地问："双儿，有车位吗？"阿双认出宝弟，从工作台后面走出来，往斜前方一指，然后颠颠小跑着带路，边跑还边回头冲宝弟笑。侧面能看到她耳郭上钳着两个银色的耳圈。

停好，宝弟下车，给我和阿双做了介绍，然后重点介绍这辆车，说是剧组的道具车，今天刚收工，后天要去云南出外景了，走一个月，特意来看看她，道个别，明天要收拾剧组的东西，没时间过来了。说完他拉开面包车，让阿双看里面的道具。阿双的目光试探着落在里面的那些物件上，有风吹过，一股陈年的霉味儿飘了出来。宝弟在一旁解释，都是摆设，充样子的，不是实用器，所以脏兮兮，出现在画面里给特写时再擦干净。阿双指着一个台灯说："哇，这种，我小时候写作业就用这样的。"又指着一套晾水瓶说，"我小时候家里喝水的也是这样的。"这时候阿双手里的对讲机响了，呜啦呜啦不知道在说什么，响完，阿双冲着对讲机回复："收到！"然后把路边的三角锥放在一个没车的空位上，说有人预订了车位。

阿双把我和宝弟领进餐厅，宝弟选了一个临窗的位置，能看到门口的工作台。阿双拿来菜单，让我们先翻着，她叫服务员过来。阿双走到吧台，跟穿着白衬衣的服务员说了几句话，同时指向我们桌，说完便出去了，又站在工作台后面。自始至终戴着口罩，也不知道她长什么样，只给人一种麻利、勤快的印象。宝弟说，她上个月刚过二十岁生日。

我问宝弟，阿双为什么来北京？宝弟看着窗外说，肯定不是为了来当服务员，但先磨炼磨炼也好，将来结婚知道生活的不易。我问，她知道你要跟她结婚吗？宝弟笑了，说，我老来这儿吃饭，也许她知道，也许不知道。

我说，男人，主动点儿，免得别人抢先了。宝弟说他怕真挑明了，被拒以后更没机会了，所以得想方设法让阿双觉得跟他在一起的生活会是有意思的。

阿双为什么来北京这个问题，我也知道没必要问，但还是没忍住。阿双让我想起了小艾。我和小艾是三年前分手的。培训毕业后，我俩在一个小剧组又遇到了，一起在美术组做后期特效。那部戏结束后不久，我俩就在一起了。她是女生，不愿意做风吹日晒的工作，坐在电脑前抠像让她很满意。她那时候比阿双现在大不了多少。我为了让生活好一点，除了参与影视美术的后期，前期有活儿也去干。我和小艾就这么在一起四五年，她家里开始催她结婚。我俩都知道，对两个北漂来说，婚后留在北京意味着什么，而不留在北京又意味着什么。

耗了两年，有一天，小艾说她想回老家了，我去过她家的县城，比我家的县城大不了多少。她说厌倦了，厌倦北京，厌倦这份工作——到现在我也不知道有没有厌倦我的成分。她每天的工作是把人物后面的绿色抠掉，替换上新亮的、华美的、奢靡的、梦幻般的，甚至魔幻般的背景，于是一个新的世界诞生了。而眼睛一旦离开屏幕，那个陈旧的、凌乱的、厚重的、落着灰尘的世界，又重现眼前。渐渐地，小艾发明了一个词：劣质的生活。

我没问小艾劣质指的是抠图这种伪饰现实的生活，还是从屏幕扭开脸后面对的生活。总之，她不想再创造劣质的生活，也不想再过劣质的生活，于是离开了北京，自然也就离开了我。我也不想过劣质的生活，所以我还留北京。来北京于我，就像中国男足去世界杯上溜达一圈——说不去溜达，是认怂；费挺大劲溜达上了，也没好到哪儿去。

不知道阿双到了小艾那岁数的时候，会怎么想这些。菜上来的时候，阿双正在窗外拎着挪开的三角锥，指挥司机倒车。我刚挂了4S店的电话，描述了故障，问修车要多少钱，他们说具体什么故障得检查完才知道，从目前描述的情况看，可能是变速箱坏了，换一个新的要两万八。我问换上新的，这车能卖两万八吗？对方换了一种语气说您最好把车开来，如果变速箱修修还能用的话最好。我说开不过去了，我琢磨琢磨吧。挂了电话，正好看到阿双经过宝弟车的时候，又巴头往里看了看。我又灵机一动。

"咱俩把这个短视频继续拍完吧。"我看着正在吃拉皮的宝弟说。

宝弟嘴边吊着一截半透明的浆状物，抬头望向我。

"你不是想让阿双来剧组玩吗，咱俩弄个剧组。"

"拍什么呢？"宝弟没有把那截拉皮嗫进去，而是吐了出来。

"就拍峰哥那车。"

"不是坏了吗？"

"我能抠图。剧情我想好了，这辆车就一直爬坡一直爬坡，咱们多拍几组车在行进的镜头。"说着我把给导演发的那段视频调出来，在软件里做了一个倾斜的效果，看上去车就像在爬坡，后面还跟着一团袅袅的尾气。

宝弟看了两遍视频，说："就是一直爬坡吗？不讲什么故事吗？"

"快结束的时候，给司机一个正面特写镜头。"我看向窗外说，"让阿双演这个司机。她不是想来剧组玩吗，索性客串全片唯一一个人类角色。"

"让她露脸有什么用意吗——我当然希望她能露。"

"你想，片子一上来，一辆笨重的汽车，尾部冒着奇怪的烟，吭哧吭哧地开，不干别的，就是一直往山上开，一般人都会认为这么各色的司机肯定是个老爷们儿，但是突然一亮相，原来是个年轻女孩——就让阿双穿现在这一身，口罩也不用摘，露一双眼睛足够了，保持神秘。"

"知道司机是女孩以后呢？"

"车又继续开，终于到达山顶，阿双下车，然后取走一个什么东西。不能是太沉的东西，也不能太贵重，在别人看来，为这么一东西爬上来，犯不上。"

"什么东西呢？"

"没想好，还有时间再想，大概就是这么一个意思。"

"那为什么开的是吉普车，不是骑辆电动车呢？"

"这是人物的性格，就像阿双为什么来北京，为什么在这儿上班。关键是咱们现在只有这辆车可用，就地取材。"

宝弟沉默了几秒说："有点儿懂了，又不是全懂，文艺片。"

"什么片不重要，想不想干？"

"干！"宝弟指着手机说，"那这地方怎么处理？"

视频因为向右倾斜，水平的路面也随之倾斜翘起，画面的左下角空了一块，宝弟问的就是那里。我说可以把那里"P"上一些水，宝弟问为什么是水呢，我说那是地面以下，弄别的都不合适，弄点儿水就代表地下水了。

"那好看吗？"

"一种风格。"

"哪儿找摄影机去？"宝弟问。昨天拍摄用的是有摄像功能的相机，高清级的，摄影师给取景器做了遮幅，呈现出来的就是竖屏。

"就用手机。"

"能行吗？"

"行不行也这么干！"

4

凌晨三点，我和宝弟把吉普车弄过来的时候，阿双正好收拾完店里的东西，可以走了。她摘掉了口罩，长得和小艾一点儿不像——本来也没道理应该像。

吉普车是用宝弟的面包车拖过来的，我俩弄了一根拖车绳，他在前面开车拉，我在后面的吉普车上控制方向盘。路上遇到警察查酒驾，也让我吹了，顺利通过。

宝弟已经把我的想法跟阿双讲了，阿双有点儿紧张，说没上过镜。我说拍的时候，眼睛一直盯着前方就行，我会找角度的。

阿双和宝弟上了前面的面包车，我还操作后面的吉普车。我的车上有对讲机，平时工作常用到，我给前车也放了一个，有事儿就用对讲机联系。宝弟拿着对讲机试了试，说真像剧组了，我说咱们就是剧组。

我决定先拍最后一场戏，山顶部分。我知道北京哪儿的山头好看，以前给别的组选景我都有印象，现在出发，这么开，到山顶正好天亮，说不定能赶上日出。拍完山顶，再拍吉普车各种行驶和阿双的镜头，便万事大吉。

阿双说她明晚五点还得上班呢，回得来吗？宝弟说肯定能回来，他还要回剧组收拾后天带去云南的东西呢。

我们出发了。

车行驶在下半夜出京的国道，完全就是另一个世界。路边是黑魆魆的杨树，耸立两旁，像一条隧道。宝弟的前车开着远光，前方高处的树被照亮。为了不晃到前车人的眼睛，我只能开近光，紧绷的拖车绳在灯光中一颤一颤，拉着我前行。

前面突然亮起刹车灯，对讲机里说："有羊，绕开。"

宝弟打了左闪灯，我也跟着左打轮，从一只木呆呆站立在行车道上的白山羊身旁绕开。不知道它是没睡呢，还是已经醒了。不可理解的生命们。

车窗微启，凉风灌入，不冷不热。四个气球在我的车里飘来荡去。离开阿双的餐馆，我和宝弟去拉吉普车的路上，夜色中，看到前方一个大叔，骑着电动车，后座挂满气球，被风吹得像舰船的尾浪，翻滚荡漾。大叔一味向前开着，气球顽强地向后飘飞。

面包车开到和大叔平行，我降下车窗，问气球是卖的吗，他说嗯呐。

我们在路边停好车，买了四个气球，攥到手里。我突然有了个想法，短片的结尾可以是阿双抵达山顶后，来到一棵树前，那儿挂着一个气球，她把气球解下来，全片结束。现在四个气球像四朵荷花，贴着吉普车的顶棚随风摇曳生姿。

天快亮的时候，面包车把我们——吉普和三个人——拉到山顶。眼前的山脉还沉睡在青暗中，更远处的山蒙在一层雾气里，看不到城市景象，秋虫叫着。我下车拍了几张空镜照片。

一直没合眼，阿双眼睛里泛起淡淡的血丝。我觉得可以先拍阿双的特写，这种感觉正好，一会儿血丝多了，过犹不及。

阿双坐到吉普车里，重新戴上口罩。我把手机嵌入支架，固定在车前的中控台上，我坐在副驾驶，用 LED 灯给阿双面部补光。宝弟在前面的面包车里等我的信号，我说开，他就会启动车，吉普车会跟着走起来，镜头里看上去，就是阿双瞪着微红的双眼在开车。

拍了两条，阿双一直瞪着眼睛，不敢眨，不知道该怎么演。我建议她不要想着在演，当成真实地在开车就好，眼睛酸了可以眨，甚至挤咕眼睛都行，在剧情里，她已经不知道开了多久的车了，可能三天，也可能三个礼拜。

又来了两条，越来越好。再后来拍到一条阿双想打哈欠又憋回去的，状态恰好，可以拍下一场了。

我选定了山顶的一棵树，把气球挂在阿双踮起脚勉强够得着的地方，然后告诉阿双调度线路：先下车，不用关车门，抬头看一圈，发现气球，走到树下，摘下气球，揪住绳子，拉着气球回到车里即可。

吉普车前的拖车绳被宝弟卸去，这个镜头拍车停下后发生的事情，能少抠一点儿就少抠一点儿，抠像不是什么美差。

开始走戏。前面阿双都准确照做，走到树下后，犹豫了一下，然后才踮起脚尖。我提醒她，这里不要犹豫，要坚决，表现出很强的行动力。阿双说，能不站着够气球吗，她想爬树。太能了，我说，先爬一个看下感觉。

阿双说爬就爬，抱着树，胳膊腿一起使劲，虽然不专业，但能感觉到"敢爬"。宝弟在树下出主意，告诉她抓哪儿，蹬哪儿。折腾一番，阿双掌握了爬上去的路线，还想再熟悉一遍，我说不用了，实拍，剧情中你是第一次爬这棵树，需要一点"生疏"。

气球系到阿双刚才攀爬的路线上，我在阿双下车这侧支好手机，开始。

阿双依照之前的设计，走到树下，又抬头看了一眼，突然蹿起，抓住一根侧枝，同时借助脚，蹬了一下树干，身体升起，摽在树枝上。稍稍稳定，她仰起上身，伸胳膊揪住垂下来的气球绳，然后看了一眼树下，直接蹦下来，落在草厚的地方，身体顺势一倒，坐到地上，胳膊一直举着。跟试爬的那次完全不一样，但很完美。

阿双站起身，也没掸土，抬头看着气球，一松手，气球飘走了。阿双想够，蹦起来抓，已经来不及了。气球越来越远，眼看着变小，山顶显得很低。

我还一直拍着，镜头对着飞远的气球。

"没事儿，还有呢！"宝弟去取那三个气球，都是白色的，多买就是为了备用。

阿双羞赧道："拍起来，脑子里一片空白，全忘了，忘了爬树该蹬哪儿，摘完气球，我也不知道该怎么办，下意识就松手了。"

"很棒，比我设计的好。"我停掉手机说。

"再来一条吧！"阿双说，"拍一个气球不松手的。"

"还是松手好，来吧！"

宝弟把另一个白气球勾在合适的位置。第二遍开始。阿双上了树，够到气球的绳子，往身前一拽，砰的一声，爆了。气球剐到了树梢。

"还有。"宝弟举着另一个气球跑来。他俨然一位合格的道具师，再次将气球放到合适的位置，并指导阿双如何避开树梢。

气球爆炸的时候，一滴水珠落在我的头上，我以为是气球里的。现在第二滴也落下来，我意识到是下雨了。出发前，我查过天气预报，没说有雨。现在下了，也不意外。

阿双也感受到了，抬头看天。

"没事儿，抓紧时间，能把这条拍完。"我又启动了手机摄像。

阿双又用另一种方式爬上树，也是原生态风，我摇动手机，配合着她的动作。阿双落地，气球飞走，我仰起手机。气球飞至恰到好处的时候，一滴雨水落在镜头上，像把画面扔进水里，多了一种味道。我觉得可以了。

雨滴越来越密。下开了。肉眼可见，雨珠落在山群上。

我们进到面包车里避雨，我坐在后面的道具中。宝弟拿出三桶泡面，他刚才已经用酒精炉烧好开水。我们撕开包装，泡了起来，车里充满面香。

等面熟的时候，宝弟问我："马哥，有一事儿：这片子万一得奖了，奖金怎么花？"说完不好意思地笑了。

这个问题我早就想过，正因为这点儿念想，才让我有了拍个片儿的想法，当然并不全是，占三分之一吧。我说："先把峰哥的吉普车修好。"

"要是没得奖呢？"宝弟又问。

"那就等于少挣了十万块钱，钱对咱们来说一直不好挣，也正常。"我说。

"我想好了，没得奖就明年再拍一个。"宝弟掀开一个泡面桶盖，递到阿双面前。

雨越下越大。

吃完面，阿双和宝弟在前排玩着气球，你打给我，我打给你。我又冒出一个想法，片子结尾可以放在雨中，阿双下车，爬树摘下气球，看着它在雨中飞走，然后上车，继续往前开。我打开手机，先拍了一个雨刷器不停摇摆的镜头，想等雨小点儿，出去重拍爬树那组镜头。雨却不见小，甚至愈演愈烈。我查看天气预报，此时已显示为"暴雨"，还发布了泥石流预警。

这次预报得很准，没一会儿，车窗外已成一片瀑布。像正经历一次失控的泼水节，雨珠噼里啪啦落在车顶，仿佛直接打在头上。

我翻看之前拍的素材，看见刚到山顶时拍的那两张照片。前后不到一个小时，同样的一片山，完全是两种面貌。我在手机上做出第三种面貌，将远处的山脉抹去，"P"上一些加了光效的楼宇，在调成亮橙色的天空下，像刚刚洗过的蔬菜。然后在虚空中放上一道彩虹，跨越苍穹，涨满画面，将远处的楼和近处的山，罩在一个安全、祥和的世界里。直觉牵引着我这样做。

照片被我发到朋友圈，取名"雨后·北京"。我经常这样发图，但也不同于那些一定美颜过才发自拍的人，有时我还特意把画面调得脏旧，虽然失真，其实更真。

这场雨让北京的一天提前开始了，我看到不少人在朋友圈里说，雨太大了，被吵醒或被吓醒。

在我继续翻朋友圈的时候，宝弟突然冲我身后大喊："坏了！"

说罢他打开门就冲了出去。我回头一看，侧后方停的吉普车正缓缓后退，我也拉开车门跑过去。微倾的山坡上，砖石地面已经存了厚厚一层水。

宝弟跑在前面，捡起地上的拖车绳，试图拉住吉普车。无济于事，车仍倒退着拽着宝弟往前蹭。我跑到宝弟身前，也像拔河一样拉住绳子，车速放缓了，近乎停下来，但还在缓慢移动，因为我和宝弟的脚无法待在原地，在一点点儿蹭着前移。阿双也补过来，双手拉住宝弟身后的那段绳子，同时一只手薅着气球。

车彻底停住，绳子扽得笔直。汽车在绳子的那头，处于低处，我们在绳子这头儿，位于高处，我们的头顶是悬浮的气球。从远处看，也许是一种奇怪的视效：吉普车被气球拉住了。

气球确实在帮我们拽住即将滑落的吉普车，尽管这力微弱，那也是向上的力。

只要不撒手，气球就不会飘走；只要不松手，汽车就不会滑落。这是峰哥的车，车牌还挂在上面，将来他儿子来北京还用得着。我们就这样卡在山坡的边缘，像定了格。

地面湿滑，我们不知道能坚持多久。雨没有要停的迹象。

"报警！"我喊道，"110，119，120，都行！"

"我不能松手！"宝弟在我耳边大叫。声音穿越水柱，像从很远的地方传来。

"我的手机没电了！"阿双已经破音儿。

"用我的，右边兜里！"我扭动身体，露出右半侧。

阿双松开手，来掏手机。绳子又传来车的拉力。

"密码多少？"阿双拿出手机，举到我面前。

"1235789。"

阿双的手指在屏幕上划出一个"Z"，仿佛佐罗驾到，手机解锁。刚才我看了一半的微信界面映入眼帘，在"P"过的那张照片下面，挤满好友们的头像，我收获了使用微信以来最多的赞。

顷刻间，雨水已让屏幕看不清。但我仍清晰地看到最上面的一行留言：这是北京的哪儿，想去！

原载《上海文学》2022 年第 8 期

朱　辉

玉兰花瓣

　　天很热。午后的阳光下，院子里的青砖地明晃晃的，有一些砖头竟像脱落的小镜子。厨房边有一片阴凉，玉兰花开得旺盛，绿叶森森，白花朵朵，在燠热的空气中散发着幽香。

　　远处的大街上，有市声隐约传来，小巷深处的院子更显幽静。没有风，花叶纹丝不动。除非你看见厨房外墙上的水龙头还在滴水，半晌一滴，落在水盆里，眼前的景象就像是一张照片，一个已经死了的院子。

　　莲香坐在西房里，不紧不慢地做着针线。头顶上是一个微风吊扇，吹得她的头发不时耷拉到眼前，她抬手捋捋，把针插到手里的衣服上，站了起来。这是一套棉衣，靛蓝色里杂着一些白色的碎花。布料是她自己挑的，里面的中空棉是她在街上买的。她开始准备料子没人知道，自己动手裁、缝，个把月的工夫也就差不多完工了，直到现在也没人知道。她把棉袄和棉裤摆在床上，摆成一个人的样子，恍惚中她已经穿了进去，躺在里面。

　　这是莲香最后一套衣裳。是寿衣。她不想麻烦别人。幸亏她年轻时在服装厂做过，落得了全套手艺，虽有些手生，但还拿得起来。寿衣都是棉衣，不管什么季节用上，都是冬衣，难不成那边总是百花凋零的寒冷冰窟？

不知道是不是这个理由，总之这是规矩，自古以来就是这样。除了棉衣，其他的衣裳，内衣、棉毛衫、毛衣等等，莲香也备好了，都是新的。她专门腾了一个小箱子摆好。不用明说，到时候女儿自然能够看懂。

　　太静了。耳朵里有幽远的嗡嗡声，仿佛是蝉鸣，却没有蝉鸣的那种断断续续。耳鸣的毛病已经很久了，自从马老师去世，她的耳朵里就钻进了蝉的鬼魂，一边耳朵一只。这倒也好，至少有两只虫子一直陪着她，还不用喂，也不担心它们冬天会死。

　　想到这里，莲香脸上露出了一丝笑容。她笑起来是很好看的，年轻时像一朵花，招人喜欢，老了的笑容也不难看。她很少大笑，只是眉头稍稍舒展一下，嘴角翘起来，笑容就像水波那样漾开来。此时她的笑容有点苦涩，木木的，像玉兰花临近凋谢的样子。

　　她喜欢花。这里的人都喜欢花。老早还没有指甲油的时候，小女孩就用凤仙花染指甲；长大一些，她们高兴起来就会在头上簪花，栀子花、月季花、蔷薇花；结婚成家当妈妈了，一般就不再在头上戴花，只别在衣襟上，玉兰花，三两朵并成一簇，好闻还又好看。莲香家原本种了好几种花，马老师走后，莲香精心侍弄着，但第二年，还是悄悄死了不少。只剩一丛玉兰花，大概因为那里阴凉好，倒长得更盛了。

　　莲香也是这么过来的，染指甲，簪花，别花。花开花谢，慢慢就老了。也不算很老，也才过六十，可是马老师走后，她一下子觉得自己彻底地老了。玉兰花每年初夏就开，一直到秋天还零零星星地绽花。去年，莲香以为花期已经过去，却在早晨刷牙时突然看见又一朵玉兰花从绿叶深处探出头来。她又惊又喜，回头喊："马老师！"这一声喊出，突然愣住了。她把最后一朵玉兰花摘下来，摆在一个水碗里，放在家神柜上。家神柜上是马老师凝固的笑脸。

　　玉兰幽幽。屋子里显得阴凉，外面依然火辣辣的。莲香跑出去，摘了几朵花，添在水碗里。马老师的笑容在玻璃里闪烁了一下。莲香拈一朵花，别在衣襟上，镜框里的玻璃里出现了她的身影。她轻轻骂一声："笑，你就知道笑！好看吗？"

"好看，真好看。"莲香似乎听见了马老师的声音。当年她参加镇上的文艺宣传队，马老师负责辅导。第一次排练，莲香有事去迟了，马老师一眼看见她，上下打量了她一下，自己脸倒先红了。莲香耳鬓插了一朵玉兰花，马老师笑道："真好看。"他声音不大，但莲香听见了，其他姑娘也听见了。她们起哄，要莲香问清楚，他是夸人好看，还是花好看。莲香也想问的，但终于没好意思。

马老师是镇上中学的老师，英俊挺拔，吹拉弹唱样样精通；莲香能跳能唱，身材又好，也是宣传队一枝花。先是，马老师指导莲香格外用心，以表扬为主，领唱，独唱，领舞，马老师扬着嗓子，举起右手一扬一扬地教她唱，又低下身子纠正她的腿姿。莲香簪的花掉了下来，落在他面前，他随手捡起，抬手就要给她戴上。莲香一把就推开了，抢过花自己胡乱插好。他怔在那儿，周围不少姑娘吃吃地笑。至此，他们就好上了。后来，就结婚了。

他弯腰捡花的时候，莲香看到他白衬衣的领子里有点黑。他们好了后，他的领子就总是洁白的。那时候男人穿不起白衬衣，戴假领子。假领子小，几把一搓就好了，莲香把他的假领子和自己的胸衣一起洗，两人的身上就有了一样的味道，莲香用的是玉兰花味的香皂。现在想起来，她自己也奇怪，怎么就没有问他一下，他们第一次见面，他脱口而出的"真好看"，究竟是夸人还是夸花。

一直没有问。现在已没处再问了。

家神柜上摆着一碗菜，红烧排骨，是马老师喜欢吃的。早前拮据，难得吃，后来宽裕了些，莲香每星期总要做个一两回。不知道是不是因为营养太好，马老师后来很胖，突然有一天睡下后就没有醒过来。不到七十，真是早了。可莲香现在倒羡慕他有福气，没有受罪。除了清明、中元、寒衣和冬至供饭，莲香时不时也会在马老师照片前摆上一碗红烧排骨。不再管他是不是要降脂减肥，既然已经成了鬼，还是随他的口味吧。

莲香做排骨很拿手。做姑娘时，她不怎么会做家务，只看母亲做过，轮到她自己了，她不知道要焯水，腥气。收汤常常过了火，焦了。试了几回才掌握了窍门，还无师自通地用老抽加点冰糖上色。莲香的耳朵里一直有蝉鸣占着，嗡嗡的，她其实听不见苍蝇飞，可苍蝇不知道，它躲在排骨上一动不动，看见有手伸过来，才吓得腾空而起。莲香的手挥一下，端起碗，撩开门帘往厨房去了。

她没有胃口，但饭总还是要吃。

爬过苍蝇，必须要热透。莲香刚把排骨倒进锅里，院门那里有了动静。抬眼一看，毛豆已经站在厨房门口，起劲地摇着尾巴。它是从围墙下的狗洞进来的。紧接着院门一响，门开了，小宝进来了。毛豆是家里的狗，马老师走后莲香捡的。小宝是巷子对面邻居的小孩，毛豆是他的玩伴。这一人一狗也不怕热，头上都沾着树叶，小宝手上抓着一把蝉蜕。厨房里灶头燃着火，很热，莲香让小宝去堂屋里待着。小宝去了，毛豆蹲在地上不肯动，眼巴巴地看着莲香。莲香懂了，假装做一个揭盖起锅的架势，毛豆嗖地蹿了出去，头在纱帘上一顶，进了堂屋等着，还探出脑袋朝这边看。

纱帘下面早被它顶坏了，苍蝇就是这么进来的。莲香第一次看到毛豆时，它还有点奶憨憨的，看不出品种，正在翻一堆垃圾。莲香给了它一根火腿肠，它就跟着走了。莲香加快步子，假装赶它离开，可它一直跟到了家。跟到家莲香也还没有决定养，直到看出它是只母狗。她是个寡居女人，养只公狗会被人笑话的。

毛豆长得很快。也看出来了，是土狗。土狗也不能不养了，有感情了。莲香请人在院墙上开了个洞，毛豆就能随时进出了。土狗性子野，关在家里是养不成的。独居的莲香养只狗看家，也能解闷做伴。毛豆一般待在院子里，东转转西嗅嗅，无聊了就趴在厨房外的狗窝边睡觉。但一不留神就会跑出去，不是有狗洞吗？它跑出去莲香也不操心，到时候它自己会回家。小宝家只隔一条巷子，到了放学时间，毛豆耳朵就会竖起来，小宝家门一响，它嗖地就钻出去了。再回来时，常常后面就跟了个小宝。

毛豆很聪明。莲香并没有教它握手作揖之类的把戏，但莲香说话它好像全懂。小宝是真喜欢这只狗，常常会带东西给它吃，还买了小球、假骨头之类的几样玩具逗狗。他把球远远地扔出去，毛豆乐颠乐颠地捡回来，交到他手上。这把戏人和狗总也玩不厌，乐此不疲。

莲香听说小宝功课并不太好。他憨乎乎的，是个小胖子，未见得很聪明，见他老夸毛豆聪明，莲香忍不住想笑。也亏得有了毛豆，这院子才有了一丝活气。毛豆单独在家，院子是半死不活，小宝来了，这院子才像活了过来。

小宝在学校的时候，毛豆有时也悄悄跑出去，不知道到哪里去晃荡。它出去时一声招呼也不打，回来时却一定要找到莲香，在院子里叫，四处找，围着莲香摇尾巴，又蹦又跳。有一年春天，它回来后却不找莲香，自己钻到狗窝里睡觉。后来发现，毛豆怀孕了，四个月后生了三只小狗，虎头虎脑的，跟毛豆被捡回来时差不多的样子，只是身上多了几块白色，不知道是哪只白狗下的种。小狗满月后，莲香悄悄把小狗全送了出去。她只想养一只狗。小宝也想要一只，被他奶奶骂了一顿。小宝奶奶和莲香不怎么来往，莲香听见她在巷子对面说："你去玩玩还不够啊，带回家，想都别想！"

也说不上有什么矛盾。小宝奶奶一直跟莲香是同事。镇上先后办过许多镇办厂，磨刀石厂、文具厂、服装厂等等，后来都倒掉了。原因很多，主要是因为产品好，实用，镇上家家户户都有办法免费使用，源源不断，还能惠及四乡八舍。最后一家镇办厂做的是橡皮筋，这下子女人们阔绰了，头发上扎着，手腕上还戴着，小男孩们几乎人人一把橡皮筋弹弓，树上的鸟儿遭了殃，厂子当然也倒掉了。莲香在几个厂里都做过，最后在供销社落了脚，直到退休。小宝奶奶也几乎同一条轨迹，莲香在供销社站糖烟酒柜台，小宝奶奶卖布。本来也没有竞争的，但就是不怎么亲热。还是邻居哩，这就更亲热不了。这不奇怪，镇上的女人们大多是这样的。

但小宝到莲香家玩，他奶奶并不反对。他把橡皮筋套在毛豆脖子上，毛豆用爪子又拨又扯，啪地一弹，吓得一愣一愣的；再一扒拉，皮筋崩断了，不知飞到了哪里，毛豆还要在地上找。小宝笑道："我多哩。"他手腕上果然还有好多，还想给毛豆套上一根，毛豆头一歪，跑开了。莲香热好了排骨，做好了饭，端到堂屋里来。小宝说："好香。"却不肯吃。莲香皱皱眉，自己吃饭。她夹起一块排骨，还没送到嘴边，一阵反胃，胃里像翻江倒海。她忍住，放下了筷子。小宝奇怪地看着她，问："马奶奶，你怎么啦？"

莲香苦笑道："没怎么，这排骨变味了。"她一点小宝的额头说，"难怪你不吃。"

倒说得小宝咽了咽口水。莲香喊一声："毛豆！"

哪里要喊呢，毛豆早就急不可耐。它扒在条凳上，尾巴摆得像把扫帚。莲香捏一块排骨往前一送，毛豆头一点，进嘴了，咬得咯嘣咯嘣的。

莲香说："小宝，你来喂毛豆好不好？"

小宝说好。他左右手各拿一块排骨，蹲在地上，左右开弓地逗毛豆。莲香说："小宝，我把毛豆送给你养，好不好？"

小宝迟疑一下道："我奶奶不让养狗。"

莲香说："毛豆还住在这院子，还睡它的狗窝，你过来喂它好不好？"

小宝说："这好呀！"又迟疑道，"马奶奶，你为什么不喂它？"

莲香说："奶奶老了，喂不动啦。"

这话小宝不怎么懂。喂狗需要力气吗？不好懂的话小宝是不深想的，况且毛豆也不允许他想，它吃完了两块排骨，把地上的骨渣子都舔干净了，抬起爪子又去挠小宝。小宝问："都给它吗？"莲香说："不，留一点。狗也会吃撑的。"

小宝奶奶在巷子对面喊他吃饭了。

莲香说，她喂不动了。当然不是喂不动，是她知道自己喂不久了。她得了治不好的病。医生看着报告单说："你家里人呢？我想跟你家里人说说。"莲香说："家里人来不了啦。"医生似乎明白了，歉疚地苦笑一下，不知道说什么才好。莲香拿过单子说："我明白了。我回去想想再来找你。"实际上她没有再去医院。活到这么大，她有什么不明白的？她只是羡慕马老师命好，抢先走了，还一点罪都没受。

出了医院她在台阶上坐了很久。想给女儿打个电话，想想还是罢了。不难受到那个份上，她也不会去查，这报告其实只是个印证。这样的检查，人家都有儿女陪着，莲香从来没有想过要女儿陪。她这辈子最大的遗憾就是没有能够生养。起先，还认为是自己的问题，马老师也认为问题出在她身上，有一阵子，态度都不好了，最后竟摔锅打盆的。他那么个斯文人，赌起气来是很可怕的。后来悄悄去医院查了，她一切正常，只能是马老师的问题。莲香有了底气，劝他也去查。不肯，就逼他，逼了也没用，她就激将他。从医院出来马老师就蔫了，这一蔫就是好多天。莲香心疼了。她有点后悔逼他去医院检查了，如果不查，就让马老师认为是她的问题好了，他也就是个赌气，她习惯了也就罢了。现在这样，还是个不能生，倒把个男人逼成了蔫货，有什么好呢？

这事外人不知道。娘家人终于还是晓得了，劝莲香离了算了，莲香想都没想一口拒绝。不能生养也不是无路可走，他们可以抱一个。马老师心情郁郁，莲香就老扯着他出去散步。他们走在高高的河堤上，野风飒飒，莲香老觉得听到堤边的茅草里有孩子啼哭。其实不是的，是野猫。野猫嗖地蹿远了，还回头望望他们。回到家，却接到个电话，说镇医院有个女婴没人要，一生下来她妈就跑了。莲香就这么得着个女儿。

跟亲生的一样，除了没有奶。莲香喂她喝奶瓶，忍不住，解开衣襟羞羞地把奶头送到女儿嘴边，女儿一口就叼住了。痒痒，还疼，莲香忍着，嘴里还一吮一吸替女儿使劲，奶头居然被吸出了血。

莲香心里怏怏的，很内疚，顿时觉得自己很没用。马老师看见这一幕，笑话她，话里还带着点讽刺。但慢慢也喜欢上了这个女儿，取个小名叫莲子。

莲子长大了，会叫爸爸妈妈了，会走路了，上幼儿园了……很幸福。但半懂不懂事的时候，也要过脾气，怪爸妈不给她生个哥哥，要是有个哥哥，她在幼儿园就威武了；识字后很喜欢自己的名字，还喜欢"莲子莲子"地自己喊自己。莲香怎么也不会想到，有一天莲子竟会嫌自己的大名不好，土气。她说："马莲，马莲，还不如叫我马蹄莲！"她嚷着要去派出所把名字改了，叫马莲子，至少还有点日系风。当然没有真改，但莲香意识到出问题了，从莲子的眼神里就能看出，她知道了自己的身世。不知是哪个缺德的，告诉了她。

这父母做得小心翼翼的，可管教时又会忍不住表现得理直气壮。终归，莲子还姓马，没有叛出家门，也长大了，但总觉得不那么亲。马老师突然离世，莲子哭也哭的，但却没做到每年清明都回来祭扫。理由是很多的，她说出了一些，还有一些莲香都代她想好了，知道她以后会说。想到自己的病，莲香心里有点冷。

她没有再去医院看。不是信不过医院，不信她就不会先把寿衣备好。她是对医院有点怕。像马老师那样多好呢，不去医院，一觉就睡过去了，居然还白白胖胖的。莲香知道自己会瘦，会枯萎，寿衣她就故意做小了一些，到时候才更合身。换内衣寿衣终究还是要麻烦莲子了，这也是该当的，她的乳房毕竟被吸出过血。

马老师的照片左上方，挂的是一个镜框，里面整齐地排列着他们一家的很多照片。有一张是莲香和莲子的合影，两个人的衣襟前都戴着玉兰花，莲子的头上也插着。照片是黑白的，雪白的玉兰花反倒成了最真实的颜色。莲子在上海工作，莲香相信自己如果把病情告诉莲子，莲子会让她去上海看病——肯定的，她一定会这么做。但万一她不接话呢？所以莲香还是不开口的好。

等莲香去镇北的墓地与马老师团聚了，不知道莲子会不会去扫墓。清明时节，她会不会还那么忙？

莲香强忍着反胃，扒了半碗饭。这算又多吃了一顿人间的饭食。

刚把剩下的排骨放进冰箱，毛豆就在院子里叫了起来。这狗精得很，莲香以为是自己收排骨的动作被它看见了，不是的。是一只猫，小宝家的，站在围墙上虎视眈眈，毛豆愤怒地朝着猫吼，在院子里飞奔。它在花丛里钻进钻出，身上沾了不少树叶花瓣。猫不敢下来，狗也上不去，这局面维持了不久，猫尾巴一闪，倏忽不见了。毛豆得意扬扬地又在院子里叫几声，回到了堂屋。

毛豆蹲在莲香面前，舌头伸得老长，这是热的。它蹲了一会儿，不见主人有它期待的动作，失望地打了个哈欠。莲香撩开门帘，到花丛那里掐了两朵玉兰花，别在衣襟回来了。她站在马老师的照片前，站直了身体，挺挺腰肢，相框里出现了两个人奇异的合影。莲香说了句什么，毛豆听不懂。

它心心念念地惦记着那碗排骨，也知道是摆在冰箱里，但它不会开，会开也不敢擅自动爪，只能在冰箱前乱转，蹦蹦跳跳的想引起注意。主人今天很笨，什么也不懂，毛豆颠颠地跑出去，钻进了花丛。

莲香的遗像挑好了，也放大了，照片比现在年轻得多，跟一点也不显老的马老师很般配。镜框也做了，等着那一天莲子把照片装进去，这件事不作兴自己动手。莲香似乎看见自己已与马老师并排而立。她怔怔地坐着，直到感到毛豆在抓她的腿。她奇怪地问："你干什么？"

毛豆哈哧哈哧伸着舌头，看看她，又看看地下。它的面前，摆着一朵玉兰花。这是毛豆叼来的，不用拿起来她也知道，上面肯定沾了不少它的口水。这没什么，难得的是，花朵一点没破，半开的玉兰花，每一片花瓣都是完整的。

地上印着凌乱的狗足迹。隔着纱帘看出去，玉兰花点点如星，看不出少了一朵花，但显然，这朵花是毛豆从花枝上咬下来的。拿起来，你能看见新鲜的断茬，微有茎汁。莲香大喜过望，兜起它的两只前腿，在它脑门上亲了一口。让它学会叼花就不容易，学会自己从枝丫上咬下一朵花就更难了。虽然排骨对毛豆有无与伦比的吸引力，但它会偷懒，总是会偷偷捡落在地上的花。排骨扔在地上和拿在手上，它都是一样吃，它怎么能理解人不喜欢凋谢的花呢？今天算是误打误撞吧。莲香高兴极了，她立即从冰箱拿来排骨，挑一块往毛豆鼻子前一送。毛豆期待已久，脑袋闪电般一抖，哈喇子甩了莲香一手。

毛豆吃得嘎嘣嘎嘣的，还抬起头看看，奇怪怎么这一块里面一点硬骨头都没有。这是寸金骨，没有硬骨，毛豆今天配得上这个待遇。毛豆趴在地上，抬起头，又要。再给。莲香看见毛豆的爪子缝里夹着不少青苔。马老师走后，莲香也一直给花浇水，常去侍弄，但院子里的青苔还是渐渐多了，从围墙下向中间蔓延。她不愿意沤臭肥，只会浇水，顶多有时埋一点鱼肠子。玉兰花的最后一次底肥还是马老师施的，那天突然停电，冰箱里十几个鸡蛋坏了，马老师把它们全部埋在花根下。这玉兰吃的还是马老师施的肥，但旺盛得很。

寸金骨算是奖励，再给是为了复习。莲香捏起一块排骨，走到玉兰花边，指着枝丫上的一朵玉兰花说："摘下来，才有得吃。"

太阳稍稍弱了些，但还是热。毛豆抬眼看看别处，朝围墙上张望。没有猫。莲香摇摇手里的排骨，还在它鼻子前绕绕，毛豆半懂不懂的。莲香抱起它，把它的嘴凑到花枝前，用手捏着它的嘴用力一合，一拽，花枝断下来了，可是掉到了地上。莲香指着地上的花说："给我！"毛豆迟疑一下，一口叼了过来。莲香往后退退，毛豆朝前跟跟。莲香接过花，立即把排骨托到它嘴边。

它吃得那么香。莲香干呕了几下，压住了反胃。刚才这一阵子折腾，她累极了。这样的训练早已开始，明显地，她的体力日渐衰弱。面前的毕竟是只狗，她几乎可以肯定，它基本学会了叼花换肉，但难保它每次都从花枝上折花。只能这样了，走到哪里算哪里吧。

确知了自己的病情后，莲香反复思量，也曾向女儿提出了一个要求。女儿秋天时回过一趟家，跟莲香话不多，却喜欢逗毛豆。也许，逗狗恰好可以减少跟母亲谈心的时间。莲香不敢询问她几年清明为什么没回来，也不敢问她什么时候再回家，只试探着问她："你这么喜欢毛豆，把它带走吧。"莲子很诧异，说它不是正好跟你做伴吗。又说他们两口子都上班，没法子养的。还说，这是土狗，土狗哎，土狗城里就没见人养过。见母亲讪讪的，连毛豆好像都不高兴了，又解释道，土狗一个人在家是待不住的。自己又笑道，不是一个人，是一只狗。莲香微笑道："一只土狗。"

毛豆蹲在两人中间，看看这个，又看看那个。见她们不再说话，扑通趴在莲香脚边，不时抬起眼皮，看看莲子。莲香叹口气道："不知道你爸在那边穷不穷。"她这话没头没脑的，莲子有些发愣。莲香说："四时八节我都没少给他烧纸，可我昨夜还是做梦了，他说他手头有点紧。"莲子说："那他还手紧啊，我爸他是不会管账吧。"话一出口自己被吓住了，立即闭嘴，但说出去的话收不回来了。她故作镇定地看着母亲。莲香脸上看不出波澜，像无风的玉兰花。她知道这不是诅咒，莲子只是嘴快，而且也不信烧纸。果然莲子说："妈，你相信活人烧了纸，亲人能收到吗？"

莲香还没搭话，毛豆霍地站了起来，是小宝来了。他已在门边站了一会儿了，正朝毛豆打手势。毛豆欢快地钻出去，就着台阶人立起来，双爪搭在小宝手上。小宝有点认生，轻轻朝莲子喊了声阿姨。他进屋找个小杌子坐下，毛豆摇着尾巴跟在他身后，一起身，双爪又搭在他肩膀上。莲香接着刚才的话茬，看看莲子说："我信，我要给你爸多烧点，让他存起来。"

小宝突然说："我也去烧过纸的。我奶奶说，火堆上起了旋风，就是爷爷来拿钱了。我一点也不怕。"

莲子笑道："你那么大胆？吹的吧？"

小宝还要争辩，莲香伸手摸摸他的头说："你看毛豆跟你这么好，你还要对它再好一点哦。"

毛豆见莲香摸着小宝的头，双爪落地，挨过来，也把头伸向莲香。莲香摸摸毛豆的脑袋，使劲抓挠了几下，笑道："你也就是个土狗！"心里苦笑着对自己说："总要分开的，终有这一天的。"

莲子在家住了两天就走了。毕竟是自己的女儿，莲香打起精神做饭，还做了一顿红烧排骨。莲子边吃边夸，却也没有吃几块，她怕胖。莲子在家的时候，莲香忍住咳，躲着咳。莲子走了她才没有顾忌，但也不想声音太大，还是收着一点，痰在极深处，她没有力气咳出来，直到咳出血丝。

日渐枯槁。自己都觉得身子在缩小。日子越来越快了，但每个日夜却都漫长。毛豆常常倚在她脚边，她咳得那么厉害，腿一抖一抖的，毛豆都习惯了，倚着她抖动的腿，很舒坦的样子。

太阳西斜了。厨房的影子蔓延开来，半院阴影。莲香起身，撩起了门帘，毛豆一闪就出去了。

院子里还热，但有了一丝凉风，与热气混杂了，像热水刚兑上了凉水的样子。才半天工夫，玉兰花似乎又长高了些，顶上又一批花蕾绽开了。这院子终究要留给莲子的，连同这丛玉兰花。玉兰还能开多少年？她不知道。总归比她更长久。

莲香朝毛豆扬了扬手。毛豆显然注意到她手里的排骨，它兴奋了，开心得一蹦一跳的。莲香指着玉兰花朝它示意，毛豆歪着头，似乎在思考。它好像明白了，朝玉兰花那边凑了过去。

莲香等待着，眼巴巴地看着它，那眼神很像当年注视着莲子吮吸自己的乳头。莲香把排骨凑到一朵玉兰花上，等着毛豆来咬。这笨狗，终于还是明白了，它飞快地朝花一咬一扯，花朵被叼到了嘴上。莲香站起身，左手捏着它的嘴，右手举起排骨朝院门一指，径直出了院门。

小巷里没有人。再晚一点出来，下班回家的人影就会杂沓地在青石板路上晃动。毛豆跑在前面，时不时地站下，回头等待莲香。它嘴边的白花让莲香安心。可是她走不快，虽瘦了，身子却沉重。拐上北大街的时候，毛豆犹豫了一下，莲香不理它，继续向北。毛豆终于想起了什么，飞跑着往前去了。

一座小桥连着一条大堤。一只狗，领着一个人。

墓地阒无人迹。按老风俗，除了清明节和前后半个月，一般不去墓地。别人家的墓地这会儿没人来，不代表就没人祭奠。莲香和毛豆已经来过许多回，毛豆早已认了路。果然，莲香沿着墓间的大路一排排看过去，一眼就看见了毛豆正蹲在马老师的墓前，玉兰花已被丢在墓前的小祭台上。祭台上有些斑驳，那是莲香清明来供饭时留下的痕迹。

莲香有些发怔。微风在墓道间穿行，一阵凉，一阵热，转到某个角度，耳边才会掠过些微的风声。莲香掏出毛巾，打算把墓碑擦一擦。毛豆忽然叫了一声，蹦跳着仰头看她。莲香明白了，打开手里的塑料袋，拿出一块排骨送了过去。毛豆大嚼，半闭着眼睛，很享受的样子。

这是重复了很多次的程序。莲香把那朵玉兰花摆摆好，动手擦墓碑。碑上齐头刻着马老师和莲香的名字，只不过马老师的名字填了黑色，而她的还是石头的本色。这真不好看，但只是暂时的。莲香知道，不久以后的某一天，那个镇上专做这行生意的老张，会来把她的名字涂黑。

风大了些。天色向晚，晚霞满天。蚊子聚拢过来了。无数的蠓虫聚成一团团云，在周围飞舞。毛豆吃完了排骨，无聊地在小径交叉的墓地里乱转。莲香抚了抚祭台，石板温温的，比人的皮肤还热一点。玉兰花已经萎了，耷拉着，颜色也泛了黄。莲香看着墓碑上马老师塑封着的照片，想说什么，却什么也说不出。恍惚中，穿着寿衣的她已经缩小了，成了灰，装进了匣子，也封在了墓穴里。

一钩明月，淡淡地挂在天边。

立秋了，天还是热，小镇被晒得蔫巴巴的。但毕竟已是秋天，太阳下山后也有了一丝凉意。做生意的人家打起精神头，吆喝起来。傍晚时分，他们又能迎来一波生意。

一只大黄狗轻快地走在街道上，它毛色杂乱，机警地避开一根根移动的人腿，悄没声地从一个个恨不得摆到大街中央的摊子前跑过去。有人认出来了，这是莲香家的狗。"毛豆！毛豆！"有人喊它，它回回头，继续跑。喊它的人说："你看你看，这狗又叼了花！"顾客听不懂，老板解释道："它会叼花，它嘴边是白的！"那顾客确实看到了狗嘴边的白色，他笑道："哪是花呀，那是狗嘴里的象牙嘛！"

毛豆听不懂这些，它在众人的视线中拐向北街，一眨眼不见了。通往墓地的小桥很窄，桥面的缝里都望得见水，毛豆走惯了，轻快地蹿了过去。墓地很拥挤，像个迷魂阵，毛豆甩着大尾巴在里面拐来拐去。它找到了目的地，仰头嗷呜了几声，低下头嘴一松，一朵玉兰花落到了墓碑前。

它有点累了，张着嘴喘气，没人搭理它，它快快地又汪了几声。有人看到过这样的场景，看到它撩着大尾巴在墓地间穿梭，一道黄光一闪，不见了。

都知道了，这只狗通人性。狗很瘦，肋条都露出来了。有人看了觉得可怜，会扔根火腿肠给它，但除了看到它叼着花在大街上跑，平时它很少出来，它似乎只在小镇与墓地间往返。如此过了半年多，有一天这狗忽然不见了。好几天没看到，好长时间都没看见。跟莲香家同一条巷子的那个小宝委屈地告诉人家，他天天往狗食盆里倒饭的，他说我天天都喂，有的时候一天喂两回哩，可它还是跑了。

　　都奇怪这只狗到哪里去了，正如他们奇怪这狗怎么就会叼花。只有做殡葬品生意的老张知道一点端的。半个月前，前村一个老头死了，也葬在镇上的墓地里。人家供了饭，那狗冷不丁不知从哪里钻出来，当着众人抢了一嘴排骨。那家刚死了人，气不过，几个愣头青操起棒子砖头就围着打。要不是老张出来阻止，说这个日子杀不得生，那狗就没命了。那黄狗跛着一条腿，嗖地蹿进了草丛里，草丛分开一条线，很快就合拢了。

　　那黄狗钻入草丛时，最后消失的是一条黄尾巴，像只黄鼠狼，本地叫"大仙"。老张这行当有个规矩，东家的事绝不对西家说，尤其是怪事，为鬼神所忌。老张明面里守着这行当的所有规矩，但私底下百无禁忌，还惯吃狗肉。他舔舔嘴唇，想起了红烧狗肉，看起来糟乎乎的，其实比红烧猪排美味得多。他咽一下口水，继续守口如瓶。渐渐地，没有多少人记得这只黄狗了。小宝想起毛豆曾生过几只小狗，他去抱了小狗的人家看过，并没有发现毛豆来看它的小孩。他无聊地在街巷里闲逛，右手不断扯着左手腕的橡皮筋，啪，啪，很疼。他忍住怕，悄悄去了墓地。墓地四周的杨树风声呼啸，小鸟在草丛中啁啾，可他连毛豆的影子也没有看见，祭台上光溜溜的，比他的课桌还干净。祭台下散落着很多玉兰花，都是毛豆叼来的，有的还能看出曾是一朵花，更多的已经干枯。玉兰花萎了枯了轻了，风乍起，像有一只无形的手圈着枯花打起旋来。小宝一怔，也不怎么怕，有杨树顶上的喜鹊嘎嘎大叫着在给他壮胆。大街上还时常有黄狗出没，小宝看到黄狗就会喊——"毛豆，毛豆！"那狗理也不理。其实小宝知道，黄狗跟黄狗不一样，每只狗都有自己的长相和表情，他只是看见黄狗就忍不住要唤。小宝奶奶见孙子有点魔怔，给他买了只小泰迪。

　　清明节到了。有人在马老师夫妻的墓前看见了一束玉兰花。细雨清晨，玉兰花洁白欲滴。镇上人说，是那黄狗又来了。小宝的奶奶说："你们不要瞎三话四的，狗会在花枝上缠皮筋吗？"

荆 歌

草原星

我年轻的时候，经常去王晓明家里，跟他一起在阳台上长时间坐着，希望能看到飞碟。

我们这样做有点痴。他的妻子吴然子显然根本不相信有外星人，即使有，她说也不见得就能被我们看到。但她正话反说，每次到了深夜，她要上床睡觉之前，都会把头探到阳台上说："困死了，我要睡了。但愿不要等我醒来的时候你们就被外星人捉去了！"

其实我的想法跟吴然子比较接近，我不敢说地球是茫茫宇宙中唯一有文明的星球，但我对于自己能够亲眼看见外星人，并没有太大的信心。因为我想，宇宙这么浩大，不光是空间距离，时间的辽阔，也让渺小的我们比一粒沙尘更小，比一瞬更短暂。遇见外星人的概率，几乎等于零。我们也许坚持买彩票会有朝一日中奖，但我们这样痴痴地看天，哪怕每天晚上看，哪怕我们一生不干任何事只是盯着天空看，也不可能如愿的。

但是王晓明却信心满满。他认为，既然宇宙几乎是无穷大，那么，有文明的星球，也可以理解为有无穷多。既然这样，相遇的可能性还是很大的。

他希望自己成为一个真正的目击者，而不是脑子里出现幻象，更不要像那些可鄙的谎言家，故意制造假象来迷惑公众。他之所以拉着我一起看，可能更多地也是出于这样的考虑。他非常担心，有朝一日外星飞行器出现在他眼前却无人作证，他是要把我当作目击证人的证人。

当然我也并不讨厌这么做，否则我不可能一次次到他家陪他这样傻傻地坐在阳台上。首先我觉得他家的阳台很舒适，方方的，高高的，离天很近，离尘世很远，视野很广。有风的夜晚，微风凉爽地吹在身上，就像被爱人抚摸一样舒服。他还经常准备一些小吃，花生米和牛肉干之类，沏上一杯绿茶，静静地坐着，吃着，很是享受。有一次，他还拿来一瓶白酒和两只小玻璃杯，跟我一杯一杯地喝起来。酒让我们飘飘然的，好像身体能从阳台上飞起来，飞向夜空，飞入浩瀚的宇宙。这样我们就更有可能遇见外星人了！或许我们自己就成了外星人。

我非常乐意去他家，还有一个隐秘的原因，就是我似乎非常乐意见到吴然子。吴然子在一所大学当教授，学者风度和女性气息结合在一起，让她散发出一股特别迷人的气息。可惜的是，她从来都不跟我们一起看星。我只有在进入王晓明家的那一刻，才有可能看到她一眼。

后来的某一天，我去王晓明家，没有见到吴然子。我有点失落，也很奇怪。"吴老师不在家吗？"我做贼心虚地问。

"我们离了！"王晓明无所谓地说，好像离婚跟扔掉一件没用的东西一样简单。

离婚的原因，据说是因为吴然子爱上了别人。当然王晓明不这样表达，他说是因为别人把她勾引走了。对此王晓明表现得并不悲伤和惋惜，这很让我不解。我是这样想的，即使他已经不怎么爱她，已经不太需要她，但是，事实是她有了新欢，他是被抛弃者，他难道就一点都不屈辱愤怒吗？他为什么如此洒脱？

王晓明这个名字，是他自己改的。他原名王哲。但他忽然在某一天，决定让自己叫王晓明。这个名字太普通了呀，全中国估计叫王晓明的多得可以组成一个城市。他向我解释说，因为他是明末清初天文学家王晓庵的后代。他就是王晓庵的明天。

我查资料，历史上确实有个天文历算学家王晓庵，晓庵其实是他的号，王锡阐才是他的姓名。此人在孩童时代就对天文感兴趣，经常爬到自家屋顶上观星，有一次困意袭来，从屋顶上跌了下来。当然没事，因为屋顶不高，而且地上又有一棵树，他跌落到树上的时候，竟然还在睡梦中。

　　要是当年他跟王晓明一样是住在十一层的高楼上，那就麻烦了。

　　王晓明告诉我，夜空中有一颗星星，就叫晓庵星。那是世界天文组织以王晓庵的名字命名的。是哪颗星？它在哪里？即使是在最晴朗的夜空，我们也看不见它。王晓明说，晓庵星肉眼是看不见的，但是如果有高倍的天文望远镜，就可以看到它。

　　后来我才知道，王晓明在离婚之前就有一个情人，她叫姜芳仪，是吴然子的学生。所以说，他们离婚，是谁抛弃了谁，还真不好说。也许吴然子被别人勾引了去，只是王晓明编出来的，事实是他移情别恋，就想要结束这段婚姻。

　　他离婚之后，我还是经常去他家。不过，坐在阳台上看星星，我的心情与之前大不一样了。屋子里没有了吴然子，那股迷人的气息消失了。而星空对我来说，也不仅神秘，还变得有一点儿寂寞。

　　后来，我就见到了王晓明的女友姜芳仪。

　　姜芳仪虽然也每次都和我们一起坐在阳台上观星，但她显然并不满足于这样做。有一天，她突然提出来，要我们跟她一起去内蒙古锡林郭勒草原看星星。"那儿的星星，每一颗都有黄豆大！"她表情夸张地说。

　　"为什么要去那里？"我问。

　　我知道草原上看星星肯定比在这里好，因为这里的空气不好，城市的灯光也很影响观星。但是，空气更好、离天更近的地方，应该是青藏呀！为什么不去世界上海拔最高的地方呢？

　　姜芳仪说，因为她在草原上有一个最好的朋友，是她大学同学，她们曾经在同一寝室住了两年。

　　"都是吴然子的学生！"王晓明插话说。

姜芳仪的朋友名叫其其格，是她对姜芳仪说，草原上可以看到豆子大的星星，还能看到一些在内地看不到的天文景象，比如流星，甚至流星雨。

"我还没看到过流星雨呢！"姜芳仪说，"一道道金色的光，在漆黑漆黑的天空上划过，那是多么浪漫啊！"

"我看到过一次流星！"王晓明说。

"它是不是掉进北斗七星的那个勺子里去了？"姜芳仪紧张地问。

王晓明沉默了一会儿，说："没有！"

姜芳仪叹了一口气，说："还好还好！"

"为什么？"我感到好奇。

姜芳仪说："亲眼看到流星飞进北斗勺，是会倒大霉的！"

我觉得好笑。

王晓明说："你怎么这样迷信？我只相信科学！人倒不倒霉，跟星星根本不可能有任何关系！"

"那为什么古人说，天上一颗星，地上一口丁？天上掉下一颗星，地上就死去一个人！"姜芳仪说。

"那是古人愚昧！"王晓明说。

"你才愚昧呢！"姜芳仪有点生气。

"倒也不能说是愚昧，"我说，"是古代科学不发达，古人不知道星星是跟地球一样的天体，悬浮在宇宙中。古人还以为月亮上住着嫦娥和吴刚呢，还有一只玉兔和一棵桂花树，那都是古人的想象。"

王晓明说："月球上就是有人，至少住过人！"

姜芳仪说："那我怎么看不见？"

王晓明说："月球的背面，就是外星人的基地。"

我基本同意王晓明的说法，因为我也看到过相关的报道，说美国宇航员登上月球后，确实发现了人类活动的痕迹。外星人曾在月球建立观测地球的基地，确实有此一说。但是，关于外星人，美国军方历来讳莫如深，是国家一级机密。种种与之有关的新闻，比如捕获两个外星人并对他们进行医学解剖之类的，大多并不靠谱。

"锡林郭勒草原能见到外星人吗？"王晓明问姜芳仪。

姜芳仪说："这个我不知道。其其格就说那里的星星有黄豆大，亮得像钻石。她还说，那儿有一个上都湖，特别漂亮。草原、湖泊、鲜花、牛羊，美得就像仙境！"

"想象总是美好的！"王晓明似乎并不太感兴趣。

姜芳仪说："你不愿意去，你就不去好了！"

她转而对我说："我们一起去，好不好？"

我没有回答。你懂的，我不好说嘛！如果王晓明不去，我跟姜芳仪两个人去吗？当然不可能。但是，我又是很想去的，我不愿意说我不去。

"还有谁？"王晓明说。

"你是问还有谁去吗？"姜芳仪说，"再叫上柳琳琳吧！她人很好，像男的一样！"

我不知道柳琳琳是谁，更不明白为什么她像男的一样就好。像男的一样，是女人的优点吗？王晓明也许是知道柳琳琳的，因为他没问，就说"好的"。

确定下来要去锡林郭勒草原之后，姜芳仪很开心。她从包里拿出一盒巧克力，分给我们吃。她说，其其格皮肤很黑，但她很漂亮，她就是一颗黑珍珠。她唱歌特别好听，会很多草原民歌，歌声悠扬，仿佛能把人带到草原。当然，这一回，我们就要去草原，在草原上亲耳聆听其其格唱歌，那就太美了。

我那时候刚结婚，对于经常夜晚不在家，而自称是去王晓明家阳台上看星星，妻子当然不满意，充满疑虑也是正常的。如果两男两女结伴去草原，理由竟是看星星，妻子一定不会相信，更不可能同意。

没想到的是，妻子非常大度，一句也没多问就同意了。她打开抽屉的锁，取出六百元钱递给我，神情凝重地说："我有了，否则就跟你一起去！"

我当即就决定不去了。去什么草原呀！妻子怀上了，我就要当爸爸了，再也不能像无知少年，整天脑子想一些不着边际的事。我应该承担起丈夫的责任，做好当父亲的准备，少些幻想，多做实事。看星星，去草原，这种浪漫的事，还是留给别人吧！

妻子却力劝我不要改变主意。"你还是去吧，都已经答应了！我没事的。再说，你又不是一去不回，也就是一个星期是不是？等你回来，就会看到我的肚子鼓起来了！"

她用双手在肚子上比画了一下。我看得出来，她的内心充满了幸福。而我想象她肚子隆起的样子，竟也有一些激动。

一路上柳琳琳说个不停。她并不像姜芳仪所说，像个男的。相比之下，她的女性味更足。当然，对此各有各的看法。也许姜芳仪觉得自己才是最像女人的。我倒觉得她太瘦了，我更欣赏柳琳琳这样有一点肉肉的女人。皮下脂肪不应该是女性的特征之一吗？柳琳琳的嗓音比姜芳仪也要更柔和一点。可能是因为她那一头很短的短发，所以姜芳仪才说她像个男人吧！

柳琳琳说，还在她很小的时候，她的爸爸就不见了。妈妈始终对她说，爸爸是被外星人掳去了，所以从小她就对外星人充满了恐惧。但是随着年龄的增加，好奇心慢慢取代了恐惧。是真的吗？爸爸真的是被外星人掳走的吗？真的有外星人吗？对于最后一个问题，柳琳琳从来都没有怀疑过。她做过无数关于外星人的梦，她有时候把梦理解为真实发生的事——等她醒来，她觉得自己也许确实是见到了外星人。

即使是在对外星人十分恐惧的阶段，在她的梦里，外星人也是友好的。也正因为这样，在她的意识里，恐惧才渐渐消失，取而代之的是对外星人的向往和好感。

她不是没有怀疑过。上了初中，有个同学对她说："哪里会有什么外星人！都是你妈妈骗你的！你爸爸一定是死了！"

柳琳琳很生气，说："你爸爸才死了呢！"

同学说："要不，就是他有了另外的家，不要你和你妈妈了！"

柳琳琳没有反驳。因为她确实也曾这样怀疑过，她甚至斗胆对妈妈这样说过。但是，妈妈的反应让她吃惊。妈妈随手给了她一记耳光，歇斯底里地说："谁说的？是谁对你说的？"

柳琳琳捂着脸，说："是我自己。"

妈妈说："你是脑子有病吗，怎么会这样想？我不是告诉过你了吗，他去了外星球！他不是不要我们，他是没办法，他被外星人绑架了，他反抗不了，他哪里能反抗外星人啊！"

柳琳琳觉得妈妈说的是对的，外星人既然能来地球，他们的文明一定远高于地球人，他们跟地球人的差别，肯定是热兵器与冷兵器的差别。不对，差别还要更大，是飞机和独木舟的差别，是洲际导弹和弓箭的差别。

但柳琳琳始终相信，外星人是文明而友好的，无数次的梦见证实了这一点。她尽量不为爸爸担忧，因为外星人一定会善待他。他们把他带走，并不见得是把他当作俘虏，更不可能为了研究而残忍地解剖他。他们只是以这样的方式跟地球人深度接触，他们选中了他，也许是他以及他们全家的荣幸呢！也许某一天，爸爸就会神奇地归来。他会变得更帅更年轻吗？完全有这个可能啊！因为外星的时间，跟地球是不一样的。宇宙飞行器是能顺着光的曲度航行的，会让时间倒流。但愿归来的爸爸不要看上去年龄反倒比她还小，那就很滑稽了。

原来，在我和王晓明在阳台上等待外星人的同时，柳琳琳也在她卧室小小的窗口痴痴地看着夜空。每到夜幕降临，在我们的地球上，有多少人在仰望着星空啊！人们默不作声，怀着不同的心事和期待，看着辽阔的夜空。无数奇迹早已在他们的脑海里反复演练，只期待在某一时刻被夜空验证。

让柳琳琳感到奇怪的是，妈妈为什么从来都不认真地守着夜空观望呢？她不想爸爸吗？她不希望突然看到一只飞碟向她驶来吗？有时候柳琳琳会在深夜醒来，听到妈妈的低声哭泣，哭声就像遥远的地方传来的猫叫。柳琳琳的心揪紧了。她用被子裹住自己的身子，移到窗口，把窗户打开，将目光投向灰蓝色的夜空。她的心很快放松下来。她看到了一些星星在向她眨眼，它们的光一闪一闪的，十分神秘。她还看到了一颗星在移动，是人造卫星吧？最后她发现，那只是一架夜航班而已。

她赤着脚，走到妈妈的房间外，轻轻将门推开。"妈妈——"她幽幽地叫了一声。妈妈惊恐地喊了一声，打开灯发现是柳琳琳，便恨恨地骂道："你是人是鬼啊？想吓死我啊！"

"我听到妈妈哭了——"柳琳琳怯怯地说。

"我没哭!"妈妈说。

"可是,我听到了呀!"

"我做噩梦了!"妈妈算是承认自己哭了。

柳琳琳爬上妈妈的床,把窗帘拉开,推开了窗户,说:"你看,这么多星星!"

妈妈用被子角擦了一下眼睛,说:"哎,今天星星特别多!"

"爸爸去的那个星球,不知道离我们有多远……"柳琳琳挨着妈妈坐下说。

妈妈搂紧柳琳琳,两个人看着夜空。月亮出现了,它是这样圆,这样亮。它的出现,让无数星星不见了,淹没在了它的光辉之中。

"到过年的时候,爸爸一定会回来吧?"柳琳琳说。

妈妈说:"不一定,外星又不过年。"

柳琳琳说:"外星肯定也过年的,只是历法跟我们不一样。"

"外星的时间跟我们肯定不一样!"妈妈说。

柳琳琳想起了观棋烂柯的故事,说:"会不会爸爸那里才过了两个星期,我们地球上就已经几百年过去了?"

她后悔这么说,她被自己的话吓到了。

妈妈又哭了起来,把她搂得更紧了。柳琳琳的感觉是,妈妈一定担心一松手,女儿也会从窗口飞走——被隐形的外星人拉向浩渺的宇宙。

去草原看星星,柳琳琳比任何人都积极。我知道她内心充满了期待。我看着她喋喋不休的样子,突然有点同情她。她是不是过于乐观了?城市的夜空,虽然星星稀疏黯淡,却跟草原是一样的宇宙,并不会因为能见度高就出现飞碟。虽然我跟她一样,深信宇宙中一定存在着外星文明,对亲眼见到外星飞行器充满了期待,但我并没有觉得此番草原之行跟平常日子有什么不同。这又不是看戏,非得到剧场才能目睹演员的表演。

只有我饶有兴味地听柳琳琳说着她荒诞不经的故事,王晓明和姜芳仪也许早已听过不止一遍，所以始终态度冷淡。不过我看出来，柳琳琳完全沉醉在自己的叙述中，至于别人是不是在听、是不是爱听，她根本无所谓。

姜芳仪说得没错，其其格是位皮肤黝黑的美人。她不仅有漂亮的面孔，身材还特别好，是纤细饱满的，健康的。唯一让我没想到的是，她戴了一副深度近视眼镜。见了姜芳仪，两人激动得大叫起来，然后热烈地拥抱。她们的身体，仿佛是撞击到了一起，把其其格的眼镜都撞落了。

在其其格家的蒙古包里，这是一个无比欢乐的夜晚。其其格的妈妈山丹姆子烙了一摞摞的羊肉馅饼，熬了芳香的奶茶，还拿出奶豆腐和烈酒。所有的人都吃了不知道多少张羊肉馅饼，包括一向饭量不大的我。因为担心肚子不好，开始我并不敢吃太多奶豆腐，奶茶也喝得比较节制。但是后来，我完全放开了。在酒的燃烧中，在其其格婉转又嘹亮的歌声中，在巴图叔叔悠扬的马头琴声里，我们已经没有了任何顾忌。

遗憾的是天空布满了乌云。其其格说，马上就要下雨了。她还说，草原的雨，可是稀罕东西，这是贵客到来的待遇。她让我们不必担心，雨下一阵就会过去，乌云很快就会散开。"再说了，今天看不到，可以明天看啊！明天一定会是满天星星，让你们看个够！"她说。

果然就下起了大雨。雨点打在蒙古包上，嗒嗒地响，仿佛落下来的不是雨点，而是冰雹，或者小石子。

在其其格家蒙古包不远处，巴图叔叔特意为我们搭了另外一个蒙古包。男人们住临时搭起的蒙古包，姜芳仪和柳琳琳就跟其其格母女住在她家较大的蒙古包里。

雨下个不停。快到半夜，王晓明提出来，不能影响其其格父母休息，大家还是早点睡觉吧。我们从其其格家的蒙古包里钻出来，奔向小蒙古包。草原的夜真黑啊，奔跑中我感觉自己的右脚踝凉凉的，是被一条蛇缠住了吗？我惊得猛甩了一下右腿，结果把自己的鞋子甩了出去。

我和王晓明战战兢兢地找鞋，担心草地上真的有蛇。巴图反复说，现在草原上很少有蛇了，即使有也是草蛇，不会有毒。但我还是害怕。

鞋是王晓明找到的，他拿着我的一只鞋，第一个冲进了小蒙古包。我们都被淋湿了，头发上的水滴下来，把蒙古包里的地毯也弄湿了。

躺下不久，巴图的鼾声就响起来了。

我感到有些恐惧。在这个寂静的草原之夜，伴着这如雷的鼾声，我能入睡吗？如果能关闭自己的听觉就好了！偏偏这时候耳朵又特别灵，仿佛时刻都在捕捉所有细小的声音。会不会有狼？我推了一下身旁的王晓明，希望他没有睡着。他如果也像我一样醒着，我就不会过于害怕。

还好他醒着。

"没睡着啊？"他轻声说。

"怎么睡得着！"我说。

"我以为你睡着了。"

"我也以为你睡着了。"

"柳琳琳的爸爸，根本不是去了外星球！"他突然这么说。

他告诉我，柳琳琳的爸爸，是为了躲债而逃走的，不知他去了什么地方。而柳琳琳却一直相信她妈妈的话，真的以为他是被外星人掳去了。有人在四川江油的一个宾馆门口见到过他，身边还带着一个女人。他不会再回家了，他逃到了没人认识他的地方，有了另外的女人。

"是这样啊！"我感到惊诧。

"也不一定，"王晓明说，"只是传说。"

"反正肯定不会是去了外星球！"我说。

我们说话的声音一开始是很轻的，慢慢就响了起来。但是尽管这样，巴图还是激情洋溢地打着他的呼噜。

"还有人说，柳琳琳的爸爸，其实是被自己的老婆杀死了！"王晓明说，"有人看到他回过家。据说，柳琳琳的妈妈把他杀了，就埋在自己家的院子里，一棵石榴树下。"

我感到惊悚，简直不可思议。在我们的生活中，竟然会发生这样的事吗？柳琳琳对此一无所知吗？她早已不是小孩子了，会对被外星人掳去这样的谎言深信不疑吗？抑或她心里其实非常明白，只是坚持用幻象来掩盖残酷的真相？妈妈用谎言欺骗她，她也很愿意自欺。如果她父亲被杀是真的，也许她是帮凶呢！说不定是她们母女一起干的，先把人杀了，再把他埋在院子里，就让这个人从世界上消失了，就像被外星人掳了去一样。

后来我迷迷糊糊睡着了，但是其间多次惊醒。梦与现实彼此纠缠，让我无法分清孰真孰幻。耳朵里灌满了巴图的鼾声，以及似有若无的狼的嗥叫。我的脑子里翻腾着石榴树下的尸体、柳琳琳母女狰狞的面目，还有蛇，以及外星人。

由于晚上没睡好，白天晕晕乎乎的。草原上蒸腾着青草和野花的香气，还有牛羊粪便的气息。广阔的大地看不到边际，成团的浓烈的白云在天空有的推搡拥挤有的孤单零落，这越发让我感受到世界的陌生。白云在蓝天上翻滚，脚下的地球正绕着太阳旋转，它一刻不停地在宇宙中飞奔。众星隐匿，我们的星球在白天显得更为寂寞。

其其格骑了一匹马，马上还带着姜芳仪和柳琳琳。她们在遥远的地平线出现的时候，就像一只蚂蚁。她们越来越大，得得的马蹄声也渐渐可以听到。当我和王晓明能够看清这是一匹马，并且看到了马背上坐着三个女人的时候，她们哇哇地对我们尖叫起来。

姜芳仪坐在其其格前面，柳琳琳在其其格的身后。她们的马迅速抵达我们面前，马似乎比她们还要兴奋，它长长地嘶鸣了一声，粗重喘息的声音，让我觉得它的鼻子就像一件古老的乐器。

柳琳琳搂着其其格的腰，从马背上滑了下来。她很矫健，稳稳地落地，脸红扑扑的，鼻子也像马一样喘着粗气。"好酷啊！"她大声说。

其其格一甩腿，便轻松地下了马。"想骑马吗？"她对我和王晓明说。

我们还没来得及回答，姜芳仪就从马背上滑了下来。她跌倒在地上，样子很是狼狈。

"摔痛了没有？"其其格上前想把她扶起来，说，"你怎么突然就下来了？"

"我一动都没敢动，不知怎么就下来了！"姜芳仪说。

姜芳仪还没站起身，马就一口把她的肩膀咬住了。她大叫起来，不知道是因为痛，还是受了惊吓。

其其格打了一个呼哨，这声响特别尖锐，马立刻就松开了嘴。

"马也会咬人啊？"王晓明说。

其其格说："马不咬人，从来不咬人的！"

"它咬我了！好痛！"坐在地上的姜芳仪用手捂着自己的肩膀。

"它以为你是一堆草！"其其格笑了起来。

是啊，姜芳仪穿着一件绿色的上衣，颜色真的跟青草一样。马儿早上起来，还没吃东西吧，带着三个人奔跑，它一定饿了，以为姜芳仪是一丛鲜嫩的青草，所以张嘴咬住了她。

"你没事吧？"几乎所有的人都问了姜芳仪同样的问题。

她苦着脸，转动了一下自己的肩，说："应该没事，就是很痛。"

其其格把姜芳仪绿色的外套脱掉，将她里面衣裳的领口解开，说："哟，有点肿呀！"

"还好不是被狼咬了！"王晓明说。

姜芳仪一下子从地上站起来，生气地对王晓明说："你才被狼咬呢！狼撕了你！"

王晓明自嘲地笑笑，说："快用热水敷一下吧！"

姜芳仪甩动了一圈手臂，说："不用你管！"

其其格拉起姜芳仪的手说："我有点后怕，要是从奔跑的马背上摔下来，肯定比这个痛！"

"我可不敢骑马！"我对其其格说，"你们的马连马鞍都没有，跑那么快，摔下来非断只胳膊断条腿不可！"

其其格说："没那么严重啦！有我呢，又不是让你自己骑。"

我想象自己上了马，坐在其其格身后，紧紧搂住她柔韧的细腰，内心忽然有了小小的激动。

这匹马真漂亮！棕色的毛闪着光，面容英俊镇定，腿长长的，站在那里就像一幅油画。

柳琳琳上去爱抚了一下马的面孔，说："帅哥，大长腿，你怎么咬人呢？"

其其格说："它叫阿穆尔，腿比纯种的蒙古马长一些。"

"它不是纯种的啊？"王晓明说。

其其格说："它有欧洲血统，比纯种的蒙古马贵一些。去年阿尔善嘎查那达慕赛马我得了冠军，它是我的奖品。"

"你这么厉害啊！"姜芳仪说，"赛马冠军，你是草原霸王花啊！"

从姜芳仪的表情看，她的肩膀已经不那么痛了。马毕竟只是食草动物，牙齿并不尖利。

柳琳琳将脸贴住阿穆尔的脑袋，它突然打了一个响鼻，喷了柳琳琳一脸。

大家都乐不可支。姜芳仪最是笑得花枝乱颤，她一定是觉得马在欺侮了她之后，也恶搞了一下别人，她就心理平衡了。

草原的星空果然不一般啊！繁星像蜂群一样，在头顶乱飞。这当然只是我的错觉。我知道每一颗星星都是巨大的天体，我根本不可能感觉到它们的旋转。它们只是像萤火虫屁股一样闪烁着，神秘地眨着眼，让仰头观望的我们不知道该把目光停留在哪一颗上才好。如此多的星星，散布在浩瀚的宇宙中，到底哪一颗星球也有着我们地球一样的万家灯火车水马龙？我和王晓明认真讨论过，达尔文的进化理论破绽百出，我们完全不能相信人类最早是从大海里爬上来的。单细胞生命最多进化到猿为止，人类更可能是从外星而来。为什么我们几乎所有的人，夜晚仰望星空的时候，都会有一种望乡的亲切感？我们在星辉的照耀下，内心不仅不再感到孤独，反倒有一种幸福的感情油然而生，这不正可以从另一个侧面来证明我们的祖先也许来自一颗遥远的星球吗？然而，它又是哪一颗呢？蜂群般的繁星，哪一颗才是我们的故乡？它是较亮的一颗呢，还是黯淡到几乎看不见？也许就是看不见。它躲藏在宇宙的深处，与我们隔着百生百世，我们不仅身体无法抵达，肉眼不能看见，就是我们的想象飞驰如电，也需要几亿年才能与之靠近。这样遥远，这样阻隔，这样无望，这样叫人常思量，难相忘！

巴图叔叔的马头琴才拉了半首曲子，弦就断了。他把它放到身后，清唱了一首古老的蒙古长调。其其格悄声向我们介绍，这是一首草原情歌，歌词并不复杂，只是简单地重复着"我思念你，想见到你"这样的话。歌声是这样悠扬苍凉，真假声的转换，让歌声仿佛是从地底下钻出来的。或者说是来自天上吧！我们听呆了，连鼓掌都忘记了。这样的歌声，在这样的夜晚，让我们变得忧伤起来。我们在星空下，越发感觉到自己的渺小，小得就像草丛间尘屑一样的虫子。让我们变成昆虫吧，让我们扇动翅膀，飞起来，飞入蜂群一样的繁星，飞入宇宙深处，飞到时间的另一端去。

"你们看到了吗，在我们头顶正中，有一颗星正在暗下去。"巴图叔叔抬起头说。

"哪里？哪里？"

"是哪一颗？"

大家都抬起头，但是谁也没有看出有一颗星星正由亮变暗。

"它又亮起来了！"巴图说。

"我看到了！"姜芳仪说。

王晓明问她："你真的看到了吗？"

"好像！"姜芳仪说。

"乱说！我都没有看到，你怎么会看到？"王晓明说。

姜芳仪说："我为什么不能看到？为什么只能你看到？你又不是望远镜！"

"他的老祖宗是天文学家！"我说。

"天文学家会算命吗？"柳琳琳说。

其其格说："我爸会呀！"

"真的吗？"姜芳仪来了兴致。

"真的吗？"柳琳琳挽住巴图的手臂说，"巴图叔叔，你能算出来我爸去了哪颗星球吗？"

巴图缓缓转动脑袋，仿佛是把整个星空看了个遍。

"他去了南方，"他说，"那儿有一片海，那儿看不到星星，他在那里有了一个自己的家。"

巴图叔叔的话让所有人都沉默了，谁都没有想到他会说出这样一番话来。这是真的吗？他真的会算命吗？就像王晓明的老祖宗，每天晚上都爬上自家屋顶，看着星空的变化，企图知晓自己的从前和未来吗？人类命运的答案，果真是藏在这满天繁星之中吗？

　　柳琳琳低声哭泣起来。

　　坐在她身旁的姜芳仪将她搂在了自己的怀里。

　　"我知道他还在地球上，"柳琳琳幽幽地说，仿佛自语，"谁会相信他是被外星人抓走了！根本就没有什么外星人！"

　　"这个我反对！"王晓明说，"我一直都相信有外星人！"

　　"你见过吗？你见到过外星人吗？"其其格问。

　　"总有一天会见到的！"王晓明说。

　　"芳仪，你也相信有外星人吗？"其其格说。

　　姜芳仪说："有时候相信吧。"

　　"我也是有时候相信，有时候不信！"我说。

　　王晓明说："那你们为什么要跟我一起看飞碟？不相信，为什么要看？"

　　"万一看到呢？"我说。

　　姜芳仪说："你那么痴，我不陪你看，还能做什么？"

　　王晓明说："地球绝对不会是孤独的！文明不可能是唯一的！"

　　姜芳仪和柳琳琳躺了下来。姜芳仪说："今晚，我们都睡在外面吧，这样整夜面朝星空，一辈子也许只有一回！"

　　"会有狼的！"其其格说。

　　"昨天好像还有一条蛇缠住了我的脚！"我说。

　　姜芳仪和柳琳琳吓得跳了起来。"我最怕蛇了！"柳琳琳说。

　　"我也是！"姜芳仪说。

　　其其格说："以前草原上蛇多，现在蛇很少了。我姥姥小时候踩到了蛇，蛇在她的脚趾上咬了一口，她姥爷就把她那个脚趾用刀割掉了。"

　　"我们还是回到蒙古包里去吧！"王晓明说。看来他也怕蛇。

　　"为什么人会怕蛇？"姜芳仪说。

"因为它有毒！"其其格说。

柳琳琳说："因为它太长了！"

王晓明说："不知道外星球有没有蛇。"

我说："肯定也有这一类的动物，但长得不一定完全一样！"

姜芳仪说："说不定外星人就长得跟蛇一样呢！"

王晓明说："又胡说了！有高等智慧的外星人，怎么可能像爬行动物！"

"为什么不能？"姜芳仪抬杠道。

王晓明说："头太小！智慧生物大脑发达，怎么可能像蛇一样长着小脑袋？"

"好像你真的见到过外星人一样！"姜芳仪讥讽道。

"这么说有什么意思？"王晓明很生气。

"你这样有什么意思？"姜芳仪也生气了。

柳琳琳说："好了，你们别这样嘛，这也能让你们闹不愉快，大家都无趣了。"

王晓明气鼓鼓地独自朝小蒙古包走去，不慎踢到了巴图身后的马头琴。断弦的马头琴发出了很古怪的声音。

"睡觉了，睡觉吧！"其其格说。

巴图的鼾声比昨晚还要响。我一点倦意都没有，脑子里胡乱想着柳琳琳的事。她果然不是小孩子了，城府不是一般的深啊！她在车上说得煞有介事，我有一阵还真的差点儿就相信了，真以为她爸爸就是被外星人掳了去。

"我都后悔来！"王晓明说。

"还生气啊？多大的事，犯得着吗？"我说。

"不是生气！"他说，"是后悔跟她一起来！"

我觉得挺好啊，此行不仅有浪漫的色彩，还有一点点传奇。人活着做每一件事，都想得到预期的结果吗？我们来草原，又想得到什么呢？结果又得到了什么呢？

王晓明告诉我，其实他跟吴然子并没有离婚。他说："她只是去韩国做访问学者了。"

他说，他其实不喜欢姜芳仪。从前他不在家的时候，姜芳仪会过来陪吴然子睡觉。吴然子去了韩国之后，姜芳仪还来。"男人嘛，守不住寂寞，嘿嘿！"王晓明有点无耻地说。

"那，她会逼婚吗？"我指的是姜芳仪。

"希望她主动退出。"

"要是她不呢？"

"再说吧，管不了那么多！"

我背对着王晓明说："要是外星人来把你带走，你愿意吗？"

"愿意！"他不假思索地说。

"一点都不留恋地球吗？"

"地球上麻烦事太多了！"他说。

他说得太大声，巴图的鼾声突然停了。我们便不再说话。

告别的时刻，姜芳仪和其其格又撞到了一起，又一次把其其格的眼镜撞落在地。她俩紧紧地抱着，姜芳仪还哭了起来。柳琳琳在一旁说："又不是生离死别，这样难舍难分，太夸张了吧！"

我注意到，拎着挤奶桶的山丹婶子也在用衣袖抹泪，她淳朴的样子让我鼻子一酸。

我也不管是不是合乎当地的礼仪，在和巴图叔叔拥抱之后，上前抱了一下山丹婶子。她没有放下奶桶，用另外一条手臂回抱了我。我真的很感动，心无杂念，这一刻觉得自己是透明的，是像孩子一样纯真的，好像自己就是山丹婶子的孩子。

其其格的眼镜，一直在柳琳琳手里。我和王晓明跟巴图叔叔拥抱之后，柳琳琳也跟巴图叔叔拥抱了一下。接着她又去跟山丹婶子拥抱。

姜芳仪松开其其格之后，也去抱了山丹婶子，但她没有跟巴图叔叔拥抱。

柳琳琳把眼镜交给其其格的时候说："你的眼镜太重了！"

其其格说："没办法，深度近视，是阿爸的遗传！阿爸已经看不见五十米之外的东西了。我以后可能会瞎。"

什么？巴图叔叔的视力，已经看不到五十米外了吗？那他是怎么看星的？昨晚他还让我们看一颗星，说它由亮变暗，又慢慢亮起来，为什么？我们都看不到，他又是怎么看到的？

送我们的皮卡已经停在一旁，所有的人都没有提出疑问。车在草原上一路突突地吼着，大家好像都累了，没有人说话。我闭上眼，仿佛看见妻子挺着个大肚子站在家门口。我想不管生下来的是男是女，我们都会叫她"小星星"。没错，我用了"她"字，是我潜意识里更想要一个女孩。

原载《作家》2022 年第 10 期

孤掌

一

王云筝的手掌辣痛过后一阵发麻，如吃花椒后口腔内的微跳，手还举着，掌心鲜艳如染。战栗的心脏，拧巴的思绪，沮丧的心情，是声音过后身体的反应。每一个巴掌打出去之前都觉得非打不可，打完会有迎刀解乱麻的痛快，可是，痛快从来没有到来，只有永远不会说出口的悔意。

程道捂着脸羞恨交加地冲出家门。虽说不是第一次挨巴掌，但哪一次没有羞耻感呢？

别人请上一顿饭，娇滴滴叫上几声大哥（这是王云筝自己想象的），敬酒的时候身体合理碰撞几下（这也是她想象的），就真以为自己是大哥义薄云天金钟罩了。好了，给人做担保，对方还不上钱，自己的木材加工厂连坐被诉讼保全，不挨一巴掌能反省吗？王云筝打巴掌的理由都是在打过之后梳理出来的。无论如何，她告诫过自己不能再扇程道耳光，她是爱他的，是要和他过日子天长地久的，耳光扇完她没有一次不后悔，却没有一次能防住自己的手。她不止一次疑惑地观察自己打过人脸的手掌，它仿佛受控于一个莫名的所在，在某一信息波的刺激之下突然暴起，斩钉截铁横刀立马不留后路。她自己都不相信自己了。

程道是她正儿八经处的男友。之前几位有过一定程度交往的异性最终没走到一块儿，百分之百缘于耳光劫，男子汉大丈夫谁受得了这个呀？裸奔都不比这绝望。

除打耳光外王云筝并无恶言恶行，不嚣张不跋扈，知书达理，温良恭俭，算得上善解人意的女子，甚至可以作为泼妇的反义词。了解她的人最初都不相信她有这一手，又考虑到或许是情急之下失控之举，但这种事情若一而再，再而三，人们不会停留在相信上，而会通透地把这看作一种病，类似于羊痫风发作，说不准什么时间什么地点，突然就抽这么一下，口吐白沫咬牙切齿，平复后居家过日子仍为良人，如果无人介怀的话。

王云筝芳龄二十九，她打男人耳光的历史得往回倒十年。十九岁那年她拿一个叫周意的男孩"开张"以后，扇耳光便如有法器藏身于她的手掌，得定时拿人脸来祭一祭。王云筝应该经历了什么，其实，在那一天她只是想起了点什么。

那是个星期六，大二学生王云筝如往常一般前往离学校不远的市图书馆看书，看了个把小时，她去上厕所。厕所在走廊的尽头，她经过一间讲堂，里面有人在搞讲座。图书馆周末都会有公益讲座，国学文学网络育儿，什么话题都有。王云筝拧头看一眼，讲台上讲话的女子，挺拔白净清丽，长发飘飘大花裙裾，这种款一直是她努力成长的方向。她带着美好的一瞥印象上厕所，猜测漂亮女人做的是什么讲座，礼仪？美容？返回时她推开讲堂后门，探了小半个脑袋，本想听上一耳朵就走，没料她听到了哭声，美丽女人在哭泣，梨花带雨我心戚戚。震惊之余王云筝推门进去，在后排匆匆找到一个空位坐下。

女人抽泣着说："那一年我才五岁，那个成为我继父的男人，他说我做错事了，要打屁股。他把我的内裤脱下来，手打在我的屁股上，打完他一边教育我要听话，一边手不停地摸……"

虽说演说者部分自述是忧伤的，但整个讲座的目的是唤醒妇女自我保护的意识，激励妇女走出童年阴影，活出真我风采。这是一场妇联组织的公益讲座，演说者如今是一位成功的女企业家。

王云筝完全没有跟着节奏走，她停留在美丽女人那一段可怕的回忆中。美女讲述的许多细节她都感到似曾相识，在同情心强烈溢出的同时，那一段自述莫名其妙地拥有了催眠唤醒的功能，王云筝某一道脑褶皱中淹埋的记忆被翻出来，浮上岸。像海浪把垃圾带上岸，一片狼藉；又像闪电穿透黑云，炸出惊雷一个。这些记忆与一个名字有关——康幸。十几年来，她从来没有想起，一次也没有，那时她那么小，幼儿园的娃娃，这算是史前记忆吗？

或许是美女故事的惊悚度激发出不敢轻信自己是漏网之鱼的潜意识，又或许那本是一段被故意忘却的故事。具有相似性的画面——被唤醒并推到台前来，在那个周六临近中午的时间，王云筝突然忆起稚齿时光康幸叔叔替她"清洁口腔"的画面，还伴随着甜蜜的味道……

记忆与巧克力有关。或许是香甜的滋味给它上了一层保护色，人们深刻于心的多半是苦涩，甜美太过舒适，舒适到随时就能抛于脑后。小时她有一口烂牙，睡觉喜欢流口水，能把枕巾洇湿。母亲不让她吃糖，连同冰激凌蛋糕这些甜点她都很少能碰。她馋，想吃，却也无计可施。偶尔有人上家里来，带了一些糖果，母亲转手就送人。康幸叔叔是家里的常客，他不像别的客人那样不走心，他给她准备的礼物是巧克力，藏在裤兜里，在房里给她讲故事或陪她玩耍的时候会掏出来，分成一小块一小块的，让她慢慢吃完。等她吃完后，康幸叔叔会帮她检查嘴巴，检查的工具是康幸叔叔的舌头。康幸叔叔说他用舌头帮她把巧克力的味道喔出来，这样她妈妈就不会发现她吃糖了，另外康叔叔的舌头很厉害，能把蚜虫一块儿卷走。叔叔的脸和她贴得这么近，她担心那上面一颗一颗红色的痤疮碰到她。但是，她更担心妈妈闻到她嘴里巧克力的味道，那样她就再也吃不到巧克力了，她只能让康幸叔叔帮她清洁。

康幸叔叔个头不高，是个小胖子，脸上红通通的痤疮很是显眼，让他总有一种油腻的感觉。但康幸叔叔穿着讲究，很少见他穿松垮的休闲装，衬衣西裤是标配，皮鞋一律锃亮，款式必定时尚。他比王云筝的父亲小十岁，俩人是羽毛球友，经常打搭档。因为两家住得近，再加上康幸没结婚，他就常到王家蹭饭。王云筝的母亲是个热心肠，不停地为他介绍对象，可惜康幸叔叔与那些女生见了面吃了饭，最终都没有牵手成功。私下里母亲跟父亲议论，说康幸出身农家没钱没背景，长相又不出众，要命的是眼光还高，这婚姻是真正难了。

王云筝不关心康幸叔叔的婚姻大事，她挺盼望康幸叔叔上家里来的，一来她就有巧克力吃了，吃完叔叔会帮她清洁干净，妈妈再精明也没有发现过。后来，康幸叔叔工作调动迁到另外一个城市去了，王云筝再没有见过他，小孩心性，见不着就想不起了。父母倒是还会说起他，谈论最多的还是康幸叔叔的婚事，日子久了，他们也不说了。

少女被恐惧笼罩全身，她不是没有听过类似的事情，却从来没觉得能与自己发生联系。可现在她知道了，她没能幸免，她是其中一人，她也曾被肮脏的唾沫浸染，也曾被亵渎玩弄，她还自我感觉良好地悠悠然长到十九岁。

图书馆里一切声像变得虚幻，讲台上那位美女早已幻化成一团肮脏的色块，飘浮在灰色的布景之上。王云筝觉得好多人有看穿别人心思的本事，她得赶紧把脑子里的画面收起来，折起来，藏起来，像今天以前一点也记不起那样。她调整脸部的表情，抿抿嘴，叩叩牙，试图让五官生动活泼；她搓搓手，把掌心的湿汗抹去，再甩甩头，让长发飘起来。

不能让人知道，不能跟谁说，更不能像今天这位美女当众哭泣自揭伤疤，那不是把屁股亮出来再让人看吗？王云筝咬紧牙关拿定主意，她收拾东西跑出图书馆，跑到对面的街心公园，找了一个僻静的角落坐下。

康幸，大流氓！你该打光棍一辈子，该被枪毙，该被车撞，该被阉割！王云筝诅咒着。如果再见到康幸呢？这不是不可能的事，虽说现在他在另外一个城市，但距离她居住的这个城市高铁不过两个小时。王云筝一阵紧张，她一只脚踩在另一只脚上，小白鞋蒙上了灰黑的印子。康幸一定很得意吧，她就是个傻妞，贪吃的傻妞。不要脸的流氓，他会不会以为她记不住了，会不会以为她即使记住了也拿他没办法。是啊，她还能找上门去？康幸，不要让我再见到你，但凡让我见到你，我会立马上去一耳光，把你的嘴打烂，把你的脸打歪！

"王云筝，你好！"

这一声问好像来自天边，王云筝用了好一会儿才反应过来说话的是站在三四米外冬青丛边的周意。周意是同年级的同学，他们一起做过墙报，他能写一手正楷，她会画卡通人物。她冷漠地看着他，此时她不想见到任何人，不想和任何人说话。

周意手上捧着一顶白帽子："你的帽子忘在桌上了。"

王云筝心脏一阵收缩，他怎么知道这是她的帽子？他怎么知道她在这里？他刚才是不是在图书馆里也听到了什么看到了什么？她仔细看他的脸，他的脸上带着笑，笑什么？她站起来冲过去要把帽子抢过来，周意的手往后一收。"你不谢谢我吗？""怎么谢？""至少一杯奶茶吧！"他嘴巴朝广场右边努一努说，"那里就有一家奶茶店。""快还给我！""不请客就不给。"

周意那张笑盈盈的俊脸在王云筝看来邪气满满，她挥起手，用尽她的力气甩出去，她刚刚臆想的那个巴掌有了着落。帽子她不要了，转身就走。

周意的耳朵发出悠长的鸣叫，像有一列火车开出去，他整个黑屏了。脸上的疼痛他完全忽略，王云筝眼里流露出的厌恶才让他心碎。他喜欢这个长头发瘦高的女孩很久了，偶尔发现她周末到图书馆来，他也悄悄跟来。他从来没有打扰过她，刚才要不是觉得她不开心，他不会逗她。看着女孩远去的背影，他感觉有些话再不说就永远没机会说了，他撒开腿追上去挡在她前面，把帽子塞到她手里，绝望地吼了一句："王云筝，我喜欢你！"

王云筝抓住帽子，脚下没有放慢，跑得更快了。经过一个公车站，一辆公共汽车正好停下来，她不管是哪一路，马不停蹄跳上去。车子开动，走了一站又一站，王云筝的手持续麻痛，连带手臂都有拉伤的痛感。她想，她这只打人的手如此痛，那张被打的脸又该有多痛啊！周意，算你倒霉，这巴掌本来应该打在康幸的脸上，要怪你就怪那个死变态。

二

火锅汤底、肉和蘸料点的是外卖，王云筝另外准备了将近十个小菜、几罐啤酒，摆了满满一桌。电话她打了好几次，程道没接，她又发短信，说回来吃饭吧，火锅开了。

她一直坐着等，火锅用了保温功能。她看着窗外的光线暗下去黑下去，然后一盏盏灯亮起来。她没有打开屋里的灯，她就这样坐在阴暗里，她觉得二十九岁已经好老，一手好牌全部打烂，唯有阴暗才不会反衬她的颓败。如果有一天程道跟她说分手，她不会觉得突然，也不会挽留，除非她能确定自己的手不再失控挥舞。

在周意之后，她大概还扇过七八个男人耳光吧，她不太愿意记这些，越往后的她越记不住。周意之后的那个，算是第二个，她记得最清楚，因为那个男人她是喜欢的。他们一块儿到郊外骑车踏青看电影吃烧烤，情人节那天，他给她的礼物是一盒精美的巧克力。每一块巧克力的造型都不一样，他挑了一粒心形的放进她嘴里，巧克力在她口中融化，他的嘴凑上来。她推开他，她想先把糖汁咽下去，但他很着急，他说："我想吃你嘴里的糖。"他嘴里的热气压过来，电闪雷鸣，她的手扇出去，打到他鼻梁上，那鼻子喷血，洒到衣服上。他退后两步，手抹一把鼻子，看到手上的血，愤怒而激动地喊："神经病！"喊完迅速消失，留她一人在原地。神经病这三个字在王云筝耳边响了一晚上，这次出手她能理出头绪，线索清晰，关联到巧克力，关联到嘴，她笃定地把账再次记到康幸身上——康幸，这又是你的替罪羊。

她再不吃巧克力，不吃糖，努力将关联切断。后来她再打人巴掌，或因人说她性感，赞她腿长，她没敢把账记到康幸那里。他们还骂她假正经，她把头发剪短，露腿的裙子收起来。再后来她出手的原因越来越模糊，可能是因为嫉妒、愤怒，也可能因为臆测，就像程道挨的巴掌，无辜莫名。手长在她身上，她是施暴者，她早忘了还有一个遥远的源头在。

王云筝在黑暗中坐了很久，适应了黑暗，屋子里的摆设样样分明。她用这段时间找到一线生机，有一件事虽然有些疯狂，但她必须去完成，刻不容缓——无论康幸在哪儿，她要找到他，她要狠狠地给他脸上印上一巴掌。她运用的是时空穿梭的机制，她将要打出去的这一巴掌似乎是滞后的，但只要打出去，便有消灭本体的意义。这些年来她扇出去的耳光不过都是幻象，在本体消灭之后，它们终会灰飞烟灭，未来她将能守望。王云筝有了一丝底气，只要去争取，好日子会有的，程道值得她这么做。认识之初，她对他不来电，嫌他烦，有一天一巴掌就甩过去了。他没有捂脸也没有走，他定定站在原地，看着她的手说："你手痛吗？"她说："有点。"他说："下次少用点劲。"

临近十二点程道回来了，阴着脸一身烟味，鞋子不脱直接进卧室。她追着跟进去，他躺到床上，她拉他手说吃饭，他翻身朝里说吃饱了。她到客厅涮了一小碗牛百叶，蘸上芝麻酱，拿进来捉一片塞进他嘴里，程道鼻孔里发出嗯嗯声，表示反抗，但没把吃食吐出来。王云筝说："你不起来吃，我就喂你。"说完又捉一片塞进他嘴里去。程道呼地坐起来，嘟囔着："厂子被封我心里不好受，你还打人。""还不是气你着了那个整容脸的道，这么轻易用厂子给人做担保。""她是我亲戚，我不帮不行。我也后悔呀。""不说了，先起来吃东西，吃完就不难受了。"她亲亲他的脸，拉着他的手。

俩人吃着火锅，亲密度随火锅温度上升，算是和好如初了。他们议论起目前木材成品价格不断上涨，厂子被封只能干着急，有钱赚不到。王云筝说干脆把她这套房拿去抵押弄点贷款。程道说缺口太大，她这套房最多贷得几十万出来，那边被封的厂子要解套首先就得拿出两百万。她给他盛上猪肝粉肠莲藕："先吃饭，不急，慢慢想办法。"

他们喝了不少酒，趁着酒劲热烈地做了一场爱。她躺在他臂弯里，听他响起鼻鼾，她轻轻离开他的手臂，给他披好被子，在被她打过的脸上亲了一口。他们睡一块儿两年了，他竖过三根指头发誓要给她买一套高档公寓，有了家再娶她。现在他们住的是王云筝父母留给她的一套旧房，父母另外买了一套新的宽敞的，月供王云筝一块儿供，说白了新房最后也是王云筝的，父母不急着放权实是怕女儿吃亏。王云筝的父母看不上程道，觉得以前那几个都比这个强，自己女儿是名牌大学生，药厂的技术员，他一个木材加工厂的小老板，房子都没挣出一套来。程道不是没有自知之明的，所以他要有自己挣出来的房子。

　　第二天王云筝回家，两个目的，一是问父母借钱，二是打听康幸的下落。

　　母亲已经退休，父亲明年就退了，经济大权掌握在母亲手中，说通母亲就可以。她平时可不那么乐意回家，两个老人闲来无事，她回去他们电视不看了，闲庭散步不散了，专门对着她。她不提前打招呼，都是突然间杀回去，好歹不让他们有更多的准备。

　　刚进家门，鞋子还没脱，母亲从阳台上蹿过来说："姑娘家衣服也不穿鲜亮些的，一天到晚两个色，不是黑就是白，头发还剪这么短，怕别人把你当女的呀？"女儿长得清秀，身材又好，母亲当然希望女儿能在人前大放光彩。

　　王云筝在这个问题上默默地跟母亲斗争了好些年。王云筝说："妈，这你就不懂了，你看那些时尚杂志，看上面那些模特，有几个是穿得花里胡哨的，能驾驭黑白色才叫气质呢。"

　　"行，有气质，有气质不会连裙子也不穿吧？要不是你和程道待一块儿，我真怀疑你有病了。"

　　"哪有亲妈这么说自己女儿的？我看着蛮好，庄重。"父亲出来救场了。

　　王云筝感激地看着父亲，拿了保温杯，给父亲泡了一杯黑枸杞子，顺带说那枸杞子是程道买的。

　　父亲说："这小子如果不是要当我们的女婿，我会夸他两句，要做我们的女婿水准还差点。"

　　好不容易从母亲口下逃脱，父亲这头又开场了，这借钱一事还怎么张口呀。"你们放心吧，我这辈子不嫁人了，等我和程道过腻了，自然就分了。"

　　父亲说："这个心态好，这才是文明。"

"什么文明，这是堕落，你不想抱孙子我还想呢。"

"不结婚也未必不能有孙子。"

"我早就看出来你心眼活了，不要教坏我女儿。"

母亲和父亲杠上了，王云筝抽空到厨房冰箱拿了一只香瓜，啃了半边出来听到父亲说："昨天跟康幸吃饭，他跟我说打算要二胎呢，他不才小我十岁，你这么厉害要不也生一个？"母亲拾起手边的坐垫扔向父亲，王云筝伸手替父亲挡开。"爸，你刚才说的是谁呀？""康幸呀，小时候经常到我们家里来蹭饭的那个小胖子，以前还老让你妈给介绍对象呢，你太小，记不住了。他调回我们市当银行行长了，我早就看好他，聪明，能吃苦，不是池中物啊……"

王云筝把瓜吃完，瓜汁沾了一手。冥冥中自有天意，康幸把自己送回来了，便利快捷到让她有点措手不及。这是多大的瓜呀，怎么吃，她得好好合计。

三

王云筝做了好几套方案，心里也排演了一番，等打通康幸的电话，方案通通作废。王云筝说自己是谁谁的女儿，电话那头康幸立马把她的名字叫出来，很亲热。等她表明要请康行长吃个饭，康幸说一家人哪用客套，他让她去他家里，当晚就去，认认家门。王云筝不怕，到家里去就到家里去，她现在可不是幼儿园的女生了。

她按地址找上门，摁下门铃那会儿颇有点单刀赴会的悲壮。门内传出细碎的奔跑声，门打开，一个十岁左右的女孩看着她说："是云筝姐姐吗？"她点点头，脸上挤出笑，一路上鼓足的硬气被这小女孩卸掉大半。女孩长得也太好看了，乌黑长发，齐齐的刘海，嘴唇红嘟嘟，偏茶色的眼睛圆溜溜，皮肤白得发光，一身粉红色公主裙，白色长袜，身体纤细，怎么都看不到康幸的半分基因。康幸怎么能生出这样一个天使？他不配。

女孩俯下身给她拿拖鞋，王云筝抢着自己拿。走进客厅，康幸从厨房出来，身上戴着围裙，笑着说："哇，云筝，大姑娘了，走在街上认不出来啰。"

　　见到康幸本人，王云筝没敢认真打量对方，晃一眼，人还是那个人，长相身材无二，但洋溢出一份体面，整个人圆润光滑。康幸招呼她坐下，说再炒个菜就能开饭。小姑娘乖巧地往她跟前放了两罐饮料。康幸又进厨房去了。她疑惑为什么看不到女主人，很快发现女主人挂在墙上，那是一张巨幅美人照，照中人明眸皓齿，虽然有可能是借助技术手段达到明星效果，但能看出小姑娘长得像母亲。小姑娘如此，王云筝相信她的母亲不会差。小姑娘看她注意照片，在一旁解说："我妈妈去练瑜伽，马上就回来了。""你叫什么名字？""康谷雨。""进新学校了吗？""进了，就我们家对面的香江小学。""喜欢这儿吗？""我挺喜欢的，我妈不太喜欢。"

　　菜摆上桌，女主人回来了，一身飒爽的运动服，背着一只大大的背包。王云筝吃惊于女人的年轻，本以为墙上的照片属于青春的念想，没想到真人看起来比照片还年轻。她那一声婶婶无论如何是叫不出口了。康幸给她们两人做介绍，让她就叫对方的名字李苏，后来她知道李苏只比她大四岁，生下康谷雨时刚二十出头。李苏身上有一股子高傲，不热情，说话少，吃饭时还能戴着耳机。康幸对此熟视无睹，还不时给李苏夹菜。王云筝暗想，康幸怕是很难降服这样一位少妻吧，活该，自找的。

　　康幸一直在说话，说起过去常到王家去蹭饭，跟云筝父亲搭档打球，让云筝妈帮着介绍对象，那些旧事说起来热情洋溢的，听起来两家关系真是要好。但他没有提到巧克力，王云筝不信他记不住了，她今晚来这儿不是为这顿饭，既然要回忆就还原度高点吧，不能光说正史。她说："你还经常给我买巧克力呢。"康幸的笑容没有变化，呵呵笑，点点头，滑过去了。

　　晚饭过后，康谷雨有线上英语课，李苏陪着进书房去了，客厅就剩下王云筝和康幸。王云筝直奔主题，她要康幸帮忙给程道的木材加工厂弄贷款，详细说明了情况。来之前她知道以他们的条件贷出两三百万是根本不可能的，她把这个难题推给康幸，她等着他说，很难，不好办。然后她会说，她现在一颗烂牙都没有，这得感谢小时候叔叔帮她清洁得干干净净。她希望这能对康幸构成一种威胁，哪怕他不害怕，不以为然，她也要让他知道她记得清清楚楚。往下他可以选择帮他们的忙也可以选择不，如果选择不，她准备好的那一巴掌不会再等待。

康幸一边听王云筝讲，一边提问，问得很详细。他说木材加工是不错的产业，还说城南开发区的工业园有厂地廉价招租，让他们把厂子规模扩大，贷款的事不用愁，包在他身上，让程道来找他办，他和程道再好好聊聊。康幸一点没推辞，不但把贷款的事揽到身上，还让他们多贷，把厂子办大。他没沦落到受胁迫，她的巴掌也没能打出去。王云筝相当失落，虽然她有求人办事的私心，但对结果并未抱有希望，她认为像康幸这样龌龊却聪明有权术的人是不会把她这样一个小女子放在眼里的。她更有心把这当成她出手的一个缓冲和过渡，可是，落空了。

王云筝回来跟程道讲起这事，程道大喜过望，马上去与康幸联络，手续很顺利，前后不到三个月，六百万贷款就批下来了。程道在这三个月当中，用康幸介绍的关系在城南开发区的工业园租了二十亩地，准备建新厂。程道忙碌亢奋，嘴里全是宏图展望，还有对康幸的感恩戴德。每每听到，王云筝的心都会揪一下，她心里绷着根弦，那个源头巴掌没有还回去，就等于雷埋着，说不准什么时候就引爆了，王云筝早对自己的管控能力丧失信心。她对康幸的恨意也没有因此消减半分，康幸帮忙，只是让巴掌落到脸上的时间拖后了。

木材加工厂的设备运回来，招聘的工人培训完毕，程道的厂子热火朝天地开工了。工厂开工前弄了个剪彩仪式，程道热情地邀请康幸来剪彩，康幸婉拒了，给王云筝特地来电话解释这种场合他出面不合适，王云筝表示理解感谢。她和康幸平时没有任何联系，现在与康幸联系勤快的是程道，她成了局外人。临近八月十五，程道要给康幸送礼，一会儿计划送购物卡，一会儿计划送名表。程道征求王云筝的意见，她说不用送，程道说她不通人情世故，不要仗着是熟人就不走关系，以后关系就透支了。她不服气程道教育他，要说人情世故她才是程道的老师，可争论这个有什么意义呢？

她说送什么都无所谓，康幸不会嫌弃，他是个重感情的人。这句随便扯来的话让她陷入了沉思。康幸这么卖力地帮他们，是因为他是父亲的朋友，还是因为他有一段和她同样的记忆？

后来，程道的礼物是买给康幸的夫人李苏的，据说是一套首饰。王云筝不关心，随程道自己去折腾。后来她无意中看到购物小票——她想拿程道的药店会员卡去买药，从钱包里翻出来了。因为消费金额较大，她多看了一眼，看到是首饰就想起程道说过送礼的事。本来要滑过去了，她偏偏看到其中有一款项链买了两条，有必要送两条一样的项链吗？她拿着小票问程道，程道说有一条是给他妈买的。程道说话时走到镜子前，拿起梳子梳了梳头，显示自己非常自然和不在意。王云筝笑了："我给阿姨打电话，看她有没有收到你的项链。"程道把梳子摔到台上，气急败坏："那天我去买东西的时候正好碰到彭晶晶，她帮我选的礼物，后来，就顺便送她一件了。怎么了，我挣的钱我买件礼物送人怎么了？让你帮我出主意，你就一句随便，人家热心我送人情不可以吗？"程道满脸通红，唾沫四溅。王云筝平静听完。她完全相信程道的解释，她了解程道，幸亏他开的是木材加工厂，如果开的是饭馆，免单的金额大过利润也不奇怪。她见过彭晶晶，厂里的出纳，挺本分勤快的一个姑娘，长相普通。她说："送就送了，只是，送项链容易让人想多了。""想多的人是你吧，我那天还问了彭晶晶，如果结婚能不能允许老公出轨，她说可以给三次机会。你可不可以学习人家那份大度？"

王云筝一直盯着程道，程道说话时脸上的表情风云变幻，紧张、恼怒、松弛、傲慢、得意、轻视、嫌弃一一呈现，不可以演内心戏吗？王云筝没有在冲突最激烈的时候挥出巴掌，这时候出手了。

程道捂着脸，像被雷劈到一样。这一份戏剧化的滞后也把王云筝惊到了，事情不是已经说开了吗？就因为程道的表情她就要使用暴力？程道突然把手举起，热量已经扑到她的脸上，是要还手吗？来吧，扯平了最好。她盯着，眼睛不眨。他的手僵硬地握起来，变成一根指头指着她的眉心："王云筝，我警告你，这是最后一次，下次别怪我对你不客气！"

王云筝从他的眼神中看到一份狠，还有恨。她不怀疑下一次他真能还击她一掌，这不是她害怕的，他说的也不是这个意思，他想表达的是决裂。

王云筝后悔了。她走错了一步棋，她去见康幸的那次，应该只做一件事，就是把巴掌打在他的脸上。她自以为聪明，谋划得当，其实是贻误战机，断送的是自己的幸福。

她捉起手边的电话，她不会再等。康幸的手机关机，她找上门去，要她等还不如让她跳楼。

康幸不在家，接待她的是李苏。李苏穿着睡衣，素颜，两眼通红，精神状态明显不对。她问康谷雨在哪儿，李苏说在亲戚家。她猜想是不是夫妻吵架了，男人负气待在外头不回来了？正思忖着怎么开口，李苏凄惘地说："你这么快就听到消息了，传得真快啊！"她一脸懵懂："怎么，出什么事了？"李苏轻声抽泣："老康早上被公安局的人带走了。""是单位的事吗？"王云筝没办法不往经济腐败一路上想。"不是，他昨天用刀捅了人，那人现在住着院。""叔叔这么斯文的一个人，怎么会？"李苏说："谁知道他发什么神经，惹这一身祸！"

王云筝没再问出什么，也不好意思问，多问一句都是在人家伤口上撒盐。她给李苏留了手机号码，说有需要就找她，孩子如果要她帮忙看，她也是有时间的。对康谷雨，王云筝有莫名的好感。

后来，王云筝是从父母口中听到了比较可信的版本，虽然有些过于香艳，一句话新闻可以这么表述：康幸跟踪老婆，捅伤奸夫。

王云筝用这个爆炸新闻把已经有两晚不回家的程道召唤回了家。俩人还是吃火锅，喝啤酒，不可避免地展开联想，用可以描述的语言来描述不可描述之事。程道算是有良心，一再叹息康幸不值得，红颜祸水，英雄末路。王云筝倒是借机有了样本，敲山震虎，勉强也为自己那一巴掌脱罪。程道变聪明了，喝了好几罐啤酒，思路越发活泛，他说："好好的人都是被逼上梁山的。"王云筝听出来了，怨还在。她也有怨啊。

王云筝好像是高兴了几天，觉得康幸真是遭报应了，乍看成功人士娇妻美眷，原是头上绿草成茵。程道有个老同学在公安系统工作，他积极打听康幸会怎么判，王云筝想无论怎么判，银行行长终归是不能干了吧，公职能不能保住还难说，反正，前途算是毁了。程道得来的内部消息是，尽管康家包括李苏在内都试图与受害人讲和，但全被拒了。王云筝回家跟父母说起这些，父亲不信，说解决问题的关键在李苏身上。父亲比程道更加痛心疾首，说康幸苦出身有今天太不易，忍功一定超好，走到这步肯定是忍无可忍。又说既然王云筝与李苏认识，让她好好去劝一劝，一日夫妻百日恩，何况还有一个女儿。王云筝不认为自己和李苏有多熟，上门去做这类妇联工作，她是万万做不来的，何况在她心中康幸没那么大的委屈，她还是当个吃瓜群众更合适。

四

程道签了两单合同，订金入账，说话明显有底气了，王云筝为了让男人更有成就感，请求男人赏一趟豪华五日游。程道把卡拍到她手上，让她张罗去。他们前往某森林公园，王云筝喜爱大自然风光，但不喜走路，程道就在山中的酒店订了房，有大幅立窗的那种，人躺在床上也能看奇峰峻岭。他们在房中看风景，吃饭，泡澡，王云筝有那么一会儿把自己当作有钱人了，她穿着吊带睡衣，妖娆地舒展玉体说："有钱真好！"程道吸着烟，吐出一口白雾，有掌控一切的酷和满足。王云筝想与这个男人结婚，她不算隐晦地说："如果有机会旅行结婚我选日本，冬天去北海道，认真看看雪是怎样的。"程道把烟掐灭，表情突然变得严肃，他说："康叔现在生死不明，我想为他请个律师。"王云筝北海道抒情的雪碰上了六月炎炎的骄阳。听出来了，这男人有大佬的侠义精神。他们住在山顶上，面对的是风起云涌的雾岚，峰峦叠嶂，不似在人间。

王云筝说："墙倒众人推，现在不知道有多少人在查康幸的账呢，你那六百万是康幸出力帮着贷到的，你出头去帮他打官司，关系真铁。"

程道的脸一下暗了下来："我出去走走，出来玩不走动有什么意思？"他随意披上一件衣服出门了。

王云筝躺回床上，她的旅行竟然还会受康幸的影响，可笑不？

酒店有温泉泳池，王云筝午睡起来去泡澡，发现有些小池子是专为情侣弄的。程道不愿意泡，说泡了心脏跳得像打鼓，她一个人就不往小池子去了，何况那是要另外付钱的。王云筝经过一个小池子，遇到一个她万万想不到会在这儿遇上的人——李苏。李苏穿了水红色的泳衣，小腰肢全露着，盈盈一握，两条腿又长又光。要不是这身抢眼的红和小腰，王云筝未必会注意到她。李苏是坐着的，依偎在一个男人的怀里，他们的腿泡在池子里，谈笑甚欢，目不斜视。男人年纪不大，与李苏像是同龄人，这样看上去是很般配的。王云筝有点惊慌，第一反应是要躲开去，第二反应却有些蛮横，她还没体验过当场揭穿别人奸情的快意恩仇呢！康幸有过这种经历，还用上了刀子，她好歹感受一下，就像平时在试验室检测那些药物样品，重点是看反应。

于是，王云筝挥手叫了一声："李苏。"李苏脑袋转向她，用了一点时间认出她。李苏从男人怀里出来，朝她挥手回应，够坦荡。王云筝走过去，李苏迎上来。王云筝问她是什么时候来的，李苏说刚刚到。看得出李苏并不想提及池子里的那个男人，她的身子有意无意挡住那男人。王云筝头偏了偏问："你男朋友？"李苏点点头。那男人似乎知道她们议论到他了，热情地挥手打招呼："美女好！"王云筝懒得搭理，只对着李苏说："康叔叔的事现在有结果了吗？""应该没大事，他同意撤诉了。"李苏的嘴撇向那男人。王云筝大吃一惊，那个被捅的就是池中人？发现王云筝又看过来，那男人招呼："李苏，让你朋友过来坐坐，晚上一块儿吃晚饭嘛！"王云筝心头涌上来一阵反感，这作派就是个花花公子，难怪会被人捅刀子。倒没看出李苏尴尬，还挺通情达理地附和："他就喜欢热闹，有空我们晚上聚聚呗，你是跟谁来的？""跟我男朋友，晚上我们联系。"

王云筝压根就没打算与他们聚，临近晚餐时间，她给李苏发信息说男朋友感冒，以后再聚。李苏回复也快，也是说以后再聚。王云筝没有跟程道说这事，不说是顾全程道的侠义精神，这种情形，不是为难他吗？担心在餐厅碰上那一对，王云筝点餐在房间里吃了。晚上，她的脑子里一直闪现那男人的形象，半裸，小胡子，笑容满面，长得还有几分姿色。他会不会成为康谷雨的继父？想到这儿王云筝烦躁起来。看李苏和他相处的情形，十有八九了，出这么大的事，李苏和康幸哪里还能过下去？

王云筝不管鸡不鸡婆，给李苏发了信息："你会和康叔叔离婚吗？"李苏回复："已离。""谷雨跟你？""是的。"

李苏和康幸离婚不是王云筝关心的重点，王云筝关心的重点是谁将会成为康谷雨的继父。如果是那个嬉皮笑脸的男人，她全身麻了一麻，她不能坐着看热闹了。小谷雨那么漂亮的一个小女孩，怎么能跟陌生男人生活在同一个屋檐下？

旅游回去后，这事一直在王云筝心上悬着，她想她要去看康谷雨是名正言顺的，她是康家这头的，当是替孩子的父亲去看孩子合情合理。王云筝就给李苏打电话，说要去看康谷雨，说她父亲给孩子买了些礼物。李苏那边没什么，痛快地邀请她到家里去做客，给了她一个新地址。周末，王云筝带着礼物上门，她又见到那男人了，陪着康谷雨在搭乐高，李苏在打扫卫生。那男的自我介绍叫李乔智，还给王云筝倒了茶。王云筝坐在客厅里，看李乔智与康谷雨亲密地挨在一块儿玩，不时夹杂着说笑。她心里很不是滋味，先是怪李苏心太大，再也怪康谷雨才半年时间就把自己亲爹忘了，与仇人亲密无间。再转念想，李苏肯定瞒着孩子，没说实情，孩子只把李乔智当作叔叔来看，天啊，孩子眼里只有叔叔。

"李苏，我带谷雨出去转转，中午我就带她在外头吃个饭。"

康谷雨跳起来说："太好了，我要跟云筝姐姐出去玩。"

李乔智说："我们本来还计划中午点外卖呢，你们出去吃也行。"

康谷雨出门前跟妈妈说再见，也跟李乔智说叔叔再见。

王云筝问康谷雨想到哪儿去玩，康谷雨说想去儿童公园玩太空游。她不懂这个项目，康谷雨说是用 AI 技术模拟太空游，特别刺激，她上个月和叔叔来玩过一次，她还想要再玩一次，换另外一种模式的。王云筝心里搁着事，陪着玩，那太空船高高低低起落，又是碰撞又是射击，停下来时她头晕目眩，干呕不止。康谷雨笑她，说她妈妈也不行，只有李乔智叔叔可以。她们休息了一会儿，往餐厅去。王云筝看餐厅都是人，打包了薯条鸡块，寻了一处僻静的树荫与康谷雨坐下。

"在学校有没有男生欺负你？""没有。姐姐说的是校园欺凌吧，我们老师说过，如果有马上报告，爸爸以前也告诉我不要怕。"康幸倒是把女儿教好了。"你挺喜欢乔智叔叔的？""他对我挺好的，对妈妈也好。""你想你爸爸吗？""当然想啊。""李乔智和你爸爸，两个人只能选一个，你选谁？""妈妈选谁我就选谁。"

康谷雨的回答竟然是这种模式。"你的亲爸爸是康幸。"她差点就要脱口说出把李乔智捅伤的是康幸了。康谷雨不说话，沉默了一会儿。"姐姐告诉你一件事，你千万千万要放在心上：不要轻易相信别人，你知道的，有些人说是你爸妈的朋友，有可能是人贩子，特别是男的，我们女生要保护好自己。姐姐把电话号码给你，如果谁欺负你，你马上打电话告诉姐姐，记住了，不要怕。""姐姐，我知道的。"康谷雨的脸上很平静。王云筝不知道还能说什么了，她没勇气跟康谷雨直说要防范李乔智，要是孩子回去跟妈妈说，她可是挑拨离间了。

李乔智来电话，问他们吃了午饭没有。王云筝心想，你倒是比人家亲妈都要热心。挂了电话后，王云筝咬咬牙说："姐姐不喜欢李乔智，你爸爸也不喜欢。"

康谷雨低着头说："姐姐，我知道的，是妈妈对不起爸爸，可是，我是李乔智的女儿，我不讨厌他。"

王云筝心脏揪了一下，她顾不上周围人的目光，大声嚷起来："疯了，什么鬼话，你能和李乔智扯上什么关系？你妈一定是骗你的。"

康谷雨拉着她的手，眼泪簌簌而下。"是真的，我原来也不信，妈妈因为我不信，带我上医院做检查，有医院的亲子鉴定报告，我还听医生亲口跟我说的。"

王云筝的脑袋里彻底成糨糊了，天啊，敢情人家是再续前缘，当年康幸都干了些什么呀？接盘侠？夺人所爱？被美色迷住了眼睛？

"你难道不打算认你爸了？"

"不，我永远爱他，我现在只叫李乔智叔叔，李乔智也没逼我叫他爸爸。"

天上的乌云悄然堆积，天暗了下来，风挟裹着泥沙流窜，康谷雨乌黑的长发随风飞舞。王云筝的眼睛让一粒沙眯了，忍不住拿手揉，沙子随着眼泪出来了。李乔智的电话又来了，问要不要去接他们，怕下雨难打车。王云筝说："打不到我们就等雨停了再走，急啥？"

五

前后消失了七八个月时间，康幸放出来了。他出来没几天就给王云筝的父母打电话，报平安。王父执意要给他洗尘，说是去去晦气。父亲让王云筝一块儿去，王云筝推说她和程道会再作安排，各聊各的，多几场热闹比较好，父亲就带着母亲去了。回来说原单位没有开除康幸的公职，但他自己辞了职，在老家租了几百亩地，准备回去种菜种果树。

"等我退休了，没事就过去跟他住一段时间。"看父亲的神态，挺高兴的，说明康幸那一方给他提供的信息是健康积极向上的。父亲成天叫嚷着退休以后找个风景秀丽的地方，种种菜养养鸡，康幸提前给他实现了。

父亲还记得王云筝说过请客的事，催促她说，人家帮过你们，早点安排。程道对康幸出来的事一无所知，一开始积极打听的劲头早过了，曾经闪念给康幸找律师的豪情也消失了。他现在每天都有应酬，好像有几个人要给他投资，再把厂子扩大。王云筝是反对的，说小富即安，股东一多意见也多，到时光处理矛盾都要浪费不少精力。程道没听进去，笑她格局小，她就闭嘴了。

王云筝万万没想到康幸会主动联系她，手机显示的是一个陌生号码，第一次没接，第二再打进来的时候接了。听到是康幸的声音，王云筝抢着说正打算和程道约他吃饭。说完她觉得自己好像很心虚的样子，她欠康幸人情吗？那是他还她的好不好。那他们之间算不算两清了？当然不算，永久创伤怎么能用一时恩惠来弥补。

康幸说："饭不吃了，现在不想抛头露面。听说程道的厂子做得不错，让他好好干。"王云筝说："听我爸说你有计划要去搞农业，挺好的。"康幸说："又回去当农民了，是挺好。"他们停了一会儿无话，康幸咳了几声，声音好像一下变苍老了："云筝，我想见见谷雨，你可不可以帮帮忙？李苏一听我的声音就挂电话。"王云筝想李苏自然是不想让这对前父女见面的，多尴尬呀。康幸没听到王云筝的答复，追着说："你帮帮我吧，我想我的女儿。"康幸的语气有哀求的味道，王云筝鼻子忍不住酸了。康幸会不会还被瞒着？他并不知道康谷雨不是自己的女儿，一定是这样的，他这么精明的人怎么可能当接盘侠呢？不如让他们父女见上一面，康谷雨会告诉他实情的，死了心好。

王云筝说："我帮你把孩子带出来，程道的人情算我还你了。你以前欠我的，事后我还要讨还。"那边一点犹豫也没有："没问题。"双方心知肚明说的是哪一桩事。

王云筝没有给李苏打电话，她给李乔智打的，不知道为什么，她觉得跟李乔智联系会顺畅一些。果然李乔智没多问，同意她带康谷雨出去。那天一切顺利，王云筝从李乔智手中接到康谷雨，就往与康幸约好的地址去，还是她上次带康谷雨去的儿童公园。王云筝跟康谷雨在路上说清楚前因后果，有意无意地暗示康谷雨，她有名无实的爸爸应该知道真相，不知道康谷雨理解没有，这好像有点为难孩子。但王云筝没看出康谷雨有多大的心理压力，康谷雨的兴奋点在于等会儿可以和她爸爸一块儿坐太空飞船了。

大半年不见，康幸胖了许多，原来就不瘦，现在变成一个纯胖子，农民的生活对他应该是适合的。康幸的木讷和迟钝有点明显，说话走路都慢了一个节拍。王云筝故作热情的问候没有得到相应的回馈，康幸看着康谷雨才有点笑意，那笑也是慢吞吞浮出来的。王云筝把康谷雨交给康幸，说两个小时后她会回到这里接孩子，康幸点了点头。

两个小时办不了什么事，王云筝到附近一家商场闲逛。前几天程道抱怨内裤勒了，这家伙天天在外头吃喝，胖了十斤不止。她先给他挑了一打内裤，买了两瓶日本酵素，再逛到中庭，路过一家香港茶餐厅，一眼看到彭晶晶在里头坐着，穿了一身碎花蚕丝套裙，化着精致的妆，人变漂亮了！彭晶晶的对面坐着一对老人，看着面熟，认真看是程道的父母。王云筝隔一两个星期会到程家走动走动，这段时间程道说忙，他不回去，王云筝也懒得去。彭晶晶一个出纳，是有任务陪公司老总的家人吃饭吗？彭晶晶很是孝顺的样子，夹菜、倒茶，老人们点头、微笑。王云筝想，一会儿程道不会要来吧，出现就是一家团聚了。

王云筝选了一个角落坐着，看他们吃完买单离开，程道没有出现。她好像有点失望，不是高兴。她打通程道的电话，问程道在哪儿，对方说正跟人在郊区看林木，不耐烦地把电话挂了。

王云筝准时去接康谷雨，康谷雨临别前抱了抱父亲，康幸胖乎乎的脸上没有什么表情，挥手与他们告别。他跟王云筝轻声说："我过后找你。"是记得他们的约定呢。

王云筝在车上问康谷雨："你告诉他了吗？"

康谷雨摇摇头："我不想让他觉得自己什么都没有了，他就是我爸爸，他还有我。"

王云筝摸摸孩子的脑袋："孝顺孩子。"

当晚，程道没回来住，说是明天早上还要早早上山，就不回来了。王云筝用电脑登录程道的支付宝，就在一个小时前，程道有一单酒店的消费，在这之前也有。王云筝出门打车找到酒店，房间门上挂了请勿打扰的牌子。她敲门，里面不开。她说："程道、彭晶晶，开门吧。"

门开了，程道披着酒店的睡衣，把门在他身后关上。

"快动手吧，打完我们两清！"

程道根本不看王云筝，他的目光盯着走廊上的灯，把侧脸完全让给王云筝。王云筝相信他真的很希望她的巴掌印到他的脸上，然后一切都了结了。

如果一个耳光就能清空两者之间的关联，那真不赖。王云筝把脸凑上，她说："要不，你打我？我之前打过你那么多回，我错了。"

程道脸上闪过万马奔腾的慌乱，他说："云筝，感情的事是勉强不来的，我们还是好合好散，都保持点自尊，好吧？"

他当她是不要脸，主动求打，放低身段为挽回？她真心想把欠他的还他，不要就算了。她点点头说："好的。"

王云筝忙了几日，程道搬出去之后她把房间好好收拾了一遍，扔了一些旧东西，添了一些新东西。康幸来电话约她出去吃饭，她知道他是主动来还债了，否则，要吃饭怎么不叫上程道。

她说："要不改天，我这两天有点忙。"她心里清楚，自己多少有点怯场了。

他说："明天我要回老家了，如果改期，你得等一段时间。"

她问："知道你欠我什么吗？"

"知道，康谷雨生下来那一年，我就知道了。"

他们的见面地点在王云筝所住小区附近的一个奶茶店。地点是王云筝定的。奶茶店很小，只有两张桌子，他们就像坐在马路边上。王云筝点了大杯的，加了珍珠加了椰果。

她说："我想没有人不爱喝奶茶，太好喝了，我怕胖，有高兴的事情才奖励自己一杯。"

康幸笑笑说："谷雨也爱喝，不过，我不让她喝这些东西。"他点了一瓶矿泉水。

王云筝喝了一口，确实是很久没有喝了，感觉特别好喝。今天的天气很热，路上的人看起来都带着焦虑和热度，王云筝喝下的第二口，有远离那些焦虑和热度的轻松。她看着康幸，他的表情好像有一点亢奋，他的手握着矿泉水瓶没有打开，他的目光飘移不定。王云筝喝下第三口，香甜塞满她的牙缝，她没有一颗坏牙。

她确定那个时刻到了，她要穿越了。她凝神聚气，把所有打出去的巴掌收回来，合成一个。她的手抓起面前的奶茶杯子，用力泼出去，泼到康幸的脸上，奶茶从康幸脸上流下来，白色的 T 恤衫一片污黄。这么一泼，她用尽了力气，坐下喘了一口气。

他舔舔嘴唇，把流到嘴上的奶茶吸进嘴里。"太甜了，还是少喝吧。"

她没有说话。他掏出一张面纸擦了擦脸。她想离开了，他没有让她离开。

他的身子挡在她的面前。

"王云筝，我是个坏人，比你想象的要脏要坏，不要心软，我已经做好准备，无论你对我做什么，我都能接受。"

"你知道我想对你做什么吗？"

他摇摇头，眼睛似乎不经意地瞟过她的包。她笑了笑，刚才，在意识中她的巴掌已经走完整个流程。"我的包里没藏凶器，我只想扎扎实实打你一记耳光。"

他的头微微上仰，等待着。

她举起手掌看了看，手掌缺乏血色，也不圆润，骨节偏大，掌纹散乱。"要不，我先存着，像存钱一样存着。银行家，你会给我算利息吗？"

"好吧，算你利息。"

他们告别时，他又给她买了一杯奶茶。

原载《北京文学》2022 年第 9 期

温亚军

到喀什去

　　起风了。远处的峡谷里慢慢升腾起一片淡灰色的薄雾，清晰的山体像照虚了的相片，瞬间迷蒙起来。要是寒冬时节，薄雾会很快凝聚起来笼罩住山头，要不了多久大雪就会降临。雷由夫太清楚高原上的天气变化了，眼下虽说已是初夏，不会出现可怕的风雪，但他经历过暴风雪，那种在风雪中的困顿无助使他心有余悸，想着还是早点离开。他本来就提心吊胆，如果再变天，那他好不容易才鼓起来的勇气又得消失。

　　深蓝色的大巴这个时候从灰色的淡雾里忽然钻出来，雷由夫以为是蓝精灵，来解救他的，不由自主地把手举了起来。"蓝精灵"如愿停在了雷由夫身边，他没多想，迅速跳到车上。司机很热情，像看到自己亲人似的，脸上荡起愉悦的笑容，问他要去哪里。

　　雷由夫没在意司机的笑容，还沉浸在激动的情绪中，司机的话音还没落下去，他就坚定地说，去喀什。他在心里早下决心了。司机明显有些迟疑，还是荡着笑意对雷由夫说，你确定？既然鼓足勇气要离开这里，就不能有丝毫的犹豫，好像一犹豫，后面就会有暴风雪追击过来。雷由夫认真地点点头。司机侧身往车厢后面看了看，大多数乘客都在昏睡之中，没人注意他们。司机把目光收回，再次投到雷由夫的脸上时，没有了笑容，很认真地说了句，搭我这车，只能明天到喀什了。没有了笑意的司机好像一片忽然飘过来的乌云，雷由夫明显感觉到眼前一暗，生怕司机赶他下车，把他丢在荒无人烟的山路边。天已过午，又刮起了风，这个季节不会下雪，但谁知道会不会下雨呢。雷由夫暗暗攥起拳头，抬起眼迎视司机的目光，再次坚定地说，我知道，明天才能到喀什。其实，他根本弄不清到喀什有多远的路程，需要多长时间。六岁那年秋天，雷由夫跟着父母去过一次喀什，是给母亲治病，他年龄太小也记不住去趟喀什到底有多远。他只记住了母亲从喀什回来后一直躺在炕上，一直到他十三岁那年，母亲从炕上被村人抬走，送到一个远离村庄的山坡上，永远躺在那个深坑里，当时他知道那是母亲死了。死了，就是没有了。他与弟弟哭得死去活来，也没有把母亲哭回来。但是他毫无印象的喀什，却莫名其妙地在那几年中摇晃在他心里，既没扎下根，也没有如天上的云，飘荡几下就没有了。

　　大巴里很温暖，一股热流雾气一般迅速将雷由夫包裹住，使他瞬间有了踏实感。在荒野待久的人，进入相对稳定的空间，除了心里踏实下来，神情还是有些恍惚，他看着车里大多还在昏睡的乘客，也有被他和司机简短的对话吵醒的，茫然地望过来，看到雷由夫惶然不知所措的样子，又冷漠地合上眼睛，进入新一轮的昏沉之中。雷由夫扶着司机旁边的座位站了一会儿，不是车内浑浊的气息让他发怔，是刚才与司机的那番对话，使他想起死去的母亲。五年了，只要脑子里闪过母亲，他的眼里立即会涌出一股酸泪。他抹了把眼泪，按照司机的吩咐自己找就近的空位置坐下。

　　山路绕来绕去，车跟着绕来绕去，那些耷拉着脑袋或者仰靠在座椅上的乘客身子也紧随着车子摇来晃去，却摇不出太大的幅度，被统一了动作似的。雷由夫努力使自己坐稳，他才不要让身子摇来晃去呢，那是山的促狭，他不想惯着——其实是觉着自己被摇来甩去，撞在左右的座椅上是件很难堪的事。除了还在沉睡中的，车上也有些已醒过来的乘客，木然地望向窗外，还有人趴在半开的车窗上，朝外伸出去双手，好像他的手受不了车内的污秽气息似的，车旋起的尘土并没有悉数落在后面，却旋进了车窗里。雷由夫看到那双手灰扑扑的，被风吹成波浪状。前面的司机忽然喊了声什么，更多的人在那声喊叫中惊醒，一脸迷茫。那双在车窗外兜风的手缩了进来，窗玻璃被合上。雷由夫这才反应过来，司机是不让乘客把手伸出去，免得出现意外。大巴爬坡的声音很大，跟谁寻仇似的，怒气冲冲。一个一个醒过来的乘客，像被睡眠消耗了过多的精气神，悄没声息地望着车窗外面。外面除了光秃秃的石山，还是石山。不长草没有树的秃山有啥好看，一点都不养眼。再就是远处长年不融化的雪山，对雷由夫来说也没啥看头，白得像一张纸，最多像一顶白色的帽子，隔断了对一片山能萌发的所有想象。雪山常年竖在那里，死了似的，雷由夫出门放羊时抬头不看都不行，就算看，又能看出什么呢？冷清，枯燥，死寂。雷由夫早厌烦了高原上的这一切，他看不见更辽远的地方——虽然雪山本身就非常辽远了。

一旦上了车，算是甩掉了所有牵绊，勇敢地迈出了一大步，有了定力似的，雷由夫恍惚间却有种不真实感：这下算是离开这个伤感的地方了？

雷由夫厌烦高原，尤其是大半年的积雪，晃照得人眼睛疼，头也疼，漫长的冰天雪地，哪儿也去不成，只能猫在家里熬日子，过一个冬天跟死一回差不多。年轻人受不了高原的苍白和冰冷，有点能耐的都下山去寻出路了。母亲去世后，雷由夫像无依无靠的野草，没人疼没人爱，除过冬天风雪封山不能出门，其他季节，他得每天去放羊，那群羊拴住了他的腿，他也不忍心丢下还在上学的弟弟。但他羡慕那些去喀什的同龄人，他们似乎没有这些牵挂，无忧无虑想去哪儿就去哪儿，想干啥就干啥，像他这样的年轻人还守在家里放羊的，全村已找不出第二个。

不，从这一刻起，一个也找不到了，他也离开村子要去喀什了，成为那些想去哪儿就去哪儿、想干啥就干啥的自由人。或许是车内的燥热让雷由夫的心跳加快，他心里有些慌，轻呼一口气，把头靠在柔软舒适的座椅上，闭上眼睛想睡一觉。他昨晚几乎一夜没合眼，除过激动，更多的还是恐惧。对外面世界的一无所知，还有自己大胆的行为。

起来！谁让你坐这儿的？一声恐怖的惊呼，让刚镇定下来的雷由夫吓得跳起来，惊慌失措地望着坐在窗口的女人。

女人看上去还算年轻，模样也好看，愤怒却使她的表情有些狰狞。她往车窗那边又贴了贴，拉开了与雷由夫的距离，眼睛斜盯着雷由夫，没好气地说，看什么看，说你呢，这个座也是我的，买了票的，双份！

出了门，原来是这样的！女人给雷由夫的这个下马威挺严重，他一直揣着的忐忑感还没有消退就呼地膨胀开，像寒冬里猛然喝了一大杯冰水，惊得他整个身子都紧缩起来，愣怔着不敢看女人的脸，脑子里一片空白。大巴正在翻越苏巴什达坂，海拔五千米以上，车在盘山路上缠绕，像个醉汉左摇右晃。雷由夫抓住旁边的座椅靠背，身子随着车的摇晃左摇右晃，勉强控制住自己不被摔倒。他没有感到呼吸不畅，在高原出生长大的他，肺活量天生就适应这么高的海拔，可他的心这会儿却跳得更厉害，是心虚的那种，他故作镇定地吞咽了口唾沫。他也是掏了车票钱的，按司机说的票价，刚上车就给了钱，生怕人家不愿拉他。可雷由夫不敢跟女人争辩，不敢质问她是不是真的买了两张票。他前后看看，司机专心地开车，也不帮他说句公道话，他被眼前这个女人的盛气碾压着，只能讪讪地离开。后边还有空座位，雷由夫往后走了几步，有个靠窗的位置，坐过道的人正一前一后晃着头昏睡，他不敢把那人扒拉醒坐进去，又往后走了两步，却没有空座了，就是有，他也不敢坐了。他慢慢回到车子前部，干脆身子一矮，坐在过道的地板上，紧紧抓住旁边座位的钢架，不让自己磕碰到，也算舒缓了一下紧张的情绪，长出口气，斜了一眼旁边的司机，司机像没发生任何事似的，专注地盯着前方，认真地开车。

雷由夫坐在过道上居然睡着了，他太累了，一夜没怎么睡，起早又走了半天山路，才走到能搭车的公路，早就困乏不堪。

风停了，灰色的薄雾不见了踪影，展现在眼前的，又是一片蓝蓝的天空，高原梦幻一般的蓝。当然，还有即将落山的红日，把停车场照得着火了似的。

雷由夫被司机摇醒，一脸懵懂地望着这个陌生人，一时想不起身在何方，扭头看到身后站满了人，突然醒悟过来自己坐在车的过道上，赶紧站起来往司机跟前靠了靠，让开了路。这会儿的一车人像蔫了的植物遇到水，一下挺立起来，精神抖擞地涌下车，紧靠一旁的雷由夫，神色局促地看着他们。

有人偏头漫不经心地看一眼雷由夫，微微地绽出点笑意，雷由夫心里舒缓了一些。呵斥过雷由夫的那个女人经过时脚步放慢，雷由夫顿时又紧张了。女人看着局促不安的雷由夫，嘴唇动了动，想说什么，却又咬住嘴唇，什么也没说，转身下了车。车里很快空了，只剩下司机和雷由夫。见雷由夫没有下车的意思，司机朝门口扬了扬头。雷由夫迟疑着下了车，却不知该往哪里去，他等司机跳下车，跟紧了他。司机扭过头说，抓紧时间去登记好住宿，找个地方吃饭吧，都累一天了。

住宿？住什么宿？到喀什了？

什么喀什，这是石头城，住一晚，明天去喀什。

这么说，是离喀什越来越远了。雷由夫上过小学，基本地理知识还是懂点的，他家在石头城北边，约一百公里处的巴什克可，距更北边的喀什还有两百多公里。这下往南走了一百多公里，距喀什就有三百多公里了。

司机收起了笑容，像突然跌入寒冬，冷冰冰地先发制人，以刚上车就给雷由夫讲明情况为由，不给他争辩的机会。雷由夫压根没想过要争辩个谁是谁非，他胆子小，又是第一次一个人出远门，哪敢与陌生人争论，他连司机正眼都不敢看，生怕再惹出事端。刚上车时那个女人赶他起来的阴影又袭上心头，他望着西边越来越暗的火烧云，小声嘀咕道，他没法去住店，更别想吃饭，他的钱全给司机买车票了。

是这样啊。春天突然又回到司机的脸上，看来摆脱了预想的纠缠，司机心里没了压力，迅速恢复了善意。他拍拍雷由夫的肩膀说，那这样吧，允许你留在车上过夜，只是吃饭——这是旅游团，游客的吃住都是订好的，我看待会儿能不能给你带出来一些吃的。

解决了住处，吃不吃的，不大要紧。雷由夫已经感激不尽，他又不是没饿过肚子，这是出门在外，还能好过家里！

一想到家里，雷由夫像忽然被谁撞了一下，心里带着*丝丝缕缕*的余韵。回到车上，眼看着越来越接近的夜色，那些*丝丝缕缕*像被团成了团，落下来，结结实实砸在他心上。他心里一痛，鼻头猛然酸了，还是想家了。他揣了多大的决心，义无反顾地离开，他想只要离开高原，去了喀什，就会和那些离开家的年轻人一样，要不了多久就会以一种与以往不同的样子返回家，他不会胆怯，他要大声说话，说跟人的交往，说喀什的样貌，说他的见识。可是，可是坐了大半天的车，却离喀什越来越远，还想起了家。想家，他主要是想弟弟，弟弟回到家吃不上热饭，更看不到哥哥，肯定会哭的。

雷由夫自己先哭上了，越哭心里越难过，空空荡荡得像旷野，没有一棵树，只有零星几根草，在莫名的野风中摇晃。这种感觉有点像遭遇过暴风雪，在极度的恐惧中他四顾茫然，看不到前方的路，不知道接下来每走一步会一脚踏在什么地方，纵使平日无比熟悉的道路也让他毫无底气。而现在，他要去的是喀什，结果来到的却是南辕北辙的石头城。雷由夫越哭越伤心，差点大放悲声，他咬着衣袖，把哭声倾吐给衣服，经过层层过滤，传不出多远，不会给他借宿车上带来明显的危机。他心里突然间踏实下来，慢慢地不哭了。哭什么呢？想到踏上大巴时的义无反顾，忽然觉得自己很可笑，他不是厌烦高原吗？他对喀什不是充满向往吗？那就没必要流眼泪。雷由夫抹掉眼泪，稳住自己的情绪。车门是关着的，他不能随意推开门下去，车外面很安静，黄昏暗淡的光线已经完全撤走，路灯漾起柔和的光芒，懒散地透过车窗落进来，破碎得似贴纸般粘在车座的不同部位，让车厢里没那么黑暗。孤寂却蛇一样蜿蜒而行，雷由夫怕自己会跌进这种渗入肌肤的冰冷之中，为给自己壮胆，他在狭小空荡的车厢里走来走去，听着脚底下空洞、密集的脚步声，心里竟然越来越踏实。终于，他不再走了，想选个合适的座位坐下，不，躺下。他身上没有一分多余的钱，并不意味着他就一无所有，至少，今晚这个车厢是他的，车厢里的座椅都是他的，不用掏钱，是坐是躺，全随他自己。走过下午那个女人赶他起来的座位时，他朝里面靠窗的座位吐了口唾沫，顿了顿，朝靠过道的位置也吐了口，想了想，不该吐这个座位，又用袖子抹了抹。最后，他干脆一屁股坐下，这个时候那个女人没法赶走他，他想怎么坐就怎么坐。想到女人无来由的愤怒，他的心又狠狠地抽了一下，不就是个座位吗，又不是啥宝座。解气似的，他索性躺下把这两个座位都占了，迷迷糊糊中还想着，女人这个时候没法把他赶走。

准确点说，雷由夫是被香醒的。一股油香味把他从睡梦中追了回来，他先看到的是黄灿灿的油香，像夏天蹲在冰山顶上冒着热气的太阳。雷由夫喜欢极了，何况这还是送到眼前、可触可食的真家伙。他的目光终于从油香里拔出来，往上移，看到一张鲜艳的脸蛋。雷由夫惊慌失措，意识到身之所在，忽地坐起来，紧跟着跳起来，要离开座位。这个厉害女人，他可不敢惹。

女人一把拉住他，奇怪地没有喊叫，还将油香递过来说，昨天是我不好，用这份早餐向你道歉，能不能赏个脸？还有，这个座位今天是你的了，咱们算是扯平了吧！

雷由夫哪敢接女人的油香，除了被女人从座位上驱赶，他没有听到女人跟他多说过一句话，更不敢相信她会给他买早餐，而且态度温和地主动让他坐这个座位。他低下头，不敢看眼前的女人。女人把油香往他跟前又送了送，带着无奈的腔调说，我都说了昨天是我不好，我又不吃你，你害怕啥？路还长呢，你不能一直不吃饭吧？雷由夫没吭声，不习惯这种没来由的热情。他抽了抽鼻子，油香味溢开，丝丝缕缕的香味涌满他的呼吸道，稍一用劲，便荡漾得无边无际。他太饿了！女人见雷由夫呆怔的样子，有些急躁，抓过他的手，把油香硬塞到他手里。你这个小孩脾气还挺大，我不是坏人，就是昨天情绪不好……女人顿了顿说，你到底还要怎样才能原谅我？雷由夫一脸惊恐，不知道为啥女人要这么说，他要原谅她什么呢？他在她买的两个座位上睡了一晚，昨天她的那一顿训斥，他觉得可以相互抵消了。

司机过来劝了几句，雷由夫才听话地又坐下，在女人的注视下，默默地吃着诱人的油香。真是太香了，雷由夫从没吃过这么好吃的油香，以他的习惯，几口就能吃完，可眼下有这个女人在旁边盯着，他吃得小心翼翼。

接下来的行程，不像雷由夫想的那样，直接去喀什，他们是来高原看风景的，肯定不能错过石头城。其实石头城没啥吸引人的风景，新城里只有一条街道，还是坡道，海拔高空气稀薄，不适合游人行走，大巴几分钟走了个来回，便去废弃的石头城参观。

石头城名副其实，全是石头堆砌起来的，只是时间过久，垮塌得没有了城郭的样貌，满目凋败、疮痍。高原上的风沙猎猎，总能不动声色地将很多东西侵蚀，日复一日就成了眼前的颓废模样。大多数人连车都没下，只趴在车窗往外看了几眼。一眼可以望尽的地方，说它是风景，那是因为有距离，是距离成就了风景。下车的人在一片失望的抱怨声中，都返回车上。雷由夫本来想下去看一眼的，上了这辆旅游的车，他说服自己也当个旅游的人，跟车上的人一样，反正离喀什还很远，不是他想怎样就能怎样。他其实来过石头城两次，却没到这个石头城逛过，他想以一个旅游者的身份去看看，可身边的那个女人要下去看，他就不愿去了。他不愿跟她一块儿。他趴在车窗看了看，的确没啥看头。

外地人的高原反应还是很强烈的，昨晚住在旅行社的房间有增氧机，感觉不到什么，现在才知道什么是缺氧。看完石头城上车后，好多人头昏脑涨，干脆昏睡，有些人经受不住山路的摇晃，加上高原反应，呕吐不止。司机早在车上备了呕吐袋，吐过后却没人收拾秽物，这个时候雷由夫派上了用场，他先是帮身旁的女人收拾，后来又帮前后的人拿走呕吐袋，最后把一车的呕吐物都收拾干净。反正他没有高原反应，闲着也是闲着，而且活动活动，也不至于与那个女人坐在一起尴尬。

日头升到高空，翻过苏巴什达坂不久，到了慕士塔格峰下，停车的地方已是海拔五千多米，人行走都困难，却有个仙人洞要参观。游客中晕的晕、吐的吐，早没了游玩的兴致，但行程不能少，照例得停靠。雷由夫以为没人下车，就可以马上走了，没想到，身边的这个女人却要去仙人洞。她喘气都困难，却坚持要下车。车上没人响应，司机有些不耐烦，一车人都没兴致了，想早点离开这个海拔高处，不能为了一个人的好奇心让一车人在这里等着，这不公平。女人听不进司机的劝，越阻止，她越要去，情绪很大，声音很尖，说大家出来不是为坐车的，就这么坐一路车还跑到这么高海拔的地方受这个罪？她扫一眼车厢，除了司机，并没有人帮腔，也没有人站起来说要跟她一块儿下去看看。司机嘟囔着这一路就她事儿多。她嘴唇抖动着，满眼含泪，忽然间看定了雷由夫。雷由夫心中烦躁，他希望大巴尽快离开，能尽早到达喀什，离喀什越来越近了，他的心也一直在胸腔飘浮着。雷由夫迎着女人的注视说，仙人洞里真的啥也没有。女人的眼神黯淡了，摇了摇头，一脸的不信任。雷由夫站起身，有些愤怒地说，我敢说，这个车上没人比我更清楚仙人洞了，我是本地人，几年前我曾去过。

女人翕动鼻子，抿了抿唇，眼睛里又慢慢泅出水雾，水雾越聚越多，变成颗粒状滚落下来。她努力控制着哭腔，颤着变得苍白的唇说，她就是奔着这个仙人洞来的，不是大家想的那样要去仙人洞寻找仙人，她也相信仙人洞里不会有仙人，可她必须去，她要寻一个活人。

雷由夫也是听信了好多传说，相信仙人洞里有仙人，有求必应，能给他带来幸运，他冒着风险带着弟弟，走了大半天的山路，满怀希望地去了传说中的仙人洞。洞里并无仙人的踪迹，更多的倒是寻觅仙迹的凡人丢弃的各种塑料包装垃圾，醒目地佐证着仙人已去空留念。失望倒在其次，对雷由夫来说，那次半夜赶回家后父亲对他的那顿狠揍，让他终生难忘。当时父亲愤怒至极，举起的手上上下下没有丝毫倦怠，都忘记把他打残废就没人去放羊了。他在惨叫中提醒过父亲，谁知父亲已经到了不顾那群羊的地步，他说可以不要羊。这是啥话，没有羊靠啥维持生计？后来，雷由夫才渐渐明白过来，人比羊重要，人没有了，要羊干啥！何况他还是带着弟弟一起去的仙人洞，父亲生气的不仅仅是去仙人洞，而是……而是什么呢？雷由夫说不出来那种感觉，但他知道了仙人洞或许只是个传说，有哪个仙人会眼睁睁看着去寻踪的他们身上莫名落上拳头和鞭子呢。

面对固执的女人，尤其是她褪去强势、带着隐忍的神情，雷由夫的焦虑与愤怒忽然间消失了。当初自己也是这样执着的。一瞬间，雷由夫想陪着这个女人去仙人洞，让她亲眼见识一下，这个仙人洞并没有承载她的希望，也证实他没说瞎话。

在一车人的沉默和司机怨怼的目光中，雷由夫心慌意乱地下车，与女人往山谷里走去。山谷没有路，全是大小不一的石头，后来为了开发旅游项目，用推土机仓促推出来一条便道，没有人维护，每年夏天被雪水冲得沟壑纵横，一点都不好走，不过倒是挺有原始的意味，风景不是都在险处吗，虽然路不险，但很难走。雷由夫先是扶着，后来是搀着女人，慢慢地往山谷深处的仙人洞走着。越往高处走，空气越稀薄，女人呼吸越困难，她却不停嘴，告诉雷由夫，她是来寻找她爱的人，那个男人一年前突然不见了，人间蒸发一般，她到处去寻找，各路打探，只要有一点点他的消息，她都不会放过。一年多来，她去过云南丽江和玉龙雪山、山东泰山、安徽九华山、山西五台山……最近她又得到消息，说他来过高原的这个仙人洞。她为啥要给车上多买一个座位，就是给他留的，万一找到了他，没有了位置，他就不能同她一起回去了。女人说完这话，歉疚地看了看雷由夫。

雷由夫没说话，他其实已经不怨女人了，她一早给他买了油香，还让他坐了空着的位置。只是，那个座位看来她是白花钱了。雷由夫心里酸酸地想着。

离仙人洞越来越近，可路越来越难走，这些年雪融化得越来越多，冲出的沟壑就越来越深，有时候看到路就在眼前，却要绕很远才能到对面。雷由夫不好劝阻女人，来都来了，那就了了她的心愿吧。他抬头看看天，还好，没有起风，也没有乌云，只有几片棉花云挂在冰峰顶上，与冰雪比赛谁更白似的，看得雷由夫心里空落落的，一时半会儿竟想不起自己在干啥，要干啥。闭目沉思了一会儿，雷由夫的心里一片迷茫。

已经远远地能看到那个洞口了，女人却停住不走了，她歪倒在旁边的大石头上，伤心地痛哭起来。看着女人因缺氧哭得随时会闭气的样子，雷由夫的心也跟着莫名地要碎了，但他无能为力，他不能给她买油香，他没钱了，就是有钱也无处可买，他无法安慰她。他移开目光望着周围的山谷、裸露的石头，连一棵野草都不生长，看不到一丝绿色；望向高处的冰峰，半山腰以上的皑皑冰雪，像看到了令人恐惧的冬天，漫长、寒冷。雷由夫不由得打了个冷战，心也随之一抖。他离开家一天一夜了，弟弟不知咋样了？那群还等着他去放牧的羊是不是饿得叫声一片？还有那个整天喝得醉醺醺的父亲，不顾家，也不管他们兄弟俩有无吃喝，他只把酒当成亲人，其他的全没放在心上。前年接羔的季节，雷由夫得放牧其他的羊，把几只怀胎即将产羔的母羊留在圈里，反复叮咛父亲照看，谁知父亲喝醉了一觉不起，母羊产下羔子没人剪脐带，勒死了五只羊羔，损失太大了。雷由夫能怎么办？与父亲吵一架，也救不回那几只羔子的命。他依靠不上任何人，却要把这个家撑着，这几年，他快被这个家熬干了。为了这个家，他抵住了外面的诱惑，却挡不住内心的挣扎，他鼓了多少次勇气，都没能迈出这个家的门槛，那群羊要放，弟弟要照料……这样没头没尾的日子，什么时候才能有个头？这次，他是下了多大的决心，才迈出这一步的。他要逃离那个泥潭，不为弟弟，更不为父亲了，他要去喀什，过几天自己的日子，属于他这个年龄的人才应该有的日子。

可能是哭过后心里畅快了些，女人从石头上缓缓起身，看了看一脸忧伤的雷由夫，抬头望着近在眼前的仙人洞，过了好一会儿，像是自言自语，也像是给雷由夫说，走吧，回车上！

雷由夫顾不得收拾自己黯淡的情绪，一脸惊愕，他很难相信这个女人会说这样的话，可能是缺乏氧气，她身体支撑不住了，胡言乱语吧。他上前扶住她，往前推着她，说，剩几步路就到了。女人转过身，坚定地说，回吧，已经来过，不上去了。洞里就像你说的，肯定什么都没有！

车往山下走，一边是深不见底的深渊，一边是高耸的石山，车速快不起来。盘山公路左摇右晃，把一车人摇得昏昏欲睡，可海拔慢慢降低，氧气逐渐正常起来，呕吐的人少了。雷由夫没再帮呕吐的人收拾秽物，从仙人洞下来后，他一直坐在女人旁边发呆。他的脑子里一会儿空白一片，一会儿又塞满了乱七八糟的东西，有往事的甜蜜回忆，也有灰暗日子的恐惧，更多的是弟弟无助的眼神、父亲喝醉酒误了母羊产羔，他的眼前似乎看到了一堆被脐带勒死的羔羊，还有渐渐稀少的羊群。

车终于钻出了山谷，来到了平原地带，日近西山的太阳也被高原挡住了光芒，车窗外面闪过高大笔直的白杨树，预示着喀什已经不远了。高原成活不了高大的白杨树。经历了高原缺氧、艰辛颠簸旅程的游客，有的已经兴奋地小声唱起了歌，有的专注地望着车窗外面，一脸神往地凝视绿色的树木、花草，像没见过绿色一般。

雷由夫身旁的那个女人，一直闭着眼靠在座椅背上，从仙人洞下来后就没睁开过眼，也不像是睡着的样子，偶尔还会挠下头发，或者抹下眼睛，也没见她再掉过泪。迷茫的雷由夫一直希望她能说点啥，或者问问他的行程，那么，他很想跟她说说自己的想法、做法。可她没给他这个机会。他心里很憋屈，一直想做点啥，可又不知道要做啥。

车经过一个村庄或者镇子时，速度慢了下来，雷由夫忍了许久，终于鼓足勇气，站起身走到前面对司机说，停车，我要下去！

司机把车往路边靠着说，给你五分钟，解完手赶紧点，别让一车人等着你。

雷由夫扶住车门把手，回头说道，不用等我，你们走吧。他的余光看到女人坐直了身子，手扶着前面座椅，吃惊地望着他。

喀什还没到，路还远着呢。司机说。

不去喀什了，我要回高原，回家！

你——别想着退你车票钱。

雷由夫已经跳下车，往车后边走了，他根本没听到司机后面的话，他也不想听到。此刻，他心里想的是，这次可不能搭错了车，一定要把方向认准。他又回头，望了望远去的大巴深蓝色的影子，心里怪自己，要是跟那个女人告个别，就好了。

原载《芙蓉》2022 年第 5 期

朱　婧

猫选中的人

阳台上的那只猫是妻子先发现的。他们居住的那套房子是 20 世纪 90 年代初的建筑，连接主卧的阳台做了密封，阳台向窗外延展出去，安装了不锈钢的防盗窗，顶上加装遮雨棚，形成了一个外阳台的空间。冬天的一个午后，那只猫出现在外阳台，躺在闲置的棉布垫子上，长长久久地睡了午觉。妻子取了猫粮和水端过去，刚推开阳台窗，那只猫闪电一般地逃走了。

妻子拍了那只猫的照片发给他，猫歪着头靠在布垫上，一只耳朵露出来，身体团住，在妻子手机的人像模式的细腻成像里，它的毛发显现出毛茸茸的质感，几乎可亲可近。妻子和他都喜爱猫，他尤甚，但也不是那种讲求品种、研究喂养的精细喜爱方式。从独居时代就养的那只橘猫"小老头"，是他在马路边猫贩子那里买回来的。"小老头"消失在它应当消失的时候，妻子高龄终于怀孕，他们犹豫着要不要把它寄养一段时间，它某日趁着开门的空当就跑掉了，没有再回来，他们在小区附近走过好几圈唤它，贴了好几轮招贴寻它，终究还是没能找回。一晃女儿出生长到八岁，他们就有八年没有养猫。家中也常备猫粮，他和妻子出门偶尔带一点，顺手喂喂野猫。

那只猫走了之后，妻子在阳台放了两只瓷碗，一只放猫粮，一只放清水，碗上面也是猫咪图案，家中这类与猫相关的物件总是很多，找出几件并不费劲。形而上的猫崇拜在他们家始终存在，甚至影响到女儿。女儿正在最热爱母亲的年纪，出门看到与猫相关的物件，像是有猫图案的本子、猫的瓷偶，总要买回来给妈妈。女儿十分可爱，手指是可爱的，脚趾是可爱的，牙齿是可爱的，连掉落的牙齿也是可爱的。很不容易地守住捡到几颗她换落的乳牙，他把它们收在小信封里，放在钱夹内随身带着。幼物的可爱是一般的，极具迷惑性。某日他与妻子看到路边纸箱内两只出生不久的小狗，于是驻足。守在一旁的年轻女孩连声问："你们要不要养它？"那柔软的两只幼崽，毛发柔软湿润，心脏的跳动带动身体的轻微颤动，它们的柔弱和生命的新鲜袒露至此。当年见到"小老头"，也是在路边。笼子里有三只猫，另两只毛色相近，头脸圆润，黑灰花色，攀着没有盖住的笼子往上爬。它瘦小，轮廓缺乏柔和，敏觉的耳朵都显得更尖锐一点。它虎蹲着，有节奏地叫唤，声音响亮。恰有大只的野猫路过笼子，它弓起身体后倾，耳朵垂贴脑袋，作警惕和威吓状，却丝毫未退缩，另两只幼猫早已停止爬越，躲到笼中一角。他买了它回去。那一年，他刚刚毕业离开上海来到深圳，虽似有无限前程但亦孤身一人。将女儿抱在怀中，手指摩挲她的肚子，指尖的触感柔软，和抚摸一只猫是类似的。他从未能知道，世俗生活平庸的幸福种种，能像如今这般真实真切地靠近他。

　　他第一次亲眼见到那只猫是一个周末午后。那段时间连绵阴雨，下午他在沙发上看书睡着了，醒来后膝盖疼痛，留在沙发上继续躺了一会儿，转头看到外阳台的白色薄帘背后，一只猫睡着的身影。他勉强起身想去看它，推开阳台移门，靠近窗户，刚刚拉开窗帘，它惊觉回顾，闪越消失。再看外阳台上妻子放好的猫粮，已经被吃干净，水也只剩下一点。次日中午，再次看到那只猫的到来。他早将阳台的窗帘拉开了，此刻它的身形清晰，是一只玳瑁色成猫，毛色很难说好看，随意甚至邋遢。他赶紧唤妻子，妻子从厨房来到卧室，在门口停住。猫很快注意到他们，和他们两两四目相对，在它圆圆的眼睛瞪视之下，妻子和他像僵住一般不敢动作。那目光既不聪明，也没有感情色彩，它似乎犹豫了一会儿，做出了判断，低头开始吃猫粮、喝水，但并未再留下睡觉，而是吃完就离开了。这次它没有跳开，它从容地穿越栏杆走向邻居家的外阳台，消失于他们跟随的视线。这以后他再没能看到它，妻子放的猫粮总是会消失，但是却没法知道它什么时候过来吃完的。

一日晚间在微博看到新闻，他早年喜爱的一位昆剧名家逝世，名家年岁已高，本也是自然。当晚他找出那位名家早年在南京录制的昆曲电影《牡丹亭》和妻子一同观看。那些唱段，他再熟悉不过，刚刚结婚那会儿，妻子有兴致时会在家中唱《牡丹亭》选段给他听，她着先前在戏校穿的旧衫，粉色对襟单衣，只领口袖口红色金线绣绲边，妆容清淡，眼眸清润，微微颔首，几分娇怯，盘起的发髻留下两鬓碎发微微翕动，总觉得有微风吹向她。影片到末尾，演的是剧中《离魂》一段。丽娘病境沉沉，由春香搀扶，向母亲作别，唱道："奴命不中孤月照，残生今夜雨中休。"他心中怆然——这位名家和他早逝的母亲是同一年生人。

他在上海读完小学，本预备升学，因母亲的病加重，父亲申请调职回了家乡，他也离开了。原以为理所当然，其实是飞地一般的生活。回去后父亲在县城工作，每周返家一次，他在乡间读书，伴着母亲和弟弟。父亲和母亲的结合是造化弄人的结果，父亲插队到母亲家所在的村庄，一直坚持不婚，只为有一日能够回城。而母亲则是贫穷农家的独生女，因父母久病迟迟未嫁。阴差阳错，父亲入赘，这两个人终究成了一对，生下他时都早过了而立之年。他出生不久父亲就得了返城工作的机会，独自领着他到上海生活，后来出生的弟弟则留在母亲身边，似扮演父亲给母亲的承诺和安慰。这种两地生活长久，他也只寒暑两个假期，会由父亲领着还乡。他对母亲的印象，始终是光线昏暗的偏屋床上一个久卧的形象，屋顶留有一块方形的玻璃补光，光的斑块投射到母亲的床褥上，随着日影移动。父亲身量不高，白皙瘦弱；母亲高大微丰，即使在病中，身形也未见萎小下去，只是变成了柔软胖大的一团，难有形状，在他心中脑中更难于具体。少年的他，满心满脑是他失去的升学机会，是他曾经偷偷跑去看过几次的初中校门和操场；他失去的是城市熟悉的道路和树木，是周六早晨穿着清清爽爽的白色衬衫的父亲带他去到熟悉的店铺，坐下来等候一屉热腾腾的小笼包的气定神闲。他第一次走进地面裸土的乡村教室，他的白衬衫和白色球鞋都显得那么不合时宜，引发同学的好奇或嗤笑。他尚不能理解多年后了然的现实，理解被捆绑在土地上的人宿命般的奉献，层层叠叠的恐慌和怨恨都只聚焦在母亲身上。除去上学前和放学后的招呼，他很少进母亲的房间，心思单纯的弟弟承担了大部分照顾的责任。三年后，待他去县城读高中，母亲离世。很长时间，他很少想起母亲，她在他的人生留痕太淡。年岁既长，他即使努力去想，也无法想起具体的母亲。他不记得这个带他来到人世的人的形貌长相，他不知道她喜欢吃的食物、她做过的事，更不论她曾有的喜怒哀乐。这个本应最亲密的人和他之间未能有机缘建立一种强烈的联系。

视频里着月白衫子的丽娘，唱问："甚西风吹梦无踪！人去难逢，须不是神挑鬼弄。"恍惚会想起，多年前，他去苏州探望妻子，在传习所的练功教室，一群女孩正跟着老师在排新版的《长生殿》。他一眼看见她。妻子头颅小巧，脸庞清丽，大衫收拢的简洁圆领，愈显得她的脖颈秀颀，脖颈之下，随着气息的变化胸部起伏，宽松衣衫下面极妙美的线条。她正在最好的年纪，拥有被歌颂的美与青春。如花美眷，正应如此，可似水流年，也是必然。妻子第一次发现白发是五年前，女儿刚刚读幼儿园，她从专注的育儿生活中稍微脱解。一日晨起她惊呼着来找他，向他展示被拔下的白发。后来间歇再出现几根，她就习以为常了。很难说妻子对容貌多留意，她每日生活规律忙碌，以女儿和他为中心。晨起煮咖啡，切面包，作他的早饭；做三明治，或煮馄饨汤面作女儿早饭。送他出门，送女儿到学校。她回到家中打扫卫生，清洗衣物。其他日常还有订购补给，分类归置；买花剪枝，插花入瓶；清洁鱼缸，换水喂食。下午买菜备晚饭，整理屋子，健身或购物，接女儿放学，做饭等他回家。晚饭后陪女儿写作业，给女儿洗澡，陪着练琴阅读，哄睡。他听到女儿房间她俩每日的例行对话："妈妈，今天讲这五本故事书就好了。""不行，只能讲一本。""四本啦。""两本。""三本好不好？""好吧，只能三本哦。"女儿的绘本中有很多有关猫的，他印象深刻的一本，封面上有一只张牙舞爪的悍猫。他问过女儿："故事说的是什么？"女儿回答："故事说的是一只公猫遇见一只母猫，生下小猫，后来终于死掉了。"那本书的名字叫《死了一百万次的猫》。

　　喂养了阳台上的玳瑁猫半年有余，从深冬转初春到盛夏将至。很少见到它，偶尔碰到它来吃饭，他与妻子甚至惊喜，悄声彼此招呼，遥遥看住。它依然冷漠，不逗留，不回应，他们就取笑喊它作"渣猫"，喊顺口了就喊成了"渣"。炎热天气带来苍蝇三两只围住猫食盆，他们的热情却渐渐消退，他让妻子不要再在阳台放猫粮，这事件也如此过去了。一日，他同妻子照例趁着女儿入睡，下楼散步，却在楼下车棚和建筑之间摆放的花槽旁看到它的身影。新铺设的平阔水泥地摆放了深棕色花槽，内有蔷薇类植物，在公共道路和楼栋之间形成自然的隔断，为楼栋周围留下一些独立空间，除去被电动车占去的车棚空间，常有老人小孩在此逗留。这是近来小区出新的结果，他们为了女儿读书而搬来这个 90 年代末建设的小区已快两年。那是晚间十点钟，它的身影在路灯光影下甚是朦胧。他喊它，用呼唤猫咪最平庸的方式喊它"咪咪、咪咪"。它居然转过身来，动作松弛，甚至悠闲，全没有先前在阳台上时的警惕。他停止向它走近，同时让妻子回家去拿猫粮。在花槽和楼栋外墙形成的角落，他选了一处干净的地方，放好水和猫粮，它凑上来，吃起猫粮咯咯作响，那声响很熟悉，同它在阳台时一模一样，常让他担心是它牙齿太差而猫粮太硬。他们按照习惯保持安全距离看着它，它好像瘦了一些，愈发显得身体和手脚分外长。它吃一会儿粮喝一会儿水，听到他逗弄它的叫唤，还时不时回顾。那位置靠近路灯，他们终于第一次清楚地看到它的脸，比印象中更不好看。像是造化漫不经心弄墨，留下一大片黑色斑纹穿越它瘦而显尖的面孔，合着它本身的混杂毛色，一些滑稽一些落魄。后来一周又好几次遇到它，一般地上楼拿粮喂它。直到一天，晚上下楼散步时，他拿起猫粮，灌好水，同妻子说："走，我们去喂渣。"猫粮装在女儿的塑料零食盒里，下楼后他晃动盒子，猫粮颗粒碰撞发出声响，如此他召唤着"渣"，它很快出现，绕在他脚前脚后，他们的关系，自它从阳台落到地面后突飞猛进。它尾巴竖起，不是紧张地竖直，而是有弹性地立起，走动带来有节奏感的摇晃。它依旧那么瘦，身体显得轻软，总有要倒向一侧的倾向，他在哪里，它倾向哪里。他们一起走向那个角落，当他蹲下放置水和食时，它终于凑上来，以头蹭住他的腿，给予他两次柔软的接触，他只觉得安详的满足。每日下楼喂它，如此成了日常的一部分。

晚上女儿睡着后，是他们的自由时间，但他们下楼散步喂猫的时间总是不敢很久，怕女儿突然醒来。女儿性子天真，胆子却总太小，长到八岁从未自主入睡且不能独睡，都需要母亲陪伴。妻子变化的不仅仅是头发，还有渐渐圆润的肚腹和大腿。戏曲学校出身的妻子曾经是能够轻松完成横叉竖叉、大胯小胯这些标准动作的，她的发胖最初是因为怀孕。她长久不能顺利怀孕，好些年中医西医检查调理吃药注射，终于怀孕，到安定期后，她几乎卧躺完了整个孕期，体重增加了近一倍，孩子的预期体重也过大。提前两周剖腹生下女儿，从保温箱抱出来搂在怀里，她才安下心来。妻子渐渐丰润的肚腹像柔波，他枕在她的胸腹之间，总是安宁，让他想起生命的早期，和母亲相处的短暂时间。母亲在农田做活，他被放在田垄边上，看着她和邻人一起劳作，在水田里插秧，或是拍落蚂蟥，或是摸出水蛇，远远地扔掉。长大些，在田埂上奔走，稻子收获时节的傍晚，嫣红云彩迤逦半个天空，收割过的田地里碎落的麦穗被母亲收拢成一小堆，燃起小小的野火继而熄灭，利用余温烘烤，然后从灰烬里摸出美味给他吃，炸裂的稻粒一半灰褐谷壳，一半雪白爆米花，滋味清甜。

妻子年纪小他近十岁，她渐渐走向中年也不过是提醒他衰老到来的必然，走向镜前看到的头上霜降他早熟睹不惊。他和妻子相识很早。他本科考到南京读书，课余做家教，有个小老板在湖南路卖猪头肉，家中大小两个儿子，一个初三，一个初一，他和同宿舍同学一个人教一个。那家住在月牙湖一带，离他的大学有相当距离，当年他俩结伴骑自行车去，疲惫不堪，家长为了表示感谢，每次多给他们一块钱。妻子是猪头肉老板邻居家的小孩。80年代早期贫富差距不大，但在吃食上分别已鲜明。老板家两个儿子爱吃烤鸭，家里几乎每餐不断，儿子也养得油光水滑。对门那家的小姑娘，虽不说面有菜色，总不是滋润模样，家中没有母亲，父亲在外地工作很少回来，她与奶奶一起生活。老板家宁愿被重罚也要生下第二个孩子，本是想要个姑娘，却又得了一个儿子，对女儿的期待之心不免移情到了对门与小儿子年龄相仿的这个小姑娘身上。他给这家小儿子上课时，小姑娘有时来串门，或借点油盐酱醋，或拿点小菜过来，穿着色彩鲜艳的人造丝连衣裙的身影轻巧地从客厅闪过，这家母亲会留她吃零食喝饮料，看会儿电视。他见过那孩子几回，她双眼间距略宽，额头平阔，鼻梁不高却也秀挺，脸的下半部收拢起精巧的下颌线条，一张脸令人印象最深刻的是对称带来的均衡感。相处久了更熟悉些，这家母亲在临到期末的复习课上，就把小姑娘也领到书桌前和她的小儿子一同听课，他也不推，就一同教了。教授四声，背诵古文，她资质不比这家的小儿子好，基础可能还更差一点。碰到不会写的地方，她迟疑着不敢动作，蓝墨水染到关节的手指紧紧捏住笔，甚至微微颤抖。听着这家母亲闲谈说，小姑娘升高中大概是难的。后来他停止家教，专心准备考研，与这家再无联系，他也全忘记了这个孩子。

研二时，虹口区文化馆有场昆曲演出，是苏昆和上昆联合的一次大型演出。他那时趣味已成，演出表里有他心仪的那位名家，自然早早订票过去。那次压轴剧目是《长生殿·小宴》，返场谢幕几次后，激动未定，他与同伴由上昆的熟人带着去了后台，想着若能遇到名家有机会要一张签名照片。乱哄哄的卸妆换衫穿梭来去的人群里，一个女孩突然站定在他面前，身上是《小宴》里宫娥所穿的青色裙衫，桃红云肩。她脸上的妆已卸干净，眉目疏淡，黑乌乌的眼眸凝定，嘴唇略微紧张地抿起，忽地笑开，露出很多颗牙齿的笑容把孩子气又带回了这张端正到典雅的面孔。他认出了那个孩子。记起听那家母亲说起过邻家女孩后来去读了戏曲学校。她匆匆告诉了他学校安排住宿的招待所，便跑去和同学汇合。当晚他买了一些水果，送到宾馆门口，那孩子下来取了东西，两人站在门廊也没有说太多话，他问了问她家里怎样，问了问她学校怎样，似乎还有些话想问，却没有问。进进出出的人中常有相识的同她打招呼，但带她离开去别处说话又十分不妥。四年过去，那孩子长高了不少，表情透着克制和柔顺，没有同龄孩子的无拘无束，或者幻想力带来的张扬。分开时，他只问："东西重，塑料袋勒手，要不要我帮你送上去？"她连说不要了，向他挥挥手轻快离开。走进门后她回头看了一眼，她以为他已经走了，其实他只是走远了两步，站到在门廊台阶下面看她。如此她一回头，他们的目光迎上了，只是那么一瞬，她又转过头去。

一天下楼去喂猫时，它一反常态躲在附近的车下面始终不出来，无论妻子和他如何轻呼慢唤始终不动，深色皮毛在黑暗中凝成一团，只眼睛亮晶晶。待他放好食后，它身体从车下探出来，试图靠近食盘，步子犹豫顿缩，他正困惑于它的一反常态，另一只猫的身影闪动到他腿边，又走向车旁的它。路灯下，两只几乎一样的猫同时出现在他面前，仔细分辨，前一只体格要大出一圈，肚腹结实，后一只瘦而四肢纤长。前一只胆怯谨慎，后一只有浪荡子一般的悠闲，又有天真气。他顿时理解，大的那只是他在阳台喂了半年的"渣"，而小的那只是他一直在楼下喂的"渣"，他是把在楼下遇到的猫当作阳台上出现的猫喂养了。妻子惊叹又几乎笑出泪来，因为"渣"在阳台上始终与他们保持距离，神秘出没，其实他们并没有能看清楚过它，只朦胧有个印象。所以在楼下遇到相似的猫后，误以为是"渣"，就一厢情愿地喂了下去。这次两只猫同场后，阳台上的野猫"渣"没有再出现。在同一小区野猫也都有彼此心知肚明的疆域界限，那次出现似乎就是为了向他摆明这个事实。他们于是称后来喂养的这只野猫为"小渣"。

整整又一年后，他才再次得到那个孩子的消息。研三那年，频频南下寻找工作机会的他，经常不在校内。一次回校，在宿舍门上贴的简易信件箱里，他拿到一张留言纸，白纸对折，简单写了几句话，说来找他他并不在，告诉他自己换了宿舍，宿舍里安装了电话，留下了电话号码。细弱无力的几个字写得不好看，署名正是那个孩子。那时他住的研究生宿舍区的正门在政肃路，向东过了国权路，一大片都是教师宿舍。宿舍区后门出去是密云路、松花江路，向虹口方向有公交车123路，他有时乘坐这趟车到外滩。那一带当时还没有建设成熟，交通也不便利。他不知道那孩子是怎么一路找到学校，找到他的宿舍，她自小并不算多伶俐的。他就读的学院在邯郸路北面校园的西南角，后来失火烧了，搬到校园东侧靠国定路边上。学校持续扩张，研究生宿舍北面的荒地上又建起了大片宿舍，那整个区域也渐渐成为城市新的副中心之一。读研考回上海并不容易，他曾经以为自己会留在这里。他曾到当年准备升学的虹口中学看过，那里已让址给了第一人民医院，学校迁到了比较偏远的地方。贯穿少年的经久的执念突然淡去，变得无足轻重。临近毕业，父亲已退休在家，弟弟没能读书出来，在乡下过活，却又早早结婚生子，生活窘迫。他想得更多的是赚钱分担家累，南下的选择已很明确。办理好毕业事宜，打包托运好了各种物件，在机票的最后日期前，他去看了那个孩子。戏曲学校毕业后，她获得了到苏昆的进修机会，他们约在了苏州见面。或许已经不能称呼她为孩子，他身高不算矮的，她个头已经到他的耳畔位置，长手长脚，端肩直背，齐肩黑发简净地在脑后束成一束，乖觉地伏在肩背上，时时移动弯曲，像小兽的尾巴。比起同龄人，她总缺些活泼气，看着要成熟一些。她在他面前，还是像小时候一样讲话少些，多是听他说。他也算善谈，可对着她却只能泛泛讲些对谁都会闲聊的内容，谈话好像总是不能抵达重点，但好像也只能谈到这里。他知道她也许同样如此，她白润的脖颈微微颤动，好像要将些想说却又没有说出的话语咽下去。

那个长大的孩子，过于端正的眉眼有超越性别的神性，难于引发欲念，却能引起深沉牵恋，甚至依赖。无言沉默却未说起告别，代替语言的是漫长的散步。他们从十全街走到阊门外，走到山塘街南段沿河岸的道路。暮色四合，沿河道边每隔开一段距离，人散落着，蹲下往石缝中插香点燃，有孩子对着香合掌祈愿。道路另一侧民居的门枕上、屋檐下皆插着点燃的香棒，有老人坐在门口凉椅上折锡箔。那是奇遇一般的光景，他们碰上的是江南农历七月三十"插地藏香"的日子，苏州人俗称"烧久思香"，供的是地藏菩萨。他也去道边的香铺买香，老板娘问他要不要蜡烛灯，他说买一对吧，老板娘告诉他："蜡烛要买两对的，天一对，地一对。"夜越深，出来点香的人越多，放眼望去，满街地缝、墙角、河岸边一簇一簇燃着星星点点的香，流光明明灭灭，像一个巨大的幻境。秋虫在耳，香烟的气味弥散于空气中，虔诚的气息亦密布于无形。他定的南下计划不至动摇，但从心底萌生愿望渐渐成形，愈发清晰，在他离开两年后，终于通过电话向她表达，他问她，是否愿意过来深圳同他一起生活。他那时租住在一幢高楼的十三楼，身边只有"小老头"陪伴，夜间听蔡京《西江月》："八十一年住世，四千里外无家。如今流落向天涯。梦到瑶池阙下。玉殿五回命相，彤庭几度宣麻。止因贪此恋荣华。便有如今事也。"也是要呛出无用的悲怀的。他已给弟弟翻修了旧屋，在镇上置了商铺，托了旧日同学给他在镇上加油站安排了工作。他给过往生活的缺憾一一画上句点，他尝试探出一种可能去与一个真实具体的人建立强烈的联系，从而去联结自己的未来，这是他没有机会从早逝的母亲那里学来的，人生绝无仅有的经验。那个女孩迅捷地处理了家中和工作的事务，很快来到他的身边，成为他的妻子。他甚至一直不知道，妻子如何选中他，又是从何时开始眷恋他。

他们依旧每日喂养小渣，自春又夏，突然发现它肚子大起来，四肢依旧细弱。他们犹豫猜想它究竟是胖了还是怀孕了。他们能下楼喂小渣的时间总要晚一点，因为女儿睡得晚。有时就碰到小渣已被喂过了，那个喂猫的墙角留下装在白色饭盒里的猫饭，是红汤的小鱼拌饭。即使这样，他摇粮唤它，它也会出来，怎么也吃上几口，即使不算积极；再身体摇曳着跟随他，脑袋歪过来蹭他几下，伸手伸脚来个标准的"猫式伸展"，好像一日功课完成。有一天，他唤了很久小渣并不出现，另一个喂养者此时也过来找猫，于是与他短兵相接。对方也执着四下寻找，走到更远处呼唤，终于小渣出现了，它肚子又大了很多，步履缓慢些。它走近了停在路灯下，在两个喂养者之间来回看，似在思量抉择。他俩一个端着猫饭，另一个拿着猫粮盒子，都密切注视着它，甚至略微谄媚地叫唤着它。拿着猫粮盒子的他竟产生了必胜之心，当即想在路灯下布食喂它。小渣显然不是如此想法，它走向花槽，本想如从前一样跳跃到那个熟悉角落，大概发现被硕大肚子妨碍，已不能够。它绕开花槽，走到他脚边，轻蹭了他一下，又走到角落站定等待他的投喂。它到底选择了他。他内心狂喜，表情尚需端庄。另一喂养人提着猫饭骑车走了，受伤到不愿和他多说话。五分钟前，他们多少还交流了几句小渣的情况。这位喂养人对于小区的流浪猫相当了解，清晰指出了在小区各个方位会出现的野猫的种类花色，甚至健康状况和脾性。获得如此胜绩后，妻子笑对他说："你是猫选中的人。"他心内倒确实甘美。

三岁时，父亲带他去上海，送到里弄的托儿所上学，拜托了邻居阿婆接送照应，下班时去阿婆家接他回家。年轻的父亲立志要给他的大儿子原本该有的生活。母亲跟随父亲到上海送他安顿下来，就没有怎么来过。她始终惧怕城市，她眼睛来不及看，手脚不能安放，话却不敢说出口，尤其在这个方言带来所谓本地人和外地人清晰界限的城市。每年假期，他会回家乡，但回去的时间渐渐变少。假期里他身边孩子们做的事情，父亲一律不想让他错过，无论少年宫的活动、合唱队还是露天电影。夏天有漫长的白日可以消磨，穿着蓝色海魂衫和灰色短裤的他，早晨陪阿婆和一些邻居在路边打太极，近午随阿婆拎着竹篮子去面店买半斤面条，她给他做葱油拌面，自己却用剩菜剩面做点烂糊面。午睡醒来后他去少年宫的图书馆看书，偶尔可以喝上一瓶橙汁汽水。暑假再回到乡下家中时，他更像一位客人。母亲总有忙不完的田地和菜地的事情，天性勤劳的她，还常常给邻里帮忙做工，往往到了傍晚才能归家。弟弟和村里的小孩玩在一起天天不见人影，除了他刚回来的几天，对他穿的鞋子、用的文具表现出一点兴趣。弟弟天性不爱读书，很难理解不能上树，不肯下河游泳，总是抱住书本的哥哥，甚至觉得他无聊。晚饭是三人难得可以聚到一起的时刻，母亲清扫场院，将落叶归拢，搬出折叠桌撑开，桌下点上蚊香，桌上是米粥馒头，玉米枝豆，菜地里拿上来的黄瓜豇豆苋菜。蚊香的烟气营造出一种昏沉的安宁，青色的夜幕渐渐落下，母亲吃得有味而松弛，似也在缓缓消解一天的疲惫。在室内散漫出的微弱光线中，她的形容轮廓显得更加浓重。那时，母亲尚且康健，她有敦厚稳健的外观，他的高大身材也出自母亲的遗传，只是，他无法再具体，母亲圆脸盘上的五官如何，母亲穿着什么衣服，甚至母亲和他说过什么话，他无法从记忆里寻到。几年后，亲戚乡邻聚在偏屋内外，等待母亲最后时刻的到来。母亲已被移到一扇卸下来的门板上躺着，他们突然推他进去，一个眼目浑浊的老妇让他和母亲最后说说话。他陷入安静而昏沉的疲倦，什么也听不见，什么也看不清。他坐在母亲旁边，在众人的指引下握起母亲的手，那双曾经结实到指腹滚圆的手，如今已经连同手臂皮松筋露。他机械地搓摩母亲的手，只因直感那双手实在太冷了。很快，以一声女性的锐叫开始，室内的哭声骤起，他被拖离人群中央，无数双手帮他穿上孝服。饥寒此日无人问，落上灵前爱子身。自那日起，他做了没有母亲的人。凡爱皆以心感心，以情动情，激于至诚的孝全必起于爱。他所遗憾，并非未能在年长独立以后侍奉母亲，而是始终未能和母亲建立一种母与子的联系，推而对于亲密关系始终缺乏想象，甚至故意地以钝感隔绝。

　　他每年总要接父亲来同住一段时间。从初到深圳时租住的高楼，到后来在关外置的新居，父亲至多住两个月，总要回去。他经年在老宅独居，弟弟一家早已搬到镇上商品楼居住。父亲老了愈发白皙瘦小，灰褐色的老人斑点点团团由面孔延至手臂，依然如年轻时一般少言寡语，在客厅单人沙发上面朝阳台，一坐能好久，既不打开电视，也不看书报。他路过唤父亲一声，父亲也就回头看他点点头，含混不清地招呼一下，声音似无气力。父亲即使夏季下楼买早点，白色衬衫里也要穿白色背心，衫尾收进裤腰，腰带扣得工整。无论性情或外观，他很难从父亲身上找到自己的踪影，但父亲成为他唯一可以忠诚回报的对象。父亲喜爱妻子，结婚后他们三人相处的时间里他见到父亲少有的欢颜。父亲会打趣妻子，会在细小的事情上和妻子撒娇式地纠缠，比如菜的口味咸淡、散步的路线，更会真心实意地疼爱妻子，好的吃食总要藏私给她。妻子不再让父亲做饭洗衣，他却总眼明手快地把看得到看不到的零碎家务帮妻子做了。妻子在厨房，他要到移门旁边帮助做可有可无的择菜的活，以便和她聊天。妻子年岁偏小一点，父亲又年岁偏长一点，两人的相处有时就有了祖孙间的那种依赖感。父亲的旧日故事有时经由妻子向他道出，他也几多惊讶。在上海的早年生活，也是父亲很多美妙回忆的来源，但他当时只在意自己的世界，并不了解父亲。可是母亲，母亲如何和自己相关？他读更多书，走到更多地方，看似控制着人生命运，他在智识上的优越，甚至容貌上的优势，如何和那个已经面目模糊的乡村女性联系？她的贫瘠曾经是他的恐惧甚至厌恶，那出身似无法挣脱的泥沼，让他在最富于幻想的年纪被压迫和限制。第一年高考填写志愿的时候，因为对艺术的兴趣，他报考了中戏，甚至订阅了一年中戏的刊物《戏剧》。他以为理想中的生活像印在纸张上的每个字、每一种在召唤他的创造之热力那般近，但落榜的事实告诉他，其实相当遥远。再一年报考，他安全地报考了师范类的院校，他要走的是坦途。可是《戏剧》封面上的那两个字，像当年"虹口中学"门牌上的那四个字一样鲜明深刻，多年留驻他的记忆。他还是会想，当时如果留在上海，这一切会不会有所不同。如果不是因为母亲生病，甚至如果父亲是更果决的人，父亲如果真的和母亲分离，而不是因为道德或情义始终保持了这个家庭外观的完整，如果分离后父亲带他落户做一个真正的那个城市的人，他的故事会不会重写？也许只要不想起母亲，只要忘记母亲，就可以忘记怨恨，也忘记愧疚，长久以来，他就是这样以对抗或者阻隔，将死亡造成的无法解决的矛盾拒之身外。

连续几天他下楼都没有唤到小渣。几分担忧，几分胡乱猜想。直到一天，它出现，肚腹已空荡荡，身体更瘦到脱形。他的小渣原来去生完了小猫，做了一个母亲。那些天，他给小渣加了罐头补充营养，差不多两周以后，才见它稍微恢复了一些。小渣认识了他家的楼道门，有时中午下楼会看到它在楼下徘徊，看到他时，会绕到他脚前。他上楼取粮，给它喂上。它躺在地上放松露出肚腹，喂养小猫的痕迹呈现。

楼下饭店的老板告诉他，小渣把两只小猫生在了他家楼栋对面，一楼院子里闲置的冰箱后面。他忍不住好奇去看。纸箱内有两只小猫，细小柔弱的身体相互依偎着，鼓鼓的脑袋互相触碰着。它们的眼睛微睁成细缝，时不时张开粉红色的嘴巴，露出轻软的舌头和几颗精巧的牙齿——这些牙齿让他想起他随身带着的、女儿换牙时掉落的细小的乳牙。出生在冰箱后面的野猫小渣的孩子们看起来那么乖巧，它们既不会要求，也不会抱怨，以为这逼仄、饥饿和匮乏是世间平常的事情。

原载《雨花》2022 年第 11 期

老蔺的江湖

　　话说老蔺行走江湖，是个讲究人，行头都要定制，最常穿戴的是红衫白裤，橙色大领带，棕色尖头皮鞋。负责给老蔺做造型的是老高，也是讲究人，原先在毛巾厂当电工，后来改行做裁缝，专制寿衣，活人客户只有老蔺。老蔺每次去寿衣店熨衣服，老高总会备上小酒一壶冷热数盘，也总会问他，哥呀，啥时候也带我去玩玩？

　　老高说这话的时候，态度真诚谦恭，殷勤看向老蔺。老蔺闷头抽口烟，抿口小酒，隐在烟雾背后说，你别急，等队伍壮大了，江山坐稳了，再去。

　　老高就不再催，凛凛怨气都加在手上，熨斗跟白裤子亲得吱吱冒狼烟。老蔺看得心疼，只好说老高你不懂，那可不是玩，是江湖呢，到处是血雨腥风的斗争，是触及灵魂的变革，很多人会暴露出本来面目，胜利的前夜总是最寒冷的——裤缝老高，裤缝多熨熨。

　　待老蔺心满意足，提了行头离去，老高动手收拾壶盅碗碟，情绪就不太好。老高生气是有道理的，他给老蔺做定制做造型，少说也快两年了，分文未索还酒菜伺候，就这么一个要求，老蔺却回回推三阻四，不肯撂句瓷实话，摆明了不把他当自己人，说到底还是嫌他是个做寿衣的，怕有人心里忌讳。老高思绪及此，恶狠狠骂了句脏话，怒道就你还他妈的江湖，不就领着十几个老太太跳大舞吗？真把自己当江湖盟主了！

老蔺的江湖在渠角七号公园，具体地讲，就在渠南人行步道。渠北当然也有步道，比渠南的宽，座椅也多，更适合老蔺他们活动。怎奈郊区菜农起得比老蔺早，占了渠北当成早市，六点不到就开张，人头攒涌，端的是水泼不进。老蔺觊觎渠北已久，找出若干问题，像是阻塞交通、无证经营、有损市容之类，没少给市长信箱媒体热线反映，还去市政局检举，多日不见动静，又去信访办申诉市政局懒政不作为，统统石沉大海。最有希望的一回，他领电视台记者实地采访，不料菜农们允文允武，文的向记者哭诉卖菜不易，讨生活艰难，偏偏还有黑心市民如老蔺之流把他们往绝路上逼，武的就简单了，围住老蔺动起手来，不多时便把他剥成了去壳鸡蛋，连尖头皮鞋都扔进渠里。

对于老蔺这次吃亏，群众反应不一，比如老霍就认为纯属咎由自取。任何一个团体都少不了军师，老霍就是老蔺的军师，而大凡军师的痛苦，就是主公不按常理出牌。老霍帮忙捞上来尖头皮鞋，挂在树上控水，这才转了身，看向光着膀子一脸铁青的老蔺，说，何必呢？

何必两口子跑北京抱孙子去了，你又不是不知道！

老霍捶胸道，我是说何必！不是抽陀螺的老何！

见老蔺皱眉不语，老霍继续道，菜贩子招你惹你了，你非跟人家过不去？你也不做做调查研究，说拆台就拆台，菜贩子不是斗争对象，是统战对象。你看老乔他们跟人处得多好，又是搞团购又是连买带送的，人气不就旺起来了？

老霍最后这句扎扎实实触动了老蔺的灵魂，他担心的就是这个。渠南步道长一华里，掐头去尾，不到两百米可供活动，但在老蔺看来，这两百米也是江湖，也有明争暗斗。渠南江湖帮派林立，有唱歌跳舞的老蔺，还有甩鞭舞剑的老乔、抽陀螺踢毽子的老何，各有一批粉丝一片山头，老蔺仗着人多，明里暗里常常欺负老乔和老何。老何脾气好，队伍小，不跟他计较，老乔则不然，绿林儿女脾气都暴躁，几次差点就动了手。可叹老蔺枉有一副孔武的皮囊，实则怯于实战，年轻气盛时都不敢打架，上了年纪就更偏向智取。老霍跟老何私下里走得近，对老蔺的做派嗤之以鼻，一次两人多喝了两杯，背地里笑老蔺张口闭口都是智取，岂不知打下威虎山不光是智取，还得靠百鸡宴上刺刀见红跟坐山雕干。别看老乔整日里舞枪弄棒，现在也知道用脑子了，有他老蔺作难的时候。

不过群众之中也有心疼老蔺的，而且数量不少，又以女同志为主，为首的正是老秦。在老蔺的红旗舞蹈队里，老秦和老霍是元老，最初的几个老太太就是老秦拉来的。老秦的目的很明确，眼下是给老蔺当粉丝，未来还想给老蔺当老婆。某次老蔺和老乔对骂，老乔扬言要动手，话音刚落，老秦眦眦尽裂已冲上前去，一把攥住老乔衣领，搡得他趔趄几步差点摔倒。老蔺被菜贩子围殴时幸好老秦不在场，不然乱子就彻底大了。老秦敢作敢当，心思路人皆知，却也丝毫不怕，她怕的是路人都不知道。这就让老蔺很困扰。身为一队之长，就得像园丁浇水，总不能旱的旱死涝的涝死，老蔺要的是春色满园。大闹渠北早市后，老蔺痛定思痛，请老秦老霍吃烩面，总结经验教训。老蔺做总结之际，老霍还在置气，话也不多，老秦倒是一如既往，沉溺在老蔺描绘的蓝图里。在她看来，老蔺的蓝图跟她的蓝图并无矛盾，老蔺身边的老太太再多，她也是有底气的。论年龄，她比老蔺小几岁，论身材样貌，都跳广场舞的年纪了，拉不开多大差距，何况她多才多艺，个头还不低，跟同样多才多艺且高壮的老蔺相当般配。当然，老秦觉得般配，不代表老蔺也觉得般配——用老霍的话说，老蔺觉得自己跟谁都般配。老霍说完这句话，忍不住又多加了一句，妹子，听哥一句劝，大家凑一块儿就是图个消遣，这跟过日子是两码事。

老秦找老霍帮忙，本想托他帮着说媒，不料老霍不但不接茬，还振振有词泼冷水，这就让老秦又怒又羞，也不遮掩，都挂在脸上。老霍何等精明，只恨一时嘴快说错了话，见势不妙便要溜，却被老秦一把抓住，低声道，你是不是看出来什么了？

老霍慌乱中不知该点头还是该摇头，老秦咬牙切齿道，是不是叶来香？是不是她？

老霍只好苦笑道，她才来几天？排气量没那么大！

老秦染的黄发，白面红唇，睒着老霍冷笑不止，唬得他两股战战，回家后眼一闭上，满坑满谷都是她的笑声，当晚便生了病。第二天一早老蔺电话就到了，问他怎么没来活动，老霍嗓子哑得像堵塞的地漏，倒把老蔺吓了一跳。其实老蔺找他还真有事，舞蹈队加了个新曲子，音箱读不出优盘，平常都是老霍折腾这些。见他不能来，老蔺心里急，想起当年电视信号不好拍拍就灵，一通敲打之后，音箱兀自不响，倒把优盘瓣折在插口里。老蔺更急，连声叫道，烹了烹了。这是老蔺感叹词中级别最高的，轻易不用，尤其是在队员们面前。偏偏这天老秦也没来，能劝老蔺的都不在，老太太们面面相觑，不知该怎么开口。眼看活动就要泡汤，老叶在人群中蓦地一笑，说犯不着为这个上火，我给大家伴奏。

老叶就是老秦说的"叶来香"，加入红旗舞蹈队有一周了，一直不显山不露水。说她开朗也算开朗，一起聊个天，受邀跳个舞，都能大大方方的，没什么初来乍到的拘束；说她热情又不够准确，没见她跟人主动过，见谁都是淡淡地笑，一副不远不近的模样。老叶来的那天，老蔺刚率领老太太们走完模特步，额头鬓角一层密腻的汗，忽瞥见不远处有个妇人，眼神宛如浮漂般波动流荡，表情却自带几分严整。老蔺顿时目光如炬，一颗心软得像豆腐脑，拿着舞蹈扇呼啦啦一路生风，来在老叶面前。老叶礼貌地一笑，老蔺便道，怎么才来？

这是老蔺屡试不爽的开场白，效果一直良好。讲这话时，口气三分嗔怪两分熟络，其余五分全是热情，关键在于不能像头回见面。听了老蔺这话，老叶不慌不忙，笑道，你们项目还挺丰富的——

这句话搔到老蔺痒处，立时笑得嘴角扯到耳根，断然道不是你们，是咱们，一看妹子你就是行家，咱们名叫舞蹈队，实际上啥都有，完全尊重个人才艺特长，正缺人手呢！

不等老叶回话，老蔺早平端着手机伸出去，说，妹子咱先扫个好友，常联系。

本套话术流程，老蔺经年累月演练过无数遍，实操中不需要大脑参与，全凭肌肉记忆，老秦老霍等看得多了，连老蔺自己也没太在意。扫了也就扫了，他通讯录里藏着好几千个老太太，都这么扫出来的，能一起闯荡江湖的也就十几个，而且除了老秦，保不齐还会跟别的老头跑了。其实在老蔺眼里，招新人是大事，一律由他亲自把关，规矩简单易行，就一条"以貌取人"，具体说就是对男同志条件严苛，女同志则来者不拒，门槛接近于无。说实话，老叶个子不高，身形瘦弱，打扮也平常，搁在老太太堆里丝毫不起眼，跟另外几千个老太太并无本质区别。老叶那天没参加活动，只在一旁看着，自己活动腿脚，结束时老蔺跟她打个招呼，也就一别两开。不过第二天老叶来了，第三天也来了，不但人到，还主动向组织靠拢，换了身舞蹈的行头。老蔺心中一喜，不动声色邀她跳了舞，带她跟大家见了面，算是纳过投名状，正式加入组织。老秦认定老叶是威胁，就是在她入伙不久。

在红旗舞蹈队，老秦一向以女主人自居，喜欢跟队里老太太们聊天，一来统一思想，二来宣示主权。这天走完模特步，众人三三两两踩曲子跳舞，老秦拉着老叶跳，老秦男步老叶女步，一首快四一首慢三，两首曲子跳过，老叶的底细便被摸了个底儿掉。小学老师，刚刚退休，离婚多年一直单身。前两条并不重要，但因为有最后一条，老秦的警惕性就起来了。小学老师是知识分子，刚刚退休说明年纪不大，何况又是单身多年，外因尚可，内因具备，怎么看都不能完全放心。好在老叶还算上道，既然老秦宣示过主权，老蔺再邀她跳舞就是婉拒，跳也只跟老太太跳，最多跟老霍跳一曲。就算跟老霍跳，老叶也不多言语，问她三句还不答一句，笑容又浅又淡，都沉在沉默里。老霍勾着老叶的手，搭着老叶的腰，手是凉的，腰也是凉的，跳得老霍索然无味，哪里还是跳舞消遣，分明是苦力活。

一曲结束，老霍自觉无趣，找到老秦抱怨，说老叶乐感还行，性格一般，情商为零，除了一身香，其余都是平常。老秦听了咯咯直笑，转回头就亲昵地喊她"叶来香"。众人都好奇，问用的什么香，老叶也不答，只是笑。其实舞蹈队老太太们用香的不少，不过多为花露水雪花膏之类，用得也重，特点就是冲鼻子，所以老叶这绰号倒也贴切。一来二去，渠南江湖便有了"叶来香"的名头。传到老蔺耳中时，他正挖空心思跟老乔斗法，并没太在意。

最近斗争形势很严峻，还是因为老乔。其实两家闹别扭动意气不是一天两天，核心矛盾是相互干扰，比如老蔺这边走模特步，老乔就故意甩大鞭，模特步需要节奏，老乔大鞭子一甩啪啪作怪，老蔺的心跳就乱了，心一乱，步子也就没了章法。要想抗拒鞭响作怪，只能把音箱一开再开直到最大。可声音一大直抵对岸，渠北的人就不干了，早市有买有卖，被老蔺这么一折腾，讨价还价都要扯嗓子，不知道的还以为在骂街。众菜贩忍无可忍，一打听是老蔺作妖，本来就有罅隙，当即报警告他扰民。警察赶来了解了情况，对老蔺一番批评教育，让他下不为例。老蔺连老乔都不敢硬碰，见了警察就更加矜持，倒是老秦撒起泼来，竟还想揪警察衣领子，差点被带走。老蔺垂头丧气送走警察，一脸恨铁不成钢，跟老秦讲了半天要智取不要硬拼的道理，讲得老秦心悦诚服，泪光闪闪。

说到智取，老蔺毕竟是老江湖，早备有预案，托了抽陀螺的老何当和事佬，调停一下门派纷争。老何性格好，擅长抽陀螺踢毽子，场子不大，位居渠南江湖正中，是蔺乔两帮的战略缓冲地带。而所谓高手过招，所及之处寸草不生，老何夹在一文一武两个帮派之间，一旦两头开火，炮弹都落在当中，最受气的是他老何。所以老蔺刚表明来意，老何痛痛快快就答应了。他本想拉两位帮主坐下来，喝杯和头酒算是和好，但老蔺推辞不肯，说他见不得老乔那张脸。老何无奈，单枪匹马找老乔喝酒吃烧烤。三杯酒下肚，老何劝道，当年老乔你在"造总"，老蔺他在"公社"，的确是势同水火，但风物长宜放眼量，几十年前的恩怨了，就拉倒了吧。

老乔却冷笑道，当年的恩怨，可以拉倒，但现在的恩怨不能拉倒，是老蔺他自寻死路，这里头的弯弯绕老何你不懂。不等老何接腔，老乔又冷笑道，老蔺怎么不敢来？心虚什么？

老何说，他敢不敢我不知道，你那大鞭子啪啪的，一般人还真不敢。

老乔嘿嘿又笑，说我使鞭子，你也使鞭子，咱们都是一个祖师爷呢。

说到祖师爷，气氛顿时为之一变。都是江湖儿女，性情相契，老乔老何推杯换盏之际，自然没少讲老蔺的坏话。说实在的，老乔老何都有些嫉妒。当年渠角七号公园修成，鸿蒙初开江湖刚辟，蔺乔何三老前后脚来到，两年发展下来，老蔺一派发展最好，占了上风。老乔老何辛辛苦苦甩鞭子卖力气，略输文采，稍逊风骚，故而身边拥趸寥寥；那老蔺却是风流人物，莺莺燕燕簇拥在侧，连动手打架都有巾帼英雄代劳，好生让人艳羡。老乔酒染面红，开始批评老何，说他犯了投降主义的路线错误，敌我不分，站错了立场，居然替老蔺来求情。老何脸上挂不住，自辩说人在江湖以和为贵，何况咱有真本事在手，还愁落于人后？你老乔一身的好武艺，就不能换换思想，把祖师爷的活儿发扬光大？老乔听了只是狞笑。

这顿酒喝完，老何从和事佬变成黑高参，老乔迅速行动起来。很快，老蔺就察觉出老乔有高人指点，学坏了，不再呼哧呼哧甩大鞭，也搞了个音箱拖到渠南，除了音箱，还装备有功夫扇，比老蔺他们的舞蹈扇大了一圈，抖起来啪啪山响。老蔺心知老何立场有变，老何也心虚，生怕老蔺兴师问罪，悄没声又躲到北京抱孙子去了。出事这天，老蔺带队员们刚要走模特步热身，老乔的音箱就响了，放的是《中国功夫》，配合了功夫扇：

　　南拳和北腿，啪
　　少林武当功，啪
　　太极八卦连环掌，啪
　　中华有神功，啪啪，啪

走模特步也好，跳舞也好，讲究曲调悠扬节奏舒缓，老乔则是晴天响雷敲金鼓，如果步步踩上"啪啪啪"，老蔺们每走几步就浑身哆嗦一次，跟集体诈尸一般。这还是好的。老乔若是再使坏，换首侵略性更强的音乐，老蔺们步步都哆嗦，那就不再是诈尸，而是集体蹦迪。老蔺被偷袭弄得狼狈之极，刚想换个曲风应战，又把优盘弄折在音箱接口，眼瞅着兵败如山倒，不料一直默默不语的老叶突然站了出来。但见她从包里掏出一把唢呐，黑檀木杆黄铜碗，杆上都起了包浆。老蔺看得呆住，嘴唇翕张着却讲不出话来。懂行的都知道，唢呐是乐器界的"流氓"，有道是"千年琵琶万年筝，一把二胡拉一生，唢呐一响全剧终"。这"全剧终"也有几层意思，或是指丧礼上用得多，表示盖棺定论，或是说音色高亢清奇，曲小腔大，吹翻了这家吹伤了那家。老叶显然精于此道，脸颊微微起伏之间，已把隔壁老乔的挑衅打了个水尽鹅飞。一人一器，万箭穿心，竟抵过了老乔音箱里整个乐队。吹的曲子大家也熟，就是那首《夜来香》。

老蔺挨打住院的消息传来时，小蔺正趴在咖啡馆吧台上，手机被摩挲得滚烫。他跟美菡约会都是由他发起，也不发文字，只发一个"龇牙笑"，如果美菡也想了，就回个"微笑"，不想或者闹情绪，就发个"捂脸"。最近两人矛盾升级，美菡总是给他捂脸。她越是捂，他就越刺痒。从昨天起，美菡竟连捂脸都不回了，班也不上了，给经理发了信息说辞职。小蔺记得清楚，半年前的那天，也在这个时间，美菡腰里挂着喷壶毛巾玻璃擦，利利索索地忙碌着，手机插在屁股兜里，露出一线边角。

那天小蔺来面试，经理不在，他就找地方坐下，打开电脑边等边干活儿。活儿不大，三十来页的演示文稿，甲方滴溜溜又提了意见，说配色不丰富，插画也不理想，动效仍需打磨。群里五六个人，甲方十几条语音刷屏之后，小蔺等争先恐后，赞扬老板说得对，一针见血，一定干好，一定可以干好。甲方那死杂碎老板不知道，负责拉活统稿的 Lynn、配色师 Tony、插画师 Mike、动效师 John 等等，除了 Lynn，也就是小蔺，其他人都是虚拟的，他一个人就是整个团队。这倒不是说他能干，而是团队方便拉活儿，议价空间也大。小蔺噼噼啪啪敲键盘，排出四部手机，忙得不亦乐乎，周遭的人还以为他在搞电信诈骗。那天小蔺跟经理聊了半小时，把经理聊得如坐针毡，搞不清楚好端端一个创业天才来应聘店员，到底有几分诚意。小蔺入职的唯一要求，就是一旦来了项目，可以在打烊之后留下来干点儿私活儿。经理一开始留了后手，等观察了两个月，发现他来活儿的概率低得吓人，这才正式同意。

咖啡馆十一点打烊，美菡值班清扫，小蔺有活没活都不走，噼噼啪啪打字，折腾四部手机。美菡值班是为了多拿钱，小蔺加班是为了美菡。当然，小蔺一开始目标并不明确，也得面试，规矩简单易行，就一条"以貌取人"。跟美菡一起值班的女生还有两个，三人一个白脸，一个红脸，一个黑脸，最终通过面试的正是白脸的美菡。小蔺总是加班不走，显得项目很多，人很上进，次数一多，美菡就有些崇拜。经理都能被聊得如坐针毡，美菡更是不在话下，很快就默许小蔺送她回家，再后来就是去他家做个饭，看个电影，偶尔也就住了下来。

小蔺的家是租来的。他是本地人，家里有房，据他说跟父亲有代沟，为了自由，宁可出来租房。小蔺比较看重生活品质，一个人还租了主卧，在美菡眼里这也是加分项。跟小蔺合租的有对中年夫妻，中年男跑网约车，中年女在烧烤店打工。一次小蔺临时被甲方叫去谈项目，剩美菡一人，被中年男听出口音，马上攀为老乡，车也不跑了，两人喝掉了好几瓶啤酒。小蔺心急火燎回来时，美菡白脸醺红，眼里都是笑，跟中年男你言我语正聊得入港。小蔺自然不悦，当晚跟美菡闹了别扭，闹过之后是欢好，动静不小，刻意向隔壁中年男宣示了主权。中年女后半夜才回。前半夜主角是小蔺，后半夜就是中年男了，他倒不用宣示主权，他宣示的是赤裸裸的侵略野心。

小蔺知道美菡根本瞧不上中年男，所谓老乡见老乡是幌子，全是她的套路，意在引入竞争机制。美菡跟小蔺好，是因为她学历低工资少，唯一能拿出手的是年轻。小蔺好歹念过本科，省城也有房，颇能捣鼓些项目活计，看似很有前途，她想留下扎根得靠小蔺，眼下给他当粉丝，未来还想给他当老婆。小蔺明知美菡的谋划，却总是装傻，不接茬。不但不接茬，连公开都不允许，说他很快就要辞职创业，担心经理拿这个当借口扣他工资。美菡将信将疑。两人相处日久，矛盾少不了，每次有了矛盾，美菡都说不过小蔺，而每次被他说服，美菡对他的依赖和怀疑就多一分。最近一次矛盾，是美菡乡下的哥嫂来省城采办结婚用度，美菡想让小蔺出面请顿饭，如果老蔺也能参加就更好。小蔺一听就笑了，连连点头答应。哥嫂来的那天，小蔺给美菡打电话说临时有个急活儿，还是在外地，这就得走。电话打完他就躲起来，一躲就是两三天。这就很明显了。美菡满心热望遽然落空，新仇旧恨，气得当时就拉黑了小蔺。

老蔺听完剧情，止不住地冷笑。小蔺无所谓地哼了一声，倒卧在沙发上，说估计要失恋了，中午请你儿子吃个饭吧，手机给我。

老蔺不比小蔺，只有两部手机，一部用来让老太太们扫码，一部里头存着钱，专为小蔺服务。老蔺掏出后者，一边递给小蔺，一边评点小蔺的错误。在老蔺看来，小蔺的错误很严重，毫无实事求是之意，大有哗众取宠之心。他年近而立，孑然一身，不琢磨着认真找个媳妇，解决好个人问题，没有定力，这叫毫无实事求是之意；他眼红合租的人出双入对，能过上夫妻生活，就饥不择食找了个女朋友，只想胡搞，这叫大有哗众取宠之心。总而言之，这些都是表象，而透过现象看本质，小蔺还是太嫩，终身大事竟然不请示不汇报，瞒着长辈自作主张，这就叫吃亏在眼前呀。

老蔺长吁短叹之间，小蔺已经点好外卖，又刷刷点点，把账户余额全转给自己。这套流程操作，小蔺经年累月演练过无数遍，实操中不需要大脑参与，全凭肌肉记忆，老蔺看得多了，连小蔺也没太在意。老蔺接过手机笑道，马瘦毛长蹄子肥，儿子偷爹不算贼，何况你这是当面明抢，也算不得偷。

小蔺就说，我是替你攒着，省得哪个歪嘴坏心的老太太惦记。

老蔺一本正经道，没有调查研究就没有发言权，我那队里选拔机制很健全，哪里会有歪嘴的，坏心的更没有。小蔺冷笑，不再接话，只是闭目养神。老蔺便道，那个美菡，我见过了。说罢，他居高临下看着儿子，脸上满是偷袭得手的喜悦，继续道，你看不上她，倒也没毛病，我为什么可以这么下结论？因为我做了调查研究，那天——

你去咖啡馆了，还戴了帽子墨镜，在外头大伞底下坐着。小蔺眼都没睁开，说，点了杯最便宜的咖啡，加了好几次奶，顺走好几包糖。保安还请示我要不要抓你，我说算了吧，老同志难得喝一次咖啡，就当普及咖啡文化了。

小蔺这话前一半是非虚构，后一半是突发灵感，临时的创意。老蔺搞偷袭变成中埋伏，却也不慌不忙，嘿嘿笑道，你不要转移矛盾焦点，我不上当。那丫头我看了，想给蔺家当媳妇，确实差点，不过生活嘛，酸甜苦辣咸，你就当她是一剂调料吧。

　　其实小蔺本来也这么想，但经老蔺一说，他就有些不高兴。这不光是面子问题，他从小跟老蔺对着干，习惯了。小蔺终于睁开眼，说差不差、差多少，你说了不算，我倒觉得她不是一无是处。

　　老蔺点头欣慰道，比前边那些个，你还是有进步的，有进步就要肯定，我看问题历来是辩证地看，至少你懂了找老婆不能比自己强，这个道理我讲了多少次，铁嘴都磨透了。

　　蔺家父子又唇枪舌剑一番，很快到了人身攻击的地步，若不是外卖及时赶到，矛盾还要升级。在蔺家，这是常态。小蔺母亲在世时，有她居中调停，两人尚能相安无事一阵子，现在她不在了，相安无事这个阶段也就不在了，只剩下大小矛盾的闭环。小蔺愤而出走租房另住，也是这个缘故。不过他撒谎说出门几天谈项目，可又没钱真出门去浪，只好寄老蔺篱下，也就只能委曲求全。几天朝夕相处，老蔺趁机狠狠教育了小蔺，小蔺趁机狠狠扎了老蔺，到小蔺离开时，父子俩都觉得自己是胜利者。

　　小蔺回到出租房，中年男跑完夜班正补觉，被开门关门声弄醒，懒洋洋到卫生间撒尿。他的动静很大，一边快活，一边快活地告诉小蔺，美菡来过一次，搬走不少东西。小蔺一听就慌张了，不过他的信条是驴倒架子不倒，强撑着一笑，安慰中年男说老哥误会了，好容易才脱手，总被女人纠缠也不是个事。中年男手直哆嗦，尿了一腿。

　　回到主卧，满地狼藉，小蔺一头倒在床上，开始给美菡发龇牙笑，发了满屏也不见回复，电话更是不接。次日一早，小蔺赶到咖啡馆，这才得知她辞了职。美菡生气，他是有准备的，愤而分手，确实出乎意料。老蔺形容局面糜烂，叫"烹了"，小蔺和美菡就是不折不扣地烹了。小蔺浑身刺痒，想不通她何以如此。之前的几位，条件比他好，留不住是难免，眼下这位条件还不如他，却也留不到身边，这就值得反思了。但所谓痛定思痛，现在痛还未定，不是反思的时候。难道是这两天工夫，美菡就找着条件更好的了？这不太科学。很可能是在哥嫂面前丢了脸，一时面子上挂不住，可他已经给了台阶了，搁往日她也就下了，这次却不肯，要么是台阶不够高，要么是想让他姿态再低些，再退让几步。不过有些姿态还是不能低的，有些步也是不能退的，低了退了，想找补回来就不易了。小蔺自认作为男人，他还是有底线的。想了一阵，小蔺刮肚搜肠，编了条以退为进的信息，刚打算发出去，老蔺的电话就到了。

老蔺花了三百多，拍了个口腔CT，大夫看后说门牙掉了一颗，松动两颗，需要先复位固定起来，再研究后续治疗方案。这会儿血已经不流了，痛却痛得更厉害，老蔺气得五官都挪了位，呜啦啦嚷道那是我的牙，掉了我能不知道吗？我工友治过牙，一颗就得一两万！好家伙三颗牙，值一辆面包车了！

老蔺声音很大，一边说，一边扭头看着远处的老乔，目光里都是挑衅。老乔毫无甩鞭舞剑的精气神，瘫坐在椅子上，头抵于墙，面容愁苦。老蔺冷笑一哼，小声对大夫说，我是说给他听的，不是对您，您水平高得很！大夫您多给瞅瞅，我怎么觉得不止三颗有问题呢？不怕他花钱，真的，不怕，把我弄成这样，我饶不了他！我要跟他斗！

老蔺说这话时，小蔺就在一旁。大夫是个老太太，挺富态，脸上白白净净的，几乎是放大版的美菡，老蔺再喧器，大夫始终不为所动。小蔺眼见他掏手机，实在担心他又要让女大夫扫码，赶紧拉他一把，说先把牙接上，不然跑风漏气，怎么斗？老蔺方才消停，躺在手术台上。女大夫戴上口罩，麻利地操练开来，接上掉了的牙，用纤维带固定好。小蔺看着他血淋淋一张口，实在看不下去，转身走开。美菡的信息就是这时到的，风格极简，只有五个字：不要再联系。小蔺看后，好比迎面挨了一棍，门牙也摇摇欲坠。原来交往数月，他成了她的调料，尝了用了，新鲜劲一过，也就可以不要了。但用老蔺的话讲，无产阶级睡不好，难道就能让资产阶级睡好了？显然不能。想到这里，小蔺反倒笑了。她说不联系就不联系了？主动权必须掌握在自己手里。就算成了她的调料，也得当芥末，还是绿芥末，时不时刺激她一下，让她也涕泪横流才好。

老蔺在手术台上抽抽，小蔺在门口脸色铁青。口腔科里人来人往，老乔坐在墙根，眼里只有老蔺和小蔺，急得两手冒汗，就在大腿上擦，把裤子都打湿了。他听说过老蔺有个宝贝儿子，念过大学，估计是个讲道理的，便踅摸着凑上来，却不知拣了小蔺平生最不讲理的时候开了口。老乔是江湖儿女，性子急，说话简短，归纳起来有三点：

一、老叶，也就是叶来香，是老乔的前妻。

二、老乔这两年老了，孤单，后悔，一直想跟老叶复婚，老叶不同意。

三、老蔺在追求老叶，老乔气不过动了手，老蔺被推到石头椅子上，磕掉了门牙。

其实老乔还有一层意思，没好意思明说。老蔺磕在石头椅子上是因为摔倒，摔倒是因为老乔推了一把，这些老乔都认。不过他也强调，120电话是他打的，掉的牙也是他找着的，大夫说了，那牙保护得还好，接上的可能性很大——末了老乔又说，不管几颗牙，不管是面包车还是小轿车，哪怕是坦克车呢，该怎么治怎么治，但也希望小蔺劝劝老蔺，别报警，六十多了再给弄个拘留，起因还是为女人争风吃醋，这叫他老脸没处搁。有道是见面道辛苦，开口是江湖；今日留一线，来日好相见。

老乔讲完，看着小蔺，一副悉听尊便的架势。小蔺想了想，问他，那老叶呢？

老乔一愣，说出了事，被人拉走了，不知道在哪儿。

小蔺苦笑道，俩老头一个掉了牙，一个等着拘留，老太太倒溜了，你俩图什么呢？吹唢呐搅你的场子，还不是你先大喇叭搅了他的场子？他是我爸，我是他儿子，他跟谁谈恋爱我都不管，你跟他什么人物关系？你管什么呢？说罢，小蔺叹了口气，拍拍老乔的肩膀，错身就走了。老乔站在原地，一时有些蒙。小蔺的口气很诚恳，话也的确有些道理，可老乔听了，心里凉飕飕的，竟觉得自己很可笑。

老蔺门牙坏了，使不上力，只能用槽牙吃流质，自嘲成了吃软饭的。而小蔺刚刚失恋，不想回出租房触景伤怀，借口照顾老蔺，断然搬回家住。这让老蔺很困扰。有小蔺在，老叶就不方便来看望，只能发信息连视频，还得背着小蔺搞隐蔽战线，难以纾解相思之苦。说是相思，其实并不准确，老蔺相思入骨，但老叶始终没有表示，若即若离，关心是关心，但只停留在战斗友谊。老蔺急着要升华，怎奈磕掉门牙时，顺便磕坏了嘴，鼻尖人中肿得晶莹剔透，实在出不了门见不得人。小蔺看在眼里，心中暗笑，却也不去戳破。才过一天，老蔺就哼哼唧唧，暗示他住回老宅没有任何问题，但也该上班了，年轻人不能总宅在家里待业，得有干事创业的豪情壮志。老蔺一边说，一边忍不住唱：

> 狱警传似狼嗥我迈步出监，
> 休看我，戴铁镣，裹铁链，
> 锁住我双手和双脚，
> 锁不住我雄心壮志冲云天。

　　老蔺嘴不利索，唱得不行，但身法步底子还在，在小客厅里来回亮相。小蔺一开始熟视无睹，直到被晃得眼花，就说刚辞了职，正打算创业，眼下是事业感情双空窗期，可以寸步不离照顾病号。老蔺无话可说，只好一个劲拿香油抹嘴抹鼻子，希望能早些消肿，杀回到渠南江湖。小蔺见状，不由得笑道，你这冲天壮志无非是去见老太太，人家绰号叶来香，用的是香水，不是香油。

　　老蔺心烦意乱道，别听老乔胡说，冲他诋毁我名誉这一点，就不该心慈手软，真应该让他尝尝正义铁拳的力量。小蔺只听不说话，笑眯眯看着老蔺。老蔺索性道，老叶是他前妻，我之前的确不知道，话说回来，就算他俩没离婚，老叶现在还是他老婆，光天化日之下，我就不能跟老叶跳个舞了？就不能说说话聊聊天了？我跟老乔是路线问题、方向问题，没有调和的余地，只能斗争。

　　说这些时，老蔺神情愤然，两手挥起，刀砍般落下。小蔺心里一抽。这场面他见过。那年他母亲去世，姥姥神志不清，被几个舅舅妗子撺掇争房子，老蔺蔫不唧差点同意，经老霍提醒才明白过来，扎扎实实跟几个小舅子斗争过一回。那次撕破脸的前夜，老蔺也是这般挥舞双手，跟小蔺讲路线问题没有调和余地。几年过去，老蔺脸上分明又有了那晚的神采。小蔺刚想说什么，信息却到了，居然是美菡发的，约他见个面。小蔺想也没想就夺门而出，老蔺还在兀自强调"只能斗争"。

美菡约的地方在步行街，距离咖啡馆不远。没到之前，小蔺以为她闹归闹，到底念旧情，选在此处定是有意为之。等到了地方，见了美菡，立刻明白她的确是有意，因为不但有她，还有她两个哥哥、一个嫂子、一个准嫂子，五人一拥而上，把他围在正当中。小蔺何曾见过这种场面，羞惧中还未开口，一个耳光已经劈空而至，也不知谁动的手，反正他脸肿了，眼镜也飞了，底下的话再也讲不出来。小蔺东倒西歪之际，美菡两个嫂子一逗一捧，开始宣扬"渣男"的桩桩劣迹。一时间场面哗然，遛人的遛狗的晒太阳的，都举着手机簇拥过来，看出殡的从来不嫌殡大，还有人起劲撺掇。老蔺就是这个时候到的，他是老江湖，欺男霸女捉贼抓奸的事见得多了，听那俩妇女几句话就全然明白。好个老蔺，倒也不急，不慌不忙一拳打在自己鼻尖，低头挤进人群，撞在美菡二哥身上，一碰即倒，一倒即叫，叫了两声后便浑身抽搐，挣扎着摸出速效救心丸，撒了一地。看客们见有老人躺倒，还一脸的血，纷纷嚷道祸事了、祸事了，先救人要紧。美菡和哥嫂们面面相觑，想走已然来不及，有好心人早叫来警察保安联防员，拦住了去路，连同老蔺父子全都带去了街道警务站。

一番风波过去，老蔺领小蔺回家，特意开了瓶酒给他压惊。经此一难，小蔺吓得够呛，肿脸一直白着，任老蔺劝得六月飞雪，始终勾着头，也不喝酒，也不说话，偶尔抬头，几乎毫无表情的脸上，唯一能看出来的就是惶恐。老蔺难过之极，但不知如何是好，他们吵起来枪林弹雨，实则难得有什么交流。本来是世界上最亲的两个人，彼此却也无法理解另一个人又柔弱又孤单的痛楚。直到夜深，人依旧不静，老蔺几次摸黑来到小蔺门前，屏住呼吸辨识里面的动静——儿子翻身了，叹气了，隐约还有哽咽。老蔺本有一肚子话要讲，生生压在喉咙，像是一大筐箩毫多肥壮的茶叶，生生压成了一小块饼。

老蔺本就伤了鼻子，为救小蔺又自己打了一拳，反反复复好几天才敢见人。这天早上六点不到，老蔺就收拾妥当，行头上身，打算出门。走之前跟小蔺商量，中午十二点在小区门口的烩面馆见。小蔺冷不丁说，等我一会儿，跟你一起去。见老蔺有些蒙，小蔺又说，不方便就算了吧。说着，竟忍不住向老蔺一笑。

早饭是一人一碗胡辣汤、一张油饼，父子俩一起抹着油嘴，坐上了电驴。老蔺的电驴不大，拉上小蔺，带上音箱，三座大山般压在小电驴身上。饶是如此，老蔺依旧开得飞快，一边开，一边讲渠南的江湖往事，说那里无边的旗海红似火，战斗的歌声响入云。讲到激动处，老蔺的喜悦遮掩不住，腔嗓都变了，不时单手攥着车把，另一只手凌风挥砍，小蔺坐在电驴上心惊胆战，几次差点摔下去。其实老蔺一开始也犯嘀咕，搞不清小蔺这剧本怎么写的，看样子也不像去砸场子。就算是砸场子，毕竟是亲儿子，横竖不能像老乔那样上来就动手，门牙都磕飞了。所以老蔺一路上的豪迈半真半假，也有虚张声势的成分。等到了渠角七号公园，停好了车，老蔺雄赳赳拖了音箱朝场子走，小蔺跟在一旁，老蔺还是一脸喜不自胜的得意。

磕掉老蔺门牙的石头椅子还在，石板沁了一夜露水，坐上去又湿又凉。渐渐地，老蔺有些坐不住了。时间已经到了八点，对面渠北早市人欢马叫，渠南却冷冷清清。老何去北京抱孙子了，但老乔应该来的。即便老乔做贼心虚，不敢来见老蔺，老霍也该来的。即便老霍跟老蔺闹别扭置气，老秦她们也该来的。就算所有人都不来，老叶她总该来吧？可除了晨练遛弯的偶尔晃过，真就是一个熟人都没有。老蔺急，手机一会儿掏出来，一会儿放回去，小蔺比老蔺更着急，催他打电话问问情况。老蔺抖着手拨了号，老霍不接，老秦也不接。老蔺手抖得更厉害，感觉真是撞邪了，不敢再给老叶打电话，万一她也失联，这么多年扫出来的人脉就全没了。这些也都不打紧，大不了重新端着手机让人扫，再拉起一队人马——千不该万不该，不该让小蔺来。从他上初三开始，父子关系就势同水火，谁也瞧不起谁，尤其是小蔺瞧不起老蔺。老蔺前几天智取美菡哥嫂，算是露了脸，挽回了一些尊严，刚刚一路上牛皮吹炸了天，可眼前此情此景，却比他磕飞门牙还可怜。老蔺哆哆嗦嗦要摸速效救心丸，这玩意儿他常年都备着，本来是当道具使的，不料今天可能真得用上了。一切都魔幻起来。恍惚间，他似乎发现小蔺起身，他顺势一瞥，面前站着的竟是老叶，应该真是老叶，因为香气扒住鼻孔往里钻，一直钻到了心里。

听老叶讲完，小蔺憋不住想笑，又担心老蔺挺不住。这才短短几天，渠南江湖就彻底乱了。老霍老秦带着队伍另立山头，转移到了渠角八号，往东两站地，名号也改了，叫春风舞蹈队。哗变之际，老叶劝大家冷静，等老蔺回来再说，老秦忽地暴起，又是扯头发又是抓脸皮，老叶到底是知识分子，缺乏斗争经验，结结实实被抓出了好几个血道道。老叶说到此处，声音也低了，头也低了，耳根边一道血印蜿蜒。老蔺两眼黑洞洞的，蓦地苦笑，说乱江湖不能乱码头，眼下江湖乱了，连码头也乱了。苦笑两声，老蔺又说，差不多就成了仇人啦，本来玩得那么好，今后可怎么再见面呢？老叶没接话，转向小蔺道，多陪陪你爸，我来得晚，也能看出来你爸对这事多上心，不容易。小蔺只是点头，不知该说什么好。老叶起身，对着老蔺道，啥时候想再搞活动了，跟我说一声，我过来。老蔺不愿她走，又不知如何留她，一时间竟不知所措起来，惶惶然看着小蔺，小蔺忽然感觉他才是多余的那个。思绪及此，小蔺匆匆告辞，逃也似离去。

小蔺往东走了两站路，到了渠角八号公园，果真是旗红似火、歌响入云，"春风"二字迎风招摇，丈二旗杆下人头攒动，为首的正是老霍老秦。小蔺看了一阵，仿佛看见多年后，自己跟老蔺一样，也是红衫白裤、橙色大领带、棕色尖头皮鞋，一脸志得意满，混在一群老太太中间，看样子很陶醉——要是真有这一天，那老蔺一定很欣慰，因为他天天教育小蔺，做事要做这样的事，做人要做这样的人。看罢多时，小蔺心中一叹，转身走开。

一晃就到年底了，小蔺一直没再找正经工作，反正隔三岔五带着Tony、Mike、John之流接个活儿，也能维持生计，何况搬回家住省了笔房租，吃喝也都归老蔺花销，算起来比当店员挣得多，还更自由。对此，老蔺喜忧参半。小蔺的买卖他固然不懂，却也看得出不是黄赌毒，说好听点还算创业，总比之前到处打零工强吧？可小蔺的自由建立在老蔺的不自由之上。

他一回归，老蔺就成了保姆，一日三餐，取送快递，事事以小蔺为圆心，时间被切割得稀碎。搁在以往，这倒也无所谓，可现在有了老叶，老蔺双线作战，难免顾此失彼。他想一碗水端平，又不能对儿子明说，日日着急上火，热毒内盛目赤耳鸣，嘴里大片溃疡就没停过。好在老叶体谅，每天都买好了菜送来，跟老蔺见面交接，顺便说上几句话。老蔺单身多年，不善做饭，以前不单身更没做过饭，伙食水准就提不上去，小蔺经常批评他人老了就没有上进心。老叶听说了，索性就不再买菜送来，而是做好了再送，老蔺回锅热热就能上桌。小蔺不是傻子，吃了几次就看出端倪，但也睁只眼闭只眼，并不去戳破。小蔺不戳，老蔺也不戳，父子俩各怀鬼胎，日子过得倒也有滋有味。

这天老蔺去医院复查门牙，一大早就走，临走时说医院人多，万一中午赶不回来，让小蔺自己叫外卖。小蔺当然知道是幌子，肯定和老叶约好吃中午饭，很爽快地点了点头，还催他别耽误，倒让老蔺又意外又害羞。老蔺当然不知道小蔺能这么爽快，是因为刚刚从附近的人里摇出了一个女生，准备请到家里来谈谈合作，看有没有升华的可能性。父子俩欣欣然各自赴约，心里都挺激动。

女生进门的时候，小蔺差点笑出声来。平心而论，空窗了几个月，他的审美能力迅速干瘪下去，缺乏饱满的感知，故而眼前这女生怎么看都顺眼。遗憾也有，毕竟是摇过来的，双方目的性都很明确，一些必要的沟通都没来得及进行。云收雨住，女生问他中午去哪儿吃，下午还有没有安排。小蔺就说吃烩面吧。女生说在减肥，建议吃日料。小蔺只有张烩面馆买一送一的优惠券，没有日料馆的，所以不太乐意。归根结底，是因为欲望潮水已退，感知恢复了正常水准，觉得这女生也就吃烩面即可，还缺乏日料的必要。女生见他拒绝起来毫不犹豫，冷笑一声就披衣下床。小蔺心中一软，觉得日料不够，火锅也还好，记起有家新开的火锅店搞促销，啤酒不限量。他刚想提议吃火锅，就听见门响，接着是老蔺沉重的脚步声。女生慌乱间刚把衣服塞进裙子里，老蔺已经站在门口了。

中午饭很简单，连烩面都不如。家里只剩一盘花生米、几根火腿肠，老蔺给自己倒上酒，先仰脖喝了一盅，又倒上，再喝了一盅。小蔺脸色很难看。不过很快，小蔺就顾不上生气了。

想不到老叶是这样的女人，太有心机。老蔺捻着一粒花生米，指尖用力，咬牙切齿道，本以为她是个知识分子，搞文艺的，看来还是被表象蒙蔽了，知识越多越反动！半年前就查出来了，三期，马上就得动手术，处的时候跟没事人一样，我都掉坑里了，土埋到眉毛了，她才说了实话，我算是看透她了。真的。

那，你打算呢？

你觉得呢？

小蔺心想，又来了，又来了。听老蔺这口气，分明是已经有了主意，或是不好意思讲，或是不敢讲，又或是不方便讲，非要让小蔺先表态。意见一致，就这么办；意见相左，就苦口婆心说服教育。其实老蔺想找个老伴，不是一天两天了，小蔺也能接受。当年老蔺跟小舅子们斗得刺刀见红，结局是房子过户给了小蔺，老蔺现在房无一间地无一垄，也不怕他后老伴有什么想法。小蔺之所以沉默，是看不惯老蔺一贯遮遮掩掩，对亲儿子还有什么好瞒的？如今上当了，给人套路了，想甩又怕被骂渣男，只好来跟亲儿子商量对策。小蔺决定沉默。他沉默，老蔺也沉默，而针锋相对就在这片默然间。

见小蔺一直沉默，看样子还打算继续沉默下去，老蔺只好长叹一声道，她老叶有心机，我就没有了？我想找个老伴，身体好，有文化，将来能照顾我，也能给你带孩子，有退休金，有医保，养老不给你添负担，还得有房子——我没钱给你买房了，你结婚总得有间房吧？你这性子，结了婚肯定不会跟我一起住，我当个上门老公不打紧，你不能当上门女婿。这样的女人不好找啊！可不好找我也得找，我老蔺六十大几了，没啥本事，除了把自己豁出去，还能拿什么给儿子呢？

小蔺眯缝着眼睛，看向老蔺。他一听就知道老蔺说的是实话，可十几年了，父子间何曾说过这样赤裸裸又沉甸甸的话呢？就算是实话，也让他觉得真真假假，话里有话。但转念一想，老蔺要是只想找个搭伙过日子的，早就搭上了。他这两年租房另住，总怀疑老蔺金屋藏娇，偷偷回家想查出个蛛丝马迹，都落了空，里里外外都不像有女人的样子。那天挨打时被骂是渣男，他觉得委屈，而眼前老蔺的做派，不正是美菡嫂子们说的"渣男"吗？就算不全是，至少"渣"的比例不小。可怜老蔺又是主动出击，又是守株待兔，"渣"了足足好几年，这才轧到一个叶来香，说到底竟然是为了儿子。这逻辑听着匪夷所思，细细一想，倒也挑不出毛病来。

老叶也是个苦命人呢，老蔺慢吞吞道，老乔是造总出身，说话就动手。俩人离婚好多年了，老叶孤零零一个人，这日子过得——

我觉得那老太太挺好的，小蔺也慢吞吞道，有病了就治，治好了不就好了？

老蔺直勾勾看着小蔺，那目光卑微得让小蔺心疼。

话说老蔺行走江湖，是个讲究人，队旗是定制的，长二宽一，黄字红底，音箱背在肩上，一口气绕渠三圈，一路歌声迤逦。老蔺扛旗打头，身后二三十人，各自甩胳膊迈大步，嘴里吭哧吭哧喊号子。人群里就有老高，是老蔺亲自请来的。老霍老秦另立山头，也找老高做造型，老高吃一堑长一智，当场提出入伙，老霍老秦还是支支吾吾，跟老蔺一般无二，气得老高大剪刀挥舞生风，把两人撵出寿衣店。老蔺就不同了，主动提酒菜来访，力邀他加盟，并声明已找好赞助，不需他再设计服装。老高将信将疑，一次暴走后，累得腿疼好几天，正经买卖都耽误了。老高自从开了寿衣店，人际交往几乎归零，此番鱼入大海，激动得夜不能寐，亲手做了队旗，声称当年大串联也没扛过这么大的。

待那三圈走完，老蔺回到渠南，找着磕飞门牙的石头椅子，老叶在那里等他。老叶手术后不能剧烈运动，气色倒还好。老蔺落了汗，跟她聊些暴走队里的事，像谁家添了个孙子，谁家儿子儿媳闹离婚，渠南早市的苹果即将过季，再买一次就不能买了。小蔺偶尔也来，客客气气跟老叶打个招呼，送他们回家——老蔺跟老叶没领证，人先住进她家了。老蔺一见儿子就催婚，他一催小蔺就发火，父子当着老叶的面吵得枪林弹雨，她脾气好，一开始吓得不敢吭声，后来习惯了，柔声细语劝劝这个，再劝劝那个。一次吵得厉害，老蔺说老子好歹结过婚，眼下还要再结婚，儿子三十多了连个女朋友都没有。小蔺说我又不跟你结婚，你管我什么时候结婚？老叶听得一会儿脸红一会儿脸白。最终小蔺拂袖而去，刚进家门，老叶电话就来了，说老蔺意识到态度不好，很后悔，明天做好饭送来。小蔺说不用送，他过去吃饭，老蔺的声音隐隐传来，让小蔺捎瓶酒。小蔺哼了声挂掉电话，心中暗喜。捎瓶酒是暗号，老蔺跟小蔺约好的，估计明天要相亲。前几天老蔺瞒着老叶，给小蔺郑重其事交了底，老叶有个外甥女，二十大几了，未婚，事业编，品貌俱佳，他正全力撮合。说完这些，老蔺又补充，说他做这些全凭一腔舐犊之情，不图儿子感恩。小蔺一眼看出老蔺是两头讨好，就不客气地回敬，说就你儿子这条件，万一甩不掉也是麻烦。小蔺讲完，自己也忍俊不禁，于是两人一起笑了。小蔺挂了电话，倒卧在沙发上。对面墙上有个相框，框里有张照片，小蔺还小，坐在老蔺肩膀，父子笑得都很狡黠。二十多年过去，时间的城墙太厚，或许两人只能见面就吵，在枪林弹雨间轰开一道缺口，远远地看看对方，看着看着，也就笑了起来。

原载《十月》2022 年第 6 期